U0143942

普通高等教育"十一五"规划教材

嵌入式系统原理与开发

范延滨　于忠清　郑立爱　编著

机械工业出版社

本书基于"七个一"嵌入式系统学习方案:一个体系结构、一款微处理器、一款开发板、一种操作系统、一种驱动程序、一类开发环境、一类开发方法。优选了 ARM 体系结构、基于 ARM7TDMI 的 S3C44B0X 处理器、μC/OS-Ⅱ操作系统、RVDS 开发环境,由浅入深地对其逐一详细分析和研究,最终引导读者自己独立设计一款具有丰富外部接口的开发板、编写 BootLoader、移植 μC/OS-Ⅱ和开发主要驱动程序,全面地完成一款开发板软硬件的研发。

本书强调"All in One"。一书贯通、速成高手! 第 1 章对嵌入式系统的技术与应用进行了较全面地概述;第 2 章和第 3 章详细介绍了 ARM 处理器技术和 ARM 指令系统;第 4 章讨论了 ARM 汇编语言程序设计方法并给出了设计实例;第 5 章详细分析了 μC/OS-Ⅱ嵌入式操作系统;第 6 章介绍了 S3C44B0X 微处理器并给出了寄存器的配置方法;第 7 章基于 S3C44B0X 设计了一款多功能开发板;第 8 章基于自己设计的开发板详细介绍了软件系统的设计技术。

本书适合于作高等学校计算机类、电子信息类、仪器仪表类本科生教材,也可供从事基于 ARM 的嵌入式系统开发的工程技术人员参考。

图书在版编目(CIP)数据

嵌入式系统原理与开发/范延滨,于忠清,郑立爱编著. —北京:机械工业出版社,2010.2

普通高等教育"十一五"规划教材

ISBN 978-7-111-29277-7

Ⅰ.嵌… Ⅱ.①范…②于…③郑… Ⅲ.微型计算机—系统开发—高等学校—教材 Ⅳ.TP360.21

中国版本图书馆 CIP 数据核字(2009)第 229561 号

机械工业出版社(北京市百万庄大街 22 号 邮政编码 100037)
策划编辑:王保家 责任编辑:王雅新 版式设计:霍永明
封面设计:王洪流 责任校对:张晓蓉 责任印制:洪汉军
三河市国英印务有限公司印刷
2010 年 3 月第 1 版第 1 次印刷
184mm×260mm · 24.25 印张 · 599 千字
标准书号:ISBN 978-7-111-29277-7
定价:39.00 元

凡购本书,如有缺页、倒页、脱页,由本社发行部调换

电话服务 网络服务

社服务中心:(010)88361066 门户网:http://www.cmpbook.com

销售一部:(010)68326294 教材网:http://www.cmpedu.com

销售二部:(010)88379649

读者服务部:(010)68993821 **封面无防伪标均为盗版**

全国高等学校电气工程与自动化系列教材
编 审 委 员 会

主 任 委 员　汪槱生　浙江大学
副主任委员　（按姓氏笔画排序）

王兆安　西安交通大学

王孝武　合肥工业大学

田作华　上海交通大学

刘 丁　西安理工大学

陈伯时　上海大学

郑大钟　清华大学

赵光宙　浙江大学

赵 曜　四川大学

韩雪清　机械工业出版社

委 员　（按姓氏笔画排序）

戈宝军	哈尔滨理工大学	方 敏	合肥工业大学
王钦若	广东工业大学	白保东	沈阳工业大学
吴 刚	中国科技大学	张化光	东北大学
张纯江	燕山大学	张 波	华南理工大学
张晓华	哈尔滨工业大学	杨 耕	清华大学
邹积岩	大连理工大学	陈 冲	福州大学
陈庆伟	南京理工大学	范 瑜	北京交通大学
夏长亮	天津大学	章 兢	湖南大学
萧蕴诗	同济大学	程 明	东南大学
韩 力	重庆大学	雷银照	北京航空航天大学
熊 蕊	华中科技大学		

序

随着科学技术的不断进步，电气工程与自动化技术正以令人瞩目的发展速度，改变着我国工业的整体面貌。同时，对社会的生产方式、人们的生活方式和思想观念也产生了重大的影响，并在现代化建设中发挥着越来越重要的作用。随着与信息科学、计算机科学和能源科学等相关学科的交叉融合，它正在向智能化、网络化和集成化的方向发展。

教育是培养人才和增强民族创新能力的基础，高等学校作为国家培养人才的主要基地，肩负着教书育人的神圣使命。在实际教学中，根据社会需求，构建具有时代特征、反映最新科技成果的知识体系是每个教育工作者义不容辞的光荣任务。

教书育人，教材先行。机械工业出版社几十年来出版了大量的电气工程与自动化类教材，有些教材十几年、几十年长盛不衰，有着很好的基础。为了适应我国目前高等学校电气工程与自动化类专业人才培养的需要，配合各高等学校的教学改革进程，满足不同类型、不同层次的学校在课程设置上的需求，由中国机械工业教育协会电气工程及自动化学科教育委员会、中国电工技术学会高校工业自动化教育专业委员会、机械工业出版社共同发起成立了"全国高等学校电气工程与自动化系列教材编审委员会"，组织出版新的电气工程与自动化类系列教材。这类教材基于**"加强基础，削枝强干，循序渐进，力求创新"**的原则，通过对传统课程内容的整合、交融和改革，以不同的模块组合来满足各类学校特色办学的需要。并力求做到：

1. **适用性**：结合电气工程与自动化类专业的培养目标、专业定位，按技术基础课、专业基础课、专业课和教学实践等环节，进行选材组稿。对有的具有特色的教材采取一纲多本的方法。注重课程之间的交叉与衔接，在满足系统性的前提下，尽量减少内容上的重复。

2. **示范性**：力求教材中展现的教学理念、知识体系、知识点和实施方案在本领域中具有广泛的辐射性和示范性，代表并引导教学发展的趋势和方向。

3. **创新性**：在教材编写中强调与时俱进，对原有的知识体系进行实质性的改革和发展，鼓励教材涵盖新体系、新内容、新技术，注重教学理论创新和实践创新，以适应新形势下的教学规律。

4. **权威性**：本系列教材的编委由长期工作在教学第一线的知名教授和学者组成。他们知识渊博，经验丰富，组稿过程严谨细致，对书目确定、主编征集、资料申报和专家评审等都有明确的规范和要求，为确保教材的高质量提供了有力保障。

此套教材的顺利出版，先后得到全国数十所高校相关领导的大力支持和广大骨干教师的积极参与，在此谨表示衷心的感谢，并欢迎广大师生提出宝贵的意见和建议。

此套教材的出版如能在转变教学思想、推动教学改革、更新专业知识体系、创造适应学生个性和多样化发展的学习环境、培养学生的创新能力等方面收到成效，我们将会感到莫大的欣慰。

全国高等学校电气工程与自动化系列教材编审委员会

前　言

嵌入式技术是继网络技术之后，又一个新的技术发展方向。嵌入式系统是计算机软件与硬件的完美结合，广泛地应用于手持设备、信息家电、仪器仪表、汽车电子、医疗仪器、工业控制、航天航空等各个领域，并嵌入在各类设备之中，起着核心作用。

嵌入式系统已经无处不在，嵌入式人才主要分为两大类：一类是嵌入式硬件工程师，主要从事嵌入式系统硬件研发，包括硬件系统原理图的设计、PCB印制电路板的设计，开发与硬件相关的底层软件（如 BootLoader、嵌入式驱动程序等）；另一类是嵌入式软件工程师，主要从事嵌入式操作系统和应用软件的开发，如果对嵌入式硬件原理和接口技术有较好的掌握，也可以从事嵌入式系统底层程序的开发。

在嵌入式系统的学习过程中，建议读者抓住"七个一"来学习：一个体系结构、一款微处理器、一款开发板、一种操作系统、一种驱动程序、一类开发环境、一类开发方法。

实际上，虽然说嵌入式系统纷杂繁多，但是都符合"七个一"的组织结构。因此，只要读者能够独立地、完整地开发出一款嵌入式系统产品，就能够掌握嵌入式系统开发的核心技术，那么在以后的实际工作中，不论遇到何种嵌入式系统，都能够独立开发了。

一个嵌入式系统必定是由嵌入式硬件和嵌入式软件组成；嵌入式硬件主要包括嵌入式处理器、外设控制器、接口电路等；嵌入式软件主要包括启动程序、嵌入式操作系统、应用软件等。嵌入式处理器是嵌入式系统的硬件核心；嵌入式操作系统是嵌入式软件的核心。

嵌入式处理器和嵌入式操作系统种类繁多，初学者在学习嵌入式系统时，都存在应该选择何种嵌入式处理器、何种嵌入式操作系统来学习等疑问。本书选择了 ARM 体系结构、基于 ARM7TDMI 的 S3C44B0X 处理器、μC/OS-Ⅱ操作系统、RVDS 开发环境，由浅入深地对其逐一详细分析和研究，最终引导读者自己独立设计一款开发板、编写启动代码、移植μC/OS-Ⅱ和开发部分驱动程序，直到开发板成功运行。之所以这样选择，原因如下：

在选择嵌入式处理器时，初学者应该更多地注重其适应性、易学性，不要选择冷、偏、难的处理器作为学习对象。在各种嵌入式系统中，ARM 体系结构占据 32 位市场的 80%；在 ARM 体系结构中，ARM7TDMI 是颇为成功的一款内核；在基于 ARM7TDMI 的嵌入式处理器中，S3C44B0X 是颇具代表性的一款芯片。而且，S3C44B0X 具有丰富的片内外设和很强的外围扩展功能，如果学会了用 S3C44B0X 构建嵌入式系统，那么基本上就掌握了嵌入式系统的硬件设计技术，包括微处理片内外设配置技术、高速电路设计技术、外扩控制器技术等。另外，更为重要的是基于 S3C44B0X 的系统，能够用双面印制电路板实现，便于设计和制作，极大地降低了学习成本和难度，但是技术水平却很高。

在选择嵌入式操作系统时，初学者应该更多地注重其开放性、易读性，并能更好地发挥出处理器的性能。在各种嵌入式操作系统中，μC/OS-Ⅱ是一款实时嵌入式操作系统内核。

　　首先，其代码精炼、设计规范且源码开放，5000 余行代码十分适合于学习和研读；另外，μC/OS-Ⅱ 的功能强大，充分展现了实时嵌入式操作系统的各种技术；更重要的是 μC/OS-Ⅱ 不仅适合于在基于 S3C44B0X 的系统上运行，而且也适合于在 DSP 系统上运行。详细研读之，将终生受益。

　　本书所提供的开发板、代码都是调试通过的，可以向读者提供源文件。开发板以 S3C44B0X 为核心扩展了 2MB 的 Flash、8MB 的 SDRAM、IDE/CF 卡接口、LCD 接口，外扩了 RTL8019 控制器并设计了 10M 以太网接口，外扩了 USBD12 控制器并设计了 USB 接口，外扩了 ZLG7290 控制器并设计了 8 位 LED 和 16 键数字键盘。软件系统设计了 Boot-Loader 和串行口驱动程序、移植了 μC/OS-Ⅱ。

　　本书适合于本科生教材。作为教材最关键的问题是要具有系统性、完整性、可读性和代表性，并能向学生开放教学资料。本书在"七个一"的指导下，每一部分都选择了最有代表性内容研究，全书从基本内容出发，以读者自行完成一款开发板为目标，展开系统、完整地学习，最终让读者经历一个具有丰富功能的开发板项目研发的全过程。

　　作者向读者提供下述资料：

　　免费提供本书 PPT 格式的电子课件；

　　免费提供实例源码、BootLoader 源码、μC/OS-II 移植源码、应用程序源码；

　　免费提供基于 S3C44B0X 实验板的 PDF 格式的原理图、PCB 版图；

　　提供基于 S3C44B0X 实验板的 Protel 格式的原理图（共 10 张图）、PCB 版图，需付费；

　　提供基于 S3C44B0X 核心板的 Protel 格式的原理图（共 4 张）、PCB 版图（2 层板和 4 层板），需付费；

　　提供基于 S3C44B0X 实验板的开发套件，需付费。

　　欢迎选用本书做教材的老师和读者通过以下电子邮箱联系索取。

　　电子邮箱：ataisimlm@163.com。

作　者

目　录

第1章 嵌入式系统概述

嵌入式系统（Embedded System）是计算机技术、半导体技术、微电子技术、制造技术等多种先进技术的高度融合。嵌入式技术是继网络技术之后，又一主流技术方向。嵌入式系统已经渗透到人类社会的每个角落，如科学教育、工业生产、军事国防、航空航天、医疗卫生、汽车电子、网络设备、消费电子、信息家电等，都在广泛地、深入地应用着嵌入式系统。例如，小到微型机器人、手机、PDA 等，大到飞机、导弹、航天器等，其中都嵌入着一个乃至多个独立的"嵌入式系统"。

1.1 嵌入式系统的概念

计算机系统有两大分支：通用计算机系统和嵌入式计算机系统（简称嵌入式系统）。

通用计算机系统采用标准化设计：例如 PC，在硬件上采用标准架构，包含通用中央处理器（CPU）、标准输入输出（I/O 设备）、标准存储设备、标准总线结构等；在软件上也采用标准架构，通用操作系统、标准 API 函数等。因此，PC 的软硬件都是标准的，生产商也是相对集中的，主要有 Intel、AMD、Microsoft 等。

嵌入式计算机系统是非标准化设计：虽然嵌入式系统具有通用计算机系统的一般特点，但它是以服务于所嵌入的应用对象为目标的，是一种专用计算机系统，具有很多的特殊性。例如，一款手机除了具有一般的通话功能外，还可以具有 GPRS 功能、照相功能、MP3 功能等。因此，嵌入式系统需要根据具体应用量身定制，通过选择合适的嵌入式处理器、外围功能模块等来定制硬件系统，通过选择合适的嵌入式操作系统、应用协议等来定制软件系统。

1.1.1 嵌入式系统定义

嵌入式系统的应用范围迅速扩大，使得其外延更加宽泛。例如，一台 PC104 微型工业控制计算机是典型的嵌入式系统；一部手机也是典型的嵌入式系统。然而，二者几乎又是完全不同的。这样就为嵌入式系统定义的标准化带来了困难，一般有如下几种定义方式。

1. IEEE（国际电子电气工程师协会）**的定义**

嵌入式系统是"控制、监视或者辅助装置、机器和设备运行的装置"（Devices used to control，monitor，or assist the operation of equipment，machinery or plants）。这个定义主要是从应用上加以定义的，从中可以看出嵌入式系统是软件和硬件的融合体，还可以涵盖机械等附属装置。

2. 国内的定义

嵌入式系统是"以应用为中心、以计算机技术为基础、软件/硬件可裁剪、适应应用系统对功能、可靠性、成本、体积、功耗严格要求的专用计算机系统"。

国内从事嵌入式系统的工作者一般认为 IEEE 的定义并没有充分体现出嵌入式系统的精

髓，而国内专家学者所给出的定义更为深刻、更为确切、更具有普遍意义。

• 嵌入式系统是面向用户、面向产品、面向应用的，它必须与具体应用相结合才会具有生命力、才更具有优势。因此，可以这样理解该定义的含义：即嵌入式系统是一个计算机系统，它与应用紧密结合且具有很强的专用性，它必须结合实际系统需求而进行合理的设计。

• 嵌入式系统是多种高新技术的融合体，它必然是一个技术密集、资金密集、高度分散、不断创新的知识集成系统。因此，进入嵌入式系统行业者，必须要有一个正确的定位。例如，Palm 之所以能在该领域占有 70% 以上的 PDA 市场，就是因为其立足于消费电子，着重发展图形界面和多任务管理；而风河的 Vxworks 之所以在火星车上得以应用，则是因为其高实时性和高可靠性。

• 嵌入式系统必须根据应用需求对软硬件进行裁剪，满足应用系统的功能、可靠性、成本、体积等要求。所以，如果能建立相对通用的软硬件基础，然后在其上开发出适应各种需要的系统，是一个比较好的发展模式。目前的嵌入式系统的核心往往是一个只有几千到几万字节微内核，需要根据实际的使用进行功能扩展或者裁减，但是由于微内核的存在，使得这种扩展能够非常顺利地进行。

3. 行业的定义

AMD 认为"除桌面微型电脑与笔记微型电脑之外，其他的都叫做嵌入式产品"。显然，这个定义极为宽泛。在这种定义下，x86 系列的嵌入式产品市场变得巨大，因此对生产 x86 体系结构 CPU 的厂商更加实用。例如，Intel 的 Atom 系列已经成为嵌入式处理器的重要分支。

4. 本书的注解

实际上，嵌入式系统是一个外延极广的名词。本书认为凡是结合产品功能的、含有嵌入式处理器的、运行嵌入式操作系统的、设计专门化的计算系统都叫嵌入式系统。一般而言，嵌入式系统的构架可以分成四个部分：处理器、存储器、IO 控制器和软件（包括操作系统和应用软件）。这样的定义更便于读者明确对嵌入式系统学习的目标、方向、内容等。一个嵌入式系统开发者，一般需要具有如下知识结构：

• 以嵌入式处理器为核心的知识体系：包括计算机组成与结构、具体嵌入式微处理器（如 ARM、MIPS 等）、数字电子技术、汇编语言程序设计、硬件描述语言等。

• 以嵌入式操作系统为核心的知识体系：操作系统原理、具体嵌入式操作系统（如 $\mu C/OS-II$、$\mu CLinux$ 等）、C/C++ 语言程序设计、数据结构等。

• 以产品应用为核心的知识体系：模拟电子技术、传感器技术、与应用相关的专业知识（如机械原理、医疗技术等）等。

• 以设计技术为核心的知识体系：硬件设计技术、软件设计技术、软硬件协同设计方法学、编译技术等。

本书的注解不在于对嵌入式系统定义的标准化，而是注重定义的通俗性、功能性、层次性和知识性，便于初学者依照自己的知识体系来理解和学习。

1.1.2　嵌入式系统特点

在了解了嵌入式系统定义的基础上，再进一步讨论其特点，使读者明确在嵌入式系统的设计与开发过程中，需要充分注意的事项。

从整体上看，嵌入式系统包括嵌入式处理器、定时器、控制器、存储器、传感器等一系列微电子芯片和嵌入在存储器中的嵌入式操作系统、控制应用软件组成，实现诸如实时控制、监视、管理、移动计算、数据处理等各种自动化处理任务。以应用为中心，以微电子技术、控制技术、计算机技术和通信技术为基础，强调硬件软件协同性与整合性，软件与硬件可剪裁，以满足系统对功能、成本、体积和功耗等要求。

1. 嵌入性

嵌入式系统是嵌入到"特定对象体系"中的实体。因此，嵌入式系统通常不是应用对象的主体，只是辅助性的装置，要求其体积小、功耗低、抗干扰性好、成本低等。

2. 系统性

嵌入式系统是一个计算系统。因此，嵌入式系统会具有软硬件两方面，软件包括嵌入式操作系统和应用软件；硬件包括嵌入式处理器子系统、外部设备控制器等多种接口电路。

3. 智能性

嵌入式系统的核心是嵌入式处理器。每一个嵌入式系统至少含有一个嵌入式处理器，系统在嵌入式处理器的控制之下，运行嵌入式操作系统和应用程序，智能地实现预定的功能。

4. 专用性

嵌入式系统是为"特定对象体系"专门设计的。主要体现在嵌入式处理器上，称为"专用处理器"。如，语音处理系统、视频处理系统、电机控制系统的嵌入式处理器的功能是不同的，因此要熟悉嵌入式处理器类型、性能等。

5. 实时性

嵌入式系统是"特定对象体系"的一个模块。常作为控制、监视或辅助操作机器和设备的装置，因此，要具有很好的实时性，满足对象系统的要求。

6. 恰适性

嵌入式系统要恰好满足"特定对象体系"的需要。因此，对于一个成功的嵌入式系统设计，对其量体定制、软硬件都无冗余是最好的。不同的嵌入式系统，其资源也是不同的。就整体而言，比 PC 的资源大为减少。

7. 系统设备电子化

PC 中的资源有缓存和内存（电子的）、外存（磁性的、光介质）、打印机（机电一体的）、显示器（LCD、CRT 等）等，种类繁多。嵌入式系统的内存、外存都是电子的（通常使用 Flash 等），其特点可以被嵌入式处理器直接操作。

8. 编程语言低级化

嵌入式系统的编程语言更趋于低级语言，主要为汇编语言、C 语言、C++语言等。

9. 操作系统实时化

嵌入式系统的一个很重要的特性是实时性，一般要求操作系统应该为实时操作系统（RTOS）。

10. 系统性能可测化

嵌入式系统要求具有软硬件可测试，保证系统无错误。

11. 开发系统专用化

嵌入式产品分为集成开发环境（IDE, Integrated Developement Environment，也有人称为 Integration Design Environment、Integration Debugging Environment）、在线仿真器（ICE, In-Circuit Emulator）、实时操作系统（RTOS, Real Time Operating System）。ARM

芯片上都包含专用的在线调试电路，如 ARM 的 Embedded ICE，ARM 微处理器基于 JTAG 接口等。

1.2 嵌入式系统分类

根据不同的分类标准，嵌入式系统可有许多不同的分类方法。例如，可以按照嵌入式系统的复杂度分类、按照嵌入式系统的组成分类、按照嵌入式处理器的位数分类、按照嵌入式系统的实时性分类或按照嵌入式系统的应用领域分类等。

1. 按照嵌入式系统的复杂度分类

嵌入式系统的应用领域广泛，简单的有用 4 位单片机实现的电动玩具，复杂的有基于 32 位处理器的飞机飞行控制系统。按照其复杂程度，嵌入式系统可以分为简单嵌入式系统和复杂嵌入式系统。在实际应用中，简单嵌入式系统在数量上占有主要的市场。

简单嵌入式系统的软硬件复杂度都比较低。例如，常用的有 8 位或 16 位单片机系统，不使用操作系统，只有一个监控程序和应用程序。

复杂嵌入式系统的软硬件复杂度都比较高。通常，在硬件上需要使用 32 位微处理器，在软件上含有嵌入式操作系统，这类嵌入式系统集成度高、接口丰富、功能强大。

2. 按照嵌入式系统的实时性分类

嵌入式系统的重要特性就是实时性。按照其实时性要求，嵌入式系统可分为硬实时嵌入式系统、软实时嵌入式系统和非实时嵌入式系统。

（1）硬实时系统　硬实时系统是指系统要确保在最坏情况下的服务时间，即对于事件响应时间的截止期限必须得到满足，而且其响应时间是可计算的。比如汽车、舰船、飞机、导弹、卫星的控制等就是这样的系统；通常，工业控制系统也是实时系统。

（2）软实时系统　软实时系统就是那些从统计的角度来说，一个任务能够得到确保的处理时间，到达系统的事件也能够在截止期限前得到处理，但违反截止期限并不会带来致命的错误。如手机就是一种软实时系统；MP3 等媒体播放器也是软实时系统。

（3）非实时系统　系统对实时性没有明确的要求，也就是说没有事件响应时间的截止期限，对事件的响应完全由系统自身工作状态所决定。如 PDA、PC 等。

系统的实时性需要由硬件和软件共同作用来实现，硬件上通过中断来保证事件能够被实时感知，软件上通过实时操作系统来保证事件能够被实时响应。

3. 按照嵌入式处理器的位数分类

嵌入式处理器是嵌入式系统的硬件核心。嵌入式处理器一般可分为 8 位、16 位、32 位嵌入式处理器。那么，嵌入式系统一般也可根据所采用的嵌入式处理器分为 8 位、16 位、32 位嵌入式系统。

8 位和 16 位的嵌入式系统通常是以 8 位和 16 位微控制器（单片机）为核心构成的简单嵌入式系统，广泛地应用于控制系统、家用电器、汽车电子等。

32 位嵌入式系统通常是以 32 位微处理器或微控制器为核心构成的复杂嵌入式系统，广泛地应用于手机、消费电子、医疗电子、网络设备等。

4. 按嵌入式系统的组成分类

嵌入式系统是嵌入式计算机系统。按照其组成，嵌入式系统可分为嵌入式系统硬件和嵌入式系统软件两大构建。

（1）嵌入式系统硬件 嵌入式系统硬件是以嵌入式处理器为核心，以丰富的功能接口部件为外围扩展层构建的。也正是基于这些丰富的外设接口，才带来嵌入式系统越来越丰富的应用。外设接口部件一般是以其接口控制器芯片（如 USB 控制器等）为核心搭建的，通过标准的扩展总线与嵌入式处理器实现连接。在嵌入式系统硬件设计中，通常只要把处理器和控制器进行物理连接就可以实现外设接口扩展了。结构为：嵌入式处理器 ↔ 片外控制器

嵌入式处理器又以处理器核（如 ARM 核）为核心，片内集成适当的接口控制器（称为片内外设）构成的。随着嵌入式处理器高度集成化技术的发展，使得片内可以实现的控制器越来越多，功能也越来越强。例如，基于 ARM 核处理器 S3C44B0X 的内部就封装了 Cache、I2C、UART、LCD 控制器等十几种片内外设。在嵌入式系统设计中，所需要的外围接口电路越来越少。结构为：嵌入式处理器核 ↔ 片内控制器

（2）嵌入式系统软件 嵌入式系统软件一般来说是由嵌入式操作系统和应用软件两部分组成的。本书中的嵌入式系统软件可以分成启动代码（BootLoader）、操作系统内核与底层驱动、文件系统与应用程序等几部分。

BootLoader 是嵌入式系统的启动代码，主要用来初始化处理器、必须使用的控制器、传递内核启动参数给嵌入式操作系统内核，使得内核可以按照所设定的参数要求启动。另外，BootLoader 通常都具有从 Flash 搬运内核代码到 RAM 并跳转到内核代码地址运行的功能。操作系统内核则主要有 4 个任务：进程管理、进程间通信与同步、内存管理及 I/O 资源管理。底层驱动程序主要提供给上层应用程序，是处理器、外设接口控制器和外部设备进行通信的一个媒介。文件系统则可以让嵌入式软件工程师灵活方便地管理系统。应用程序才是真正针对需求的、可以是嵌入式软件工程师完全自主开发的。

总的来说，嵌入式系统的硬件是系统的基石，嵌入式系统软件则是在这个基石上面镌刻出来的工艺品。对于任何一个需求明确的嵌入式系统来说，两者缺一不可。在对系统做了相对完整而细致的需求分析之后，通常采用软件和硬件基本同步进行的方式来开发，前期硬件系统的设计要比软件系统设计稍微提前，到了后期软件系统的开发工作量会比硬件系统的开发工作量大一些。

1.3 嵌入式系统组成结构

嵌入式系统一般由硬件平台和软件平台两部分组成。其中，硬件平台由嵌入式处理器、外设控制器芯片和硬件设备组成；而软件平台由 BootLoader、嵌入式操作系统、驱动程序和应用软件组成。

随着芯片技术的不断发展，嵌入式处理器的主频也越来越高，多处理器、多核处理器平台也逐渐应用在嵌入式领域。嵌入式系统的组成也将由单核、低频设计进入多核、高频设计。

1. 典型嵌入式系统的组成结构

图 1.1 完整地描述了典型嵌入式系统的硬件和软件各部分的组成结构。从硬件上大致可分为：处理器内核层、芯片级外设层、用户级外设层；从软件上大致可分为：启动层、操作系统层、应用层。对于一个具体的嵌入式系统，图 1.1 中的各种资源并不一定全部使用、

是可裁剪的，但是这一切都需要嵌入式系统开发者根据需求自己去取舍，这就要求嵌入式系统开发者必须同时具有较好的软硬件知识和专业知识。

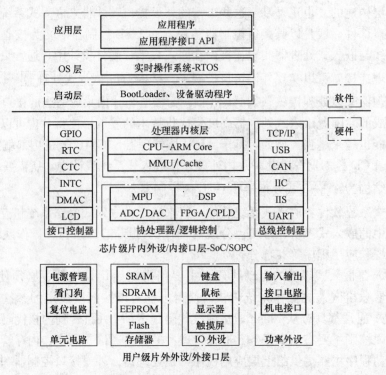

图 1.1　典型微处理器的组成结构

2. 典型嵌入式系统的硬件结构

硬件层大致可分为三层：处理器内核层、芯片级外设层（内接口层）、用户级外设层（外接口层）。

（1）处理器内核层　内核层主要包括嵌入式处理器核、存储器管理、缓存、调试单元等部件，处理器内核层由处理器核开发商设计。目前，处理器体系结构有 50 多个系列，基于 CISC 结构的嵌入式处理器核有 Intel 公司的 x86 系列等；基于 RISC 结构的嵌入式处理器核有 IBM 公司的 Power PC 系列、MIPS 公司的 MIPS 系列和 ARM 公司的 ARM 系列等。

ARM 公司是 ARM 核的生产商，比较流行的 ARM 核有：ARM7TDMI、Strong ARM、ARM9、ARM10、XScale、ARM11、Cortex-A/R/M 等。

（2）芯片级外设层　芯片级外设位于嵌入式处理器芯片内部，也称为片内外设。芯片级外设层主要包括各种接口控制器、总线控制器、协处理器、逻辑控制单元等，决定了嵌入式处理器本身的扩展能力。

在 ARM 嵌入式处理器中，ARM 公司仅仅提供了基于 ARM 核的系统芯片解决方案和技术授权，而芯片级外设是由各个半导体厂商根据自己产品的市场定位和应用领域来设计开发的，其功能是预设计的、可编程的。处理器生产商把所选择的芯片级外设与内核层集成在同一芯片之中，形成一个 SoC（System on a Chip，片上系统），称之为嵌入式处理器。嵌入式系统开发者需要学习芯片级外设的设计技术和编程方法，然后才能对其进行设计、编程和使用。

基于 SoC 技术，将内核层和芯片级外设层集成在一个芯片之中，可以形成一个基于应用的解决方案。以 SoC 为核心应用最少的外围部件和连线就能完成一个应用系统，极大地简化了系统设计的复杂度。

（3）用户级外设层 用户级外设是以嵌入式处理器为核心，依据系统功能设计外围接口电路，实现对外设的控制、匹配、驱动等，达到服务于嵌入对象的目标。用户级外设层一般包括存储设备、通信接口设备、扩展设备和机电设备等。这些接口和设备是需要用户根据具体工程要求来具体设计、开发的。

例如，用户选取 S3C44B0X 嵌入式处理器开发一款数据终端设备，要求系统具有串行口、以太网口、USB 口、LCD 口等。因为 S3C44B0X 具有串行口、LCD 口等片内外设，因此用户只需要设计电平转换电路就可以简单的完成串行口、LCD 口的开发；但是 S3C44B0X 并不具有以太网口、USB 口的片内外设，用户必须选择适当的以太网口、USB 口控制器，设计用户级外设以太网口、USB 口。

3. 典型嵌入式系统的软件结构

软件层大致可分为 3 个层次：启动层、操作系统层、应用层。

（1）启动层 嵌入式系统硬件需要进行初始化和管理，这部分工作是由设备启动层来完成的，直接对硬件进行管理和控制，为上层软件提供所需的驱动支持，类似 PC 系统中的 BIOS 和驱动程序。

参考 WinCE 中板级支持包 BSP（Board Support Package）的定义，启动层也称为 BSP，一般包括 BootLoader、硬件抽象层 HAL（Hardware Abstraction Layer）、OEM 适配层 OAL（OEM Adapter Leayer）和设备驱动程序。实际上，BootLoader、HAL、BSP 等概念没有统一的定义，但都定义了从系统上电启动到操作系统内核加载之前的功能和操作，其区别是实现的功能多少不同。建议读者以满足系统需求为最恰当，不要贪多。

1）BootLoader：BootLoader 就是在操作系统内核运行之前所运行的一段小程序。通过这段小程序，可以初始化硬件设备、建立内存空间的映射图，从而将系统的软硬件环境带到一个合适的状态，以便为最终调用操作系统内核准备好正确的环境。通常，BootLoader 是严重地依赖于硬件而实现的。因此，在嵌入式系统中建立一个通用的 BootLoader 几乎是不可能的。其主要功能如下：

• 片级初始化：纯硬件初始化，把微处理器从上电的默认状态设置成系统要求的工作状态。

• 板级初始化：包括硬件和软件初始化，设置板内的各种控制器的寄存器、设置软件的数据结构和参数。

• 加载内核：将嵌入式操作系统和应用程序的映像从 Flash 存储器复制到系统内存当中，然后跳转到操作系统内核的第一条指令处继续执行。

2）设备驱动程序：主要为上层软件提供设备的操作接口。

在一个嵌入式系统中，嵌入式操作系统可能有也可能没有，但是设备驱动程序是必不可少的。设备驱动程序，就是一组库函数，用来对硬件进行初始化和管理，并向上层软件提供良好的访问接口。大多数设备驱动程序都具备下面的基本功能：启动、关闭、读操作、写操作。这些功能一般用函数的形式来实现，这些函数之间的组织结构主要有两种：分层结构和混合结构。

• 分层结构：包括硬件接口和调用接口。硬件接口直接操作和控制硬件，把所有与硬件相关的细节都封装在硬件接口函数中；调用接口对硬件接口进行封装，为上层软件提供服务和函数接口。

- 混合结构：在设备驱动程序当中，没有明确的层次关系，上层调用接口和硬件接口混在一起，相互调用。
- 分层优点：在硬件需要升级和更新设备驱动程序的时候，只需要改动硬件接口中的函数即可，而上层调用接口中的函数不用做任何修改。

（2）操作系统层　对于使用嵌入式操作系统的嵌入式系统而言，操作系统一般是以内核映像的方式下载到目标系统中。以μcLinux 为例，在系统开发完成后，会将使用到的μcLinux部分做成内核映像文件，与文件系统一起传送到目标系统中；然后通过 Bootloader 指定的地址运行μcLinux 内核，启动已经下载好的μcLinux；再通过操作系统解开文件系统，运行应用程序。

- 内核中的必须部件包括：进程管理、进程间通信、内存管理等。
- 常用的嵌入式操作系统有：WinCE、μcLinux、μC/OS-Ⅱ等。
- 嵌入式中间件：它是在操作系统内核、设备驱动程序和应用软件之外的所有系统软件，其基本思路是：把原本属于应用软件层的一些通用的功能模块抽取出来，形成独立的一层软件，从而为运行在它上面的那些应用软件提供一个灵活、安全、移植性好、相互通信、协同工作的平台。

（3）应用层　应用层又可以分为应用程序接口 API（Aplication Programming Interface）层和应用程序层。API 层是一系列复杂的函数、消息和结构的集合体；应用程序是建立在系统主任务（Main Task）基础上的，应用程序可以调用 API 函数，用户的应用程序也可以创建自己的任务，任务间的协调主要依赖于系统的消息队列。

1.4　嵌入式处理器简介

PC 的核心是中央处理器（CPU），嵌入式系统的核心是嵌入式处理器（Embedded Processor Unit，EPU）。PC 的 CPU 主要由 Intel、AMD 等少数公司垄断生产，而嵌入式微处理器却是多种多样的。例如，嵌入式微处理器已超过 1500 余种，几乎每个半导体生产商都有自己的产品。

1.4.1　嵌入式处理器分类

嵌入式系统应用广泛，嵌入式处理器种类繁多，基本上可以分为嵌入式微处理器（Embedded Micro-processor Unit，EMPU）、嵌入式微控制器（Micro-Controller Unit，EMCU）、嵌入式数字信号处理器（Embedded Digital Signal Processor，EDSP）、嵌入式片上系统（Embedded System On a Chip，ESoC），如图 1.2 所示。这种分类仅仅是概念上的，是分块式的、并不严格的。

EMPU、EMCU、EDSP、ESoC 又都可以按照如下方法分类：

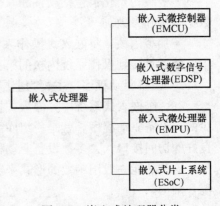

图 1.2　嵌入式处理器分类

按数据位数分：可以分为 8 位、16 位、32 位、64 位等。

按存储结构分：可以分为冯·诺依曼结构、哈佛结构等。

按指令系统结构分：可以分为复杂指令集（Complex Instruction Set Computer，CISC）结构、精简指令集（Reduced Instruction Set Computer，RISC）结构。

按应用领域分：可以分为应用处理器类、通信类、多媒体类、控制类等。

按处理器体系结构分：可以分为 Intel IA x86、PowerPC、ARM、MIPS、68K/Cold-Fire 等。

1.4.2　嵌入式微处理器

嵌入式微处理器 EMPU 是从通用处理器演变而来的，也可谓是通用计算机中 CPU 的微缩版。相对于通用处理器而言，EMPU 不仅具有较高的运算性能、可以运行嵌入式操作系统等特点，而且在功耗、工作温度、抗电磁干扰、可靠性等方面都进行了各种增强设计。典型的 EMPU 核有 x86 系列、ARM 系列、PowerPC 系列、MIPS 系列等。

在以 EMPU 为核心的嵌入式系统中，系统板上除了 EMPU，还必须设计有 ROM、RAM、总线接口、各种外设控制器等器件，通常称之为"单板机"。"单板机"不仅降低了系统的可靠性、技术保密性等，而且存在其体积大、功耗大等缺点。

通常把集成了处理器核、存储器管理器、高速缓存的芯片称之为微处理器。

1.4.3　嵌入式微控制器

微电子学和集成电路技术的高速发展为解决"单板机"的缺陷提供了有效的方法，即把"单板机"集成到一块集成电路芯片上，实现"单板机"单片化，通常称之为"单片机"。单片机的显著特点是集成了存储器以及丰富的片上外设资源，适合于控制、高可靠性、无人值守等系统，因此与微处理器相对应亦称之为微控制器 EMCU。在以后的研究中将不再区分单片机和微控制器。

微控制器的基本特点是"单板机"的单片化。因此，微控制器必须是以某一种微处理器内核为核心，再在芯片内部集成存储器、总线、各种必要外设控制器等。

在传统的嵌入式微控制器中，通常是以 8 位或 16 位微处理器为主，内部一般都集成了程序存储器（ROM/EPROM/Flash）、数据存储器（RAM）、总线、总线逻辑、定时/计数器、看门狗、通用 I/O、串行口、脉宽调制输出（PWM）、数模/模数转换器（A/D、D/A）等外设。例如，MSC-51 系列是典型的 8 位微控制器。传统的嵌入式微控制器更多的时候被称之为单片机。

在现代嵌入式微控制器中，通常是以 32 位 EMPU 为核心，将众多的外围设备控制器（如，存储器控制器 MMU、通用串行口总线控制器 USB、以太网控制器、数模/模数转换器、LCD 控制器、通用 IO 口等）集成到一块芯片中，实现一个定制的"计算"系统。例如，常见的微控制器有 SAMSUNG 的 S3Cxxxx、Atmel 的 AT91SAMxxx 系列、NXP 的 LPC2xxx 系列、Freescale 的 MAC7100 系列、TI 的 OMAP 系列、Luminary 的 LM3Sxxx 系列等。现代嵌入式微控制器更多的时候被称之为应用微处理器、通信微处理器等，也有越来越多的生产商更喜欢称之为 32 位单片机。

通常把集成了微处理器、存储器和片内外设的芯片称之为微控制器。

1.4.4 嵌入式数字信号处理器

数字信号处理器（DSP）是进行信号处理运算的专用处理器。其体系结构和指令算法都根据运算特点进行了专有设计，具有较高的编译效率和较快的指令执行速度。例如，1982年 TI 公司推出的首枚 DSP 芯片的运算速度就比同类微处理器快了几十倍。相对微处理器、微控制器而言，数字信号处理器属于专用处理器。

推动嵌入式数字信号处理器 EDSP 发展的主要因素是嵌入式系统的数字化和智能化。例如，各种带有智能逻辑的消费类产品、生物信息识别终端、ADSL 接入、实时语音解压系统、虚拟现实显示等。这类智能化算法一般都是运算量较大，特别是向量运算、指针线性寻址等较多，而这些正是 DSP 处理器的长处所在。

EDSP 越来越广泛的应用于各个领域，EDSP 应用系统的传统设计可采取主从式结构，在一块电路板上，EDSP 做从机，负责数字信号处理运算；EMPU 做主机，来完成输入、控制、显示等其他功能。比如 TI 公司专门推出了一款双核处理器 OMAP，包含有一个 ARM 核和一个 DSP 核，OMAP 处理器把主从式设计在芯片级上合二为一，其典型的应用实例是诺基亚手机。

1.4.5 嵌入式片上系统

电子系统设计经历了从"板级"到"片级"的过程。对于板级设计，通常需要根据设计要求选一个微处理器或微控制器和多个外设控制器（如 USB 端口、TCP/IP 通信单元、GPRS 通信接口、GSM 通信接口、IEEE1394、蓝牙模块接口等控制器），然后把所有的集成电路都设计到一块印制电路板上。对于片级设计，就是把嵌入式微处理器或微控制器和外设控制器都集成到一个集成电路芯片中，在一个芯片中实现板级的功能，构成一个片上系统 SoC。例如，MCS−51 单片机实际上就是一个由厂家设计完成的、固定功能的片上系统。

随着 EDA 技术的发展，原本只有集成电路生产厂商才有能力完成的工作，借助于 EDA 软件，也可以由电子系统设计者自己完成，极大地扩展了电子系统设计的灵活性，加强了电子系统设计的个性化。借助于 FPGA，电子工程师可以容易地实现自己设计的片上系统，把自己设计的片上系统编程下载到 FPGA 中，实现预定的功能，也是一个单片机。

嵌入式片上系统 ESoC 最大的特点就在于软件硬件协同设计、实现了软件硬件的无缝集合，可直接在处理器片内嵌入操作系统的代码模块；在单一块硅片上集成了处理器、高密度逻辑电路、模拟和混合信号电路、存储器和通信电路等。片上系统具有极高的综合性，在一个硅片内部运用硬件描述语言，直接在器件库中调用各种通用处理器的标准核，实现一个复杂的系统。由于绝大部分系统构件都在系统内部，整个系统就特别简洁，不仅减小了系统的体积和功耗，而且提高了系统的可靠性，提高了设计生产效率。随着其应用领域的日趋广泛，SoC 在声音、图像、网络应用等领域发挥着越来越重要的作用。

通常把基于嵌入式微处理器或微控制器、外设控制器的应用解决方案称之为片上系统。

1.5 嵌入式操作系统简介

嵌入式操作系统是嵌入式系统的核心软件部件。嵌入式操作系统（Embedded Operation

System，EOS），通常包括底层驱动程序、系统内核、设备驱动接口、通信协议、图形界面、标准化浏览器等。嵌入式操作系统具有通用操作系统的基本特点，如能够有效管理越来越复杂的系统资源；能够把硬件虚拟化，使得开发人员从繁忙的驱动程序移植和维护中解脱出来；能够提供库函数、驱动程序、工具集以及应用程序。与通用操作系统相比较，嵌入式操作系统在系统实时高效性、硬件的相关依赖性、软件固态化以及应用的专用性等方面具有较为突出的特点。

1.5.1 嵌入式操作系统发展

嵌入式操作系统 EOS 伴随着嵌入式系统的发展经历了 4 个比较明显的发展阶段。

1. 无操作系统的嵌入算法阶段
该阶段适合于以单芯片为核心的可编程控制器形式的系统，具有与监测、伺服、指示设备相配合的功能。应用于一些专业性极强的工业控制系统中，通过汇编语言编程对系统进行直接控制，运行结束后清除内存。系统结构和功能都相对单一，处理效率较低，存储容量较小，几乎没有用户接口。

2. 简单操作系统阶段
该阶段适合于经典单片机简单操作系统，通用性比较差，系统开销小，效率高；一般配备系统仿真器，操作系统具有一定的兼容性和扩展性；应用软件较专业，用户界面不够友好；系统主要用来控制系统负载以及监控应用程序运行。

3. 通用嵌入式操作系统阶段
该阶段适合于以嵌入式操作系统为核心的嵌入式系统。能运行于各种类型的嵌入式处理器上，兼容性好；内核精小、效率高，具有高度的模块化和扩展性；具备文件和目录管理、设备支持、多任务、网络支持、图形窗口以及用户界面等功能；具有大量的应用程序接口（API）；嵌入式应用软件丰富。

4. 以 Internet 为标志的嵌入式系统阶段
这是一个正在迅速发展的阶段。目前，大多数嵌入式系统还孤立于 Internet 之外，但随着 Internet 的发展以及 Internet 技术与信息家电、工业控制技术等结合日益密切，嵌入式设备与 Internet 的结合将代表着嵌入式技术的真正未来。

1.5.2 嵌入式实时操作系统

嵌入式实时操作系统应用越来越广泛，尤其在功能复杂、系统庞大的应用中显得越来越重要。

1. 提高了系统的可靠性
在控制系统中，出于安全方面的考虑，要求系统起码不能崩溃，而且还要有自愈能力。不仅要求在硬件设计方面提高系统的可靠性和抗干扰性，而且也应在软件设计方面提高系统的抗干扰性，尽可能地减少安全漏洞和不可靠的隐患。在前后台软件系统中强干扰可能使系统运行的程序产生异常、跑飞或进入死循环，造成系统崩溃。而在实时操作系统中，强干扰可能只引起某一个进程出错，这可以通过系统的监控进程对其进行修复。系统监视进程监视各进程运行状况，当发生异常时，将采取一些有利于系统稳定的可靠措施，对出错进程实施修复。例如，把有问题的任务清除掉。

2. 提高了开发效率，缩短了开发周期

在嵌入式实时操作系统环境下，开发一个复杂的应用程序，通常可以按照软件工程中的解耦原则将整个程序分解为多个任务模块。每个任务模块的调试、修改几乎不影响其他模块。商业软件一般都提供了良好的多任务调试环境。

3. 充分发挥了 32 位嵌入式处理器的多任务潜力

32 位嵌入式处理器比 8 位、16 位 EPU 快，它是为运行多用户、多任务操作系统而设计的，特别适于运行多任务实时系统。32 位嵌入式处理器采用利于提高系统可靠性和稳定性的设计，使其更容易做到不崩溃。例如，EPU 运行状态分为系统态和用户态。将系统堆栈和用户堆栈分开，以及实时地给出 EPU 的运行状态等，允许用户在系统设计中从硬件和软件两方面对实时内核的运行实施保护。如果还是采用以前的前后台方式，则无法发挥 32 位 EPU 的优势。从某种意义上说，没有操作系统的计算机（裸机）是没有用的。在嵌入式应用中，只有把 EPU 嵌入到系统中，同时又把操作系统嵌入进去，才是真正的计算机嵌入式应用。

1.5.3 嵌入式操作系统选型

嵌入式操作系统的选择至关重要。一般而言，在选择嵌入式操作系统时，可以遵循以下原则。总的来说，就是"做加法还是做减法"的问题。

1. 市场进入时间

制定产品时间表与选择操作系统有关系，实际产品和一般演示是不同的。目前 Windows 程序员可能是人力资源最丰富的，现成资源最多的是 WinCE，使用 WinCE 能够很快进入市场。因为 WinCE＋x86 做产品实际上是在做减法，去掉你不要的功能，能很快出产品，但是成本高，核心竞争力差。而某些高效的操作系统可能由于编程人员缺乏，或由于这方面的技术积累不够，影响开发进度。

2. 可移植性与操作系统相关性

当进行嵌入式软件开发时，可移植性是要重点考虑的问题。良好的软件移植性可以在不同平台、不同系统上运行，跟操作系统无关。软件的通用性和软件的性能通常是矛盾的。即通用以损失某些特定情况下的优化性能为代价。开发一个嵌入式浏览器而仅能在某一特定环境下应用是不太可能的。反过来说，当产品与平台和操作系统紧密结合时，产品的特色就蕴含其中。

3. 可利用资源

产品开发不同于学术课题研究，它是以快速、低成本、高质量的推出适合用户需求的产品为目的的。集中精力研发出产品的特色，其他功能尽量由操作系统附加或采用第三方产品，因此操作系统的可利用资源对于选型是一个重要参考条件。Linux、WinCE 和 μC/OS-II 都有大量的资源可以利用，这是它们被看好的重要原因。其他有些实时操作系统由于比较封闭，开发时可以利用的资源比较少，因此多数功能需要自己独立开发，从而影响开发进度。近来的市场需求显示，越来越多的嵌入式系统，均要求提供全功能的 Web 浏览器。而这要求有一个高性能、高可靠的 GUI 的支持。

4. 系统定制能力

信息产品不同于传统 PC 的 Wintel 结构的单纯性，用户的需求是千差万别的，硬件平台也不一样，所以对系统的定制能力提出了要求。要分析产品是否对系统底层有改动的需求，这

种改动是否伴随着产品特色？Linux 由于其源代码开放的天生魅力，在定制能力方面具有优势。随着 WinCE 源码的开放，以及微软在嵌入式领域力度的加强，WinCE 定制能力会有所提升。

5. 成本要低

成本是所有产品不得不考虑的问题。操作系统的选择会对成本有着重要影响，Linux 和 μC/OS-Ⅱ 免费，WinCE 等商业系统需要支付许可证使用费。成本是需要综合权衡以后进行考虑的，选择某一系统可能会对其他一系列的因素产生影响，如对硬件设备的选型、人员投入、公司管理以及与其他合作伙伴的共同开发之间的沟通等许多方面的影响。

6. 中文内核支持

国内产品需要对中文的支持。由于操作系统多数是采用西文方式，是否支持双字节编码方式，是否遵循 GBK 等各种国家标准，是否支持中文输入与处理，是否提供第三方中文输入接口是针对国内用户的嵌入式产品必须考虑的重要因素。

上面提到用 WinCE＋x86 出产品是减法，这实际上就是所谓 PC 家电化。另外一种做法是加法，利用家电行业的硬件解决方案（绝大部分是非 x86 的）加以改进，加上嵌入式操作系统，再加上应用软件。这是所谓家电 PC 化的做法，这种加法的优势是成本低，特色突出，缺点是产品研发周期长，难度大（需要深入了解硬件和操作系统）。如果选择这种做法，Linux 是一个好选择，如果你愿意并且有能力，你能够深入到系统底层。

1.5.4 几种嵌入式操作系统比较

国际上的嵌入式操作系统已经从简单走向成熟，有代表性的产品主要有 VxWorks、Windows CE、Linux、μC/OS-Ⅱ、QNX、Palm OS 等，它们占据了嵌入式系统的绝大部分市场。国内的嵌入式操作系统主要有 Delta OS（道系统）、Hopen OS（女娲计划）、CASSPDA 以及 HBOS 等。

1. VxWorks

VxWorks 操作系统是美国 WindRiver 公司于 1983 年设计开发的一种嵌入式实时操作系统（RTOS），是 Tornado 嵌入式开发环境的关键组成部分。良好的持续发展能力、高性能的内核以及友好的用户开发环境，在嵌入式实时操作系统领域逐渐占据一席之地。

VxWorks 具有可裁剪微内核结构；高效的任务管理；灵活的任务间通信；微秒级的中断处理；支持 POSIX 1003.1b 实时扩展标准；支持多种物理介质及标准的、完整的 TCP/IP 网络协议等。

然而其价格昂贵。由于操作系统本身以及开发环境都是专有的，价格一般都比较高，通常需花费几十万元人民币以上才能建起一个可用的开发环境，对每一个应用一般还要另外收取版税。一般不提供源代码，只提供二进制代码。由于它们都是专用操作系统，需要专门的技术人员掌握开发技术和维护，所以软件的开发和维护成本都非常高。支持的硬件数量有限。

2. Windows CE

Windows CE 与 Windows 系列有较好的兼容性，无疑是 Windows CE 推广的一大优势。其中 WinCE 是一种针对小容量、移动式、智能化、32 位的模块化实时嵌入式操作系统。它能在多种处理器体系结构上运行，并且通常适用于那些对内存占用空间具有一定限制的设备；它是从整体上为有限资源的平台设计的多线程、完整优先权、多任务的操作系统；它的模块化设计允许它对从掌上电脑到专用的工业控制器的用户电子设备进行定制；它的基本内核需要至少 200KB 的 ROM。从技术角度上讲，Windows CE 作为嵌入式操作系统有很多的缺陷：没有开放源代码，使应用开发人员很难实现产品的定制；在效率、功耗方面的表现并不出色，而且和 Windows 一样占用过多的系统内存，运用程序庞大；版权许可费也是厂商不得不考虑的因素。

3. 嵌入式 Linux

Linux 的最大特点是遵循 GPL 协议。遵循 GPL 使 Linux 具有源代码公开、定制方便、硬件支持广泛等优点。另外，Linux 内核精炼、运行时所需资源少，适合嵌入式系统应用。嵌入式 Linux 是指对桌面型 Linux 经过小型化裁剪后，能够固化在容量只有几百 KB 或几兆 KB 的固态存储器中，应用于特定嵌入式场合、为嵌入式应用程序提供操作系统服务的专用 Linux 操作系统。

嵌入式 Linux 与桌面 Linux 并无本质区别，嵌入式 Linux 几乎支持 PC 的所有硬件，而且各种硬件驱动程序的源代码都是开放的，为用户编写自己专有硬件的驱动程序带来很大方便。

嵌入式 Linux 的缺点是非实时的。Linux 内核是类 UNIX 的分时系统，嵌入式 Linux 的实时性需要通过添加实时模块来实现，使其成为一个实时操作系统。

4. μC/OS-Ⅱ

μC/OS-Ⅱ是著名的源代码公开的实时内核，是专为嵌入式应用设计的，也可用于 8 位、16 位和 32 位单片机或数字信号处理器（DSP）。它的主要特点如下：

• 公开源代码：很容易就能把操作系统移植到各个不同的硬件平台上；

• 可移植性：绝大部分源代码是用 C 语言写的，便于移植到其他微处理器上；

• 可裁剪性：有选择的使用需要的系统服务，以减少所需的存储空间；

• 抢占式：完全是抢占式的实时内核，即总是运行就绪条件下优先级最高的任务；

• 多任务：可管理 64 个任务，任务的优先级必须是不同的，不支持时间片轮转调度法；

• 可确定性：函数调用与服务的执行时间具有可确定性，不依赖于任务的多少；

• 实用性和可靠性：众多成功应用该实时内核的实例，是其实用性和可靠性的最好证据。

由于 μC/OS-Ⅱ仅是一个实时内核，这就意味着它还有很多工作需要用户自己去完成。

在嵌入式应用中，使用实时操作系统（RTOS）是当前嵌入式应用的一个特点，一种趋势，也是单片机应用从低水平向高水平的一个进步。在实际的应用中，根据不同的要求和条件选择合适的操作系统，使开发工作更容易，设计出更完美的嵌入式系统。

1.6 嵌入式系统设计流程

嵌入式系统包括嵌入式硬件和嵌入式软件，其开发也分为软件开发部分和硬件开发部分。嵌入式系统的开发一般包括如下内容：

• 开发目标硬件系统：需要完成原理图设计、PCB 板图设计、PCB 板加工与焊接；

• 购买一套交叉编译工具，能够产生目标代码；

• 开发或移植一个 BootLoader 到目标板上，用来引导目标板上的嵌入式操作系统内核；

• 移植一个嵌入式操作系统内核到目标板上去，如 linux 内核、μC/OS-Ⅱ等。

• 开发一个文件系统，如 Linux 的 rootfs；

- 开发特定硬件的驱动程序，如网口、USB 口、LCD 等的驱动程序；
- 开发上层的应用程序，如游戏程序。

1.6.1　嵌入式系统开发模式

嵌入式系统在开发过程一般都采用如图 1.3 所示的"宿主机/目标板"开发模式，即利用宿主机（PC）上丰富的软硬件资源及良好的开发环境和调试工具来开发目标板上的软件，然后通过交叉编译环境生成目标代码和可执行文件，通过 JTAG/串行口/USB/以太网等方式下载到目标板上，利用交叉调试器监控程序运行，实时分析。最后，将程序下载固化到目标机上，完成整个开发过程。

在软件设计上，如图 1.4 所示为结合 ARM 硬件环境及 ADS 软件开发环境所设计的嵌入式系统软件开发模式图。整个开发过程基本包括以下几个步骤。

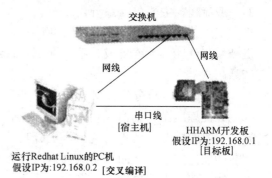

图 1.3　宿主机/目标板开发模式

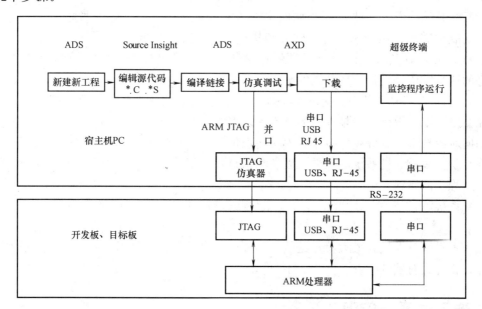

图 1.4　嵌入式系统软件开发模式

（1）源代码编写　在 ADS 中，建立项目工程，编写源 C/C++及汇编程序。或使用专用代码编写工具（如 Source Insight 等）编写，查看源码。

（2）程序编译　在 ADS 中，通过专用编译器编译程序。

（3）软件仿真调试　在 AXD 中，通过 JTAG 等方式联合调试程序。

（4）程序下载　通过 JTAG、USB、网口、串行口等方式下载到目标板上。

（5）下载固化　程序无误，下载到产品上生产。

1.6.2　嵌入式系统开发流程

当前，嵌入式开发已经逐步规范化，在遵循一般工程开发流程的基础上，嵌入式开发有其自身的一些特点，如图 1.5 所示为嵌入式系统开发的一般流程。主要包括系统需求分析（要求有严格规范的技术要求）、体系结构设计、软硬件及机械系统设计、系统集成、系统测试，最终得到产品。

（1）系统需求分析　确定设计任务和设计目标，并提炼出设计规格说明书，作为正式设计指导和验收的标准。系统的需求一般分功能性需求和非功能性需求两方面。功能性需求是系统的基本功能，如输入输出信号、操作方式等；非功能性需求包括系统性能、成本、功耗、体积、重量等因素。

（2）体系结构设计　描述系统如何实现功能性和非功能性需求，包括对硬件、软件和执行装置的功能划分，以及系统的软件、硬件选型等。一个好的体系结构是设计成功与否的关键。

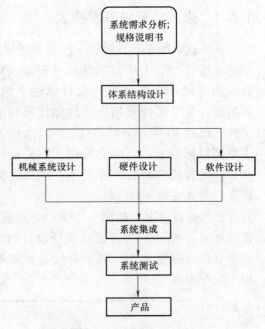

图 1.5　嵌入式系统开发流程

（3）硬件/软件协同设计　基于体系结构，对系统的软件、硬件进行详细设计。为了缩短产品开发周期，设计往往是并行的。嵌入式系统设计的工作大部分都集中在软件设计上，采用面向对象技术、软件组件技术、模块化设计是现代软件工程经常采用的方法。

（4）系统集成　把系统的软件、硬件和执行装置集成在一起，进行调试，发现并改进单元设计过程中的错误。

（5）系统测试　对设计好的系统进行测试，看其是否满足规格说明书中给定的功能要求。

嵌入式系统开发模式最大特点是软件、硬件综合开发。这是因为嵌入式产品是软硬件的结合体，软件针对硬件开发、固化、不可修改。

1.7　嵌入式系统应用

嵌入式系统的应用广泛，按照其应用领域，嵌入式系统可以分为消费类嵌入式系统、通信信息类嵌入式系统、仪器仪表类嵌入式系统、过程控制类嵌入式系统、生物微电子类嵌入式系统、武器装备类嵌入式系统、航空航天类嵌入式系统、医疗类嵌入式系统等。

1. 消费类嵌入式系统

主要应用于消费类电子产品。嵌入式系统在消费类电子产品应用领域的发展最为迅速，而且在这个领域中的嵌入式处理器的需求量也最大。由嵌入式系统构成的消费类电子产品已经成为现实生活中必不可少的一部分。例如，各式各样的信息家电产品，如智能冰箱、流媒体电视等；手机、PDA、电子辞典、数码相机、MP3/MP4 等；苹果公司 iPhone 手机中的嵌入式 ARM 处理器的数量达到 4 个以上。可以说离开了这些产品生活会失去很多的色彩。

消费类电子产品中的嵌入式系统至少含有一个嵌入式应用处理器、一些外围接口、一套嵌入式操作系统和应用软件等。以数码相机为例，其镜头后面就是一个 CCD 图像传感器，然后会有一个 A/D 器件把模拟图像数据变成数字信号，送到 EDSP 进行适当的处理，再通过应用处理器的管理实现图像在 LCD 上的显示、在 SD 卡或 MMC 卡上的存储等功能。

2. 仪器仪表类嵌入式系统

主要应用于智能仪器、仪表类产品。这类产品可能离日常生活有点距离，但是对于开发人员来说却是实验室里的必备工具，比如网络分析仪、数字示波器、热成像仪等。通常这些嵌入式设备中都有一个应用处理器和一个 EDSP，可以完成一定的数据采集、分析、存储、打印、显示等功能。

3. 通信信息类嵌入式系统

主要应用于通信信息类产品。这些产品多数应用于通信机柜设备中，如路由器、交换机、家庭媒体网关等。在民用市场使用较多的莫过于路由器和交换机了。基于网络应用的嵌入式系统非常多，目前市场发展最快的就是远程监控系统等监控领域中应用的系统了。

4. 过程控制类嵌入式系统

主要应用于过程控制领域中。例如，对生产过程中各种动作流程的控制，如流水线检测、加工控制、汽车电子等。汽车工业已开始在中国取得了飞速的发展，汽车电子也在这个大发展的前提下迅速成长。汽车发动机控制器是汽车中最为复杂且功能最为强大的嵌入式系统，它包含电源、嵌入式处理器、通信链路、离散输入、频率输入、模拟输入、开关输出、PWM 输出和频率输出等各大模块。正在飞速发展的车载多媒体系统、车载 GPS 导航系统等也都是典型的嵌入式系统应用。美国 Segway 公司出品的两轮自平衡车，其内部就使用嵌入式系统来实现传感器数据采集、自平衡系统的控制、电机控制等。

5. 武器装备类嵌入式系统

主要应用于国防武器装备类产品。例如，雷达识别、军用数传电台、电子对抗设备等。在国防军用领域使用嵌入式系统最成功的案例是美军在海湾战争中使用的 Adhoc 自组网作战系统了。利用嵌入式系统设计开发了 Adhoc 设备安装在直升机、坦克、移动步兵身上构成一个自愈合自维护的作战梯队。这项技术现在发展成为 Mesh 技术，同样依托于嵌入式系统的发展，已经广泛应用于民用领域，比如消防救火、应急指挥等应用中。

6. 生物微电子类嵌入式系统

主要应用于生物微电子类产品。例如，指纹识别、生物传感器数据采集等应用中也广泛采用嵌入式系统设计。现在环境监测已经成为人类特别要面对的问题，可以想像随着技术的发展，将来的空气中、河流中都可能存在着很多的微生物传感器在实时地检测环境状况。而且还在实时地把这些数据送到环境监测中心，以达到检测整个生活环境避免发生更深层次的环境污染问题。这也许就是将来围绕在人类生存环境周围的一个无线环境监测传感器网。

7. 嵌入式开发的相关领域

若能熟悉嵌入式应用的一些主要领域，这样的人才更受企业欢迎。主要的相关领域包括：

• 数字图像压缩技术：这是嵌入式最重要最热门的应用领域之一，主要是应掌握

MPEG 编解码算法和技术，如 DVD、MP3、PDA、高清电视、机顶盒等都涉及 MPEG 高速解码问题。

• 通信协议及编程技术：这包括传统的 TCP/IP 协议和热门的无线通信协议。首先，大多数嵌入式设备都要连入局域网或 Internet，所以应掌握 TCP/IP 协议及其编程，这是需首要掌握的基本技术；其次，无线通信是目前的大趋势，所以掌握无线通信协议及编程也是很重要的。无线通信协议包括无线局域网通信协议 802.11 系列，Bluetooth 以及移动通信（如 GPRS、GSM、CDMA 等）。

• 网络与信息安全技术：如加密技术，数字证书 CA 以及各种网络安全设备，包括硬件防火墙、入侵检测 IDS、防毒墙、IPS 等。

• DSP 技术：DSP 通过硬件实现数字信号处理算法，如高速数据采集、压缩、解压缩、通信等。数字信号处理是电子、通信等硬件专业的特长，对于软件工程师也需了解。目前 DSP 人才较缺，如果有信号与系统、数字信号处理等课程基础，对于学习 MPEG 编解码原理会有很大帮助。

嵌入式系统的广泛应用给嵌入式系统开发工程师带来了众多机遇和挑战。其中平台核心部分的技术成熟与稳定相当重要，硬件平台的核心部分稳定可靠，其在应用上的不同无非就是外围扩展的不同。在实际的嵌入式系统项目研发过程中，技术人员需要根据项目应用领域来选择合适的嵌入式处理器、外围接口、解决方案等。

第 2 章 ARM 处理器

ARM（Advanced RISC Machine）不仅代表一个公司，而且代表一种技术。ARM 公司既不生产集成电路（Fabless），也不销售集成电路（Chipless），而是一个 IP（Intellectual Property）核设计公司。ARM 技术是以 IP 核的形式呈现出来的，ARM 公司通过把 IP 核授权给全球半导体公司使用，使得 ARM 技术得以传播和应用。ARM 是一种处理器的通称，也几乎成了嵌入式处理器的代名词。ARM 的突出优势在于技术的平衡性，ARM 核在每一项技术上不都是最好的，但是在整体性能上却是最优的。每一个嵌入式系统至少有一个嵌入式处理器，由于嵌入式处理器种类繁多，因此不可能逐一学习。如果需要选择一个系列来学习，那么 ARM 核以其技术先进、应用广泛，则当是最具代表性，应该是首选。

2.1 ARM 系列处理器概述

谈到处理器，昔日 Intel 的 8086/8088 开创了 PC 时代。MCS-51 推动单片机迅猛发展，开启了嵌入式系统时代；当今 ARM 的 ARM7TDMI 又是一款经典的 32 位处理器，让 32 位处理器入主微控制器；而 ARM 的 Cortex-M3 编织了嵌入式系统设计师的梦。

2.1.1 ARM 系列处理器术语

ARM 技术经过多年的创新与发展，已经形成了一系列的基于 ARM 技术的 IP 核。自 ARM7 之后，在存储结构上，ARM 是哈佛结构；在指令结构上，ARM 是 RISC 结构。

1. 名词解释

在 ARM 处理器内核中有多个功能模块可供生产厂商根据不同用户的不同要求来配置生产。这些模块分别用 T、D、M、I、E、F、J、S 等来表示，一般从处理器的内核版本上可以区分出来。

（1）T　表示支持 Thumb 指令，说明该内核可从 16 位 Thumb 指令集扩充到 32 位 ARM 指令集。V4T 以上版本。

（2）D　表示支持 Debug，说明该内核中内置了用于调试的结构，通常它是一个边界扫描链 JTAG，可使 CPU 进入调试模式，从而方便地进行断点设置、单步调试。

（3）M　表示 Multipler，内置了硬件乘法器。包括 32 位 * 32 位＝64 位和 32 位 * 32 位＋32 位＝64 位两种。V4 以上版本。

（4）I　表示 Embedded ICE Logic，用于实现断点观测及变量观测的逻辑电路部分，其中的 TAP 控制器可接入到边界扫描链。

（5）E　表示 DSP Enhancement，增加了前导零处理和饱和运算等一些常用的 DSP 运算指令，极大地改善音、视频处理程序的性能。V5E 以上版本。

（6）F　表示具备向量浮点单元 VFP。

（7）J　表示 Jazelle DBX（Direct Bytecode eXecution），这是 ARM 公司推出的 Java 加

速解决方案。Jazelle 不是一个简单的加速硬件，它是融入于处理器流水线之中的一项专门针对 Java 指令执行的硬件功能，使得 CPU 可以直接接收一部分 Java 指令，并加以译码执行。速度比 JAVA 提高 8 倍。V4J 以上版本。

（8）SIMD　表示 Siningle Instruction Multiple Data，单指令多数据，媒体功能扩展，增加了音频和视频处理能力，速度提高 4 倍。

（9）S　表示 Softcore，可综合的软核。一些处理器内核带 EJ-S 模块。

2. ARM 命名规则

ARM 的命名规则分两类：一类是基于 ARM Architecture 的版本命名规则；另一类是基于 ARM Architecture 版本的处理器系列命名规则。例如，S3C2410 采用 ARMV4T 架构版本，属于 ARM920T 处理器系列，其处理器核为 ARM9TDMI。

（1）ARM 体系结构命名规则

命名格式：|ARMV|n|Variants|x(Variants)|

命名说明：分成四个组成部分。

1）ARMV：固定字符，即 ARM Version；

2）n：指令集版本号。迄今为止，ARM 架构版本发布了 7 个系列，所以 n＝［1：7］。其中最新的版本是第 7 版；

3）Variants：变种；

4）x（Variants）：排除 x 后指定的变种，常见的变种有：例如，ARMV5TxM 表示 ARM 指令集版本为 5，支持 T 变种，不支持 M 变种。

（2）ARM 处理器系列命名规则　采用上述的架构，形成一系列的处理器。有时候还要区分处理器核和处理器系列。在这里其实不用区分太细，毕竟这是功能的小部分的变化，核心是相同的。

命名格式：ARM{x}{y}{z}{T}{D}{M}{I}{E}{J}{F}{-S}

命名说明：共分 12 个字段。

1）x：处理器系列；

2）y：存储管理/保护单元；

3）z：Cache；

4）TDMI、EJFS：见名词解释。

ARM7TDMI 之后的所有 ARM 内核，即使"ARM"后没有包含 TDMI，但也具有 TDMI 特性；处理器系列是共享相同硬件特性的一组处理器的具体实现，例如 ARM7TDMI、ARM740T 和 ARM720T 都共享相同的系列特性，都属于 ARM7 系列；JTAG 是由 IEEE1149.1 标准测试访问端口（Standard Test Access Port）和边界扫描来描述的，它是 ARM 用来发送和接受处理器内核与测试之间调试信息的一系列协议；嵌入式 ICE 宏单元（Embedded ICE MacroCell）是建立在处理器内部、用来设置断点和观察点的调试硬件；可综合的，意味着处理器内核是以源代码形式提供的。这种源代码形式又可以被编译成一种易于 EDA 工具使用的形式。

3. ARM 体系结构的主要特征

ARM 体系结构主要采用了 Berkeley RISC 处理器设计中的若干特征，也放弃了若干特征。

（1）采用的主要特征

- Load/Store 体系结构；
- 固定 32 位指令；
- 3 地址指令格式。

（2）放弃的主要特征

- 寄存器窗口；
- 延迟转移；
- 所有指令单周期执行。

2.1.2　ARM 处理器体系结构

ARM 体系结构从最初开发到现在有了很大的改进，并仍在完善和发展。为了清楚的表达每个 ARM 应用实例所使用的指令集，ARM 公司定义了 7 种主要的 ARM 指令集体系结构版本，以版本号 V1～V7 表示，如表 2.1 所示。

表 2.1　ARM 体系结构特性

	Thumb	DSP	Jazelle	Media	TrustZone	Thumb-2	
V4							StrongARM
V4T	*						ARM7T，ARM9
V5T	*						ARM10T，XScale
V5TE	*	*					ARM9E，ARM10E
V5TEJ	*	*	*				ARM7EJ，ARM9EJ，ARM10EJ
V6	*	*		*			ARM1136J（F）-S
V6Z	*	*		*	*		
V6T2	*	*		*		*	ARM1156T2（F）-S

1. V1～V3 版本

V1～V3 版本是早期版本，未用于商业授权。

2. V4 版本

V4 不再向前兼容体系结构。V4T 版本又增加了 T 变量，在原来 32 位指令集的基础上增加了一套 16 位 Thumb 指令集。提高了软件代码密度，并且在系统数据总线不足 32 位（8 位或 16 位数据总线的系统）的有限系统下提高了系统性能。V4T 版本的代表 CPU 是 ARM7TDMI 和 ARM9TDMI。

3. V5 版本

V5 版本相对于 V4 做了很多改进，增强了对于 ARM 和 Thumb 两套指令集之间进行切换的支持，并扩展了指令集；增加了一些 DSP 运算的常见指令，衍生出 V5TE；进一步增加了对 Java 指令的支持，衍生出 V5TEJ 的变种。V5 版本体系结构里面的代表 CPU 是 ARM946E 和 ARM926EJ。

4. V6 版本

V6 版本进一步增强了 DSP 以及多媒体处理运算的支持，增加了 SIMD 指令扩展，使常用的音频、视频处理性能得到极大提升。从这一版本开始，ARM 逐渐开始在 CPU 里面采用一些更新的增强型技术。Thumb-2 指令集、IEM（Intelligent Energy Manager）技术、TrustZone 技术等。

5. V7 版本

2004 年 ARM 发布新的体系结构 V7，并给其命名为 Cortex，这是 ARM 的新结构命名体系。在 V7 中，又分为 V7A/R/M 三个子系列。其中，V7A 为应用处理器子系列，V7R 为实时处理器子系列，V7M 为微控制器子系列。

图 2.1 所示为 ARM V5～V7 体系结构比较。

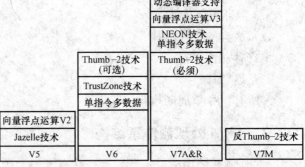

图 2.1　ARM V5～V7 体系结构比较

2.1.3　ARM 处理器产品系列

ARM 公司的基本运营模式如图 2.2 所示。ARM 系列 IP 核的授权情况如表 2.2 所示。

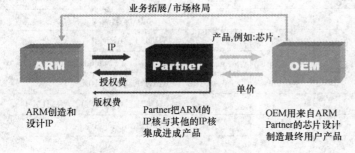

图 2.2　ARM 业务模型

表 2.2　ARM 系列 IP 核的授权统计

处理器系列	授 权 数
Cortex™	49
ARM11™	70
ARM9™	249
ARM7™	158

1. ARMV4T 系列

ARM7 系列包括 ARM7TDMI、ARM7TDMI-S、ARM720T、ARM7EJ。其中，ARM7TMDI 是目前使用最广泛的 32 位嵌入式 RISC 处理器，属低端 ARM 处理器核。ARM7TDMI 属于 ARMV4T 体系结构，采用冯·诺伊曼结构和 3 级流水线处理；支持 64 位乘法指令、片上调试、16 位 Thumb 指令集和 Embedded ICE 观察点硬件；ARM7TDMI 不支持 MMU，所以仅支持那些不需要 MMU 的实时操作系统，如 μC/OS-II 和 μCLinux 等 RTOS。

ARM9 相比 ARM7TDMI，仍属于 ARMV4T 体系结构，采用了哈佛结构和 5 级流水线处理；全性能的 MMU，支持 Windows CE、Linux、Palm OS 等多种主流嵌入式操作系统。

2. ARM V5TE 系列

ARM9E 系列属于 ARMV5TE，采用哈佛结构和 5 级整数流水线；支持 DSP 扩展指令和 VFP9 浮点处理协处理器，是可综合内核；通过 DSP 和 Java 的指令扩展，可获得 70% 的 DSP 处理能力和 8 倍的 Java 处理性能提升；指令和数据紧耦合存储器（TCM，Tightly Couple Memory）接口支持零等待访问存储器；双 AMBA、AHB 总线接口等。

ARM10E 系列处理器属于 ARMV5TE 体系结构，采用新的节能模式、哈佛结构和 6 级整数流水线；内嵌并行读/写操作部件，提供了 64 位的读取和写入体系，支持 DSP 指令集和 VFP10 浮点处理协处理器，支持 32 位的高速 AMBA 总线接口。

XScale 源于 StrongARM，首先 DEC 获得 ARM 授权设计了 StrongARM，后来 DEC 被 Compaq 收购、StrongARM 被 Intel 购买。基于 StrongARM，Intel 设计了 XScale 体系架构。XScale 提供了一种全新的、高性价比、低功耗且基于 ARMV5TE 体系结构的解决方案，兼容 ARMV5TE ISA 指令集（不支持浮点指令集），支持 16 位 Thumb 指令和 DSP 扩充。Intel XScale 内核微构架在 ARM 核的周围提供了指令与数据存储器管理单元，指令、数据和微小数据 Cache，写缓冲、全缓冲、挂起缓冲和分支目标缓冲器，电源管理、性能监控、调试和 JTAG 单元以及协处理器接口，MAC 协处理器和内核存储总线。

3. ARM V6 系列

ARM11 系列都是 V6 体系结构，相比 V5 系列增加了 SIMD 多媒体指令，获得 1.75 倍多媒体处理能力的提升。另外，除了 ARM1136 外，其他的处理器都支持 AMBA3.0-AXI 总线。ARM11 系列内核最高的处理速度可达 500MHz 以上及 600DMIPS 的性能。

基于 ARMV6 架构的 ARM11 系列处理器是根据下一代的消费类电子、无线设备、网络应用和汽车电子产品等需求而制定的。其媒体处理能力和低功耗特点特别适合于无线和消费类电子产品；其高数据吞吐量和高性能的结合非常适合网络处理应用；另外，在实时性能和浮点处理等方面 ARM11 可以满足汽车电子应用的需求。

4. ARMV7 系列

Cortex 系列属于 V7 架构，主要有 Cortex-A8、Cortex-R4、Cortex-M3 和 Cortex-M1 等处理器。其中，A8 是面向高性能的应用处理器，最高可达 1GHz 的处理速度，更好的支持多媒体及其他高性能要求，最高可达 2000DMIPS；R4 主要面向嵌入式实时应用领域，7 级流水结构，相对于上代 ARM1156 内核，R4 在性能、功耗和面积方面取得更好的平衡，大于 1.5DMIPS/MHz 和高于 400MHz 的处理速度。而 M3 主要是面向低成本和高性能的 MCU 应用领域，相比 ARM7TDMI，M3 面积更小，功耗更低，性能更高。

Cortex-M3 处理器的核心是基于哈佛架构的 3 级流水线内核，该内核集成了分支预测、单周期乘法、硬件除法等众多功能强大的特性，使其在 Dhrystone Benchmark 上具有出色的表现（1.25 DMIPS/MHz）。根据 Dhrystone Benchmark 的测评结果，采用新的 ThumbAE-2 指令集架构的 Cortex-M3 处理器，与执行 Thumb 指令的 ARM7TDMI-SAE 处理器相比，每兆赫的效率提高了 70%，与执行 ARM 指令的 ARM7TDMI-S 处理器相比，效率提高了 35%。目前已经有 Cortex 系列内嵌的产品问世，如 TI 公司推出的基于 Cortex-A8 内核的 OMAP3430，TI、ST 和 Luminary 也推出了基于 Cortex-M3 内核的低成本高性能 32 位 MCU。

2.1.4　ARM 处理器技术进展

在 ARM 技术的发展过程中，经历了一系列的技术创新，使得 ARM 系列日臻完善，独占鳌头，领导着嵌入式处理器领域。

ARM 核芯的体系结构从 ARMV1 发展到了 ARMV7；ARM 系列的处理器从 ARM1 发展到了 ARM11 乃至 Cortex 系列；ARM 系列的指令集包括了 32 位的 ARM 指令集、16 位的 Thumb 指令集、16/32 位的 Thumb-2 指令集；流水线从 ARM7 的 3 级发展到了 Cortex-A8 的 13 级；制造工艺从 $0.18\mu m$ 发展到了 32nm；内部的其他技术也在不断地升级和发展。

1. ARM 指令集

ARM 指令体系具有 ARM、Thumb、Thumb-2 和 Thumb-2EE 4 种指令集。当处理器工作在 ARM 状态时，执行 ARM 指令；当其工作在 Thumb 状态时，则执行 Thumb 指令；当其处于 Thumb-2 状态时，执行的是 Thumb-2 指令；当其工作在 Thumb-2EE 状态时，则执行 Thumb-2EE 指令。

2. 增强型 DSP 指令

E 变种包括了一些附加的指令，这些指令用于增强处理器对一些典型的 DSP 算法的处理性能。

增加了完成 16 位数据乘法和乘加操作的指令；实现饱和的有符号数的加减法操作的指令。所谓饱和的有符号数的加减法操作，是指在加减法操作溢出时，结果并不进行卷绕（Wrapping Around），而是使用最大的整数或最小的负数来表示的进行双字数据操作的指令，包括双字读取指令 LDRD、双字写入指令 STRD 和协处理器的寄存器传输指令 MCRR/MRRC。饱和运算类似于电子技术中的限幅或削波电路的功能。

3. Jazelle 技术

ARM 的 Jazelle DBX（Direct Byte code eXecution）技术是 Java 语言和先进的 32 位 RISC 芯片完美结合的产物。Jazelle 技术使得 Java 代码的运行速度比普通的 Java 虚拟机提高了 8 倍，这是因为 Jazelle 技术提供了 Java 加速功能，大幅度地提高了机器的运行性能，而功耗反而降低了 80%。Jazelle 技术使得在一个单独的处理器上同时运行 Java 应用程序、已经建立好的操作系统和中间件以及其他应用程序成为可能。Jazelle 技术使得一些必须用到协处理器和双处理器的场合可用单处理器代替，这样既保证了机器的性能，又降低了功耗和成本。ARM 体系结构版本 4TEJ 最早包含了 J 变种。

4. SIMD 技术

ARM 的单指令多重数据（Single Instruction Multiple Data，SIMD）技术为嵌入式应用系统提供了高性能的音频/视频处理技术。它可以使音频/视频处理性能提高 4 倍。主要特点：

- 可同时进行两个 16 位操作数或 4 个 8 位操作数的运算；
- 用户可自定义饱和运算模式；
- 可进行两个 16 位操作数的乘积累加/乘积递减运算以及 32 位乘 32 位的小数乘积累加运算；
- 同时进行 8 位/16 位选择操作。

5. NEON 技术

NEON 是用于流媒体处理的 SIMD 扩展，是 ARMV7 体系结构的可选组件，是一个结合 64 位和 128 位的 SIMD 指令集，其针对多媒体和信号处理具备标准化加速的能力，可以在 10MHz 的 CPU 上执行 MP3 音效译码。NEON 是作为 ARM 内核的一部分实现的，但有自己的执行管道和寄存器组，该寄存器组不同于 ARM 核芯寄存器组。支持 8 位、16 位、32 位和 64 位整数、定点和单精度浮点 SIMD 运算。这些指令在 ARM 和 Thumb-2 中都可用。SIMD 在向量超级处理机中是个决定性的要素，它具备同时多项处理功能。在 NEON 技术中，SIMD 最高可支持同时 16 个运算。

6. VFP 技术

向量浮点运算（Vector Floating-point Coprocessors，VFP）是协处理器针对 ARM 架构的衍生技术。它提供低成本的单精度和双精度浮点运算能力，并完全兼容于 ANSI/IEEEStd754-1985 二进制浮点数标准。VFP 提供大多数适用于浮点运算的应用，例如 PDA、智能手机、语音压缩与解压、3D 图像以及数字音效、打印机、机顶盒和汽车应用等。VFP 架构也支持 SIMD 平行化的短向量指令执行。这在图像和信号处理等应用上，有助于降低编码大小并增加输出效率。

7. TrustZone 技术

各种数字化电子设备（如机顶盒、智能电话、付款设备、网络设备等）的安全性要求越来越高，ARM TrustZone 技术应运而生。制造商很难对这些设备的安全性和可靠性提供承诺，因为这些设备在进行下载、执行和应用时，会感染潜在的病毒数据。ARM TrustZone 技术可确保数据在下载时或在系统上运行时的安全性，并保护消费者的隐私权。TrustZone 技术可拓展应用到电话银行、多媒体娱乐等领域。因此，消费者一旦接受这些新型服务后，网络运营商、服务提供商都将从中获利。

TrustZone 技术作为 ARM 体系结构的拓展，是一种新的硬件安全技术。TrustZone 技术为运行在如 Linux、Palm OS、Symbian OS、Windows CE 等开放式操作系统上的系统设备提供一种新的安全功能标准。此外，TrustZone 技术还可作为安全应用软件环境的补充，如 Sun Microsystems 的 Java 技术，进行优势互补，令设备的运行更安全、更为有效。

TrustZone 技术是由硬件建构的访问控制方式，支持两个虚拟的处理器。这种方式可使得应用程序核心能够在两个状态之间切换，在此架构下可以避免信息从较可信的核心领域泄漏至较不安全的领域。这种内核领域之间的切换通常是与处理器其他功能完全无关联性，因此各个领域可以各自独立运作但却仍能使用同一个内核。典型的 TrustZone 技术应用是能在一个缺乏安全性的环境下完整地执行操作系统，并在可信的环境下能有更少的安全性的编码。

TrustZone 技术从 ARMV6 版本开始支持。

8. MMU 技术

在嵌入式系统中，存储系统差别很大，可包含多种类型的存储器件，如 FLASH、SRAM、SDRAM 等，这些不同类型的存储器件的速度和位宽等各不相同。在访问存储单元时，可能采取平板式的地址映射机制对其操作，或使用虚拟地址对其进行读写。为适应复杂的存储体系要求，ARM 处理器中引入了存储管理单元（Memory Manage Unit，MMU）来管理存储系统。MMU 提供的一个关键服务是保证各个任务作为独立的程序在其自己的私有存储空间运行。能够运行在 Linux、Windows CE 等开放式操作系统上。

9. MPU 技术

内存保护单元（Memory Protection Unit，MPU）中一个域就是一些属性值及其对应的一片内存。这些属性包括：起始地址、长度、读写权限以及缓存等。

在受保护的系统中，主要有两类资源需要监视：存储器系统和外围设备。对存储器中区域的访问可以是读/写、只读或不可访问。基于当时的处理器模式（管理模式或用户模式），还有一些附加的权限。还有控制 Cache 和写缓冲器属性的 Cache 写策略。当处理器访问主存的一个区域时，MPU 比较该区域的访问权限属性和当时的处理器模式，如果请求符合区域访问标准，则 MPU 允许内核读/写主存；如果存储器请求导致存储器访问违例，则 MPU 产生一个异常信号。

10. Branch Prediction 技术

分支指令通常是条件指令，它们在跳到新指令前需要进行一些条件的测试。由于条件指令译码需要的条件码要 3~4 个周期后才可能有结果，分支有可能引起流水线的延迟。但分支预测 Branch Prediction 技术将会有助于避免这种延迟。

ARM11 结构使用两种技术来预测分支，即静态预测技术和动态预测技术。首先，动态的预测器使用历史记录来判断分支是最频繁发生还是最不频繁发生。动态预测器是一个 64 个分录，4 状态（StronglyTaken，WeaklyTaken，Strongly notTaken，Weakly not Taken）的分支目标地址缓存（BTAC）。表格大小足够保持最近的分支情况，分支预测就基于以前的结果。其次，如果动态的分支预测器没有发现记录，就使用静态的分支算法。很简单，静态预测检查分支是向前跳转还是向后跳转。假如是向后跳转，就假定它是一个循环，预测该分支发生；假如是向前跳转，就预测该分支不发生。

通过 EMBC（Embedded Microprocessor Benchmark Consortium）的测试结果分析，使用静态跳转预判可以正确判断出 77% 的跳转地址，使用动态跳转预判可以达到 88% 的正确率，而如果把静态和动态跳转预判组合使用，则有 92% 的跳转地址可以被正确预判。显然这将会极大地提高每个周期能够完成的指令数（IPC）指标或降低每个指令花费的平均周期数（CPI），尤其是对那些存在许多条件跳转指令的测试向量或应用程序。

11. CoreSight 技术

ARM CoreSight 技术建于 ARM ETM 实时跟踪模块中，为完整的片上系统（SoC）设计提供最全面的调试、跟踪技术方案，通过最小端口可获得全面的系统可见度，并为开发者大大节约了产品上市时间。CoreSight 技术提供了最标准的调试和跟踪性能，适用于各种内核和复杂外设，可对核内指令和数据进行追踪。该技术为半导体制造商和工具供应商建立了可真正协同工作的系统调试标准，可满足嵌入式开发者和半导体制造商的各种需求，如以最低的成本来提供全面的系统可见度，从而降低处理器成本。

通过对多核和 AMBA 总线的情况进行同时跟踪，CoreSight 技术可快速地对不同软件进行调试，此外，同时对多核进行暂停和调试，CoreSight 技术可对 AMBA 上的存储器和外设进行调试，无需暂停处理器工作，做到实时开发。CoreSight 技术拥有更高的压缩率，为半导体制造商们提供了对新的更高频处理器进行调试、跟踪的技术方案。使用 CoreSight 技术，制造商们可通过减少调试所需的引脚、减少片上跟踪缓存所需的芯片面积等手段来降低生产成本。

12. ETM 技术

基于 ARM 的具有 Embedded ICE 和 JTAG TAP 的系统芯片通过 JTAG 端口和协议转换器与主机相连。这种装置支持正常的断点、观察点以及处理器和系统访问状态。但如果要进行代码的实时跟踪就要引入嵌入式跟踪宏（Embedded Trace Macrocell，ETM）。ETM 提供了 ARM 处理器系列的指令和数据跟踪。跟踪协议被设计成可嵌入大规模专用集成电路（ASIC）中的 ARM 处理器内核提供实时跟踪能力。由于 ASIC 通常包含片上 Cache 和其他电路，因此，不可能通过观察 ASIC 引脚来决定处理器核的操作，可见跟踪口是了解处理器操作所必需的。

ETM 能捕获指令和数据序列，访问并把它们的记录发送给芯片上或芯片外的缓冲器，ARM 的 ETM 既可设置成允许触发器工作也可设置成允许跟踪结果被滤出。使用 ETM 的过滤功能，可以只捕获特别中断的或特殊文件的代码执行，即相当于提供了对代码的压缩功能。

ETM 主要包括 ETM7～ETM11，ETM7 和 ETM9 的结构和工作原理基本相同。如它们的跟踪保护（Trace Protocol）和 TPA 是完全相同的。

2.1.5　ARM 处理器组成结构

ARM 处理器是一个包含中央处理单元、调试跟踪部件、总线接口部件、存储器管理部件、高速缓存部件等部件的核心。不同的 ARM 处理器所包含的部件也不尽相同，因此形成了具有不同功能的处理器系列。以 ARM7TDMI 和 Cortex-M3 为例介绍 ARM 系列的内部组成结构和部件功能。

1. ARM7TDMI 核

在 ARM 系列中，ARM7TDMI 是一款功能强大、设计合理、性能稳定、应用广泛的芯片，是 ARM 的奠基产品，具有划时代的意义。ARM7TDMI 的组成框图如图 2.3 所示，其内部主要包括：

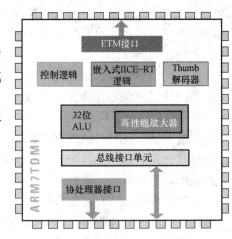

* ARM7TDMI 的核心是 32 位的算术逻辑运算单元 ALU 和高性能的乘法器；
* 总线接口单元；
* 嵌入式跟踪宏单元 ETM7；
* 嵌入式调试器 Embedded ICE-RT；
* 解析 Thumb 指令的 Thumb 译码器；
* 协处理器接口；
* 冯·诺伊曼结构，3 级流水线；
* 电源管理部件。

图 2.3　ARM7TDMI 的组成框图

2. ARM Cortex-M3 核

Cortex 开创了 ARM 的新架构，Cortex-M3 是 32 位 RISC 处理器，是经专门开发的高性能、低成本平台；针对快速和简单的编程而设计，用户无需深厚的架构知识或编写任何汇编语言代码就可以建立简单的应用程序；广泛应用于微控制器、汽车车身系统、工业控制系统和无线网络。Cortex-M3 处理器不仅具有出色的计算性能和优异的系统中断响应能力，而且内核面积小、代码密度在业界首屈一指（因而存储器更小）、针脚数少、功耗低，满足了低成本要求。Cortex-M3 的组成框图如图 2.4 所示，内部主要包括：

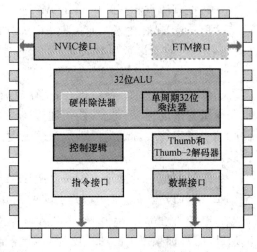

图 2.4　Cortex-M3 的组成框图

- CM3Core 核：CM3Core 是哈佛结构的 3 级流水线；具有指令预测功能；有硬件除法器和单时钟周期乘法器；CM3Core 具有 33K 个门，实现一个标准的 Cortex-M3 也不多于 60K 个门；如图 2.5 所示。

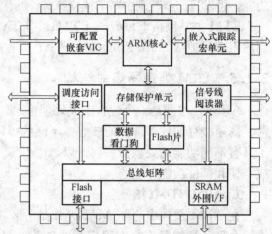

- Thumb-2 译码器：支持 Thumb-2 指令集和非对齐数据存取；支持位处理、硬件除法和 If/Then 指令；Thumb-2 指令自动优化了性能和代码密度，无需交互使用 ARM 代码和 Thumb 代码。

- 嵌套矢量中断控制器 NVIC：NVIC 可以通过简单的综合选择配置为 1～240 个物理中断中的任何一个，并带有多达 256 个优先级；Cortex-M3 使用一个可以重复定位的向量表，表中包含了将要执行的函数地址，可供具体的中断处理器使用。

图 2.5　CM3Core 的组成框图

- 自动中断响应：Cortex-M3 已从 ARM7 处理器的分组映像寄存器异常模型升级到了基于堆栈的异常模型。当异常发生时，程序计数器（PC）、程序状态寄存器（xPSR）、链接寄存器（LR）和通用寄存器 R0～R3 与 R12 将被自动压进堆栈；在数据总线对寄存器压栈的同时，指令总线从向量表中识别出异常向量，并获取异常代码的第一条指令；一旦压栈和取指完成，异常中断服务程序就开始执行；中断服务结束后，寄存器自动恢复。

- 基于堆栈的寄存器编程模式：Cortex-M3 带有一个简化的基于栈的编程模型，该模型与传统的 ARM 架构兼容，同时与传统的 8 位、16 位架构所使用的系统相似，它简化了 8 位、16 位到 32 位的转换过程。

- 存储器保护单元（MPU）：可选部件，实现对程序和数据的独立保护。

- 嵌入式跟踪宏单元（ETM）：可选部件，实现指令执行实时跟踪。

- 数据观测点和跟踪单元（DWT）：实现硬件断点和指令执行的静态统计。

- Flash Patch 技术：通过把 ROM 代码和数据独立地重新映射到 SRAM 区域上，Flash Patch 技术针对大多数只有 ROM 的微控制器实现了对只读代码的调试功能。

- 调试接口（SW-DP or SWJ-DP）：Cortex-M3 处理器通过其集成部件在硬件的本身实现了各种调试技术，使调试在具备跟踪和分析断点、观察点和代码修补功能的同时，速度也获得了有效的提高。处理器还通过一个传统的 JTAG 端口或一个适用于低引脚数封装器件的两引脚串行线调试端口赋予系统高度的可视性，并配置成 JTAG 调试接口 SW-DP 或串行线调试接口 SWJ-DP。

- 二进制位寻址操作：实现直接位操作功能。具有 1 个 1MB 的存储器位寻址空间和 1 个 1MB 的外设位寻址空间，分别映射到 32MB 的别名空间，通过字访问实现位访问。

- 电源管理部件：Cortex-M3 处理器支持扩展时钟门控和内置睡眠模式。处理器运行在 50MHz 的目标频率下的功耗仅为 4.5mW，芯片封装面积只有 0.33mm²。

- CorTex-M3 主要技术参数如表 2.3 所示。

表 2.3 CorTex-M3 主要技术参数

标准单元	0.18μm		0.13μm		90nm	
	速度优化	面积优化	速度优化	面积优化	速度优化	面积优化
标准单元	Metro	Metro	SAGE-X	Metro	Advantage	Advantage
频率/MHz	100	50	135	50	191	50
CM3Core 面积/mm²	0.43	0.35	0.43	0.21	0.21	0.13
CM3Core 电源/（mW/MHz）	0.31	0.21	0.14	0.07	0.07	0.04
Cortex-M3 面积/mm²	0.78	0.64	0.74	0.38	0.37	0.25
Cortex-M3 电源/（mW/MHz）	0.37	0.25	0.165	0.084	0.083	0.047

3. ARM7TDMI 与 Cortex-M3 的比较

ARM7TDMI 与 Cortex-M3 的性能比较如表 2.4 所示。

表 2.4 ARM7TDMI 与 Cortex-M3 的比较

特 性	ARM7TDMI	ARM Cortex-M3
体系结构	ARMV4T（Von Neumann）	ARMV7-M（Harvard）
指令系统结构	Thumb / ARM	Thumb / Thumb-2
流水线	3 级	3 级＋分支预测
中断	FIQ / IRQ	NMI＋1 到 240 物理中断
中断延迟	24—42 时钟周期	12 时钟周期
内部中断延迟	24 时钟周期	6 时钟周期
休眠模式	无	集成
存储器保护	无	8 区域 MPU
Dhrystone	0.95 DMIPS/MHz（ARM） 0.74 DMIPS/MHz（Thumb）	1.25 DMIPS/MHz
功耗	0.28mW/MHz	0.19mW/MHz
面积	0.62mm²（Core only）	0.86mm²（core＋peripherals）

2.2 ARM 处理器的寄存器文件

ARM 核是 RISC 结构，具有大寄存器组，寄存器组是 ARM 指令进行数据处理的主要场所。ARM 寄存器组分为 ARM 状态下寄存器组和 Thumb 状态下寄存器组。

2.2.1 ARM 处理器的工作状态

ARM 发展至今，ARM 处理器具有多种工作状态，其中包括 ARM 状态、Thumb 状态、Thumb-2 状态和 ThumbEE 执行环境。在程序的执行过程中，ARM 处理器可以随时在 ARM 和 Thumb 两种工作状态之间切换，并且，处理器工作状态的转变并不影响处理器的工作模式和相应寄存器中的内容。但 ARM 微处理器在开始执行代码时，应该处于 ARM 状态。

1. 工作状态

（1）ARM 状态　正执行 ARM 指令的处理器在 ARM 状态下工作。在此状态下，处理器只能执行字对齐的 32 位 ARM 指令。

（2）Thumb 状态　正执行 Thumb 指令的处理器在 Thumb 状态下工作。在此状态下，处理器只能执行半字对齐的 16 位 Thumb 指令。

（3）Thumb-2 状态　正在执行 Thumb-2 指令的处理器在 Thumb-2 状态下工作。在此状态下，处理器可以执行 16 位或 32 位混合的 Thumb-2 指令，无需 ARM 状态和 Thumb 状态转换。

（4）ThumbEE 状态　这是 ARMV7 之后定义的一种新的、可实时编译的指令集执行环境，使得指令集能特别适用于执行阶段（Runtime）的编码产生。

2. 工作状态切换方法

每种指令集都包含用于更改处理器状态的指令。要在 ARM 和 Thumb 状态之间进行转换，必须切换汇编器模式，以便使用 ARM 或 Thumb 指令生成正确的操作码。若要生成 Thumb-2EE 代码，请使用 Thumbx 选项。

ARM 和 Thumb 两种工作状态由当前程序状态寄存器 CPSR 中的 T 位决定，并切换工作。当 CPSR. T＝0 时，处于 ARM 状态；当 CPSR. T＝1 时，处于 Thumb 状态。

（1）进入 Thumb 状态　当操作数寄存器 Rm 的状态为 bit [0]＝1 时，执行"BX Rm"指令进入 Thumb 状态。如果处理器在 Thumb 状态下进入异常（Exception）处理时，自动进入 ARM 状态。当异常处理返回（IRQ、FIQ、Undef、About、SWI）时，自动返回 Thumb 状态。

（2）进入 ARM 状态　当操作数寄存器 Rm 的状态为 bit [0]＝0 时，执行"BX Rm"指令进入 ARM 状态。在处理器进行异常处理（IRQ、FIQ、Undef、About、SWI）时，如果把 PC 放入异常模式连接寄存器 LR 中，从异常向量地址开始执行，可以进入 ARM 状态。

在 Thumb-2 状态，无需模式切换就运行 16 位与 32 位混合代码。为了做到这一点，ARM 在 BL 指令中找到了需要的突破口。在原有的指令集中，BL 指令有一些位没有使用，这些原先未定义的位给全新的指令集提供了切换入口。

2.2.2　ARM 处理器的工作模式

ARM 处理器也提供了 7 种运行模式。它们分别是：用户模式（USR）、快速中断模式（FIQ）、外部中断模式（IRQ）、管理模式（SVC）、数据访问终止模式（ABT）、系统模式（SYS）、未定义指令中止模式（UND）。

ARM 处理器的运行模式可以通过软件改变，也可以通过外部中断或异常处理改变。除用户模式以外，其余的所有 6 种模式称之为非用户模式或特权模式；其中，除去用户模式和系统模式以外的 5 种模式又称为异常模式，常用于处理中断或异常，以及需要访问受保护的系统资源等情况。

1. 工作模式选择 CPSR [4：0]

ARM 处理器的工作模式由当前程序状态寄存器 CPSR 的低 5 位定义和选择，ARM 处理器所支持 7 种工作模式如表 2.5 所示。

表 2.5　ARM 的 7 种工作模式

CPSR [4：0]	模式	体系结构	用　　途	可访问寄存器
0000	USR	全部	用户模式，用户程序正常执行	PC，CPSR，R14～R0
10001	FIQ	全部	处理快速中断，支持高速数据传输和通道处理	PC，CPSR，R14_fiq～R8_fiq，R7～R0，SPSR_fiq
10010	IRQ	全部	处理普通中断模式	PC，CPSR，R14_irq～R13_irq，R12～R0，SPSR_irq
10011	SVC	全部	操作系统保护模式，处理软件中断（SWI）	PC，CPSR，R14_svc～R13_svc，R12～R0，SPSR_svc
10111	ABT	全部	处理存储器故障，实现存储器和虚拟存储器保护	PC，CPSR，R14_abt～R13_abt，R12～R0，SPSR_abt
11011	UND	全部	处理未定义的指令陷阱	PC，CPSR，R14_und～R13_und，R12～R0，SPSR_und
11111	SYS	＞V4	运行特权操作系统任务	PC，CPSR，R14～R0

注：FIQ＝Fast Interrupt Request，IRQ＝Interrupt Request，SVC＝Supervisor，ABT＝Abort，UND＝Undefined，USR＝User，SYS＝System。ARMV7-M 不支持其他 ARM 处理器所采用的模式。本节不适用于 ARMV7-M。

2. 说明

（1）用户模式　大多数用户程序运行在用户模式下。在用户模式 USR 下，程序不能访问一些受操作系统保护的系统资源，也不能改变模式。应用程序也不能直接进行处理器模式切换，除非异常发生。这允许操作系统控制系统资源的使用，适当地编写操作系统，可以控制系统资源的使用。

（2）特权模式　除了用户模式之外的其他 6 种模式称为特权模式。特权模式主要用于处理异常和监控调用（也称为软中断），可自由的访问系统资源和改变模式。

（3）异常模式　在特权模式中，除了系统模式，其他的 5 种模式又称为异常模式，包括：FIQ（Fast Interrupt Request）、IRQ（Interrupt Request）、SVC（Supervisor）、ABT（About）、UND（Undefined）。异常模式主要处理中断和异常，当系统发生异常和中断时，处理器自动进入相应的异常模式。在每一种异常模式下，都有某些附加的影子寄存器，供相应的异常处理程序使用。这样就可以保证在异常发生时，用户寄存器的内容保持不变，确保用户模式的状态可靠。

（4）系统模式　仅在 ARM7TDMI 以后的版本中存在，系统模式 SYS 是不能通过异常进入的，系统模式和用户模式使用相同的寄存器组。这样操作系统的任务就可以访问所需要的系统资源和用户资源，但是不能访问异常模式下的相应的寄存器组，因此确保了当任何异常发生时，不会是任务的状态不可靠或被破坏。

2.2.3　ARM 状态下寄存器组织

ARM 处理器是 RISC 结构，共有 37 个寄存器。

1. ARM 寄存器组成

ARM 状态下共有 37 个寄存器。其中，包括 31 个通用寄存器和 6 个状态寄存器，这些寄存器都是 32 位寄存器。每个寄存器都有固定的物理地址。

（1）31 个通用寄存器

数据宽度：32 位寄存器；

寄存器名称：R0～R14；R15（PC）；R13_svc、R14_svc；R13_abt、R14_abt；R13_und、R14_und；R13_irq、R14_irq；R8_frq～R14_frq。

（2）6 个状态寄存器

数据宽度：32 位寄存器，目前只使用了 12 位；

寄存器名称：CPSR；SPSR_svc；SPSR_abt；SPSR_und；SPSR_irq；SPSR_frq。

不同的工作模式有不同的寄存器文件，因此这些寄存器不可能同时有效。处理器的工作状态和工作模式决定了那些寄存器何时是有效的。

2. ARM 状态下寄存器组织

ARM 状态下的 37 个寄存器实现了不同模式下的各种操作。

（1）ARM 状态下寄存器的组织结构

当 ARM 处理器处于 ARM 状态下时，寄存器的组织如表 2.6 所示。

表 2.6　ARM 状态下的寄存器的组织

		所有模式					
			特权模式				
				异常模式			
		用户模式	系统模式	管理模式	中止模式	未定义	普通中断	快速中断
通用寄存器和程序计数器	全局通用	R0						
		R1						
		R2						
		R3						
		R4						
		R5						
		R6						
		R7						
	按模式复用	R8						R8_fiq
		R9						R9_fiq
		R10						R10_fiq
		R11						R11_fiq
		R12						R12_fiq
		R13（SP）	R13_svc	R13_abt	R13_und	R13_irq	R13_fiq
		R14（LR）	R14_svc	R14_abt	R14_und	R14_irq	R14_fiq
	公用	R15（PC）						
状态寄存器	公用	CPSR						
	复用	无	SPSR_svc	SPSR_abt	SPSR_und	SPSR_irq	SPSR_fiq

多种模式下都有自己的独有的寄存器，称为影子寄存器，部分物理地址是重叠的。系统模式和用户模式没有影子寄存器；管理模式、中止模式、未定义、普通中断具有 3 个影子寄

存字；快速中断具有 8 个影子寄存字。

（2）通用寄存器

1）R0～R7：不分组寄存器（The Unbanked Registers）。

• 所有处理器模式都可访问 R0～R7，所有模式下的 Rn（n＝0～7）对应同一个物理地址，是全局通用的，是真正的通用寄存器。

• R0～R7 未加保护，模式切换时，可能造成数据破坏。因此，需要用户通过程序加以保护。

2）R8～R12：分组寄存器（The Banked Registers）。

• 在 FIQ 异常模式下，使用 R8_fiq～R12_fiq 替代 R8～R12，FIQ 模式不必保存和恢复中断现场，加速 FIQ 响应速度。

• 非 FIQ 异常模式都可访问 R8～R12，未加保护，模式切换时，可能造成数据破坏。

• 在系统模式下，R8～R12 没有区别，属于同一物理地址。

3）R13～R14：分组寄存器（The Banked Registers）。

• R13、R14 各自具有 6 个分组的物理寄存器。

• 用户模式和系统模式共用一组 R13～R14。

• 异常模式需要指定其模式，其格式为（R13_<mode>、R14_<mode>），其中 mode 为 svc、abt、und、irq、fiq 之一，各模式下 R13_<mode>和 R14_<mode>拥有自己的物理地址。

• R13 通常用作堆栈指针 SP。非异常模式下，ARM 指令集不强迫使用，Thumb 指令集强迫使用；在异常模式下，因为每一种异常模式拥有自己的物理 R13，应用程序需要初始化 R13 指向相应的堆栈，退出异常时，从 R13 弹出中断地址。

• R14 是子程序连接寄存器（LR，Link Register）。非异常模式下，当程序执行子程序调用指令 BL、BLX 时，当前 PC 值将自动保存到 R14；异常模式下，每一种异常模式拥有自己的物理 R14，异常时用 R14 存放当前程序执行子程序的返回地址。当程序执行完时，应用程序需要软件返回（BX LR 或者 MOV PC，LR）。

4）R15（PC）：程序计数器。

• R15 可以作为一般的通用寄存器使用，但有一些指令在使用 R15 时有一些限制。

• ARM 状态下的指令总是字对齐的，R15 [1：0]＝PC [1：0]＝ [0，0]。

• 对 3 级流水线：R15 保存的不是当前指令地址，是向下两条指令的地址，即：[PC]＝当前指令地址＋每条指令字节数（4）＊2。

• 对 5 级流水线：R15 保存的不是当前指令地址，是向下 3 条指令的地址，即：[PC]＝当前指令地址＋每条指令字节数（4）＊3。

• 特殊要求：如指令 BX Rm，通过 Rm [0] 来确定跳转到 ARM 状态还是 Thumb 状态。

• ARM3 以及更低的版本，写入 R15 的地址值 bits [1：0] 被忽略，即写入 R15 的地址值将与 0xFFFF FFFC 做与操作。

• 对于 ARM4 以及更高的版本，程序必须保证写入 R15 的地址值 bits [1：0] 为 0b00，否则将产生不可预知的后果。

• 对于 Thumb 指令集来说，指令是半字对齐的，处理器将忽略 bit [0]。

（3）状态寄存器

1）分类。

• 当前状态寄存器 CPSR（Current Program Status Register）：含有条件码标志、控制位等；

• 异常状态寄存器 SPSR（Save Program Status Register）：当异常出现时，自动保存 CPSR 的值到 SPSR，因此也称为程序状态保存寄存器；

• 异常状态寄存器 SPSR 需要指定其模式，其格式为（SPSR_<mode>），其中 mode 为 svc、abt、und、irq、fiq 之一，各模式拥有自己的物理地址。

2）CPSR 结构如表 2.7 所示。

表 2.7　CPSR 结构

条件码标志位				保留位		控制位								备注
N	**Z**	**C**	**F**	…	…	**I**	**F**	**T**	**M4**	**M3**	**M2**	**M1**	**M0**	
Negative：结果为负 N=1；非负 N=0。	Zero：结果为零 Z=1；非零 Z=0。	Carry：有进借位 C=1；否则 C=0。	Over-flow：有溢出时 V=1；否则 V=0。			IIQ 中断禁止：1 禁止，0 允许	FIQ 中断禁止：1 禁止，0 允许	工作状态：1-Thu-mb；0-ARM	M [4-0] 10000 10001 10010 10011 10111 11011 11111		用户 FRQ IRQ 管理 中止 未定义 系统			
D31	D30	D29	D28	…	…	D7	D6	D5	D4	D3	D2	D1	D0	

3）说明。

• 条件码标志位 NZCV：N、Z、C、V 是 CPSR 的最高 4 位 CPSR [31：28]。

• ARM 的大多数指令都可以条件执行，即通过检测 N、Z、C、V 来确定程序的执行。

• ARM 的大多数指令都可以通过在指令助记符后面添加后缀 S（Set）来设置 N、Z、C、V。

• 控制位 IFT：I、F、T 和 M [4：1] 是 CPSR 的最低 8 位 CPSR [7：0]。

• 当异常出现时，自动改变控制位，当处理器在特权模式下时，可以由软件改变。

• M [4：1] 是模式位，决定处理器的工作模式。

2.2.4　Thumb 状态下寄存器组织

Thumb 状态下寄存器组织与 ARM 状态下寄存器组织十分类似。Thumb 状态下共有 27 个寄存器。

1. 寄存器组成

27 个寄存器包括 21 个通用寄存器和 6 个状态寄存器，这些寄存器都是 32 位寄存器。每个寄存器都有固定的物理地址。

（1）21 个通用寄存器

• 数据宽度：32 位寄存器；

• 寄存器名称：R0～R7；R13～R14；R15（PC）；R13_svc、R14_svc；R13_abt、

R14_abt；R13_und、R14_und；R13_irq、R14_irq。

（2）6 个状态寄存器

- 数据宽度：32 位寄存器，目前只使用了 12 位；
- 寄存器名称：CPSR；SPSR_svc；SPSR_abt；SPSR_und；SPSR_irq；SPSR_frq。

这些寄存器不可能同时有效，处理器的工作状态和工作模式决定了那些寄存器何时是有效的。

2. Thumb 状态下寄存器组织

（1）Thumb 状态下组织结构　　Thumb 状态下 27 个寄存器的组织结构如表 2.8 所示。

表 2.8　Thumb 状态下的寄存器组织结构

		模式					
				特权模式			
					异常模式		
		用户	系统	管理	中止	未定义	普通终断	快速中断
通用寄存器和程序计数器	全局通用	R0						
		R1						
		R2						
		R3						
		R4						
		R5						
		R6						
		R7						
	分组公用	R13（SP）	R13_svc	R13_abt	R13_und	R13_irq	R13_fiq
		R14（LR）	R14_svc	R14_abt	R14_und	R14_irq	R14_fiq
		R15（PC）						
状态寄存器	公用	CPSR						
	复用	无	SPSR_svc	SPSR_abt	SPSR_und	SPSR_irq	SPSR_fiq

各种模式下都有自己的寄存器，部分物理地址是重叠的。

（2）通用寄存器

1）R0～R7：不分组寄存器，与 ARM 状态相同。

2）R13～R14：分组寄存器。

- Thumb 状态下的 SP 影射到 ARM 状态下的 R13。
- Thumb 状态下的 LR 影射到 ARM 状态下的 R14。

（3）状态寄存器

1）CPSR 与 SPSR：与 ARM 状态相同。

2）PC 程序计数器 R15：Thumb 的 PC 影射到 ARM 的 R15（PC）。

（4）Thumb 状态到 ARM 状态的影射表　　Thumb 状态到 ARM 状态的寄存器影射表如表 2.9 所示。

表 2.9　Thumb 状态到 ARM 状态的寄存器影射表

Thumb 状态		ARM 状态	Thumb 状态		ARM 状态
R0	——>	R0			R8~R12
R1	——>	R1	SP	——>	SP（R13）
R2	——>	R2	LR	——>	LR（R14）
R3	——>	R3	PC	——>	PC（R15）
R4	——>	R4	CPSR	——>	CPSR
R5	——>	R5	SPSR	——>	SPSR
R6	——>	R6			
R7	——>	R7			

2.3　ARM 处理器的异常与中断

异常和中断是处理突发事件的机制，ARM 中具有异常和中断两种类型。

1. ARM 程序控制执行流程

在 ARM 体系中通常有以下 3 种方式控制程序的执行流程。

在正常执行过程中，每执行一条 ARM 指令，程序计数器（PC）的值加 4 个字节；每执行一条 Thumb 指令，程序计数器寄存器（PC）加 2 个字节；整个过程是按顺序执行。

跳转指令，程序可以跳转到特定的地址标号处执行，或者跳转到特定的子程序处执行。其中，B（Branch）指令用于执行跳转操作；BL 指令在执行跳转操作同时，保存子程序的返回地址；BX 指令在执行跳转操作同时，根据目标地址位可以将程序切换到 Thumb 状态；BLX 指令执行 3 个操作，跳转到目标地址处执行，保存子程序的返回地址，根据目标地址位可以将程序切换到 Thumb 状态。

当异常或中断发生时，系统执行完当前指令后，将跳转到相应的异常中断处理程序处执行。当异常或中断处理程序执行完成后，程序返回到发生中断指令的下条指令处执行。在进入异常中断处理程序时，要保存被中断程序的执行现场，从异常中断处理程序返回时，要恢复被中断程序的执行现场。

2. 异常分类

ARM 中有 7 种异常中断的种类。

（1）复位（Reset）　当处理器复位引脚有效时，系统产生复位异常中断，程序跳转到复位异常中断处理程序处执行。复位异常中断通常用在下面几种情况下：系统加电时；系统复位时；跳转到复位中断向量处执行成为软复位。

（2）未定义的指令（Undefined）　当 ARM 处理器或者是系统中的协处理器认为当前指令未定义时，产生未定义的指令异常中断，可以通过修改未定义异常中断机制仿真浮点向量运算。

（3）软件中断（SoftWare Interrupt，SWI）　这是一个由用户定义的中断指令，可用于用户模式下的程序调用特权操作指令，在实时操作系统中可以通过该机制实现系统功能调用。

（4）指令预取终止（Prefetch Abort）　如果处理器预取的指令地址不存在，或者该地址不允许当前指令访问，当被预取的指令执行时，处理器产生指令预取终止异常中断。

（5）数据访问终止（Data Abort）

如果数据访问指令的目标地址不存在，或者该地址不允许当前指令访问，处理器产生数据访问终止异常中断。

（6）外部中断请求（IRQ）　当处理器的外部中断请求引脚有效，而且 CPSR 寄存器的 I 控制位被清除（允许 IRQ 中断）时，处理器产生外部中断请求异常中断。系统所有外设都通过该异常中断请求处理服务。

（7）快速中断请求（FIQ）　当处理器的外部快速中断请求引脚有效，而且 CPSR 的 F 控制位被清除（允许 FIQ 中断）时，处理器产生外部中断请求异常中断。

（8）异常中断向量及异常中断优先级　中断向量是异常与中断服务程序的入口地址。在 ARM 体系中，每个异常中断服务程序的入口地址是固定的。例如，复位异常的中断向量是 0x00000000，外部中断请求的中断向量是 0x00000018 等。ARM 的异常中断的服务程序区是从 0x00000000 地址开始，大小为 32B，其中每个异常中断的服务程序只占据 4B 空间，保留了 4B 空间。

每个异常中断仅仅对应中断的服务程序区中的 4B 的空间，设计者的意图就是让用户在此存放一条跳转指令或者一条向 PC 寄存器中赋值的数据访问指令。通过这两种指令，程序将跳转到相应的异常中断处理程序处执行。

当几个异常中断同时发生时，就必须按照一定的顺序来处理这些异常中断，这个顺序就是异常中断的优先级。

- 指令执行引起的直接异常：软件中断、未定义指令、预取指令中止（读取指令时，存储器错）。
- 指令执行引起的间接异常：数据中止（读取数据时，存储器错）。
- 外部产生的与指令流无关的异常：复位、IRQ、FIQ。
- 异常类型：如表 2.10 所示。

表 2.10　各个异常中断的中断向量地址、优先级、工作模式关系表

异 常 类 型	向量地址	优先级	模 式	异常中断含义
复位 Reset	0x00000000	1	SVC	复位异常中断有以下 3 种情况：1）系统上电；2）系统复位；3）跳转到复位异常程序
未定义指令 Undefined Instruction	0x00000004	6	UND	当 ARM 处理器或者协处理器认为指令未定义时，产生该异常。可以通过该异常仿真浮点向量运算
软件中断 SWI	0x00000008	6	SVC	用户定义的中断，类似于 8x86 系统中的 INT 指令。用户模式下：用户调用特权操作
指令预取中止 Prefetch Abort	0x0000000C	5	ABT	如果处理器预取的指令地址不存在或者该地址不允许当前指令访问时，当被预取的指令执行时，产生该异常
数据访问中止 Data Abort	0x00000010	2	ABT	如果数据访问的目标地址不存在或该地址不允许当前指令访问时，产生该异常
保留	0x00000014	X	未使用	兼容 26 位的 ARM 异常
外部中断请求 IRQ	0x00000018	4	IRQ	当处理器的外部中断引脚有效，且 CPSR 寄存器的 I 位为 0 时，处理器产生外部中断请求 IRQ
快速中断请求 FIQ	0x0000001C	3	FIQ	当处理器的外部快速中断引脚有效，且 CPSR 寄存器的 F 位为 0 时，处理器产生外部中断请求 FIQ

3. ARM 异常中断响应过程

当发生异常时，复位异常会立即停止当前指令的执行，转去执行复位异常中断服务程序；其他异常都会完成当前指令后，才转去执行异常中断服务程序。

（1）保存 CPSR 的内容　自动保存当前程序状态寄存器 CPSR 的内容到备份程序状态寄存器 SPSR 中，即：

CPSR→SPSR_<mode>。<mode>可取 SVC、ABT、UND、IRQ、FIQ。

（2）设置 CPSR 的相应位

• 自动设置工作模式<mode>：CPSR [4：0]=<mode>，使处理器进入相应的运行模式，见表 2.5。

• 软件设置 IRQ 中断标志位：CPSR. I=CPSR [8]=1，来禁止 IRQ。

• 软件设置 FIQ 中断标志位：进入 Reset 或 IRQ 时，设置 CPSR. F=CPSR [7]=1，来禁止 FIQ。

（3）保存现场

• 自动保存 PC 当前值到 LR，R14_<mode>←PC。

• 自动保存 CPSR 到 SPSR，SPSR_<mode>←CPSR。

• 用户软件压栈用户寄存器。

• 自动执行异常中断服务程序：给 PC 强制赋值异常中断服务程序的入口地址。

（4）ARM 处理器异常中断伪代码

```
R14_<mode>=Return Link          //mode 可取 SVC、ABT、UND、IRQ、FIQ。
SPSR_<mode>=CPSR                //
CPSR[4：0]=<mode>               //设置异常模式
CPSR[5]=0                       //当前运行在 ARM 状态时，设置为 ARM 工作状态
CPSR[7]=1                       //禁止新的 IRQ
If<mode>=Reset or IRQ then      //判断异常模式
CPSR[6]=1                       //禁止新 FIQ
PC=Exception Vector Address     //执行中断服务程序（根据表 2-2 设置）
```

（5）FIQ 具有专用的寄存器 R8_fiq～R12_fiq，无须保存 R8～R12，加速了中断处理。

4. 异常中断返回过程

（1）复位异常无须返回。

（2）IRQ 返回

1）恢复现场：所有被压栈用户寄存器出栈。

2）恢复当前处理器状态寄存器：CPSR←SPSR_<mode>。

3）恢复 PC 值：PC←R14_<mode>。

4）清除中断控制位：I/F。

5）返回机制 CPSR←SPSR_<mode>和 PC←R14_<mode>：这是两步恢复工作，但无法先后独立完成；如果先完成一步，则无法完成另一步。

• 如果先执行了 CPSR←SPSR_<mode>，则已经退出了异常，R14_<mode>就不能被访问，即无法再恢复 PC 了；

• 如果先执行了 PC←R14_<mode>，则异常失去了对指令流的控制，即已经退出了异

常，CPSR 就不能被恢复；

- 结论：CPSR←SPSR 和 PC←R14_＜mode＞必须同时完成。
- ARM 提供了两种返回机制。

① 返回机制 1

- 当 PC 保存在 R14_＜mode＞时的返回：

```
MOVS      PC, R14_＜mode＞                ;从 SWI 或未定义指令陷阱返回
SUBS      PC, R14_＜mode＞,＃4            ;从 IRQ、FIQ 或预取指令中止返回
SUBS      PC, R14_＜mode＞,＃8            ;从数据中止返回并重新存取数据
;当目的操作数是 PC 时，SUBS 中的后缀"S"表示特殊形式的指令-返回指令。
;在执行返回指令时，CPSR←SPSR_＜mode＞和 PC←R14_＜mode＞同时完成。
```

- IRQ 和 FIQ 返回时，必须返回前面第一条指令：以便执行因为异常而被占据的指令；
- 预取指令中止返回时，必须返回前面第一条指令：以便执行在初次访问时造成存储器故障的指令；
- 数据中止返回必须返回前面第二条指令：以便执行因为异常而被占据的指令之前的数据传送指令；

② 返回机制 2

PC 保存在堆栈时：这样可以嵌套异常中断。

```
;R14_＜mode＞压栈
LDMFD      R13!, (R0-R3, PC)^               ;恢复和返回
;首先将 R14_＜mode＞压栈；
;"^"表示特殊形式的指令。从堆栈装入 PC 的同时，恢复 CPSR。
```

5. 优先级

当异常中断发生时，必须按照一定的优先级响应中断。

（1）优先级级别（由高到低） 复位（最高）→数据访问中止→FIQ→IRQ→指令预取中止→SWI、未定义指令。

（2）最复杂的中断 FIQ＋IRQ＋第 3 个异常同时发生。

- FIQ 比 IRQ 优先级高：先响应 FIQ 且自动屏蔽 IRQ，直到 FIQ 中断返回并将 IRQ 激活为止。
- 如果第 3 个异常是数据访问中止，则先响应数据访问中止（以防数据访问中止错过）但并不自动屏蔽 FIQ。因此，进入数据访问中止后，将立即响应 FIQ，FIQ 退出后再执行数据异常中止。
- 如果第 3 个异常是非数据异常中止，则先响应 FIQ 和 IRQ，直到 FIQ 和 IRQ 退出后，再响应第 3 个异常。

（3）在应用程序中安装异常中断处理程序

1）使用跳转指令：可以在异常中断对应异常向量处放置一条跳转指令，直接跳转到该异常中断的处理程序。这种方法有一个缺点，即只能在 32MB 空间范围内跳转。

2）使用数据读取指令 LDR：使用数据读取指令 LDR 向程序计数器（PC）中直接赋值。这种方法分为两步：先将异常中断处理程序的绝对地址存放在距离向量表 4KB 范围内的一个存储单元中；再使用数据读取指令 LDR 将该单元的内容读取到程序计数器（PC）中。

2.4 ARM 处理器的流水线结构

流水线是哈佛结构和 RISC 体系的重要技术之一，ARM 系列已经从 ARM7 的 3 级流水线发展到了 Cortex-A8 的 13 级流水线。

2.4.1 ARM 流水线概述

ARM7 是冯·诺依曼结构的 3 级流水线，ARM9 是哈佛结构的 5 级流水线，ARM10 是哈佛结构的 6 级流水线，ARM11 是哈佛结构的 8 级流水线，Cortex-M3 是哈佛结构的 3 级流水线，Cortex-A8 是哈佛结构的 13 级流水线。如表 2.11 所示。

表 2.11 ARM 的架构与流水线

项 目	ARM7	ARM9	ARM10	ARM11	Cortex-M3	Cortex-A8
流水线	3	5	6	8	3	13
架构	冯·诺依曼	哈佛	哈佛	哈佛	哈佛	哈佛

各级流水线的操作如图 2.6 所示。

ARM7	预取 (Fetch)	译码 (Decode)	执行 (Execute)				
ARM9	预取 (Fetch)	译码 (Decode)	执行 (Execute)	访存 (Memory)	写入 (Write)		
ARM10	预取 (Fetch)	发送 (Issue)	译码 (Decode)	执行 (Execute)	访存 (Memory)	写入 (Write)	
ARM11	预取 (Fetch)	预取 (Fetch)	发送 (Issue)	译码 (Decode)	转换 (Snny)	执行 (Execute)	访存 (Memory)	写入 (Write)

图 2.6 各级流水线的操作

在各类流水线中，都会有对程序存储器的操作取指级，对指令的操作译码级、执行级，构成了最基本的 3 级流水线。在 5 级以上的流水线中，主要增加了对数据存储器的操作访问级、写入级，以及对程序的分支预测等。

下面以 ARM7 的 3 级流水线为例，对 ARM 流水线的特性进行讨论。

2.4.2 ARM7 的 3 级流水线

ARM7 是冯·诺依曼结构的 3 级流水线。

1. ARM 的 3 级流水线

（1）3 级流水线　取指级、译码级、执行级，如图 2.7 所示（ARM 单周期指令 3 级流水线）到 ARM7 为止，ARM 使用的都是 3 级流水线。

1）取指级：完成程序从存储器中的读取，并放入指令流水线。

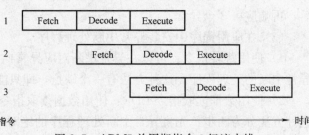

图 2.7 ARM7 单周期指令 3 级流水线

2）译码级：对指令译码，并为下一个周期准备数据路径需要的控制信号。

3）执行级：占有数据路径，完成指令规定的操作。

（2）说明

· 任意时刻都可能有 3 种不同的指令占用 3 级中任意一级，因此，必须保证各级的硬件完全独立。

· 一条指令需要经过 3 级流水线后才能完成，如果一级的执行时间为一个时钟，那么一条指令需要 3 个时钟周期。

· 指令和数据在同一个存储器时，不可能同时访问数据存储器和程序存储器。

· ARM7 是冯·诺依曼结构的 3 级流水线，指令和数据共用总线及内存。在 ARM7 的执行中，几乎每个时钟都需要访问存储器：读取指令或传输数据。当需要访问数据存储器时，就不得不停止取指令，中断流水线，使系统的执行效率受到影响。

2. ARM 的 3 级流水线下 PC 的行为

（1）PC 计数　流水线处理器的执行使得 PC 必须在当前指令执行之前计数。在当前 PC 取得指令后，当前 PC 值自动加 4，指向下一条指令。如图 2.8 所示。

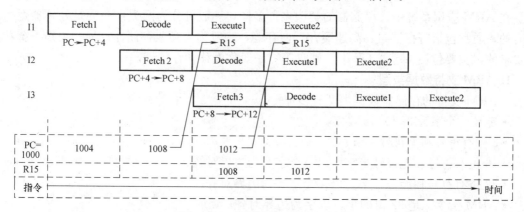

图 2.8　3 级流水线下 PC 的行为

（2）通过 R15 访问 PC　R15（PC）总是指向"正待预取"的指令，而不是指向"正在执行"的指令或"正在译码"的指令。一般来说，人们习惯性约定将"正在执行的指令作为参考点"，称之为当前第一条指令，因此 PC 总是指向第三条指令，即第一条待执行，第二条待译码，第三条待预取。当 ARM 状态时，每条指令为 4B 长，所以 PC 始终指向该指令地址加 8B 的地址，即：PC 值＝当前程序执行位置＋8。

· 假设开始 PC＝1000，即 Fetch1 取指 I1 之前 R15＝1000。

· Fetch1 取指 I1 后：PC 的值变为 1004；读 R15＝1004，指向 I2 指令。

· Fetch2 取指 I2 后：PC 的值变为 1008；译码 I1；读 R15＝1008，指向 I3 指令。

· Fetch3 取指 I3 后：PC 的值变为 1012；译码 I2；执行 I1；读 R15＝1012，…

……

2.5　ARM 处理器的存储器组织

ARM 存储系统的体系结构适应不同的嵌入式应用系统的需要差别很大。最简单的存储系统使用平板式的地址映射机制，就像一些简单的单片机系统一样，地址空间的分配方式是固定的，系统各部分都使用物理地址。而一些复杂系统可能包括下面的一种或几种技术，从而提供更为强大的存储系统。

系统中可能包含多种类型的存储器，如 Flash、ROM、RAM、E^2PROM 等，不同类型的存储器的速度和宽度等各不相同。

通过使用 Cache 及 Write Buffer 技术缩小处理器和存储系统速度差别，从而提高系统的整体性能。

内存管理部件 MMU 通过内存映射技术实现虚拟空间到物理空间的映射。在系统加电时，将 ROM/Flash 映射为地址 0，这样可以进行一些初始化处理；当这些初始化完成后将 RAM 地址映射为 0，并把系统程序加载到 RAM 中运行，这样很好地解决了嵌入式系统的需要。

引入存储保护机制，增强系统的安全性。

引入一些机制保证 I/O 操作映射成内存操作后，各种 I/O 操作能够得到正确的结果。

2.5.1　ARM 存储器的层次

在 ARM 应用系统中，存储器的类型多种多样，一般可分为两类：一类是处理器运行所必需的，通常包括寄存器组、高速缓存、内存等，一般称为高速存储器；另一类是系统功能所要求的，主要包括 U 盘、CF 卡、硬盘等，一般称为移动存储器。

1. ARM 支持数据类型

• ARM 支持的存储器数据类型有多种。

• 定义一个字为 32 位，4 字节。

• 8 位有符号和无符号字节；

• 16 位有符号和无符号半字，以 2 个字节为边界对齐；

• 32 位有符号和无符号字，以 4 个字节为边界对齐；

• ARM 指令：是 32 位的字，以字为边界对齐；

• Thumb 指令：是 16 位的半字，以 2 字节为边界对齐；

• 在 ARM 内部，所有的 ARM 操作都是面向字进行的；

• 只有数据传送指令支持字节和半字，当从存储器读入时，将其符号位作 0 或者符号扩展为 32 位；

• ARM 协处理器支持其他类型。

2. ARM 存储器组织

ARM 体系的存储方式有两种。

• 小端方式：较高的有效字节存储在存储器的较大地址，较低的有效字节存储在存储器的较小地址，即高高低低；

• 大端方式：较高的有效字节存储在存储器的较小地址，较低的有效字节存储在存储器的较大地址，即高低低高；

• 默认时：小端方式。

• 存储实例

假设字数据 A 包括 4 个字节 A3A2A1A0；则 A 的高半字 HA 包括字节 A3A2、低半字 LA 包括字节 A1A0。如果存储器是以字节为单位、按字对齐的，则其存储顺序如图 2.9

所示。

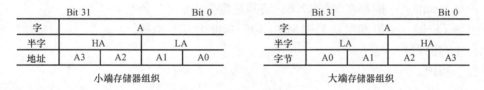

图 2.9　小端和大端存储器组织

假设有如下数据结构：4 个字节数据块：字节 B3、字节 B2、字节 B1、字节 B0；2 个半字数据块：半字（字节顺序为 B7B6）、半字（字节顺序为 B5B4）；1 个字数据块：字（字节顺序为 B11B10B9B8）；1 个半字与 2 个字节混合数据块：半字（字节顺序为 B15B14）、字节 B13、字节 B12；1 个字数据块：字（字节顺序为 B23B22B21B20）、字（字节顺序为 B19B18B17B16）。如果存储器是以字节为单位、按字对齐的，则其存储顺序如图 2.10 所示。

偏移地址	Bit 31			Bit 0
地址	23	22	21	20
说明	B23	B22	B20	B20
地址	19	18	17	16
说明	B19	B18	B17	B16
地址	15	14	13	12
说明	B15	B14	B 13	B12
地址	11	10	9	8
说明	B11	B10	B9	B8
地址	7	6	5	4
说明	B7	B6	B5	B4
地址	3	2	1	0
说明	B3	B2	B1	B0

小端存储器组织

偏移地址	Bit 31			Bit 0
地址	23	22	21	20
说明	B20	B21	B22	B23
地址	19	18	17	16
说明	B16	B17	B18	B19
地址	15	14	13	12
说明	B14	B15	B13	B12
地址	11	10	9	8
说明	B8	B9	B10	B11
地址	7	6	5	4
说明	B6	B7	B4	B5
地址	3	2	1	0
说明	B3	B2	B1	B0

大端存储器组织

图 2.10　小端和大端存储器组织

3. 存储器层次

如果把 ARM 系统的存储器进一步按速度、离 CPU 的远近，相应地可分为 3 个层次：片内存储器主要包括寄存器、Cache、Flash 等；板内存储器主要包括内存、Flash 等；外设存储器主要包括 U 盘等。然后，按不同的层次对存储器进行操作和管理。

（1）寄存器组

- 位于片内。
- 寄存器组是存储器组织的顶层，典型 RISC 有 32 个 32 位寄存器，128B。
- 访问速度：几个纳秒。

（2）片上 RAM

- 位于片内。
- 微处理器要达到最佳性能，片上存储器是必须的，速度快、抗干扰性能好。
- 容量大小：一般都在 128B 以上。
- 访问速度：几个纳秒。与寄存器相当，因此一般都用 RAM 作为寄存器。

（3）片上 Cache

- 位于片内。
- 一级 Cache：一般都在 8～32KB。访问速度为 10ns。
- 二级 Cache：一般都在 0.1～1MB。访问速度为几十纳秒。

（4）主存储器
- 位于板内。
- 容量：几 MB 到 1GB。
- 访问速度：几到几十纳秒。

（5）外存储器：U 盘、硬盘等，ARM 系统通常没有硬盘
- 位于板外。
- 容量：几十 GB。
- 访问速度：几十毫秒。

2.5.2　ARM 存储器的管理

ARM 处理器属于中高端处理器，一般都会含有存储器管理单元 MMU，用于对存储系统中的高速存储器进行管理。在 ARM 应用系统中，一般包括高速存储器和移动存储器，高速存储器又分为片内存储器和板内存储器。ARM 系统中的高速存储器一般都是由 Flash、ROM、SRAM、SDRAM 等组成。例如，SST39VF160 是 1M* 16bit 的 Flash；HY57V64160B 是 4M* 16bit 的 SDRAM。

1. Cache 及 Write Buffer

在 ARM 系统中，通过使用 Cache 及 Write Buffer 技术缩小处理器和存储系统速度差别，从而提高系统的整体性能。

Cache 就是一段超高速 SRAM，在处理器与内存之间起到指令和数据的缓存作用，暂存处理器执行到指令和访问的数据，从而提高处理器的运行速度。

- 逻辑 Cache，在虚拟地址空间中存储数据，它位于处理器和 MMU 之间。处理器可以直接通过逻辑 Cache 访问数据，而无须通过 MMU。逻辑 Cache 又被称作虚拟 Cache。
- 物理 Cache，使用物理地址存储数据，它位于 MMU 和主存之间。当处理器访问存储器时，MMU 必须先把虚拟地址转换成物理地址，Cache 存储器才可以向内核提供数据。

带有 Cache 的 ARM 内核采用了两种总线结构：冯•诺伊曼结构和哈佛结构。这两种总线结构的区别在于，是否在内核与主存之间将指令和数据通道分离。

在 CPU 与主存之间增加了 Cache 之后，便存在数据在 CPU 和 Cache 及主存之间如何存取的问题。读写各有 2 种方式。

- 贯穿读出式（Look Through）：该方式将 Cache 隔在 CPU 与主存之间，CPU 对主存的所有数据请求都首先送到 Cache，再由 Cache 自行在自身查找。如果命中，则切断 CPU 对主存的请求，并将数据送出；不命中，则将数据请求传给主存。该方法的优点是降低了 CPU 对主存的请求次数，缺点是延迟了 CPU 对主存的访问时间。
- 旁路读出式（Look Aside）：在这种方式中，CPU 发出数据请求时，并不是单通道地穿过 Cache，而是向 Cache 和主存同时发出请求。由于 Cache 速度更快，如果命中，则 Cache 在将数据回送给 CPU 的同时，还来得及中断 CPU 对主存的请求；不命中，则 Cache 不做任何动作，由 CPU 直接访问主存。它的优点是没有时间延迟，缺点是每次 CPU 对主存

的访问都存在，这样，就占用了一部分总线时间。

　　• 写穿式（Write Through）：任一从 CPU 发出的写信号送到 Cache 的同时，也写入主存，以保证主存的数据能同步地更新。它的优点是操作简单，但由于主存的慢速，降低了系统的写速度并占用了总线的时间。

　　• 回写式（Copy Back）：为了克服写穿式中每次数据写入时都要访问主存，从而导致系统写速度降低并占用总线时间的弊病，尽量减少对主存的访问次数，又有了回写式。回写式是这样工作的：数据一般只写到 Cache，这样有可能出现 Cache 中的数据得到了更新而主存中的数据不变（数据陈旧）的情况。但此时可在 Cache 中设一标志地址及数据陈旧的信息，只有当 Cache 中的数据被再次更改时，才将原更新的数据写入主存相应的单元中，然后再接受再次更新的数据。这样保证了 Cache 和主存中的数据不致产生冲突。

　　如果没有 Cache 和 Write Buffer，CPU 对主存的读写都是直接访问主存实现的，因为主存的读写速度远远低于 CPU 的运行速度，所以，主存的访问是一个性能瓶颈。引入 Cache 和 Write Buffer 是为了提高存储访问的速度，提供系统性能。ARM 的 Cache 和 Write Buffer 组织结构如下：

　　ARM CPU↔Read↔Cache↔Main Memory

　　ARM CPU↔Write↔Cache↔Write Buffer↔Main Memory

　　如果 Cache 打开的话，CPU 读写主存的时候，都是通过 Cache 进行的。进行读操作的时候，如果在 Cache 里面找到了所需的内容（Cache Hit），直接从 Cache 里读取；如果要读的内容不在 Cache 上的时候（Cache Miss），先把所需的内容装载到 Cache 里，再从 Cache 上读取。进行写操作的时候，数据先写到 Cache 上。具体又可以分为 Write Through 和 Write Back 两种方式。如果是 Write Through 方式并且激活了 Write Buffer，每次写操作都写入 Cache、Write Buffer 但不写入主存，这样即使外部总线已经被占用（如 DMA），CPU 也能完成写操作而不需要等待，从而提高写执行速度，写外部存储器是在总线空闲时再完成；如果是 Write Back 方式的话，数据最初只是写到 Cache 上，必要的时候（Cache Replacement）再将 Cache 上的数据通过 Write Buffer 回写到主存当中去。

　　一般来说 Cacheability 和 Bufferability 都是可以配置的，所以，一块存储区域可以配置成下面 4 种方式：NCNB（No Cache No Buffer）、CNB、NCB、CB。在实际应用当中，可以根据需要对主存进行配置。

　　2. 存储器映射的 I/O

　　• 在 ARM 系统中，IO 操作通常被映射为存储器操作，进 IO 是通过存储器映射的可寻址外围寄存器和中断输入组合来实现的。

　　• 不能使用 Cache。

　　• I/O 输出操作：对存储器写；I/O 输入操作：对存储器读。

2.5.3　ARM 非对齐的存储访问操作

　　非对齐：位于 ARM 状态下，低二位不为 0b00，称为非字对齐；位于 Thumb 状态下，最低位不为 0b0，称为非半字对齐。

　　（1）非对齐的指令预取操作　如果系统中指定当发生非对齐的指令预取操作时，忽略地址中相应的位，则由存储系统实现这种忽略。

（2）非对齐的数据访问操作　对于 Load/Store 操作，系统定义了下面 3 种可能的结果：

 • 执行结果不可预知；

 • 忽略字单元地址低两位的值，即访问地址为字单元；忽略半字单元最低位的值，即访问地址为半字单元；

 • 由存储系统忽略字单元地址中低两位的值，半字单元地址最低位的值。

（3）指令预取和自修改代码　当用户读取 PC 计数器的值时，返回的是当前指令下面的第二条指令的地址。对于 ARM 指令来说，返回当前指令地址值加 8 个字节；对于 Thumb 指令来说，返回值为当前指令地址值加 4 个字节。

自修改代码指的是代码在执行过程中修改自身。应尽量避免使用。

（4）存储器映射的 I/O 空间　在 ARM 中，I/O 操作通常被映射为存储器操作。通常需要将存储器映射的 I/O 空间设置成非缓冲的。

2.6　ARM 处理器的片上总线

将 ARM 核与所需功能的 IP 核集成到一个芯片就是 ARM 处理器，亦即实现了一个 SoC。由于 IP 核的设计千差万别，IP 核的连接就成为构造 SoC 的关键。片上总线（On-Chip Bus，OCB）是实现 SoC 中 IP 核连接最常见的技术手段，它以总线方式实现 IP 核之间数据通信。与板上总线不同，片上总线不用驱动底板上的信号和连接器，使用更简单，速度更快。一个片上总线规范一般需要定义各个模块之间初始化、仲裁、请求传输、响应、发送接收等过程中驱动、时序、策略等关系。

片上总线有两种实现方案，一是选用国际上公开通用的总线结构；二是根据特定领域自主开发片上总线。目前，SoC 上常用片上总线标准有 IBM 公司的 CoreConnect，ARM 公司的 AMBA，Altera 公司的 Avalon，Silicore 公司的 Wishbone 以及 Open Core Protocol International Partnership 公司设计的 OCP 5 种。

2.6.1　AMBA 简介

先进的微控制器总线体系结构（Advanced Microcontroller Bus Architecture，AMBA）是 ARM 公司设计的一种用于高性能嵌入式系统的总线标准。它独立于处理器和制造工艺技术，增强了各种应用中的外设和系统宏单元的可重用性。AMBA 总线规范是一个开放标准，可免费从 ARM 获得。目前，AMBA 拥有众多第三方支持，被 ARM 公司 90% 以上的合作伙伴采用，在基于 ARM 处理器内核的 SoC 设计中，已经成为广泛支持的现有互联标准之一。AMBA 总线规范 2.0 于 1999 年发布，该规范引入的先进高性能总线 AHB 是现阶段 AMBA 实现的主要形式。

AMBA 总线规范主要设计目的如下：① 满足具有一个或多个 CPU 或 DSP 的嵌入式系统产品的快速开发要求；② 增加设计技术上的独立性，确保可重用的多种 IP 核可以成功地移植到不同的系统中，适合全定制、标准单元和门阵列等技术；③ 促进系统模块化设计，以增加处理器的独立性；④ 减少对底层硅的需求，以使片外的操作和测试通信更加有效。

1. AMBA 规范

AMBA 总线是一个多总线系统。规范定义了构成 AMBA 总线逻辑结构的基本元素。

AMBA 2.0 规范包括四个部分：包括高性能总线（Advanced High-performance Bus，AHB）和（Advanced System Bus，ASP）、外设总线（Advanced Peripheral Bus，APB）、一个总线桥（APB Bridge）、一个仲裁器（Abiter）以及 Test Methodology。其中，高性能系统总线（AHB 或 ASB）主要用以满足 CPU 和存储器之间的带宽要求。CPU、片内部存储器接口和 DMA 设备等高速设备连接在其上，而系统的大部分低速外部设备则连接在低带宽总线 APB 上。系统总线和外设总线之间用一个桥接器进行连接。典型的基于 AMBA 的 SoC 核心部分的总线结构如图 2.11 所示。

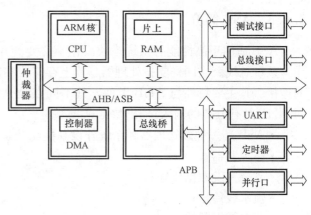

图 2.11　ARM 总线逻辑结构

2. AMBA 规范下的 3 种总线

- AHB：用于连接高性能系统模块，支持突发数据传输及单个数据传输。
- ASB：用于连接高性能系统模块，支持突发数据传输。
- APB：一个简单接口，支持低性能外围接口。

APB 桥类似于一个 AHB 总线的主设备。其功能是对低性能外设提供一个简单的接口。目前 AHP/ASP 还不能集成在一起。

3 种总线都包含一个地址状态和多个数据状态。

2.6.2　AHB 简介

AHB 是先进的系统总线。主要用于高性能模块（如 CPU、DMA 和 DSP 等）之间的连接，作为 SoC 的片上系统总线，AHB 系统由主设备、从设备和基础结构（Infrastructure）3 部分组成，整个 AHB 总线上的传输都由主设备发出，由从设备负责回应。基础结构则由仲裁器（Abiter）、主设备到从设备的多路器、从设备到主设备的多路器、译码器（Decoder）、虚拟从模块（Dummy Slave）、虚拟主模块（Dummy Master）所组成。其主要特性如下：

- AHB 主要连接 CPU、DMA、DSP 等高性能、高吞吐量模块。
- 支持多个总线主设备控制器；
- 单周期总线主设备控制权转换；
- 没有三态方式；
- 支持猝发、分裂、流水等数据传输方式，所有时序都是以单一时钟为基准；
- 分段传输模式最大为 16 段；
- 突发传输模式最大为 16 字节；
- 数据传输类型为字节、半字和字传输；
- 数据宽度为 32～128 位；
- 地址空间为 32 位；
- 访问保护机制包括区分特权和非特权、区分指令和数据等；
- 提供为较慢的设备使用而遏制数据流的机制；

- 支持仲裁、REQ、GNT 和 Lock；
- 在高性能系统中取代 ASB。

2.6.3 ASB 简介

ASB 适用于高性能的系统模块。在不必要使用 AHB 的高速特性的场合，可选择 ASB 作为系统总线。它同样支持处理器、片上存储器和片外处理器接口与低功耗外部宏单元之间的连接。其主要特性与 AHB 类似，其不同点是 ASP 读/写数据采用同一条双向数据总线，而 AHB 具有分离的输入/输出数据总线。

- ASB 是一种微处理器和系统外设高性能互联的总线，是片间互联总线；
- 多控制器；
- 支持突发数据传输；
- 流水线传送；
- 双向数据总线；
- 数据宽度：32～128 位；
- 地址空间：32 位；
- 访问保护机制：区分特权和非特权，区分指令和数据；
- 提供为较慢的设备使用而遏制数据流的机制；
- 支持仲裁、REQ、GNT 和 Lock。

2.6.4 APB 简介

APB 适用于低速、低功耗的外部设备，内核通过 APB 来访问低速和低性能的系统资源，例如 UART 等。APB 已经过优化，以减少功耗和对外设接口的复杂度；与 CoreConnect 总线相似，AHB 或 ASP 与 APB 间通过 APB 桥连接，在 APB 里面唯一的主设备就是 APB 桥。处理器内核借助于总线桥（APB Bridge），通过 APB 访问外设，反过来外设可以借助 APB 桥，通过 AHB 或 ASP 访问存储器。CoreConnect 中的 PLB 总线和 OPB 总线都支持多主从设备，因此分别需要一个仲裁器来控制主设备的访问；而 AMBA 中 AHB 总线支持多主控设备，APB 总线支持单主控设备，因此只需一个仲裁器。其主要特性如下：

- APB 是一种外围接口互联的总线；
- 低性能、低功耗外围总线；
- 单控制器；
- 只有 4 个控制信号；
- 数据宽度为 32 位；
- 地址空间为 32 位；
- 分开的读和写数据总线。

2.7 ARM 处理器的指令体系结构

在 ARM 体系结构中，首先定义了一套 RISC 的 32 位指令，为 ARM 处理器提供一整套 32 位运算，称为 ARM 指令集，也是 ARM 系列的基本指令集。大多数 ARM 指令在一个周期内就可以执行完毕；大多 ARM 指令都可以条件执行；所有 ARM 指令均为 32 位长度，指令以字对齐方式保存在存储器中。

ARMV4T 及更高版本定义了 Thumb 指令集。Thumb 指令集是 ARM 指令集的一个子集，允许指令编码为 16 位的长度，以半字对齐方式保存在存储器中。与等价的 32 位代码相比较，Thumb 指令集在保留 32 位代码优势的同时，大大节省了系统的存储空间，但 Thumb 指令仅有一条具备条件执行的功能。

ARMV6T2 定义了 Thumb-2 指令集。Thumb-2 混合 16 位与 32 位指令集，提供更低的功耗、更高的性能、更短的编码，较之前的 ARM 技术方案减少 26％的使用存储空间、较之前的 Thumb 技术方案增速 25％，并最大化了 Cache 与紧耦合内存的用途。Thumb-2 已从 ARM 和 Thumb 指令集中衍伸出多种指令，包含位域（Bit-Field）操作、分支建表（Table Branches）和条件执行等功能。

ARMV7 定义了 Thumb-2 执行环境 ThumbEE，业界称为 Jazelle RCT 技术。Thumb-2EE 指令集基于 Thumb-2，但前者与后者相比有变更和补充，从而可以更好地适用于动态生成的代码，即在执行前或执行期间在设备上编译的代码。Thumb-2EE 是专为一些语言如 Limbo、Java、C♯、Perl 和 Python 设计，并能让其实时编译程序输出更小的编译码却不会影响到效能。执行 Thumb-2EE 指令的处理器工作在 ThumbEE 环境。

在 ARMV4 版本之前，ARM 处理器只能执行 ARM 指令集；ARMV4T 版本之后又增加了 Thumb 指令集；ARMV6T2 版本之后再增加了 Thumb-2 指令集；ARMV7 版本之后再定义了 ThumbEE 指令执行环境。

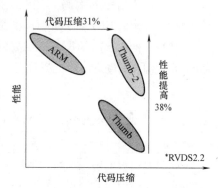

图 2.12　指令集性能关系

Thumb-2 指令集和 ARM、Thumb 指令集之间最重要的区别是，大多数 32 位 Thumb 指令是无条件的，而大多数 ARM 指令是有条件的。Thumb-2 引入了条件执行指令 IT，该指令是逻辑 if-then-else 操作，可应用于后续指令以使其按条件执行。

ARM 指令集、Thumb 指令集和 Thumb-2 指令集的性能关系和性能比较分别如图 2.12 和图 2.13 所示。

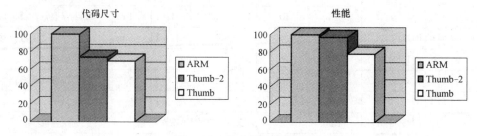

图 2.13　指令集性能比较

第 3 章　ARM 指令系统

虽然嵌入式程序都可以用汇编语言、C 语言或 C＋＋语言等高级语言以及汇编语言与 C 语言混合编程设计，但是汇编语言是编程效率最高、最直接的编程语言，而且嵌入式程序是更接近底层硬件的，汇编语言更为直接有效。即便大部分程序用高级语言设计，但系统的引导、启动代码必须使用汇编语言设计。因此，在学习嵌入式系统中，汇编语言是必不可少的。

指令系统是汇编语言程序设计的基础，而且汇编语言编程是在指令集的基础上进行设计的。ARM 处理器指令集是基于 RISC 的 32 位指令。首先对 ARM 指令集简单概述、然后讨论寻址方式、再按分类对 ARM 指令集进行分析。

3.1　ARM 指令集概述

从 ARM 指令集的编码、条件执行、指令分类及指令格式等几个方面对 ARM 指令集进行概述。

1. ARM 指令的编码

ARM 指令集的指令编码长度是以 32 位定长二进制给出的。

（1）编码格式　ARM 指令集的指令编码格式是三操作数指令格式，包括操作码、第一操作数（源操作数）、第二操作数、目的操作数、条件标志位等部分。如表 3.1 所示。

表 3.1　ARM 指令集编码

31	30	29	28	27	26	25	24	23	22	21	20	19	18	17	16	15	14	13	12	11	10	9	8	7	6	5	4	3	2	1	0	说　明
Cond				0	0	1	Opcode				S	Rn				Rd				Operand2												数据处理/PSR 状态转换
Cond				0	0	0	0	0	0	A	S	Rd				Rn				Rs				1	D	0	1	Rm				乘法
Cond				0	0	0	0	1	U	A	S	RdHi				RdLo				Rn				1	D	0	1	Rm				长乘法
Cond				0	0	0	1	0	B	0	0	Rn				Rd				0	0	0	0	1	D	0	1	Rm				数据交换
Cond				0	0	0	1	0	0	1	0	1	1	1	1	1	1	1	1	1	1	1	1	0	0	0	1	Rm				分支与交换
Cond				0	0	0	P	U	0	W	L	Rn				Rd				0	0	0	0	1	S	H	1	Rm				半字存取寄存器偏移量
Cond				0	0	0	P	U	1	W	L	Rn				Rd				OFFSET				1	S	H	1	Rm				半字存取立即数偏移量
Cond				0	1	1	P	U	B	W	L	Rn				Rd				OFFSET												单数据存取
Cond				0	0	0	1	0	R	0	0	1	1	1	1	Rd				0	0	0	0	0	0	0	0	0	0	0	0	状态寄存器传输指令
Cond				0	1	1																					1					未定义
Cond				1	0	0	P	U	S	W	L	Rn				REGISTER LIST																数据块存取
Cond				1	0	1	OFFSET																									分支
Cond				1	1	0	P	U	N	W	L	Rn				CRd				CP#				OFFSET								协处理器数据存取
Cond				1	1	1	CP Opc					CRn				CRd				CP#				CP			0	GRm				协处理器数据操作
Cond				1	1	1	CP Opc				L	CRn				Rd				CP#				CP			1	GRm				协处理寄存器传送
Cond				1	1	1	Ignored by Processor																									软中断

31 30 29 28 27 26 25 24 23 22 21 20 19 18 17 16 15 14 13 12 11 10 9 8 7 6 5 4 3 2 1 0

（2）编码说明　假设指令编码用 Code [31：00] 表示，简写为 C [31：00]。

C [31：28] 部分是条件码，通常用 Cond 表示，共有 16 种组合，可对应 16 个条件。

C [27：20] 部分是操作码，表征指令的操作功能。

C [19：16] 部分是源操作数，共有 16 种组合，指定一个寄存器作为源操作数（第一操作数）。

C [15：12] 部分是目的操作数，共有 16 种组合，指定一个寄存器作为目的操作数。

C [11：00] 部分是第二操作数，可以指定一个规格化的立即数、地址偏移量、寄存器移位操作等。

PUWLABSNR♯的各位含义：在寻址方式中，P＝1 表示前变址，P＝0 表示后变址；在长乘法中，U＝1 表示无符号；在非长乘法中，U＝1 表示地址递增，U＝0 表示地址递减；W＝1 表示回写修改基址寄存器，W＝0 表示不回写修改基址寄存器；在分支指令中，L＝1 表示带链接的转移；在非分支指令中 L＝1 表示是 Load 指令，L＝0 表示是 Store 指令；A 表示累加器；B＝1 表示字节；在多寄存器操作中，S＝1 表示有符号；在非多寄存器操作中，S＝1 表示更新条件码；N＝1 表示协处理器；R＝1 表示是 SPSR，R＝0 表示是 CPSR；♯＝1 表示立即数。

2. ARM 指令的条件码

ARM 指令可以根据条件执行。因此，在 ARM 指令的编码中，必须包含条件编码 Cond。

（1）条件码表　ARM 指令条件码如表 3.2 所示。

表 3.2　ARM 指令的条件码

Cond [31：28]	助记符扩展	解　　释	CPSR
0000	EQ	相等/等于 0	Z 置位
0001	NE	不等	Z 清零
0010	CS/HS	进位/无符号数高于或等于	C 置位
0011	CC/LO	无进位/无符号数小于	C 清零
0100	MI	负数	N 置位
0101	PL	正数或 0	N 清零
0110	VS	溢出	V 置位
0111	VC	未溢出	V 清零
1000	HI	无符号数高于	C 置位 Z 清零
1001	LS	无符号数大于或等于	C 清零 Z 置位
1010	GE	有符号数小于或等于	N 等于 V
1011	LT	有符号数小于	N 不等于 V
1100	GT	有符号数大于	Z 清零且 N 等于 V
1101	LE	有符号数小于或等于	Z 置位且 N 不等于 V
1110	AL	总是	任何状态
1111	NV	从不	无

（2）条件码说明　Cond 条件码使用 C [31：28] 四位。每种条件使用两个英文缩写字符表示其含义，可以添加在指令助记符后面，组成带条件执行的指令助记符。

ARM 指令根据 CPSR 中的条件位自动判断 Cond 条件是否满足、进而决定指令是否被执行。当 Cond 指定的条件满足时，指令被执行；当 Cond 指定的条件不满足时，指令被忽略，忽略时相当于一条 NOP 指令。

例如：MOVEQ 是指令助记符 MOV 和条件码 EQ 的组合，要求根据前面指令执行的结果来判断，如果相等则执行传送数据，不相等则不传送数据。即 CPRS 中的 Z 标志位为 1 时，执行指令。

3. ARM 指令分类及指令格式

ARM 指令集是 Load/Store 型的。只能通过 Load/Store 指令对存储器访问，而其他类型的指令只能基于处理器内部寄存器进行操作。

（1）指令分类　ARM 指令集可分为 6 大类型：数据处理类指令、Load/Store 类指令、跳转类指令、程序状态寄存器处理类指令、协处理器类指令、异常产生类指令。

（2）指令格式　 <opcode>{<cond>}{S}<Rd>,<Rn>{,<operand2>}

（3）格式说明

opcode：操作码助记符，如 MOV、LDR、STR 等，如表 3.3 所示；

cond：可选执行条件助记符，如 EQ、NE 等，如表 3.2 所示；

S：可选后缀；若指定 S，则根据指令执行结果更新 CPSR 的条件码 NZCV；

Rd：目标操作数的寄存器，可以是 R0～R15 中任意一个；

Rn：源操作数的寄存器，可以是 R0～R15 中任意一个；

operand2：第二个操作数；

<>：表示<>内的部分是必须的，如<Opcode>是指令助记符，Opcode 是必须书写的；

{}：表示 {} 内的部分是可选的；若不书写，则使用默认条件 AL（无条件执行）；

<opcode>、{<cond>}、{S} 之间没有任何分隔符；

操作数之间可以用","、空格或 Tab 分割。

例 3.1　ARM7TDMI 指令格式实例。

```
LDR      R0,[R1]        ;读取 R1 指向的地址的内容，执行条件 AL
BEQ      DATAEVEN       ;条件执行分支指令，执行条件 EQ，相等则转移到 DATAEVEN
ADDS     R2,R1,♯1       ;加法指令，R2←R1+1，影响 CPSR 的 S 位
SUBNES   R2,R1,♯0x20    ;条件执行的减法指令，执行条件 NE，R2←R1-x20，影响 CPSR 的 S 位
```

4. ARM 指令列表

ARM 指令的助记符及基本操作如表 3.3 所示。

表 3.3　ARM 指令列表

助记符	操作	描述	注
ADC	Rd：=Rn+Op2+C	带进位加法	
ADD	Rd：=Rn+Op2	将常数或寄存器与另一个寄存器相加	
AND	Rd：=Rn AND Op2	逻辑与	
B	R15：=address	分支转跳	
BIC	Rd：=Rn AND NOT Op2	位清除	
BKPT	进入调试状态	断点	[1]
BL	R14：=下条指令地址，R15：=转跳地址	带链条转跳	
BLX	R14：=下条指令地址，R15：=Rm [31：1]，当地址 0 位为 1 时转跳到 Thumb 态	带链条和状态切换转跳	[1]

（续）

助 记 符	操　　作	描　　述	注
BX	R15：＝Rn，change to Thumb if address bit0 is 1	带状态切换跳转	
CDP	协处理器指令	协处理器数据操作	
CDP2	协处理指令	可选择的数据操作	[1]
CLZ	Rd：＝Rm 中前导零的数目	计数前导零	[1]
CMN	CPSR flags：＝Rn＋Op2	负数比较指令	[1]
CMP	CPSR flags：＝Rn－Op2	常数或寄存器之间比较	
EOR	Rd：＝Rn EOR Op2	异或操作	
LDC	协处理器数据读取指令	从内存某一连续单元加载到协处理器寄存器中	
LDC2	特殊协处理器加载	可选择的加载	[1]
LDM	栈操作（Pop）	加载多个寄存器	
LDR	Rd：＝[address][31：0]	从内存中加载一个 32 位数据	
LDRB	Rd：＝ZeroExtend([address][7：0])	从内存中加载一个字节数据	
LDRH	Rd：＝ZeroExtend([address][15：0])	从内存中加载一个 16 位半字数据	
LDRSB	Rd：＝SignExtend([address][7：0])	从内存中加载一个有符号的字节数据	
LDRSH	Rd：＝SignExtend([address][15：0])	从内存中加载一个有符号的半字数据	
LDRD	Rd：＝[address][31：0]Rd+1：＝[address＋4][31：0]	从内存中加载一个双字 Rd 和 Rd+1	
MCR	cRn：＝rRn⟨＜op＞cRm⟩	数据从 CPU 寄存器传送到协处理器寄存器	
MCR2	协处理器指定	可选传送	[1]
MCRR	协处理器指定	两个 ARM 寄存器传送	[1]
MLA	Rd：＝(Rm＊Rs)＋Rn	乘加指令	
MOV	Rd：＝Op2	将常数或寄存器传送给另一个寄存器	
MRC	Rn：＝cRn⟨＜op＞cRm⟩	数据从协处理器寄存器传送到 CPU 寄存器	
MRC2	协处理器指定	可选传送	[1]
MRRC	协处理器指定	两个 ARM 寄存器传送	[1]
MRS	Rn：＝PSR	读状态寄存器指令	
MSR	PSR：＝Rm	写状态寄存器指令	
MUL	Rd：＝Rm＊Rs	乘法指令	
MVN	Rd：＝NOT Rm	数据非传送指令	
NOP	无	空操作	[1]
ORR	Rd：＝Rn OR Op2	或操作	
PLD	内存从预定地址加载	内存预装载	[1]
QADD	Rd：＝SAT(Rm＋Rn)	饱和加	[1]
QDADD	Rd：＝SAT(Rm＋SAT(Rn＊2))	双精度饱和加	[1]
QSUB	Rd：＝SAT(Rm－Rn)	饱和减	[1]
QDSUB	Rd：＝SAT(Rm－SAT(Rn＊2))	双精度饱和减	[1]

（续）

助 记 符	操　作	描　述	注
RSB	Rd：=Op2－Rn	逆向减法指令	
RSC	Rd：=Op2－Rn－1＋Carry	带进位逆向减法指令	
SBC	Rd：=Rn－Op2－1＋Carry	带进位减法	
SMULxy	Rd：=Rm[x] * Rs[y]	饱和乘	[1]
SMULWy	Rd：=(Rm * Rs[y])[47：16]	饱和乘	[1]
SMLAxy	Rd：=Rn＋Rm[x] * Rs[y]	饱和乘	[1]
SMLAWy	Rd：=Rn＋(Rm * Rs[y])[47：16]	饱和乘	[1]
SMLALxy	RdHi,RdLo：=RdHi,RdLo＋Rm[x] * Rs[y]	饱和乘	[1]
STC	address：=CRn	存储协处理器寄存器	
STC2	协处理器指定	可选存储	[1]
STM	栈操作（Push）	存储多个寄存器	
STR	＜address＞：=Rd	保存一个寄存器到内存	
STRB	[address][7：0]：=Rd[7：0]	存储寄存器字节到内存	
STRH	[address][15：0]：=Rd[15：0]	存储寄存器半字到内存	
STRD	[address][31：0]：=Rd [address＋4][31：0]：=Rd＋1	存储寄存器双字 Rd 和 Rd＋1	[1]
SUB	Rd：=Rn－Op2	减法	
SWI	OS 调用	软中断	
SWP	Rd：=[Rn]，[Rn]：=Rm	寄存器和存储器交换指令	
SWPB	Rd：=ZeroExtended[Rn][7：0]，[Rn][7：0]： =Rm	寄存器和存储器交换字节指令	
TEQ	CPSR flags：=Rn EOR Op2	相等测试指令	
TST	CPSR flags：=Rn AND Op2	位测试	

注：[1] 为 ARM9 之后的处理器才具有的指令

3.2　ARM 寻址方式

寻址方式是根据指令编码中所给出的地址码字段来寻找真实操作数的方式，指令格式是寻址方式的具体表现。只有深刻地理解寻址方式，才能真正地理解指令的含义和操作方法。ARM 处理器支持的基本寻址方式有 7 种。

1. 立即寻址

操作数就包含在 32 位指令编码中，只要取出指令，就可以得到立即数。

例 3.2　简单立即数寻址实例。

```
ADDS    R0, R0, ＃1    ; R0←R0＋＃1
AND     R8, R7, ＃xF0   ; R8←R7and＃xF0
; ＃为立即数前缀
; 0x 或 & 是 16 进制前缀；0d 是 10 进制前缀；0b 是 2 进制前缀
```

　　显然，定长的 32 位指令是无法完整表示 32 位立即数的。在 ARM 指令集中，合法的立即数是通过 8 位立即数<Immediate_8>循环右移生成的，因此能够使用的立即数是 32 位整数的一个子集。

　　<Immediate_EN>的生成方法：

　　<Immediate_EN>＝对<Immerdiate_8>循环右移($2 * $<rotate_Immediate_4>)位

　　其中，<Immediate_EN>是 32 位合法立即数；<Immerdiate_8>是给定的 8 位立即数；<Rotate_Immediate_4>是指定的 4 位移位位数，实际移位位数为 $2 * $<Rotate_Immediate_4>位。因此，一个能够被合法使用的立即数<Immediate_EN>必须能够编码为

<Rotate_Immediate_4><Immediate_8>

其编码长度为 12 位，使用 32 位指令编码的低 12 位。

　　例 3.3　合法立即数实例。

L1 MOV　R0，＃0x0000F200；编译：E3A00CF2，后 12 位 CF2，0xF200 是 ＃F2 循环右移 $2 * $C＝24 位
L2 MOV　R0，＃0x00012800；　编译：E3A00B4A，后 12 位 B4A，0x12800 是 ＃4A 循环右移 $2 * $B＝22 位

　　说明：L2 中的 0x12800 编码后是 B4A，<Rotate_Immediate_4>＝B、<Immediate_8>＝＃4A，<Immediate_8>

　　右循环右移 $2 * $B＝22 位后就是 0x12800。

　　2. 寄存器寻址

寄存器的内容是操作数。

　　例 3.4　寄存器寻址。

L1 ADD　　　R0，R1，R2　　　　；R0←R1＋R2。
L2 ADD　　　R3，R2，R1，LSR＃2　；R3←R2＋(R1 逻辑右移 2 位后的值，即为 R1/2^2)。
L3 ADD　　　R3，R2，R1，LSRR4　；R3←R2＋(R1 逻辑右移[R4]位后的值，即为 R1/2^{R4})。

说明：L3 的功能是将 R1 逻辑右移[R4]位后的值，再与 R2 的内容相加，结果存放到 R3 中。

在第二操作数为寄存器类型时，若在执行寄存器寻址操作，则可选择是否对寄存器进行移位。

　　• 移位格式

<Rm>，{<ShiftType>}shiftbit；<ShiftType>为移位方式，shiftbit 移位位数。

在移位操作中，移位位数可以是通用寄存器，也可以是立即数（0～31）。

　　• 移位方式：ShiftType

LSL：Logical Shift Left，逻辑左移，空出的最低位用 0 填充；

LSR：Logical Shift Right，逻辑右移，空出的最高位用 0 填充；

ASL：Arithmetic Shift Left，算术左移，算术移位的对象是有符号数，空出的最低位用 0 填充；与 LSL 含义相同；

ASR：Arithmetic Shift Right，算术右移，算术移位的对象是有符号数，移位后保持正负数不变。空出的最高位用符号位填充，即：如果是正数用 0 填充，如果是负数用 1 填充；

ROR：Rotate Right，循环右移，移出的最低位依次填入空出的最高位；

RRX：Rotate Right Extended by 1 Place，带扩展的循环右移，寄存器的内容循环右移一位，移出的最低位到 C 标志位，空出的最高位用 C 标志位填充，只有当 RRX 时不需指定移位位数。

　　• 移位位数：shiftbit

移位位数 shiftbit 可用立即数或者寄存器给出；指令实例见例 3.4 的 L2 和 L3。

3. 寄存器间接寻址

寄存器的内容是操作数的有效地址，寄存器相当于一个指针。

例 3.5 寄存器间址实例。

```
LDR    R0，[R1]     ；R0←MEM32[R1]。
STR    R0，[R1]     ；R0→MEM32[R1]。
；LDR=Load，STR=Store
；ARM 的存储器访问指令 Load/Store 都是基于寄存器间接寻址的。
```

4. 基址加偏址寻址

基址加偏址寻址简称变址寻址。基址寄存器的内容加上指令中给出的偏移量作为操作数的有效地址，用于访问基址附近的存储单元。

(1) 变址寻址格式　变址寻址方式有前变址、自动变址、后变址。

1) 前变址 (pre-indexed)：先生成存储器有效地址但基址寄存器保持不变，然后按生成的存储器有效地址进行操作数寻址、执行指令操作。

2) 自动变址 (Auto-indexed)：先生成存储器有效地址并修改到基址寄存器，然后按生成的存储器有效地址进行操作数寻址、执行指令操作。

3) 后变址 (Post-indexed)：先按基址寄存器中的有效地址进行操作数寻址、执行指令操作，然后再生成存储器新有效地址并修改到基址寄存器。

例 3.6 变址寻址的简单实例。

```
L1 LDR    R0，[R1，#4]      ；前变址：R0←MEM32[R1，#4]
L2 LDR    R0，[R1，#4]!     ；自动变址：R0←MEM32[R1+#4]；R1←R1+#4
L3 LDR    R0，[R1]，#4      ；后变址：R0←MEM32[R1]；R1←R1+#4
    ；"!"表示在完成数据传送后，自动修改基址寄存器的内容。后变址无须添加"!"。
    ；[] 总是具有高优先级，因此，在 L3 中，是先从 R1 中取出数据作为存储器地址，加载 R0 后，
        修改 R1；
    ；在 L2 中，是先计算 R1+4，其结果作为存储器地址，加载 R0 后，修改 R1；
    ；在 L1 中，是先计算 R1+4，其结果作为存储器地址，加载 R0，但不修改 R1；
```

(2) 偏移地址　在指令编码中，偏移量（偏移地址）占有 12 位，因此其范围在 4KB 以内。偏移地址可以是立即数地址、寄存器、寄存器移位。

寄存器间接寻址实质上就是偏移量为 0 的基址加偏址寻址，这种寻址方式具有很高的执行效率且编程技巧很高。

例 3.7 偏移地址类型实例。

```
LDR    R0，[R1，#4]          ；立即数：    R0←MEM32[R1+#4]。
LDR    R0，[R1，R2]!         ；寄存器：    R0←MEM32[R1,R2]；R1←R1+R2
LDR    R0，[R1，R2，LSR #2]；寄存器移位：R0←MEM32[R1+R2*4]；R1←R1+R2*4
```

(3) 传送数据类型　传送数据类型可以是有符号和无符号的 8 位字节操作、16 位半字操作或 32 位字操作。

1) 字节操作：助记符为 LDRB/LDRSB、STRB（B 代表字节，S 代表有符号数），加载或存储有符号或无符号的 8 位字节数据到寄存器或存储器。

2) 半字操作：助记符为 LDRH/LDRSH、STRH（H 代表半字，S 代表有符号数），加载或存储有符号或无符号的 16 位半字数据到寄存器或存储器。

3）字操作：助记符为 LDR、STR，加载或存储有符号或无符号的 32 位字数据到寄存器或存储器。

在有符号数中，最高位为符号位。

例 3.8　传送数据类型实例。

```
LDRB    R0，[R1]      ；R0←MEM8 [R1]，加载无符号 8 位字节数据到 R0，零扩展到 32 位
LDRSH   R0，[R1]      ；R0←MEM16 [R1]，加载有符号 16 位半字数据到 R0，符号扩展到 32 位
LDR     R0，[R1]      ；R0←MEM32 [R1]
```

说明：STR 部分表示有符号和无符号指令。

5. 堆栈寻址

堆栈是一种数据结构，按先进后出（First In Last Out，FILO）的方式工作，使用一个称为堆栈指针的专用寄存器指示当前的操作位置，堆栈指针总是指向栈顶。当堆栈指针指向最后压入堆栈的数据时，称为满堆栈（Full Stack）；而当堆栈指针指向下一个将要放入数据的空位置时，称为空堆栈（Empty Stack）。另外，根据堆栈的生成方式，又可以分为递增堆栈（Ascending Stack）和递减堆栈（Decending Stack）。当堆栈由低地址向高地址生成时，称为递增堆栈；当堆栈由高地址向低地址生成时，称为递减堆栈。

（1）堆栈的 4 种形式　堆栈的空与满、递增与递减交叉生成 4 种类型的堆栈工作方式。

1）满递增：用 FA 表示。压栈方向是随着存储器地址的增大而向上增长（大地址），堆栈指针/基址寄存器指向存储有效数据的最高地址或者指向第一个要读出的数据的位置。

2）空递增：用 EA 表示。压栈方向是随着存储器地址的增大而向上增长（大地址），堆栈指针/基址寄存器指向存储有效数据的最高地址之上的一个空位置或者指向第一个要读出的数据位置之上的一个空位置。

3）满递减：用 FD 表示。压栈方向是随着存储器地址的减小而向下增长（小地址），堆栈指针/基址寄存器指向存储有效数据的最低地址或者指向第一个要读出的数据的位置。

4）空递减：用 ED 表示。压栈方向是随着存储器地址的减小而向上增长（小地址），堆栈指针/基址寄存器指向存储有效数据的最高地址之下的一个空位置或者指向第一个要读出的数据位置之下的一个空位置。

（2）堆栈说明

堆栈指针：SP，堆栈地址寄存器，通常由 R13 来担任。

· ARM 指令中，堆栈操作通过多寄存器加载/存储指令 LDM/STM 实现，通常在 LDM/STM 之后添加堆栈类型，如 LDMFD/STMFD。不同的堆栈类型，其实际操作是不同的。

· 堆栈操作总是要指定自动变址的，否则会覆盖以前保存的内容。

· 无论何种堆栈，小编号寄存器总是压入小地址存储单元、大编号寄存器总是压入大地址存储单元。因此，递增栈就按照由小到大的顺序进栈、递减栈就按照由大到小的顺序进栈。反之，出栈亦然。即，满足大大小小的对应关系。

· 压栈和出栈指令必须使用相同的栈类型，即成对出现。

· Thumb 指令中，堆栈操作用 PUSH/POP 指令。

例 3.9　堆栈操作实例。假设堆栈为 FD 栈。

```
STMFD   SP!，{R1 - R7，LR}     ；数据压栈，将{R1 - R7,LR}中的数据 FD 压栈
LDMFD   SP!，{R1 - R7，LR}     ；数据出栈，将 FD 堆栈中的数据送入{R1 - R7,LR}
```

6. 块复制寻址

块复制寻址采用多寄存器寻址方式，一条指令可以完成多个寄存器值的传送。这种寻址方式可以用一条指令完成最多传送 16 个通用寄存器 R0～R15 的值。

块复制使用多寄存器传送指令 LDM/STM；LDM 可以把存储器中的一个数据块加载到多个寄存器；STM 可以把多个寄存器的内容保存到存储器中。

LDM/STM 的寻址依照其后缀来确定，如 LDMDA/STMIB。不同的后缀，其实际操作是不同的。LDM/STM 的后缀包括 IA、IB、DA、DB、FD、ED、FA、EA，其中 IA、IB、DA、DB 称为块复制寻址方式，FD、ED、FA、EA 称为堆栈寻址方式。二者关系如表 3.4 和表 3.5 所示。

表 3.4　块寻址方式对照表

模　　式	说　　明	模　　式	说　　明
IA	每次传送后地址递增	FD	满递减堆栈
IB	每次传送前地址递增	ED	空递减堆栈
DA	每次传送后地址递减	FA	满递增堆栈
DB	每次传送前地址递减	EA	空递增堆栈
数据块传送操作		堆栈操作	

表 3.5　LDM/STM 的寻址对照表

		递增		递减	
		满	空	满	空
增值	先增	STMIB STIMFA			LDMIB LDMED
	后增		STMIA STIMEA	LDMIA LDMFD	
减值	先减	LDMDB LDMEA		STMDB STIMFD	
	后减	LDMDA LDMFA			STMDA STIMED

IA：Increment After，操作完成后地址递增；

IB：Increment Before，地址先递增后完成操作；

DA：Decrement After，操作完成后地址递减；

DB：Decrement Before，地址先递减后完成操作；

FD：Full Decrement，满递减堆栈，堆栈操作；

ED：Empty Decrement，空递减堆栈，堆栈操作；

FA：Full Aggrandizement，满递增堆栈，堆栈操作；

EA：Empty Aggrandizement，空递增堆栈，堆栈操作；

例 3.10　堆栈与块操作图解。

堆栈与块操作图解如图 3.1 所示。

块操作中的自动变址：

```
STMIA  R0!，{R2 - R9}    ；将寄存器{R2 - R9}中的数据存储到存储器，R0＝R0＋32
LDMIA  R1，{R2 - R9}     ；将存储器中的数据加载寄存器{R2 - R9}，R1 不变
```

7. 相对寻址

与基址变址寻址方式相类似，相对寻址以程序计数器 PC 的当前值为基地址，指令中的地址标号作为偏移量，将两者相加之后得到操作数的有效地址。

以 PC 为基址寄存器加上偏移地址形成存储器有效地址。

例 3.11　相对寻址实例。

```
       BL    SUBR       ；转移到 SUBR
       ……               ；返回到此
SUBR                     ；子程序入口
       MOV  PC, R4       ；返回
```

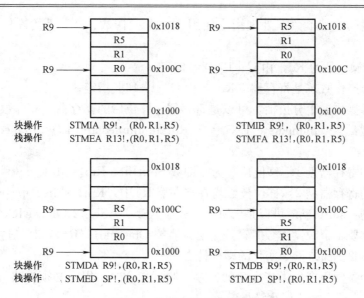

图 3.1　堆栈与块操作图解

该程序段完成子程序的调用和返回，跳转指令 BL 采用了相对寻址方式：BL SUBR 跳转到子程序 SUBR 处执行。

3.3　ARM 数据处理指令

数据处理指令可分为数据传送指令、算术运算指令、逻辑运算指令、比较指令、测试指令、乘法指令等。

1. 基本数据处理指令

基本数据处理指令包括数据传送指令、算术运算指令、逻辑运算指令、比较指令、测试指令。基本数据处理指令具有相同的编码格式和类似的指令格式。

（1）指令格式

· 立即数型：$<$opcode$>\{<$cond$>\}\{$S$\}$Rd,Rn,$\sharp<$Immediate_EN$>$

· 寄存器型：$<$opcode$>\{<$cond$>\}\{$S$\}$Rd,Rn,Rm$\{\sharp<$shiftBit/Rs$>\}$

（2）编码格式　编码格式如表 3.6 所示。

表 3.6　数据处理指令的二进制编码

31	30	29	28	27	26	25	24	23	22	21	20	19	18	17	16	15	14	13	12	11	10	9	8	7	6	5	4	3	2	1	0
Cond				0	0	#	Opcode				S	Rn				Rd				Operand 2											
						↓	算术/逻辑 运算功能				↓	Operand1				目的寄存器				立即数对齐											
											1设置条件码，0不设置																			
						1	- - - - - - - - - - - - - - - -→													4bits rot				8bits 立即数							
						↓	立即数 - - - - - - - - - - - - - -→													#ShiftBit				SType		0		Rm			
						↓						立即数移位长度								移位 操作 类型				Operand2 Reg							
						0						寄存器移位长度																			
							寄存器 - - - - - - - - - - - - -→													Rs				0		SType		1		Rm	

（3）格式说明　基本数据处理指令使用 2 个源操作数、1 个目的操作数的 3 "地址模式"。

- 1 个目的操作数为 Rd，由 C [15-12] 指定；
- 第 1 个源操作数总是寄存器（Rn），由 C [19-16] 指定；
- 第 2 个源操作数十分灵活，可以是寄存器、移位后的寄存器、立即数等类型。
- 立即数型：#<Immediate_EN>=<Rotate_Immediate_4><Immediate_8>，12 位编码；
- 移位后的寄存器型 1：移位位数为立即数 ShiftBit，Rm,shiftType{#ShiftBit}；
- 移位后的寄存器型 2：移位位数为在寄存器 Rs 中，Rm, shiftType{Rs}；
- 移位类型：shiftType 可以是 LSL、LSR、ASL、ASR、ROR、RRX 之一。

当指令仅需要 1 个源操作数时，规定必须省略 Operand1（Rn），其二进制编码位设置为 0，保留 Operand2，保持指令变化的多样性。

当指令仅为条件码产生类指令，如比较、测试指令时，规定必须省略（Rd），其二进制编码位设置为 0，即不需要保存结果。

条件码设置位 S：当 S=0 时，指令执行不改变条件码；当 S=1 且 Rd 不是 PC 时，指令执行影响条件码；可以影响 NZCV 位。

R15（PC）：R15 是一个特殊寄存器，控制程序的运行地址，同时它也可以作为一个通用寄存器使用，但是在使用时必须注意以下一些细节：

- R15 可作为源操作数使用，但是不能用来指定移位位数；
- 当使用寄存器指定移位位数时，3 个源操作数都不能是 R15；
- 当 R15 作为源操作数时，3 级流水线操作使得 R15 的值为当前指令地址+8；
- 当 R15 作为目的操作数时，指令功能相当于某种形式上的转移指令，常用作子程序返回；
- 当 R15 作为目的操作数时，且后缀 S 置位，则将当前模式的 SPSR 复制到 CPSR，这可能影响到中断标志和处理器操作模式，这种机制自动恢复 PC 和 CPSR，是实现异常中断返回的标准方式。
- 在用户及系统模式下，没有 SPSR，因此不能使用目的 R15 加后缀 S 的形式作为返回指令。

2. 基本数据处理指令

数据处理类指令的操作码编码只有 4 位，因此最多有 16 种操作，如表 3.7 所示。

表 3.7　数据处理指令

操作码[24：21]	助 记 符	意　　义	操　　作
0000	AND	逻辑 "位与"	Rd=Rn AND Op2
0001	EOR	逻辑 "位异或"	Rd=Rn EOR Op2
0010	SUB	减法	Rd=Rn−Op2
0011	RSB	反向减法	Rd=Op2−Rn
0100	ADD	加法	Rd=Rn+Op2
0101	ADC	带进位加法	Rd=Rn+Op2+C
0110	SBC	带进位减法	Rd=Rn−Op2+C−1

（续）

操作码 [24:21]	助 记 符	意 义	操 作
0111	RSC	反向带进位减法	Rd＝Op2－Rn＋C－1
1000	TST	测试	根据 Rn AND Op2 设置条件码
1001	TEQ	测试相等	根据 Rn EOR Op2 设置条件码
1010	CMP	比较	根据 Rn－Op2 设置条件码
1011	CMN	负数比较	根据 Rn＋Op2 设置条件码
1100	ORR	逻辑"位或"	Rd＝Rn OR Op2
1101	MOV	传送	Rd＝Op2
1110	BIC	位清零	Rd＝Rn AND NOT Op2
1111	MVN	求反	Rd＝NOT Op2

3. 基本数据处理指令用法

下面从指令格式、格式说明和应用实例 3 个方面，来分类讨论基本数据处理类指令的使用方法。

（1）ADD 指令

指令格式：ADD {条件} {S} 目的寄存器，操作数 1，操作数 2

格式说明：ADD 指令用于把两个操作数相加，并将结果存放到目的寄存器中。操作数 1 应是一个寄存器，操作数 2 可以是一个寄存器、被移位的寄存器或一个立即数。

例 3.12　简单指令。

```
ADD R0, R1, R2            ; R0＝R1＋R2
ADD R0, R1, ＃256         ; R0＝R1＋256
ADD R0, R2, R3, LSL＃1    ; R0＝R2＋(R3<<1)
```

（2）ADC 指令

指令格式：ADC {条件} {S} 目的寄存器，操作数 1，操作数 2

格式说明：ADC 指令用于把两个操作数相加，再加上 CPSR 中的 C 条件标志位的值，并将结果存放到目的寄存器中。它使用一个进位标志位，这样就可以做比 32 位大的数的加法，注意不要忘记设置 S 后缀来更改进位标志。操作数 1 应是一个寄存器，操作数 2 可以是一个寄存器、被移位的寄存器或一个立即数。

例 3.13　以下指令序列完成两个 128 位数的加法，第一个数由高到低存放在寄存器 R7~R4，第二个数由高到低存放在寄存器 R11~R8，运算结果由高到低存放在寄存器 R3~R0。

```
ADDS R0，R4，R8            ;加低端的字
ADCS R1，R5，R9            ;加第二个字，带进位
ADCS R2，R6，R10           ;加第三个字，带进位
ADC R3，R7，R11            ;加第四个字，带进位
```

（3）SUB 指令

指令格式：SUB {条件} {S} 目的寄存器，操作数 1，操作数 2

格式说明：SUB 指令用于把操作数 1 减去操作数 2，并将结果存放到目的寄存器中。操作数 1 应是一个寄存器，操作数 2 可以是一个寄存器、被移位的寄存器或一个立即数。该指令可用于有符号数或无符号数的减法运算。

例 3.14 简单 SUB 指令。

```
SUB R0, R1, R2              ; R0=R1-R2
SUB R0, R1, #256           ; R0=R1-256
SUB R0, R2, R3, LSL#1      ; R0=R2-(R3<<1)
```

（4）SBC 指令

指令格式：SBC {条件} {S} 目的寄存器，操作数 1，操作数 2

格式说明：SBC 指令用于把操作数 1 减去操作数 2，再减去 CPSR 中的 C 条件标志位的反码，并将结果存放到目的寄存器中。操作数 1 应是一个寄存器，操作数 2 可以是一个寄存器、被移位的寄存器或一个立即数。该指令使用进位标志来表示借位，这样就可以做大于32 位的减法，注意不要忘记设置 S 后缀来更改进位标志。该指令可用于有符号数或无符号数的减法运算。

例 3.15 简单 SBC 指令。

```
SUBS R0, R1, R2   ; R0=R1-R2-! C, 并根据结果设置 CPSR 的进位标志位
```

（5）RSB 指令

指令格式：RSB {条件} {S} 目的寄存器，操作数 1，操作数 2

格式说明：RSB 指令称为逆向减法指令，用于把操作数 2 减去操作数 1，并将结果存放到目的寄存器中。操作数 1 应是一个寄存器，操作数 2 可以是一个寄存器，被移位的寄存器，或一个立即数。该指令可用于有符号数或无符号数的减法运算。

例 3.16 简单 RSB 指令。

```
RSB R0, R1, R2             ; R0=R2-R1
RSB R0, R1, #256          ; R0=256-R1
RSB R0, R2, R3, LSL#1     ; R0=(R3<<1)-R2
```

（6）RSC 指令

指令格式：RSC {条件} {S} 目的寄存器，操作数 1，操作数 2

格式说明：RSC 指令用于把操作数 2 减去操作数 1，再减去 CPSR 中的 C 条件标志位的反码，并将结果存放到目的寄存器中。操作数 1 应是一个寄存器，操作数 2 可以是一个寄存器、被移位的寄存器或一个立即数。该指令使用进位标志来表示借位，这样就可以做大于32 位的减法，注意不要忘记设置 S 后缀来更改进位标志。该指令可用于有符号数或无符号数的减法运算。

例 3.17 简单 RSC 指令。

```
RSC R0, R1, R2             ; R0=R2-R1-! C
```

（7）AND 指令

指令格式：AND {条件} {S} 目的寄存器，操作数 1，操作数 2

格式说明：AND 指令用于在两个操作数上进行逻辑与运算，并把结果放置到目的寄存器中。操作数 1 应是一个寄存器，操作数 2 可以是一个寄存器、被移位的寄存器或一个立即数。该指令常用于屏蔽操作数 1 的某些位。

例 3.18

```
AND R0, R0, #3            ; 该指令保持 R0 的 0.1 位，其余位清零。
```

（8）ORR 指令

指令格式：ORR {条件} {S} 目的寄存器，操作数 1，操作数 2

格式说明：ORR 指令用于在两个操作数上进行逻辑或运算，并把结果放置到目的寄存器中。操作数 1 应是一个寄存器，操作数 2 可以是一个寄存器、被移位的寄存器或一个立即数。该指令常用于设置操作数 1 的某些位。

例 3.19

    ORR R0，R0，#3　　　　　　　　;该指令设置 R0 的 0 和 1 位，其余位保持不变。

（9）EOR 指令

指令格式：EOR ｛条件｝｛S｝目的寄存器，操作数 1，操作数 2

格式说明：EOR 指令用于在两个操作数上进行逻辑异或运算，并把结果放置到目的寄存器中。操作数 1 应是一个寄存器，操作数 2 可以是一个寄存器、被移位的寄存器或一个立即数。该指令常用于反转操作数 1 的某些位。

例 3.20

    EOR R0，R0，#3　　　　　　　　;该指令反转 R0 的 0 和 1 位，其余位保持不变。

（10）BIC 指令

指令格式：BIC ｛条件｝｛S｝目的寄存器，操作数 1，操作数 2

格式说明：BIC 指令用于清除操作数 1 的某些位，并把结果放置到目的寄存器中。操作数 1 应是一个寄存器，操作数 2 可以是一个寄存器、被移位的寄存器或一个立即数。操作数 2 为 32 位的掩码，如果在掩码中设置了某一位，则清除这一位。未设置的掩码位保持不变。

例 3.21

    BIC R0，R0，#%1011　　　　　　;该指令清除 R0 中的 0、1 和 3 位，其余的位保持不变。

（11）MOV 指令

指令格式：MOV ｛条件｝｛S｝目的寄存器，源操作数

格式说明：MOV 指令可完成从另一个寄存器、被移位的寄存器或将一个立即数加载到目的寄存器。其中 S 选项决定指令的操作是否影响 CPSR 中条件标志位的值，当没有 S 时指令不更新 CPSR 中条件标志位的值。

例 3.22

    MOV R1，R0　　　　　　　　　;将寄存器 R0 的值传送到寄存器 R1

    MOV PC，R14　　　　　　　　;将寄存器 R14 的值传送到 PC，常用于子程序返回

    MOV R1，R0，LSL#3　　　　　;将寄存器 R0 的值左移 3 位后传送到 R1

（12）MVN 指令

指令格式：MVN ｛条件｝｛S｝目的寄存器，源操作数

格式说明：MVN 指令可完成从另一个寄存器、被移位的寄存器或将一个立即数加载到目的寄存器。与 MOV 指令不同之处是在传送之前按位被取反了，即把一个被取反的值传送到目的寄存器中。其中 S 决定指令的操作是否影响 CPSR 中条件标志位的值，当没有 S 时指令不更新 CPSR 中条件标志位的值。

例 3.23

    MVN R0，#0　　　　　　　　　;将立即数 0 取反传送到寄存器 R0 中，完成后 R0＝－1

（13）CMP 指令

指令格式：CMP ｛条件｝操作数 1，操作数 2

格式说明：CMP 指令用于把一个寄存器的内容和另一个寄存器的内容或立即数进行比

较，同时更新 CPSR 中条件标志位的值。该指令进行一次减法运算，但不存储结果，只更改条件标志位。标志位表示的是操作数 1 与操作数 2 的关系（大、小相等），例如，当操作数 1 大于操作数 2，则此后的有 GT 后缀的指令将可以执行。

例 3.24

CMP R1，R0　　　；将寄存器 R1 的值与寄存器 R0 的值相减，并根据结果设置 CPSR 的标志位

CMP R1，♯100　　；将寄存器 R1 的值与立即数 100 相减，并根据结果设置 CPSR 的标志位

（14）CMN 指令

指令格式：CMN〈条件〉操作数 1，操作数 2

格式说明：CMN 指令用于把一个寄存器的内容和另一个寄存器的内容或立即数取反后进行比较，同时更新 CPSR 中条件标志位的值。该指令实际完成操作数 1 和操作数 2 相加，并根据结果更改条件标志位。

例 3.25

CMN R1，R0　　；将寄存器 R1 的值与寄存器 R0 的值相加，并根据结果设置 CPSR 的标志位

CMN R1，♯100　；将寄存器 R1 的值与立即数 100 相加，并根据结果设置 CPSR 的标志位

（15）TST 指令

指令格式：TST〈条件〉操作数 1，操作数 2

格式说明：TST 指令用于把一个寄存器的内容和另一个寄存器的内容或立即数进行按位与运算，并根据运算结果更新 CPSR 中条件标志位的值。操作数 1 是要测试的数据，而操作数 2 是一个位掩码，该指令一般用来检测是否设置了特定的位。

例 3.26

TST R1，♯%1　　；用于测试在寄存器 R1 中是否设置了最低位（%表示二进制数）

TST R1，♯0xffe　；将寄存器 R1 的值与立即数 0xffe 按位与，并根据结果设置 CPSR 的标志位

（16）TEQ 指令

指令格式：TEQ〈条件〉操作数 1，操作数 2

格式说明：TEQ 指令用于把一个寄存器的内容和另一个寄存器的内容或立即数进行按位的异或运算，并根据运算结果更新 CPSR 中条件标志位的值。该指令通常用于比较操作数 1 和操作数 2 是否相等。

例 3.27

TEQ R1，R2　　；将寄存器 R1 的值与寄存器 R2 的值按位异或，并根据结果设置 CPSR 的标志位

4. 乘法指令

ARM 乘法指令进行了扩充。按乘法类型可分为两类：一类是算数乘法器，即完成两个 32 位寄存器中数据的乘法；另一类是乘累加器，即完成两个 32 位寄存器中数据的乘法并与目的寄存器累加保存。按运算结果也可分为两类：一类是两个 32 位寄存器结果仅保留低 32 位；另一类是两个 32 位寄存器结果是 64 位。

（1）指令格式

<MUL>　〈<cond>〉{S}Rd，Rm，Rs

<MLA>　〈<cond>〉{S}Rd，Rm，Rs，Rn

<MUL64>〈<cond>〉{S}RdHi，RdLo，Rm，Rs

（2）编码格式　二进制编码如表 3.8 所示。

表 3.8　乘法指令的二进制编码

31	30	29	28	27	26	25	24	23	22	21	20	19	18	17	16	15	14	13	12	11	10	9	8	7	6	5	4	3	2	1	0
				0	0	0	0	Opcode			S	Rd/RdHi				Rn/RdLo				Rs				1	0	0	1	Rm			

（3）格式说明

· 在 32 位乘法中，目的寄存器是 Rd，源操作数是 Rm、Rs、Rn；选择 [31：0] 是指只取结果的最低 32 位；

· 在 64 位乘法中，目的寄存器是 RdHi 和 RdLo，源操作数是 Rm、Rs；RdHi、RdLo 与 Rm 不能相同；

· S 位控制条件码的设置，乘法指令只影响 NZ 位，不影响 CV 位。

· 指令中的所有操作数、目的寄存器必须为通用寄存器；不能使用 R15；不能对操作数使用立即数或被移位的寄存器；目的寄存器和操作数 1 必须是不同的寄存器。

（4）指令列表　按乘法类型或按运算结果都可以分为两类，参加运算的数据又分为有符号数和无符号数，因此其交叉组合最多为 8 种，实际上 ARM 指令有 6 条乘法指令，见表 3.9。

表 3.9　乘法指令

Opcode [23：21]	助　记　符	意　　义	操　　作
000	MUL	乘法（32 位结果）	Rd=(Rm×Rs)[31：0]
001	MLA	乘法-累加（32 位结果）	Rd=(Rm×Rs+Rn)[31：0]
100	UMULL	无符号数长乘法	RdHi：RdLo=(Rm×Rs)
101	UMLAL	无符号数长乘法-累加	RdHi：RdLo+=(Rm×Rs)
110	SMULL	有符号数长乘法	RdHi：RdLo=(Rm×Rs)
111	SMLAL	有符号数长乘法-累加	RdHi：RdLo+=(Rm×Rs)

说明：对于结果为 32 位的乘法，因只保留低 32 位，因此无须区分有符号数和无符号数的乘法。
　　　MUL=Multiply，MLA=Multiply and Accumulate，S=Signed，U=Unsigned，L=Long

（5）指令详解

1）MUL 指令

指令格式：MUL {条件} {S} 目的寄存器，操作数 1，操作数 2

格式说明：MUL 指令完成将操作数 1 与操作数 2 的乘法运算，并把结果放置到目的寄存器中，同时可以根据运算结果设置 CPSR 中相应的条件标志位。其中，操作数 1 和操作数 2 均为 32 位的有符号数或无符号数。

例 3.28

```
MUL R0, R1, R2        ; R0=R1×R2
MULS R0, R1, R2       ; R0=R1×R2，同时设置 CPSR 中的相关条件标志位
```

2）MLA 指令

指令格式：MLA {条件} {S} 目的寄存器，操作数 1，操作数 2，操作数 3

格式说明：MLA 指令完成将操作数 1 与操作数 2 的乘法运算，再将乘积加上操作数 3，并把结果放置到目的寄存器中，同时可以根据运算结果设置 CPSR 中相应的条件标志位。其中，操作数 1 和操作数 2 均为 32 位的有符号数或无符号数。

例 3.29

MLA R0, R1, R2, R3；R0＝R1×R2＋R3

MLAS R0, R1, R2, R3；R0＝R1×R2＋R3，同时设置 CPSR 中的相关条件标志位

3）SMULL 指令

指令格式：SMULL {条件} {S} 目的寄存器 Low，目的寄存器 High，操作数 1，操作数 2

格式说明：SMULL 指令完成将操作数 1 与操作数 2 的乘法运算，并把结果的低 32 位放置到目的寄存器 Low 中，结果的高 32 位放置到目的寄存器 High 中，同时可以根据运算结果设置 CPSR 中相应的条件标志位。其中，操作数 1 和操作数 2 均为 32 位的有符号数。

例 3.30

SMULL R0, R1, R2, R3　　　　；R0＝(R2×R3)的低 32 位；R1＝(R2×R3)的高 32 位

4）SMLAL 指令

指令格式：SMLAL {条件} {S} 目的寄存器 Low，目的寄存器 High，操作数 1，操作数 2

格式说明：SMLAL 指令完成将操作数 1 与操作数 2 的乘法运算，并把结果的低 32 位同目的寄存器 Low 中的值相加后又放置到目的寄存器 Low 中，结果的高 32 位同目的寄存器 High 中的值相加后又放置到目的寄存器 High 中，同时可以根据运算结果设置 CPSR 中相应的条件标志位。其中，操作数 1 和操作数 2 均为 32 位的有符号数。

目的寄存器 Low，在指令执行前存放 64 位加数的低 32 位，指令执行后存放结果的低 32 位。

目的寄存器 High，在指令执行前存放 64 位加数的高 32 位，指令执行后存放结果的高 32 位。

例 3.31

SMLAL R0, R1, R2, R3　　　　；R0＝(R2×R3)的低 32 位＋R0；R1＝(R2×R3)的高 32 位＋R1

5）UMULL 指令

指令格式：UMULL {条件} {S} 目的寄存器 Low，目的寄存器 High，操作数 1，操作数 2

格式说明：UMULL 指令完成将操作数 1 与操作数 2 的乘法运算，并把结果的低 32 位放置到目的寄存器 Low 中，结果的高 32 位放置到目的寄存器 High 中，同时可以根据运算结果设置 CPSR 中相应的条件标志位。其中，操作数 1 和操作数 2 均为 32 位的无符号数。

例 3.32

UMULL R0, R1, R2, R3　　　　；R0＝(R2×R3)的低 32 位；R1＝(R2×R3)的高 32 位

6）UMLAL 指令

指令格式：UMLAL {条件} {S} 目的寄存器 Low，目的寄存器 High，操作数 1，操作数 2

格式说明：UMLAL 指令完成将操作数 1 与操作数 2 的乘法运算，并把结果的低 32 位同目的寄存器 Low 中的值相加后又放置到目的寄存器 Low 中，结果的高 32 位同目的寄存

器 High 中的值相加后又放置到目的寄存器 High 中，同时可以根据运算结果设置 CPSR 中相应的条件标志位。其中，操作数 1 和操作数 2 均为 32 位的无符号数。

目的寄存器 Low，在指令执行前存放 64 位加数的低 32 位，指令执行后存放结果的低 32 位。

目的寄存器 High，在指令执行前存放 64 位加数的高 32 位，指令执行后存放结果的高 32 位。

例 3.33

UMLAL R0，R1，R2，R3　　　　　；R0＝(R2×R3)的低 32 位＋R0；R1＝(R2×R3)的高 32 位＋R1

3.4　ARM Load/Store 指令

ARM 处理器是 Load/Store 型的，即它对数据存储器的存取只能通过 Load/Store 指令。LDR 将数据存储器的数据读入片内寄存器，STR 将片内寄存器的内容写入数据存储器。ARM 系统的 IO 操作是通过地址映射的方法，将 IO 口映射到数据存储器空间，然后使用 Load/Store 指令实现 IO 读写的，即将 IO 口当数据存储器单元来操作。

1. 数据存取指令分类

ARM 指令集有 3 种基本数据存储指令。

(1) 单寄存器存取指令　助记符为 LDR、STR，提供 ARM 寄存器与数据存储器之间的灵活的单数据传输，传送数据可以是 8 位字节、16 位半字、32 位字。

(2) 多寄存器存取指令　助记符为 LDM、STM，提供 ARM 寄存器与数据存储器之间的灵活的块数据传输，LDM、STM 指令一般用于进程的进入和退出、工作寄存器的保存和恢复、数据存储器的块复制等批量传输，传送数据可以是 32 位字。

(3) 单寄存器交换指令　助记符为 SWP，提供 ARM 寄存器与数据存储器之间的灵活的单数据交换，两个寄存器之间的数据交换在一个指令中有效地完成操作，交换数据可以是 8 位字节、16 位半字、32 位字。

Load/Store 指令是唯一用于寄存器与存储器之间进行数据传送的指令；IO 口被映射为可寻址的存储器地址，也是使用 Load/Store 指令访问。

2. 单寄存器存取指令

单寄存器存取指令是 ARM 寄存器与数据存储器之间的最灵活的单数据传输方式，要求数据存储器在基址寄存器 4KB 以内。支持立即数、寄存器偏移、自动变址、相对 PC 的寻址。

(1) 单字和无符号字节的数据传送指令　LDR 从存储器中取出 32 位字或 8 位无符号字节数据存入寄存器；STR 将寄存器中的 32 位字或 8 位无符号字节数据保存到存储器。

1) 指令格式

前变址格式：　　　　＜LDR|STR＞{＜cond＞}{B}　　Rd，[Rn，＜offset＞]{!}

后变址格式：　　　　＜LDR|STR＞{＜cond＞}{B}{T} Rd，[Rn]，＜offset＞

相对 PC 变址格式：＜LDR|STR＞{＜cond＞}{B}　　Rd，LABEL

2) 编码格式：单寄存器存取指令的二进制编码给出了 LDR、STR 指令的具体控制方法和操作方式，见表 3.10。

表 3.10 单字或无符号数传送指令的二进制编码

31 30 29 28	27	26	25	24	23	22	21	20	19 18 17 16	15 14 13 12	11 10 9 8 7 6 5 4 3 2 1 0
Cond	0	0	0	P	U	B	W	L	Rn	Rd	Offset
								↓	基址寄存器	源/目的寄存器	相对Rn的偏移量
							↓	↓	读取/存储：读取/存储=1/0		
						↓	↓	↓	回写（自动变址）：回写/不回写=1/0，指令中使用!		
					↓	↓	↓		无符号字节/字：字节/字=1/0，指令中直接使用此位		
				↓	↓	↓			基址"加/减"偏移量：加/减=1/0		
			↓	↓					前/后变址：前/后=1/0		
0			立即数 - - - - - - - - - - - - - - - →								12bit 立即数
1			寄存器 - - - - - - - - - - - - - - - →						#shiftbit	SType 0	Rm
									立即数移位长度	移位类型	偏移寄存器

3）格式说明

Rd 是目的寄存器，Rn 是基址寄存器；

B 选择字节/字操作，默认时 B=0，选择字操作；

T 选择特权模式，实现存储器保护；

! 选择是否回写，有! 要求回写（自动变址）；

<offset>是偏移量，可以是立即数、寄存器移位；

Label 是标号；

<offset>是立即数：<Immediate_EN>=<Rotate_Immediate_4><Immediate_8>；

<offset>是寄存器移位：Rm, shifttype shiftbit；shiftbit 可以是立即数、也可以是寄存器；

P-U-B-W-L 的说明见表 3.10。

例 3.34

```
LDR R0,   [R1]              ; 将存储器地址为 R1 的字数据读入寄存器 R0

LDR R0,   [R1, R2]          ; 将存储器地址为 R1+R2 的字数据读入寄存器 R0

LDR R0,   [R1, #8]          ; 将存储器地址为 R1+8 的字数据读入寄存器 R0

LDR R0,   [R1, R2]!         ; 将存储器地址为 R1+R2 的字数据读入寄存器 R0，并将新地址
                             R1+R2 写入 R1

LDR R0,   [R1, #8]!         ; 将存储器地址为 R1+8 的字数据读入寄存器 R0，并将新地址
                             R1+8写入 R1

LDR R0,   [R1], R2          ; 将存储器地址为 R1 的字数据读入寄存器 R0，并将新地址 R1+
                             R2 写入 R1

LDR R0,   [R1, R2, LSL#2]!  ; 将存储器地址为 R1+R2×4 的字数据读入寄存器 R0，将新地址
                             R1+R2×4 写入 R1

LDR R0,   [R1], R2, LSL#2   ; 将存储器地址为 R1 的字数据读入寄存器 R0，将新地址R1+R2
                             ×4 写入 R1

STR R0,   [R1], #8          ; 将 R0 中的字数据写入以 R1 为地址的存储器中，并将新地址
                             R1+8写入 R1

STR R0,   [R1, #8]          ; 将 R0 中的字数据写入以 R1+8 为地址的存储器中

LDRB R0,  [R1]              ; 将存储器地址为 R1 的字节数据读入寄存器 R0，并将 R0 的高 24
                             位清零

LDRB R0,  [R1, #8]          ; 将存储器地址为 R1+8 的字节数据读入寄存器 R0，并将 R0 的
```

高 24 位清零

STRB R0，［R1］　　　　　　　；将寄存器 R0 中的字节数据写入以 R1 为地址的存储器中

STRB R0，［R1，♯8］　　　　　；将寄存器 R0 中的字节数据写入以 R1＋8 为地址的存储器中

（2）半字和有符号字节的数据传送指令　ARM 提供了专门的半字（有无符号）和有符号字节的数据传送指令。

LDR 从存储器中取出 16 位半字（有/无符号）或 8 位有符号字节数据存入寄存器，对于有符号的半字/字节高位做符号扩展到 32 位，对无符号半字，高位做零扩展到 32 位；

STR 将寄存器中的 16 位半字（有/无符号）或 8 位有符号字节数据保存到存储器。

1）指令格式

前变址格式：＜LDR|STR＞{＜cond＞}H|SH|SB Rd,[Rn,＜offset＞]{!}

后变址格式：＜LDR|STR＞{＜cond＞}H|SH|SB Rd,[Rn],＜offset＞

2）编码格式：见表 3.11。

表 3.11　半字或有符号数传送指令的二进制编码

31 30 29 28	27 26 25	24	23	22	21	20	19 18 17 16	15 14 13 12	11 10 9 8	7	6·5	4	3 2 1 0
Cond	0 0 0	P	U	♯	W	L	Rn	Rd	OffsetH	1	S H	1	OffsetL

基址寄存器／源/目的寄存器：S.H 为 1.0（有符号B）、0.1（无符号H）、1.1（有符号H）

读取/存储：读取/存储=1/0

回写（自动变址）：回写/不回写=1/0，指令中使用！

立即器 → Imm[7:4] ... Imm[3:0]

寄存器 → 0 0 0 0 ... Rm

基址"加/减"偏移量：加/减=1/0

前/后变址：前/后=1/0

3）格式说明

·半字传输使用半字对齐的地址；

·B 代表字节选择；H 代表半字选择；S 代表符号选择；！选择是否回写（自动变址）；

·半字和有符号字节的数据传送指令与单字和无符号字节的数据传送指令类似，但是对其偏移量＜offset＞做了进一步的规定：如果＜offset＞是立即数，则只能是 8 位；如果＜offset＞是寄存器，则不能进行移位；

·P-U-♯-W-L 的说明见表 3.11；

·S-H 的编码如表 3.12 所示。SH＝00 时，对应的是无符号字节数据。

·有/无符号数据的存取区别：在存入有/无符号数据时，没有差别；但是在读出有/无符号数据时，有符号数据需要做符号扩展，无符号需要做零扩展；因此，存取时需要使用各自的指令。

表 3.12　S-H 的编码说明

S-H	0.0	1.0	0.1	1.1
说明	无符号字节	有符号字节	无符号半字	有符号半字

例 3.35

LDRH R0，［R1］　　　　；将存储器地址为 R1 的半字数据读入寄存器 R0，并将 R0 的高 16 位清零

LDRH R0，［R1，♯8］；将存储器地址为 R1＋8 的半字数据读入寄存器 R0，并将 R0 的高 16 位清零

LDRH R0，［R1，R2］；将存储器地址为 R1＋R2 的半字数据读入寄存器 R0，并将 R0 的高 16 位清零

STRH R0，[R1]　　　；将寄存器 R0 中的半字数据写入以 R1 为地址的存储器中

STRH R0，[R1，#8]；将寄存器 R0 中的半字数据写入以 R1+8 为地址的存储器中

3. 多寄存器存取指令

当需要进行大量数据传输时，需要使用多寄存器存取。多寄存器存取指令可以将 R0~R15 这 16 个寄存器组成的任意集合与存储器进行数据交换。

（1）两种特殊用法

· 允许操作系统加载或存储用户模式的寄存器来恢复或保存用户处理状态；

· 可以作为从异常返回的一部分，完成从 SPSR 恢复 CPSR。

（2）指令格式

基本格式：<LDM|STM>{<cond>}<addrmode>Rn{!},<{Registers}>

非用户模式且包括 PC：<LDM>{<cond>}<addrmode>　Rn{!},<{Registers+PC}>^

非用户模式恢复/保存现场：<LDM|STM>{<cond>}<addrmode>　Rn{!},<{Registers-PC}>^

（3）编码格式　见表 3.13。

表 3.13　多寄存器传送指令的二进制编码

31	30	29	28	27	26	25	24	23	22	21	20	19	18	17	16	15	14	13	12	11	10	9	8	7	6	5	4	3	2	1	0
Cond				1	0	0	P	U	S	W	L		Rn			一位对应一个寄存器：D15对应R15~D0对应R0															
							↓	↓	↓	↓	↓	基址寄存器				1：列表中包括该寄存器，0：不包括该寄存器															
							↓	↓	↓		↓	加载/存储：加载/存储=1/0																			
							↓	↓			↓	回写（自动变址）：回写/不回写=1/0，指令中使用!																			
							↓				↓	恢复PSR和强制用户位：SPSR→CPSR																			
								↓				基址"加/减"偏移量：加/减=1/0																			
							↓					前/后变址：前/后=1/0																			

（4）格式说明

<LDM|STM>指令总是存取 32 位的字；

<addrmode>是寻址模式，包括 IA、IB、DA、DB、FD、ED、FA、EA；

Rn 是基址寄存器；

! 选择是否回写（自动变址）；

^ 表示特殊指令，称为"^ 指令"；

< {Registers} >是寄存器列表，<{Registers+PC}>表示寄存器列表中包含 PC，<{Registers-PC}>表示寄存器列表中不包含 PC，如{R0,R2-R9,PC}；

编号低的寄存器在加载或存储数据时，对应于数据存储器的小地址，即服从大大小小规则。因此，寄存器列表中的寄存器的顺序不重要，但习惯上都是从小到大排列。

· 如果是在非用户模式下，而且寄存器列表中包括 PC，则执行带有"^"的 LDM 指令时，在加载列表中的寄存器的同时，自动从 SPSR 恢复 CPSR；

· 如果是在非用户模式下，而且寄存器列表中不包括 PC 且不允许回写，则执行带有"^"的 LDM、STM 指令时，能够实现对用户模式寄存器的恢复与保存；

PUSWL 的说明见表 3.13。

例 3.36

STMFD R13!，　{R0, R4-R12, LR}　　；将寄存器列表中的寄存器 R0,R4~R12,LR 存入堆栈。

LDMFD R13！，　　｛R0，R4-R12，PC｝　　；将堆栈内容恢复到寄存器 R0，R4～R12，LR。

4. 存储器和寄存器交换指令 SWP

SWP 指令把字或无符号字节的读取和存储组合在一条指令中，实现把数据存储器的内容读出到寄存器和把寄存器的内容写入到存储器两个操作，并且把这两种操作结合成为一个不能被外部存储器访问（如 DMA）分开的基本存储器操作。因此，该指令一般用于处理器之间、处理器与 DMA 控制器之间共享的信号量、数据结构进行互斥访问。

（1）指令格式

基本格式：<SWP>{<cond>}{B}　Rd，　Rm，　[Rn]

（2）编码格式　见表 3.14。

表 3.14　多寄存器传送指令的二进制编码

31	30	29	28	27	26	25	24	23	22	21	20	19	18	17	16	15	14	13	12	11	10	9	8	7	6	5	4	3	2	1	0
Cond				0	0	0	1	0	B	0	0				Rn				Rd	0	0	0	0	1	0	0	1			Rm	

↓

	基址寄存器	目的寄存器	源寄存器

⟶ 无符号字节/字：字节/字=1/0，指令中直接使用此位

（3）格式说明　Rd 是目的寄存器，Rm 是源寄存器，Rn 是基址寄存器。

将存储器在 [Rn] 单元中的数据读入寄存器 Rd，同时将寄存器 Rm 中的数据存入存储器 [Rn] 单元中。Rd、Rm 可以是同一个，实现存储器与寄存器之间的数据交换；PC 不能被使用，Rd、Rm 不能与 Rn 相同，但 Rd、Rm 可以相同；

例 3.37

SWP　R0，R1，[R2]；将 R2 所指向的存储器中的字数据传送到 R0，同时将 R1 中的字数据传送到 R2 所指向的存储单元。

SWP　R0，R0，[R1]；该指令完成将 R1 所指向的存储器中的字数据与 R0 中的字数据交换。

SWPB　R0，R1，[R2]；将 R2 所指向的存储器中的字节数据传送到 R0，R0 的高 24 位清零，同时将 R1 中的低 8 位数据传送到 R2 所指向的存储单元。

SWPB　R0，R0，[R1]；该指令完成将 R1 所指向的存储器中的字节数据与 R0 中的低 8 位数据交换。

3.5　ARM 程序状态寄存器传送指令

ARM 处理器提供了程序状态寄存器与通用寄存器之间传送指令 MSR 和 MRS。修改程序状态寄存器一般是通过"读—修改—写"三个操作实现的，但不能直接修改 CPSR 的 T 位来进行状态切换，必须执行 BX 等指令来进行状态切换。

1. 程序状态寄存器与通用寄存器之间的传送指令

状态寄存器包括 SPSR、CPSR；ARM 中有两条读写状态寄存器的指令：MSR、MRS。

修改状态寄存器的操作如下：

·用 MRS 读取状态寄存器到通用寄存器：如 MOV R0，CPSR；

·修改通用寄存器中的状态值：如 ORR R0，♯0x1F；

·用 MSR 将通用寄存器回写到状态寄存器：如 MOV CPSR，R0。

2. MRS 指令

MRS 指令将状态寄存器的内容传送到通用寄存器。主要有 3 个应用场合：

- "读—修改—写"：用 MRS 读取状态寄存器；
- 当中断嵌套时，需要在进入异常中断之后、嵌套中断发生之前。保存当前处理器模式的 SPSR 时，需要先用 MRS 读取 SPSR，再用其他指令保存 SPSR 的值；
- 进程切换时，也需要保存当前状态寄存器的值。

（1）指令格式

基本格式：<MRS>{<cond>}Rd,CPSR|SPSR

（2）编码格式　见表 3.15。

表 3.15　状态寄存器向通用寄存器传送数据指令的二进制编码

31 30 29 28	27 26 25 24 23	22	21 20 19 18 17 16	15 14 13 12	11 10 9 8 7 6 5 4 3 2 1 0
Cond	0 0 0 1 0	R	0 0 1 1 1 1	Rd	0 0 0 0 1 0 0 0 0 0 0 0

↓ → SPSR/CPSR

目的寄存器

（3）格式说明

- 用户模式及系统模式没有 SPSR；
- 注意保存 CPSR | SPSR 中的未使用位，以备以后程序兼容；
- R＝1 表示 SPSR，R＝0 表示 CPSR。

例 3.38

MRS R0，CPSR；传送 CPSR 的内容到 R0

MRS R0，SPSR；传送 SPSR 的内容到 R0

3. 从通用寄存器到状态寄存器数据传送指令

MSR 指令完成用立即数或通用寄存器的内容加载到状态寄存器 CPSR|SPSR 或 CPSR|SPSR 的指定区域。

（1）指令格式

立即数格式：<MSR>{<cond>}　CPSR_f|SPSR_f#<Immediate_EN>

寄存器格式：<MSR>{<cond>}　CPSR_<field>|SPSR_<field>　Rm

（2）编码格式　见表 3.16。

表 3.16　通用寄存器向状态寄存器传送数据指令的二进制编码

31 30 29 28	27 26	25	24 23	22	21 20	19 18 17 16	15 14 13 12	11 10 9 8 7 6 5 4 3 2 1 0
Cond	0 0	#	1 0	R	1 0	Field	1 1 1 1	操作数

↓域掩码

C 控制域，即PSR[7:0]

X 扩展域，即PSR[15:8]

S 状态域，即PSR[23:16]

F 标志域，即PSR[31:24]

→ 1/0=SPSR/CPSR

1	立即数 ────────────→			#rot	8位立即数
				↑立即数对齐	Rm: 操作数寄存器→
0	寄存器 ────────→			0 0 0 0 0 0 0 0	Rm

（3）格式说明

- 把 CPSR|SPSR 分别定义了 4 个区域<field>：c、x、s、f，其中：

c 是控制域, 对应 CPSR|SPSR 的 [07:00] 的 8 位;

x 是扩展域, 对应 CPSR|SPSR 的 [15:08] 的 8 位;

s 是状态域, 对应 CPSR|SPSR 的 [23:16] 的 8 位;

f 是标志域, 对应 CPSR|SPSR 的 [31:24] 的 8 位;

- 在立即数格式中, 只能通过立即数设置标志域;
- 在寄存器格式中, 可以通过寄存器独立设置任何域或 4 个域的组合;
- 在用户状态下, 不能修改 S、X、C 三个域;
- 在嵌套异常中断处理中, 当退出中断处理程序时, 通常使用 MSR 指令将事先保存了的 SPSR 的内容恢复到 CPSR 中。

例 3.39

MSR CPSR, R0;	传送 R0 的内容到 CPSR
MSR SPSR, R0;	传送 R0 的内容到 SPSR
MSR CPSR_c, R0;	传送 R0 的内容到 CPSR, 但仅仅修改 CPSR 中的控制位域

3.6　ARM 转移指令

在 ARM 处理器中, 有两种方法可以实现程序的转移。一种是直接向程序计数器 PC 赋值, 另一种是通过转移指令跳转。ARM 转移指令共有 4 种指令。

B 指令: 跳转转移指令, 类似于 x86 的 JMP 指令;

BL 指令: 带链接的转移指令, 类似于 x86 的 CALL 指令, 调用子程序;

BX 指令: 带状态切换的跳转转移指令, 实现 ARM 与 Thumb 之间的状态切换;

BLX 指令: 带状态切换的带链接的转移指令, 实现 ARM 与 Thumb 之间的状态切换的同时, 调用子程序。

1. B 和 BL 指令

B 指令完成简单的跳转, 跳转到指令中给定的地址。BL 是转移链接指令, 在跳转的同时, 把 BL 指令后面紧接着的一条指令的地址保存到链接寄存器 LR (R14)。

(1) 指令格式

基本格式: B{L}{<Cond>}<Target Addr>

(2) 编码格式　见表 3.17。

表 3.17　转移和转移链接指令的二进制编码

31	30	29	28	27	26	25	24	23	22	21	20	19	18	17	16	15	14	13	12	11	10	9	8	7	6	5	4	3	2	1	0
Cond				1	0	1	L	有符号的 24 位偏移地址																							

↓1/0=BL/B 指令

(3) 格式说明

- <Cond>默认时, 是 AL 无条件转移;
- <Target Addr>是目标地址, 一般是程序标号;
- 转移和转移链接指令目标地址的计算方法: 先对指令中有符号的 24 位偏移地址进行符号扩展, 然后再左移 2 位进行字对齐, 最后将其加到 PC 中得到跳转的目标地址;

・转移指令的跳转范围为：±32MB。

2. BX 和 BLX 指令

BX 和 BLX 指令在完成转移的同时，实现状态切换。BX 指令完成简单的跳转和状态切换；BLX 指令在跳转的同时，把 BLX 指令后面紧接着的一条指令的地址保存到链接寄存器 LR（R14）并进行状态切换。

（1）指令格式

寄存器型格式：B{L}X{<Cond>} Rm

立即数型格式：BLX <Target Addr>

（2）编码格式

寄存器型的二进制编码见表 3.18。

表 3.18 转移切换和转移链接切换指令 B {L} X Rm 的二进制编码

31	30	29	28	27	26	25	24	23	22	21	20	19	18	17	16	15	14	13	12	11	10	9	8	7	6	5	4	3	2	1	0
Cond				0	0	0	1	0	0	1	0	1	1	1	1	1	1	1	1	1	1	1	1	0	0	L	1	Rm			

↓1/0=BL/B 指令（指向 L 位）

立即数型的二进制编码见表 3.19。

表 3.19 转移切换和转移链接切换指令 BLX 的二进制编码

31	30	29	28	27	26	25	24	23	22	21	20	19	18	17	16	15	14	13	12	11	10	9	8	7	6	5	4	3	2	1	0
1	1	1	1	1	0	1	H	有符号的 24 位偏移地址																							

↓1/0=BL/B 指令（指向 H 位）

（3）格式说明

・寄存器型中，Rm 的值是目标地址，Rm 的第 0 位 Rm [0] 装入 CPSR 的 T 位，实现状态转换；Rm 的第 [3：1] 位装入 PC，实现转移；

・如果 Rm [0] =1，则处理器状态将改为（或保持在）Thumb 状态并将 Rm [0] =0，然后从 Rm 中的地址开始执行 Thumb 指令；

・如果 Rm [0] =0，则处理器状态将改为（或保持在）ARM 状态并将 Rm [1] =0，然后从 Rm 中的地址开始执行 ARM 指令；

・寄存器型中，<Cond>默认时，是 AL 无条件转移；

・立即数型中，BLX 指令只能无条件执行；

・<Target Addr>是目标地址，一般是程序标号；

・转移和转移链接指令目标地址的计算方法：先对指令中有符号的 24 位偏移地址进行符号扩展，然后再左移 2 位进行字对齐，最后将其加到 PC 中得到跳转的目标地址，H 位也加到 PC 的第 1 位，实现半字对齐。而此目标地址总是 Thumb 指令；

・V5T 之后的处理器才能实现 BLX 的任意形式；

・转移指令的跳转范围为：±32MB。

3.7　ARM 异常中断指令

异常中断指令有软件中断指令 SWI（SoftWare Interrupt）和断点中断指令 BKPT。SWI 用于产生 SWI 异常中断，可以用来实现在用户模式下对操作系统中的特权模式的程序进行调用，因此常称为监控调用。BKPT 主要用于产生软件断点中断，供调试程序使用。

1. 软件中断指令 SWI

（1）指令特点

· 执行 SWI ♯<Immediate_24>指令，就产生 SWI 软件中断，SWI 将处理器置于监控模式（SVC）下，并从 0x00000008 地址开始执行服务程序；

· SWI 是软件实现的，因此不同 ARM 系统，SWI 可以完全不同；

· SWI 的操作过程：

将 SWI 指令之后的第 1 条指令的地址保存到 R14_SVC 中；

将 CPSR 保存到 SPSR_SVC 中；

进入 SVC 模式，将 CPSR［4：0］设置为 0b10011，将 CPSR［7］设置为 0b1，以便禁止 IRQ；

将 PC 设置为 0x00000008，并开始执行服务程序；

SWI 的返回：MOVS PC，R14

（2）指令格式

基本格式：SWI{<Cond>}<Immediate_24>

（3）编码格式　见表 3.20。

表 3.20　软中断指令的二进制编码

31	30	29	28	27	26	25	24	23	22	21	20	19	18	17	16	15	14	13	12	11	10	9	8	7	6	5	4	3	2	1	0
Cond				1	1	1	1	24 立即数																							

（4）格式说明

· <Immediate_24>可以是一个常数表达式；

· <Immediate_24>的内容并不影响 SWI 的操作，它被操作系统用来判断用户程序调用系统程序的类型，参数通过通用寄存器传递，它类似于 x86 中的中断类型号；

· <Immediate_24>的服务类型依赖于系统，但大多数系统都支持一个标准的子集用于字符输入输出等基本功能。

· <Cond>的默认值是 AL（1110），其指令代码可为 0xEF000000～0xEFFFFFFF。

例 3.40

SWI 0x02 　；该指令调用操作系统编号位 02 的系统例程。

2. 断点指令 BKPT

（1）指令特点

· BKPT 仅适用于 V5T 之后的版本；

· 执行 BKPT ♯<Immediate_16>指令，就产生 BKPT 断点中断，进入调试程序；

· 当适当地配置调试的硬件单元时，本指令使处理器停止预取指；

（2）指令格式

基本格式：BKPT<Immediate_16>

（3）编码格式　见表 3.21

表 3.21　断点指令的二进制编码

31	30	29	28	27	26	25	24	23	22	21	20	19	18	17	16	15	14	13	12	11	10	9	8	7	6	5	4	3	2	1	0
1	1	1	0	1	1	1	1	0	0	0	1	0	0	1	0	x	x	x	x	x	x	x	x	x	x	0	1	1	1	x	x

（4）格式说明

- <Immediate_16>可以是一个常数表达式；
- 处理器忽略<Immediate_16>，但被调试软件用来保存额外的断点信息；
- <Cond>的默认值是 AL(1110)，其指令代码可为 0xEF000000～0xEFFFFFFF；
- <Cond>是 AL(1110)，因此 BKPT 是无条件的；

例 3.41

BKPT 0xAA55；

3. 前导零计数指令 CLZ

（1）指令特点

- CLZ（Count Leading Zeros）仅适用于 V5T 之后的版本；
- CLZ 能够有效地实现数字归一化的功能；

（2）指令格式

基本格式：CLZ{<Cond>}Rd,Rm

（3）编码格式　见表 3.22。

表 3.22　前导零计数指令 CLZ 的二进制编码

31	30	29	28	27	26	25	24	23	22	21	20	19	18	17	16	15	14	13	12	11	10	9	8	7	6	5	4	3	2	1	0
Cond				0	0	0	1	0	1	1	0	SBO				Rd				SBO				0	0	0	1	Rm			

（4）格式说明

- Rd 不能使用 PC；
- CLZ 将 Rd 设置为 Rm 中为 1 的最高有效位的位置数，即对 Rm 前导零的个数进行计数，计数结果存放在 Rd 中。
- 如果 Rm=0，则 Rd=32；如果 Rm[31]=1，则 Rd=0；如果 Rm=0x10000，则 Rd=15；

例 3.42

MOV R2,　0x17F00；R2=0b00000000000000010111111100000000

CLZ R3，R2；R3=15

3.8　ARM 协处理器指令

ARM 支持 16 个协处理器，用于各种协处理器操作，最常使用的协处理器是用于控制片上功能的系统协处理器，如高速缓存和存储器管理单元、浮点协处理器，还可以开发专用的协处理器等。

在程序执行过程中，协处理器只识别属于自己的指令，并予以执行。当不能执行时，将产生一个未定义指令异常。在该异常的服务程序中，可以用软件模拟该硬件操作。例如，如果系统不含有向量浮点运算器，则可选择浮点运算软件模拟包来支持系列浮点运算。

1. 指令分类

ARM 协处理器指令主要分为 3 类：

- 用于 ARM 处理器初始化协处理器的数据操作指令；
- 用于 ARM 处理器的寄存器和协处理器间的数据传送指令；
- 用于 ARM 协处理器的寄存器和存储器单元之间的数据操作指令。

2. 协处理器的数据处理指令

（1）指令特点

- 协处理器的数据处理完全是协处理器内部的操作，它完成协处理器寄存器的状态改变及协处理器的运算；
- 标准格式遵从 ARM 数据处理指令的三地址格式；

（2）指令格式　CDP{<Cond>}<CP♯>,<Cop1>,CRd,CRn,CRm{,<Cop2>}

（3）编码格式　见表 3.23。

表 3.23　协处理器的数据处理指令的二进制编码

31	30	29	28	27	26	25	24	23	22	21	20	19	18	17	16	15	14	13	12	11	10	9	8	7	6	5	4	3	2	1	0
Cond				1	1	1	0	Cop1				CRn				CRd				CP♯				Cop2			0	CRm			

（4）格式说明

- CDP：Coprocessor Data Processing；
- CP♯是协处理器号，可以是 P0、P1、...、P15。Cop1 是协处理器操作数 1，Cop2 是协处理器操作数 2，Rd 是目标操作数，Rn 是第 1 操作数，Rm 是第 2 操作数；
- Cop1、Cop2、Rd、Rn、Rm 的解释还可能与协处理器有关。

本指令可用于任何可能的协处理器，如果没有协处理器接收，ARM 处理器将产生未定义指令异常，可使用软件仿真。

例 3.43

CDP P3，2，C12，C10，C3，4；该指令完成协处理器 P3 的初始化

3. 协处理器的数据存取指令

（1）指令特点

- 处理器的数据传送指令从存储器读取数据装入协处理器寄存器，或把协处理器寄存器的数据存入存储器；
- 协处理器可以支持自己的数据类型，因此一个寄存器所传送字数与协处理器有关；
- 由 ARM 处理器产生地址，但是由协处理器控制传送字数。

（2）指令格式

前变址格式：LDC|STC{<cond>}{L}<CP♯>,CRd,[Rn,<offset>]{!}

后变址格式：LDC|STC{<cond>}{L}<CP♯>,CRd,[Rn],<offset>

（3）编码格式　见表 3.24。

表 3.24　协处理器的数据处理指令的二进制编码

31 30 29 28	27 26 25	24	23	22	21	20	19 18 17 16	15 14 13 12	11 10 9 8	7 6 5 4 3 2 1 0
Cond	1 1 0	P	U	N	W	L	Rn	CRd	CP#	Offset_8bit

基址寄存器（Rn）　源/目的寄存器（CRd）　协处理器号（CP#）
1/0=Load/Store（L）
1/0=回写/不回写（W）
1=长数据类型（N）
1/0=加/减（U）
1/0=前/后变址（P）

（4）格式说明

- LDC：Load Coprocessor；
- STC：Store Coprocessor；
- ＜Offset＞＝±＜8bit 立即数＞；
- CP♯：设定协处理器号，可以是 P0、P1、…、P15；
- 基址寄存器 Rn 是 ARM 处理器的寄存器，由 Rn 与 Offset_8bit 计算存储器地址，Offset_8bit 左移 2 位产生字对齐。

本指令可用于任何可能的协处理器，如果没有协处理器接收，ARM 处理器将产生未定义指令异常，可使用软件仿真。

例 3.44

LDC P3，C4，[R0]；将 ARM 处理器的寄存器 R0 所指向的存储器中的字数据传送到协处理器 P3 的寄存器 C4 中。

STC P3，C4，[R0]；将协处理器 P3 的寄存器 C4 中的字数据传送到 ARM 处理器的寄存器 R0 所指向的存储器中。

4. 协处理器的寄存器传送指令

（1）指令特点

- ARM 处理器的寄存器与协处理器寄存器之间的数据传送；
- 在从协处理器读取数据的指令中，如果 ARM 的 PC 为目的寄存器，则由协处理器所产生的 32 位整数的最高 4 位被自动地存放到 CPSR 的 NZCV 中；

（2）指令格式

从协处理器 C 到处理器 R：MRC{＜cond＞}＜CP♯＞,＜Cop1＞Rd,CRn,CRm,{＜Cop2＞}

从处理器 R 到协处理器 C：MCR{＜cond＞}＜CP♯＞,＜Cop1＞Rd,CRn,CRm,{＜Cop2＞}

（3）编码格式　见表 3.25。

表 3.25　协处理器的寄存器传送指令的二进制编码

31 30 29 28	27 26 25 24	23 22 21	20	19 18 17 16	15 14 13 12	11 10 9 8	7 6 5	4	3 2 1 0
Cond	1 1 1 0	Cop1	L	CRn	CRd	CP#	Cop2	1	CRm

1/0=从协处理器读取/向协处理器写入（L）

（4）格式说明

- MCR：Move to Coprocessor from ARM Register；

· MRC：Move to ARM Register from Coprocessor；

· Rd 是 ARM 寄存器；

· CP♯：设定协处理器号，可以是 P0、P1、…、P15；

本指令可用于任何可能的协处理器，如果没有协处理器接收，ARM 处理器将产生未定义指令异常，可使用软件仿真。

例 3.45

MCR P3，3，R0，C4，C5，6；　　该指令将 ARM 处理器寄存器 R0 中的数据传送到协处理器 P3 的寄存器 C4 和 C5 中。

MRC P3，3，R0，C4，C5，6；　　该指令将协处理器 P3 的寄存器中的数据传送到 ARM 处理器寄存器中。

第 4 章　ARM 汇编语言程序设计

4.1　概述

ARM 指令集和 Thumb 指令集是基于 ARM 的嵌入式系统程序设计的基础，C 语言是嵌入式系统程序设计中使用最广泛的高级语言。本章主要讲述如何应用汇编语言和 C 语言进行嵌入式系统设计，使读者能够掌握嵌入式程序设计的基本知识、基本方法和基本流程。

4.1.1　开发工具选择

在嵌入式系统设计中，开发工具的选取是一个重要的考虑因素，通常这是与开发项目的需求和应用背景相关。

根据功能的不同，ARM 开发工具（IDE）一般应该包含编译软件、汇编软件、链接软件、调试软件、嵌入式实时操作系统、函数库、评估板、JTAG 仿真器、在线仿真器等。目前，世界上约有 40 多家公司提供以上不同类别的产品。常用的 ARM 集成开发环境（IDE）主要有如下几类：

1. ARM 公司的 ARM 开发工具

（1）ARM Developer Suite（ADS）　最终版本为 1.2。ADS1.2 提供完整的 Windows 界面开发环境。C 编译器效率极高，支持 C 以及 C++，使工程师可以很方便地使用 C 语言进行开发。提供软件模拟仿真功能，使没有 Emulators 的学习者也能够熟悉 ARM 的指令系统。配合 ICE 使用，ADS1.2 提供强大的实时调试跟踪功能，片内运行情况尽在掌握。ADS1.2 需要硬件支持才能发挥强大功能，目前支持的硬件调试器有 Multi-ICE 以及兼容 Multi-ICE 的调试工具如 FFT-ICE 等。而简易下载电缆不能支持 ADS1.2，主要工具有 armasm、armcc、armlink、fromelf 等。ADS 配合 Angel 驻留模块或者 JTAG 仿真器进行，目前大部分 JTAG 仿真器均支持 ARM ADS。

（2）RealView 系列开发工具

1）RealView Developer Suite（RVDS）：RVDS 是 ARM 公司继 SDT 与 ADS1.2 之后主推的新一代开发工具，是一套附带支持文档和示例的软件开发应用程序，可用于编写、生成和调试适用于 ARM 系列处理器的应用程序。RVDS 由 RealView 编译器（RVCT）、RealView 汇编器（armasm）、RealView 链接器（armlinker）以及 RealView 调试器（RVDebugger）组成，目前版本为 4.0。RVDS 支持 ARM 新架构下的编译和调试，包括支持 V7 指令集和 NEON 技术，支持 Cortex A8 和 M3；RVD 可以直接链接到 SoC Designer；支持 CoreSight 调试技术；Eclipse/Codewarrior 集成开发环境；丰富的项目管理系统；基于 Eclipse 的项目管理器，能支持 Linux、Windows 平台。

2）RealView ICE 和 RealView Trace：这是一种基于 JTAG 的调试解决方案，用于调试运行在基于 ARM 体系结构的处理器上的软件。

3）RealView Profiler：这是 ARM Workbench IDE 的一个插件，可以在最高 250 MHz

工作频率运行的目标板上，对嵌入式软件进行长时间的非侵入分析。

4）RealView Developer Kit：这是多套附带支持文档和示例的工具，可用于编写、生成和调试针对基于特定 ARM 体系结构的处理器的应用程序。

2. GNU 的 ARM 工具链

GNU 提供的编译工具包括汇编器 as、C 编译器 gcc、C++编译器 g++、链接器 ld 和二进制转换工具 objcopy。基于 ARM 平台的工具分别为 arm-linux-as、arm-linux-gcc、arm-linux-g++、arm-linux-ld 和 arm-linux-objcopy。GNU 的所有开发工具都可以从 www. gnu. org 上下载，基于 ARM 的工具可以从 www. uclinux. org 获得。GNU 的编译器功能非常强大，共有上百个操作选项，这也是这类工具让初学者头痛的原因。不过，实际开发中只需要用到有限的几个，大部分可以采用默认选项。

3. RealView MDK

德国的 Keil 是颇受业界欢迎的 51 单片机开发工具，它拥有流畅的用户界面与强大的仿真功能。ARM 公司收购 Keil 之后，正式推出了针对 ARM 微控制器的开发工具 RealView MDK（RealView Microcontroller Developer Kit）。RealView MDK 将 ARM 开发工具 RVDS 的编译器 RVCT 与 Keil 的工程管理、调试仿真工具集成在一起，是一款非常强大的 ARM 微控制器开发工具。RealView MDK 不但包含 ARM 的最新版本编译、链接工具，而且根据微控制器调试开发的特点采用了与 ADS、RVDS 完全不同的调试、仿真环境 uVision debugger 与 simulator。因此，MDK 与 ADS 在工具架构组成上有一些不同，这些区别包括：不同的工程管理器，不同版本的 ARM 编译器（Compiler），不同的调试器（Debugger），不同的仿真器（Simulator），以及不同的硬件调试。

4.1.2　ADS 开发工具

本书推荐选择 ARM 的 ADS 开发工具。ADS 包括了 6 个模块，其主要功能如下：

代码生成工具（Code Generation Tools）：代码生成工具由源程序编译、汇编、链接工具集组成。ARM 公司针对 ARM 系列每一种结构都进行了专门的优化处理，这一点除了作为 ARM 结构的设计者的 ARM 公司，其他公司都无法办到。ARM 公司宣称，其代码生成工具最终生成的可执行文件最多可以比其他公司工具套件生成的文件小 20%。

（1）集成开发环境（CodeWarrior IDE from Metrowerks）　CodeWarrior IDE 是 Metrowerks 公司一套比较有名的集成开发环境，有不少厂商将它作为界面工具集成在自己的产品中。CodeWarrior IDE 包含工程管理器、代码生成接口、语法敏感编辑器、源文件和类浏览器、源代码版本控制系统接口、文本搜索引擎等，其功能与 Visual Studio 相似，界面风格比较独特。ADS 仅在其 PC 版本中集成了该 IDE。

（2）调试器（Debuggers）　包括两个应用调试器，ARM 扩展调试器 AXD（ARM eXtended Debugger）、ARM 符号调试器 armsd（ARM symbolic debugger）。AXD 基于 Windows9X/NT 风格，具有一般意义上调试器的所有功能，包括简单和复杂断点设置、栈显示、寄存器和存储区显示、命令行接口等。Armsd 作为一个命令行工具辅助调试或者用在其他操作系统平台上。

（3）指令集模拟器（Instruction Set Simulators）　用户使用指令集模拟器无需任何硬件即可在 PC 上完成一部分调试工作。

（4）ARM 开发包（ARM Firmware Suite） ARM 开发包由一些底层的例程和库组成，帮助用户快速开发基于 ARM 的应用和操作系统。具体包括系统启动代码、串行口驱动程序、时钟例程、中断处理程序等，Angel 调试软件也包含在其中。

（5）ARM 应用库（ARM Applications Library） ADS 的 ARM 应用库完善和增强了 SDT 中的函数库，同时还包括一些相当有用的提供了源代码的例程。ADS 的编译器调试器较 SDT 都有了非常大的改观，ADS1.2 提供完整的 Windows 界面开发环境。C 编译器效率极高，支持 C 以及 C++，使工程师可以很方便的使用 C 语言进行开发。提供软件模拟仿真功能，使没有 Emulators 的学习者也能够熟悉 ARM 指令系统。

ADS 使用 CodeWarrior 公司的编译器，几个主要命令如下：

- armasm.exe：汇编文件编译器；
- armcc.exe：C 文件编译器；
- armlink.exe：目标文件链接器；
- fromelf.exe：用于将 axf 或者 elf 格式转换成其他格式的文件，例如二进制映像；
- armprof.exe：对调试过程中生成的 profiling 记录文件做分析用的工具软件。

ADS IDE 开发环境下的位操作和宏指令包括：

- 符号定义（Symbol Definition）伪操作；
- 数据定义（Data Definition）伪操作；
- 汇编控制（Assembly Control）伪操作；
- 框架描述（Frame Description）伪操作；
- 信息报告（Reporting）伪操作；
- 其他（Miscellaneous）伪操作。

4.2　ADS 环境下的伪操作和伪指令

ARM 汇编语言源程序语句一般由指令、伪操作、宏指令和伪指令组成，ARM 汇编语言的设计基础是 ARM 指令、汇编语言伪指令、汇编语言伪操作和宏指令。

伪操作是 ARM 汇编语言程序里的一些特殊指令助记符，其作用主要是为完成汇编语言程序做各种准备工作，在源程序运行汇编语言程序处理，而不是在计算机运行期间由机器执行。也就是说，这些伪操作只是汇编过程中起作用，一旦汇编结束，伪操作的使命也就随之消失。

宏指令是一段独立的程序代码，可以插在程序中，它通过伪操作来定义，宏在被使用之前必须提前定义好，宏之间可以互相调用，也可自己递归调用。通过直接书写宏名来使用宏，并具有宏指令的格式输入输出参数。宏定义本身不产生代码，只是在调用它时把宏体插入到源程序中。宏与 C 语言中的子函数形参和实参的调用相似，调用宏时通过实际的指令来代替宏体实现相关的一段代码，但宏的调用与子程序的调用有本质的区别，宏并不会节省程序的空间，其优点是简化程序代码，提高程序的可读性以及宏内容可以同步修改。

伪指令也是 ARM 汇编语言程序里的特殊助记符，也不在处理器运行期间由机器执行，它们在汇编时将被合适的机器指令代替成 ARM 或 Thumb 指令，从而实现真正的指令操作。

伪操作、宏指令一般与编译程序有关，因此 ARM 汇编语言的伪操作与宏指令在不同的编译环境下有不同的编写形式和规则。

4.2.1　符号定义类伪操作

符号定义（Symbol Definition）伪操作主要实现 ARM 汇编语言程序中的变量定义、变量赋值，定义寄存器名称等。

1. GBLA、GBLL、GBLS

GBLA 声明一个全局算术变量，并初始化为 0；A＝算术；

GBLL 声明一个全局逻辑变量，并初始化为 {FALSE}；L＝逻辑；

GBLS 声明一个全局字符串变量，并初始化为空串 ""；S＝字符串。

语法格式：＜GBLX＞Variable

格式说明：

- GBLX＝GBLA、GBLL、GBLS；
- Variable 是全局变量名称，应该是全局唯一的；
- 对已声明过的变量，重新声明时，将被重新初始化；
- 作用范围为包含该变量的源程序。

例 4.1

GBLA	Arithmetic	;	声明一个全局算术变量
Arithmetic SETA	0xFF	;	赋初值
SPACE	Arithmetic	;	使用该变量
GBLL	Logical	;	声明一个全局逻辑变量
Logical	SETL　{TRUE}	;	赋初值

2. LCLA、LCLL、LCLS

LCLA 声明一个局部算术变量，并初始化为 0；

LCLL 声明一个局部逻辑变量，并初始化为 {FALSE}；

LCLS 声明一个局部字符串变量，并初始化为空串 ""。

语法格式：＜LCLX＞Variable

格式说明：

- LCLX＝LCLA、LCLL、LCLS；
- Variable 是局部变量名称，应该是作用范围内唯一的；
- 对已声明过的变量，重新声明时，将被重新初始化；
- 作用范围：局部变量一般只用于宏代码中。

例 4.2

MACRO		;	声明一个宏
$ label message　$ a		;	宏原型，宏名称：message，宏参数：a
LCLS	String	;	声明一个局部字符串变量 String
String	SETS　"error"	;	赋初值
$ label		;	代码
SPACE	Arithmetic	;	使用该变量
INFO 0，:String" : CC : : STR : $ a		;	使用该字符串
MEND		;	宏定义结束

3. SETA、SETL、SETS

SETA：给一个全局或局部算术变量赋值；

SETL：给一个全局或局部逻辑变量赋值；

SETS：给一个全局或局部字符串变量赋值。

语法格式：<SETX>Variable Expression

格式说明：

- SETX=SETA、SETL、SETS；
- Variable 是用 GBLA、GBLL、GBLS 和 LCLA、LCLL、LCLS 定义的变量；
- Expression 是赋值表达式；
- 只能对已经声明的变量赋值。

例 4.3

GBLA	Arithmetic	;	声明一个全局算术变量
Arithmetic SETA	0xFF	;	赋初值
SPACE	Arithmetic	;	使用该变量
GBLL	Logical	;	声明一个全局逻辑变量
Logical	SETL	{TRUE} ;	赋初值
LCLS	String	;	声明一个局部字符串变量 String
String	SETS	"error" ;	赋初值

4. RLIST

RLIST 为一个通用寄存器列表定义名称。

语法格式：Name RLIST {list of registers}

格式说明：

- Name：寄存器列表定义名称；
- {list of registers}：寄存器列表；
- RLIST 定义的名称可以在 LDM | STM 中使用。

例 4.4

ALIST	RLIST{R0－R3}	;	将 {R0－R3} 声明为 ALIST
STMDF	SP! ALIST	;	保存寄存器列表 ALIST

5. CN

CN 为协处理器的寄存器定义一个名称。

语法格式：Name CN Expression

格式说明：

- Name：寄存器名称；
- Expression：协处理器寄存器的编号，为 0-15。

6. CP

CP 为协处理器定义一个名称。

语法格式：Name CP Expression

格式说明：

- Name：协处理器名称；
- Expression：协处理器的编号：0-15。

7. DN、SN

DN 为一个双精度的 VFP 寄存器定义一个名称；

SN 为一个单精度的 VFP 寄存器定义一个名称。

语法格式：Name　DN Expression_D

Name　SN Expression_S

格式说明：

- Name：将要定义的 VFP 寄存器的名称；
- Expression_D：双精度的 VFP 寄存器的编号，为 0-15；
- Expression_S：单精度的 VFP 寄存器的编号，为 0-31。

8. FN

FN 为一个 FPA 浮点寄存器定义一个名称。

语法格式：Name　FN Expression

格式说明：

- Name：将要定义的 FPA 浮点寄存器的名称；
- Expression：双精度的 FPA 浮点寄存器的编号，为 0-7。

4.2.2　数据定义类伪操作

数据定义（Data Definition）伪操作用于数据缓冲器定义、数据表定义和数据空间分配。

1. LTORG

LTORG 声明一个数据缓冲器的开始；在使用 LDR 指令时，常需要用 LTORG 声明数据缓冲池。

语法格式：LTORG

格式说明：

- 用 LTORG 定义数据缓冲器，可以防止 LDR 越界；
- LTORG 伪操作指令通常放在无条件转移指令之后，或者子程序返回指令之后，以免处理器错误地将数据缓冲器中的数据当作代码执行；
- 大的代码段可以使用多个数据缓冲池；
- ARM 汇编器一般把数据缓冲器放在代码段的最后面，即下一个代码段开始之前，或者 END 伪操作之前。

例 4.5

```
AREA    Example,    CODE,    READONLY    ;    声明代码段，名称 Example，只读属性
Start   BL      Func1               ;
        ……                          ;
Func1                               ;    子程序
Func1   LDR     R1,=0x8000          ;    将 0x8000 加载到 R1
        MOV     PC,LR               ;    子程序结束
        LTORG                       ;    定义数据缓冲器，存放 0x8000
DATA    SPACE   40                  ;    从当前地址开始分配 40B 内存单元，初始化为 0
```

2. MAP

MAP 声明一个结构化的内存表（Storage Map）的首地址；MAP 可用"^"代替；内

存表的位置计数器〔VAR〕（汇编器的内置变量）设置成该地址。

语法格式：MAP Expression {，base-register}

格式说明：

- Expression 为数字表达式，或者程序中已经定义过的标号；
- base-register 为一个寄存器，可选；
- 位置计数器〔VAR〕初值：当 base-register 不存在时，VAR＝Expression；当 base-register 存在时，VAR＝base-register＋Expression；
- MAP 和 FIELD 配合使用来定义结构化内存表。

例 4.6

```
MAP    Fun              ;   fun 代表内存表首地址
MAP    0x100,  R9       ;   内存表首地址为：0x100＋R9
```

3. FIELD

FIELD 声明一个结构化的内存表的数据域；FIELD 可用"＃"代替。

语法格式：{Label}   FIELD   Expression {，base-register}

格式说明：

- {Label} 的值是当前内存表位置计数器 VAR 的值，可选；
- Expression 表示本数据域所占用的字节数；
- 汇编编译到 FIELD 语句时，VAR＋＝Expression。

4. MAP 与 FIELD 的联合使用

MAP 声明一个结构化内存表的首地址；FIELD 声明表中的数据域；

MAP 的 base-register 是其后的所有 FIELD 的默认值，直到遇到新的 MAP 的 base-register；

MAP 与 FIELD 仅仅定义了数据表的结构，并没有实际分配内存单元；

MAP 与 FIELD 可以定义 3 种数据表。

（1）基于绝对地址的内存表

例 4.7 基于绝对地址的内存表。

```
        MAP     0x2000   ;   内存表首地址 0x2000
Consta  FIELD   4        ;   consta 长度为 4B，相对地址为 0
Constb  FIELD   4        ;   constb 长度为 4B，相对地址为 4
X       FIELD   8        ;   X 长度为 8B，相对地址为 8
Y       FIELD   8        ;   Y 长度为 8B，相对地址为 16
String  FIELD   16       ;   String 长度为 16B，相对地址为 24
```

（2）基于相对地址的内存表

例 4.8 基于相对地址的内存表。

```
        MAP     0,  R9   ;   内存表首地址为 R9 的值
Consta  FIELD   4        ;   consta 长度为 4B，相对地址为 0
Constb  FIELD   4        ;   constb 长度为 4B，相对地址为 4
X       FIELD   8        ;   X 长度为 8B，相对地址为 8
Y       FIELD   8        ;   Y 长度为 8B，相对地址为 16
String  FIELD   16       ;   String 长度为 16B，相对地址为 24
```

（3）基于 PC 地址的内存表

例 4.9　基于相对地址的内存表。

DATAS	SPACE	100	;	分配 100B 的内存单元，并初始化为 0
	MAP	DATAS	;	内存表首地址为 DATAS 内存单元
Consta	FIELD	4	;	consta 长度为 4B，相对地址为 0
Constb	FIELD	4	;	constb 长度为 4B，相对地址为 4
X	FIELD	8	;	X 长度为 8B，相对地址为 8
Y	FIELD	8	;	Y 长度为 8B，相对地址为 16
String	FIELD	16	;	String 长度为 16B，相对地址为 24

（4）特殊应用　FIELD 的操作数为 0 时，其标号即为当前内存单元的地址，可以用该方法判断内存的使用是否越界。

例 4.10　越界判断

Start	EQU	0x1000	;	分配的内存首地址
End	EQU	0x2000	;	分配的内存末地址
	MAP	Start	;	内存表首地址为 Start 内存单元
Consta	FIELD	4	;	consta 长度为 4B，相对地址为 0
Constb	FIELD	4	;	constb 长度为 4B，相对地址为 4
X	FIELD	8	;	X 长度为 8B，相对地址为 8
Y	FIELD	8	;	Y 长度为 8B，相对地址为 16
String	FIELD	Maxlen	;	String 长度为 Maxlen B，相对地址为 24
Endalert	FIELD	0	;	Endalert 用于检测内存是否越界
	ASSERT	Endalert<=end	;	当 Endalert>end 时，越界，报错
	End			

（5）访问数据范围超过 4KB　由于基于相对地址的内存表、基于 PC 地址的内存表，其表中各域的实际内存地址都是基于寄存器的内容，因此寻址空间可以扩大到 4GB。

例 4.11　扩大寻址范围

		;	基于相对地址的内存表
ADR	R9，field	;	
LDR	R5，constb	;	相当于 LDR R5，[R9，#4]
		;	基于 PC 地址的内存表
LDR	R5，constb	;	相当于 LDR R5，[PC，offset]

5. SPACE

SPACE 用于分配一块连续的内存空间；SPACE 可用"%"代替。

语法格式：{Label} SPACE　Expression

格式说明：

- {Label} 可选；
- Expression 的个数为字节数。

例 4.12

Data SPACE 100	;	分配 100B 内存单元，并初始化为 0

6. DCB

DCB 用于分配一段字节内存单元并用 Expressioni 初始化；DCB 可用"="代替。

语法格式：{Label}　　DCB　Expression1　{，Expression2，…}

格式说明：

- {Label} 可选；
- Expression 为一个−128～256 的数值或者字符串。

例 4.13

　　String DCB "students"　　　　　　；　　构造一个字符串，并以字节为单位分配内存

7. DCD 和 DCDU

DCD 用于分配一段字对齐内存空间并用 Expressioni 初始化；DCD 可用"&"代替；DCDU 用于分配一段内存空间并用 Expressioni 初始化，但不严格要求字对齐。

语法格式：{Label}　　DCD（U）Expression1　{，Expression2，…}

格式说明：

- {Label} 可选；
- Expression 为一个数字表达式或者程序中的标号，内存分配的字节数由 Expression 的个数决定。

例 4.14

　　Data1　　　DCD　　　　1，5，10　　；　　分配一个字单元，且字对齐。其值分别为 1、5、10
　　Data2　　　DCDU　　　Addr+10　　；　　分配一个字单元，其值为 addr+10

8. DCDO

DCDO 用于分配一段字对齐内存单元，并将每个字单元的内容初始化为该单元地址相对于静态机制寄存器 R9 的内容的偏移量。

语法格式：{Label}　　DCDO　Expression1　{，Expression2，…}

格式说明：

- {Label} 可选；
- Expression 为数字表达式或者程序中的标号，内存分配的字节数由 Expression 的个数决定。

9. DCFD 和 DCFDU

DCFD 用于为双精度浮点数分配一段字对齐内存单元，并将内存单元的内容初始化为双精度浮点数 Fpliterali；每个双精度浮点数占据 2 个字；DCFD 和 DCFDU 的区别在于DCFDU 不要求严格字对齐。

语法格式：{Label}　　DCFD {U}　　Fpliteral1 {，Fpliteral2，…}

格式说明：

- {Label} 可选；
- Fpliteral 为一个双精度浮点数；
- 内存分配的字节数由 Fpliteral 的个数决定；

为了保证内存单元字对齐，可在分配第一个内存单元前填补字节。

10. DCFS 和 DCFSU

DCFS 用于为单精度浮点数分配一段字对齐内存单元，并将内存单元的内容初始化为单精度浮点数 Fpliterali；每个单精度浮点数占据 1 个字；DCFS 和 DCFSU 的区别在于 DCF-SU 不要求严格字对齐。

语法格式：{Label}　　DCFS {U}　　Fpliteral1 {，Fpliteral2，…}

格式说明：

- {Label} 可选；
- Fpliteral 为一个单精度浮点数；
- 内存分配的字节数由 Fpliteral 的个数决定；
- 为了保证内存单元字对齐，可在分配第一个内存单元前填补字节。

11. DCI

DCI 在 ARM 代码中，用于分配一段字对齐内存空间并用 Expressioni 初始化；在 Thumb 代码中，用于分配一段半字对齐内存空间并用 Expressioni 初始化。

语法格式：{Label}　　DCI　Expression1 {，Expression2，…}

格式说明：

- {Label} 可选；
- Expression 为一个数字表达式；
- 内存分配的字节数由 Expression 的个数决定；
- 为了保证内存单元字对齐，可在分配第一个内存单元前填补字节。

DCI 和 DCD 的区别在于，DCI 分配的内存标识为指令，可用于宏指令来定义处理器指令系统不支持的指令。

12. DCQ 和 DCQU

DCQ 用于为双字（8B）分配一段字对齐内存单元并将内存单元的内容初始化为 64 位整数 Literali；DCQ 和 DCQU 的区别在于 DCQU 不要求严格字对齐。

语法格式：{Label}　　DCQ {U}　　Literal1 {，Literal2，…}

格式说明：

- {Label} 可选；
- Literal 为一个 64 位的整数；
- 内存分配的字节数由 Literal 的个数决定；
- 为了保证内存单元字对齐，可在分配第一个内存单元前填补字节。

13. DCW 和 DCWU

DCW 用于分配一段半字对齐内存空间并用 Expressioni 初始化；DCWU 不严格要求字对齐。

语法格式：{Label}　　DCW {U}　　Expression1 {，Expression2，…}

格式说明：

- {Label} 可选；
- Expression 为一个数字表达式；
- 内存分配的字节数由 Expression 的个数决定；

为了保证内存单元字对齐，可在分配第一个内存单元前填补字节。

4.2.3　汇编控制类伪操作

汇编控制（Assembly Control）类伪操作用于条件汇编、宏定义、重复汇编控制等。

1. IF…ELSE…ENDIF

此语句与 C 语言的 IF 语句很类似。

语法格式：IF　Logical Expression

… 　　　　　　　　　　　　；　　指令或者伪指令代码段 1

{ELSE 　　　　　　　　　　　　；　　可选

… 　　　　　　　　　　　　；　　指令或者伪指令代码段 2

}

ENDIF

Logical Expression 用于控制选择的逻辑表达式；IF…ELSE…ENDIF 可嵌套使用。

例 4.15

IF	Variable	=16	；	如果 Variable＝16 成立，则编译下面代码
	BNC	SUB1	；	
	LDR	R0,＝SUB0	；	
			；	
ELSE			；	否则，编译下面代码
	BNE	SUB0	；	
	……		；	
ENDIF			；	

2. WHILE…WEND

该语句与 C 语言的 WHILE 语句很类似。

语法格式：WHILE　Logical Expression

… 　　　　　　　　　　　　；　　指令或者伪指令代码段

WEND

Logical Expression 用于控制选择的逻辑表达式；WHILE…WEND 可嵌套使用。

例 4.16

	Count	SETA	16	；　　设置循环计数变量 Count，初值设置为 1
WHILE	Count	＜＝4		；
	Count	SETA	Count ＋1	；　　设置循环计数变量 Count，初值设置为 1
	……			；
WEND				；

3. MACRO、MEND、MEXIT

MACRO：宏定义开始；MEND：宏定义结束；MEXIT：从宏中跳出。

语法格式：MACRO

{ $ label} 　 macroname 　 {, $ parameter{, $ parameter}…}

{ $ label. labelsub} 　　　　　　　　； $ label. labelsub 为宏体内部标号

… 　　　　　　　　　　　　　；宏体，宏代码，指令代码段

MEND

Label 是宏指令标号，可选；Macroname 是宏名称；Parameter 是宏指令参数。

在一个符号前使用 $ ，表示程序被汇编时，该符号将被替换成相应的值（类似于形参和实参）；宏定义可嵌套使用。

例 4.17

MACRO	；	宏定义开始

$ label	jump	$ a, $ b	;	宏名称, 宏参数
	…		;	
$ label. loop1			;	宏体内部标号
	…		;	
	BGE	$ label. loop1	;	
$ label. loop2			;	
	BL	$ a	;	
	BGT	$ label. loop2	;	宏体内部标号
	…		;	$ a 为子程序名称
	ADR	$ b	;	
	…		;	
MEND			;	宏定义结束

4.2.4　信息报告类伪操作

信息报告 (Reporting) 伪操作用于汇编报告指示。

1. ASSERT

ASSERT：断言错误，在汇编第二遍中，如果 ASSERT 条件不满足，报告错误；可用于汇编语言源程序错误调试。

语法格式：ASSERT Logical Expression

Logical Expression 用于控制选择的逻辑表达式。

例 4.18

```
ASSERT         TOP<>Temp              ;        断言 top 不等于 Temp
```

2. INFO

INFO：汇编诊断信息显示，在汇编中，INFO 报告诊断信息；可用于汇编语言源程序错误调试。

语法格式：INFO Numeric-Expression, String-Expression

- Numeric-Expression：数字表达式；
- String-Expression：字符表达式，INFO 显示 String-Expression；
- Numeric-Expression=0 时，汇编第二遍扫描时，显示 String-Expression；
- Numeric-Expression≠0 时，汇编第一遍扫描时，显示 String-Expression，并终止汇编。

例 4.19

```
INFO          0,    "Version1. 0"       ;        断言 top 不等于 Temp
IF            Label1<=Label2
INFO          4, "Data Overrun"
ENDIF
```

3. OPT

OPT：设置列表选项伪操作。

语法格式：OPT   n

n 为选项编码 $n=2^m$，n=1 表示设置默认列表选项，n=2 表示关闭默认列表选项。

在编译过程中，使用-list 选项可以生成默认列表；使用 OPT 可以改变默认列表。

4. TTL 和 SUBT

TTL：在列表文件的每一页开头插入一个标题；

SUBT：在列表文件的每一页开头插入一个子标题。

语法格式：TTL title，SUBT subtitle

title 和 subtitle 是标题和子标题。

4.2.5 其他伪操作

其他伪操作（Miscellaneous）包括 CODE16、CODE32、EQU、AREA、ENTRY 等。

1. CODE16、CODE32

CODE16：告诉编译器后面的指令是 16 位的 Thumb 指令；

CODE32：告诉编译器后面的指令是 32 位的 ARM 指令。

语法格式：CODE16，CODE32

例 4.20

```
    AREA      ChangeState,CODER,      READONLY
    CODE32                            ；
              LDR      R0,start+1      ；
              BX       R0              ；
    CODE16                            ；
    start     MOV      R1,#10          ；
    说明：    程序在 ARM 状态下执行，然后通过 BX 指令切换到 Thumb 状态，并执行 Thumb
```

2. EQU

EQU：为数字常量、基于寄存器的值、程序标号（基于 PC 的值）定义一个名称；可以用"*"代替；EQU 类似于 C 语言的#define。

语法格式：Name Expression {，Type}

Name：由 EQU 定义的名称；

Expression：为基于寄存器的地址值、程序标号、数字常量（32 位常量、32 位地址常量）；

Type：属性值（见表 4.1）。

表 4.1 Type 属性值

TYPE	说　明
CODE16	表明该地址处于 Thumb 指令区
CODE32	表明该地址处于 ARM 指令区
DATA	表明该地址处于数据区

例 4.21

```
    X     EQU  10              ；   定义 X 符号的值为 10
    Y     EQU  Label+10        ；   定义 Y 符号的值为 Label+10
    Z     EQU  0x10, CODE32    ；   定义 Z 符号的值为 0x10，且该处为 ARM 指令
    reg   EQU  0xE01FC080      ；   定义寄存器 reg 的地址为 0xE01FC080
```

3. AREA

AREA：定义一个代码段或者数据段；通常可用 AREA 伪操作将程序分为多个 ELF（可执行链接文件，由链接器生成）段，一个程序包含多个代码段和数据段，至少包含一个代码段；ARM 程序一般采用分段设计，一个程序至少有一个代码段。

语法格式：AREA SectionName {，Attr} {，Attr} …

SectionName：定义一个代码段或者数据段的名称，当名称以数字开头时，必须用||括起来，如 | 1_data |；

| .text | 表示 C 语言编译产生的代码，或者与 C 语言库相链接的代码；

Attr：属性值（见表 4.2）。

表 4.2 Attr 属性值

Attr	说　明
ALIGN= expression	expression= [0~31]，指定对齐方式为：$2^{expression}$B。默认情况下，ELF 的代码段和数据段是 4B 对齐的，即 expression=2
ASSOC=section	指定与本段相链的 ELF 段。任何时候链接 section 段都必须包括 sectionname 段
CODE	定义代码段。默认属性为 READONLY
COMDEF	定义一个通用段，该段可包含代码段和数据段。在其他源文件中，同名的 COMDEF 段必须相同
COMMON	定义一个共用段，该段不包含任何代码和数据，链接器将其初始化为 0。在其他源文件中，同名的 COMMON 段共用同样的内存单元，链接器为其分配合适的尺寸
DATA	定义数据段，默认属性为 READWRITE
NOINIT	指定本段只保留内存单元，而没有将各初值写入内存单元或初始化为 0
READONLY	指定本段为只读属性。代码段默认为 READONLY
READWRITE	指定本段为读写属性。数据段默认为 READWRITE

例 4. 22

　　AERA　　Example，CODE，READONLY

　　说明：　　定义一个代码段 Example，属性为 READONLY

4. ENTRY

ENTRY：定义一个程序入口点。

语法格式：ENTRY

一个程序可以有多个汇编语言源程序，而一个汇编语言源程序最多只能有一个 ENTRY（可以没有）；一个程序可以有多个 ENTRY，但至少要有一个 ENTRY。

例 4. 23

　　AERA　　Example，　CODE,READONLY

　　ENTRY　　　　　　　　　　　　　　　　　　；　应用程序入口点

　　CODE32

　　Start　　MOV　　R1，#0x53

5. END

END：定义一个程序结束点；告诉编译器源程序已经到了结尾。

语法格式：END

一个汇编语言源程序包含 END。

例 4.24

```
AERA    Example,  CODE,READONLY
ENTRY                          ;  应用程序入口点
CODE32
Start   MOV       R1,#0x53
END                            ;  结束
```

6. ALIGN

ALIGN：添加补丁字节，使当前位置满足一定的对齐方式。

语法格式：ALIGN {Expression {, offset}}

Expression：对齐方式，取值为 2 的幂次 1、2、4、8、…；默认为字对齐。

offset：对齐偏移；默认为 offset=0，将当前位置对齐到以 Expression 为单位的边界；如"ALIGN 8"，将当前位置以 2 个字的方式对齐；如果指定 offset，将当前位置对齐到以 Expression 为单位的边界，再加上 offset 个字节的位置；如果当前位置为 0x0001，则执行"ALIGN 4，3"后，当前位置转到 0x0007。

Thumb 的伪指令 ADR 要求地址是字对齐的，而 Thumb 代码中的地址标号可能不是字对齐的，这时就要求 ALIGN 4；ARM 中的 Cache 采用其他对齐方式，如 16B 对齐，这时使用 ALIGN 4，可以提高 Cache 的性能优势。

LDRD/STRD 指令要求内存单元是 8B 对齐，这样在为 LDRD/STRD 指令分配内存单元前，要求使用 ALIGN 8，实现 8B 对齐。

地址标号通常没有对齐方式，而在 ARM 代码中要求字对齐，Thumb 代码中要求半字对齐，这样就要求使用 ALIGN 调整对齐方式。

在 AREA 中使用 ALIGN 属性时的 Expression 与单独使用 ALIGN 为操作时的 Expression，其含义是不同的。

例 4.25

```
ALIGN   4,3              当前位置为 0x0001，执行 ALIGN 4，3 后，当前位置转到 0x0007
        …
ALIGN   8                将当前位置以 2 个字的方式对齐
        …
AREA    Cache,CODE,  ALIGN=3     ；指定该代码段是 8B 对齐
        …
        MOV PC,LR
ALIGN   8                        ；指定以下指令是 8B 对齐
        …
```

7. EXPORT、GLOBAL

EXPORT、GLOBAL：声明一个符号可以被其他文件引用，相当于声明一个全局变量。

语法格式：EXPORT　symbol　{[WEAK]}

　　　　　GLOBAL　symbol　{[WEAK]}

Symbol 未声明的符号名称，区分大小写；WEAK 选项表示其他同名符号名称优先于本符号。

8. IMPORT

IMPORT：声明当前符号不是在本源文件中定义的，本源文件可能引用该符号。

语法格式：IMPORT　　symbol　　{[WEAK]}

Symbol 未声明的符号名称，区分大小写；WEAK 选项表示如果 Symbol 在所有源文件中都没有定义，编译器不报错，亦不会到没有被 INCLUDE 包含进来的文件中去查找。

在 B 或 BL 指令中，如 B sign 指令，如果 sign 不能被解析，则该指令相当于 NOP，即 sign 被解析为下一条指令的地址；其他情况下该符号被解析为 0。

9. EXTERN

EXTERN：声明当前符号不是在本源文件中定义的，本源文件可能引用该符号。

语法格式：EXTERN　　symbol　　{[WEAK]}

Symbol 未声明的符号名称，区分大小写；[WEAK] 选项表示如果 Symbol 在所有源文件中都没有定义，编译器不报错，亦不会到没有被 INCLUDE 包含进来的文件中去查找。

在 B 或 BL 指令中，如 B sign 指令，如果 sign 不能被解析，则该指令相当于 NOP，即 sign 被解析为下一条指令的地址；其他情况下该符号被解析为 0。

10. GET、INCLUDE

GET、INCLUDE：将另一个源文件包含到当前源文件中，并将被包含的文件在当前位置汇编，二者同义。

语法格式：GET/ INCLUDE　　filename

Filename 为被包含源文件，可以使用路径信息，路径中可以有空格。

通常可以在一个源文件中定义宏，用 EQU 定义常量，用 MAP 和 FIELD 定义数据结构等，然后用 GET 包含源文件。GET 可以嵌套。

编译器查找目录为当前目录，可以选用编译器的－I 选项添加查找目录。

如果源文件 A 包含源文件 B，源文件 B 包含源文件 C，那么编译器查找源文件 C 时，会把源文件 B 所在的目录作为当前目录。

例 4.26

```
AREA      Example  CODR              READONLY
GET       File. s                    ；包含源文件
GET       C:\project\file2. s        ；包含源文件，包括路径
GET       C:\project INC\file3. s    ；包含源文件，包括路径，包括空格
```

11. INCBIN

INCBIN：将另一个源文件包含到当前源文件中，被包含的文件不进行汇编。

语法格式：INCBIN　　filename

Filename 为被包含源文件，可以使用路径信息，但路径中不能有空格。

通常使用 INCBIN 将一个可执行文件或数据文件包含到当前文件。

12. KEEP

KEEP：将局部符号包含在目标文件的符号表中。

语法格式：KEEP　　{symbol}

Symbol 为所要包含的局部标号。如果没有指定 symbol，则除了基于寄存器的所有符号将被包含在目标文件的符号表中。

默认：被输出的符号；被重定位的符号。

13. NOFP

NOFP：禁止程序中包含浮点运算指令。

语法格式：NOFP

当系统中没有硬件或软件代码支持浮点运算，则使用 NOFP。

14. REQUIRE

REQUIRE：制定段之间的相互依赖关系。

语法格式：REQUIR label

Label 为所需的标号名称；当进行链接处理包含有 REQUIR label 的源文件时，则定义 label 的源文件也将被包含。

15. REQUIRE8、PRESERVE8

REQUIRE8：指示当前代码中要求数据段 8B 对齐。

PRESERVE8：表示当前代码中数据段是 8B 对齐的。

语法格式：REQUIRE8

　　　　　　PRESERVE8

例如在使用 LDRD 和 SDRD 指令时，要求内存单元是 8B 对齐的。当程序中使用这些指令时，就需要使用 REQUIRE8。

链接器要保证要求 8B 对齐的数据栈代码只能被数据栈是 8B 对齐的代码调用。

16. RN

RN 为一个特定的寄存器定义名称。

语法格式：Name　RN　Experssion

Name：定义的寄存器名称；

Expression：某个寄存器的编号。

例 4. 27

```
COUNT    RN    6    ;    定义寄存器 R6 为 COUNT
CHOOSE   RN    9    ;    定义寄存器 R9 为 CHOOSE
```

17. ROUT

ROUT：定义局部变量的有效范围。

语法格式：{Name} ROUT

{Name} 为所定义的作用范围的名称；当不使用 ROUT 时，局部变量的作用范围是所在的段；ROUT 的作用范围是同一个段中两个 ROUT 之间的有效范围；

4. 2. 6　ARM 汇编语言伪指令详解

ARM 伪指令不是真正的 ARM 指令，在编译器进行汇编时，被替换成相应的 ARM 指令。ARM 汇编语言伪指令包括：ADR、ADRL、LDR、NOP。

1. ADR

ADR：小范围地址读取伪指令，将基于 PC 的地址值或基于寄存器的地址值读取到寄存器中。

语法格式：ADR {cond} register，expression

Cond：可执行条件；

Register：目标寄存器；

Expression：基于 PC 的地址值或基于寄存器的地址值表达式，其取值范围：

当地址值是字对齐时，其值范围为：$-1020 \sim +1020B$；

当地址值不是字对齐时，其值范围为：$-256 \sim +256B$；

当地址值是 16B 对齐时，其值范围更大。

• 编译器通常将 ADR 伪指令替换成一条 ADD 指令或 SUB 指令来实现 ADR 伪指令的功能；如果不能用一条指令来替换，则报错。

• ADR 伪指令中的地址是基于 PC 或寄存器的相对偏移量，所以 ADR 实际读取的地址是与位置无关的地址。

• 当 ADR 伪指令中的 Expression 是基于 PC 的相对偏移量时，该地址必须与 ADR 在同一代码段中，否则链接可能越界。

例 4.28

```
Start  MOV  R0,#10   ；此指令执行完后,PC 值为 start+8
       ADR  R1,start  ；因为 PC 值为当前指令地址值+8,ADR 被替换成 SUB R1,PC,ox0C
```

2. ADRL

ADRL：中等范围地址读取伪指令，将基于 PC 的地址值或基于寄存器的地址值读取到寄存器中。

语法格式：ADRL｛cond｝　　register，expression

Cond：可执行条件；

Register：目标寄存器；

Expression：基于 PC 的地址值或基于寄存器的地址值表达式，其取值范围：

当地址值是字对齐时，其值范围为：$-256 \sim +256KB$；

当地址值不是字对齐时，其值范围为：$-64 \sim +64KB$；

当地址值是 16B 对齐时，其值范围更大。

• 编译器通常将 ADRL 伪指令替换成两条合适的数据处理指令来实现 ADRL 伪指令的功能，即使能用一条指令实现，也必须用两条；如果不能用两条指令来替换，则报错。

• ADRL 伪指令中的地址是基于 PC 或寄存器的相对偏移量，所以 ADR 实际读取的地址是与位置无关的地址。

• 当 ADR 伪指令中的 Expression 是基于 PC 的相对偏移量时，该地址必须与 ADR 在同一代码段中，否则连接可能越界。

例 4.29

```
Start  MOV  R0,#10        ；此指令执行完后,PC 值为 start+8
       ADRL R4,start+6000  ；ADRL 被替换成:ADD R4,#84 和 ADD R4,R4,#59904
```

3. LDR

LDR：大范围地址读取伪指令。将一个 32 位的立即数或者一个地址读取到寄存器中。

语法格式：LDR｛cond｝　　register，＝［expression｜label_expression］

Cond：可执行条件；

Register：目标寄存器；

Expression：为 32 位常量。

（1）编译器的处理

• 当 Expression 表示的地址在 MOV 和 MVN 指令中地址的取值范围内时，编译器将用

MOV 或 MVN 代替 LDR；

• 当 Expression 表示的地址超过 MOV 和 MVN 指令中地址的取值范围内时，编译器一般将该数据存放到数据缓冲区，然后用一条基于 PC 的 LDR 读取该值；

• label_expression 为基于 PC 的地址表达式或者外部表达式；

• label_expression 为基于 PC 的地址表达式时，编译器一般将该数据存放到数据缓冲区，然后用一条 LDR 读取该值；

• label_expression 为外部地址表达式或者非当前段的表达式时，编译器将在目标文件中插入连接重定位伪操作；

（2）两种用途

• 当需要读取到寄存器的数据超过 MOV 或 MVN 指令可操作的范围时，使用 LDR；

• 将一个基于基于 PC 地址值或者外部地址值读取到寄存器中时。

例 4.30

```
LDR     R1,      =0xFFF
LDR     R1,      Addr1
```

4. NOP

NOP：空操作伪指令。NOP 伪指令被替换成 ARM 空操作，如 MOV R0，R0；

语法格式：NOP

4.2.7　Thumb 汇编语言伪指令详解

Thumb 伪指令不是真正的 Thumb 指令，在编译器进行汇编时，被替换成相应的 Thumb 指令。Thumb 汇编语言伪指令包括：ADR、LDR、NOP。

4.3　ARM 汇编语言程序设计

汇编语言程序不仅效率高，而且能够实现对硬件的直接控制。因此，ARM 汇编语言程序设计是嵌入式系统程序开发的一个不可缺少的组成部分。

4.3.1　ARM 汇编语言程序设计概述

1. ARM 程序设计分类

ARM 程序设计主要包括 ARM 汇编语言程序设计、嵌入式 C 语言程序设计、嵌入式 C 语言与 ARM 汇编语言混合程序设计 3 种方法。

2. ARM 汇编语言中的文件格式

ARM 源程序文件类型如表 4.3 所示。

表 4.3　ARM 源程序文件后缀名

源程序文件	后缀名	说　　明
汇编语言源程序文件	*.S	用 ARM 汇编语言编写的 ARM 程序或者 Thumb 程序
C 语言源程序文件	*.C	用 C 语言编写的程序
头文件	*.H	把程序中常用的常量名、全局变量名、宏定义、数据结构等定义成头文件

3. ARM 工程

在 ARM 程序设计中，一般是用工程组织文件的。ARM 工程主要包括多个 ARM 汇编语言源程序、C 语言源程序、头文件等。

4.3.2　ARM 汇编语言语句格式

1. 语句格式

汇编语言语句是 ARM 汇编语言程序的基本语言单位，汇编语言语句具有丰富的格式，为汇编语言程序设计提供了极大的灵活性。

基本格式：{symbol}　{instruction｜directive｜pseudo-instruction}{；comment}

• symbol：符号，ARM 中符号必须从一行的开头开始；在指令和伪指令中，符号用作地址标号；在伪操作中，符号用作变量或者常量；

• instruction：ARM 汇编语言指令中指令不能从一行的开头开始，指令前必须有空格或符号；

• directive：伪指令；

• pseudo-instruction：伪操作；

• ；comment：注释以"；"开头；

• 在指令、伪指令和伪操作中，助记符可以全部是大写或小写（不区分），但是在一个助记符中不能大小写字符混合使用；

• 可以用"\"把一行语句分成若干行来写，但是要求"\"后紧跟指令中的字符，也不能有空格、制表符等。

2. 符号定义

符号可以代表地址、变量、数字常量。当符号代表地址时又称为常量。符号包括变量、数字常量、标号和局部标号。

（1）符号说明

• 符号可以是标号、变量、数字常量等；

• 符号可以由字母大小写、数字、下划线组成，但符号是区分大小写的；

• 符号在起作用范围内是唯一的，符号不能和系统预定义符号相同。

（2）变量

变量包括数字变量、逻辑变量、字符串变量 3 种类型。

• 数字变量其取值范围是数字常量和数字表达式所能表示的数值范围；

• 逻辑变量其取值范围是 TRUE 和 FALSE；

• 字符串变量其取值范围是串表达式所能表示的数值范围。

（3）变量定义

• 由 GBLA、GBLL、GBLS 声明全局变量；

• 由 LCLA、LCLL、LCLS 声明局部变量；

• 使用 SETA、SETL、SETS 为变量赋初值；

• 变量的类型在程序中是不能改变的。

（4）数字常量

• 数字常量有十进制、十六进制、n 进制 3 种。

- 十进制如 43、6、112 等；
- 十六进制如 0x321、0xFF 等；
- n 进制表示为 n_XXX，n 取值 2～9，X 取值 0～n-1；如 2_010011、8_34572。使用 EQU 定义数字常量；
- 数字常量定义后，就不能再改变。

（5）全局标号

- 定义：在一行中，顶头书写就定义了一个全局标号；
- 全局标号不能以数字开头；
- 标号表示指令或数据地址，一般有 3 种标号；
- 基于 PC 的标号常用于表示跳转指令的目标地址，被处理成 PC±数字常量；
- 基于寄存器的标号通常是用 MAP 或 FIELD 伪操作定义的标号，亦可以由 EQU 伪操作定义，被处理成寄存器±数字常量；
- 绝对地址标号是一个 32 位数字常量。

（6）局部标号

- 定义：在一行中，顶头书写就定义了一个局部标号；
- 定义格式：N_Name　｛Routname｝

N：0～99；局部标号只能以数字开头；

Routname：为该标号的作用范围，由 Rout 定义的符号；

可重复定义。

- 引用格式：%｛F|B｝　｛A|T｝　N{Routname}

%：表示引用操作；

B：向后搜索，默认；

F：向前搜索；

T：搜索宏的当前层，默认；

A：搜索宏的所有嵌套层；

Routname：指定 Routname 时，向前搜索最近的 Rout，若名称不匹配，则报错。

3. ARM 汇编语言中的表达式

表达式是由符号、数值、单目或多目操作符、括弧等组成。

（1）各元素的优先级

- 括号内的优先级最高；
- 各种操作符有一定的优先级；
- 相邻的单目操作符的执行顺序为由右到左，单目操作符的优先级高于其他操作符；
- 优先级相同的双目操作符，执行顺序为由左到右。

（2）字符串表达式

- 由字符串、字符串变量、操作符、括号组成。

由双引号定义一个字符串：如 "Qingdao University"；

引用字符 $ 的方法：$ $；引用字符串的方法："字符串"。

- 字符串操作符

引用方法：用 "：："引用字符串操作符，如："：LEN："；

LEN：返回字符串的长度；

CHR：将一个 0～255 之间的整数转换成一个字符串返回；

STR：将一个数字或者逻辑表达式转换为一个字符串返回，如：STR：15 返回 "0000000F"；

LEFT：A：LEFT：X；从字符串 A 中返回 A 左侧的 X 个字符的子串；

RIGHT：A：RIGHT：X；从字符串 A 中返回 A 右侧的 X 个字符的子串；

CC：A：RIGHT：B；将字符串 A 和 B 连接起来返回。

（3）数字表达式

• 由数字常量、数字变量、操作符、括号组成。

补码表示下，－n 和 2^{32}－n 在内存中是相同的数；

整数数字量：默认十进制；十六进制由 0x 或 & 开头；n 进制由 n_开头；

浮点数字量：如{-}Nb{E{-}Ne}，Nb 为基数、Ne 为指数；十六进制由 0x 或 & 开头；

数字变量：由 GBLA、LBLA 定义，用 SETA 赋值；

• 数字表达式操作符

引用方法：用 "：：" 引用字符串操作符，如："：NOT："；

NOT：按位取反；

＋、－、*、/及 MOD：两个数的加、减、乘、除运算以及模运算；

ROL、ROR、SHL、SHR：格式为 A：ROL/ROR/SHL/SHR：X，表示将整数 A 循环左移/循环右移/填充 0 左移/填充 0 右移 X 位；

AND、OR、EOR：格式为 A：AND/OR/EOR：B，表示将数字表达式 A 和 B 按位逻辑与/逻辑或/逻辑异或。

（4）基于寄存器和基于 PC 的表达式

• 基于寄存器表达式：由寄存器±数字表达式组成。

• 基于 PC 的表达式：由 PC±数字表达式组成。

• 操作符

引用方法：用 "：：" 引用字符串操作符，如："：BASE："；假设 A 为基于寄存器的表达式。

BASE：格式为：BASE：A，返回表达式 A 中寄存器的编号；

INDEX：格式为：INDEX：A，返回表达式 A 相对于其基址寄存器的偏移量；

＋、－：格式为＋/－A，放置＋、－到表达式 A 的前面。

（5）逻辑表达式

• 由逻辑常量、逻辑操作符、关系操作符、括号组成。

取值范围：{TRUE}{FALSE}；

逻辑表达式可以进行关系运算和逻辑运算。

• 关系操作符

＝、/=、<>、>、>=、<=：格式为 A＝、/=、<>、>、>=、<=B；表示 A "等于、不等于、大于、大于等于、小于等于" B；

• 逻辑操作符

引用方法：用 "：：" 引用字符串操作符，如 "：LNOT："；

LNOT：格式为：LNOT：A，对逻辑表达式 A 的值取反；

LAND：格式为 A：LAND：A，逻辑表达式 A 和 B 相与；

LOR：格式为 A：LOR：A，逻辑表达式 A 和 B 相或；

LEOR：格式为 A：LEOR：A，逻辑表达式 A 和 B 相异或；

（6）其他操作符

- ?：格式为? A，返回定义符号 A 的代码行生成的可执行代码的字节数；
- DEF：格式为：DEF：A，判断符号 A 是否已定义，已定义为 {TRUE}，未定义为 {FALSE}；
- SB OFFSET_19_12：格式为：SB OFFSET_19_12：LABEL，返回（LABEL-SB）的位 [19：12]；
- SB OFFSET_11_0：格式为：SB OFFSET_11_0：LABEL，返回（LABEL-SB）的位 [11：0]；
- SB=Static Base，通常 SB 为 R9。

4. ARM 汇编语言程序格式

ARM 汇编语言以段（section）为单位来组织源文件，可分为代码段和数据段。段是相对独立、具有特定名称、不可分割的指令或数据序列。

段又分为代码段和数据段：代码段存放执行代码；数据段存放代码运行时需要用到的数据。

一个 ARM 程序至少需要一个代码段。一个 ARM 程序经过汇编后，处理成一个可执行的映像文件，包括 3 方面：

- 一个或多个代码段，代码段通常是只读的；
- 0 个或多个包含初值的数据段，数据段通常是可读写的；
- 0 个或多个不包含初值的数据段，这些数据段被初始化为 0，数据段通常是可读写的。

连接器根据一定的规则，将各个段安排到内存的相应位置上。

例 4.31

```
AREA    EXAMPLE,    CODE, READONLY    ;    定义一个段
ENTRY                                 ;    程序入口，标示程序执行的第一条
                                           指令
START                                 ;
        MOV         R0,#10            ;
        MOV         R1,#3             ;
        ADD         R0,R0,R1          ;
END                                   ;
```

4.4 GNU ARM 汇编语言

如果读者需要使用 GNU 开发环境，那么就必须学习 GNU 开发环境下的 ARM 汇编语言。为了方便读者使用 GNU ARM 汇编语言，针对 ARM ASM 的伪操作，对应地给出 GNU ARM 的伪操作。

1. GNU 汇编语言程序的语句结构

GNU 汇编语言行具有如下结构：

- 语句格式：[<label>:] {<instruction or directive>} @comment

•格式说明：［＜标号＞:］　〈＜指令或伪操作＞〉　　　　　　@注释

在 GNU ARM 汇编语言中，任何以冒号结尾的都被认为是一个标号，而不一定非要在一行的开始。下面是一个简单的例子，这段汇编语言程序定义了一个 add 的函数，该函数返回两个参数的和。

```
. section. text,"x"      @定义一个代码段 x
. global add             @声明一个外部可引用的符号 add
add：                    @定义一个标号
ADD r0, r0, r1          @ r0＝r0＋r1
MOV pc, lr              @子程序返回
                        @程序结束
```

2. GNU 汇编语言程序的标号

GNU 汇编语言程序中的标号、分段名、宏定义名、变量名等都是用户可以定义的符号，符号只能由 a～z，A～Z，0～9，".", _等字符组成。

标号是汇编器访问内存时用做引用指针的一个位置，以冒号结尾的符号都被认为是一个标号。当标号为 0～9 的数字时为局部标号，局部标号可以重复出现，使用方法如下：

•标号 f：在引用的地方向前的标号；
•标号 b：在引用的地方向后的标号。

标号代表它所在的地址，因此也可以当作变量或者函数来使用。

3. GNU 汇编语言程序的分段

GNU 汇编语言程序通过 . section 伪操作来定义各种段，主要包括代码段、数据段等。

（1）. section 伪操作

定义格式：. section section_name［, flags［,%type［, flag_specific_arguments］］］

格式说明：每一个段以段名为开始，以下一个段名或者文件结尾为结束。

这些段都有默认的标志（flags），连接器能够识别这些标志（与 ARM ASM 中的 AREA 相同）。

ELF 格式允许的段标志：a 允许段，w 可写段，x 执行段。

（2）汇编器预定义的段名

```
. section . text        @预定义了一个代码段
. section . data        @预定义了一个初始化的数据段
. section . bss         @预定义了一个未初始化的数据段
. section . rodata      @预定义的一个只读初始化的数据段
```

需要注意的是，源程序中 . bss 段应该在 . text 之前。

4. GNU 汇编语言程序的入口

GNU 汇编语言程序的默认入口是_start 标号，用户也可以在连接脚本文件中用 Entry 标志指明其他入口点。定义入口点方法如下：

```
. section . text        @定义一个代码段
. global _start         @声明一个全局入口
_start：                @入口点_start
```

5. GNU 汇编语言程序的常用伪操作

表 4.4 给出了 GNU ARM 汇编语言常用伪操作。

表 4.4　GNU ARM 汇编语言伪操作

GNU ARM 汇编语言伪操作	说　明	ARM ASM
. ascii "<string>"	定义一个字符串	DCB
. asciz "<string>"	定义一个以/0 结尾的字符串	
. balign <power_of_2> {,<fill _value> {,<max _padding>}}	以某种排列方式在内存中填充数值：power_of_2 表示排列方式，可取 4、8、16 或 32，单位是字节；fill_value 是要填充的值；max_padding 为最大的填充界限	ALIGN
. byte<byte1>{,<byte2>}…	定义一个或多个字节，并为之分配空间	DCB
. code<number_of_bits>	设定指令宽度，16 表示 Thumb，32 表示 ARM	
. end	. end 汇编语言文件结束标志	END
. equ<symbol name>,<value>	为一个符号赋值，类似 C 语言中的 # define	EQU
. err	编译错误报告，将引起编译的终止	
. exitm	宏跳出	MEXIT
. force_thumb	强制目标处理器选择 thumb 的指令集而不管处理器是否支持	
. global<symbol>	全局声明，声明 symbol 为全局符号，可以被外部使用	EXPORT
. hword<short1>{,<short2>}…	定义一个 16 位的数据列	DCW
. if < logical _ expression > . else. endif	预编译宏	IF ELSE ENDIF
. ifdef<symbol>. endif	如果被定义，该块代码将被编译，以 . endif 结束	
. ifndef <symbol>. endif	如果未被定义，该块代码将被编译，以 . endif 结束	
. include "<filename>"	包含文件（同 C 语言中的 # include）	INCLUDE
. irp <param> {,< val _1>} {, <val _2>} ….endr	循环执行 . endr 前的代码段，param 依次取后面给出的值，在循环执行的代码段中必须以" \ param"表示参数，结束循环	WEND
. ltorg	用于声明一个数据缓冲池的开始，它可以分配很大的空间	
. macro < name >{<arg _1> {,<arg _2>} … {,<arg _N>}. endm	定义一段名为 name 的宏，arg_xxx 为参数，在使用宏参数时必须这样使用" \ "。例如： [CODE]. macro SHIFTLEFTa,b . if\b<0 　　　　　　@使用参数 b MOV\a,\a,ASR# -\b . exitm 　　　　　　@退出宏 . endif MOV\a,\a,LSL# \b . endm	MACRO, MEND, MEXIT
. pool	作用等同 . ltorg	
reg_name. reg alias_name	用来给寄存器 reg_name 赋予别名 alias_name	
. rept<num_of_times><register_name>. endr	循环执行 . endr 前的代码段 num_of_times 次；以 . endr 结束	WEN
. req<register_name>	定义一个寄存器。. req 的左边是定义的寄存器名，右边是使用的真正使用的寄存器。例如：acc. req r0	RN

（续）

GNU ARM 汇编语言伪操作	说　明	ARM ASM
. section<section_name>{,"<flags>"}	开始一个新的代码或数据段：. text 为代码段；. data 为初始化数据段；. bss 为未初始化数据段。这些段都有默认的标志（flags），链接器可以识别这些标志 ELF 格式允许的段标志含义：a 允许段；w 可写段；x 执行段	AREA
. set<variable_name>，<variable_value>	给变量赋值	SETA
. space<number_of_bytes>{,<fill_byte>}	分配 number_of_bytes 字节的数据空间，并填充其值为 fill_byte，若未指定该值，默认填充 0	SPACE
. thumb_func	指明一个函数是 thumb 指令集的函数	
. thumb_set	类似于 . set，还可把标号标记为 thumb 的入口，等同于 . thumb_func	
. unreg alias_name	用来取消一个寄存器的别名 alias_name	
. word<word1>{,<word2>}…	插入一个 32 位的数据队列	DCD

6. GNU ARM 汇编语言程序特有的符号

GNU ARM 汇编语言程序特有的符号如表 4.5 所示。

表 4.5　GNU ARM 汇编语言程序特有的符号

符　号	说　明	符　号	说　明
%r0－%r15	通用寄存器	%f0－%f7	FP 寄存器：
:%r0－%r3,%r12	非保存（Non－saved）寄存器	%r4－%r10	保存(Saved)寄存器
%sp	堆栈指针寄存器	%fp	帧指针寄存器
%lr	连接寄存器	%ip	程序计数器
$ psw	状态寄存器	xPSR,（x＝C current,x＝S saved)	状态标志寄存器
@	代码行中的注释符号	♯	整行注释符号
;	语句分离	%a0－%a3（等同于%r0－%r3)	参数传递寄存器
♯或$	直接操作数前缀	%v1－%v6（等同于%r4－%r9)	返回值寄存器

7. GNU 汇编语言程序的段声明

（1）数据段

使用 . data 声明数据段，这个段中声明的任何数据元素都保留在内存中并可以被汇编语言程序的指令读取，还可以使用 . rodata 声明只读的数据段。常用的数据元素声明指令有：. byte、. short、. long、. quad、. float、. double、. int、. long、. string、. asciz、. ascii 等。

（2）. bss 段

和 . data 段不同，无需声明特定的数据类型，只需声明为所需目的保留的原始内存部分即可。GNU 汇编器使用以下两个命令声明内存区域：

. comm 声明为未初始化的通用内存区域；

. lcomm 声明为未初始化的本地内存区域。

两种声明很相似，但 . lcomm 是为不会从本地汇编语言代码之外进行访问的数据保留的，格式为：

. comm/. lcomm symbol，length

. section. bss

. lcomm buffer，1000　　@该语句把 1KB 的内存地址赋予标号 buffer

　　　　　　　　　　　　@在声明本地通用内存区域的程序之外的函数是不能访问的

在 bss 段声明的好处是，数据不包含在可执行文件中。在数据段中定义数据时，它必须被包含在可执行程序中，必须使用特定值初始化它。因为不使用数据初始化 bss 段中声明的数据区域，所以内存区域被保留在运行时使用，并且不必包含在最终的程序中。

4.5　ARM 汇编语言程序设计实例

本节按 ARM 汇编语言程序的功能列举了多种程序段的设计，可供读者上机模拟并分析执行结果，加深对 ARM 汇编语言程序的理解。

4.5.1　ARM 汇编语言子程序格式

ARM 体系结构的 3 种执行流程：顺序执行、跳转执行、异常中断执行。

ARM 可执行映像文件的格式：＊. axm＊. bin＊. elf＊. hex，代码段示例。

1. ADS 汇编语言源程序的基本结构

例 4.32　ARMASM 汇编语言源程序的例子。

AREA	Init,CODE,READONLY	;	声明只读的代码段 Init
	ENTRY	;	代码段从此处入口
Start		;	顶行定义一个标号
	LDR　R0，=0x3FF50000	;	伪指令，装载 0x3FF50000 到 R0
	LDR　R1,0xFF	;	指令，装载 0xFF 到 R1
	STR　R1,[R0]	;	指令，把 R0 指向的存储单元的内容装载到 R1
	LDR　R0，=0x3FF5008	;	伪指令，装载 0x3FF50008 到 R0
	LDR　R1,0x01	;	指令，装载 0x01 到 R1
	STR　R1,[R0]	;	指令，把 R1 的内容存储到 R0 指向的存储单元
	END	;	汇编程序结束

例 4.33　GNU 汇编语言源程序的基本结构。

. equ　x,45	@定义变量 x，并赋值为 45
. equ　y,64	@定义变量 y，并赋值为 64
. equ stack_top,0x1000	@定义栈顶 0x1000
. global_start	
. text	@声明代码段
_start：	@程序代码开始标志
MOV　sp，＃stack_top	

```
        MOV   r0,#x            @x 的值放入 R0
        MOV   r1,#y            @y 的值放入 R0
        ADD   r2,r1,r0         @求二者之和并放入 R1 中
        STR   r2,[sp]          @将二者之和保存到堆栈中
    stop:
        B     stop             @程序结束，进入死循环
    . end
```

2. 正确与错误的例子比较

例 4.34　实例比较。

正确的例子		错误的例子	
Strl SETS"My stringl."	;设置字符串变量 Strl	START MOV RO,#1	;标号 START 没有顶格写
Count RN,RO	;定义寄存器名 Count	ARC：MOV Rl,#2	;标号后不能带:
USR			
STACK EQU 64	;定义常量	MOV RZ,#3	;命令不允许顶格书写
START	;RO=Oxl23456H	loop Mov RZ,#3	;指令中大小写混合
LDR RO,=0xl23456			
MOV Rl,#0	;	B Loop	;无法跳转到 Loop 标号
LOOP	;		
MOV RZ,#3	;		

在以后的程序举例中，默认标号顶格写、命令不顶格书写。

4.5.2　ARM 汇编语言子程序

1. 立即数的使用

ARM 指令是固定的 32 位，其立即数的表示受到了限制。通常指令中能够直接使用的立即数都要合乎 ARM 指令格式的要求，即合法立即数。

2. 条件码的使用

ARM 指令中有 4 位的条件码，每一条指令几乎都可以带条件执行，并且通过 S 后缀还可以控制执行结果是否更改条件标志位 NZCV，条件码不仅提高了程序执行的效率，也为程序设计带来了极大的方便。

例 4.35

常规方法		条件码方法	
CMP R0,#5	;比较 R0 与 5,设置条件码	CMPR0,#5	;比较 R0 与 5,设置条件码
BEQ BYPASS	;不相等，则转移	ADDNE R1,R1,R0	;相等:R1:=R1+R0,条件执行
ADD R1,R1,R0	;相等:R1:=R1+R0	SUBNE R1,R1,R2	;相等:R1:=R1−R2 条件执行
SUB R1,R1,R2	;相等:R1:=R1−R2		
BYPASS;	;		

3. 子程序的调用

在 ARM 汇编语言程序中，子程序的调用一般是通过 BL/BLX 指令来实现的。BL 指令

在执行时完成如下操作：将子程序的返回地址存放在连接寄存器 LR 中，同时将程序计数器 PC 指向子程序的入口点，而 BLX 指令还要实现状态切换。

当子程序执行完毕需要返回调用处时，只需要将存放在 LR 中的返回地址重新复制给程序计数器 PC 即可。在调用子程序的同时，也可以完成参数的传递和从子程序返回运算的结果，通常可以使用寄存器 R0～R3 完成。

基本指令结构：

```
BL      sub_routing       ;调用子程序
；BLX sub_routing          ;带状态切换的调用子程序
……                        ;其他语句
sub_routing               ;定义子程序
……                        ;其他语句
MOV  PC，LR               ;返回语句
```

当子程序执行完毕后，使用 MOV/B/BX/STMFD 等指令返回，子程序返回的方法：

```
  MOV        PC,LR          ;直接的返回
或 B         LR             ;BL 指令的返回
或 BX        LR             ;BLX 指令的返回
或 STMFDSP!,{RO-R7,PC}     ;通用的返回，特别适用于嵌套调用
```

4. 条件执行

汇编语言程序可以使用 CMP 指令进行两个数据比较或执行带 S 的指令，设置相应的条件码，继后的指令根据条件码有条件地执行，实现跳转。代码例子如下：

```
CMP      R1,R2        ;比较 R1 与 R2 的大小，设置标志位
BEQ      NEXT         ;如果 R1 与 R2 相等，则转到 NEXT 执行，否则继续向下执行
……
NEXT
……
CMP      R1,R2        ;比较 R1 与 R2 中无符号数的大小，设置标志位
ADDHI    R1,R2,R1     ;如果 R1 高于 R2，则 R1：=R1＋R2
ADDLS    R1,R2,R2     ;如果 R1 低于 R2，则 R1：=R2＋R2
……
ANDS     R1,R1,#0x08  ;计算 R1 与 #0x08 的逻辑与，设置标志位
BNE      WAIT         ;如果结果不为零，则转到 WAIT 执行
```

5. 循环结构

循环程序需要定义循环变量，循环变量有效时，继续循环，循环变量越界时，退出循环。下面的代码为每循环一次，循环变量减 1 操作，并判断结果是否为 0，若为 0 则退出循环。

```
MOV      R1，    #10   ;定义 R1 为循环变量
LOOP
……
SUB S    R1,R1，#1     ;循环变量减 1 操作，并设置条件码 Z
BEQ LOOP              ;循环变量不为 0，则继续循环
```

6. 数据块复制

在通信系统中，通常需要存取收发缓冲区，实际上就是数据块复制。下面是一个简单的

数据块复制程序。源数据块首地址为 DATA_SRC、目的数据块首地址为 DATA_DST，数据块大小为 10 个字。程序如下：

```
LDR R1，=DATA_DST          ;获得目的数据块首地址
LDR R2，=DATA_SRC          ;获得源数据块首地址
MOV       R3,#10          ;设置数据块大小计数器 R3 为 10
LOOP                      ;定义循环标号
LDMFD     R2!,{R4-R8}     ;多寄存器读取源数据，10 个字，选 5 个寄存器，分两次读写
STMFD     R1!,{R4-R8}     ;多寄存器存储目的数据
SUBS      R3,R3,#1        ;修改计数器
BNE LOOP                  ;条件转移
```

7. 堆栈操作

ARM 指令没有专门的堆栈指令，使用多寄存器操作指令 LDM/STM 实现堆栈操作，用于子程序、异常中断的寄存器保存与恢复。注意，使用时要先分配好堆栈空间，设置好寄存器 R13（即堆栈指针 SP），否则操作失败。实例如下：

```
OUTDATA
STMFD  SP!,{R0-R7,LR}     ;将 R0~R7 及 LR 压栈
BL DELAY
…
DELAY  …
LDMFD  SP!,{R0~R7,PC}     ;R0~R7 及 LR 出栈，并实现返回
```

8. 特殊寄存器的使用

在 ARM 系统中，定义了大量的特殊功能寄存器 SFR，通过 SFR 实现对各种片内部件的控制。SFR 一般都定义在存储控制中，因此对 SFR 的存取分两步：获取 SFR 的地址和用 LDR/STR 访问。实例如下：

```
rWTCON    EQU    0x01D30000      ;声明看门狗控制寄存器 WTCON 的符号常量地址
LDR       R0,    =WDTC           ;获取 WTCON 的地址到 R0
MOV       R1,    #10             ;向 R1 写入控制字 10
STR R1,   [R0]                   ;实现对 WTCON 的访问
```

9. 散转功能

散转是汇编程序常用的一种算法，实现多分支子程序结构。首先需要建立一个散转表，表项之间是等间隔的（如 4B 间隔），然后通过散转表实现子程序的调用。实例如下：

```
CMP     R0,    #MAXINDEX   ;判断索引号是否超出最大索引值,索引号等于功能号
ADDLO  PC,    PC,R0,LSL#2  ;若没有超过范围，则开始散转；
                          ;若已经超出范围，则顺序执行，进行出错处理；
                          ;散转表项间隔是 4B,索引号左移 2 位构成表项偏移地址。
Jumptable                  ;建立一个散转表,散转表所对应的标号 0,1,2,…,N
B      ERROR               ;0 号功能是出错处理
B      FUN1                ;1 号功能
B      FUN2                ;2 号功能
…
B      FUNN                ;N 号功能
```

10. 查表功能

查表是从表中获取所需要的数据项，是一种基本的操作。首先建立一个数据表，表项之间也是等间隔的（如 4B 等），然后通过获取数据表项地址，用 LDR/STR 来存取数据。实例如下：

```
LDR    R1，  =TABLE            ;获取数据表首地址
MOV    R5，  #INDEX           ;加载数据表项索引号
CMP    R0，  #MAXINDEX        ;判断索引号是否超出最大索引值
LDRLO  R2，  [R1,R5,LSL#2]    ;若没有超过范围,则开始查表;
                             ;数据表项间隔是 4B,索引号左移 2 位构成表项偏移地址。
                             ;若已经超出范围,则顺序执行,进行出错处理;
B      ERROR                 ;出错处理
...
TABLE                        ;建立数据表
DCD 0x11,0x12,0x13
DCD 0x21,0x22,0x23
...
ERROR ...
```

11. 长跳转

ARM 的 B 和 BL 指令不能全空间跳转，但通过对 PC 进行赋值，实现 32 位地址的跳转/调用，实例如下：

```
ADD LR,PC,#4         ;此时 PC 为当前指令地址+8,PC+4 即为 RET_FUN 的地址
LDR PC,[PC,#−4]      ;PC−4 是下一条指令的地址,即取 LADR_FUN 到 PC,实现长跳转
DCD     LADR_FUN     ;定义存放长跳转地址的存储单元
RET_FUN              ;返回地址标号
```

也可使用伪指令 LDR PC，=LADR_FUN 实现长跳转。

也可以用 LDR PC，=LADDR_FUN 实现跳转。

12. 信号量

ARM 提供一条内存与寄存器交换 SWP 用于支持信号量的操作，实现系统任务的指令之间的同步或互斥，其使用的例子如下：

```
DISP_SEM   EQU 0x40002A00    ;定义显示信号量 DISP_SEM
...
DISP_WAIT                    ;显示等待标号
MOV        R1,#0             ;
LDR        R0,=DISP_SEM      ;获取信号量的地址
SWP        R1,R1,[R0]        ;取出信号量,并设置为 0
CMP        R1,#0             ;判断是否有信号,若没有信号则等待
BEQ        DISP_WAIT
```

13. 伪指令的使用

ARM 汇编语言提供了 ADR/LDR/NOP 等伪指令，丰富了 ARM 指令系统的功能，方便了 ARM 汇编语言程序设计。实例如下：

```
LDR      R1,    =0x12345678    ;加载 32 位立即数
LDR      R0,    =LDE_TAB       ;加载标号地址
NOP                            ;空指令
B.                             ;死循环
```

14. 外围部件的控制

在 32 位的 ARM 核芯片中，其外围部件的控制寄存器中，一般会设置"置位/复位"寄存器，这样可以方便的实现位操作，而不会影响其他位，如 IOSET＝0x01 只会将某一条 IO 线置位，而其他 IO 口状态不变，另外，ARM 存储/保存指令具有偏移功能，所以对外围部件的控制寄存器进行操作时可使用此功能，避免了每次都加载寄存器地址的操作，示例如下：

```
LDR R0,      =GPIO_BASE
MOV      R1,    #0x00
STR      R1,    [R0, #0x04]   ;IOSET＝0x00
MOV      R1,    #0x10
STR      R1,    [R0, #0x0C]   ;IOCLR＝0x101
```

例 4.36　将 NUM 个字数据从源数据区 src 复制到目标数据区 dst。

```
    AREA Block,CODE,READONLY   ;设置本段程序名称为 Block
num EQU   20                   ;设置将要复制的字数
    ENTRY                      ;标识程序入口点 ENTRY
start
    LDR    R0,=src             ;R0 寄存器指向源数据区 src
    LDR    R1,=dst             ;R1 寄存器指向目标数据区 dst
    MOV    R2,#num             ;R2 指定将要复制的字数 num
    MOV    sp,#0x400           ;设置数据栈指针 R13 为 0x400,用于保存工作寄存器数值
blockcopy                      ;进行以 8 个字为单位的数据复制
    MOVS   R3,R2,LSR#3         ;计算需要进行以 8 个字为单位的复制次数
    BEQ    copywords           ;对剩下不足 8 个字的数据,跳转到 copywords,以字为单位复制
    STMFD  sp!,{R4-R11}        ;保存工作寄存器
octcopy                        ;开始以 8 个字为单位的数据复制
    LDMIA  R0!,{R4-R11}        ;从源数据区读取 8 个字到 8 个寄存器,并更新目标数据区指针 R0
    STMIA  R1!,{R4-R11}        ;将这 8 个字数据写入到目标数据区中,并更新目标数据区指针 R1
    SUBS   R3,R3,#1            ;将块复制次数减 1
    BNE    octcopy             ;循环,直到完成以 8 个字为单位的块复制
    LDMFD  sp!,{R4-R11}        ;恢复工作寄存器
copywords                      ;准备以字为单位复制
    ANDS   R2,R2,#7            ;计算剩下不足 8 个字的数据字数
    BEQ    stop                ;数据复制完成
wordcopy                       ;开始以字为单位复制
    LDR    R3,[R0],#4          ;从源数据区读取 1 个字到 R3 寄存器,并更新目标数据区指针 R0
    STR    R3,[R1],#4          ;将 R3 中数据写入到目标数据区中,并更新目标数据区指针 R1
    SUBS   R2,R2,#1            ;将字数减 1
    BNE    wordcopy            ;循环,直到完成以字为单位的数据复制
```

```
stop                                    ;从应用程序中退出
    MOV      R0,#0x18                   ;设置主功能号0x18
    LDR      R1,=0x20026                ;设置子功能号
    SWI      0x123456                   ;调用软中断
    AREA BlockData,
    DATA,READWRITE                      ;定义数据区
Src  DCD     1,2,3,4,5,6,7,…            ;定义源数据区 src
dst  DCD     0,0,0,0,0,0,0,…            ;定义目标数据区 dst
    END
    ;ARM实现
```

4.5.3 ARM 汇编语言子程序与 C 语言

这里主要介绍 ARM 汇编语言与 C 语言之间的对应关系如表 4.6 所示

表 4.6 ARM 汇编语言与 C 语言之间的对应关系

C 语言程序	ARM 汇编程序
条件执行 if((a==b)&&(c==d))　；判断(a==b)且 c==d)? e++　　　　　　　　；条件成了则执行 e++	CMP　　　R0,R1　　　　；比较 R0 与 R1 ⇔比较 a 与 b CMPEQ R2,R3　　　　　；相等:比较 R2 与 R3 ⇔比较 c 与 d ADDEQ R4,R4,#1　　　　；相等:条件执行 R4:=R4+1
不同类型局部变量的编译结果 int intinc(int a) {return a+1;} int shortinc(short a) {return a+1;} int charinc(char a) {return a+1;}	intinc 　　ADD　　　R0,R0,#1 　　MOV　　　PC,LR shortinc 　　ADD　　　R0,R0,#1 　　MOV　　　R0,R0,LSL#16 　　MOV　　　R0,R0,ASL#16 　　MOV　　　PC,LR charinc 　　ADD　　　R0,R0,#1 　　AND　　　R0,R0,#0xFF 　　MOV　　　PC,LR

For 循环
int fun1(int N)
{
for(b=N;b! =0;b++)
a=a*b;
}
	fun1
	0x10：MUL R0,R1,R0
	0x14：SUBS R1,R1,#1
	0x18：BNE 0x10

说明：汇编语言的寄存器 R0、R1、R2、R3、R4 分别对应 C 语言的变量 a、b、c、d、e。

第 5 章　μC/OS-II 嵌入式操作系统

操作系统（Operating System，OS）是一种系统软件。它在计算机硬件与计算机应用程序之间，通过提供应用程序接口（API，Application Programming Interface），屏蔽了计算机硬件工作的一些细节，从而使应用程序的设计人员得以在一个友好的平台上进行应用程序的设计和开发，大大提高了应用程序的开发效率。

5.1　μC/OS-II 嵌入式操作系统的概念

μC/OS-II 是由 Jean J. Labrosse 于 1992 年编写的一个嵌入式多任务实时操作系统。最早这个系统叫做 μC/OS，后来经过近 10 年的应用和修改，在 1999 年 Jean J. Labrosse 推出了 μC/OS-II，并在 2000 年得到了美国联邦航空管理局对用于商用飞机的、符合 RTCA DO-178B 标准的认证，从而证明 μC/OS-II 具有足够的稳定性和安全性。

1. μC/OS-II 的特点

μC/OS-II 是用 C 语言和汇编语言编写的。其中绝大部分代码都是用 C 语言编写的，只有极少部分与处理器密切相关的代码是用汇编语言编写的，所以用户只要做很少的工作就可把它移植到各类 8 位、16 位和 32 位嵌入式处理器上。μC/OS-II 最多可以管理 64 个任务，μC/OS-II 是可剥夺型内核。

由于 μC/OS-II 的构思巧妙、结构简洁精练、可读性强，同时又具备了实时操作系统的全部功能，并且源代码开放，虽然 μC/OS-II 只是一个内核，但非常适合初次接触嵌入式实时操作系统的学生、嵌入式系统开发人员和爱好者学习，并且通过适当地扩展之后，还可应用到实际系统中去。

全世界数百种设备已经在使用 μC/OS-II，包括手机、路由器、不间断电源、飞行器、医疗设备和工业控制设备。μC/OS-II 已经有针对 ARM7TDMI、ARM9 和 Strong ARM 等各种 ARM CPU 的移植，支持包含 Atmel、Hynix、Intel、Motorola、Philips、Samsung、Sharp 等公司的 ARM 核的 CPU。μC/OS-II 的移植也相当容易，与 CPU 相关的代码包装在 3 个文件中，它们是 os_cpu. h、os_cpu_a. asm 和 os_cpu_c. c。

μC/OS-II 嵌入式实时内核含有 60 多个系统调用，覆盖任务、定时器、信号量、事件标志、邮箱、队列和内存管理，已经包含了传统嵌入式操作系统内核（如 PSOS，VRTX）的功能，还支持互斥型信号量。

μC/OS-II 因为是可剥夺的实时内核，所以 μC/OS-II 与商业嵌入式实时内核在性能上没有什么差异，μC/OS-II 没有用户态和核心态，任务（线程）或中断和任务切换的响应可以很快，主要是和 ARM CPU 相关的。在 2.7x 之后的版本还增加了算法以避免在移植中修改堆栈指针，这样可以保证 μC/OS-II 在不同的 CPU 上运行更稳定，移植更方便。μC/OS-II 目前除了内核外还有商业化文件系统 μC/FS，图形系统 μC/GUI 以及任务调试工具 μC/KA 和 μC/View。

总的来说，μC/OS-II 是一个非常容易学习、结构简单、功能完备和实时性很强的嵌入式操作系统内核，适合于各种嵌入式应用以及学校教学和科研。最后需要说明，μC/OS-II 不是免费软件，任何人学习使用 μC/OS-II 需要购买《嵌入式实时操作系统 μC/OS-II》一书，使用 μC/OS-II 的产品需要购买产品生产授权，购买了此授权后还可以得到开发期间的技术支持和升级服务。

2. μC/OS-II 的移植

移植 μC/OS-II 对目标处理器有一定要求，整个嵌入式系统分为两大层：硬件层和软件层。软件层主要分为 4 个部分：实时操作系统内核，与处理器相关部分，与应用相关部分，用户的应用程序。μC/OS-II 的体系结构如图 5.1 所示。这里主要研究软件层的架构。

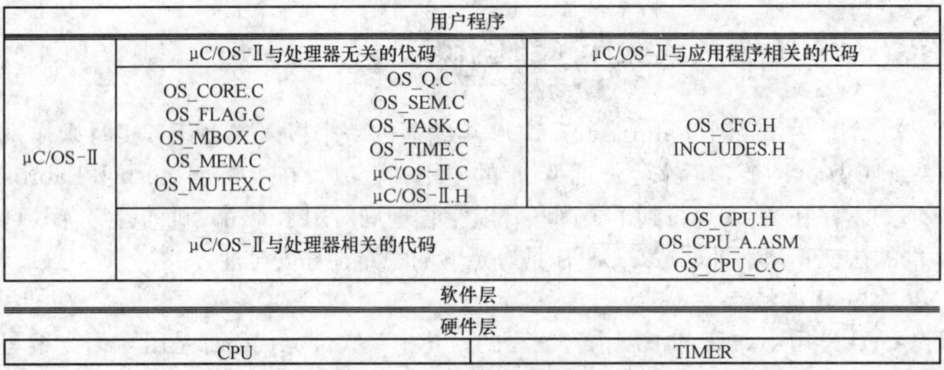

	用户程序		
	μC/OS-II与处理器无关的代码		μC/OS-II与应用程序相关的代码
μC/OS-II	OS_CORE.C OS_FLAG.C OS_MBOX.C OS_MEM.C OS_MUTEX.C	OS_Q.C OS_SEM.C OS_TASK.C OS_TIME.C μC/OS-II.C μC/OS-II.H	OS_CFG.H INCLUDES.H
	μC/OS-II与处理器相关的代码		OS_CPU.H OS_CPU_A.ASM OS_CPU_C.C
	软件层		
	硬件层		
	CPU		TIMER

图 5.1 μC/OS-II 的体系结构

（1）μC/OS-II 内核 实时操作系统对系统资源进行管理，主要包括任务分配和调度、系统时钟服务、内存管理、消息机制、异常处理等。μC/OS-II 所有系统服务均由内核提供，内核将应用系统和底层硬件结合成一个完整的实时系统。

移植的时候内核是不变的，开发者根据自己应用系统的需要来选择实时操作系统内核，开发者不能对内核随意访问，只能使用内核提供的功能服务来开发自己的应用系统。内核确定，那么所提供的系统管理能力，系统服务也就得到了限定。开发者只能在规定的范围内对系统做些改动。

（2）与处理器相关的代码 这是移植中最关键的部分。内核将应用系统和底层硬件有机的结合成一个实时系统，要使同一个内核能适用于不同的硬件体系，就需要在内核和硬件之间有一个中间层，这就是与处理器相关的代码。处理器不同，这部分代码也不同。在移植时需要自己处理这部分代码，可以自己编写，也可以直接使用已经成功移植的代码。

在 μC/OS 中这一部分代码分成 3 个文件：OS_CPU. H，OS_CPU_A. ASM，OS_CPU_C. C。

• OS_CPU. H：包括了用 #define 定义的与处理器相关的常量、宏和类型定义。

大体来讲有系统数据类型定义，栈增长方向定义，关中断和开中断定义，系统软中断的定义等。

• OS_CPU_A. ASM：这部分需要对处理器的寄存器进行操作，所以必须用汇编语言来编写。包括 4 个子函数：OSStartHighRdy()，OSCtxSw()，OSIntCtxSw()，OSTickISR()。

OSStartHighRdy()在多任务系统启动函数 OSStart()中被调用。其完成的功能是：设置系统运行标志位 OSRunning＝TRUE；将就绪表中最高优先级任务的栈指针下载到 SP 中，并强制中断返回。这样就绪的最高优先级任务就如同从中断里返回到运行态一样，使得整个系统得以运转。

OSCtxSw()在任务级切换宏 OS_TASK_SW()中调用。任务级切换是通过 SWI 或者 TRAP 人为制造的中断来实现的。ISR 的向量地址必须指向 OSCtxSw()。这一中断完成的功能是：保存任务的环境变量（主要是寄存器的值，通过入栈来实现），将当前 SP 存入任务 TCB 中，载入就绪最高优先级任务的 SP，恢复就绪最高优先级任务的环境变量，中断返回。这样就完成了任务级的切换。

OSIntCtxSw()在退出中断服务函数 OSIntExit()中调用，实现中断级任务切换。由于是在中断里调用，所以处理器的寄存器入栈工作已经做完，就不用做这部分工作了。具体完成的任务有：调整栈指针（因为调用函数会使任务栈结构与系统任务切换时堆栈标准结构不一致），保存当前任务 SP，载入就绪最高优先级任务的 SP，恢复就绪最高优先级任务的环境变量，中断返回。这样就完成了中断级任务切换。

OSTickISR()系统时钟节拍中断服务函数，这是一个周期性中断，为内核提供时钟节拍。频率越高系统负荷越重。其周期的大小决定了内核能给应用系统提供的最小时间间隔服务。一般只限于毫秒级（跟 MCU 有关），对于要求更加苛刻的任务需要用户自己建立中断来解决。该函数完成的具体任务有：保存寄存器（如果硬件自动完成就可以省略），调用 OSIntEnter()，调用 OSTimeTick()，调用 OSIntExit()，恢复寄存器和中断返回。

• OS_CPU_C.C：在该文件中，μC/OS 共定义了 6 个函数，但是最重要的是 OSTaskStkInit()。其他都是对系统内核扩展时用的。

OSTaskStkInit()是在用户建立任务时系统内部自己调用的，对用户任务的堆栈进行初始化。使建立好的进入就绪态任务的堆栈与系统发生中断并且将环境变量保存完毕时的栈结构一致。这样就可以用中断返回指令使就绪的任务运行起来。

具体的入栈方式要根据不同 MCU 而定。需要参考用户使用的 MCU 说明书。同时还要考虑 MCU 的栈生成方式。这需要根据具体问题来分析，在此不做过多论述。

（3）与应用相关的代码　这一部分是用户根据自己的应用系统来定制合适的内核服务功能。包括两个文件：OS_CFG.H，INCLUDES.H。

OS_CFG.H 来配置内核，用户根据需要对内核进行定制，留下需要的部分，去掉不需要的部分，设置系统的基本情况。比如系统可提供的最大任务数量，是否定制邮箱服务，是否需要系统提供任务挂起功能，是否提供任务优先级动态改变功能等等。

INCLUDES.H 系统头文件，整个实时系统程序所需要的文件，包括了内核和用户的头文件。

（4）用户应用程序　这是整个实时系统的最高层，用户通过利用实时操作系统提供的服务来开发自己的具体程序。

5.2　μC/OS-II 中的任务

μC/OS-II 操作系统内核的主要工作就是对任务进行管理和调度。弄清楚什么是任务、任务的结构和 μC/OS-II 对任务的管理方法，对于理解 μC/OS-II 的体系结构无疑是极其重要的。

5.2.1　任务定义

在 μC/OS-II 中，把完成特定功能的程序实体就叫做"任务"。μC/OS-II 就是一个能对这些任务的运行进行管理和调度的多任务操作系统内核。

从应用程序设计的角度来看，μC/OS-II 的任务就是一个线程，用来解决用户问题的 C 语言函数和与之相关联的一些数据结构而构成的一个实体。

从任务的存储结构来看，μC/OS-II 的任务由如图 5.2 所示的 3 部分构成：任务程序代码、任务堆栈和任务控制块。其中，任务控制块用来保存任务属性；任务堆栈用来保存任务工作环境；任务程序代码是任务的执行部分。

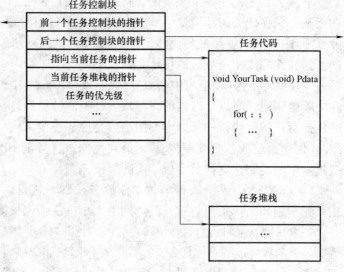

图 5.2　任务的组成

从任务的类型来看，μC/OS-II 的任务有两种：用户任务和系统任务。由应用程序设计者编写的任务，叫做用户任务；由系统提供的任务叫做系统任务。用户任务是为解决应用问题而编写的；系统任务是为应用程序来提供某种服务的。

为了管理上的方便，μC/OS-II 把每一个任务都作为一个节点，然后把它们链接成如图 5.3 所示的一个任务链表。目前，μC/OS-II 最多可以对 64 个任务（包括用户任务和系统任务）进行管理。

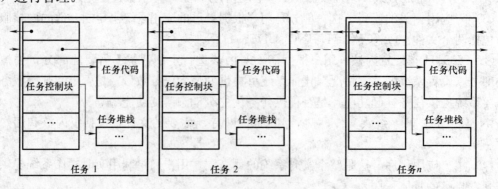

图 5.3　任务链表

1. 任务的状态

在单处理器的嵌入式系统中，某一个具体时刻只能允许一个任务占用 CPU。根据任务是否占用 CPU，以及是否处于被中断、等待等情况，任务在 μC/OS-II 中可能处于表 5.1 所列的 5 种状态之一。

表 5.1 任务的 5 种状态

任务的状态	说 明
睡眠状态	任务只是以代码的形式驻留在程序空间（ROM 或 RAM），还没有交给操作系统管理时的情况叫做睡眠状态。简单地说，任务在没有被配备任务控制块或被剥夺了任务控制块时的状态叫做任务的睡眠状态
就绪状态	如果系统为任务配备了任务控制块且在任务就绪表中进行了就绪登记，则任务就具备了运行的充分条件，这时任务的状态叫做就绪状态
运行状态	处于就绪状态的任务如果经调度器判断获得了 CPU 的使用权，则任务就进入运行状态。任何时刻只能有一个任务处于运行状态，只有当所有优先级高于本任务的任务都转为等待状态时，就绪的任务才能进入运行状态
等待状态	正在运行的任务，需要等待一段时间或需要等待一个事件发生再运行时，该任务就会把 CPU 的使用权让给其他任务而使任务进入等待状态
中断服务状态	一个正在运行的任务一旦响应中断申请就会中止运行而去执行中断服务程序，这时任务的状态叫做中断服务状态

任务在不同状态之间的转换和相关的函数如图 5.4 所示。

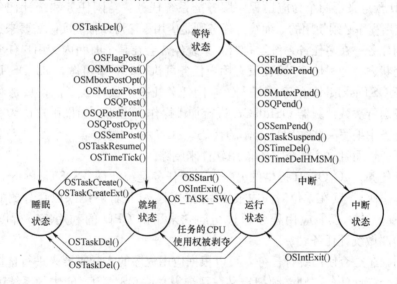

图 5.4 任务状态的转换

2. 用户任务

根据嵌入式系统任务的工作特点，任务的执行代码通常是一个无限循环结构，并且在这个循环中可以响应中断，这种结构也叫做超循环结构。

例 5.1 一个具有超循环结构的任务的示意性代码，用 C 语言编写的任务。

用户任务 UserTask 结构：

```
voidUserTask(void)pdata
{
for(;  ;)
{
...                          //可以被中断的用户代码
OS_ENTER_CRITICAL();         //进入临界段（关中断）
```

```
...                                    //不可以被中断的用户代码
OS_EXIT_CRITICAL();                    //退出临界段（开中断）
...                                    //可以被中断的用户代码
                                       //调用的系统服务

    }
}
```

从程序设计的角度来看，一个 μC/OS-II 任务的代码就是一个 C 语言函数。为了可以传递各种不同类型的数据甚至是函数，任务的参数是一个 void 类型的指针。

为了有效地对中断进行控制，在任务的代码里可使用 μC/OS-II 定义的进入临界段宏 OS_ENTER_CRITICAL()和退出临界段宏 OS_EXIT_CRITICAL()来控制任务何时响应中断，何时屏蔽中断。在运行这两个宏之间的代码时是不会响应中断的，这种受保护的代码段叫做临界段。在具体应用中可以根据实际需要，在一个任务中使用这对宏设置多个临界段。因此可以说，μC/OS-II 任务的代码结构是一个带有临界段的无限循环。

3. 系统任务

μC/OS-II 预定义了两个为应用程序服务的系统任务：空闲任务和统计任务。其中空闲任务是每个应用程序必须使用的，而统计任务则是应用程序可以根据实际需要来选择使用的。

（1）空闲任务　在多任务系统运行时，系统经常会在某个时间内无用户任务可运行而处于所谓的空闲状态。为了使 CPU 在没有用户任务可执行时有事可做，μC/OS-II 提供了一个叫做空闲任务 OSTaskIdle()的系统任务。空闲任务几乎不做什么事情，只是对系统定义的一个空闲任务运行次数计数器 OSIdleCtr 进行加 1 操作。当然，如果用户认为有必要，那么也可在空闲任务中编写一些做用户工作的代码。μC/OS-II 规定，一个用户应用程序必须使用这个空闲任务，而且这个任务是不能用软件来删除的。

（2）统计任务　μC/OS-II 提供的另一个系统任务是统计任务 OSTaskstat()。这个统计任务每秒计算一次 CPU 在单位时间内被使用的时间，并把计算结果以百分比的形式存放在变量 OSCPUsage 中，以便应用程序通过访问它来了解 CPU 的利用率，所以该系统任务 OSTaskstat()叫做统计任务。

用户应用程序是否使用统计任务，可以根据应用程序的实际需要来进行选择。如果应用程序要使用这个统计任务，则必须把定义在系统头文件 OS_CFG. H 中的系统配置常数 OS_TASK_STAT_EN 设置为 1，并且必须在创建统计任务之前调用函数 OSStatInit()对统计任务进行初始化。

4. 任务的优先级

μC/OS-II 的每个任务都必须具有一个唯一的优先级别。μC/OS-II 把任务的优先权分为 64 个优先级别，每一个级别都用一个数字来表示。数字 0 表示任务的优先级别最高；数字越大则表示任务的优先级别越低。

通常，一个应用程序的任务数小于 64。为了节省内存，用户可以根据应用程序的需要，在文件 OS_CFG. H 中通过给表示最低优先级别的常数 OS_LOWEST_PRIO 赋值的方法，来说明应用程序中任务优先级别的数目。该常数一旦被定义，就意味着系统中可供使用的优先级别为 0、1、2、…、OS_LOWEST_PRIO，共 OS_LOWEST_PRIO+1 个。同时也限制了应用程序中任务的总数最多不能超过 OS_LOWEST_PRIO+1 个。系统总是把最低优先级别 OS_LOWEST_PRIO 自动赋给空闲任务。如果应用程序中还使用了统计任务，则系统会把优先级别 OS_LOWEST_PRIO－1 自动赋给统计任务，因此用户任务可使用的优先级别是 0、1、…、OS_LOWEST_PRIO－2，共 OS_LOWEST_PRIO－1 个。

例 5.2　如果希望应用程序中任务的优先级别为 28 个，则表示最低优先级别的常数OS_LOWEST_PRIO 值应该是多少？如果应用程序中使用了系统提供的空闲任务和统计任务，则该应用程序最多可以安排多少个任务？

解　表示最低优先级别的常数 OS_LOWEST_PRIO 值应该为 27，优先级别分别为 0、1、2、3、…、27；由于系统空闲任务占用了优先级别 27，统计任务占用了优先级别 26，则应用程序中最多可以安排优先级别分别为 0、1、2、…、25 的 26 个任务。

给某一个用户任务定义优先级别的方法：在调用系统函数 OSTaskCreate() 来创建任务时，用该函数的第 4 个参数 prio 为用户任务指定优先级。优先级别是 μC/OS-II 识别任务的唯一标识。

5.2.2　任务堆栈

所谓堆栈，就是在存储器中按数据"后进先出（LIFO)"的原则组织的连续存储空间。为了满足任务切换和响应中断时保存 CPU 寄存器中的内容及存储任务私有数据的需要，每个任务都有自己的堆栈。任务堆栈是任务的重要组成部分。

1. 任务堆栈的创建

为方便定义任务堆栈，在文件 OS_CPU. H 中专门定义了一个数据类型 OS_STK：

typedef　unsigned int OS_STK；

这样，在应用程序中定义任务堆栈的栈区就是定义一个 OS_STK 类型的数组。例如：

```
#define  TASK_STK_SIZE  512          //定义堆栈的长度为 1024B
OS_STK   TaskStk[TASK_STK_SIZE];      //定义数组作为任务堆栈
```

当调用函数 OSTaskCreate() 来创建一个任务时，把数组的指针传递给函数 OSTaskCreate() 中的堆栈栈顶参数 ptos，就可以把该数组与任务关联起来而成为该任务的任务堆栈。

需要注意的是，堆栈增长方向是随系统所使用的处理器的不同而不同。有的处理器要求堆栈增长方向是向上的（向大地址方向增长），而有的处理器要求堆栈增长方向是向下的（向小地址方向增长）。在使用 OSTaskCreate() 创建任务时，一定要注意处理器要求堆栈增长方向。如 ARM 处理器就是满递减栈（FD 栈），其堆栈指令为 LDMFD/STRFD。

如果处理器要求堆栈增长方向是向上的，则堆栈指针的设置为：

&. MyTaskStk[0]　　　　　　　　//任务堆栈栈顶指针

如果处理器要求堆栈增长方向是向下的，则堆栈指针的设置为：

&. MyTaskStk[MyTaskStkN-1]　　　　//任务堆栈栈顶指针

为了提高应用程序的可移植性，在编写程序时需要将两种代码都编写出来，利用 OS_CFG. H 文件中的常量 OS_STK_GROWTH 作为选择开关，使用户可以通过该常量的值来选择相应的代码段，以适应不同堆栈增长方向的需要。

2. 任务堆栈的初始化

当 CPU 启动运行一个任务时，CPU 的各寄存器总是需要预置一些初始数据，例如指向任务的指针、程序状态字 PSW 等，这些信息都是通过堆栈来传递的。

在系统启动任务时，CPU 从何处可以获得这些数据呢？一个最方便的方法就是让 CPU 从这个任务的任务堆找里获得这些数据。为此，应用程序在创建一个新任务时，就必须把在系统启动这个任务时 CPU 各寄存器所需要的初始数据（任务指针、任务堆核指针、程序状态字等）事先存放在任务的堆栈中。这样，当任务获得 CPU 使用权（以子程序返回或中断返回的方式）时，就能把堆栈中的初始数据复制到 CPU 的各寄存器里，从而可使任务顺利地启动并运行。

任务堆栈的初始化工作应该是由操作系统完成的。μC/OS-II 在创建任务函数 OSTaskCreate( ) 中通过调用任务堆栈初始化函数 OSTaskStkInit( ) 来完成任务堆栈初始化工作的。

目前，由于各种处理器的寄存器及对堆栈的操作方式不尽相同，因此该函数需要用户在进行 μC/OS-II 的移植时，按所使用的处理器由用户来编写。

5.2.3　任务控制块

μC/OS-II 用来记录任务的堆栈指针、当前状态、优先级别等一些与任务管理有关的属性表叫做任务控制块（OS_TCB）。

从图 5.2 中可以看到，任务控制块负责把任务代码和任务堆栈进行关联，而使任务控制块、任务代码和任务堆栈成为一个整体，并且系统要通过这个任务控制块来感知和管理一个任务。因此，任务控制块就相当于一个任务的身份证，没有任务控制块的任务是不能被系统承认和管理的。

为了管理系统中多个任务，μC/OS-II 把系统所有任务的控制块链接为两条链表，并通过这两条链表管理各任务控制块，进而再通过任务控制块来对任务进行相关的操作。

1. 任务控制块的结构

任务控制块是一个结构类型数据。当用户应用程序调用 OSTaskCreate( ) 函数创建一个用户任务时，这个函数就会对任务控制块中的所有成员赋予与该任务相关的数据，并驻留在 RAM 中。

任务控制块结构的定义如下：

```
typedef struct    os_tcb {
  OS_STK       * OSTCBStkPtr;              //指向任务堆栈栈顶的指针
#if OS_TASK_CREATE_EXT_EN               //如果使用扩展的任务定义，则
  void         * OSTCBExtPrt;             //指向任务控制块扩展的指针
  OS_STK       * OSTCBStkBottom;          //指向任务堆栈栈底的指针
  INT32U         OSTCBStkSize;            //任务堆栈的长度
  INT16U         OSTCBOpt;                //创建任务时的选择项
  INT16U         OSTCBId;                 //目前该域未被使用
#endif
  struct os_tcb * OSTCBNext;              //指向后一个任务控制块的指针
  struct os_tcb * OSTCBPrev;              //指向前一个任务控制块的指针
#if (OS_Q_EN && (OS_MAX_OS>=2)) || OS_MBOX_EN || OS_Sem_EN   //如果使用队列、消
                                                      息邮箱、信号量
```

```
    OS_EVENT  * OSTCBEventPrt;              //指向事件控制块的指针
#endif
#if((OS_Q_EN && (OS_MAX_QS>=2)) || OS_MBOX_EN    //如果使用队列、消息邮箱
    void       * OSTCBMsg;                  //指向传递给任务消息的指针
#endif
    INT16U     OSTCBDly;                    //任务等待的时限（节拍数）
    INT8U      OSTCBStat;                   //任务的当前状态标志
    INT8U      OSTCBPrio;                   //任务的优先级别
    INT8U      OSTCBX;                      //用于快速访问就续表的数据＝prio&07＝同组位号
    INT8U      OSTCBY;                      //用于快速访问就续表的数据＝prio>>3＝组号
    INT8U      OSTCBBitX;                   //快速访问就续表＝OSMapTbl[prio&07]
    INT8U      OSTCBBitY;                   //快速访问就续表＝OSMapTbl[prio>>3]
#if(OS_TASK_DEL_EN)                                //如果允许任务删除
    BOOLEAN    OSTCBDelReg;                 //请求删除任务时用到的标志
#endif
}
```

其中成员 OSTCBStat 用来存放任务的当前状态，该成员变量可能的值见表 5.2。

表 5.2 OSTCBStat 可能的值

值	说　明
OS_STAT_RDY	表示任务处于就绪状态
OS_STAT_SEM	表示任务处于等待信号量状态
OS_STAT_MBOX	表示任务处于等待消息邮箱状态
OS_STAT_Q	表示任务处于等待消息队列状态
OS_STAT_SUSPEND	表示任务处于被挂起状态
OS_STAT_MUTEX	表示任务处于等待互斥型信号量状态

2. 任务控制块链表

μC/OS-II 用两条链表来管理任务控制块。一条是空任务块链表（其中所有任务控制块还没有分配给任务）；另一条是任务块链表（其中所有任务控制块已经分配给任务）。空任务块链表是在应用程序调用函数 OSInit() 对 μC/OS-II 系统进行初始化时建立的；而任务块链表则是在调用函数 OSTaskCreate() 创建任务时建立的。建立任务控制块链表的具体做法是，从空任务控制块链表摘取一个空任务控制块，然后填充上任务属性后，再形成新的链表。

系统在调用函数 OSInit() 对 μC/OS-II 系统进行初始化时，先在 RAM 中建立一个 OS_TCB 结构类型的数组 OSTCBTbl[]，这样每个数组元素就是一个任务控制块，然后把这些控制块链接成一个如图 5.5 所示的链表。由于链表中的这些控制块还没有与具体任务相关联，因此这个链表叫做空任务块链表。

从图 5.5 中可以看到，μC/OS-II 初始化时建立的空任务链表的元素一共是 OS_MAX_TASKS+ OS_N_SYS_TASKS 个。其中定义在文件 OS_CFG.H 中的常数 OS_MAX_TASKS 指明了用户任务的最大数目；而定义在文件 UCOS_II.H 中的常数 OS_N_SYS_

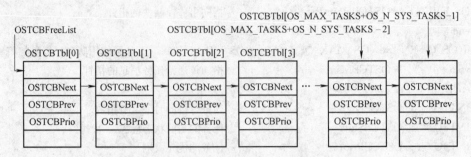

图 5.5　μC/OS-II 初始化时建立的空任务控制块链表

TASKS 指明了系统任务的数目（在图 5.5 中，其值为 2：一个空闲任务，一个统计任务）。

　　每当应用程序调用系统函数 OSTaskCreate() 或 OSTaskCreateExt() 创建一个任务时，系统就会将空任务控制块链表头指针 OSTCBFreeList 指向的任务控制块分配给该任务。在给任务控制块中的各成员赋值后，就按任务控制块链表的头指针 OSTCBList 将其加入到任务控制块链表中。

　　图 5.6 是在图 5.5 所示空任务控制块链表基础上，应用程序创建了两个用户任务并使用了两个系统任务（空闲任务和统计任务）的情况时，空任务块链表和任务块链表的结构示意图（图中阴影区域为任务块链表）。

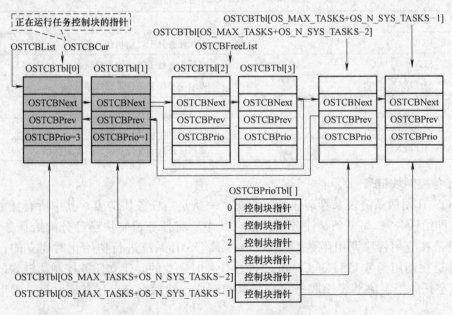

图 5.6　μC/OS-II 任务控制块链表

　　为了加快对任务控制块的访问速度，除了任务控制块链表被创建为双向链表之外，μC/OS-II 在 uCOS_II. H 文件中还定义了一个数据类型为 OS_TCB * 的数组 OSTCBPrioTbl[]，专门用来以任务的优先级别为顺序在各个数组元素里存放指向各个任务控制块的指针。这样系统在访问一个任务的任务控制块时，就可以不必遍历任务控制块链表了。数组 OSTCBPrioTbl[] 与任务控制块链表中任务控制块之间的关系如图 5.6 所示。

　　另外，为了 μC/OS-II 能随时访问正在运行任务的任务控制块，μC/OS-II 还定义了一个

OS_TCB * 类型的变量 OSTCBCur，专门存放当前正在运行的任务的任务控制块指针。图 5.6 是在假设任务优先级别为 3 的任务正在运行时指针变量 OSTCBCur 的指向。

　　μC/OS-II 允许用函数 OSTaskDel() 删除一个任务。删除一个任务，实质上就是把该任务从任务控制块链表中删掉，并把它归还给空任务控制块链表。这样，μC/OS-II 对这个没有任务控制块的任务就不再理会了，因为与这个任务对应的任务控制块已经被"吊销"了。

　　由此可见，任务的任务控制块就如同人的身份证一样重要。

3. 任务控制块的初始化

　　给用户任务分配任务控制块及对其进行初始化也是操作系统的职责。当应用程序调用函数 OSTaskCreate() 创建一个任务时，这个函数会调用系统函数 OS_TCBInit() 来为任务控制块进行初始化。这个函数首先为被创建任务从空任务控制块链表获取一个任务控制块；然后用任务的属性对任务控制块各个成员进行赋值；最后再把这个任务控制块链入到任务控制块链表的头部。

　　初始化任务控制块函数 OS_TCBInit() 的原型如下：

```
INT8U OS_TCBInit(              //指向任务堆栈栈顶的指针
INT8U    prio,                 //任务的优先级别，保存在 OSTCBPrio 中
OS_STK   * ptos,               //任务堆栈栈顶指针，保存在 OSTCBStkPtr 中
OS_STK   * pbos,               //任务堆栈栈底指针，保存在 OSTCBStkBottom 中
INT16U   id,                   //任务的标识符，保存在 OSTCBId 中
INT16U   stk_size,             //任务堆栈的长度，保存在 OSTCBStkSize 中
void     * pext,               //任务控制块的扩展指针，保存在 OSTCBExtPtr 中
INT16U   opt                   //任务控制块的选择项，保存在 OSTCBOpt 中
);
```

5.2.4　任务调度

　　多任务操作系统的核心工作就是任务调度。所谓调度，就是通过一个算法在多个任务中确定哪个任务来运行。做这项工作的函数就叫做**调度器**。

　　μC/OS-II 进行任务调度的思想是：每时每刻总是让优先级最高的就绪任务处于运行状态。为了保证这一点，它在系统或用户任务调用系统函数及执行中断服务程序结束时，总是调用调度器来确定应该运行的任务并运行它。

1. 任务就绪表的结构 OSRdyTbl[]

　　μC/OS-II 进行任务调度的依据就是任务就绪表。从任务的状态转换图中可以看到，系统总是从处于就绪状态的任务中来选择一个任务运行。

　　• **任务就绪表的定义**：为了能使系统清楚地知道系统中哪些任务已经就绪，μC/OS-II 在 RAM 中设立了一个记录表，系统中的每个任务都在这个表中占据一个位置，并用这个位置的状态（1 或者 0）来表示任务是否处于就绪状态。这个表就叫做任务就绪状态表，简称为任务就绪表。

　　• **任务就绪表的结构**：μC/OS-II 用一个类型为 INT8U 的数组 **OSRdyTbl[]** 来充当这个任务就绪表。图 5.7 表示的是一个最多可以记录 64 个任务就绪状态的任务就绪表。在这个任务就绪表中，以任务的优先级别（也是任务的标识）高低为顺序，为每个任务安排了一个二进制位，并规定该位的值为 1，表示对应的任务处于就绪状态，而该位的值为 0 则表示对

应的任务处于非就绪状态。

功能：任务就绪表								
	D7	D6	D5	D4	D3	D2	D1	D0
OSRdyTbl[0]	1/0	1/0	1/0	1/0	1/0	1/0	1/0	1/0
	7	6	5	4	3	2	1	0	优先级/任务标识
	D7	D6	D5	D4	D3	D2	D1	D0
OSRdyTbl[1]	1/0	1/0	1/0	1/0	1/0	1/0	1/0	1/0
	15	14	13	12	11	10	9	8
	D7	D6	D5	D4	D3	D2	D1	D0
OSRdyTbl[2]	1/0	1/0	1/0	1/0	1/0	1/0	1/0	1/0
	23	22	21	20	19	18	17	16
	D7	D6	D5	D4	D3	D2	D1	D0
OSRdyTbl[3]	1/0	1/0	1/0	1/0	1/0	1/0	1/0	1/0
	31	30	29	28	27	26	25	24
	D7	D6	D5	D4	D3	D2	D1	D0
OSRdyTbl[4]	1/0	1/0	1/0	1/0	1/0	1/0	1/0	1/0
	39	38	37	36	35	34	33	32
	D7	D6	D5	D4	D3	D2	D1	D0
OSRdyTbl[5]	1/0	1/0	1/0	1/0	1/0	1/0	1/0	1/0
	47	46	45	44	43	42	41	40
	D7	D6	D5	D4	D3	D2	D1	D0
OSRdyTbl[6]	1/0	1/0	1/0	1/0	1/0	1/0	1/0	1/0
	55	54	53	52	51	50	49	48
	D7	D6	D5	D4	D3	D2	D1	D0
OSRdyTbl[7]	1/0	1/0	1/0	1/0	1/0	1/0	1/0	1/0
	63	62	61	60	59	58	57	56
说明：优先级高 → 低=小 → 大；Di=1 表示就绪，Di=0 表示未就绪								

图 5.7　任务就绪表

- **任务组就绪表**（**OSRdyGrp**）：从图 5.7 中可以看到，由于每个任务的就绪状态只占据一位，因此 OSRdyTbl[]数组的一个元素可表达 8 个任务的就绪状态。在本例的情况下，数组的 8 个元素一共可表达 64 个任务的就绪状态。也就是说，每一个数组元素描述了 8 个任务的就绪状态，于是这 8 个任务就可看成一个任务组。为了便于对就绪表的查找，μC/OS-II 又定义了一个数据类型为 INT8U 的变量 **OSRdyGrp**，并使该变量的每一个位都对应 OSRdyTbl[]的一个任务组（即数组的一个元素）。如果某任务组中有任务就绪，则在变量 OSRdyGrp 里把该任务组所对应的位置为 1；否则置为 0。例如，如果 OSRdyGrp=11100101，那么就意味着 OSRdyTbl［0］、OSRdyTbl［2］、OSRdyTbl［5］、OSRdyTbl［6］、OSRdyTbl［7］任务组中有任务就绪。变量 OSRdyGrp 的格式如图 5.8 所示。

功能：任务组就绪表　OSRdyGrp								
D7	D6	D5	D4	D3	D2	D1	D0	
1/0	1/0	1/0	1/0	1/0	1/0	1/0	1/0	

1：OSRdyTbl[0] 组有任务就绪
1：OSRdyTbl[1] 组有任务就绪
1：OSRdyTbl[2] 组有任务就绪
1：OSRdyTbl[3] 组有任务就绪
1：OSRdyTbl[4] 组有任务就绪
1：OSRdyTbl[5] 组有任务就绪
1：OSRdyTbl[6] 组有任务就绪
1：OSRdyTbl[7] 组有任务就绪

说明：Di=1 表示某一就绪表组有就绪任务，Di=0 表示某一就绪表组没有任何就绪任务

图 5.8　任务组就绪表 OSRdyGrp 的格式与含义

由于变量 OSRdyGrp 有 8 个二进制位，每位对应 OSRdyTbl[] 数组的一个元素，每个元素又可以记录 8 个任务的就绪状态，因此 μC/OS-II 最多可以管理 8×8＝64 个任务。

• **就绪任务的访问机制**：如何根据任务的优先级别来查找任务在就绪表的位置呢？由于优先级别最大值不会超过 63，二进制编码为 00 $\boxed{000000}$ ～ 00 $\boxed{111111}$，因此优先级别就是一个 6 位的二进制数。

对优先级做模 8 运算，则得就绪组编号 *n*，即就绪表数组元素的下标；亦即可用优先级的高 3 位（D5D4D3）来确定就绪表数组元素的下标，并指明就绪组在变量 **OSRdyGrp** 中的具体数据位；用低 3 位（D2D1D0）来指明就绪任务在该数组元素 **OSRdyTbl** [*n*] 中的具体数据位。如图 5.9 所示。

功能：任务优先级							
D7	D6	D5	D4	D3	D2	D1	D0
0	0	1/0	1/0	1/0	1/0	1/0	1/0
		指明就绪任务在 OSRdyTbl[n] 中的字节地址：n=D5D4D3			指明就绪任务在 OSRdyTbl[n] 中的位地址，即 OSRdyTbl[n].m 中的：m=D2D1D0		
		指明就绪组在 OSRdyGrp 中的位地址： OSRdyGrp.n = [D5D4D3]					
说明：一种表示字节位地址的方法： ByteName.Bits ，如 OSRdyGrp 的 D3 位可表示为 OSRdyGrp.3							

图 5.9   任务优先级 Prio 与 OSRdyGrp 和 OSRdyTbl[] 的对应关系

例 5.3   已知某一个已经就绪的任务的优先级别 Prio＝30，试判断应该在就绪表的哪一位上置 1。

解   30 的二进制形式为 0001_1110，其低 6 位为 **011_110**＝OSRdyGrp. **3**_ OSRdyTbl[3].6，于是可知应该在 OSRdyTbl[3] 的 D6 位上置 1，同时要把变量 OSRdyGrp 的 D3 位置 1。

2. 对任务就绪表的操作

任务就绪表具有如下几个方面的操作：

• 在程序中，可用类似于下面的代码把优先级别为 prio 的任务设置为就绪状态。

```
OSRdyGrp|＝OSMapTbl[prio>>3]          //[prio>>3] 获得 OSRdyGrp. n，并置位 OSRdyGrp. n
OSRdyTbl[prio>>3]|＝OSMapTbl[prio&0x07]  //置位 OSRdyTbl [prio>>3] . [prio&0x07]
```

说明：OSMapTbl[] 是一个置位数组

其中 OSMapTbl[] 是 μC/OS-II 为加快运算速度定义的一个数组，它的各元素值为：

```
OSMapTbl[0]＝00000001B          //可以置位 D0 位，对应 D0 位的位置为 1
OSMapTbl[1]＝00000010B          //可以置位 D1 位，对应 D1 位的位置为 1
OSMapTbl[2]＝00000100B          //可以置位 D2 位，对应 D2 位的位置为 1
OSMapTbl[3]＝00001000B          //可以置位 D3 位，对应 D3 位的位置为 1
OSMapTbl[4]＝00010000B          //可以置位 D4 位，对应 D4 位的位置为 1
OSMapTbl[5]＝00100000B          //可以置位 D5 位，对应 D5 位的位置为 1
OSMapTbl[6]＝01000000B          //可以置位 D6 位，对应 D6 位的位置为 1
OSMapTbl[7]＝10000000B          //可以置位 D7 位，对应 D7 位的位置为 1
```

说明：OSMapTbl[*n*] 是一个只有第 *n* 位为 1 的常数

• 在程序中，可以用如下代码使一个优先级别为 prio 的任务脱离就绪状态：

```
if((OSRdyTbl[prio>>3] &＝~OSMapTbl[prio&0x07])==0)  //清零并判 OSRdyTbl[] 中是否已
                                                      无就绪任务
```

OSRdyGrp &=~OSMapTbl[prio>>3];　　　　　　//是，则清零 OSRdyGrp 的对应位

• 在程序中，可以用如下代码从任务就绪表中获取优先级别最高的就绪任务：

功能：从就绪表获得优先级别最高的任务

y=OSUnMapTbl[OSRdyGrp];　　　　　　//获得最高优先级的 D5D4D3 三位的二进制数

x=OSUnMapTbl[OSRdyTbl[y]];　　　　　　//获得最高优先级的 D2D1D0 三位的二进制数

prio=(y<<3)+x;　　　　　　//组合成优先级：D5D4D3_D2D1D0

说明：如果 OSRdyTbl[n] 为奇数，则表示 OSRdyTbl[n].0 即 D0 为 1，则 OSUnMapTbl[OSRdyTbl[n]]=0；

如果 OSRdyTbl[n] 为偶数（D0=0），则需要分为（D1=0，D2=0，D3=0）多种情况。

该代码执行后，得到的是最高优先级就绪任务的优先级别（即任务的标识）。其中 OSUnMapTbl[] 同样是 μC/OS-II 为提高查找速度定义的一个数组，它共有 256 个元素，定义如下：

功能：OSUnMapTbl [] 是最低有效位（为 1）查找数组

INT8U CONST OSUnMapTbl[R_C]={//数组的下标为 0X[R_C];

R_C	0	1	2	3	4	5	6	7	8	9	A	B	C	D	E	F	
0	0,	0,	1,	0,	2,	0,	1,	0,	3,	0,	1,	0,	2,	0,	1,	0,	0
1	4,	0,	1,	0,	2,	0,	1,	0,	3,	0,	1,	0,	2,	0,	1,	0,	1
2	5,	0,	1,	0,	2,	0,	1,	0,	3,	0,	1,	0,	2,	0,	1,	0,	2
3	4,	0,	1,	0,	2,	0,	1,	0,	3,	0,	1,	0,	2,	0,	1,	0,	3
4	6,	0,	1,	0,	2,	0,	1,	0,	3,	0,	1,	0,	2,	0,	1,	0,	4
5	4,	0,	1,	0,	2,	0,	1,	0,	3,	0,	1,	0,	2,	0,	1,	0,	5
6	5,	0,	1,	0,	2,	0,	1,	0,	3,	0,	1,	0,	2,	0,	1,	0,	6
7	4,	0,	1,	0,	2,	0,	1,	0,	3,	0,	1,	0,	2,	0,	1,	0,	7
8	7,	0,	1,	0,	2,	0,	1,	0,	3,	0,	1,	0,	2,	0,	1,	0,	8
9	4,	0,	1,	0,	2,	0,	1,	0,	3,	0,	1,	0,	2,	0,	1,	0,	9
A	5,	0,	1,	0,	2,	0,	1,	0,	3,	0,	1,	0,	2,	0,	1,	0,	A
B	4,	0,	1,	0,	2,	0,	1,	0,	3,	0,	1,	0,	2,	0,	1,	0,	B
C	6,	0,	1,	0,	2,	0,	1,	0,	3,	0,	1,	0,	2,	0,	1,	0,	C
D	4,	0,	1,	0,	2,	0,	1,	0,	3,	0,	1,	0,	2,	0,	1,	0,	D
E	5,	0,	1,	0,	2,	0,	1,	0,	3,	0,	1,	0,	2,	0,	1,	0,	E
F	4,	0,	1,	0,	2,	0,	1,	0,	3,	0,	1,	0,	2,	0,	1,	0	F
R_C	0	1	2	3	4	5	6	7	8	9	A	B	C	D	E	F	
	D7~4=1	D0=1	D1=1	D0=1	D2=1	D0=1	D1=1	D0=1	D3=1	D0=1	D1=1	D0=1	D2=1	D0=1	D1=1	D0=1	

};

说明：行为 R_C 高的半字节 R，列为 R_C 高的低半字节 C；表中内容为位地址；

　　对于输入的 N，查表 OSMAPTBL[N] 可以获得最低位不为 0 的序号，即位地址 0~7。

μC/OS-II 经常使用类似于就绪表的形式来记录任务的某种状态，因此读者一定要熟悉这种表的结构以及对这种表的基本操作。

例 5.4　计算和查找 0x98 所对应的最低有效位。

解　0x98＝1001_1000B，因此最低有效位为 D3，查表得 3。

3. 任务的调度

任务切换：令 CPU 中止当前正在运行的任务转而去运行另一个任务的工作叫做任务切换。

任务调度：按某种规则进行任务切换的工作叫做任务的调度。

任务调度器：实现任务调度的程序叫任务调度器。

μC/OS-II 的两种任务调度器：一种是任务级的调度器，由函数 OSSched() 来实现；另一种是中断级的调度器，由函数 OSIntExt() 来实现。这里主要介绍任务级的调度器 OS-Sched()。

μC/OS-II 任务调度器的工作：一是在任务就绪表中查找具有最高优先级别的就绪任务；二是实现任务的切换。

关于调度器在任务就绪表中查找具有最高优先级别就绪任务的代码，已经在对任务就绪表的操作中讨论过，这里主要介绍任务调度器是如何来进行任务切换的。

μC/OS-II 调度器把任务切换的工作分为两个步骤：第一步是获得待运行任务的 TCB 指针；第二步是进行断点数据的切换。

(1) 获得待运行就绪任务控制块 TCB 的指针　由于操作系统是通过任务的任务控制块 TCB 来管理任务的，因此调度器真正实施任务切换之前的主要工作就是要获得待运行任务的任务控制块指针和当前正在运行任务的任务控制块指针。

因为当前正在运行任务的任务控制块指针存放在全局变量 OSTCBCur 中，所以调度器这部分的工作主要是获得待运行任务的任务控制块指针。

任务级调度器 OSSched() 的源代码如下：

```
void OSSched(void)                      //获得最高优先级的 D5D4D3 三位
{
  #if OS_CRITICAL_METHOD==3
    OS_CPU_SR cpu_sr;
  # endif
  INT8U y;
  OS_ENTER_CRITICAL();
  if((OS_LockNesting|OS_IntNesting)==0 )   //无中断、无加锁，则查找最高优先级
  {                                        //OSPrioHighRdy=(INT8U)((y<<3)+x;
    y=OSUnMapTbl[OSRdyGrp];                //y=OSUnMapTbl[OSRdyGrp];
    OSPrioHighRdy=(INT8U)((Y<<3)+OSUnMapTbl[OSRdyTb([y]]);  //x = OSUnMapTbl
                                                           [OSRdyTb[y]];
    if(OSPrioHighRdy！=OSPrioCur)          //是否是当前优先级？
    {                                      //否，得到最高优先级
      OSTCBHighRdy=OSTCBPrioTbl[OSPrioHighRdy];   //得到最高优先级任务控制块指针
      OSCtxSwCtr++;                        //统计任务切换次数计数器加 1
      OS_TASK_SW();                        //任务切换
```

```
        }
    }
    OS_EXIT_CRITICAL();
}
```

说明：无返回参数。

μC/OS-II 允许应用程序通过调用函数 OSSchedLock() 和 OSSchedUnlock() 给调度器上锁和解锁。为了记录调度器被锁和解锁的情况，μC/OS-II 定义了一个变量 OSLockNesting：调度器每被上锁一次，变量 OSLockNesting 就加 1；反之，调度器每被解锁一次，变量 OSLockNesting 就减 1。因此，可以通过访问变量 OSLockNesting 了解调度器上锁的嵌套次数。

调度器 OSSched() 在确认未被上锁并且不是中断服务程序调用调度器的情况下，首先从任务就绪表中查得的最高优先级别就绪任务的优先级别 OSPrioHighRdy；然后在确认这个就绪任务不是当前正在运行的任务（OSPrioCur 是存放正在运行任务的优先级别的变量）的条件下，用 OSPrioHighRdy 作为下标去访问数组 OSTCBPrioTbl[]，把数组元素 OSTCB-PrioTbl[OSPrioHighRdy] 的值（即待运行就绪任务的任务控制块指针）赋给指针变量 OSTCBHighRdy。于是下面就可以依据 OSTCBHighRdy 和 OSTCBCur 这两个分别指向待运行任务控制块和当前任务控制块的指针在宏 OS_TASK_SW() 中实施任务切换了。

（2）任务切换　其实任务切换的工作是靠任务切换函数 OSCtxSw() 来完成的。为了了解 OSCtxSw() 的作用，再来分析一下任务切换。简单地说，任务切换就是中止正在运行的任务（当前任务），转而去运行另外一个任务的操作。当然，这个任务应该是就绪任务中优先级别最高的那个任务。

· 任务切换原理：为了了解调度器是如何进行任务切换的，先来探讨一下一个被中止运行（可能因为中断或者调用）的任务，将来又要"无缝"地恢复运行应该满足的条件。

如果把任务被中止运行时的地址叫做断点，把当时存放在 CPU 的 PC、PSW 和通用寄存器等各寄存器中的数据叫做断点数据。那么当任务恢复运行时，必须在断点处以断点数据作为初始数据接着运行，才能实现"无缝"的接续运行。因此，要实现这种"无缝"的接续运行，则必须在任务被中止时就把该任务的断点数据保存到堆栈中；而在被重新运行时，则要把堆栈中的这些断点数据再恢复到 CPU 的各寄存器中，只有这样才能使被中止运行的任务在恢复运行时实现"无缝"的继续运行。

正确地恢复断点数据的关键是 CPU 的堆栈指针 SP 是否有正确的指向，在系统中存在多个任务时，堆栈指针极为关键。在 μC/OS-II 中，被中止任务在保存断点时，要把当时 CPU 的 SP 值保存到该任务控制块的成员 OSTCBStkPtr 中；在恢复任务时，需要从任务控制块成员 OSTCBStkPtr 中获得被中止时的堆栈指针 SP，恢复 CPU 的断点数据，也就是实现任务切换了。

综上所述，任务的切换就是断点数据的切换，断点数据的切换也就是 CPU 堆栈指针的切换，被中止运行任务的任务堆栈指针要保存到该任务的任务控制块中，待运行任务的任务堆栈指针要由该任务控制块转存到 CPU 的 SP 中。

· 任务切换过程　为了完成上述操作，OSCtxSw() 要依次做如下 7 项工作：

1）把被中止任务 A 的断点指针保存到任务堆栈中；

2）把 CPU 所有寄存器的内容按规定的顺序保存到任务 A 的堆栈中；

3）把任务 A 的任务堆栈指针当前值保存到该任务 A 的任务控制块的 OSTCBStkPtr 中；

4）获得待运行任务 B 的任务控制块；

5）使 CPU 从任务 B 的任务控制块的 OSTCBStkPtr 中获得任务 B 的任务堆栈指针；

6）把任务 B 堆栈中所有寄存器的内容恢复到 CPU 的寄存器中；

7）使 CPU 获得任务 B 的断点指针。

由于 μC/OS-II 规定当前正在运行任务的任务控制块的指针存放在一个指针变量 OS-TCBCur 中，并且在调度器的前面代码中已经得到了待运行任务的任务控制块指针 OSTCB-HighRdy，所以完成第 2）～6）项工作非常容易。

完成第 1）项和第 7）项工作需要根据处理器来确定。因为 CPU 是按程序指针 PC 的指向来运行程序的，只有使 PC 获得新任务的地址，才会使 CPU 运行新的任务。显然，对于被中止任务，应该把任务的断点指针（PC 值）压入任务堆栈；而对于待运行任务，应该把任务堆栈里上次任务被中止时存放在堆栈中的断点指针推入 PC。但是很多处理器都没有对 PC 的出栈和入栈指令，这就需要借助其他可以改变 PC 值的指令（如 CALL、INT 或 IRET 指令等）来实现对 PC 的操作。例如，引发一次中断（或者一次调用），并让函数 OSCtxSw() 作为中断服务程序，利用系统响应中断服务程序时会自动把断点指针压入堆栈的功能，来把断点指针存入堆栈；而利用中断返回指令能把断点指针推入 CPU 的 PC，来恢复待运行任务的断点，这样就可以实现断点的保存和恢复了。

• 任务切换函数 OSCtxSW()　由于任务切换时需要对 CPU 的寄存器进行操作，因此在一般情况下，中断服务程序 OSCtxSw() 都要用汇编语言来编写。在这里只给出 OSCtxSW() 的示意性代码供读者参考。

功能：任务切换函数 OSCtxSW() 的源代码

```
Void OSCtxSw（void）
{
    //用压栈指令把 CPU 通用寄存器压栈
    OSTCBCur->OSTCBStkPtr=SP;              //把 SP 保存在中止任务控制块中
    OSTCBCur=OSTCBHighRdy;                 //使系统获得待运行任务控制块
    OSPrioCur=OSPrioHighRdy;               //把最高优先级设置为当前优先级
    SP=OSTCBHighRdy->OSTCBStkPtr;          //把待运行任务堆栈指针赋给 SP
    //用出栈指令把 CPU 通用寄存器出栈
    IRET                                   //或有相同功能的指令
}                                          //中断返回，使 PC 指向待运行的任务
```

说明：通过堆栈的交换，实现断点现场的交换。因此堆栈区需要按照一定的数据结构分配数据。

• 任务切换宏 OS_TASK_SW()　那么由什么来引发中断呢？这就是宏 OS_TASK_SW() 的作用了。如果使用的微处理器具有软中断指令，那么在这个宏中封装一个软中断指令即可；如果使用的微处理器没有提供软中断指令，那么就可以试一试在宏 OS_TASK_SW() 中封装其他可使 PC 等相关寄存器压栈的指令（例如调用指令）。

4. 任务的操作函数

μC/OS-II 提供了 6 个对任务进行操作的函数，见表 5.3。

表 5.3　对任务进行操作的函数

函 数 名 称	功 能 描 述	参　　　　数
OSTaskCreate()	创建任务	任务指针，参数指针，堆栈指针，任务优先级
OSTaskSuspend()	挂起任务	任务优先级
OSTaskResume()	恢复任务	任务优先级
OSTaskChangePrio()	修改任务优先级	旧任务优先级，新任务优先级
OSTaskDel()	删除任务	任务优先级
OSTaskDelReq()	请求删除任务	任务优先级
OSTaskQuery()	查询任务信息	任务优先级，查询结构

5.2.5　任务创建

μC/OS-II 是通过任务控制块来管理任务的。因此，创建任务的工作实质上是创建一个任务控制块，并通过任务控制块把任务代码和任务堆栈关联起来形成一个完整的任务；然后，还要使刚创建的任务进入就绪状态，并接着引发一次任务调度。

μC/OS-II 有两个用来创建任务的函数：OSTaskCreate()和 OSTaskCreateExt()。其中创建任务的函数 OSTaskCreateExt()是函数 OSTaskCreate()的扩展，并提供了一些附加功能。用户可根据需要使用这两个函数之一来完成任务的创建工作。

1. 创建任务函数 OSTaskCreate()

应用程序通过调用函数 OSTaskCreate()来创建一个任务。函数 OSTaskCreate()的源代码如下：

```
INT8U OSTaskCreate(   void( * task)(void * pd)),        //指向任务的指针
                      void        * pdata,               //传递给任务的参数
                      OS_STK      * ptos,                //指向任务堆栈栈顶的指针
                      INT8U       prio)                  //任务优先级
{
    # if OS_CRITICAL_METHOD == 3
      OS_CPU_SR cpu_sr;
    # endif
    Void    * psp;
    INT8U   err;
    if(prio>OS_LOWEST_PRIO)                              //检查任务优先级是否合法?
    {                                                    //合法
      Return(OS_PRIO_INVALID);
    }
    OS_ENTER_CRITICAL();
    if(OSTCBPrioTbl[prio]==(OS_TCB * )0)                 //确认优先级未被使用
    { OSTCBPrioTbl[prio]=(OS_TCB * )1;                   //保留优先级，占用优先级
      OS_EXIT_CRITICAL();
      psp=(void * )OSTaskStkInit(task,pdata,ptos,0);     //初始化任务堆栈
      err=OSTCBInit(task,psp,(void * )0,0,0,(void * )0,0); //获得并初始化任务控制块
```

```
        if(err==OS_NO_ERR)
        {
            OS_ENTER_CRITICAL();
            OSTaskCtr++;                                    //任务计数器+1
            OS_EXIT_CRITICAL();
            if(OSRunning){OSSched();}                        //任务调度
        }
        else
        {
            OS_ENTER_CRITICAL();
            OSTCBPrioTbl[prio]=(OS_TCB*)0;                  //放弃任务
            OS_EXIT_CRITICAL();
        }
        Return(err);
    }
    else
    {
        OS_EXIT_CRITICAL();
        Return(OS_PRIO_EXIST);
    }
}
```

说明：调用函数 OSTaskCreate()成功后，将返回 OS_NO_ERR。否则，根据具体情况返回 OS_PRIO_INVALID、OS_PRIO_EXIST 及在函数内调用任务控制块初始化函数失败时返回的信息。

从函数 OSTaskCreate()的源代码中可以看到，函数对待创建任务的优先级别进行一系列判断，确认该优先级别合法且未被使用之后，随即调用函数 OSTaskStkInit()和 OS_TCBInit()对任务堆栈和任务控制块进行初始化。初始化成功后，除了把任务计数器加 1 外，还要进一步判断 μC/OS-II 的核是否在运行状态（即 OSRunning 的值是否为 1）。如果 OSRunning=1，则调用 OSSched()进行任务调度。

OSTCBPrioTbl[prio] 数组元素的值就是结构体指针型的，现在给它赋值 0，需要将 0 的类型强制转换为结构体（OS_TCB*）指针型。一些编译器中，类型要求必须一致，所以常常存在很多类型强制转换的问题。(OS_TCB*)1 和（OS_TCB*)0 是把一个常数转换成 OS_TCB 类型的指针。OSTCBPrioTbl[prio]==（OS_TCB*)0；这句话是强制类型转换，将 0 转换成 OS_TCB 数据类型的地址（指针），那么 0 地址处数据认为是 OS_TCB 类型的数据，OSTCBPrioTbl[prio] 也指向这个地址，下面可以用 OSTCBPrioTbl[prio] 来操作数据。

这个技巧一般应该是操作系统或 BIOS 才需要用到的，应用程序的使用概率基本是 0。

2. 创建任务的方法

μC/OS-II 规定：在调用启动任务函数 OSStart()之前，必须已经创建了至少 1 个任务。

推荐创建方法：调用函数 OSStart()之前，先创建一个最高优先级别 0 的任务，作为起始任务；然后在这个起始任务中，再创建其他各任务。如果要使用系统提供的统计任务，则统计任务的初始化函数也必须在这个起始任务中来调用。μC/OS-II 不允许在中断服务程序中创建任务。

下面是创建任务的示意性代码：

```
void main(void)
{
    …
    OSInit();                              //对 μC/OS_II 初始化
    …
    OSTaskCreate(TaskStart,…);             //创建起始任务 TaskStart
    OSStart();                             //开始多任务调度
}
void TaskStart(void * pdata)               //定义起始任务 TaskStart
{
    …
    OSStatInit();                          //在此安装并启动 μC/OS 时钟
    OSTaskCreate(Task1,…);                 //初始化统计任务
    OSTaskCreate(Task2,…);                 //创建其他任务 Task1
    …                                      //创建其他任务 Task2
    for(;;)                                //可以在此创建其他任务 n
    {                                      //TaskStart 的主体循环
        …
    }                                      //TaskStart 的主体代码
}
void Task1(void * pdata)                   //定义其他任务 Task1
{
    …                                      //
    for(;;)                                //TaskStart1 的主体循环
    {
        …                                  //Task1 的代码
    }
}
void Task2(void * pdata)                   //定义其他任务 Task2
{
    …                                      //
    for(;;)                                //TaskStart2 的主体循环
    {
        …                                  //Task2 的代码
    }
}
…                                          //定义其他 Taskn
```

5.2.6　任务的挂起和恢复

所谓挂起一个任务，就是停止这个任务的运行，使之进入等待状态。

在 μC/OS-II 中，用户任务可通过调用系统提供的函数 OSTaskSuspend() 来挂起自身或者除空闲任务之外的其他任务。

用挂起函数 OSTaskSuspend() 挂起的任务，只能在其他任务中通过调用恢复函数 OSTaskResume() 使其恢复为就绪状态。

任务在运行状态、就绪状态和等待状态之间的转移关系如图 5.10 所示。

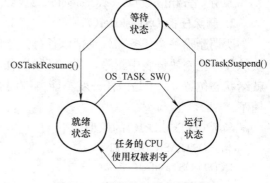

图 5.10　任务挂起状态的转换

1. 挂起任务 OSTaskSuspend()

挂起任务函数 OSTaskSuspend() 的原型如下：

INT8U OSTaskSuspend(INT8U prio)

说明：函数的参数 prio 为待挂起任务的优先级别，通过优先级来识别任务。如果调用函数 OSTask-Suspend() 的任务要挂起自身，则参数必须为常数 OS_PRIO_SELF（该常数在文件 μC/OS-II.H 中被定义为 0xFF）。

当函数调用成功时，返回信息为 OS_NO_ERR；否则，根据出错的具体情况返回 OS_TASK_SUS-PEND_IDLE、OS_PRIO_INVALID 或 OS_TASK_SUSPEND_PRIO 等。

挂起任务包括删除就绪表中被挂起任务的就绪标志，并在被挂起任务控制块成员 OS-TCBStat 中做了挂起记录。如果待挂起的任务是调用 OSTaskSuspend() 的任务本身，则必须在任务挂起后，引发一次任务调度；如果待挂起的任务是其他任务，那么只要挂起该任务。

2. 恢复任务 OSTaskResume()

恢复任务函数 OSTaskResume() 的原型如下：

INT8U OSTaskResume(INT8U prio)

说明：函数的参数为待恢复任务的优先级别。若函数调用成功，则返回信息 OS_NO_ERR；否则，根据出错的具体情况返回 OS_PRIO_INVALID、OS_TASK_RESUME_PRIO 或 OS_TASK_NOT_SUS-PEND 等。

OSTaskResume() 函数在判断任务确实是一个已存在的挂起任务，同时它又不是一个等待任务（任务控制块成员 OSTCBDly＝0）时，就清除任务控制块成员 OSTCBStat 中的挂起记录并使任务就绪，最后调用调度器 OSSched() 进行任务调度。

5.2.7　其他任务管理

其他任务管理包括更改任务优先级、删除任务、查询任务等。

1. 修改任务优先级别 OSTaskChangePrio()

每一个任务都必须有一个优先级别，但这个优先级别并不是一成不变的。在程序的运行过程中，任务可根据需要通过调用函数 OSTaskChangePrio() 来改变任务的优先级别。

函数 OSTaskChangePrio() 的原型如下：

```
INT8U OSTaskChangePrio(
    INT8U oldprio,                    //任务现在使用的优先级
    INT8U newprio,                    //任务要修改成的优先级
);
```

说明：若调用函数 OSTaskChangePrio() 成功，则函数返回 OS_NO_ERR。

2. 删除任务 OSTaskDel()

所谓删除一个任务，就是把该任务置于睡眠状态。删除做法：把被删除任务的任务控制块从任务控制块链表中删除，并归还给空任务控制块链表，然后在任务就绪表中把该任务的就绪状态置 0，于是该任务就不能再被调度器调用了。简单地说，就是把它的身份证给吊销了。

函数 OSTaskDel() 的原型如下：

```
# if OS_TASK_DEL_EN
INT8U OSTaskDel(
    INT8U   prio,                        //任务现在使用的优先级
);
```

说明：如果一个任务调用这个函数是为了删除任务自己，则应在调用函数时令函数的参数 prio 为 OS_PRIO_SELF。

在任务中，可以通过调用函数 OSTaskDel() 来删除任务自身或者除了空闲任务之外的其他任务。

3. 请求删除任务 OSTaskDelReg()

当一个任务占用一些动态分配的内存或信号量之类的资源时，如果用其他任务把这个任务删除了，那么被删除任务所占用的一些资源就会因为没有被释放而永久丢失。解决方法：由其他任务提出删除任务请求，而删除工作则由被删除任务自己来完成，同时把占用的资源释放掉。

显然，需要在提出删除任务请求的任务和被删除任务之间建立一种通信方法。μC/OS-II 利用被删除任务的任务控制块成员 OSTCBDelReq 作为请求删除方和被删除方的联络信号，同时提供了一个双方都能调用的函数：请求删除任务函数 OSTaskDelReq()。提出删除任务请求的任务和被删除的任务都使用 OSTaskDelReq() 访问 OSTCBDelReq，从而可以根据这个信号的状态来决定各自的行为。

函数 OSTaskDelReq() 的原型如下：

```
INT8U OSTaskDelReq(
    INT8U   prio,                        //任务现在使用的优先级
);
```

说明：提出删除任务请求的任务在调用这个函数时，prio 是为被删除任务的优先级别 prio；被删除任务在调用这个函数时，prio 是 OS_PRIO_SELF。

删除任务请求方调用这个函数的目的就是要查看被删除的任务控制块是否还在。如果还在，则置被删除任务的任务控制块成员 OSTCBDelReq 的值为 OS_TASK_DEL_REQ，且通知该任务："已经有任务要求在合适的时候删除自己"；如果不在，则认为被删除任务已经被删除。

4. 查询任务信息 OSTaskQuery()

当在应用程序运行中需要了解一个任务的指针、堆栈等信息时，可以通过调用函数 OS-TaskQuery() 来获取选定的任务信息。

函数 OSTaskQuery() 的原型如下：

```
INT8U OSTaskQuery(
```

```
INT8U    prio,                              //任务现在使用的优先级
OS_TCB  * pdata                             //任务控制块指针
);
```

说明：若调用函数 OSTaskQuery() 查询成功，则函数将返回 OS_NO_ERR，并把查询得到的任务信息存放在结构 OS_TCB 类型的变量中。

5.3 μC/OS-II 中的中断

中断是计算机系统处理异步事件的重要机制。当异步事件发生时，事件通常是通过硬件向 CPU 发出中断请求。在一般情况下，CPU 响应这个请求后会立即运行中断服务程序来处理该事件。

在任务运行过程中，响应内部或外部异步事件的请求并中止当前任务，而去处理异步事件所要求的任务的过程叫做中断。响应中断请求而运行的程序叫做中断服务子程序（ISR，Interrupt Service Routines），中断服务子程序的入口地址叫做中断向量。

5.3.1 中断过程

μC/OS-II 系统响应中断的过程是：系统接收到中断请求后，如果这时 CPU 处于中断允许状态，系统就会中止正在运行的当前任务，而按照中断向量的指向转去运行中断服务子程序；当中断服务子程序的运行结束后，系统将会根据情况返回到被中止的任务的断点处继续运行，或者转向运行另一个具有更高优先级别的就绪任务（这是 μC/OS-II 抢占式内核的特点）。

μC/OS-II 系统允许中断嵌套，即高优先级别的中断源的中断请求可以中断低优先级别的 ISR 的运行。为记录中断嵌套的层数，μC/OS-II 定义了一个全局变量 OSIntNesting。

μC/OS-II 响应中断的过程示意图如图 5.11 所示。

中断过程解释：图中（1）是中断来到了但还不能被处理器响应，这也许是因为中断被操作系统或用户应用程序关了或者是处理器还没执行完当前的指令；一旦处理器响应了这个中断（2），处理器获得中断向量、执行 ISR（3）；ISR 首先保存断点数据（4），然后调用 OSIntEnter() 或者给 OSIntNesting 加 1 通知 μC/OS-II 已经进入 ISR 了（5），

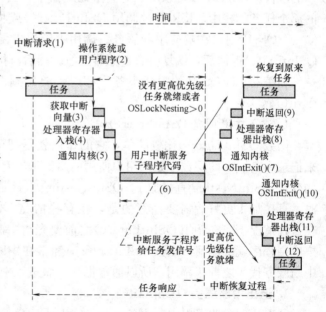

图 5.11 μC/OS-II 响应中断的过程示意图

随后开始执行 ISR（6）；ISR 要尽可能地简练，而把大部分工作留给任务去做，ISR 通知某任务去做事的手段是调用以下函数之一：OSMboxPost()、OSQPost()、OSQPostFront()、

OSSemPost()。中断发生并由这些函数发出消息时，接收消息的任务可能是也可能不是挂起在邮箱、队列或信号量上的任务。用户中断服务完成以后，要调用 OSIntExit() 退出（7）；从时序图上可以看出，对被中断的任务来说，如果没有高优先级的任务被中断服务子程序激活而进入就绪态，CPU 寄存器只是简单地恢复（8）并执行中断返回指令（9），OSIntExit() 只占用很短的运行时间。如果中断服务子程序使一个高优先级的任务进入了就绪态，则 OS-IntExit() 将占用较长的运行时间，因为这时要进行任务切换（10），新任务的寄存器内容要恢复并执行中断返回指令（12）。

5.3.2　中断服务程序

在 μC/OS-II 中，ISR 要用汇编语言来写。然而，如果用户使用的 C 语言编译器支持嵌入汇编语言，用户可以直接将中断服务子程序代码放在 C 语言的程序文件中。中断服务子程序的示意码如程序清单如例 5.5 所示。

例 5.5　用户中断服务子程序结构。

```
保存全部 CPU 寄存器；
调用 OSIntEnter 或 OSIntNesting 直接加 1；
执行用户代码做中断服务程序 ISR；
调用中断退出函数 OSIntExit()；
恢复所有 CPU 寄存器；
执行中断返回指令。
```

用户代码应该将 CPU 全部寄存器推入当前任务栈。有些微处理器在中断服务时使用另外的堆栈。μC/OS-II 可以用在这类微处理器中，当任务切换时，寄存器是保存在被中断了的那个任务的栈中。ISR 通过调用 OSIntEnter() 或将全局变量 OSIntNesting 直接加 1，通知 μC/OS-II 用户在响应中断服务。调用中断退出函数 OSIntExit()，标志着 ISR 的结束。OSIntExit() 返回后，恢复所有寄存器的值。然后，执行中断返回指令。

在编写 μC/OS-II 的中断服务程序时，要用到两个重要的函数 OSIntEnter() 和 OSIntExit()。

1. 进入中断服务 OSIntEnter()

函数 OSIntEnter() 比较简单，它的作用就是把全局变量 OSIntNesting 加 1，从而用它来记录中断嵌套的层数。如果用户使用的微处理器有存储器直接加 1 的单条指令，也可将全局变量 OSIntNesting 直接加 1。OSIntNesting 直接加 1 比调用 OSIntEnter() 快得多，可能时，直接加 1 更好。需要注意的是，在有些情况下，从 OSIntEnter() 返回时，会开中断。在这种情况下，在调用 OSIntEnter() 之前要先清中断源，否则，将连续反复进入中断，用户应用程序就会崩溃。函数 OSIntEnter() 经常在中断服务程序保护断点数据之后，在用户中断服务代码之前来调用，所以通常把它叫做进入中断服务函数。

2. 退出中断服务 OSIntExit()

OSIntExit() 叫退出中断服务函数。OSIntExit() 对 OSIntNesting 减 1，当 OSIntNesting≠0 时，返回低优先级中断。当 OSIntNesting＝0 并且调度器未被锁时，μC/OS-II 再判定有没有优先级较高的任务被中断服务子程序唤醒，如果有优先级高的任务进入了就绪态，μC/OS-II 就切换到高优先级的任务；否则，就返回被中断的任务。在 μC/OS-II 中，通常用一个任务来完成异步事件的处理工作，而在中断服务程序中只是通过向任务发送消息的方法去激活这个任务。

3. OSIntExit() 与 OSSched() 比较

OSIntExit() 与 OSSched() 相似。但 OSIntExit() 调用 OSIntCtxSw() 进行任务切换，而 OSSched() 调用 OS_TASK_SW() 进行任务切换。其原因是：首先是 CPU 寄存器入栈的工作已经做完了；其次是在中断服务子程序中调用 OSIntExit() 时，将返回地址推入了堆栈；最后是调用 OSIntCtxSw() 时的返回地址又被推入了堆栈。除了栈中不相关的部分，当任务挂起时，栈结构应该与 μC/OS-II 所规定的完全一致。OSIntCtxSw() 只需要对栈指针做简单的调整。换句话说，调整栈结构要保证所有挂起任务的栈结构看起来是一样的。

5.3.3　中断级任务切换函数

μC/OS-II 在运行完中断服务程序之后，需要进行一次任务调度来决定是返回被中断的任务还是运行一个具有更高优先级别的就绪任务，因此系统需要一个中断级任务调度器 OSIntCtxSw()。

从函数 OSIntExit() 源代码可以看出，函数在中断嵌套层数计数器为 0、调度器未被锁定且从任务就绪表中查找到的最高级就绪任务又不是被中断的任务时将运行 OSIntCtxSw() 进行任务切换。

与任务级切换函数 OSCtxSw() 的原因一样，中断级任务切换函数 OSIntCtxSw() 通常是用汇编语言来编写的，其示意性代码如下：

```
OSIntCtxSw()
{
    OSTCBCur=OSTCBHighRdy;                //任务控制块的切换
    OSPrioCur=OSPrioHighRdy;
    SP=OSTCBHighRdy->OSTCBStkPtr;         //使 SP 指向待运行任务堆栈
    //用出栈指令把寄存器值弹入 CPU 的通用寄存器;
    RETI;                                 //中断返回，使 PC 指向待运行任务
}
```

把上面的代码与任务级任务切换函数 OSCtxSw() 的代码对照一下就会发现，中断级任务切换函数的代码与任务级任务切换函数的后半段完全相同。其中的道理也很简单：被中断任务的断点保护工作已经在中断服务程序中完成了。

5.3.4　临界段

在应用程序中经常有一些代码段必须不受任何干扰地连续运行，这样的代码段叫做临界段。μC/OS-II 为了处理临界段（Critical Sections）代码需要关中断，处理完毕后再开中断，这使得 μC/OS-II 能够避免其他任务或 ISR 进入临界段代码。关中断的时间是实时内核开发商应提供的最重要的指标之一，μC/OS-II 努力使关中断时间降至最短。但就使用 μC/OS-II 而言，关中断的时间很大程度上取决于微处理器的架构以及编译器所生成的代码质量。

微处理器一般都有关中断/开中断指令，用户使用的 C 语言编译器必须有某种机制能够

在 C 语言中直接实现关中断/开中断的操作。某些 C 语言编译器允许在用户的 C 语言源代码中插入汇编语言的语句，这使得插入微处理器指令来关中断/开中断很容易实现。

由于各厂商生产的 CPU 和 C 语言编译器的关中断和开中断的方法和指令不尽相同，为增强 μC/OS-II 的可移植性，μC/OS-II 用 OS_ENTER_CRITICAL()和 OS_EXIT_CRITI-CAL()这两个宏来实现中断的开放和关闭，而把与系统硬件相关的关中断和开中断的指令分别封装在这两个宏中。因为这两个宏的定义取决于所用的微处理器，故在文件 OS_CPU. H 中可以找到相应宏定义。每种微处理器都有自己的 OS_CPU. H 文件。另外，不要在临界段中调用 μC/OS-II 提供的功能函数，以免系统崩溃。

OLENTER_CRITICAL()和 OS_EXIT_CRITICAL()可以有 3 种不同的实现方法。至于在实际应用时使用哪种方法，取决于用户使用的处理器及 C 编译器。用户可通过定义移植文件 OS_CPU. H 中的常数 OS_CRITICAL_METHOD 来选择实现方法。

• 当 OS_CRITICAL_METHOD＝1 时，直接使用处理器的开中断和关中断指令来实现宏，这时需要指令常数。

• 当 OS_CRITICAL－METHOD＝2 时，首先把 CPU 的允许中断标志保存到堆栈中，然后再关闭中断；在临界段结束时，只要把堆栈中保存的 CPU 允许中断状态恢复即可。

• 当 OS_CRITICAL－METHOD＝3 时，用户可获得程序状态字的值，这样就可把该值保存在 C 语言函数的局部变量中，而不必压到堆栈里。这时，两个宏的实现如下：

```
#define OS_ENTER_CRITICAL() \
    cpu_sr＝get_processor_psw();  \      //获得程序状态字并保存在全局变量 cpu_sr 中
    disable_interrupts();              //关中断
#define OS_EXIT_CRITICAL()    \
    set_processor_psw（"cpu_sr"）;     //用 cpu_sr 恢复程序状态字
```

5.4　μC/OS-II 中的时钟

任何操作系统都要提供一个周期性的信号源，以供系统处理诸如延时、超时等与时间有关的事件，这个周期性的信号源叫做节拍时钟。

5.4.1　时钟节拍

在 μC/OS-II 中，用硬件定时/计数器产生一个周期为毫秒级的周期性中断来实现系统时钟。最小的时钟单位就是两次中断之间间隔的时间，这个最小时钟单位叫做时钟节拍（Time Tick）。硬件定时器以时钟节拍为周期定时地产生中断，该中断的中断服务程序叫做 OSTickISR()。中断服务程序通过调用函数 OSTimeTick()来完成系统在每个时钟节拍时需要做的工作。因为 C 语言不便于对 CPU 的寄存器进行处理，所以时钟节拍的中断服务程序 OSTickISR()是用汇编语言来编写的。

OSTickISR()的示意性代码如下：

```
Void OSTickISR(void)
{
    保存 CPU 寄存器;
    OSIntEnter();                    //进入中断，记录中断嵌套层数、关中断
```

```
        If(OSIntNesting==1)
        {
            OSTCBCur->OSTCBStkPtr=SP;      //在任务 TCB 中保存堆栈指针
        }
        OSTimeTick();                       //节拍处理,完成系统在每个时钟节拍时需要做的工作
        清除中断;
        开中断;
        OSIntExit();                        //退出,中断嵌套层数减 1
        恢复 CPU 寄存器;
        中断返回;
    }
```

OSTimeTick()叫做时钟节拍服务函数,完成系统在每个时钟节拍时需要做的工作。源代码如下:

```
    Void OSTimeTick(void)
    {
        #if OS_CRITICAL_METHOD==3
        OS_CPU_SR cpu_sr;
        #endif
        OS_TCB * ptcb;
        OSTimeTickHook();               //调用钩子函数,用户可以通过钩子函数使用 OSTimeTick()
        #if OS_TIME_GET_SET_EN>0
        OS_ENTER_CRITICAL();            //进入临界段
        OSTime++;
        OS_EXIT_CRITICAL();             //退出临界段
        #endif
        if(OSRunning==TRUE){
        ptcb=OSTCBList;
        While(ptcb->OSTCBPrio! =OS_IDLE_PRIO)    //遍历任务
        {
            OS_ENTER_CRITICAL();         //进入临界段
            if(ptcb->OSTCBDly! =0)
            {
                if(--ptcb->OSTCBDly ==0)           //任务的延时节拍数减 1
                {
                    if(ptcb->OSTCBStat & OS_STAT_SUSPEND)==OS_STAT_RDY)
                    {
                        OSRdyGrp|=ptcb->OSTCBBitY;
                        OSRdyTb1[ptcb->OSTCBY]|=ptcb->OSTCBBitX;
                    }
                    else
                    {
                        Ptcb->OSTCBDly=1;
                    }
```

```
        }
    }
    ptcb＝ptcb－＞OSTCBNext;                    //修改任务控制块指针
    OS_EXIT_CRITICAL();                       //退出临界段
    }
}
```

从代码段中可知，μC/OS-II 在每次响应定时中断时调用 OSTimeTick() 做了两件事情：一是给计数器 OSTime 加 1；二是遍历任务控制块链表中的所有任务控制，把各个任务控制块中用来存放任务延时时限的 OSTCBDly 变量减 1，最终使 OSTCBDly＝0，同时又不使被挂起的任务进入就绪状态。

简单地说，函数 OSTimeTick() 的任务就是在每个时钟节拍了解每个任务的延时状态，使其中已经到了延时时限的非挂起任务进入就绪状态。

OSTimeTick() 是系统调用的函数，为了方便应用程序设计人员能在系统调用的函数中插入一些自己的工作，μC/OS-II 提供了时钟节拍服务函数的钩子函数 OSTimeTickHook()。在 OS_CPU.C 文件中定义了一个空钩子函数 OSTimeTickHook()，用户可以添加自己的程序，按照 OSTimeTick() 的节拍实现周期性的工作。

5.4.2 时间管理

由于嵌入式系统的任务是一个无限循环，并且 μC/OS-II 还是一个抢占式内核，所以为了使高优先级别的任务不至于独占 CPU，可以给其他优先级别较低的任务获得 CPU 使用权的机会。

1. 任务延时 OSTimeDly()

μC/OS-II 规定：除了空闲任务之外的所有任务都必须在任务中合适的位置调用系统提供的 OSTimeDly() 等函数，使当前任务的运行延时一段时间并进行一次任务调度，以让出 CPU 的使用权。

OSTimeDly() 函数的代码如下：

```
Void OSTimeDly(INT16U ticks)
{
    #if OS_CRITICAL_METHOD ==3
    OS_CPU_SR   cpu_sr;
    #endif
    if(ticks>0)
    {
        OS_ENTER_CRITICAL();
        if((OSRdyTb1[OSTCBCur－＞OSTCBY]&＝～OSTCBCur－＞OSTCBBitX)==0)
        {
            OSRdyGrp
                &＝～OSTCBCur－＞OSTCBBitY;
        }
        OSTCBCur－＞OSTCBDly＝ticks;
        OS_EXIT_CRITICAL();
```

```
        OS_Sched();
    }
}
```

函数的参数 ticks 是以时钟节拍数为单位的延时时间的。为了能使用更为习惯的方法来使任务延时，μC/OS-II 还提供了一个可以用时、分、秒为参数的任务延时函数 OSTimeDly-HMSM()，该函数与 OSTirneDly()一样也要引发一次调度。

函数 OSTimeDlyHMSM()的原型如下：

INT8U OSTimeDlyHMSM (INT8U hours, INT8U minutes, INT8U seconds, INT16U milli)；

说明：其中，hours 是小时，minutes 是分钟，seconds 是秒，milli 是毫秒。

调用了函数 OSTimeDly()或 OSTimeDlyHMSM()的任务，当规定的延时时间期满，或有其他任务通过调用函数 OSTimeDlyResume()取消了延时时，它会立即进入就绪状态。

2. 取消任务的延时 OSTimeDlyResume()

处于延时的任务可通过在其他任务中调用函数 OSTimeDlyResume()取消其延时而进入就绪状态。如果取消延时的任务比正在运行的任务优先级别高，则立即引发一次任务调度。源代码如下：

```
INT8U OSTimeDlyResume(INT8U prio)
{
    #if OS_CRITICAL_METHOD==3
    OS_CPU_SR    cpu_sr;
    #endif
    OS_TCB   * ptcb;
    if(prio>=OS_LOWEST_PRIO){
        return(OS_PRIO_INVALID);
    }
    OS_ENTER_CRITICAL();
    ptcb=(OS_TCB * )OSTCBPrioTb1[prio];
    if(ptcb! =(OS_TCB * )0){
        if(ptcb->OSTCBDly! =0){
            ptcb->OSTCBDly=0;
            if((ptcb->OSTCBStat & OS_STAT_SUSPEND)==OS_STAT_RDY){
                OSRdyGrp |=ptcb->OSTCBBitY;
                OSRdyTb1[ptcb->OSTCBY]|=ptcb->OSTCBBitX;
                OS_EXIT_CRITICAL();
                OS_Sched();
            }
            else{
                OS_EXIT_CRITICAL();
            }
            return(OS_TIME_NO_ERR);
        }
        else {
```

```
            OS_EXIT_CRITICAL();
            return(OS_TIME_NOT_DLY);
        }
    }
    OS_EXIT_CRITICAL();
    return(OS_TASK_NOT_EXIST);
}
```

参数 prio 为被取消延时任务的优先级别。

3. 获取和设置系统时间

系统定义了一个 INT32U 类型的全局变量 OSTime 来记录系统发生的时钟节拍数。OS-Time 在应用程序调用 OSStart()时被初始化为 0,以后每发生 1 个时钟节拍,OSTime 的值就被加 1。

在应用程序调用函数 OSTimeGet()可获取 OSTime 的值。函数 OSTimeGet()的原型如下:

INT32U_OSTimeGet(void);

说明:函数的返回值即为 OSTime 的值

在应用程序调用函数 OSTimeSet()可设置 OSTime 的值。函数 OSTimeSet()的原型如下:

void　OSTimeSet(INT32U ticks);

说明:函数的参数 ticks 为 OSTime 的设置值(节拍数)。

5.5　μC/OS-II 中任务的同步与通信

操作系统必须具有对任务的运行进行协调的能力,从而使任务之间可以无冲突、流畅地同步运行,而不致导致灾难性的后果。计算机系统是依靠任务之间的良好通信来保证任务与任务的同步的。

5.5.1　同步

嵌入式系统中的各个任务都是以并发的方式来运行的,并为同一个大的任务服务。任务间需要共享资源协同作业、相互支持和相互限制等。为了实现各任务之间的合作和无冲突的运行,在各任务之间必须建立一些制约关系。

· 直接制约关系:直接制约关系源于任务之间的合作。例如,任务 A 和任务 B 共享同一个数据缓冲区,其中任务 A 负责向缓冲区写入数据,任务 B 负责从缓冲区读取该数据。显然,这两个任务需要读写有序、协调工作,否则将造成严重的后果。任务 A 和任务 B 是定序的。

· 间接制约关系:间接制约关系源于对资源的共享。例如,任务 A 和任务 B 共享一台打印机,任务 A 和任务 B 不能同时获得打印机的使用权,否则也会造成混乱。任务 A 和任务 B 是互斥的。

任务之间这种制约性的合作运行机制叫做任务间的同步。系统中任务的同步是依靠任务与任务之间互相发送消息来保证同步的。

在 μC/OS-II 中，有多种方法可以保护任务之间的共享数据和提供任务之间的通信。

• 利用宏 OS_ENTER_CRITICAL() 和 OS_EXIT_CRITICAL() 来关闭中断和打开中断。当两个任务或者一个任务和一个中断服务子程序共享某些数据时，可以采用这种方法。

• 利用函数 OSSchedLock() 和 OSSchedUnlock() 对 μC/OS-II 中的任务调度函数上锁和开锁。用这种方法也可以实现数据的共享，给调度器上锁和开锁。

• 利用信号量、互斥信号量、消息邮箱（邮箱）和消息队列实现数据共享和任务通信。

5.5.2 事件

在 μC/OS-II 中，信号量、互斥信号量、消息邮箱和消息队列统称为事件。由事件实现任务之间的通信。如图 5.12 所示是两个任务通过事件进行通信的示意图。任务 1 是发信方，任务 2 是收信

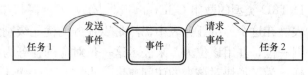

图 5.12 μC/OS-II 中的事件

方。作为发信方，任务 1 的责任是把信息发送到事件上，该操作叫做发送事件。作为收信方，任务 2 的责任是通过读事件操作对事件进行查询：如果有信息，则读取信息；如果没有，则等待。读信叫做请求事件。

μC/OS-II 把任务发送事件、请求事件以及其他对事件的操作都定义成为全局函数，以供应用程序的所有任务来调用。

1. 信号量与互斥信号量

信号量是一类事件。使用信号量的最初目的，是为了共享资源设立一个表示该共享资源被占用情况的标志。这样，就可使任务在访问共享资源之前，先对这个标志进行查询，在了解资源被占用的情况之后，再来决定自己的行为。例如，在只允许一个人使用的公用电话亭的门上设计一个红绿两种颜色的牌子，当有人进去时，就将牌子变成红色（占用）；当有人出来后，就将牌子变成绿色（释放）。这样来打电话的人就可根据牌子的颜色来了解电话亭的被占用情况，也可以把自己使用电话的情况通过红绿表示出来。显然，电话亭门上的这个牌子就是一个表示电话亭是否已被占用的信号。这是一个二值信号，由于这种二值信号可以实现共享资源的独占式占用，所以叫做互斥型信号量。如果电话亭可以允许多人打电话，那么可以设计一个计数器，每进去一个人时会自动减 1，而每出去一个人时会自动加 1。如果计数器的初值按电话亭的最大容量来设置，那么来人只要见到计数器的值大于 0，就可以进去打电话；否则只好等待。这种计数式的信号叫做信号量。

2. 消息邮箱

在多任务操作系统中，常常需要在任务与任务之间通过传递一个数据（这种数据叫做"消息"）的方式来进行通信。为了达到这个目的，可以在内存中创建一个存储空间作为该数据的缓冲区。如果把这个缓冲区叫做消息缓冲区，那么在任务间传递数据（消息）的一个最简单的方法就是传递消息缓冲区的指针。因此，用来传递消息缓冲区指针的数据结构就叫做消息邮箱。使用消息邮箱机制可以确保消息准确地传递。

3. 消息队列

消息邮箱不仅可以传递一个消息，而且也可定义一个指针数组的结构作为消息。让数组

的每个元素都存放一个消息缓冲区指针，那么任务就可通过传递这个指针数组的方法来传递多个消息了。这种可以传递多个消息的数据结构叫做消息队列。

4. 等待任务列表

μC/OS-II 把信号量、互斥信号量、消息邮箱和消息队列这类用于任务同步和通信的数据结构叫做事件。在多任务系统中，当一个事件被占用时，其他请求该事件的任务在暂时得不到事件的服务时应该处于等待状态。因此，作为功能完善的事件，应该具有对这些等待任务的管理功能。这个管理功能包括两个方面：一是要对等待事件的所有任务进行记录并排序；二是应该允许任务有一定的等待时限。

对于等待事件任务的记录，μC/OS-II 采用了与任务就绪表类似的方法，使用一个 INT8U 类型的数组 OSEventTbl[] 作为记录等待事件任务的记录表，这个表叫做等待任务表。在这个等待任务表中仍然是以任务的优先级别为顺序，令系统中的每个任务都在表中占据一位，并用该位为 1 来表示这一位对应的任务为事件的等待任务，否则不是等待任务。同样，为了加快对该表的访问速度，也定义了一个 INT8U 类型的变量 OSEventGrp 来表示等待任务表中的任务组。等待任务表 OSEventTbl[] 与变量 OSEventGrp 的示意如表 5.4 所示。当第 i（$i=0$，…，7）位 OSEventGrp [i] =1 时，表示第 i 个字节 OSEventTbl [i] 中对应的 8 个任务有处于等待状态的。

表 5.4 等待任务表

		OSEventGrp	0/1	0/1	0/1	0/1	0/1	0/1	0/1	0/1
任务等待表		[0]	0/1	0/1	0/1	0/1	0/1	0/1	0/1	0/1
		[1]	0/1	0/1	0/1	0/1	0/1	0/1	0/1	0/1
		[2]	0/1	0/1	0/1	0/1	0/1	0/1	0/1	0/1
	OSEventTbl[i]	[3]	0/1	0/1	0/1	0/1	0/1	0/1	0/1	0/1
		[4]	0/1	0/1	0/1	0/1	0/1	0/1	0/1	0/1
		[5]	0/1	0/1	0/1	0/1	0/1	0/1	0/1	0/1
		[6]	0/1	0/1	0/1	0/1	0/1	0/1	0/1	0/1
		[7]	0/1	0/1	0/1	0/1	0/1	0/1	0/1	0/1

至于等待任务的等待时限，则记录在等待任务的任务控制块 TCB 的成员 OSTCBDly 中，并在每个时钟节拍中断服务程序中对该数据进行维护。每当有任务的等待时限已到时，将该任务从等待任务表中删除，并使它进入就绪状态。

5.5.3 事件控制块

为了把描述事件的数据结构统一起来，μC/OS-II 使用事件控制块（ECB）的数据结构来描述诸如信号量、消息邮箱和消息队列这些事件。事件控制块中包含等待任务表在内的所有有关事件的数据。

1. 事件控制块（ECB）

定义在文件 μC/OS-II. H 中的事件控制块的数据结构如下：

```
typedef struct
{
    INT8U     OSEventType;            //事件的类型：信号量、消息邮箱和消息队列
    INT16U    OSEventCnt;             //信号量计数器，只有信号量使用
    void *    OSEventPtr;             //消息邮箱或消息队列的指针
    INT8U     OSEventGrp;             //等待事件的任务组
```

　　　　INT8U　　OSEventTbl[OS_EVENT_TBL_SIZE]；　　　　//任务等待表

　　}OS_EVENT；

　　事件控制块的结构如表 5.5 所示。应用程序中的任务通过指针 pevent 来访问事件控制块。成员 OSEventCnt 为信号量的计数器；成员 OSEventPtr 主要用来存放消息邮箱或消息队列的指针；成员 OSEventTbl [OS_EVENT_TBL_SIZE] 是任务等待表（管理方式与任务就绪表类似）；成员 OSEventGrp 表示任务等待表中的各任务组是否存在等待任务；成员 OSEventType 是事件的类型（在 uCOS. H 中定义），它可以是信号量（OS_EVENT_SEM）、消息邮箱（OS_EVENT_TYPE_MBOX）或消息队列（OS_EVENT_TYPE_Q）中的一种。用户要根据该域的具体值来调用相应的系统函数，以保证对其进行的操作的正确性。

表 5.5　事件控制块 OS_EVENT

		pevent	OSEventType							
			OSEventCnt							
			OSEventPtr							
		i	OSEventGrp							
任务等待表	OSEventTbl[]	[0]	0/1	0/1	0/1	0/1	0/1	0/1	0/1	0/1
		[1]	0/1	0/1	0/1	0/1	0/1	0/1	0/1	0/1
		[2]	0/1	0/1	0/1	0/1	0/1	0/1	0/1	0/1
		[3]	0/1	0/1	0/1	0/1	0/1	0/1	0/1	0/1
		[4]	0/1	0/1	0/1	0/1	0/1	0/1	0/1	0/1
		[5]	0/1	0/1	0/1	0/1	0/1	0/1	0/1	0/1
		[6]	0/1	0/1	0/1	0/1	0/1	0/1	0/1	0/1
		[7]	0/1	0/1	0/1	0/1	0/1	0/1	0/1	0/1

2. 操作事件控制块的函数

　　μC/OS-II 有 4 个对事件控制块进行基本操作的函数（定义在文件 OS_CORE. C 中），以供操作信号量、消息邮箱、消息队列等事件的函数来调用。如表 5.6 所示。

表 5.6　对事件控制块 OS_EVENT 进行操作的函数

函 数 名 称	功 能 描 述	参　　数
OS_EventWaitListInit()	初始化事件控制块	pevent 事件控制块的指针
OS_EventTaskWait()	使任务进入等待状态	pevent 事件控制块的指针
OS_EventTaskRdy()	使正在等待任务进入就绪状态	pevent 事件控制块的指针
OS_EventTO()	使等待超时任务进入就绪状态	pevent 事件控制块的指针

　　（1）事件控制块的初始化函数 OS_EventWaitListInit()　调用 OS_EventWaitListInit()对 OS_EVENT 进行初始化。OS_EventWaitListInit()的原型如下：

　　　　Void OS_EventWaitListInit (OS_EVENT * pevent)；　　　// * pevent 是事件控制块的指针

　　这个函数的作用就是把变量 OSEventGrp 及 OSEventTbl[]中的每一位都清 0，即令事件的任务等待表中不含有任何等待任务。

　　OS_EventWaitListInit()将在任务调用函数 OS×××Create()创建事件时被函数 OS×××Create()所调用。其中，×××的含义分别代表 Sem、Mbox、Q、Mutex 之一，对应于 OSSemCreat()、OSMboxCreate()、OSQCreate()、OSMutexCreate()的初始化函数。

（2）使一个任务进入等待状态的函数 OS_EventTaskWait()　把一个任务置于等待状态要调用函数 OS_EventTaskWait()。OS_EventTaskWait() 的原型如下：

　　Void OS_EventTaskWait(OS_EVENT ＊pevent)；　　// ＊pevent 是事件控制块的指针

　　函数 OS_EventTaskWait() 将在任务调用函数 OS×××Pend() 请求一个事件时被 OS×××Pend() 调用。

（3）使一个正在等待任务进入就绪状态的函数 OS_EventTaskRdy()　如果一个正在等待的任务具备了可以运行的条件，那么就要使它进入就绪状态。这时要调用函数 OS_EventTaskRdy()。该函数的作用就是把调用这个函数的任务在任务等待表中的位置清 0（解除等待状态）后，再把任务在任务就绪表中对应的位置 1，然后引发一次任务调度。OS_EventTaskRdy() 的原型如下：

　　INT8U OS_EventTaskRdy (OS_EVENT ＊pevent, void fmsg, INT8U msk)；

　　函数 OS_EventTaskRdy() 将在任务调用函数 OS×××Post() 发送一个事件时，被 OS×××Post() 调用。

（4）使一个等待超时的任务进入就绪状态的函数 OS_EventTO()　如果一个正在等待事件的任务已经超过了等待的时间，却仍因为没有获取事件等原因而未具备可以运行的条件，却又要使它进入就绪状态，这时要调用函数 OS_EventTO()。OS_EventTO() 的原型如下：

　　Void OS_Event(OS_EVENT ＊pevent)；　　　　　　// ＊pevent 是事件控制块的指针

　　函数 OS_EventTO() 将在任务调用函数 OS×××Pend() 请求一个事件时，被 OS×××Pend() 所调用。

3. 空事件控制块链表

在 μC/OS-II 初始化时，系统在初始化函数 OSInit() 中按需使用事件的总数 OS_MAX_EVENTS（在文件 OS_CFG.H 中定义），创建 OS_MAX_EVENTS 个空事件控制块并借用成员 OSEventPtr 作为链接指针，把这些空事件控制块链接成一个如图 5.13 所示的单向链表。由于链表中的所有控制块尚未与具体事件相关联，因此该链表叫做空事件控制块链表。以后，每当应用程序创建一个事件时，系统就会从链表中取出一个空事件控制块，并对它进行初始化以描述该事件。而当应用程序删除一个事件时，就会将该事件的控制块归还给空事件控制块链表。

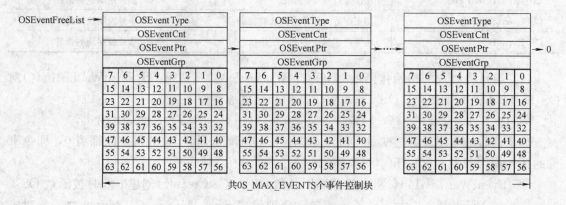

图 5.13　事件控制块链表

5.5.4 事件方法

μC/OS-II 中的事件方法主要有创建事件、请求事件、发送事件、无等待请求事件、查询事件、删除事件等操作方法。如表 5.7 所示。

表 5.7 事件的方法

函 数 名 称	功 能 描 述	参 数
OS×××Create()	创建事件	信号量计数器初值或消息指针
OS×××Pend()	请求事件	事件控制块的指针，等待时间，出错信息指针
OS×××Post()	发送事件	事件控制块的指针
OS×××Accept()	无等待地请求一个事件	事件控制块的指针
OS×××Query()	查询事件	事件控制块的指针，OS_×××_DATA 结构指针
OS×××Del()	删除事件	事件控制块的指针，删除条件选项，错误信息指针

说明：×××的含义分别代表 Sem、Mbox、Q、Mutex 之一。

不同的事件具有同一类方法，事件的管理都是通过事件控制块实现的，因此其方法也具有相似性。下面以信号量为例对其进行详细分析。

1. 创建事件函数 OS×××Create()

建立信号量函数 OSSemCreate() 的源代码如下：

```
OS_EVENT *OSSemCreate (INT16U cnt)                    //信号量初值
{
    OS_EVENT *pevent;
    OS_ENTER_CRITICAL();                              //进入临界段
    pevent=OSEventFreeList;                                              (1)
    if(OSEventFreeList! =(OS_EVENT *)0){                                 (2)
        OSEventFreeList=(OS_EVENT *)OSEventFreeList->OSEventPtr;
    }
    OS_EXIT_CRITICAL();                               //退出临界段
    if(pevent! =(OS_EVENT *)0){                                          (3)
        pevent->OSEventType=OS_EVENT_TYPE_SEM;                           (4)
        pevent->OSEventCnt=cnt;                                          (5)
        OS_EventWaitListInit(pevent);                                    (6)
    }
    return(pevent);                                                      (7)
}
```

首先，通过空闲事件控制链表的指针 OSEventFreeList，从空闲任务控制块链表中得到一个事件控制块（1）；并对空闲事件控制链表的指针 OSEventFreeList 进行适当的调整，使它指向下一个空闲的事件控制块（2）。如果这时有任务控制块可用（非 NULL 指针）（3），就将该任务控制块的事件类型设置成信号量标志 OS_EVENT_TYPE_SEM（4）。其他的信号量操作函数 OSSem???()（??? 代表 Psot、Pend、Accept、Query、Del 等）通过检查该域来保证所操作的任务控制块类型的正确。用信号量的初始值对任务控制块进行初始化

（5）；并调用 OS_EventWaitListInit() 函数对事件控制任务控制块的等待任务列表进行初始化（6）。因为信号量正在被初始化，所以这时没有任何任务等待该信号量。最后，OSSem-Create() 返回给调用函数一个指向任务控制块的指针（7）。以后对信号量的所有操作，都是通过该指针完成的。因此，这个指针实际上就是该信号量的句柄。如果系统中没有可用的任务控制块，OSSemCreate() 将返回一个 NULL 指针。

总结：从空事件控制块 ECB 链表摘取一个非 NULL 的 ECB→调整空链表指针→设置事件标志 OSEventType→初始化 ECB→返回 ECB 的指针。

2. 请求事件函数 OS×××Pend()

等待一个信号量 OSSemPend() 的源代码如下：

```
void OSSemPend(OS_EVENT * pevent，INT16U timeout，INT8U * err)
{
    OS_ENTER_CRITICAL();
    if(pevent->OSEventType! =OS_EVENT_TYPE_SEM) {        //验证事件类型正确性    (1)
        OS_EXIT_CRITICAL();
        * err=OS_ERR_EVENT_TYPE;
    }
    if(pevent->OSEventCnt>0){                            //验证事件存在性          (2)
        pevent->OSEventCnt--;                           //操作事件              (3)
        OS_EXIT_CRITICAL();
        * err=OS_NO_ERR;                                //成功返回
    }else if(OSIntNesting>0){                           //中断状态              (4)
        OS_EXIT_CRITICAL();
        * err = OS_ERR_PEND_ISR;                        //失败返回
    }else {                                             //非中断
        OSTCBCur->OSTCBStat     | = OS_STAT_SEM;                              (5)
        OSTCBCur->OSTCBDly      =timeout;                                     (6)
        OSEventTaskWait(pevent);                        //使任务进入等待列表     (7)
        OS_EXIT_CRITICAL();
        OSSched();                                                            (8)
        OS_ENTER_CRITICAL();
        if(OSTCBCur->OSTCBStat & OS_STAT_SEM){                                (9)
            OSEventTO(pevent);                                               (10)
            OS_EXIT_CRITICAL();
            * err=OS_TIMEOUT;                           //超时返回
        } else {
            OSTCBCur->OSTCBEventPtr=(OS_EVENT * )0;                          (11)
            OS_EXIT_CRITICAL();
            * err=OS_NO_ERR;                            //获得事件成功返回
        }
    }
}
```

检查指针 pevent 所指的任务控制块是否是由 OSSemCreate()建立的合法指针（1）。

如果信号量当前是可用的（信号量的计数值大于 0）（2），将信号量的计数值减 1（3），然后函数将"无错"错误代码 OS_NO_ERR 返回给它的调用函数。显然，如果正在等待信号量，这时的输出正是我们所希望的，也是运行 OSSemPend()函数最快的路径。

如果此时信号量无效（计数器的值是 0），OSSemPend()函数要进一步检查它的调用函数是不是中断服务子程序（4）（隐含 OSIntNesting＞0 时必定执行 ISR）。在正常情况下，中断服务子程序是不会调用 OSSemPend()函数的。这里加入这些代码，只是为了以防万一。当然，在信号量有效的情况下，即使是中断服务子程序调用的 OSSemPend()，函数也会成功返回，不会出任何错误。

如果信号量的计数值为 0，而 OSSemPend()函数又不是由中断服务子程序调用的，则调用 OSSemPend()函数的任务要进入睡眠状态，等待另一个任务（或者中断服务子程序）发出该信号量。OSSemPend()允许用户定义一个最长等待时间作为它的参数，这样可以避免该任务无休止地等待下去。如果该参数值是一个大于 0 的值，那么该任务将一直等到信号有效或者等待超时。如果该参数值为 0，该任务将一直等待下去。OSSemPend()函数通过将任务控制块中的状态标志 .OSTCBStat 置 1，把任务置于睡眠状态（5）（隐含调用 OSSemPend()的必定是当前任务），等待时间也同时置入任务控制块中（6），该值在 OSTimeTick()函数中被逐次递减。注意，OSTimeTick()函数对每个任务的任务控制块的 .OSTCBDly 域做递减操作（只要该域不为 0）。真正将任务置入睡眠状态的操作在 OSEventTaskWait()函数中执行。

因为当前任务已经不是就绪态了，所以任务调度函数将下一个最高优先级的任务调入，准备运行（8）。当信号量有效或者等待时间到后，调用 OSSemPend()函数的任务将再一次成为最高优先级任务。这时 OSSched()函数返回。之后，OSSemPend()要检查任务控制块中的状态标志，看该任务是否仍处于等待信号量的状态（9）。如果是，说明该任务还没有被 OSSemPost()函数发出的信号量唤醒。事实上，该任务是因为等待超时而由 TimeTick()函数把它置为就绪状态的。这种情况下，OSSemPend()函数调用 OSEventTO()函数将任务从等待任务列表中删除（10），并返回给它的调用任务一个"超时"的错误代码。如果任务的任务控制块中的 OS_STAT_SEM 标志位没有置位，就认为调用 OSSemPend()的任务已经得到了该信号量，将指向信号量 ECB 的指针从该任务的任务控制块中删除，并返回给调用函数一个"无错"的错误代码（11）。

总结：验证 ECB 类型正确→验证事件存在-操作事件-成功返回→否则，验证中断状态-出错返回→否则，验证非中断状态-进入等待列表-任务调度→当前任务处理-超时返回→当前任务处理-获得事件成功返回。

3. 发送事件函数 OS×××Post()

发出一个信号量 OSSemPost()的源代码如下：

```
INT8U OSSemPost(OS_EVENT * pevent)
{
    OS_ENTER_CRITICAL();
    if(pevent->OSEventType! =OS_EVENT_TYPE_SEM){          //验证事件类型正确性  (1)
        OS_EXIT_CRITICAL();
        return(OS_ERR_EVENT_TYPE);
```

```
        }
        if(pevent->OSEventGrp){                              //有等待任务            (2)
            OSEventTaskRdy(pevent,(void *)0,OS_STAT_SEM);     //就绪最高优先级的任务(3)
            OS_EXIT_CRITICAL();
            OSSched();                                        //任务调度            (4)
            return(OS_NO_ERR);
        }else{                                                //无等待任务
            if(pevent->OSEventCnt<65535){
                pevent->OSEventCnt++;                                              (5)
                OS_EXIT_CRITICAL();
                return(OS_NO_ERR);
            }else{
                OS_EXIT_CRITICAL();
                return(OS_SEM_OVF);
            }
        }
    }
```

首先检查参数指针 pevent 指向的任务控制块是否是 OSSemCreate()函数建立的（1），接着检查是否有任务在等待该信号量（2）。

如果该任务控制块中的 .OSEventGrp 域不是 0，说明有任务正在等待该信号量。这时，就要调用函数 OSEventTaskRdy()，把其中的最高优先级任务从等待任务列表中删除（3）并使它进入就绪状态。

然后，调用 OSSched()任务调度函数检查该任务是否是系统中的最高优先级的就绪任务（4）。如果是，这时就要进行任务切换［当 OSSemPost()函数是在任务中调用的］，准备执行该就绪任务。如果不是，OSSched()直接返回，调用 OSSemPost()的任务得以继续执行。如果这时没有任务在等待该信号量，该信号量的计数值就简单地加 1（5）。

上面是由任务调用 OSSemPost()时的情况。当中断服务子程序调用该函数时，不会发生上面的任务切换。如果需要，任务切换要等到中断嵌套的最外层中断服务子程序调用 OSIntExit()函数后才能进行。

总结：验证事件类型正确性→有等待任务→就绪最高优先级的任务→任务调度-有等待任务→任务调度-无等待任务。

4. 其他事件函数

其他事件函数包括 OS×××Accept()、OS×××Query()、OS×××Del()等，与之类似，不再逐一详述。

5.6　μC/OS-II 中的信号量

μC/OS-II 的信号量由两部分组成，一个是信号量的计数值，它是一个 16 位的无符号整数（0～65535 之间）；另一个是由等待该信号量的任务组成的等待任务表，如表 5.5 所示。用户要在 OS_CFG. H 中将 OS_SEM_EN 开关量常数置成 1，这样 μC/OS-II 才能支持信号量。

当事件控制块成员 OSEventType 的值被设置为 OS_EVENT_TYPE_SEM 时，这个事件控制块描述的就是一个信号量。

1. 任务、中断和信号量之间的关系

图 5.14 给出了任务、中断和信号量之间的关系，图中用钥匙或者旗帜的符号来表示信号量。如果信号量用于对共享资源的访问，那么信号量就用钥匙符号。符号旁边的数字 N 代表可用资源数。对于二值信号量，该值就是 1；如果信号量用于表示某事件的发生，那么就用旗帜符号。这时的数字 N 代表事件已经发生的次数。从图 5.14 中可以看出 OSSemPost() 和 OSSemAccept() 函数可以由任务或者中断服务子程序调用，而 OSSemPend() 和 OSSemQuery() 函数只能由任务程序调用。

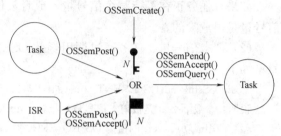

图 5.14　任务、中断服务子程序和信号量之间的关系

每当有任务申请信号量时，如果信号量计数器 OSEventCnt 的值大于 0，则把 OSEventCnt 减 1 并使任务继续运行；如果 OSEventCnt 的值为 0，则会将任务列入任务等待表 OSEventTbl[]，而使任务处于等待状态。如果有正在使用信号量的任务释放了该信号量，则会在任务等待表中找出优先级别最高的等待任务，并在使它就绪后调用调度器引发一次调度；如果任务等待表中已经没有等待任务，则信号量计数器就只简单地加 1。

2. 对信号量进行操作的函数

μC/OS-II 提供了 6 个对信号量进行操作的函数，如表 5.8 所示。

表 5.8　对信号量进行操作的函数

函 数 名 称	功 能 描 述	参　　　数
OSSemCreate()	创建信号量	信号量计数器初值
OSSemPend()	请求信号量	信号量的指针，等待时间，出错信息指针
OSSemPost()	发送信号量	信号量的指针
OSSemAccept()	无等待地请求一个信号量	信号量的指针
OSSemQuery()	查询信号量	信号量的指针，OS_SEM_DATA 结构指针
OSSemDel()	删除信号量	信号量的指针，删除条件选项，错误信息指针

（1）创建信号量　在使用一个信号量之前，首先要建立该信号量，也即调用 OSSemCreate() 函数，对信号量的初始计数值赋值。该初始值为 0～65535 之间的一个数。如果信号量是用来表示一个或者多个事件的发生，那么该信号量的初始值应设为 0。如果信号量是用于对共享资源的访问，那么该信号量的初始值应设为 1（例如，把它当作二值信号量使用）。最后，如果该信号量是用来表示允许任务访问 n 个相同的资源，那么该初始值显然应该是 n，并把该信号量作为一个可计数的信号量使用。

函数 OSSemCreate() 的原型如下：

```
OS_EVENT * OSSemCreate(INT16U cnt);                    //创建信号量
```

说明：cnt 是信号量计数器初值。调用成功后，返回值为已创建的信号量的指针，否则，返回值为 NULL。

OSSemCreate()返回给调用函数一个指向任务控制块的指针。以后对信号量的所有操作，如 OSSemPend()、OSSemPost()、OSSemAccept()、OSSemQuery()和 OSSemDel()都是通过该指针完成的。因此，这个指针实际上就是该信号量的句柄。如果系统中没有可用的任务控制块，OSSemCreate()将返回一个 NULL 指针。

如果有任务正在等待某个信号量，或者某任务的运行依赖于某信号量的出现时，删除该信号量是很危险的。

（2）请求信号量　任务通过调用函数 OSSemPend()请求信号量。函数OSSempend()的原型如下：

```
Void OSSemPend(OS_EVENT * pevent,INT16U timeout,INT8U * err);          //请求信号量
```

说明：参数 pevent 是被请求信号量的指针；timeout 是等待时间；err 是出错信息。

函数调用成功后，err 的值为 OS_NO_ERR。如果函数调用失败，则函数会根据在函数中出现的具体错误，err 的值分别为 OS_ERR_PEND_ISR（在中断中调用）、OS_ERR_PEVENT_NULL（空事件）、OS_ERR_EVENT_TYPE（非信号量）和 OS_TIMEOUT（超时错）。

（3）发送信号量　任务获得信号量，并在访问共享资源结束以后，必须释放信号量。释放信号量也叫做发送信号量。发送信号量须调用函数 OSSemPost()。函数 OSSemPost()的原型如下：

```
INT8U OSSemPost(OS_EVENT * pevent);                                    //发送信号量
```

说明：pevent 信号量的指针，返回错误代码。若调用函数成功，则函数返回值为 OS_ON_ERR；否则返回错误信息 OS_ERR_EVENT_TYPE、OS_SEM_OVF。

（4）无等待地请求一个信号量　当一个任务请求一个信号量时，如果该信号量暂时无效，也可以让该任务简单地返回，而不是进入睡眠等待状态。这种情况下的操作是由 OSSemAccept()函数完成的。该函数的原型如下：

```
INT16U OSSemAccept(OS_EVENT * pevent);                                 //无等待信号量
```

说明：pevent 是信号量的指针，返回错误代码。调用函数成功后，函数返回值为 OS_ON_ERR。

（5）查询信号量的状态　任务可以调用函数 OSSemQuery()随时查询信号量的当前状态。函数的原型如下：

```
INT8U OSSemQuery(OS_EVENT * pevent,OS_SEM_DATA * pdata);               //查询信号量
```

说明：pevent 是信号量的指针，pdata 是一个 OS_SEM_DATA 结构指针。函数调用成功后，返回值为 OS_NO_ERR。

任务调用函数 OSSemQuery()对信号量查询后，会把信号量中的相关信息存储到 OS_SEM_DAT 类型的变量中，因此在调用函数 OSSemQuery()之前，须定义一个 OS_SEM_DAT 结构类型的变量。

（6）删除信号量　如果应用程序不需要某个信号量，那么可以调用函数 OSSemDel()来删除该信号量。函数的原型如下：

```
OS_EVENT  * OSSemDel(OS_EVENT * pevent,INT8U opt,INT8U * err);  //删除信号量
```

说明：pevent 是信号量的指针，opt 是删除条件选项，err 是错误信息。函数调用成功后，err 的值为 OS_NO_ERR。

参数 opt 有两个参数值可以选择：如果选择常数 OS_DEL_NO_PEND，则当等待任务表中已没有等待任务时才删除信号量；如果选择常数 OS_DEL_ALLWAYS，则表明在等待任务表中无论是否有等待任务都立即删除信号量。

需要注意的是，只能在任务中删除信号量，而不能在中断服务程序中删除。

5.7　μC/OS-II 中的互斥信号量

互斥型信号量是一个二值信号，它可以使任务以独占方式使用共享资源。由于使用互斥型信号量会出现任务优先级反转的问题，所以本节首先介绍产生任务优先级反转的原因，然后再介绍 μC/OS 互斥型信号量以及它是如何解决任务优先级反转问题的。

1. 优先级反转

在可剥夺型内核中，当任务以独占方式使用共享资源时，会出现低优先级任务先于高优先级任务而被运行的现象，这种现象叫做任务优先级反转。在一般情况下是不允许出现这种任务优先级反转现象的。下面就对优先级的反转现象进行详细分析，以期找出原因及解决方法。

假设有 A、B、C 三个任务，任务 A 的优先级别高于任务 B，任务 B 的优先级别高于任务 C。任务 A 和任务 C 都要使用同一个共享资源 S，而用于保护该资源的信号量在同一时间只能允许一个任务以独占的方式对该资源进行访问，即这个信号量是一个互斥型信号量。

如果任务 A 和任务 B 都在等待与各自任务相关的事件发生而处于等待状态，而任务 C 正在运行，且取得了信号量并开始访问共享资源 S。任务 A 的优先级别高于任务 C 的优先级别，所以任务 A 就剥夺任务 C 的运行状态，而使任务 C 中止运行，这样任务 C 就失去了释放信号量的机会。如果任务 A 在运行中又要访问共享资源 S，但由于任务 C 还未释放信号量，因此任务 A 只好等待，以使任务 C 可以继续使用共享资源 S。

以上过程都是正常的，是应用程序设计者意料之中的事情。问题是，如果在任务 C 继续使用共享资源 S 过程中，任务 B 所等待的事件也来临，由于任务 B 的优先级别高于任务 C 的优先级别，任务 B 当然要剥夺任务 C 的 CPU 使用权而进入运行状态，而任务 C 则只好等待。这样，任务 A 只有当任务 B 运行结束，并使任务 C 继续运行且释放了信号量之后，才能获得信号量而得以重新运行。

综上所述，任务优先级低的任务 B 反而先于任务优先级高的任务 A 运行了。换句话说，从实际运行的结果来看，似乎任务 B 的优先级高于任务 A 了。系统中的这种现象叫做任务优先级的反转。

之所以出现上述的优先级反转现象，是因为一个优先级别较低的任务在获得了信号量使用共享资源期间，被具有较高优先级别的任务所打断而不能释放信号量，从而使正在等待这个信号量的更高级别的任务因得不到信号量而被迫处于等待状态，在这个等待期间，就让优先级别低于它而高于占据信号量的任务先运行了。显然，如果这种优先级别介于使用信号量的两个任务优先级别中间的中等优先级别任务较多，则会极大地恶化高优先级别任务的运行环境，是实时系统所无法容忍的。

使用信号量的任务是否能够运行是受任务的优先级别以及是否占用信号量两个条件约束的，而信号量的约束高于优先级别的约束。于是当出现低优先级别的任务与高优先级别的任务使用同一个信号量，而系统中还存在其他中等优先级别的任务时，如果低优先级别的任务先获得了信号量，就会使高优先级别的任务处于等待状态；而那些不使用该信号量的中等优先级别的任务却可以剥夺低优先级别的任务的 CPU 使用权，而先于高优先级别的任务运行了。

解决问题的办法之一是，使获得信号量任务的优先级别在使用共享资源期间暂时提升到所有任务最高优先级的高一个级别上，以使该任务不被其他任务所打断，从而能尽快地使用完共享资源并释放信号量；然后在释放信号量之后，再恢复该任务原来的优先级别。

2. 互斥型信号量

互斥型信号量是一个二值信号量，因此也叫做信号。任务可以用互斥型信号量来实现对共享资源的独占式处理。为了解决任务在使用独占式资源出现的优先级反转问题，互斥型信号量除了具有普通信号量的机制外，还有一些其他特性。

μC/OS-II 仍然用事件控制块来描述一个互斥型信号量。在描述互斥型信号量的事件控制块中，除了成员 OSEventType 要赋以常数 OS_EVENT_TYPE_MUTEX 以表明这是一个互斥型信号量和仍然没有使用成员 OSEventPtr 之外，成员 OSEventCnt 被分成了低 8 位和高 8 位两部分：低 8 位用来存放信号值（该值为 0xFF 时，信号为有效，否则信号为无效）；高 8 位用来存放为了避免出现优先级反转现象而要提升的优先级别 prio。

3. 对互斥型信号量进行操作的函数

μC/OS-II 提供了 6 个对互斥型信号量进行操作的函数如表 5.9 所示。

表 5.9　对互斥型信号量进行操作的函数

函数名称	功能	参数
OSMutexCreate()	创建互斥信号量	待提升的优先级别，错误信息指针
OSMutexPend()	请求互斥信号量	互斥信号量的指针，等待时间，出错信息指针
OSMutexPost()	发送互斥信号量	互斥信号量的指针
OSMutexAccept()	无等待地请求一个互斥信号量	互斥信号量的指针
OSMutexQuery()	查询互斥信号量	互斥信号量的指针，OS_Mutex_DATA 结构指针
OSMutexDel()	删除互斥信号量	互斥信号量的指针，删除条件选项，错误信息指针

（1）创建互斥型信号量　创建互斥型信号量需要调用函数 OSMutexCreate()，原型如下：

OS_EVENT * OSMutexCreate(INT8U prio,INT8U * err);　　　　　//创建互斥型信号

说明：prio 是提升的优先级别，err 是错误信息。函数调用成功后，返回值为已知创建的互斥信号量的指针，否则，返回值为 NULL。

OSMutexCreate()基本上和函数 OSSemCreate()相似。函数 OSMutexCreate()从空事件控制块链表获取一个事件控制块，把成员 OSEventType 赋以常数 OS_EVENT_TYPE_MUTEX，以表明这是一个互斥型信号量；然后再把成员 OSEventCnt 的高 8 位赋以 prio（要提升的优先级别），低 8 位赋以常数 OS_MUTEX_AVAILABLE（该常数值为 0xFFFF）的低 8 位（0xFF），以表明信号量尚未被任何任务所占用，处于有效状态。

（2）请求互斥型信号量　调用函数 OSMutexpend()请求互斥型信号量，函数原型如下：

void OSMutexPend(OS_EVENT * pevent,INT16U timeout,INT8U * err);　　　　　//请求互斥型信号

说明：参数 pevent 是被请求互斥型信号量的指针；timeout 是等待时间；err 是出错信息。函数调用成功后，err 的值为 OS_NO_ERR。

当任务需要访问一个独占式共享资源时，就要调用函数 OSMutexPend()来请求管理这

个资源的互斥型信号量。如果信号量有信号（OSEventCnt 的低 8 位为 0xFF），则意味着目前尚无任务占用资源，于是任务可以继续运行并对该资源进行访问；否则就进入等待状态，直至占用这个资源的其他任务释放了该信号量。

为防止任务因得不到信号量而处于长期的等待状态，函数 OSMutexPend() 允许用参数 timeout 设置一个等待时间的限制。当任务等待的时间超出该时间限制值时，可以结束等待状态。

（3）无等待地请求一个互斥型信号量　任务也可以通过调用函数 OSMutexAccept() 无等待地请求一个互斥型信号量。函数原型如下：

```
Void OSMutexAccept(OS_EVENT * pevent,INT8U * err);        //无等待请求互斥型信号
```

说明：参数 pevent 是被请求互斥型信号量的指针；err 是出错信息。函数调用成功后，err 的值为 OS_NO_ERR。

（4）发送互斥型信号量　任务可以通过调用函数 OSMutexPost() 发送一个互斥型信号量。函数原型如下：

```
INT8U OSMutexPost(OS_EVENT * pevent);                     //发送互斥型信号
```

说明：参数 pevent 是被请求互斥型信号量的指针。函数调用成功后，返回值为 OS_NO_ERR。

（5）查询互斥型信号量的当前状态　任务可以通过调用函数 OSMutexQuery() 获取互斥型信号量的当前状态。函数的原型如下：

```
INT8U OSMutexQuery(OS_EVENT * pevent,OS_MUTEX_DATA * pdata);   //查询互斥型信号
```

说明：pevent 是互斥型信号量的指针，pdata 是一个 OS_MUTEX_DATA 结构指针。函数调用成功后，返回值为 OS_NO_ERR。

（6）删除互斥型信号量　任务调用函数 OSMutexDel() 可以删除一个互斥型信号量。函数的原型如下：

```
OS_EVENT  * OSMutexDel(OS_EVENT * pevent,INT8U opt,INT8U * err);   //删除互斥型信号
```

说明：pevent 是互斥型信号量的指针，opt 是删除条件选项，err 是错误信息。函数调用成功后，err 的值为 OS_NO_ERR。

5.8　μC/OS-II 中的消息邮箱

消息邮箱是 μC/OS-II 中另一种通信机制，它可以使一个任务或者中断服务子程序向另一个任务发送一个指针型的变量。该指针指向一个包含了特定"消息"的数据结构。为了在 μC/OS-II 中使用邮箱，必须将 OS_CFG. H 中的 OS_MBOX_EN 常数置为 1。

如果使事件控制块的成员 OSEventType 为常数 OS_EVENT_TYPE_MBOX，同时把数据缓冲区的指针赋给一个事件控制块的成员 OSEventPrt，则该事件控制块就叫做消息邮箱。消息邮箱是在两个需要通信的任务之间通过传递数据缓冲区指针的方法来通信的。

1. 任务、中断和邮箱之间的关系

图 5.15 描述了任务、中断服务子程序和邮箱之间的关系，这里用符号"Ⅱ"表示邮箱。邮箱包含的内容是一个指向一条消息的指针。一个邮箱只能包含一个这样的指针（邮箱为满时），或者一个指向 NULL 的指针（邮箱为空时）。从图 5.15 可以看出，任务或者中断服务子程序可以调用函数 OSMboxPost()，但是只有任务可以调用函数 OSMboxPend() 和 OS-MboxQuery()。

如果任务与任务之间要传递一个数据，那么为了适应不同数据的需要最好在存储器中建立一个数据缓冲区，把要传递的数据放在这个缓冲区中，就可以实现任务间的数据通信了。

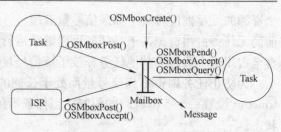

图 5.15　任务、中断服务子程序和邮箱之间的关系

2. 对消息邮箱进行操作的函数

μC/OS-II 提供了 6 个对消息邮箱进行操作的函数，如表 5.10 所示。

表 5.10　对消息邮箱进行操作的函数

函 数 名 称	功　能	参　数
OSMboxCreate()	创建消息邮箱	消息指针
OSMboxPend()	请求消息邮箱	消息邮箱的指针，等待时间，出错信息指针
OSMboxPost()	发送消息邮箱	消息邮箱的指针，待发送的消息指针
OSMboxAccept()	无等待地请求一个消息邮箱	消息邮箱的指针
OSMboxQuery()	查询消息邮箱	消息邮箱的指针，OS_Mbox_DATA 结构指针
OSMboxDel()	删除消息邮箱	消息邮箱的指针，删除条件选项，错误信息指针

（1）创建消息邮箱　使用邮箱之前，必须先建立该邮箱。该操作可以通过调用 OSMboxCreate()函数来完成，并且要指定指针的初始值。一般情况下，这个初始值是 NULL，但也可以初始化一个邮箱，使其在最开始就包含一条消息。如果使用邮箱的目的是用来通知任务某一个事件已经发生（发送一条消息），那么就要初始化该邮箱为 NULL，因为在开始时，事件还没有发生。如果用户用邮箱来共享某些资源，那么就要初始化该邮箱为一个非 NULL 的指针。在这种情况下，邮箱被当成一个二值信号量使用。

创建邮箱需要调用函数 OSMboxCreate()。函数原型如下：

OS_EVENT * OSMboxCreate(Void * msg);　　　　　　　　　　//创建消息邮箱

说明：参数 msg 为消息的指针。函数调用成功，返回值为消息邮箱的指针。

OSMboxCreate()基本上和函数 OSSemCreate()相似。OSMboxCreate()函数的返回值是一个指向事件控制块的指针。这个指针在调用函数 OSMboxPend()、OSMboxPost()、OSMboxAccept()和 OSMboxQuery()时使用。因此，该指针可以看作是对应邮箱的句柄。值得注意的是，如果系统中已经没有事件控制块可用，函数 OSMboxCreate()将返回一个 NULL 指针。

邮箱一旦建立，是不能被删除的。比如，如果有任务正在等待一个邮箱的信息，这时删除该邮箱，将有可能产生灾难性的后果。

（2）向消息邮箱发送消息　任务可以通过调用函数 OSMboxPost()向消息邮箱发送消息。函数原型如下：

INT8U OSMboxPost(OS_EVENT * pevent,Void * msg,INT8U opt);　　　　//向消息邮箱发送消息

说明：pevent 为消息邮箱的指针，msg 为消息缓冲区的指针，opt 为选项。opt 用来说明是否把消息向所有等待任务广播：OS_POST_OPT_BROADCAST 则意味着向所有等待任务广播消息；OS_POST_OPT_NONE：只向优先级别最高的等待任务发送消息。函数调用成功时，函数的返回值为错误号。

(3) 请求消息邮箱 当一个任务请求邮箱时需要调用函数 OSMboxPend()，这个函数的主要作用就是查看邮箱指针 OSEventPtr 是否为 NULL。如果邮箱指针 OSEventptr 不是 NULL，则把邮箱中的消息指针返回给调用函数的任务，同时用 OS_NO_ERR 通过函数的参数 err 通知任务获取消息成功；如果邮箱指针 OSEventPtr 是 NULL，则使任务进入等待状态，并引发一次任务调度。函数原型如下：

> void * OSMboxPend(OS_EVENT * pevent,INT16U * timeout,INT8U * err)；　　//请求消息邮箱
> 说明：pevent 为消息邮箱的指针，timeout 为等待时限，err 为出错信息。函数调用成功时，返回值为消息指针，否则，返回为空指针。

OSMboxPend() 和 OSSemPend() 相似，其执行过程参考 OSSemPend() 分析。

(4) 无等待请求消息邮箱 应用程序也可以以无等待的方式从邮箱中得到消息。这可以通过 OSMboxAccept() 函数来实现，函数原型如下：

> void OSMboxAccept(OS_EVENT * pevent)；　　　　　　　　　　　//无等待请求消息邮箱
> 说明：pevent 为消息邮箱的指针。函数调用成功时，返回值为消息指针，否则，返回为空指针。

OSMboxAccept() 和 OSMboxPend() 相似，其执行过程参考 OSMboxPend()。中断服务子程序在试图得到一个消息时，应该使用 OSMboxAccept() 函数，而不能使用 OSMboxPend() 函数。

OSMboxAccept() 函数的另一个用途是，用户可以用它来清空一个邮箱中现有的内容。

(5) 查询邮箱的状态 任务可以调用函数 OSMboxQuery() 查询邮箱的当前状态，并把相关信息存放在一个结构 OS_MBOX_DATA 中。函数原型如下：

> INT8U OSMboxQuery(OS_EVENT * pevent,OS_MBOX_DATA * pdata)；　//查询消息邮箱
> 说明：pevent 为消息邮箱的指针，pdata 为存放查询信息的数据结构的指针。返回值为出错代码，函数调用成功时，返回值为 OS_NO_ERR。

OSMboxQuery() 函数使应用程序可以随时查询一个邮箱的当前状态，就是从消息邮箱控制块中复制所需要的信息到 pdata 中。

(6) 删除消息邮箱 任务可以调用函数 OSMboxDel() 来删除一个邮箱。函数原型如下：

> OS_EVENT * OSMboxDel(OS_EVENT * pevent,INT8U * opt,INT8U * err)；//删除消息邮箱
> 说明：pevent 是消息邮箱的指针，opt 是删除条件选项，err 是错误信息。函数调用成功后，err 的值为 OS_NO_ERR。

5.9　μC/OS-II 中的消息队列

消息队列是 μC/OS-II 中的另一种通信机制，它可以使一个任务或者中断服务子程序向另一个任务发送以指针方式定义的变量。因具体的应用有所不同，每个指针指向的数据结构变量也有所不同。为了使用 μC/OS-II 的消息队列功能，需要在 OS_CFG.H 文件中，将 OS_Q_EN 常数设置为 1，并且通过常数 OS_MAX_QS 来决定 μC/OS-II 支持的最多消息队列数。

当把事件控制块成员 OSEventType 的值置为 OS_EVENT_TYPE_Q 时，该事件控制块描述的就是一个消息队列。

1. 任务、中断和消息队列之间的关系

图 5.16 是任务、中断服务子程序和消息队列之间的关系。其中，消息队列的符号很像多个邮箱。实际上，可以将消息队列看作由多个邮箱组成的数组，只是它们共用一个等待任务列表。每个指针所指向的数据结构是由具体的应用程序决定的。N 代表了消息队列中的总单元数。当调用 OSQPend() 或者 OSQAccept() 之前，调用 N 次 OSQPost() 或者 OSQPost-Front() 就会把消息队列填满。从图 5.16 中可以看出，一个任务或者中断服务子

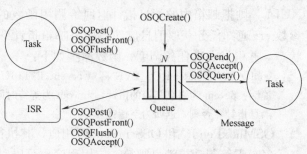

图 5.16　任务、中断服务子程序和消息队列之间的关系

程序可以调用 OSQPost()、OSQPostFront()、OSQFlush() 或者 OSQAccept() 函数。但是，只有任务可以调用 OSQPend() 和 OSQQuery() 函数。

2. 消息队列的结构

使用消息队列可在任务之间传递多条消息。消息队列由 3 部分组成：事件控制块、消息队列和消息。消息队列的事件控制块、队列控制块、消息指针数组和消息之间的关系见图 5.17。

3. 空闲队列控制块链表

图 5.17 是实现消息队列所需要的各种数据结构。这里也需要事件控制块来记录等待任务列表（1），而且，事件控制块可以使多个消息队列的操作和信号量操作、邮箱操作相同的代码；当建立了一个消息队列时，一个队列控制块（OS_Q 结构，见 OS_Q.C 文件）也同时被建立，并通过 OS_EVENT 中的 .OSEventPtr 域链接到对应的 OS_Q（2）；OS_Q 管理一个数组 MsgTbl[]，该数组中的元素都是一些指向消息的指针。在建立一个消息队列之前，必须先定义一个含有与消息

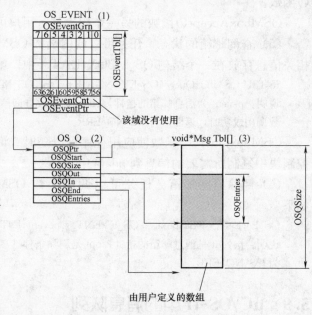

图 5.17　用于消息队列的数据结构

队列最大消息数相同个数的指针数组（3）。数组的起始地址以及数组中的元素数作为参数传递给 OSQCreate() 函数。事实上，如果内存占用了连续的地址空间，也没有必要一定使用指针数组结构。

在 μC/OS-II 初始化时，系统将按文件 OS_CFG.H 中的配置常数 OS_MAX_QS 定义 OS_MAX_QS 个队列控制块，这个值最小应为 2，并用队列控制块中的指针 OSQPtr 将所有队列控制块链接为链表。由于这时还没有使用它们，因此这个链表叫做空队列控制块链表。μC/OS-II 在初始化时建立一个空闲的队列控制块链表，如图 5.18 所示。

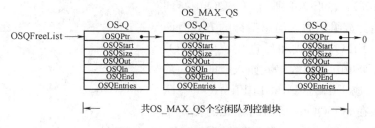

共OS_MAX_QS个空闲队列控制块

图 5.18 空闲队列控制块链表

队列控制块是一个用于维护消息队列信息的数据结构，它包含了以下的一些域。这里，仍然在各个变量前加入一个［.］来表示它们是数据结构中的一个域。队列控制块的结构如下：

```
typedef struct os_q
{
    struct os_p  * OSQPtr;          //指针，OS_Q类型的指针，用于OS_Q链接
    void         ** OSQStart;       //指针，指向消息指针数组的起始地址
    void         ** OSQEnd;         //指针，指向消息指针数组的结束单元的下一个单元
    void         ** OSQIn;          //指针，指向插入一条新消息的位置
    void         ** OSQOut;         //指针，指向一条被读出消息的位置
    INT16U          OSQSize;        //指向消息指针数组的长度
    INT16U          OSQEntries;     //已存放消息指针元素的数目
}OS_Q;
```

.OSQPtr 在空闲队列控制块中链接所有的队列控制块。一旦建立了消息队列，该域就不再有用了。

.OSQStart 是指向消息队列的指针数组的起始地址指针。用户应用程序在使用消息队列之前必须先定义该数组。

.OSQEnd 是指向消息队列结束单元的下一个地址指针。该指针使得消息队列构成一个循环的缓冲区。

.OSQIn 是指向消息队列中插入下一条消息的位置指针。当 .OSQIn 和 .OSQEnd 相等时，.OSQIn 被调整指向消息队列的起始单元。

.OSQOut 是指向消息队列中下一个取出消息的位置指针。当 .OSQOut 和 .OSQEnd 相等时，.OSQOut 被调整指向消息队列的起始单元。

.OSQSize 是消息队列中总的单元数。该值是在建立消息队列时由用户应用程序决定的。在 μC/OS-II 中，该值最大可以是 65535。

.OSQEntries 是消息队列中当前的消息数量。当消息队列为空时，该值为 0。当消息队列满了以后，该值和 .OSQSizc 值一样。在消息队列刚刚建立时，该值为 0。

4. 消息队列

消息队列的核心是消息指针数组。图 5.19 表示了消息指针数组的结构。

消息队列最根本的部分是一个循环缓冲区，其中的每个单元包含一个指针。如图 5.19，OSQIn 和 OSQOut 是可以移动的指针，而指针 OSQStart 和 OSQEnd 只是一个标志（常指针）。队列未满时，.OSQIn 指向下一个存放消息的地址单元。如果队列已满（.OSQEntries

与 .OSQSize 相等），.OSQIn 则与 .OSQOut 指向同一单元。向指针数组中插入消息指针的方式有两种：先进先出（FIFO）方式和后进先出（LIFO）方式。如果在 .OSQIn 指向的单元插入新的指向消息的指针，就构成 FIFO（First-In-First-Out）队列。相反，如果在 .OSQOut 指向的单元的下一个单元插入新的指针，就构成 LIFO 队列（Last-In-First-Out）。当 .OSQEntries 和 .OSQSize 相等时，说明队列已满。消息指针总是从 .OSQOut 指向的单元取出。指针 .OSQStart 和 .OSQEnd 定义了消息指针数组的头尾，以便在 .OSQIn 和 .OSQOut 到达队列的边缘时，进行边界检查和必要的指针调整，实现循环功能。

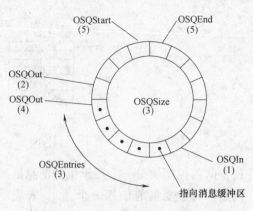

图 5.19　消息队列是一个由指针组成的循环缓冲区

每当任务创建一个消息队列时，就会在空队列控制块链表中摘取一个控制块供消息队列来使用，并令该消息队列事件控制块中的指针 OSEventPtr 指向这个队列控制块；而当任务释放一个消息队列时，就会将该消息队列使用的队列控制块归还空队列控制块链表。

5. 对消息队列进行操作的函数

μC/OS-II 提供了 8 个对消息队列进行操作的函数，见表 5.11。

表 5.11　8 个对消息队列进行操作的函数

函 数 名 称	功　　能	参　　数
OSQCreate()	创建消息队列	消息指针
OSQPend()	请求消息队列	消息队列的指针，等待时间，出错信息指针
OSQAccept()	无等待地请求一个消息队列	消息队列的指针
OSQPost()	发送 FIFO 消息队列	消息队列的指针，待发送的消息指针
OSQPostFront()	发送 LIFO 消息队列	消息队列的指针，待发送的消息指针
OSQQuery()	查询消息队列	消息队列的指针，OS_Mbox_DATA 结构指针
OSQFlush()	清空消息队列	消息队列的指针
OSQDel()	删除消息队列	消息队列的指针，删除条件选项，错误信息指针

（1）创建消息队列　在使用一个消息队列之前，必须先建立该消息队列。OSQCreate()首先从空闲事件控制块链表中取得一个事件控制块，并对剩下的空闲事件控制块列表的指针做相应的调整，使它指向下一个空闲事件控制块。接着，OSQCreate()函数从空闲队列控制块列表中取出一个队列控制块。如果有空闲队列控制块是可用的，就对其进行初始化。然后该函数将事件控制块的类型设置为 OS_EVENT_TYPE_Q，并使其 .OSEventPtr 指针指向队列控制块。OSQCreate()还要调用 OSEventWaitListInit()函数对事件控制块的等待任务列表初始化。因为此时消息队列正在初始化，显然它的等待任务列表是空的。最后，OSQCreate()向它的调用函数返回一个指向事件控制块的指针。该指针将在调用 OSQPend()、OSQPost()、OSQPostFront()、OSQFlush()、OSQAccept()和 OSQQuery()等消息队列处理函数时使用。因此，该指针可

以被看作是对应消息队列的句柄。值得注意的是，如果此时没有空闲的事件控制块，OSQCreate()函数将返回一个 NULL 指针。如果没有队列控制块可以使用，为了不浪费事件控制块资源，OSQCreate()函数将把刚刚取得的事件控制块重新返还给空闲事件控制块列表。

创建一个消息队列首先需要定义一个指针数组，然后把各个消息数据缓冲区的首地址存入这个数组中，最后再调用函数 OSQCreate()来创建消息队列。函数原型如下：

OS_EVENT OSQCreate(void ** start, INT16U size);　　　　　//创建消息队列

说明：start 为存放消息缓冲区指针数组的地址，size 为该数组的大小。该函数需要一个指针数组来容纳指向各个消息的指针，该指针数组必须声名为 void 类型。函数调用成功，返回值为消息队列的指针，否则，返回值为 NULL。

OSQCreate()基本上和函数 OSSemCreate()相似。OSQCreate()函数的返回值是一个指向消息队列事件控制块的指针。创建消息队列的实例如下

♯ define	Q_RxTxB0 1024	//定义消息数组的大小
void	* Uart0_RxBuff[Q_RxTxB0];	//定义消息数组
OS_EVENT	* Uart0_Rxd_Q_Buff=NULL;	//定义消息队列
Uart0_Rxd_QBuff=OSQCreate(&Uart0_RxBuff, Q_RxTxB0);		//创建消息队列

（2）请求消息队列　请求消息队列的目的是为了从消息队列中获取消息。任务请求消息队列需要调用 OSQPend()。函数原型如下：

void * OSQPend(OS_EVENT * pevent, INT16U timeout, INT8U * err);　　　//请求消息队列

说明：pevent 为要访问的消息队列事件控制块的指针，timeout 为等待时限，err 为出错信息。函数调用成功时，返回值为消息队列指针，否则，返回为空指针。

（3）无等待地从一个消息队列中取得消息　如果希望任务无等待地请求一个消息队列，则需要调用函数 OSQAccept()。函数原型如下：

void * OSQAccept(OS_EVENT * pevent);　　　　　　　//无等待请求消息队列

说明：pevent 为要访问的消息队列事件控制块的指针。函数调用成功时，返回值为消息队列指针，否则，返回为空指针。

OSQAccept()和 OSQPend()类似。当中断服务子程序要从消息队列中取消息时，必须使用 OSQAccept()函数，而不能使用 OSQPend()函数。

（4）向消息队列发送消息（先进先出 FIFO）　任务需要通过调用函数 OSQPost()来向消息队列发送一条 FIFO 消息。函数原型如下：

功能：向消息队列发送消息函数 OSQPost()的原型如下：

INT8U OSQPost(OS_EVENT * pevent,void * msg);　　　　　　　//向消息队列发送消息

说明：pevent 为要访问的消息队列事件控制块的指针，msg 是待发送消息的指针。函数调用成功时，返回值为 OS_NO_ERR。

如果任务希望以广播的方式通过消息队列发送消息，则需要调用函数 OSQPostOpt()。函数原型如下：

INT8U OSQPostOpt(OS_EVENT * pevent,void * msg,INT8U opt);　　　//向消息队列发送消息

说明：pevent 为要访问的消息队列事件控制块的指针，msg 是待发送消息的指针，opt 的值为 OS_POST_OPT_BROADCAST 时，则凡是等待该消息队列的任务都会收到消息。函数调用成功时，返回值为 OS_NO_ERR。

（5）向消息队列发送消息（后进先出 LIFO）　任务需要通过调用函数 OSQPostFront()来向消息队列发送一条 LIFO 消息。函数原型如下：

INT8U OSQFront(OS_EVENT * pevent,void * msg);   //向消息队列发送消息

说明：pevent 为要访问的消息队列事件控制块的指针，msg 是待发送消息的指针。函数调用成功时，返回值为 OS_NO_ERR。

OSQPostFront()函数和 OSQPost()基本上是一样的，只是在插入新的消息到消息队列中时，使用 .OSQOut 作为指向下一个插入消息的单元指针，而不是 .OSQIn。值得注意的是，.OSQOut 指针指向的是已经插入了消息指针的单元，所以再插入新的消息指针前，必须先将 .OSQOut 指针在消息队列中前移一个单元。如果 .OSQOut 指针指向的当前单元是队列中的第一个单元，这时再前移就会发生越界，需要特别地将该指针指向队列的末尾。由于 .OSQEnd 指向的是消息队列中最后一个单元的下一个单元，因此 .OSQOut 必须被调整到指向队列的有效范围内。因为 QSQPend()函数取出的消息是由 OSQPend()函数刚刚插入的，因此 OSQPostFront()函数实现了一个 LIFO 队列。

（6）清空消息队列　任务可以通过调用函数 OSQFlush()来清空消息队列。函数原型如下：

INT8U   OSQFlush(OS_EVENT * pevent);   //清空消息队列

说明：pevent 为要访问的消息队列事件控制块的指针。函数调用成功时，返回值为 OS_NO_ERR。

OSQFlush()函数允许用户删除一个消息队列中的所有消息，重新开始使用。和前面的其他函数一样，该函数首先检查 pevent 指针是否是执行一个消息队列，然后将队列的插入指针和取出指针复位，使它们都指向队列起始单元，同时，将队列中的消息数设为 0。这里，没有检查该消息队列的等待任务列表是否为空，因为只要该等待任务列表不空，.OSQEntries 就一定是 0。唯一不同的是，指针 .OSQIn 和 .OSQOut 此时可以指向消息队列中的任何单元，不一定是起始单元。

（7）删除消息队列　任务可以通过调用函数 OSQDel()来删除一个已存在的消息队列。函数原型如下：

OS_EVENT * OSQDel(OS_EVENT * pevent);   //删除消息队列

说明：pevent 为要访问的消息队列事件控制块的指针。函数调用成功时，返回值为被删除消息队列事件控制块的指针。

（8）查询消息队列　任务可以通过调用函数 OSQQuery()来查询一个消息队列的状态。函数 OSQQuery()的查询结果就放在以 OS_Q_DATA 为类型的变量中。函数原型如下：

INT8U OSQQuery(OS_EVENT * pevent,OS_Q_DATA * pdata);   //查询消息队列

说明：pevent 为要访问的消息队列事件控制块的指针，pdata 为存放查询信息的数据结构的指针。返回值为出错代码，函数调用成功时，返回值为 OS_NO_ERR。

OSQQuery()函数使用户可以查询一个消息队列的当前状态。OSQQuery()需要两个参数：一个是指向消息队列的指针 pevent。它是在建立一个消息队列时，由 OSQCreate()函数返回的；另一个是指向 OS_Q_DATA（见 uCOS_II. H）数据结构的指针 pdata。该结构包含了有关消息队列的信息。在调用 OSQQuery()函数之前，必须先定义该数据结构变量。

5.10　μC/OS-II 中的信号量集

在实际应用中，任务常常需要与多个事件同步，即要根据多个信号量组合作用的结果来

决定任务的运行方式。μC/OS-II 为了实现多个信号量组合的功能定义了一种特殊的数据结构——信号量集。

信号量集所管理的信号量都是一些二值信号。所有信号量集实质上是一种可以对多个输入的逻辑信号进行基本逻辑运算的组合逻辑，其示意图如图 5.20 所示。

图 5.20　μC/OS-II 中的信号量集的关系图

在 μC/OS-II 中，请求信号量集的任务得以继续运行的条件与所请求的信号量之间有两种逻辑关系："与"（AND 或 ALL）关系和"或"（OR 或 ANY）关系。在"与"关系下，只有当任务所请求的信号量都有效时，任务才能继续运行；而在"或"关系下，只要任务所请求信号量中有信号有效，任务就会继续运行。

5.10.1　信号量集的定义

μC/OS-II 的信号量集由两部分组成：第一部分叫做标志组，其中存放了信号量集中的所有信号；第二部分叫做等待任务链表，链表中的每个节点都对应一个正在等待信号量集的等待任务，信号量集根据这个链表来管理等待任务。

1. 信号量集的标志组

不同于信号量、互斥信号量、消息邮箱和消息队列等事件，μC/OS-II 不使用事件控制块来描述信号量集，而使用了一个叫做标志组的结构 OS_FLAG_GRP。

OS_FLAG_GRP 结构如下：

```
Typedef struct{
    INT8U            OSFlagType;            //识别是否为信号量集的标识
    void             * OSFlagWaitList;      //指向等待任务链表的指针
    OS_FLAGS         OSFlags;               //所有信号列表
} OS_FLAG_GRP;
```

其中，成员 OSFlagType 是信号量集的标识，固定为 OS_EVENT_TYPE_FLAG；成员 OSFlagFlags 是 OS_FLAGS 类型的变量，用来存放信号量集所有信号的状态，每一个信号占据一个二进制位。信号量集中可以存放多少个信号取决于 OSFlagFlags 的长度。这个长度可以根据应用程序需要信号的数目定义为 8 位、16 位或 32 位（在文件 OS_CFG.H 中来定义）。图 5.21 中是以 OS_FLAGS 定义为 INT8U 类型时（信号量集最多可使用 8 个信号）信号量集标志组的结构示意图；成员 OSFlagWaitList 是一个指针，当一个信号量集被创建后，这个指针指向了这个信号量集的等待任务链表。

在 μC/OS-II 初始化时，系统会根据在文件 OS_CFG.H 中定义的常数 OS_MAX_FLAGS 来创建 OS_MAX_FLAGS 个标志组，并借用成员 OSFlagWaitList 作为指针把这些标志组链接成一个单向链表。由于这个链表中的各个标志组还未被真正创建，因此这个链表叫做空标志组链表。

空标志组链表的头指针存放在系统全局变量 OSFlagFreeList 中，每当应用程序创建一个信号量集时，就从这个链表中取一个标志组，并移动头指针 OSFlagList，使之指向下一个空标志组。空标志组链表的结构如图 5.21 所示。

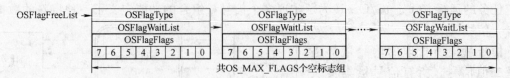

图 5.21 空信号量集标志组表链表

2. 等待任务链表节点

与事件不同，信号量集用一个双向链表来组织等待任务，每一个等待任务都定义为该链表中的一个节点（Node）。标志组 OS_FLAG_GRP 的成员 OSFlagWaitList 就指向了信号量集的这个等待任务链表。等待任务链表节点 OS_FLAG_NODE 的结构如下：

```
typedef struct {
    void            * OSFlagNodeNext;        //指向下一个节点的指针
    void            * OSFlagNodePrev;        //指向前一个节点的指针
    void            * OSFlagNodeTCB;         //指向对应任务的任务控制块的指针
    void            * OSFlagNodeFlagGrp;     //反向指向信号量集的指针
    OS_FLAGS          OSFlagNodeFlags;       //信号过滤器
    INT8U             OSFlagNodeWaitType;    //定义逻辑运算关系的数据
} OS_FLAG_NODE;
```

其中，节点成员 OSFlagNodeFlagGrp 是一个反向指向信号量集标志组的指针，是在等待任务链表中删除一个节点或添加一个节点时用到的指针。

节点成员 OSFlagNodeTCB 是指向等待任务 TCB（任务控制块）的指针，信号量集的等待任务链表通过这个指针把链表节点与等待任务关联了起来。

节点成员 OSFlagNodeFlags 是一个过滤器，利用它可在标志组成员 OSFlagNodeFlags 的信号中只把请求任务需要的信号筛选出来，而把其余信号屏蔽掉。也就是说，一个请求信号量集的任务可能需要信号量集的所有信号，也可能只需要其中的部分信号，它究竟需要哪些信号，要通过在成员 OSFlagNodeFlags 中与所等待信号对应的二进制位进行置 1 来指定，而任务不需要的信号的位置 0。简单地说，OSFlagNodeFlags 就是一个屏蔽字，通过它可获得信号量集信号的子集。

等待的任务，只有在所需要的信号有效且满足指定的逻辑关系时，才能由等待状态进入就绪状态。这个逻辑关系可以通过给结构 OS_FLAG_NODE 中的成员 OSFlagNodeWaitType 赋值的方法来指定，这个值可以是表 5.12 所列举的 4 个常数之一。表 5.12 所列举的 4 个常数既指定了逻辑关系，也指定了信号的有效状态。

表 5.12 表中定义信号的有效状态及等待任务与信号之间的逻辑关系的常数

常　　数	信号有效状态	等待任务就绪的条件
OS_FLAG_WAIT_CLR_ALL OS_FLAG_WAIT_CLR_AND	0	信号全部有效——全 0
OS_FLAG_WAIT_CLR_ANY OS_FLAG_WAIT_CLR_OR	0	信号 1 个或 1 个以上有效——有 0
OS_FLAG_WAIT_SET_ALL OS_FLAG_WAIT_SET_AND	1	信号全部有效——全 1

（续）

常　　数	信号有效状态	等待任务就绪的条件
OS_FLAG_WAIT_SET_ANY OS_FLAG_WAIT_SET_OR	1	信号 1 个或 1 个以上有效——有 1

图 5.22 是信号量集等待任务链表中一个节点的示意图。图中 OSFlagNodeFlags 的值表明等待任务所等待的信号是标志组成员 OSFlagFlags 中的第 0、第 4 和第 7 个信号；OSFlagNodeWaitType 的值表明：信号的有效状态被定义为 0，即当任务所等待的第 0、第 4 和第 7 个信号的状态都为 0 时，任务才可以结束等待状态而进入就绪状态。

←回指 OS_FLAG_GRP 结构	OSFlagNodeFlagGrp	
	OSFlagNodeNext	指向后一个节点　　→
←　　指向前一个节点	OSFlagNodePrev	
	OSFlagNodeTCB	指向前等待任务的 TCB →
OSFlagNodeFlags	1 0 0 1 0 0 0 1	
OSFlagNodeWaitType	OS_FLAG_WAIT_CLR_ALL	

图 5.22　OSFlagNodeFlags

信号量集用 OS_FLAG_GRP 中的 OSFlagFlags 来记录信号，用 OSFlagNodeFlags 来筛选信号，用 OSFlagNodeWaiteType 来控制信号的有效状态和信号量集有效之间的逻辑关系。

3. 等待任务链表

把等待任务链表的节点链接起来就形成了等待任务链表。在等待任务链表的基础上，再加上标志组和各个节点对应的任务控制块就形成了整个的信号量集。信号量集的示意图如图 5.23 所示。

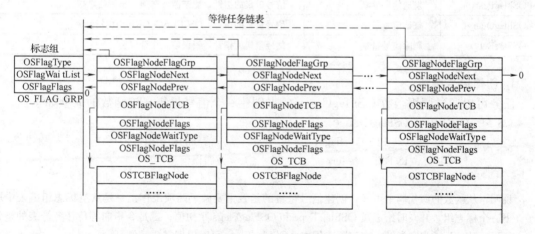

图 5.23　信号量集结构图

4. 对等待任务链表的操作

μC/OS-II 定义了两个对等待任务链表的基本操作：添加节点和删除节点。以供对信号量集操作的函数调用。

（1）添加节点　给等待任务链表添加节点的函数为 OS_FlagBlock()。函数原型如下：

```
Static void OS_FlagBlock(
```

```
          OS_FLAG_GRP * pgrp,              //信号量集指针
          OS_FLAG_NODE * pnode,           //待添加的等待任务节点指针
          OS_FLAG  flags,                 //指定等待信号的数据
          INT8U wait_type,                //信号与等待任务之间的逻辑
          INT16U timeout                  //等待时限
          );
```

这个函数将在请求信号量集函数 OSFlagPend() 中被调用。

（2）删除节点   从等待任务链表中删除一个节点的函数为 OS_FlagUnlink()。函数原型如下：

```
 void OS_FlagUnlink(
          OS_FLAG_NODE * pnode            //待删除节点的指针
          );
```

这个函数将在请求信号量集函数 OSFlagPost() 中被调用。

5.10.2   信号量集的操作

μC/OS-II 提供了 6 个对信号量集进行操作的函数，见表 5.13。

表 5.13   对信号量集进行操作的函数

函数名称	功能	参数
OSFlagCreate()	创建信号量集	信号量集的初值，出错信息指针
OSFlagPend()	请求信号量集	信号量集的指针，滤波器，逻辑运算类型，等待时间，出错信息指针
OSFlagAccept()	无等待地请求信号量集	信号量集的指针，逻辑运算类型，出错信息指针
OSFlagPost()	发送信号量集	信号量集的指针，滤波器，选项，出错信息指针
OSFlagQuery()	查询信号量集	信号量集的指针，OS_FLAG_GRP 结构指针
OSFlagDel()	删除信号量集	信号量集的指针，错误信息指针

1. 创建信号量集

任务可以通过调用函数 OSFlagCreate() 来创建一个信号量集。该函数的原型如下：

```
OS_FLAG_GRP * OSFlagCreate(
          OS_FLAG  flags,                 //信号的初始值
          INT8U  * err                    //错误信息
          );
```

说明：从函数的源代码中可知，创建信号量集的函数主要做了两项工作：一是从空标志组链表中取下一个标志组，并同时给成员 OSFlagType 和 OSFlagFlags 赋初值；二是令指向等待任务链表的指针 OSFlagWaitList 为空指针。在实际应用中，OSFlagFlags 可以根据需要赋值。

创建一个信号量集分为两个步骤：首先要定义一个全局的 OS_FLAG_GRP 类型的指针，然后在应用程序需要创建信号量集的位置调用函数 OSFlagCreate()。

例 5.6   创建一个信号量集。

```
OS_FLAG_GRP * FlagPtr;
INT8U err;
void main(void)
```

```
{
......
FlagPtr=OSFlagCreate(
                    (OS_FLAG)0,          //所有信号的初始值为 0
                    &ERR
                    );
......
}
```

调用创建信号量集 OSFlagCreate()成功后，该函数返回的是这个信号量集的标志组的指针，应用程序可以用这个指针对信号量集进行相应的操作。

2. 请求信号量集

任务可以通过调用函数 OSFlagPend()请求一个信号量集。该函数的原型如下：

```
OS_FLAGS OSFlagPend(
OS_FLAG_GRP * pgrp,                      //信号量集指针
OS_FLAGS flags,                          //滤波器
INT8U wait_type,                         //逻辑运算类型
INT16U timeout,                          //等待时限
INT8U  * err                            //错误信息
);
```

说明：函数参数 flags 是用来给等待任务链表节点成员 OSFlagNodeFlags 赋值的；参数 wait_type 应该是表 5.12 所列举的 4 个常数之一。

任务也可通过调用函数 OSFlagAccept()无等待地请求一个信号量集。该函数的原型如下：

```
OS_FLAGS OSFlagAccept(
OS_FLAG_GRP * pgrp,                      //信号量集指针
OS_FLAGS flags,                          //滤波器
INT8U wait_type,                         //逻辑运算类型
INT8U  * err                            //错误信息
);
```

说明：函数 OSFlagAccept()的参数除了少了一个等待时限 timeout 之外，其余与函数 OSFlag_Pend()的参数相同，其返回值也是标志组的成员 OSFlagFlags。

3. 向信号量集发信号

任务可以通过调用函数 OSFlagPost()向信号量集发信号。该函数的原型如下：

```
OS_FLAGS OSFlagPost(
OS_FLAG_GRP * pgrp,                      //信号量集指针
OS_FLAGS flags,                          //滤波器
INT8U opt,                              //信号有效的选项
INT8U  * err                            //错误信息
);
```

说明：所谓任务向信号量集发信号，就是对信号量集标志组中的信号进行置 1（置位）或置 0（复位）的操作。至于对信号量集中的哪些信号进行操作，由函数中的参数 flags 来指定；对指定的信号是置 1 还是置 0，由函数中的参数 opt 来指定（opt＝OS_FLAG_SET 为置 1 操作；opt＝OS_LFLAG_CLR

为置 0 操作)。

例 5.7 要对信号量集 FlagPtr 发送信号，待发送的信号为 OSFlagFlags 中的第 0 位和第 3 位并且要把它们置 1。

```
OS_FLAGS OSFlagPost(
                    FlagPtr,                    //信号量集指针
                    (OS_FLAGS) 9,               //选择所要发送的信号
                    OS_FLAG_SET,                //信号有效的选项
                    &err,                       //错误信息
                    );
```

4. 查询信号量集的状态

调用函数 OSFlagQuery()可以查询一个信号量集的状态。该函数的原型如下：

```
OS_FLAGS OSFlagQuery(
OS_FLAG_GRP * pgrp,                             //信号量集指针
INT8U    * err                                 //错误信息
);
```

说明：函数的返回值为被查询信号量集标志组的成员 OSFlagFlags，应用程序可以用它来完成一些更为复杂的控制。

5. 删除信号量集

通过调用函数 OSFlagDel()可以删除一个信号量集。该函数的原型如下：

```
OS_FLAGS OSFlagDel(
OS_FLAG_GRP * pgrp,                             //信号量集指针
INT8U opt,                                      //信号有效的选项
INT8U    * err                                 //错误信息
);
```

5.11 μC/OS-II 中的内存管理

一个比较完善的操作系统，必须具有动态分配内存的能力。特别是对于实时操作系统来说，还应该保证系统在动态分配内存时，它的执行时间必须是可确定的。μC/OS-II 改进了 ANSI C 用来动态分配和释放内存的函数 malloc()和 free()，使它们可以对大小固定的内存块进行操作，从而使函数 malloc()和 free()的执行时间成为可确定的，满足了实时操作系统的要求。

5.11.1 内存控制块

事件有事件控制块、信号量集有信号量集标志组，内存也定义了内存控制块。μC/OS-II 对内存进行两级管理，即把一个大片连续的内存空间分成了若干个分区，每个分区又分成了若干个大小相等、类型相同的内存块来进行管理。μC/OS-II 以分区为单位来管理动态内存，而任务以内存块为单位来获得和释放动态内存。内存分区及内存块的使用情况由内存控制块来记录。

1. 内存分区与分块

如果应用程序要使用动态内存，则首先要在内存中划分出可以进行动态分配的区域，这个划分出来的区域叫做内存分区，每个分区包含若干个内存块。μC/OS-II 要求同一个分区中内存块的字节数必须相等，而且每个分区与该分区内存块的数据类型必须相同。

如图 5.24 所示，在一个系统中可以有多个内存分区 Partition1~n。这样，用户的应用程序就可以从不同的内存分区中得到不同大小的内存块。但是，特定的内存块在释放时必须重新放回它以前所属于的内存分区。显然，采用这样的内存管理算法，内存碎片问题就得到了解决。

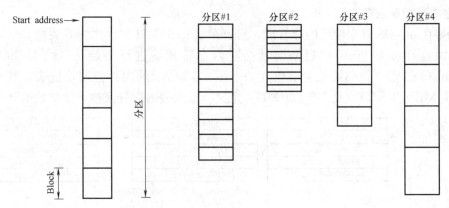

图 5.24　μC/OS-II 中的内存分区与分块

在内存中划分一个内存分区与内存块的方法非常简单，只要定义一个二维数组即可，其中每个一维数组就是一个内存块。例如，定义一个用来存储 INT16U 类型的数据，有 10 个内存块，每个内存块长度为 100B 的内存分区代码如下：

INT16U IntMemBuf [10] [100];

需要注意的是，上面这个定义只是在内存中划分出了分区及内存块的区域，还不是一个真正的可以动态分配的内存区。只有当把内存控制块与分区关联起来之后，系统才能对其进行相应的管理和控制，它才能是一个真正的动态内存区，如图 5.26 所示。

2. 内存控制块 OS_MEM

为了便于内存的管理，在 μC/OS-II 中使用内存控制块（MCB，Memory Control Blocks）的数据结构来跟踪每一个内存分区，系统中的每个内存分区都有它自己的内存控制块。

例 5.8　内存控制块的数据结构。

```
typedef struct {
    void        * OSMemAddr;            //内存分区的指针
    void        * OSMemFreeList;        //内存控制块链表的指针
    INT32U      OSMemBlkSize；          //内存块的长度
    INT32U      OSMemNBlks；            //分区内内存块的数目
    INT32U      OSMemNFree；            //分区内当前可分配的内存块的数目
} OS_MEM；
```

. OSMemAddr 是指向内存分区起始地址的指针。它在建立内存分区时被初始化，在此之后就不能更改了。

.OSMemFreeList 是指向下一个空闲内存控制块或者下一个空闲内存块的指针，具体含义要根据该内存分区是否已经建立来决定。

.OSMemBlkSize 是内存分区中内存块的大小，是用户建立该内存分区时指定的。

.OSMemNBlks 是内存分区中总的内存块数量，也是用户建立该内存分区时指定的。

.OSMemNFree 是内存分区中当前空闲的内存块数量。

当应用程序调用函数 OSMemCreate()建立一个内存分区之后，内存控制块与内存分区和内存块之间的关系随之确定，如图 5.26 所示。

3. 空内存控制块链表

如果要在 μC/OS-Ⅱ 中使用内存管理，需要在 OS_CFG.H 文件中将开关量 OS_MEM_EN 设置为 1。这样 μC/OS-Ⅱ 在启动时就会对内存管理器进行初始化（由 OSInit()调用 OSMemInit()实现）。该初始化主要建立一个图 5.25 所示的内存控制块链表，其中的常数 OS_MAX_MEM_PART（见 OS_CFG.H）定义了最大的内存分区数，该常数值至少应为 2。

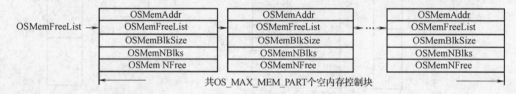

图 5.25　空内存控制块链表

与 μC/OS-Ⅱ 中的其他控制块一样，在 μC/OS-Ⅱ 初始化时，会调用内存控制块的初始化函数 OS_MemInit()定义并初始化一个空内存控制块链表。

5.11.2　动态内存的管理

μC/OS-Ⅱ 提供了 4 个动态内存管理的函数，见表 5.14。

表 5.14　内存操作函数

函 数 名 称	功　能	参　　数
OSMemCreate()	创建内存分区	内存分区的起始地址，分区中内存块的数目，每个内存块的字节数，错误信息
OSMemGet()	请求内存块	内存分区的指针，错误信息
OSMemPut()	释放内存块	内存块所属内存分区的指针，待释放内存块的指针
OSMemQuery()	查询内存块	待查询的内存控制块的指针，存放分区状态信息的结构的指针

1. 创建动态内存分区

在使用一个内存分区之前，必须先建立该内存分区。这个操作可以通过调用 OSMem-Create()函数来完成。函数原型如下：

OSMemCreate(void * addr,INT32U nblks,IN T32U blksize,INT8U * err);

说明：addr 是内存分区的起始地址，nblks 是分区中内存块的数目，blksize 是每个内存块的字节数，err 是错误信息。如果创建操作失败，它将返回一个 NULL 指针。否则，它将返回一个指向内存控制块的指针。

对内存管理的其他操作 OSMemGet()、OSMemPut()、OSMemQuery()等，都通过返回指针进行。

每个内存分区必须含有至少两个内存块，每个内存块至少为一个指针的大小，因为同一分区中的所有空闲内存块是由指针串联起来的。接着，OSMemCreate()从系统中的空闲内存控制块中取得一个内存控制块，该内存控制块包含相应内存分区的运行信息。OSMemCreate()必须在有空闲内存控制块可用的情况下才能建立一个内存分区。在上述条件均得到满足时，所要建立的内存分区内的所有内存块被链接成一个单向的链表。然后，在对应的内存控制块中填写相应的信息。完成上述各动作后，OSMemCreate()返回指向该内存块的指针。该指针在以后对内存块的操作中使用。

图 5.26 是 OSMemCreate() 函数完成后，内存控制块及对应的内存分区和分区内的内存块之间的关系。在程序运行期间，经过多次的内存分配和释放后，同一分区内的各内存块之间的链接顺序会发生很大的变化。

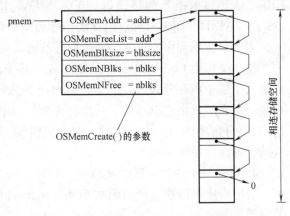

图 5.26　μC/OS-II 中的内存分区

例 5.9　建立一个含有 50 个内存块并且每块的长度为 64B 的内存分区。

```
OS_MEM  * CommTxBuffer;        //定义内存分区指针
INT8U    CommTxPart[50][64];   //定义分区和内存块
INT8U    err;
void main(void)
{
    ……
    //在主函数的适当位置建立内存分区
    CommTxBuffer=OSMemCreate(CommTxPart,50,64,&err);
    ……
}
```

2. 请求获得一个内存块

在应用程序需要一个内存块时，应用程序可以通过调用函 OSMemGet()向某内存分区请求获得一个内存块。该函数的原型如下：

```
void * OSMemGet (OS_MEM * pmem, INT8U * err);
```

说明：pmem 是内存分区的指针，err 是错误信息。

应用程序可以调用 OSMemGet()函数从已经建立的内存分区中申请一个内存块。该函数的唯一参数是指向特定内存分区的指针，该指针在建立内存分区时，由 OSMemCreate()函数返回。显然，应用程序必须知道内存块的大小，并且在使用时不能超过该容量。例如，如果一个内存分区内的内存块为 32B，那么，应用程序最多只能使用该内存块中的 32B。当应用程序不再使用这个内存块后，必须及时把它释放，重新放入相应的内存分区中。

3. 释放一个内存块

当应用程序不再使用一个内存块时，必须及时将其释放。应用程序通过调用函数 OS-MemPut()释放一个内存块。该函数的原型如下：

INT8U OSMemPut(OS_MEM * pmem, void * pblk);

说明：pmem 是内存块所属内存分区的指针，pblk 是待释放内存块的指针。

函数 OSMemPut()的返回值是错误信息。如果函数调用成功，将返回信息 OS_NO_ERR；否则将根据具体错误返回 OS_MEM_INVALID_PMEM（控制块指针为空指针）、OS_INVALID_PBLK（释放内存块指针为空指针）和 OS_MEM_FULL（分区已满）。

当用户应用程序不再使用一个内存块时，必须及时地把它释放并放回到相应的内存分区中。这个操作由 OSMemPut()函数完成。必须注意的是，OSMemPut()并不知道一个内存块是属于哪个内存分区的。例如，用户任务从一个包含 32B 内存块的分区中分配了一个内存块，用完后，把它返还给了一个包含 120B 内存块的内存分区。当用户应用程序下一次申请 120B 分区中的一个内存块时，它会只得到 32B 的可用空间，其他 88B 属于其他的任务，这就有可能使系统崩溃。

4. 查询一个内存分区的状态

应用程序可以通过调用函数 OSMemQuery()来查询一个分区目前的状态信息。该函数的原型如下：

INT8U OSMemQuery(OS_MEM * pmem, OS_MEM_DATA * pdata);

说明：pmem 是待查询的内存控制块的指针，pdata 是存放分区状态信息的结构指针。函数 OS-MemQuery()中的参数 pdata 是一个 SO_MEM_DATA 类型的结构。

调用函数 OSMemQuery()后，内存分区的状态信息就存放在这个结构中。调用函数 OSMemQuery()成功后，返回常数 OS_NO_ERR。

第 6 章 S3C44B0X 嵌入式微处理器

Samsung 公司的 S3C44B0X16/32 位 RISC 处理器为手持设备和控制系统提供了高性价比和高性能的微控制器解决方案。S3C44B0X 采用了 ARM 公司的 16/32 位 ARM7TDMI RISC 处理器，主频可达 66MHz。ARM7TDMI 集成了一个 Thumb 代码压缩器、一个片上 ICE 断点调试器和一个 32 位的硬件乘法器。S3C44B0X 提供了丰富的片上外设，大大减少了系统电路中除处理器以外的元器件配置，从而最小化系统的成本。

6.1 S3C44B0X 简介

S3C44B0X 是采用冯·诺依曼结构的 RISC 处理器。基于 SAMBAII（Samsung ARM CPU 嵌入式微处理器总线结构），其内部提供了丰富的片内外设。

本节主要讨论 S3C44B0X 的功能、内特性和外特性。其中，内特性主要讲述 S3C44B0X 的组成、结构和技术；外特性主要讲述 S3C44B0X 的引脚定义、功能等。

6.1.1 S3C44B0X 的功能

S3C44B0X 是比较经典的基于 ARM7TDMI 的微处理器，其功能强大、应用广泛，具有很强的代表性。

（1）片上外设简介

- ARM7TDMI 内核：$0.25\mu m$ 工艺，2.5V，SAMBA II 总线，主频 66MHz；
- Cache：集成 8KB 指令/数据 Cache；
- 存储器控制器：FP/EDO/SDRAM 控制，片选逻辑；
- LCD 控制器：最大支持 256 色 DSTN，并且带有一个 LCD 专用 DMA 通道；
- DMA 控制器：2 个通用 DMA 通道；2 个通道外设 DMA 并具有外部请求引脚；
- 串行通信接口：2 个 UART；1 个 SIO；1 个多主的 I^2C；1 个 IrDA；
- 1 个多主的 IIS 总线控制器；
- 5 个 PWM 定时器，1 个内部定时器；
- 1 个看门狗定时器；
- 71 个通用编程 I/O 口，8 个外部中断源；
- 8 路 10 位 ADC；
- 具有日历功能的 RTC；
- PLL 时钟发生器。

（2）电压范围

- 内核：2.5V；
- I/O：3.0～3.6V；
- 功耗控制模式：正常、低、休眠、停止。

（3）运行频率

• 最高运行频率：66MHz。

（4）封装形式

• 160LQFP/160FBGA。

6.1.2 S3C44B0X 的内特性

S3C44B0X 的内部结构如图 6.1 所示。S3C44B0X 以 CPU 单元为核心，通过系统总线实现与总线仲裁器、高速部件及电源管理等连接。

CPU 单元由 ARM7TDMI、写缓冲器、Cache 组成；JTAG 调试接口直接与 ARM7TDMI 连接，实现在线调试功能；高速部件包括存储器、DMA、LCD、中断控制器、总线桥和仲裁等；低速部件通过系统总线桥和仲裁/BDMA 连接到系统的高速总线。

低速部件包括 UART、PWM 定时器、看门狗、PGIO、RTC、ADC、IIC、IIS、SIO 等。

系统时钟直接连接到电源管理、高速总线、低速总线，实现全面控制。

片内的各类外设都连接到通用 I/O 口 GPIO。

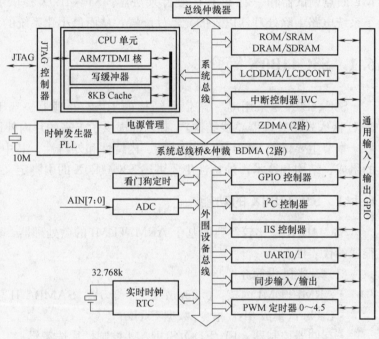

图 6.1 S3C44B0X 的内部结构

（1）系统存储管理

• 工作模式：支持大端模式、小端模式，可以通过外部引脚选择，默认为小端模式；

• 地址空间：包含 8 个独立地址空间（BANK0～7），每个地址空间为 32MB，合计 256MB；

• 对齐方式：所有地址空间都可以 8 位、16 位或 32 位对齐；

• 存储类型：8 个独立的地址空间。BANK0～5 是起始地址固定、大小可编程的地址空间，可用于存储器（ROM、SRAM）和 I/O 口扩展；BANK6～7 是起始地址固定、大小都可编程的地址空间，可用于 ROM、SRAM、DRAM、SDRAM 等存储器；BANK0 的 0x01C00000～0x01FFFFFF 固定为片内特殊功能寄存器 SFR 空间；

• 所有存储器的访问周期都可以通过编程配置；

• 提供外部扩展总线的等待周期；

• 在低功耗下，支持 DRAM/SDRAM 自动刷新；

• 支持地址对称或非地址对称 DRAM。

（2）Cache 和片内 SRAM

- 4 路相连统一的 8KB 指令/数据 Cache；
- 未作为 Cache 使用的 0/4/8KB Cache 空间可以作为 SRAM 使用；
- 具有 4 级深度的写缓冲。

（3）时钟和功耗管理

- 片上 PLL 使得 MCU 的工作时钟频率最高为 66MHz；
- 时钟可以通过软件选择性地返回每个功能块；
- 功耗模式：

正常模式：正常运行模式；

低速模式：不带 PLL 低频时钟；

休眠模式：只使 CPU 的时钟停止；

停止模式：所有时钟都停止；

- EINT［7：0］或 RTC 警告中断可使功耗管理从停止模式中唤醒。

（4）中断控制器

- 30 个中断源：中断源分类见表 6.1。

表 6.1　中断源列表

分　类	数　量	说　明
看门狗	1	WDT 计数器溢出中断
定时器	6	PWM 定时器 0～定时器 5 计数器溢出中断
UART	6	UART0-1 错误中断、UART0-1 接收中断、UART0-1 发送中断
外部中断	8	独立外部中断 0～3、共享外部中断 4～7
DMA 中断	4	ZDMA 中断 0-1、BDMA 中断 0-1
RTC 中断	2	RTC 报警中断、RTC 滴答中断
ADC 中断	1	ADC 中断
I²C 中断	1	IIC 中断
SIO 中断	1	SIO 中断

- 支持矢量 IRQ 中断；
- 外部中断信号支持电平/边沿两种触发方式；
- 可编程电平/边沿极性；
- 支持 FIQ 中断。

（5）带 PWM（脉宽可调）的定时器

- 5 个 16 位的 PWM 定时器；1 个 16 位基于 DMA 或基于中断的内部定时器；
- 可编程工作周期、频率、极性；
- 死区（Dead-zone）产生器；
- 支持外部中断源。

（6）实时时钟 RTC

- 工作模式：年月日时分秒毫秒星期；
- 运行频率：32.768kHz；

- CPU 唤醒的警告中断；
- 时间滴答（Time Tick）中断。

（7）通用输入/输出端口

- 8 个外部中断端口；
- 71 个多功能复用 GPIO 端口。

（8）UART

- 2 个基于 DMA 或基于中断的 UART；
- 支持 5～8 位数据传输；
- 传输过程中，支持硬件握手逻辑；
- 波特率可编程；
- 支持 IrDA1.0（115.2kbit/s）；
- 用于回路检测模式；
- 每个通道有两个内部 32B FIFO 收发缓冲器。

（9）DMA 控制器

- 2 路通用的无 CPU 干涉的 DMA 控制器；
- 2 路桥式 DMA（外设 DMA）控制器；
- 支持 I/O 到内存、内存到 I/O、I/O 到 I/O 的桥式 DMA 传送；
- DMA 请求方式：软件，内部 4 种功能块（UART、SIO、实时器、IIS），外部引脚；
- DMA 间的优先级可编程；
- 突发传送模式提高了 FPDRAM、EDODRAM 和 SDRAM 的传送速率；
- 支持内存到 I/O 的 Fly-by 模式和 I/O 到内存的传送模式。

（10）ADC 控制器

- 分辨率：10 位；
- 8 通道多路 ADC；
- 最高速率：100kbit/s。

（11）LCD 控制器

- 支持彩色/单色/灰度 LCD；
- 支持单扫描和双扫描显示；
- 支持虚拟显示功能；
- 系统内存可作为显示内存；
- 专用 DMA 用于从系统内存提取图像数据；
- 可编程屏幕大小；
- 灰度 16 级；
- 彩色模式：256 色。

（12）WDT 看门狗定时器

- 16 位看门狗定时器；
- 定时中断请求，或系统超时复位。

（13）I²C 总线控制器

- 1 个基于中断操作的多主 I²C 总线；

- 8 位双向串行数据收发器，标准工作模式：100kbit/s，快速工作模式：400kbit/s。

（14）IIS（音频接口）总线控制器

- 1 路基于 DMA 操作的音频 IIS 总线接口；
- 每个通道支持 8 位或 16 位数据传送；
- 支持 MSB 可调整的数据格式。

（15）SIO（同步串行 I/O）总线控制器

- 1 路基于 DMA 的或基于中断的 SIO；
- 波特率可编程；
- 支持 8 位 SIO 串行数据收发。

6.1.3　S3C44B0X 的外特性

本节主要从 S3C44B0X 的引脚定义、分类与功能说明等几个方面来研究 S3C44B0X 的外特性，讨论与存储器扩展和各类 I/O 口扩展相关的信号定义与特点。

（1）引脚分类　S3C44B0X 的引脚分布与分类如图 6.2 所示。图中把 S3C44B0X 的引脚按照内特性的功能模块所使用的信号进行了详细分类，便于以后的设计和讨论。依据 S3C44B0X 的内部结构，基本上可分为存储器扩展接口、LCD 接口、UART 接口、DMA 接口、INTC 接口、PWM 接口、看门狗接口、时钟接口、ADC 接口、GPIO 和 IIC、IIS、

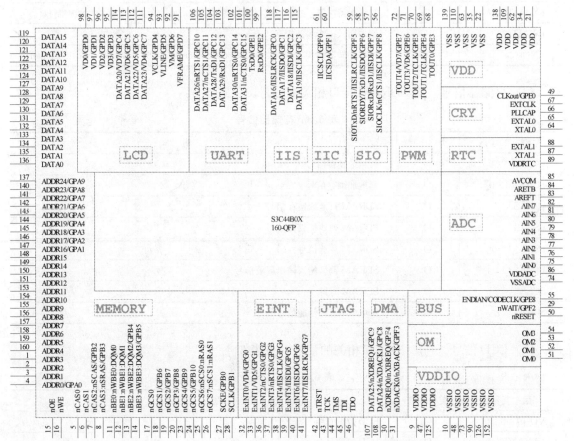

图 6.2　S3C44B0X 的外特性

SIO 等接口信号。

（2）符号定义　在引脚说明中，定义 I 表示输入、O 表示输出、L 表示低电平有效、H 表示高电平有效、U 表示上升沿有效、D 表示下降沿有效、P 表示脉冲有效、A 表示模拟信号。

（3）总线控制类信号　与总线扩展（包括存储器扩展和 IO 口扩展）相关的信号，见表 6.2。

表 6.2　总线控制类信号

信　号	类　型	说　明			
OM [1：0]	I	OM [1：0]	00	01	10	11
		设置模式	nGCS0 DB＝8 位	nGCS0 DB＝16 位	nGCS0 DB＝32 位	Test
ADDR [24：0]	O	地址总线			
DATA [31：0]	I/O	数据总线：存储器存取时，可编程为 8/16/32 位			
nGCS [7：0]	O	通用片选，nGCS [7：0]＝BANK [7～0]，nGCS [n] 有效时 BANK [n] 被选中			
nWE	O	写使能，指示当前总线周期为写周期			
nWBE [3：0]	O	写字节使能，控制存储器存取			
nBE [3：0]	O	高字节/低字节使能，SRAM 使用			
nOE	O	输出使能，指示当前总线周期为读周期			
nXBREO	I	总线保持请求，允许另一个主控器请求本地总线控制			
nXBACK	O	总线保持应答，指示 S3C44B0X 释放总线，另一个主控器获得总线控制权			
nWAIT	IL	请求插入一个等待周期			
ENDIAN	I	选择存储器模式：1 为大端模式（Big Endian）、0 为小端模式（Little Endian）			

（4）存储器信号　与 SDRAM 接口相关的信号，见表 6.3。

表 6.3　存储器信号

信　号	类　型	说　明
nRAS [1：0]	O	行地址锁存信号
nCAS [3：0]	O	列地址锁存信号
nSRAS	O	SDRAM 行地址锁存信号
nSCAS	O	SDRAM 列地址锁存信号
nSCS [1：0]	O	SDRAM 片选信号
DOM [3：0]	O	SDRAM 数据输入输出屏蔽信号
SCLK	O	SDRAM 时钟
SCKE	O	SDRAM 时钟使能信号

（5）LCD 信号　与 LCD 接口相关的信号，见表 6.4。

表 6.4　LCD 信号

信　号	类　型	说　明
VD [7：0]	O	LCD 数据总线
VFRAME	O	LCD 帧信号

（续）

信　　号	类　　型	说　　明
VM	O	交替改变行列电压极性
VLINE	O	LCD 行信号
VCLK	O	LCD 时钟信号

（6）PWM 信号　与 PWM 接口相关的信号，见表 6.5。

表 6.5　PWM 信号

信　　号	类　　型	说　　明
TOUT [4：0]	O	定时器输出 [4：0]
TCLK	I	外部时钟输入

（7）中断控制信号　与外部中断相关的信号，见表 6.6。

表 6.6　中断控制信号

信　　号	类　　型	说　　明
EINT [7：0]	I	外部中断请求输入 [7：0]

（8）DMA 信号　与 DMA 操作相关的信号，见表 6.7。

表 6.7　DMA 信号

信　　号	类　　型	说　　明
nXDREQ [4：0]	I	外部 DMA 请求信号
nXDACK [4：0]	O	外部 DMA 请求应答信号

（9）UART 信号　与 UART 接口相关的信号，见表 6.8。

表 6.8　UART 信号

信　　号	类　　型	说　　明
RxD [1：0]	I	UART 接收数据信号线
TxD [1：0]	O	UART 发送数据信号线
nCTS [1：0]	I	清除发送
nRTS [1：0]	O	请求发送

（10）IIC 总线信号　与 IIC 总线相关的信号，见表 6.9。

表 6.9　IIC 总线信号

信　　号	类　　型	说　　明
IICSDA	IO	IIC 总线数据
IICSCL	IO	IIC 总线时钟

（11）IIS 总线控制类　与 IIS 总线相关的信号，见表 6.10。

表 6.10   IIS 总线信号

信 号	类 型	说 明
IISLRCK	IO	IIS 总线通道选择时钟
IISDO	O	IIS 总线串行数据输出
IISDI	O	IIS 总线串行数据输入
IISCLK	IO	IIS 总线串行时钟
CODECCLK	O	CODEC 系统时钟

(12) SIO 总线信号   与 SIO 总线相关的信号，见表 6.11。

表 6.11   SIO 总线信号

信 号	类 型	说 明
SIORxD	I	SIO 接收数据信号线
SIOTxD	O	SIO 发送数据信号线
SIOCK	IO	SIO 时钟
SIORDY	IO	当 DMA 完成 SIO 操作时，SIO 的握手信号

(13) ADC 信号   与 ADC 接口相关的信号，见表 6.12。

表 6.12   ADC 信号

信 号	类 型	说 明
AIN [7：0]	AI	ADC 输入 [7：0]
AREFT	AI	ADC. Top. Vref
AREFB	AI	ADC. Bottom. Vref
AVCOM	AI	ADC. Common. Vref

(14) GPIO 信号   与通用 I/O 相关的信号，见表 6.13。

表 6.13   GPIO 信号

信 号	类 型	说 明
P [70：0]	I/O	通用输入输出，一些端口仅仅用于输出

(15) 复位和时钟信号   与复位、时钟相关的信号，见表 6.14。

表 6.14   复位和时钟信号

信 号	类 型	说 明			
nRESET	ST L	复位信号，至少 4 个 MCLK 的低电平			
OM [3：2]	I	时钟产生方法	00	01	10, 11
			[XTAL0，E XTAL0] 和 PLLON 决定	EXTCLK 和 PLLON 决定	芯片测试
EXTCLK	I	OM [3：2]＝01 时为外部中断源，未使用时，必须接高电平			
XTAL0	AI	系统时钟晶振输入，未使用时，必须接高电平			

（续）

信　号	类　型	说　明
EXTAL0	AO	系统时钟晶振输出，是 XTAL0 反相输出，未使用时，必须悬空
PLLCAP	AI	系统时钟 PLL 滤波电容
XTAL1	AI	实时时钟晶振输入
EXTAL1	AO	实时时钟晶振输出，是 XTAL1 反相输出
CLKout	O	f_{out}或 f_{pllo}

（16）JTAG 信号　与 JTAG 接口相关的信号，见表 6.15。

表 6.15　JTAG 信号

信　号	类　型	说　明
nTRST	I	TAP 控制器复位，接 10k 上拉电阻
TMS	I	TAP 控制器模式选择，接 10k 上拉电阻
TCK	I	TAP 控制器时钟，接 10k 上拉电阻
TDI	I	TAP 控制器数据输入，接 10k 上拉电阻

（17）电源类信号　与电源和地相关的信号，见表 6.16。

表 6.16　电源类信号

信　号	类　型	说　明
VDD	P	内核逻辑 VDD=2.5V
VSS	P	内核逻辑 VSS
VDDIO	P	IO 端口 VDDIO=3.3V
VSSIO	P	IO 端口 VSSIO
RTCVDD	P	RTCVDD=2.5V/3.0V，不支持 3.3V
VDDADC	P	VDDADC=2.5V
VSSADC	P	VSSADC

6.2　S3C44B0X 存储控制器功能及应用开发

在嵌入式系统中，用户使用的存储器类型可以是 FLASH、SDRAM、DDRI、DDRII 等多种类型，不同类型的存储器要求有不同的存取速度、数据宽度、控制信号等，这一切都是由片内存储器控制器提供的。在嵌入式处理器中，一般都会由存储器控制器把寻址空间分割成几个独立的存储子空间，并把每一个存储子空间赋予不同的功能，以便于用户设计开发。

6.2.1　S3C44B0X 存储空间概述

S3C44B0X 包含 8 个独立地址空间：从 BANK0 到 BANK7，每个 BANK 为 32MB，合计 256MB。可扩展为 ROM、SRAM、DRAM、SDRAM 等存储器类型，涵盖了常用的存储类型。同样，I/O 设备可以影射到存储空间进行管理。

1. 存储空间定义

S3C44B0X 存储空间划分如图 6.3 所示。

2. 说明

• 可使用的存储器类型有 ROM、FLASH、SRAM、SDRAM 等；

• 存储空间：每个 BANK 有 25 条地址线，可寻址 32MB，8 个 BANK 合计为 256MB；

• BANK0～BANK5 的起始地址和空间大小都是固定的，一般用于片内和片外 I/O 寻址空间，如 I/O 空间、USB、以太网口扩展等；

• BANK6～BANK7 的起始地址是固定的，空间大小可配置为 2/4/8/16/32MB；BANK6 和 BANK7 的空间必须配置为相同大小，其地址关系如表 6.17 所示。BANK6 和 BANK7 一般用于内存扩展；

• SFR 空间是 S3C44B0X 片内外设的特殊功能寄存器 SFR 的定义空间，大小为 4MB，主要分配给存储器控制器、中断控制器、DMA 控制器、LCD 控制器等片内 I/O 的 SFR 使用；

图 6.3 S3C44B0X 复位后的存储器地址分配

地址	BANK	类型	大小
0x10000000	BANK7	ROM/DRAM/SDRAM nGCS7	32MB：2/4/8/16/32MB
0x0E000000	BANK6	ROM/DRAM/SDRAM nGCS6	32MB：2/4/8/16/32MB
0x0C000000	BANK5	ROM：nGCS5	32MB
0x0A000000	BANK4	ROM：nGCS4	32MB
0x08000000	BANK3	ROM：nGCS3	32MB
0x06000000	BANK2	ROM：nGCS2	32MB
0x04000000	BANK1	ROM：nGCS1	32MB
0x02000000	SFR	Special Function Registers	4MB
0x01C00000	BANK0	ROM：nGCS0	28MB
0x00000000			

• I/O 设备可以影射到存储空间进行管理。

表 6.17 BANK6 和 BANK7 的地址分配

地址/MB	2	4	8	16	32
BANK6					
起始地址	0x0C0000000	0x0C0000000	0x0C0000000	0x0C0000000	0x0C0000000
结束地址	0x0C1FFFFF	0x0C3FFFFF	0x0C7FFFFF	0x0CFFFFFF	0x0DFFFFFF
BANK7					
起始地址	0x0C2000000	0x0C4000000	0x0C8000000	0x0D0000000	0x0E0000000
结束地址	0x0C3FFFFF	0x0C7FFFFF	0x0CFFFFFF	0x0DFFFFFF	0x0FFFFFFF
说明	BANK7 与 BANK6 大小相同，地址连续				

3. 存储控制器的功能描述

主要介绍 S3C44B0X 存储器控制器 MMC 的功能、特殊功能寄存器 SFR 和控制方法等。

（1）地址连线配置　如果存储器的存储空间的粒度是 8 位的字节，则 16 位数据宽度需要一次寻址 2B、32 位数据宽度需要一次寻址 4B。

从地址线上看，如果 CPU 的 A0 是最低有效地址位，其寻址空间是按字节寻址；如果 CPU 的 A1 是最低有效地址位，而 A0 任意值 x，其寻址空间是按半字寻址的；如果 CPU 的 A2 是最低有效地址位，而 A1 和 A0 的任意值 xx，其寻址空间是按字寻址的：000 开始的字单元和 100 开始的字单元。其对齐方法如图 6.4 所示。

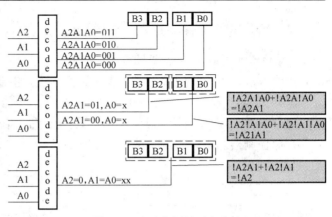

图 6.4　地址空间的对齐方法

结论：字节寻址时，A0 为最低有效地址位；半字寻址时，A1 为最低有效地址位；字寻址时，A2 为最低有效地址位。

（2）大端模式或小端模式选择　处理器复位时，通过引脚 Endian 选择大端模式或小端模式，见表 6.18。

表 6.18　选择存储器模式

Endian	模　式	条　件
0	小端模式（Little Endian）	Endian 电阻下拉到 VSS
1	大端模式（Big Endian）	Endian 电阻上拉到 VDD

（3）BANK0 总线宽度　BANK0 是启动 ROM 所在的空间（映射地址为 0x00000000），所以必须在第一次访问 ROM 前设置 BANK0 的数据宽度；BANK0 的数据宽度引脚由 OM[1：0] 选择，见表 6.19。

表 6.19　BANK0 总线宽度选择

OM1	OM0	条　件
0	0	8 位
0	1	16 位
1	0	32 位
1	1	测试

BANK0 的数据宽度与地址连线见表 6.20。

表 6.20　BANK0 总线宽度与地址连线

存储器地址线	S3C44B0X 地址线@8 位数据宽度	S3C44B0X 地址线@16 位数据宽度	S3C44B0X 地址线@32 位数据宽度
A0	A0（字节寻址）	A1（半字寻址）	A2（字寻址）
A1	A1	A2	A3
A2	A2	A3	A4
A3	A3	A4	A5
…	…	…	…

6.2.2　S3C44B0X 存储控制器的 SFR

S3C44B0X 的存储控制器具有 13 个 SFR，这 13 个 SFR 控制着 S3C44B0X 存储器的功能和操作方法，下面详细说明其功能和配置方法。主要包括：

SFR 列表：包括 SFR 的名称、地址、状态、功能、初始值。

单个 SFR 特性：包括 SFR 的位名称、位地址、位功能、初始值。

存储控制器的 13 个 SFR 列表见表 6.21。

表 6.21　存储控制器的 13 个 SFR

寄存器名称	地　　址	状　　态	功　　能	初　始　值
BWSCON	0x1C80000	R/W	总线宽度和等待状态的控制寄存器	0x000000
BANKCON0	0x1C80004	R/W	Bank 0 控制寄存器	0x000700
BANKCON1	0x1C80008	R/W	Bank 1 控制寄存器	0x000700
BANKCON2	0x1C8000C	R/W	Bank 2 控制寄存器	0x000700
BANKCON3	0x1C80010	R/W	Bank 3 控制寄存器	0x000700
BANKCON4	0x1C80014	R/W	Bank 4 控制寄存器	0x000700
BANKCON5	0x1C80018	R/W	Bank 5 控制寄存器	0x000700
BANKCON6	0x1C8001C	R/W	Bank 6 控制寄存器	0x018008
BANKCON7	0x1C80020	R/W	Bank 7 控制寄存器	0x018008
REFREASH	0x1C80024	R/W	DRAM/SDRAM 刷新控制寄存器	0xAC0000
BANKSIZE	0x1C80028	R/W	存储器大小配置寄存器	0x000000
MRSRB6	0x1C8002C	R/W	Bank6 模式设置寄存器	0x ******
MRSRB7	0x1C80030	R/W	Bank7 模式设置寄存器	0x ******

说明：(1) 在 C 语言中，可以把寄存器的地址、初始值等定义成符号常量，方便编程使用。

　　　如：#dedine arBWSCON 0x01C80000;　//前缀 r 表示寄存器，前缀 a 表示地址

　　　　　#dedine crBWSCON 0x00000000;　//前缀 r 表示寄存器，前缀 c 表示常量

　　　(2) 在 SFR 中，状态栏中 R 表示读，W 表示写。

例 6.1　存储控制器的 13 个 SFR 配置实例见表 6.22。

表 6.22　存储控制器的 13 个 SFR 配置实例

寄存器名称	配　置　值	说　　明
BWSCON	0x11110090	Bank0=OM [1:0]，Bank1~Bank7=16 位，bank2,3=8 位；
BANKCON0	0x00000600	Tacc=10 个时钟；
BANKCON1	0x00007FFC	Tacs=4 个时钟；Tcos=4 个时钟；Tacc=14 个时钟；Toch=4 个时钟；Tpac=4 个时钟
BANKCON2	0x00007FFC	Tacs=4 个时钟；Tcos=4 个时钟；Tacc=14 个时钟；Toch=4 个时钟；Tpac=4 个时钟
BANKCON3	0x00007FFC	Tacs=4 个时钟；Tcos=4 个时钟；Tacc=14 个时钟；Toch=4 个时钟；Tpac=4 个时钟
BANKCON4	0x00007FFC	Tacs=4 个时钟；Tcos=4 个时钟；Tacc=14 个时钟；Toch=4 个时钟；Tpac=4 个时钟

（续）

寄存器名称	配　置　值	说　明
BANKCON5	0x00007FFC	Tacs＝4 个时钟；Tcos＝4 个时钟；Tacc＝14 个时钟；Toch＝4 个时钟；Tpac＝4 个时钟
BANKCON6	0x00018000	GCS6 SDRAM（Trcd＝2，SCAN＝8）
BANKCON7	0x00018000	GCS7 SDRAM（Trcd＝2，SCAN＝8）
REFRESH	0x00820591	DRAM/SDRAM 刷新控制寄存器
BANKSIZE	0x16	SCLK 允许；BANK6/7 是 8MB/8MB
MRSRB6	0x20	MRSR6 CL＝2 个时钟
MRSRB7	0x20	MRSR7 CL＝2 个时钟

（1）BWSCON——总线宽度/等待状态控制寄存器　见表 6.23。

表 6.23　BWSCON 位说明

位				位 名 称		说　明			
[7]	[11]	[15]	[19]	ST1~ST7	BANK * 的 SRAM 是否使用 UB/LB	0：否，P [14：11] ＝nWBE [3：0]			
[23]	[27]	[31]				1：是，P [14：11] ＝nBE [3：0]			
[6]	[10]	[14]	[18]	WS1~WS7	BANK * 的 SRAM 的等待状态	0：否，等待禁止，对 DRAM/SDRAM 无效			
[22]	[26]	[30]				1：是，等待使能，对 DRAM/SDRAM 无效			
[5：4]	[9：8]	[13：12]	[17：16]	DW1~DW7	确定 BANK * 的数据总线宽度		00	01	10
[21：22]	[25：24]	[29：28]					8	16	32
			[2：1]	DW0	指示 BANK * 的数据总线宽度	OM [1：0]	00	01	10
						宽度	8	16	32
			[0]	ENDIAN	确定模式	0：小端模式			
						1：大端模式			

（2）BANKCONn——控制寄存器　如表 6.24 和表 6.25 所示。

表 6.24　BANKCON0 ~ BANKCON5 的位说明

位	位 名 称	说　明								
[14：13]	Tacs	在 nGCSn 有效前地址建立时间	取值	00		01		10		11
			clcks	0		1		3		4
[12：11]	Tcos	在 nOE 上芯片选择建立时间		00		01		10		11
			clcks	0		1		3		4
[10：8]	Tacc	存取周期		000	001	010	011	100	101	110	111
			clcks	1	2	3	4	6	8	10	14
[7：6]	Toch	在 nOE 芯片选择保持时间		00		01		10		11
			clcks	0		1		3		4
[5：4]	Tcah	在 nGCSn 有效前地址保持时间		00		01		10		11
			clcks	0		1		3		4

（续）

位	位 名 称	说 明				
[3：2]	Tpac	页模式存取周期	00	01	10	11
		clcks	2	3	4	6
[1：0]	PMC	页模式配置	00	01	10	11
		Datas	1	4	8	16

表 6.25 BANKCON6 ~ BANKCON7 的位说明

位	位名称	说 明								类型
[16：15]	MT	BNAK6/7 的存储类型	取值	00		01		10	11	
			Type	ROM/SRAM		FP DRAM		EDO DRAM	Sync DRAM	
[14：13]	Tacs	在 nGCSn 有效前 地址建立时间	取值	00		01		10	11	
			clcks	0		1		3	4	
[12：11]	Tcos	在 nOE 芯片选择 建立时间		00		01		10	11	
			clcks	0		1		3	4	
[10：8]	Tacc	存取周期	000	001	010	011	100	101	110 111	ROM 和 SRAM
			clcks	1 2	3	4	6	8	10 14	
[7：6]	Toch	在 nOE 芯片选择 保持时间		00		01		10	11	
			clcks	0		1		3	4	
[5：4]	Tcah	在 nGCSn 有效前 地址保持时间		00		01		10	11	
			clcks	0		1		3	4	
[3：2]	Tpac	页模式存取周期		00		01		10	11	
			clcks	2		3		4	6	
[1：0]	PMC	页模式配置		00		01		10	11	
			Datas	1		4		8	16	
[5：4]	Trcd	RAS 到 CAS 延时		00		01		10	11	
			clcks	0		1		3	4	DRAM
[3]	Tcas	CAS 脉冲宽度		0		1				
			clcks	1		1				
[2]	Tcp	CAS 预充电周期		0		1				
			Datas	1		1				
[1：0]	CAN	列地址数目		00		01		10	11	
			Bit	8		9		10	11	
[3：2]	Trcd	RAS 到 CAS 延时		00		01		10		
			clcks	2		3		4		SDRAM
[1：0]	SCAN	列地址数目		00		01		10	11	
			Bit	8		9		10	11	

（3）REFRESH——DRAM/SDRAM 刷新控制寄存器　见表 6.26。

表 6.26　REFRESH 的位说明

位	位 名 称	说 明
[23]	REFEN	DRAM/SDRAM 刷新使能：0 为禁止，1 为使能
[22]	TREFMD	DRAM/SDRAM 刷新模式：0 为 CBR/Auto，1 为自动刷新
[21：20]	Trp	DRAM/SDRAM 预充电时间： DRAM：00=1.5CLK，01=2.5CLK，10=3.5CLK，11=4.5CLK SDRAM：00=2CLK，01=3CLK，10=4CLK，11=不支持
[19：18]	Trc	SDRAM RC 最短时间： SDRAM：00=4CLK，01=5CLK，10=6CLK，11=7CLK
[17：16]	Tchr	DRAM 的 CS 保持时间： DRAM：00=1CLK，01=2CLK，10=3CLK，11=4CLK
[15：11]	Reserved	保留未使用
[10：00]	Refresh Counter	DRAM/SDRAM 刷新计数器： 刷新周期＝$(2^{11}＋1－$刷新计数值$)/$时钟频率

（4）BANKSIZE——BANK 大小寄存器　见表 6.27。

表 6.27　BANKSIZE 的位说明

位	位 名 称	说 明
[4]	ACLKEN	0＝普通 SCLK，1＝低功耗 SCLK，即 SCLK 仅在 SDRAM 存取周期中产生
[3]	Reserved	
[2：0]	BK76MAP	BANK6/7 存储器映射： 000＝32MB/32MB，100＝2MB/2MB，101＝4MB/4MB，110＝8MB/8MB， 111＝16MB/15MB

（5）MRSR6/7——BANK6/7 模式设置寄存器　见表 6.28。

表 6.28　MRSRB6/7 的位说明

位	位 名 称	说 明
[9]	WBL	写突发脉冲长度：0 是推荐值
[8：7]	TM	测试模式：00＝测试模式，01、10、11＝保留
[6：4]	CL	CAS 突发响应时间：000＝1CLK，010＝1CLK，011＝3CLK，Others＝保留
[3]	BT	突发类型：0＝连续、推荐，1＝保留
[2：0]	BL	突发长度：000＝1、推荐，Others＝保留

6.2.3　S3C44B0X 存储控制器应用编程

在掌握 S3C44B0X 存储控制器的基础上，应进一步掌握应用汇编语言对其编程配置的方法。

例 6.2　**存储器配置**：配置 13 个存储控制器，只能用汇编语言编写。

```
LDR        R0,   =SMRDATA
LDMIA      R0,    {R1-R13}
```

```
        LDR      R0,    =0x01C80000    ; BWSCON ADRRESS
        STMIA    R0,    {R1-R13}
SMRDATA：                              ; 定义配置值
        .LONG    0x22221210            ; BWSCON
        .LONG    0x00000600            ; GCS0
        .LONG    0x00000700            ; GCS1
        .LONG    0x00000700            ; GCS2
        .LONG    0x00000700            ; GCS3
        .LONG    0x00000700            ; GCS4
        .LONG    0x00000700            ; GCS5
        .LONG    0x0001002A            ; GCS6
                                       ; EDO DRAM
        .LONG    0x0001002A            ; GCS7，EDO DRAM
        .LONG    0x00960000            ; REFRESH
        .LONG    0x00000000            ; BANK SIZE
        .LONG    0x00000020            ; MRSR6（CL=2）
        .LONG    0x00000020            ; MRSR7（CL=2）
```

对于 GCS6 EDO DRAM:

Trcd	Tcas	Tcp	CAN
3	2	1	10bit

对于 REFRESH:

REFEN	TREFMD	Trp	Trc	Tchr
1	0	3	5	3

例 6.3 存储器读写的汇编语言程序。

存储器读写，cRWramtest. s

```
cRWramtest：
        LDR      R2,    =0x0C010000
        LDMIA    R3,    =0x55AA55AA
        STR      R3,    [R2]              ; 向 0x0C010000 地址写入一个字
        LDR      R3,    [R2]              ; 从 0x0C010000 地址读取一个字

        LDR      R2,    =0x0C010000
        LDRH     R3,    [R2]              ; 从 0x0C010000 地址读取一个半字
        STRH     R3,    [R2，#2]          ; 向 0x0C010002 地址写入一个半字

        LDR      R2,    =0x0C010000
        LDRB     R3,    [R2]              ; 从 0x0C010000 地址读取一个字节
        STRB     R3,    [R2，#1]          ; 向 0x0C010001 地址写入一个字节
```

描述：用 LDR 和 STR 指令，从已经初始化的 RAM 读写一个字节/半字/字

例 6.4 存储器读写的 C 语言程序。

存储器读写，cRWramtest. c

```
void   cRWramtest（void）
{
    unsigned long      * ptrw=0x0C010200;      //定义一个长指针并赋初值 0x0C010200
    unsigned short     * ptrh=0x0C010200;      //定义一个短指针并赋初值 0x0C010200
    unsigned char      * ptrb=0x0C010200;      //定义一个字符指针并赋初值 0x0C010200
    unsigned long      tmpw;                   //定义一个长整型变量
```

```
    unsigned short      tmph;                   //定义一个短整型变量
    unsigned char       tmpb;                   //定义一个字符变量

    * ptrw              =0x55AA55AA;
    tmpw               = * ptrw;                //向 0x0C010000 地址写入一个字
    * ptrw             =tmpw;                    //从 0x0C010000 地址读取一个字

    tmph               = * ptrh;                //向 0x0C010000 地址写入一个半字
    * ptrh             =tmph;                    //从 0x0C010000 地址读取一个半字

    tmpb               = * ptrb;                //向 0x0C010000 地址写入一个字节
    * ptrb             =tmpb;                    //从 0x0C010000 地址读取一个字节

}
```

6.3　S3C44B0X 的 GPIO 端口功能及应用开发

GPIO 是 CPU I/O 扩展的通道。S3C44B0X 通过 GPIO 引脚与外围器件进行硬件连接，S3C44B0X 对 GPIO 提供了丰富的配置功能，通过配置 S3C44B0X 的 GPIO 引脚，可实现不同的功能扩展。

6.3.1　S3C44B0X 的 GPIO 概述

S3C44B0X 具有 71 个通用可编程多功能输入/输出脚 GPIO。每个 GPIO 都可能是一个多功能引脚，都可以通过 GPIO 的 SFR 进行配置。

1. GPIO 的功能概述

S3C44B0X 有 71 个通用可编程 GPIO 端口，共分为 7 类：

- 1 个 10 位输入/输出端口：PortA；
- 1 个 11 位输入/输出端口：PortB；
- 1 个 16 位输入/输出端口：PortC；
- 2 个 9 位输入/输出端口：PortE、PortF；
- 2 个 8 位输入/输出端口：PortD、PortG；

2. GPIO 的复用技术

S3C44B0X 的 I/O 端口引脚为多功能复用引脚。如果引脚的多功能没有使用，那么默认该引脚为 I/O 引脚。采用多路开关实现 GPIO 的多功能复用。

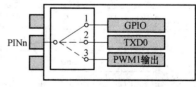

图 6.5　GPIO 引脚复用方法

通过多路开关，控制引脚的功能选择。如图 6.5 所示，当开关接在"1"上时，PINn 是 GPIO；当开关接在"2"上时，PINn 是 TxD0；当开关接在"3"上时，PINn 是 PWM1 输出。图 6.5 中的 PINn 有 3 种选择，因此需要两位控制信号。

3. GPIO 的配置方案

通常，在主程序运行前，每个 GPIO 端口都由软件编程配置好；如果一个引脚的多功能没有使用，则该引脚将被配置成 I/O 端口。

例 6.5　配置表如表 6.29 所示。

表 6.29　配置 IO 端口控制寄存器

端　口	功能 0	功能 1	功能 2	功能 3
PortA	PA9~PA1	O	ADDR24~ADDR16		
	PA0	O	ADDR0		
PortB	PB10~PB6	O	nGCS5~ nGCS1		
	PB5	O	nWBE3：nBE3：DQM3		
	PB4	O	nWBE2：nBE2：DQM2		
	PB3	O	nSRAS：nCAS3		
	PB2	O	nSCAS：nCAS2		
	PB1	O	SCLK		
	PB0	O	SCKE		
PortC	PC15	IO	DATA31	nCTS0	
	PC14	IO	DATA30	nRTS0	
	PC13	IO	DATA29	RxD1	
	PC12	IO	DATA28	TxD1	
	PC11	IO	DATA27	nCTS1	
	PC10	IO	DATA26	nRTS1	
	PC9	IO	DATA25	nXDREQ1	
	PC8	IO	DATA24	nXDACK1	
	PC7~ PC4	IO	DATA23~ DATA20	VD4~VD7	
	PC3	IO	DATA19	IISCLK	
	PC2	IO	DATA18	IISDI	
	PC1	IO	DATA17	IISDO	
	PC0	IO	DATA16	IISLRCK	
PortC	PD7	IO	VFRAME		
	PD6	IO	VM		
	PD5	IO	VLINE		
	PD4	IO	VCLK		
	PD3~ PD0	IO	VD3~VD0		
PortE	PE8	Endian	CODECLK	IO	
	PE7	IO	TOUT4	VD7	
	PE6	IO	TOUT3	VD6	
	PE5	IO	TOUT2	TCLK	
	PE4	IO	TOUT1	TCLK	
	PE3	IO	TOUT0		
	PE2	IO	RxD0		

（续）

端　　口		功能 0	功能 1	功能 2	功能 3
PortE	PE1	IO	TxD0		
	PE0	IO	Fpllo	Fout	
PortF	PF8	IO	nCTS1	SIOCK	IISCLK
	PF7	IO	RxD1	SIORxD	IISDI
	PF6	IO	TxD1	SIORDY	IISDO
	PF5	IO	nRTS1	SIOTxD	IISLRCK
	PF4	IO	nXBREQ	nXDREQ0	
	PF3	IO	nXBACK	nXDACK0	
	PF2	IO	nWAIT		
	PF1	IO	I²CSDA		
	PF0	IO	I²CSCL		
PortG	PG7	IO	IISLRCK	EINT7	
	PG6	IO	IISDO	EINT6	
	PG5	IO	IISDI	EINT5	
	PG4	IO	IISCLK	EINT4	
	PG3	IO	nRTS0	EINT3	
	PG2	IO	nCTS0	EINT2	
	PG1	IO	VD5	EINT1	
	PG0	IO	VD4	EINT0	
说明		复位后，S3C44B0X 默认带有下划线的功能； nRESET＝L 有效时，Endian（PE8）才会被使用； PG0~PG7：在掉电模式下是系统的唤醒信号；在中断模式下是外中断信号； GPIO 可以配置成功能 0（I、O、IO）、功能 1、功能 2、功能 3 等功能，因此需要 3 位选； 符号：I——输入；O——输出；L——低电平；H——高电平；U——上升沿；D——下降沿；P——脉冲；			

6.3.2　S3C44B0X 的 GPIO 端口的 SFR

S3C44B0X 的 GPIO 端口是通过 SFR 进行配置的，因此必须掌握 GPIO 端口功能和 SFR 的配置方法。S3C44B0X 具有 22 个 GPIO 端口 SFR。

1. GPIO 端口的 22 个 SFR 列表

每个端口基本都会有一个配置寄存器、数据寄存器、上拉寄存器等，如表 6.30 所示。

表 6.30　GPIO 端口的 22 个 SFR

寄存器名称	地　　址	状　　态	功　　能	初　始　值
PCONA	0x01D20000	R/W	Port A 的引脚配置寄存器	0x3ff
PDATA	0x01D20004	R/W	Port A 的数据寄存器	Undef.

（续）

寄存器名称	地　　址	状　　态	功　　能	初　始　值
PCONB	0x01D20008	R/W	Configures the pins of port B	0x7ff
PDATB	0x01D2000C	R/W	Port B 的引脚配置寄存器	Undef.
PCONC	0x01D20010	R/W	Port B 的数据寄存器	0xaaaaaaaa
PDATC	0x01D20014	R/W	Port C 的引脚配置寄存器	Undef.
PUPC	0x01D20018	R/W	Port C 的数据寄存器	0x0
PCOND	0x01D2001C	R/W	Port D 的引脚配置寄存器	0x0000
PDATD	0x01D20020	R/W	Port D 的数据寄存器	Undef.
PUPD	0x01D20024	R/W	port D 的上拉禁能寄存器	0x0
PCONE	0x01D20028	R/W	Port E 的引脚配置寄存器	0x00
PDATE	0x01D2002C	R/W	Port E 的数据寄存器	Undef.
PUPE	0x01D20030	R/W	port E 的上拉禁能寄存器	0x00
PCONF	0x01D20034	R/W	Port F 的引脚配置寄存器	0x0000
PDATF	0x01D20038	R/W	Port F 的数据寄存器	Undef.
PUPF	0x01D2003C	R/W	port F 的上拉禁能寄存器	0x000
PCONG	0x01D20040	R/W	Port G 的引脚配置寄存器	0x0
PDATG	0x01D20044	R/W	Port G 的数据寄存器	Undef.
PUPG	0x01D20048	R/W	Port G 的上拉禁能寄存器	0x0
SPUCR	0x01D2004C	R/W	上拉禁能寄存器 register［2：0］有效	0x4
EXTINT	0x01D20050	R/W	外部中断控制寄存器	0x000000
EXTINTPND	0x01D20054	R/W	外部中断控制寄存器	0x00

2. GPIO 端口的特殊功能寄存器描述

（1）PortA　PortA 包括一个配置寄存器 PCONA、一个数据寄存器 PDATA，其控制格式见表 6.31。

表 6.31　PortA 的 PCONA、PDATA 的控制格式

寄存器	位	位名称	说　　明		
PCONA	［9：1］	PA9～PA1	［9：1］	0	1
			功能	输出	ADDR24 ～ 16
	［0］	PA0	［0］	0	1
			功能	输出	ADDR0
PDATA	［9：0］	PDATAn	输出	PAn＝PDATAn	其中，PAn 表示 PortA 口的第 n 个引脚；PDATAn 表示 PDATA 的第 n 个位。后面类同。
			多功能	PAn＝不确定	

（2）PortB　PortB 包括一个配置寄存器 PCONB、一个数据寄存器 PDATB，其控制格式见表 6.32。

表 6.32　PortB 的 PCONB、PDATB 的控制格式

寄 存 器	位	位 名 称	说　明		
	PCONB [n]	PBn	0	1	
	[10]	PB10	输出	nGCS5	
	[9]	PB9	输出	nGCS4	
	[8]	PB8	输出	nGCS3	
	[7]	PB7	输出	nGCS2	
PCONB	[6]	PB6	输出	nGCS1	
	[5]	PB5	输出	nWBE3/nBE3/DQM3	
	[4]	PB4	输出	nWBE2/nBE2/DQM2	
	[3]	PB3	输出	nSRAS/nCAS3	
	[2]	PB2	输出	nSCAS/nCAS2	
	[1]	PB1	输出	SCLK	
	[0]	PB0	输出	SCKE	
PDATB	[10：0]	PB10～PB0	输出	PBn=PDATBn	
			多功能	PBn=不确定	

（3）PortC　PortC 包括一个配置寄存器 PCONC、一个数据寄存器 PDATC、一个上拉寄存器 PUPC，其控制格式见表 6.33。

表 6.33　PortC 的 PCONC、PDATC、PUPC 的控制格式

寄 存 器	位	位 名 称	说　明			
	PCONC [n]	PCn	00	01	10	11
	[31：30]	PC15	输入	输出	DATA31	nCTS0
	[29：28]	PC14	输入	输出	DATA30	nRTS0
	[27：26]	PC13	输入	输出	DATA29	RxD1
	[25：24]	PC13	输入	输出	DATA28	TxD1
	[23：22]	PC11	输入	输出	DATA27	nCTS1
	[21：20]	PC10	输入	输出	DATA26	nRTS1
	[19：18]	PC9	输入	输出	DATA25	nXDREQ1
PCONC	[17：16]	PC8	输入	输出	DATA24	nXDACK1
	[15：14]	PC7	输入	输出	DATA23	VD4
	[13：12]	PC6	输入	输出	DATA22	VD5
	[11：10]	PC5	输入	输出	DATA21	VD6
	[9：8]	PC4	输入	输出	DATA20	VD7
	[7：6]	PC3	输入	输出	DATA19	IISCLK
	[5：4]	PC2	输入	输出	DATA18	IISDI
	[3：2]	PC1	输入	输出	DATA17	IISDO
	[1：0]	PC0	输入	输出	DATA16	IISLRCK

（续）

寄存器	位	位名称	说明			
PDATC	[15:0]	PC15～PC0	输入	PDATCn=PCn		
			输出	PCn=PDATCn		
			多功能	PCn=不确定		
PUPC	[15:0]	PC15～PC0	0	允许上拉		
			1	禁止上拉		

（4）PortD 包括一个配置寄存器 PCOND、一个数据寄存器 PDATD、一个上拉寄存器 PUPD，其控制格式见表 6.34。

表 6.34 PortD 的 PCOND、PDATD、PUPD 的控制格式

寄存器	位	位名称	说明			
	PCOND [n]	PDn	00	01	10	11
	[15:14]	PD7	输入	输出	VFRAME	保留
	[13:12]	PD6	输入	输出	VM	保留
	[11:10]	PD5	输入	输出	VLINE	保留
PCOND	[9:8]	PD4	输入	输出	VCLK	保留
	[7:6]	PD3	输入	输出	VD3	保留
	[5:4]	PD2	输入	输出	VD2	保留
	[3:2]	PD1	输入	输出	VD1	保留
	[1:0]	PD0	输入	输出	VD0	保留
PDATD	[7:0]	PD7～PD0	输入	PDATDn：=PDn		
			输出	PDn：=PDATDn		
			多功能	PBn=不确定		
PUPD	[7:0]	PD7～PD0	0	允许上拉		
			1	禁止上拉		

（5）PortE 包括一个配置寄存器 PCONE、一个数据寄存器 PDATE、一个上拉寄存器 PUPE，其控制格式见表 6.35。

表 6.35 PortE 的 PCONE、PDATE、PUPE 的控制格式

寄存器	位	位名称	说明			
	PCONE [n]	PEn	00	01	10	11
	[17:16]	PE8	保留	输出	CODECLK	保留
	[15:14]	PE7	输入	输出	TOUT4	VD7
PCONE	[13:12]	PE6	输入	输出	TOUT3	VD6
	[11:10]	PE5	输入	输出	TOUT2	TCLK in
	[9:8]	PE4	输入	输出	TOUT1	TCLK in
	[7:6]	PE3	输入	输出	TOUT0	保留

（续）

寄 存 器	位	位 名 称	说　明			
PCONE	[5:4]	PE2	输入	输出	RxD0	保留
	[3:2]	PE1	输入	输出	TxD0	保留
	[1:0]	PE0	输入	输出	Fpllo out	Fout out
PDATE	[8:0]	PE8 ~ PE0	输入	PDATDn：= PDn		
			输出	PDn：= PDATDn		
			多功能	PBn=不确定		
PUPE	[7:0]	PE7 ~ PE0	0	允许上拉		
			1	禁止上拉	PE8 无	

（6）PortF　包括一个配置寄存器 PCONF、一个数据寄存器 PDATF、一个上拉寄存器 PUPF，其控制格式见表 6.36。

表 6.36　PortF 的 PCONF、PDATF、PUPF 的控制格式

寄 存 器	位	位 名 称	说　明							
PCONF	PCONF [n]	PFn	000	001	010	011	100	101	110	111
	[21:19]	PF8	输入	输出	nCTS1	SIOCLK	IISCLK	保留		
	[18:16]	PF7	输入	输出	RxD1	SIORxD	IISDI			
	[15:13]	PF6	输入	输出	TxD1	SIORDY	IISDO			
	[12:10]	PF5	输入	输出	nRTS1	SIOTxD	IISLRCK			
			00		01		10		11	
	[9:8]	PF4	输入		输出		nXBREQ		nXDREQ	
	[7:6]	PF3	输入		输出		nXBACK		nXDACK	
	[5:4]	PF2	输入		输出		nWAIT		保留	
	[3:2]	PF1	输入		输出		IICDA		保留	
	[1:0]	PF0	输入		输出		IICSCL		保留	
PDATF	[8:0]	PF8 ~ PF0	输入	PDATDn：= PDn						
			输出	PDn：= PDATDn						
			多功能	PBn=不确定						
PUPF	[8:0]	PF8 ~ PF0	0	允许上拉						
			1	禁止上拉						

（7）PortG　包括一个配置寄存器 PCONG、一个数据寄存器 PDATG、一个上拉寄存器 PUPG，其控制格式见表 6.37。

表 6.37　PortG 的 PCONG、PDATG、PUPG 的控制格式

寄 存 器	位	位 名 称	说　明			
PCONG	PCONG [n]	PGn	00	01	10	11
	[15:14]	PG7	输入	输出	IISLRCK	EINT7

（续）

寄存器	位	位 名 称	说　明				
PCONG	[13：12]	PG6	输入	输出	IISDO	EINT6
	[11：10]	PG5	输入	输出	IISDI	EINT5
	[9：8]	PG4	输入	输出	IISCLK	EINT4
	[7：6]	PG3	输入	输出	nRTS0	EINT3
	[5：4]	PG2	输入	输出	nCTS0	EINT2
	[3：2]	PG1	输入	输出	VD5	EINT1
	[1：0]	PG0	输入	输出	VD4	EINT0
PDATG	[7：0]	PG7 ~ PG0	输入	PDATDn：= PDn		
			输出	PDn：= PDATDn		
			多功能	PBn=不确定		
PUPG	[7：0]	PG7 ~ PG0	0	允许上拉		
			1	禁止上拉	PE8 无	

（8）SPUCR　D [15：0] 引脚的上拉电阻，由 SPUCR 控制；D [31：16] 的上拉电阻，由 PUPC 控制，表 6.38 为 SPUCR 的控制格式列表。

表 6.38　SPUCR 的控制格式

寄存器	位	位 名 称	说　明	
SPUCR	SPUCR [n]		0	1
	[2]	HZ@STOP	保持先前信号	保持高组
	[1]	SPUCR1	DATA [15：8] 上拉允许	DATA [15：8] 上拉禁止
	[0]	SPUCR0	DATA [7：0] 上拉允许	DATA [7：0] 上拉禁止

（9）EXTINT　设置外部中断的触发方式、电平、极性等，其控制格式见表 6.39。

表 6.39　EXTINT 的控制格式

寄存器	位	位 名 称	说　明				
EXTINT	EXTINT [n]		000	001	01x	10x	11x
	[30：28]	EINT7	低电平触发	高电平触发	下降沿触发	上升沿触发	双沿触发
	[26：24]	EINT6	低电平触发	高电平触发	下降沿触发	上升沿触发	双沿触发
	[22：20]	EINT5	低电平触发	高电平触发	下降沿触发	上升沿触发	双沿触发
	[18：16]	EINT4	低电平触发	高电平触发	下降沿触发	上升沿触发	双沿触发
	[14：12]	EINT3	低电平触发	高电平触发	下降沿触发	上升沿触发	双沿触发
	[10：8]	EINT2	低电平触发	高电平触发	下降沿触发	上升沿触发	双沿触发
	[6：4]	EINT1	低电平触发	高电平触发	下降沿触发	上升沿触发	双沿触发
	[2：0]	EINT0	低电平触发	高电平触发	下降沿触发	上升沿触发	双沿触发

（10）EXTINTPND　EINT4、EINT5、EINT6、EINT7 共享中断控制器的同一个请求，需在 EXTINTPND 中分别为 EINT4、EINT5、EINT6、EINT7 定义一个外部中断挂起

标志位，EXTINTPND 的控制格式见表 6.40。

表 6.40　EXTINTPND 的控制格式

寄 存 器	位	位 名 称	说　　明
	EXTINTPND [n]		
	[3]	EXTINTPND3	如果 EINT7 激活，则 EXTINTPND3＝1，INTPND [21] ＝1
EXTINTPND	[2]	EXTINTPND2	如果 EINT6 激活，则 EXTINTPND2＝1，INTPND [21] ＝1
	[1]	EXTINTPND1	如果 EINT5 激活，则 EXTINTPND1＝1，INTPND [21] ＝1
	[0]	EXTINTPND0	如果 EINT4 激活，则 EXTINTPND0＝1，INTPND [21] ＝1

6.3.3　S3C44B0X 的 GPIO 端口的应用编程

在掌握 S3C44B0X 端口 SFR 的基础上，进一步掌握应用汇编语言对其编程配置的方法。
I/O 端口配置步骤如下：
- 根据具体应用要求确定端口的具体功能，设置相应的配置寄存器；
- 根据具体应用要求对端口数据寄存器设置相应的初始值；
- 根据具体应用需要设置上拉电阻。

例 6.6　I/O 端口配置的 C 语言程序。

I/O 端口配置，Port_Init. c

```
void   Port_Init(void)
{
        rPCONA  =0x1FF；               //PORT A GROUP
        rPCONB  =0x1CF；               //PORT B GROUP
        rPDATB  =0x7FF；
        rPCONC  =0x0FF0FFFF；          //PORT C GROUP, BUSWIDTH＝16
        rPDATC  =0xFF00；
        rPUPC   =0X30FF；
        rPCOND  =0xAAAA；              //PORT D GROUP
        rPDATD  =0xFF；
        rPUPD   =0x0；
        rPCONE  =0x25529；             //PORT E GROUP
        rPDATE  =0x1FF；
        rPUPE   =0x6；
        rPCONF  =0x252A；              //PORT F GROUP
        rPDATF  =0x0；
        rPUPF   =0x0；
        rPCONG  =0xFFFF；              //PORT G GROUP
        rPDATG  =0xFF；
        rPUPG   =0x0；
        rSPUCR  =0x7；
        rEXTINT =0x0；                 //Low Level Default
}
```

例 6.7 I/O 端口读写的 C 语言程序。

IO 端口读写，LED1_On. c

```
void   LED1_On (void)                              //点亮函数
{
    Led_state= Led_state | 0x1;
    Led_Display(Led_state);
}
void   LED1_Off (void)                             // LED1 熄灭函数
{
    Led_state= Led_state & 0xfe;
    Led_Display(Led_state);
}
void   LED1_Display(intLedState)                   // LED1 显示函数
{
    Led_state= LedState;
    if(LedState&0x01==0x01)
        rPDATB= rPDATB&0x5ff;
    else
        rPDATB= rPDATB|0x200;
    if(LedState&0x02==0x02)
        rPDATB= rPDATB&0x3ff;
    else
        rPDATB= rPDATB|0x400;
}
```

6.4　S3C44B0X 时钟电源管理功能及开发

S3C44B0X 的时钟产生器为 CPU 产生要求的时钟信号，也能为外设提供时钟信号。S3C44B0X 具有多种时钟管理方法，通过对时钟的控制为各种应用提供最优化的功耗方案。

6.4.1　S3C44B0X 的时钟电源管理部件的简述

时钟发生器框图如图 6.6 所示。S3C44B0X 的时钟源可以用外部晶体来产生，也可以直

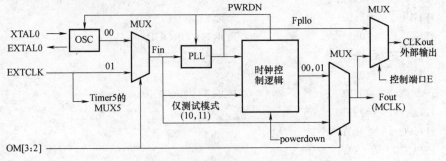

图 6.6　时钟发生器框图

接输入外部时钟。时钟发生器含有一个时钟振荡器 OSC，连接到外部晶振；同时，还有一个锁相环路 PLL（Phase-Locked Loop）把低频时钟信号作为自己的输入 Fin，产生高频时钟输出 Fpllo；时钟控制逻辑用来在复位后或停止模式下产生稳定的时钟信号 Fout。

1. 时钟源选择

在图 6.6 中，时钟源由 OM［3：2］的状态选择。OM［3：2］的状态由 nRESET 的上升沿采样 OM3 和 OM2 脚的电平决定。OM［3：2］＝00 时为晶振时钟，OM［3：2］＝01 时为外部时钟，其他为测试模式。在复位后 PLL 启动，但在用指令设置 PLLCON 为有效的值之前，FOUT（PLL OUTPUT）不能使用，这时 FOUT 直接输出晶振或外部时钟。如果 S3C44B0X 的 PLL 时钟源使用晶振，这时 EXTCLK 可以作为 Timer5 的时钟源 TCLK 输入。

2. 功耗管理模式

S3C44B0X 中的功耗管理提供 5 种模式。

（1）正常模式（Normal Mode）　在正常模式下，时钟发生器提供时钟给 CPU，并同时提供给 S3C44B0X 的片内外设。在这种情况下，当所有的外设都开启工作时，处理器所消耗的功耗最大。用户可以通过软件来控制操作模式。例如，如果定时器和 DMA 不需要时钟，则用户可以断开定时器和 DMA 的时钟供给以降低功耗。

（2）慢速模式（Slow Mode）　慢速模式是一种非倍频模式。与正常模式下不同，慢速模式直接采用外部时钟作为 S3C44B0X 的主工作时钟，而不使用内部倍频器。在这种情况下，功耗的大小仅依据于外部时钟的频率的大小。PLL 部件所消耗的功耗不用计算在内了。

（3）空闲模式（Idle Mode）　空闲模式下仅断开对 CPU 内核的时钟供给，而保留所有外部设备的时钟供给。在空闲模式下，内核的功耗可以减去。任何中断请求都会使 CPU 从空闲模式中醒来。

（4）停止模式（Stop Mode）　停止模式通过禁止 PLL 来冻结 CPU 内核和外设的时钟。这时的功耗大小仅由 S3C44B0X 内部的漏电流大小决定，一般小于 $10\mu A$。通过外部中断唤醒 CPU。

（5）LCD 的 SL 空闲模式（SL Idle Mode）　进入 SL 空闲模式将导致 LCD 控制器开始工作。在这种情况下，除了 LCD 控制器以外的 CPU 内核和其他外设的时钟都停止了。

6.4.2　S3C44B0X 的时钟电源管理部件的 SFR

S3C44B0X 的时钟电源管理部件具有 4 个 SFR，SFR 列表如表 6.41 所示。

表 6.41　时钟电源管理部件的 4 个 SFR

寄存器名称	地　址	状　态	功　能	初　始　值
PLLCON	0x01D80000	R/W	PLL configuration Register	0x38080
CLKCON	0x01D80004	R/W	Clock generator 控制寄存器	0x7ff8
CLKSLOW	0x01D80008	R/W	Slow clock 控制寄存器	0x9
LOCKTIME	0x01D8000C	R/W	PLL lock time count register	0xfff

1. PLLCON——PLL 控制寄存器

PLLCON 的功能是设置 PLL 参数。PLL 输出频率：Fpllo＝(m＊Fin)/(p＊2s)。其中，m＝(MDIV＋8)，p＝(PDIV＋2)，s＝SDIV，20Mhz＜Fpllo＜66Mhz，Fpllo＊2＊s＞170Mhz，Fin/p＝1～2Mhz。MDIV、PDIV、SDIV 定义见表 6.42。

表 6.42 PLLCON 信号说明

PLLCON	位	说 明	初 始 值
MDIV	[19：12]	主分频值	0x38
PDIV	[9：4]	预分频值	0x08
SDIV	[1：0]	后分频值	0x0

2. CLKCON——时钟控制寄存器

CLKCON 信号说明见表 6.43。

表 6.43 CLKCON 信号说明

CLKCON	位	说 明	初 始 值
IIS	[14]	控制 IIS block 的时钟：0＝禁止，1＝允许	1
IIC	[13]	控制 IIC 模块的时钟：0＝禁止，1＝允许	1
ADC	[12]	控制 ADC 模块的时钟：0＝禁止，1＝允许	1
RTC	[11]	控制 RTC 模块的时钟，即使该位为 0，RTC 定时器仍工作：0＝禁止，1＝允许	1
GPIO	[10]	控制 GPIO 模块的时钟：0＝禁止，1＝允许，允许使用 EINT [4：7] 的中断	1
UART1	[9]	控制 UART1 模块的时钟：0＝禁止，1＝允许	1
RART0	[8]	控制 UART0 模块的时钟：0＝禁止，1＝允许	1
BDMA0，1	[7]	控制 BDMA 模块的时钟：0＝禁止，1＝允许；如果禁止，外设可能无法存取	1
LCDC	[6]	控制 LCDC 模块的时钟：0＝禁止，1＝允许	1
SIO	[5]	控制 SIO 模块的时钟：0＝禁止，1＝允许	1
ZDMA0，1	[4]	控制 ZDMA 模块的时钟：0＝禁止，1＝允许	1
PWMTIMER	[3]	控制 PWMTIMER 模块的时钟：0＝禁止，1＝允许	1
IDLE	[2]	进入 IDLE 模式控制：0＝禁止，1＝进入；该位不能自动清零	1
SL_IDLE	[1]	进入 SL_IDLE 模式控制：0＝禁止，1＝允许；该位不能自动清零 进入 SL_IDLE 模式，CLKCON 必须设置为 0x46	1
STOP	[0]	进入 STOP 模式控制：0＝禁止，1＝允许；该位不能自动清零	1

3. CLKSLOW——时钟低速控制寄存器

CLKSLOW 信号说明见表 6.44。

表 6.44 CLKSLOW 信号说明

CLKSLOW	位	说 明	初 始 值
PLL_OFF	[5]	0＝当 SLOW_BIT＝1 时，打开 PLL。延时 150us 后，SLOW_BIT 可清零；1＝当 SLOW_BIT＝1 时，关断 PLL	0x0
SLOW_BIT	[4]	0＝Fout＝Fpllo(PLL 输出) 1＝Fout＝Fin/(2xSLOW_VAL)，(SLOW_VAL＞0) Fout＝Fin，(SLOW_VAL＝0)	0x0
SLOW_VAL	[3：0]	当 SLOW_BIT＝1 时，该 4 位是低速时钟的分频因子	0x9

4. LOCKTIME——锁时计数寄存器

LOCKTIME 信号说明见表 6.45。

表 6.45　LOCKTIME 信号说明

LOCKTIME	位	说　　明	初　始　值
LTIME CNT	[11：0]	PLL 的锁值计数值。设置 PLL 稳定输出所需要的时间	0xffff

6.5　S3C44B0X 的 INTC 功能及开发

中断是处理器与外设之间进行实时数据传输的重要方式，中断控制器 INTC 是处理器的重要部件之一。中断过程通常分为中断请求、中断响应、中断服务、中断返回 4 个过程。

6.5.1　S3C44B0X 的 INTC 概述

ARM7TDMI 核并不含有 INTC，S3C44B0X 的 INTC 是 Samsung 公司独立研发的。

S3C44B0X 的中断分两个层次：ARM7TDMI 核只设计有 FIQ（快速中断请求）和 IRQ（普通中断请求）2 种类型的中断请求，其中断向量地址分别固定为 0x0000001C 和 0x00000018；INTC 独立于 ARM7TDMI 核，管理 30 个中断源，主要具有中断响应、中断屏蔽、中断判优、矢量中断等功能；INTC 响应 30 个中断源之一的中断请求，并通过 IRQ 向 ARM7TDMI 核发出中断请求。

1. 中断源概述

在 S3C44B0X 的 30 个中断源中，分为 22 个片内中断源和 8 个片外中断源两类。对 IN-TC 而言，因为 4 个外部中断（EINT4/5/6/7）是逻辑或的关系，共用一个中断源，2 个 UART 错误中断（UERR0/1）也是逻辑或的关系，也共用一个中断源，因此只有 26 个独立中断源。表 6.46 给出了中断源对应的中断向量以及在中断控制器中对应的控制单元。

表 6.46　S3C44B0X 的 30 个中断源

来　　源	中　断　源	中　断　向　量	描　　　述	主单元 ID	从单元 ID
片外	EINT0	0x00000020	外部中断 0	mGA	sGA
片外	EINT1	0x00000024	外部中断 1	mGA	SGB
片外	EINT2	0x00000028	外部中断 2	mGA	SGC
片外	EINT3	0x0000002C	外部中断 3	mGA	sGD
片外	EINT4151617	0x00000030	外部中断 4567	mGA	SGKA
片内	INT_TICK	0x00000034	RTC 滴答中断	mGA	sGKB
片内	INT_ZDMA0	0x00000040	ZDMA 中断 0	mGB	sGA
片内	INT_ZDMA1	0x00000044	ZDMA 中断 1	mGB	SGB
片内	INT_BDMA0	0x00000048	BDMA 中断 0	mGB	SGC
片内	INT_BDMA1	0x0000004C	BDMA 中断 1	mGB	sGD
片内	INT_WDT	0x00000O50	WDT 中断	mGB	SGKA
片内	INT_UERR0/1	0x00000054	UART 错误中断	mGB	sGKB

（续）

来源	中断源	中断向量	描述	主单元 ID	从单元 ID
片内	INT_TIMER0	0x00000060	定时器 0 中断	mGC	sGA
片内	INT_TIMER1	0x00000064	定时器 1 中断	mGC	SGB
片内	INT_TIMER2	0x00000068	定时器 2 中断	mGC	SGC
片内	INT_TIMER3	0x0000006C	定时器 3 中断	mGC	sGD
片内	INT_TIMER4	0x00000070	定时器 4 中断	mGC	SGKA
片内	INT_TIMER5	0x00000074	定时器 5 中断	mGC	sGKB
片内	INT_URXD0	0x00000080	UART0 接收中断	mGD	sGA
片内	INT_URXD1	0x00000084	UART1 接收中断	mGD	SGB
片内	INT_IIC	0x00000088	IIC 中断	mGD	SGC
片内	INT_SIO	0x0000008C	SIO 中断	mGD	sGD
片内	INT_UTXD0	0x00000090	UART0 发送中断	mGD	SGKA
片内	INT_UTXD1	0x00000094	UART1 发送中断	mGD	sGKB
片内	INT_RTC	0x000000A0	RTC 报警中断	mGKA	—
片内	INT_ADC	0x000000C0	ADC 中断	mGKB	—

2. 中断优先级

ARM7TDMI 核定义 FIQ 中断都比 IRQ 中断具有更高的优先级。如果中断源 A 被设置为 FIQ 中断，而中断源 B 设置为 IRQ 中断，那么源 A 比源 B 具有更高的中断优先级。INTC 只能通过 IRQ 向 ARM7TDMI 请求中断，INTC 对所管理的 26 个中断源的判优逻辑如图 6.7 所示。

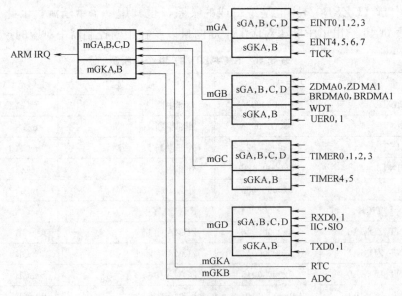

图 6.7 判优逻辑

S3C44B0X 的 INTC 判优分两层管理：INTC 包含 5 个优先级管理单元（1 个主单元和 4

个从单元)。每个优先级管理单元都具有 6 个输入端和 1 个输出端, 6 个输入端分别为 GA、GB、GB、GD 和 GKA、GKB。4 个从单元的输出端分别级联到主单元的 4 个输入端 mGA、mGAB、mGAC、mGAD。

每个从模块最多可管理 6 个中断, 4 个从模块共管理 24 个中断, 一个主模块与 4 个从模块级联后, 还可独立管理 2 个中断, 因此 S3C44B0X 的 INTC 总共可以管理 26 个中断。

GA、GB、GB 和 GD 的中断优先级的高低是可编程或者可轮询, 并且总是高于 GKA 和 GKB 的优先级, GKA 总是比 GKB 拥有更高的优先级。因此, 位于 sGA、sGB、sGC 和 sGD 的优先级总是高于位于 sGKA 和 sGKB 的优先级; 位于 mGA、mGB、mGC 和 mGD 组中的优先级总是高于 mGKA 和 mGKB 的优先级。

3. 矢量中断

S3C44B0X 的 INTC 对 IRQ 扩展了矢量中断模式, INTC 硬件本身直接提供了对矢量中断服务的支持。当有 IRQ 中断产生时, 硬件逻辑电路自动执行地址 0x00000018 的跳转指令, 然后再跳转到真实的中断服务程序。

在普通中断模式(非矢量中断)下, ARM7TDMI 接收到来自 FIQ 和 IRQ 的中断请求后, 会跳转到地址 0x0000001C 或 0x00000018, 并从 0x0000001C 或 0x00000018 处取指执行中断服务程序 ISR; 此处为固定 4B 大小, 因此只存放一条转移指令, 通过该转移指令再转向执行真实中断服务程序 RISR; 在 RISR 中, 再通过读取中断挂起寄存器, 由软件方式判断中断源并实现中断服务; 由此进一步实现由一个中断请求 IRQ 管理多个中断源的方法。

在矢量中断模式下, S3C44B0X 的 INTC 直接提供了硬件对矢量中断的支持。假设某中断 IRA 引起了 IRQ 中断, ARM7TDMI 响应 IRQ 并从 0x00000018 处读取指令时, INTC 能够截获 ARM7TDMI 从 0x00000018 处取指的操作, 并转向从 IRA 的中断向量处获取执行 IRA 的 RISR 指令码。例如, 假设 EINT0 引起了 IRQ 中断, 因为 EINT0 中断向量为 0x00000020, 那么 IRQ 向 ARM7TDMI 请求中断, 并从 0x00000018 处取指令码, INTC 截获该取指操作并把从 0x00000018 处读取的指令码替换成从 0x00000020 处读取的指令码。ARM7TDMI 中断操作码为 0xEA000000, 指令码的计算如下:

指令码＝0xEA000000＋((<Destination Address>-<Vector Address>-0x8)≫2)

其中, Destination Address 是真实中断服务程序的地址, Vector Address 是中断向量。

例如, 假设 Timer 0 采用 IRQ 矢量中断模式, 其中断向量为 0x00000060, 其 RISR 入口地址为 0x10000, 则位于 0x00000060 处跳转到 Timer 0 的 RISR 的分支指令码为:

指令码＝0xEA000000＋(0x10000-0x60-0x8)≫2＝0xEA000000＋0x3FE6＝0xEA003FE6

当产生 Timer 0 时, PC 从 0x00000018 处取指令, 由 INTC 替换成从 0x00000060 处取指令, 最终得到 0xEA003FE6 指令码, 执行 Timer 0 的 RISR。

PSR 指 ARM7TDMI 处理器的程序状态寄存器。如果 PSR 的 F 位被设置为 1, 处理器将不接受来自中断控制器的 FIQ。如果 PSR 的 I 位被设置为 1, 处理器将不接受来自中断控制器的 IRQ。因此, 为了使能中断相应机制, PSR 的 F 位或 I 位必须被清。同时 INTMASK 的相应位必须被清 0。

6.5.2　S3C44B0X 的 INTC 的 SFR

S3C44B0X 的 INTC 包括 13 个 SFR, 如表 6.47 所示。

表 6.47　INTC 的 13 个 SFR

寄　存　器	地　　址	状　　态	描　　述	初　始　值
INTCON	0x01E00000	R/W	中断控制寄存器	0x7
INTPND	0x01E00004	R	中断请求挂起寄存器：0＝无中断请求；1＝有中断请求	0x0000000
INTMOD	0x01E00008	R/W	中断模式寄存器：0＝IRQ 模式；1＝FIQ 模式	0x0000000
INTMSK	0x01E0000C	R/W	中断屏蔽寄存器：0＝允许中断；1＝禁止中断	0x07FFFFFF
I_PSLV	0x01E00010	R/W	IRQ 从模块优先级设置寄存器	0x1B1B1B1B
I_PMST	0x01E00014	R/W	IRQ 主模块优先级设置寄存器	0x00001f1B
I_CSLV	0x01E00018	R	IRQ 当前从模块优先级状态寄存器	0x1B1B1B1B
I_CMST	0x01E0001C	R	IRQ 当前主模块优先级状态寄存器	0x0000xx1B
I_ISPR	0x01E00020	R	IRQ 中断服务挂起寄存器（只能有一个位置1）	0x00000000
I_ISPC	0x01E00024	W	IRQ 中断请求挂起清零寄存器（置1自动清零 INTPND）	Undef.
F_ISPC	0x01E0003C	W	FIQ 中断请求挂起清零寄存器	Undef.
EXTINT	0x01D20050	R/W	外部中断控制寄存器	0x000000
EXTINTPND	0x01D20054	R/W	外部中断请求挂起寄存器	0x00

1. INTCON——中断控制寄存器

通过对 INTCON 进行读取和设置来实现对中断的响应和控制。INTCON 信号描述见表 6.48。

表 6.48　INTCON 信号描述

INTCON	位	描　　述	初　始　值
V	[2]	禁能/使能 IRQ 矢量中断：0＝使能 IRQ 矢量中断；1＝禁能 IRQ 矢量中断	1
I	[1]	使能 IRQ 向 CPU 中断请求：使用 IRQ 前，必须清零该位。0＝使能 IRQ 向 CPU 中断请求；1＝保留	1
F	[0]	使能 FIQ 向 CPU 中断请求：使用 FIQ 前，必须清零该位。0＝使能 FIQ 向 CPU 中断请求；1＝保留	1
说明	FIQ 不支持矢量中断模式		

2. INTPND——中断挂起寄存器

INTPND 寄存器中的 26 个位对应着 26 个中断源。当某个中断产生时，INTPND 中相应的 pending 位就会置1，表示该中断已被响应但还未被服务。中断服务程序中必须软件清除该 pending 位，表示已被服务，从而使系统能够及时响应下一次中断。

INTPND 是一个只读寄存器，清除 pending 位的方式是向 I_ISPC/F_ISPC 的相应位写入 "1"。在多个中断同时发生时，INTPND 将所有发生的中断 pending 位都置1。INTMSK 可以屏蔽中断被响应，但是并不能屏蔽中断被 pending 位挂起。只有 INTCON 的 I 位被置 1 时，才会屏蔽 INTPND 挂起。

INTPND 的格式见表 6.49。

表 6.49　INTPND 的格式

INTPND	位　地　址	描述		初始值
Reserved	[31：26]	保留		0
EINT0；EINT1；EINT2；EINT3；EINT4/5/6/7；INT _ TICK；INT_ZDMA0；INT_ZDMA1；INT_BDMA0；INT_BDMA1；INT_WDT；INT_UERR0/1；INT_TIMER0；INT_TIMER1；INT_TIMER2；INT_TIMER3；INT_TIMER4；INT_TIMER5；INT_URXD0；INT_URXD1；INT_IIC；INT_SIO；INT_UTXD0；INT_UTXD1；INT_RTC；INT_ADC；	[25]；[24]；[23]；[22]；[21]；[20]；[19]；[18]；[17]；[16]；[15]；[14]；[13]；[12]；[11]；[10]；[9]；[8]；[7]；[6]；[5]；[4]；[3]；[2]；[1]；[0]；	0=无请求	1=有请求	0

3. INTMOD——中断模式寄存器

INTMOD 的格式见表 6.50。

表 6.50　INTMOD 的格式

INTMOD	位　地　址	描述		初始值
Reserved	[31：26]	保留		0
EINT0；EINT1；EINT2；EINT3；EINT4/5/6/7；INT_TICK；INT_ZDMA0；INT_ZDMA1；INT_BDMA0；INT_BDMA1；INT_WDT；INT_UERR0/1；INT_TIMER0；INT_TIMER1；INT_TIMER2；INT_TIMER3；INT_TIMER4；INT_TIMER5；INT_URXD0；INT_URXD1；INT_IIC；INT_SIO；INT_UTXD0；INT_UTXD1；INT_RTC；INT_ADC；	[25]；[24]；[23]；[22]；[21]；[20]；[19]；[18]；[17]；[16]；[15]；[14]；[13]；[12]；[11]；[10]；[9]；[8]；[7]；[6]；[5]；[4]；[3]；[2]；[1]；[0]；	0=IRQ模式	1=FIQ模式	0

4. INTMSK——中断屏蔽寄存器

INTMSK 的格式见表 6.51。

表 6.51　INTMSK 的格式

INTMSK	位　地　址	描述		初始值
Reserved	[31：26]	保留		0
Global	[26]			
EINT0；EINT1；EINT2；EINT3；EINT4/5/6/7；INT_TICK；INT_ZDMA0；INT_ZDMA1；INT_BDMA0；INT_BDMA1；INT_WDT；INT_UERR0/1；INT_TIMER0；INT_TIMER1；INT_TIMER2；INT_TIMER3；INT_TIMER4；INT_TIMER5；INT_URXD0；INT_URXD1；INT_IIC；INT_SIO；INT_UTXD0；INT_UTXD1；INT_RTC；INT_ADC；	[25]；[24]；[23]；[22]；[21]；[20]；[19]；[18]；[17]；[16]；[15]；[14]；[13]；[12]；[11]；[10]；[9]；[8]；[7]；[6]；[5]；[4]；[3]；[2]；[1]；[0]；	0=中断允许	1=中断屏蔽	0

5. IRQ 矢量模式寄存器

优先级产生模块包括 5 个优先级产生单元，每个单元可管理 6 个中断源。主单元的 4 个可编程输入 mGn 级联到 4 个从单元的输出，其优先级通过 I_PMST 寄存器决定。每个从单元的 4 个可编程输入 sGn 的优先级由 I_PSLV 寄存器决定。如果有多个中断请求同时发生，优先级产生模块判出最高优先级中断源，并将 I_ISPR 寄存器中与之对应的位置 1。

（1）与 IRQ 矢量模式相关的寄存器　IRQ 矢量模式寄存器主要有：I_PSLV、I_PMST、I_CSLV、I_CMST、I_ISPR、I_ISPC、F_ISPC。

（2）I_PSLV——IRQ 从优先级寄存器　见表 6.52。

表 6.52　I_PSLV

I_PSLV	位	说　明	初 始 值
PSLAVE@mGA	[31：24]	设置 mGA 的（sGA、sGB、sGC、sGD）的优先级，每一个 sGn 必须具有唯一的优先级	0x1B
PSLAVE@mGB	[23：16]	设置 mGB 的（sGA、sGB、sGC、sGD）的优先级，每一个 sGn 必须具有唯一的优先级	0x1B
PSLAVE@mGC	[15：8]	设置 mGC 的（sGA、sGB、sGC、sGD）的优先级，每一个 sGn 必须具有唯一的优先级	0x1B
PSLAVE@mGD	[7：0]	设置 mGD 的（sGA、sGB、sGC、sGD）的优先级，每一个 sGn 必须具有唯一的优先级	0x1B
PSLAVE@mGA	位	说　明	初 始 值
sGA（EINT0）	[31：30]	00：1st, 01：2nd, 10：3rd, 11：4th	00
sGB（EINT1）	[29：28]	00：1st, 01：2nd, 10：3rd, 11：4th	01
sGC（EINT2）	[27：26]	00：1st, 01：2nd, 10：3rd, 11：4th	10
sGD（EINT3）	[25：24]	00：1st, 01：2nd, 10：3rd, 11：4th	11
PSLAVE@mGB	位	说　明	初 始 值
sGA(INT_ZDMA0)	[23：22]	00：1st, 01：2nd, 10：3rd, 11：4th	00
sGB(INT_ZDMA1)	[21：20]	00：1st, 01：2nd, 10：3rd, 11：4th	01
sGC(INT_BDMA0)	[19：18]	00：1st, 01：2nd, 10：3rd, 11：4th	10
sGD(INT_BDMA1)	[17：16]	00：1st, 01：2nd, 10：3rd, 11：4th	11
PSLAVE@mGC	位	说　明	初 始 值
sGA(TIMER0)	[15：14]	00：1st, 01：2nd, 10：3rd, 11：4th	00
sGB(TIMER1)	[13：12]	00：1st, 01：2nd, 10：3rd, 11：4th	01
sGC(TIMER2)	[11：10]	00：1st, 01：2nd, 10：3rd, 11：4th	10
sGD(TIMER3)	[9：8]	00：1st, 01：2nd, 10：3rd, 11：4th	11
PSLAVE@mGD	位	说　明	初 始 值
sGA(INT_URXD0)	[7：6]	00：1st, 01：2nd, 10：3rd, 11：4th	00
sGB(INT_URXD1)	[5：4]	00：1st, 01：2nd, 10：3rd, 11：4th	01
sGC(INT_IIC)	[3：2]	00：1st, 01：2nd, 10：3rd, 11：4th	10
sGD(INT_SIO)	[1：0]	00：1st, 01：2nd, 10：3rd, 11：4th	11

（3）I_PMST——IRQ 主优先级寄存器　见表 6.53。

表 6.53　I_PMST

I_PMST	位	说　明	初 始 值
Reserved	[15：13]	保留	000
M	[12]	主模块优先级的模式：0＝轮询；1＝固定	1
FxSLV［A：D]	[11：8]	从模块优先级的模式：0＝轮询；1＝固定	1111
PMASTER	[7：0]	设定 4 个从模块的输入优先级	0x1B

（续）

FxSLV [A：D]	位	说　　明	初　始　值
Fx@mGA	[11]	设定 mGA 从模块的输入优先级：0：1st，1：2nd	1
Fx@mGB	[10]	设定 mGB 从模块的输入优先级：0：1st，1：2nd	1
Fx@mGC	[9]	设定 mGC 从模块的输入优先级：0：1st，1：2nd	1
Fx@mGD	[8]	设定 mGD 从模块的输入优先级：0：1st，1：2nd	1
PMASTER	位	说　　明	初　始　值
mGA	[7：6]	00：1st，01：2nd，10：3rd，11：4th	00
mGB	[5：4]	00：1st，01：2nd，10：3rd，11：4th	01
mGC	[3：2]	00：1st，01：2nd，10：3rd，11：4th	10
mGD	[1：0]	00：1st，01：2nd，10：3rd，11：4th	11

（4）I_CSLV——IRQ 当前从优先级指示寄存器　见表 6.54。

表 6.54　I_CSLV

I_CSLV	位	说　　明	初　始　值
CSLAVE@mGA	[31：24]	指示 mGA 的当前优先级状态	0x1B
CSLAVE@mGB	[23：16]	指示 mGB 的当前优先级状态	0x1B
CSLAVE@mGC	[15：8]	指示 mGC 的当前优先级状态	0x1B
CSLAVE@mGD	[7：0]	指示 mGD 的当前优先级状态	0x1B
CSLAVE@mGA	位	说　　明	初　始　值
sGA(EINT0)	[31：30]	00：1st，01：2nd，10：3rd，11：4th	00
sGB(EINT1)	[29：28]	00：1st，01：2nd，10：3rd，11：4th	01
sGC(EINT2)	[27：26]	00：1st，01：2nd，10：3rd，11：4th	10
sGD(EINT3)	[25：24]	00：1st，01：2nd，10：3rd，11：4th	11
CSLAVE@mGB	位	说　　明	初　始　值
sGA(INT_ZDMA0)	[23：22]	00：1st，01：2nd，10：3rd，11：4th	00
sGB(INT_ZDMA1)	[21：20]	00：1st，01：2nd，10：3rd，11：4th	01
sGC(INT_BDMA0)	[19：18]	00：1st，01：2nd，10：3rd，11：4th	10
sGD(INT_BDMA1)	[17：16]	00：1st，01：2nd，10：3rd，11：4th	11
CSLAVE@mGC	位	说　　明	初　始　值
sGA(TIMER0)	[15：14]	00：1st，01：2nd，10：3rd，11：4th	00
sGB(TIMER1)	[13：12]	00：1st，01：2nd，10：3rd，11：4th	01
sGC(TIMER2)	[11：10]	00：1st，01：2nd，10：3rd，11：4th	10
sGD(TIMER3)	[9：8]	00：1st，01：2nd，10：3rd，11：4th	11
CSLAVE@mGD	位	说　　明	初　始　值
sGA(INT_URXD0)	[7：6]	00：1st，01：2nd，10：3rd，11：4th	00
sGB(INT_URXD1)	[5：4]	00：1st，01：2nd，10：3rd，11：4th	01
sGC(INT_IIC)	[3：2]	00：1st，01：2nd，10：3rd，11：4th	10
sGD(INT_SIO)	[1：0]	00：1st，01：2nd，10：3rd，11：4th	11

（5）I_CMST——IRQ 当前主优先级指示寄存器　见表 6.55。

表 6.55　I_CMST

I_CMST	位	说　　明	初　始　值
Reserved	[15：13]		000
VECTOR	[13：8]	对应分支机器码的低 6 位	unknown
CMASTER	[7：0]	主模块的当前优先级	00011011
CMASTER	位	说　　明	初　始　值
mGA	[7：6]	00：1st 01：2nd 10：3rd 11：4th	00
mGB	[5：4]	00：1st 01：2nd 10：3rd 11：4th	01
mGC	[3：2]	00：1st 01：2nd 10：3rd 11：4th	10
mGD	[1：0]	00：1st 01：2nd 10：3rd 11：4th	11

（6）I_ISPR——中断服务挂起寄存器　见表 6.56。

表 6.56　I_ISPR

I_ISPR	位	说明		初始值
Reserved	[31：26]	保留		0
EINT0；EINT1；EINT2；EINT3；EINT4/5/6/7；INT_TICK；INT_ZDMA0；INT_ZDMA1；INT_BDMA0；INT_BDMA1；INT_WDT；INT_UERR0/1；INT_TIMER0；INT_TIMER1；INT_TIMER2；INT_TIMER3；INT_TIMER4；INT_TIMER5；INT_URXD0；INT_URXD1；INT_IIC；INT_SIO；INT_UTXD0；INT_UTXD1；INT_RTC；INT_ADC；	[25]；[24]；[23]；[22]；[21]；[20]；[19]；[18]；[17]；[16]；[15]；[14]；[13]；[12]；[11]；[10]；[9]；[8]；[7]；[6]；[5]；[4]；[3]；[2]；[1]；[0]；	0=未被服务	1=中断服务	0

（7）I_ISPC/F_ISPC——IRQ/FIQ 中断服务挂起清零寄存器　见表 6.57。

I_ISPC 是 IRQ 的中断服务挂起清零寄存器，F_ISPC 是 FIQ 的中断服务挂起清零寄存器。通过向 I_ISPC/F_ISPC 中与某一中断相对应位写入"1"，清除 INTPND 中的该中断所对应的 pending 位。

表 6.57　I_ISPC/F_ISPC

I_ISPC/F_ISPC	位	说明		初始值
Reserved	[31：26]	保留		0
EINT0；EINT1；EINT2；EINT3；EINT4/5/6/7；INT_TICK；INT_ZDMA0；INT_ZDMA1；INT_BDMA0；INT_BDMA1；INT_WDT；INT_UERR0/1；INT_TIMER0；INT_TIMER1；INT_TIMER2；INT_TIMER3；INT_TIMER4；INT_TIMER5；INT_URXD0；INT_URXD1；INT_IIC；INT_SIO；INT_UTXD0；INT_UTXD1；INT_RTC；INT_ADC；	[25]；[24]；[23]；[22]；[21]；[20]；[19]；[18]；[17]；[16]；[15]；[14]；[13]；[12]；[11]；[10]；[9]；[8]；[7]；[6]；[5]；[4]；[3]；[2]；[1]；[0]；	0=不清零	1=清挂起位	0

6. EXTINT——外部中断控制寄存器

EXTINT 的控制格式见表 6.58。

表 6.58　EXTINT 的控制格式

EXTINT	位	说　明
EINT7	[30：28]	设置 EINT7 的触发模式：000＝低电平中断，001＝高电平中断，01x＝下降沿触发，10x＝上升沿触发，11x＝双边沿触发
EINT6	[26：24]	设置 EINT6 的触发模式：000＝低电平中断，001＝高电平中断，01x＝下降沿触发，10x＝上升沿触发，11x＝双边沿触发
EINT5	[22：20]	设置 EINT5 的触发模式：000＝低电平中断，001＝高电平中断，01x＝下降沿触发，10x＝上升沿触发，11x＝双边沿触发
EINT4	[18：16]	设置 EINT4 的触发模式：000＝低电平中断，001＝高电平中断，01x＝下降沿触发，10x＝上升沿触发，11x＝双边沿触发
EINT3	[14：12]	设置 EINT3 的触发模式：000＝低电平中断，001＝高电平中断，01x＝下降沿触发，10x＝上升沿触发，11x＝双边沿触发
EINT2	[10：8]	设置 EINT2 的触发模式：000＝低电平中断，001＝高电平中断，01x＝下降沿触发，10x＝上升沿触发，11x＝双边沿触发
EINT1	[6：4]	设置 EINT1 的触发模式：000＝低电平中断，001＝高电平中断，01x＝下降沿触发，10x＝上升沿触发，11x＝双边沿触发
EINT0	[2：0]	设置 EINT0 的触发模式：000＝低电平中断，001＝高电平中断，01x＝下降沿触发，10x＝上升沿触发，11x＝双边沿触发

7. EXTINTPND——外部中断请求寄存器

必须在 ISR 处理结束时，通过将 EXTINTPND 中对应位写 1 来清除该位。
EXTINTPND 的控制格式见表 6.59。

表 6.59　EXTINTPND 的控制格式

EXTINTPND	位	说　明
EXTINTPND3	[3]	当 EINT7 有效时：EXINTPND3 置 1，INTPND [21] 置 1
EXTINTPND2	[2]	当 EINT6 有效时：EXINTPND2 置 1，INTPND [21] 置 1
EXTINTPND1	[1]	当 EINT5 有效时：EXINTPND1 置 1，INTPND [21] 置 1
EXTINTPND0	[0]	当 EINT4 有效时：EXINTPND0 置 1，INTPND [21] 置 1

6.6　S3C44B0X 的 UART 功能及应用开发

UART（Universal Asynchronous Receiver and Transmitter）是通用异步收发器的英文缩写，它包括了 RS232、RS499、RS423、RS422 和 RS485 等总线规范，即 UART 是异步串行通信口的总称。其中，RS232-C 最为常用，PC 的 COM 口均为 RS232-C。

RS232-C 规定了通信口的电气特性、传输速率、连接特性和接口的机械特性等内容。实际上是属于通信网络中的物理层的概念，与通信协议没有直接关系。而通信协议，是属于通信网络中的数据链路层的概念。

6.6.1　S3C44B0X 的 UART 概述

S3C44B0X 的 UART 单元是 RS232C 规范，它提供两个独立的异步串行通信端口；每个端口都可以在中断和 DMA 两种模式下工作。

1. UART 单元的构成

每个 UART 都包含一个波特率发生器、接收器、发送器和控制单元。如图 6.8 所示。

波特率发生器以主时钟 MCLK 作为时钟源。接收器包含 1 个 16B 的接收 FIFO、接收移位寄存器和数据接收端口 RxDn。发送器包含 1 个 16B 的发送 FIFO、发送移位寄存器和数据发送端口 TxDn。

被发送的数据，首先被写入 FIFO，然后拷贝到发送移位寄存器，最后从 TxDn 依次被移位输出。被接收的数据从 RxDn 移位输入到移位寄存器，然后拷贝到 FIFO 中。

UART 的通道 n（0/1）都符合 IrDA 1.0 规范；RxDn、TxDn 都可以工作在中断模式或 DMA 模式；都支持收/发时的握手模式。

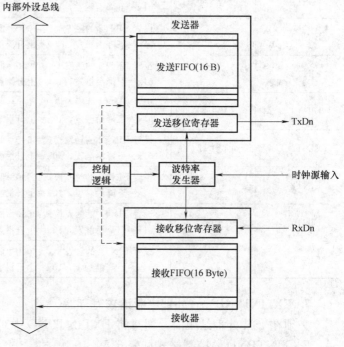

图 6.8 UART 的框图

2. 数据帧格式

数据帧格式是可编程的。其结构包含 1 个开始位，5～8 个数据位，一个可选的奇偶位和 1～2 个停止位，都可以通过线路控制寄存器（ULCONn）来设置。发送器也能够产生发送中止条件，中止条件迫使串口输出保持在逻辑 0 状态，这种状态保持超过一个传输帧的时间长度。

3. 自动流控制（AFC）

S3C44B0X 的 UART 通过 nRTS 和 nCTS 信号支持自动流控制，在这种情况下必须是 UART 与 UART 连接。在 AFC 中，nRTS 由接收器来控制。

4. 非自动流控制

如果用户将 UART 连接到调制解调器，就应该在 UMCONn 寄存器中禁止自动流控制位，非自动流控制通过软件控制 nRTS 和 nCTS 的操作。

5. 中断/DMA 请求产生器

S3C44B0X 的每个 UART 都有 7 个状态信号：溢出错误、奇偶校验错误、帧错误、中止状况、接收 FIFO/缓冲区数据准备好、发送 FIFO/缓冲区空、发送移位寄存器空。所有这些状态都由对应的 UART 状态寄存器（UTRSTATn/UERSTATn）中的相应位来表现。

溢出错误、奇偶校验错误、帧错误和中止状况都被认为是接收错误状态。如果 UCONn 中的"接收错误状态中断使能位"被置位，则它们中的每一个都能够引发接收错误中断请求。在接收错误状态的 ISR 中，通过读取 UERSTATn 来识别引发中断请求的信号。

当接收器要将接收移位寄存器的数据送到接收 FIFO，它会激活接收 FIFO 满状态信号，如果控制寄存器中的接收模式选为中断模式，就会引发接收中断。

当发送器从发送 FIFO 中取出数据到发送移位寄存器，那么 FIFO 空状态信号将会被激活。如果控制寄存器中的发送模式选为中断模式，就会引发发送中断。

如果接收/发送模式被选为 DMA 模式，"接收 FIFO 满"和"发送 FIFO 空"状态信号同样可以产生 DMA 请求信号。

6. 波特率发生器

每个 UART 的波特率发生器为数据传输提供了串行移位时钟。波特率时钟通过时钟源 16 分频和一个由 UART 波特率除数寄存器（UBRDIVn）指定的 16 位除数决定。UBRDIVn 的值按下式确定：

16 位除数 UBRDIVn＝（上取整）(MCLK/（波特率 bit/s×16))−1;16 位除数为 1～(2^{16}−1)。

例如，如果波特率为 115200bit/s 且系统主频（MCLK）为 64MHz，则 UBRDIVn 为：

UBRDIVn＝(int)(64000000/(115200×16)＋0.5)-1＝35-1＝34

7. 回送模式

S3C44B0X 的 UART 提供一个测试模式，即回送模式。在这种模式下，发送的数据会立即被接收。这一特性运行处理器校验内部发送和接收通道的功能。这种模式可以通过设置 UART 控制寄存器（UCONn）中的回送位来设定。

8. 红外通信模式

S3C44B0X 的 UART 模块支持红外线（IR）发送和接收。可以通过设置 UART 控制寄存器（ULCONn）中的红外模式位来选择该模式。

当 IRS＝1 时，UART 模块处于红外线（IR）发送和接收状态。待发送的数据编码后，由 TxD 发送出去；待接收的数据解码后，由 RxD 接收进来。

6.6.2　S3C44B0X 的 UART 的 SFR

S3C44B0X 的 UART 拥有 22 个 SFR，分为 UART0 和 UART1 两组，如表 6.60 所示。

表 6.60　UART 的 22 个 SFR

寄 存 器	地　　址	R/W	描　　述	初 始 值
ULCON0	0x01D00000	R/W	UART0 线路控制寄存器	0x00
ULCON1	0x01D04000	R/W	UART1 线路控制寄存器	0x00
UCON0	0x01D00004	R/W	UART0 控制寄存器	0x00
UCON1	0x01D04004	R/W	UART1 控制寄存器	0x00
UFCON0	0x01D00008	R/W	UART0 FIFO 控制寄存器	0x0
UFCON1	0x01D04008	R/W	UART1 FIFO 控制寄存器	0x0
UMCON0	0x01D0000C	R/W	UART0 Modem 控制寄存器	0x0
UMCON1	0x01D0400C	R/W	UART1 Modem 控制寄存器	0x0
UTRSTAT0	0x01D00010	R	UART0 Tx/Rx 状态寄存器	0x6
UTRSTAT1	0x01D04010	R	UART1 Tx/Rx 状态寄存器	0x6
UERSTAT0	0x01D00014	R	UART0 Rx 出错状态寄存器	0x0
UERSTAT1	0x01D04014	R	UART1 Rx 出错状态寄存器	0x0

（续）

寄 存 器	地 址	R/W	描 述	初 始 值
UFSTAT0	0x01D00018	R	UART0 FIFO 状态寄存器	0x00
UFSTAT1	0x01D04018	R	UART1 FIFO 状态寄存器	0x00
UMSTAT0	0x01D0001C	R	UART0 Modem 状态寄存器	0x0
UMSTAT1	0x01D0401C	R	UART1 Modem 状态寄存器	0x0
UTXH0	0x01D00020(L)	W(by byte)	UART0 发送保持寄存器	—
UTXH0	0x01D00023(B)	W(by byte)	UART0 发送保持寄存器	—
UTXH1	0x01D04020(L)	W(by byte)	UART1 发送保持寄存器	—
UTXH1	0x01D04023(B)	W(by byte)	UART1 发送保持寄存器	—
URXH0	0x01D00024(L)	R(by byte)	UART0 接收缓冲寄存器	—
URXH0	0x01D00027(B)	R(by byte)	UART0 接收缓冲寄存器	—
URXH1	0x01D04024(L)	R(by byte)	UART1 接收缓冲寄存器	—
URXH1	0x01D04027(B)	R(by byte)	UART1 接收缓冲寄存器	—
UBRDIV0	0x01D00028	R/W	波特率除数寄存器 0	—
UBRDIV1	0x01D04028	R/W	波特率除数寄存器 1	—
说明	L：小端模式；B：大端模式			

1. ULCONn——UARTn 的线控制寄存器

ULCONn 的控制格式见表 6.61。

表 6.61 ULCONn 的控制格式

ULCONn	位	描 述	初始值
Reserved	[7]		0
红外线模式	[6]	是否采用红外通信模式： 0=正常模式操作；1=红外接收/发送模式	0
奇偶校验模式	[5：3]	奇偶校验位设置： 0xx=无奇偶位；100=奇校验；101=偶校验；110=置1；111=清0	0
停止位的数量	[2]	每帧中停止位的个数： 0=1停止位；1=2停止位	0
数据位长度	[1：0]	每帧中数据位的个数： 00=5位；01=6位；10=7位；11=8位	0

2. UCONn——UARTn 控制寄存器

UCONn 的控制格式见表 6.62。

表 6.62 UCONn 的控制格式

UCONn	位	描 述	初始值
发送中断类型	[9]	发送中断请求类型： 0=脉冲（在发送缓冲区变空时立即引发中断） 1=电平（在发送缓冲区变空时引发中断）	0

（续）

UCONn	位	描　述	初始值
接收中断类型	[8]	接收中断请求类型： 0＝脉冲（在接收缓冲区接收到数据时立即引发中断） 1＝电平（在接收缓冲区正在接收到数据时引发中断）	0
接收超时中断使能	[7]	在 UART 的 FIFO 使能时，使能/禁止接收超时中断： 0＝禁止；1＝允许	0
接收错误状态中断使能	[6]	使能 UART 在接收操作中发生错误时的错误中断响应： 0＝不产生错误状态中断 1＝产生错误状态中断	0
回送模式	[5]	设置该位，UART 自动进入回送模式。0＝正常传输 1＝发送终止信号	0
发送终止信号	[4]	设置该位，令 UART 在一帧时间中发送一个终止状态。发送完毕系统自动清除该位 0＝正常传输　1＝发送终止信号	0
发送模式	[3：2]	向 UART 发送保持寄存器中写入数据的模式： 00＝禁止，01＝中断请求/查询模式，10＝BDMA0 请求（仅 UART0）， 11＝BDMA1 请求（仅 UART1）	0
接收模式	[1：0]	从 UART 接受缓冲区中读出数据的模式，00＝禁止 01＝中断请求 查询 模式 10＝BDMA0 请求（仅 UARTD）11＝BDMA1 请求-（仅 UART1）	0

3. UFCONn——UARTn 的 FIFO 控制寄存器

UFCONn 的控制格式见表 6.63。

表 6.63　UFCONn 的控制格式

UFCONn	位	描　述	初始值
发送 FIFO 的触发水平	[7：6]	决定发送 FIFO 的触发水平： 00＝空，01＝4B，10＝8B，11＝12B	0
接收 FIFO 的触发水平	[5：4]	决定发送 FIFO 的触发水平： 00＝4B，01＝8B，10＝12B，11＝16B	0
保留	[3]		0
Tx FIFO 复位	[2]	在复位 FIFO 后自动清零： 0＝正常；1＝Tx FIFO 复位	0
Rx FIFO 复位	[1]	在复位 FIFO 后自动清零： 0＝正常；1＝RxFIFO 复位	0
FIFO 使能	[0]	FIFO 禁止允许： 0＝禁止；1＝允许	0

4. UMCONn——UARTn 的 Modem 控制寄存器

UMCONn 的控制格式见表 6.64。

表 6.64　UMCONn 的控制格式

UMCONn	位	描　述	初始值
保留	[7：5]	这些位必须为 0	0
AFC（Auto Flow control）	[4]	自动流控制禁止允许位： 0＝禁止，1＝允许	0

（续）

UMCONn	位	描　述	初始值
保留	[3:1]	这些位必须为 0	0
请求发送	[0]	如果 AFC 使能，该位将被忽略，S3C44B0 自动控制 nRTS； 如果 AFC 禁止，必须由软件来控制 nRTS： 0＝高电平（失活 nRTS） 1＝低电平（激活 nRTS）	0

5. UTRSTATn——UART 发送/接收状态寄存器

UTRSTATn 的控制格式见表 6.65。

表 6.65　UTRSTATn 的控制格式

UTRSTATn	位	描　述	初始值
发送移位寄存器为空	[2]	当发送移位寄存器中不包含有效数据或移位寄存器为空，该位将自动被置位： 0＝非空　1＝发送保持和移位寄存器为空	1
发送缓冲器为空	[1]	当发送缓冲区寄存器中不包含有效数据，该位将自动被置位： 0＝缓冲区寄存器非空　1＝空 如果使用了 FIFO，则用户不用检测该位，而应当检测 UFSTAT 中发送 FIFO 计数器位和 FIFO 满位	1
接收缓冲器数据就绪	[0]	当接收缓冲器寄存器中包含有效数据，该位将自动被置位： 0＝完全为空 1＝缓冲器寄存器中包含有效数据 如果使用了 FIFO，则用户不用检测该位，而应当检测 UFSTAT 中接收 FIFO 计数器位	0

6. UERSTATn——UART 错误状态寄存器

UERSTATn 的控制格式见表 6.66。

表 6.66　UERSTATn 的控制格式

UERSTATn	位	描　述	初始值
间隔中断	[3]	0＝未收到间隔信号　1＝收到间隔信号	0
数据帧错误	[2]	0＝接收时无帧错误　1＝接收时发生帧错误	0
奇偶错误	[1]	0＝接收时无奇偶错误　1＝接收时奇偶错误	0
Overrun 错误	[0]	0＝在接收过程中未产生 Overrun 错误 1＝ Overrun 错误 注：当已收到的数据还未被读取，而新接收的数据覆盖了原有的数据时，就会产生 Overrun 错误	0

7. UFSTATn——UARTn 的 FIFO 状态寄存器

UFSTATn 的控制格式见表 6.67。

表 6.67　UFSTATn 的控制格式

UFSTATn	位	描　述	初始值
保留	[15：10]		0
Tx FIFO 满	[9]	当 FIFO 满时，置 1 0＝0B≤Tx FIFO 数据≤15B 1＝满	0
Rx FIFO 满	[8]	当 FIFO 要满时，置 1 0＝0B≤Rx FIFO 数据≤15B 1＝满	0
Tx FIFO 计数	[7：4]	发送 FIFO 中数据的个数	0
Rx FIFO 计数	[3：0]	接收 FIFO 中数据的个数	0

8. UMSTATn——UART 的 Modem 状态寄存器

UMSTATn 的控制格式见表 6.68。

表 6.68　UMSTATn 的控制格式

UMSTATn	位	描　述	初始值
Delta CTS	[4]	表明输入到 S3C44B0X 的信号从上一次读过后是否改变 0＝无改变　1＝已改变	0
Rserved	[3：1]	保留	
Clear to Send	[0]	0＝CTS 信号未激活(nCTS 引脚为高电平) 1＝CTS 信号已激活(nCTS 引脚为低电平)	0

9. UTXHn——UART 发送保持寄存器

UTXHn 的控制格式见表 6.69。

表 6.69　UTXHn 的控制格式

UTXHn	位	描　述	初始值
TXDATAn	[7：0]	从 UARTn 发送的数据字节	—
说明		向 UART0 发送一个字符： 假设：UTXH0 的地址为：rUTXH0；待发送的字符为：C 程序：rUTXH0＝C；//C 程序	

10. URXHn——UART 接收缓冲寄存器

URXHn 的控制格式见表 6.70。

表 6.70　URXHn 的控制格式

URXHn	位	描　述	初始值
URXDATAn	[7：0]	从 UARTn 接收的数据字节	—
说明		UART 接收保持寄存器和 FIFO 寄存器：URXH0，URXH1 　如果发生了溢出错误，必须读一次 URXHn；如果不读，即使 USTATn 中的溢出错误位被清除了，下一个接收的数据仍然会发生一个溢出错误 　从 UART1 读取 1B 数据： 　假设 URXH1 的地址为：rURXH1 读取的数据存放到 C 　程序：C＝rURXH0；　　//C 程序	

11. UBRDIVn——UART 波特率除数寄存器

UBRDIVn 的控制格式见表 6.71。

表 6.71 UBRDIVn 的控制格式

UBRDIVn	位	描　　述	初始值
UBRDIV	[15:0]	波特率除数的值 UBRDIV > 0	—
说明	波特率除数因子计算：rUBRDIV0=((int)(MCLK/16. /baud+0.5)−1);		

6.7　S3C44B0X 的 WDT 定时器功能及应用开发

嵌入式系统运行时受到外部干扰或者系统错误，程序有时会出现"跑飞"，导致整个系统崩溃。为了防止这一现象的发生，在对系统稳定性要求较高的场合往往要加入看门狗定时器（WDT，WatchDog Timer）电路。看门狗的作用就是当系统"跑飞"而进入死循环时，使系统恢复运行。

WDT 的基本原理：假设系统程序完整运行一个周期的时间是 T_p，看门狗的定时周期为 $T_i > T_p$，在程序运行一周期后就修改定时器的计数值，只要程序正常运行，定时器就不会溢出，若由于干扰等原因使系统不能在 T_p 时刻内修改定时器的计数值，定时器将在 T_i 时刻溢出，引发系统复位，使系统得以重新运行，从而起到监控作用。

6.7.1　S3C44B0X 的看门狗概述

看门狗 WDT 实际上就是一个定时器，其框图如图 6.9 所示，只是它在期满后将自动引起系统复位。S3C44B0X 的看门狗定时器有两个功能：

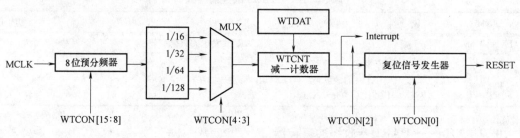

图 6.9　WDT 框图

- 作为常规定时器使用，并且可以产生中断；
- 作为看门狗定时器使用，期满时，它可以产生 128 个时钟周期的复位信号。

S3C44B0X 的 WDT 的时钟源是系统的时钟 MCLK，MCLK 经过 8 位预分频器分频后，再经过 7 位除法器进行 16/32/64/128 分频后，最后将分频后的时钟作为 WDT 的输入时钟，当计数器期满后可以产生中断或者复位信号。定时周期为：

t_watchdog＝1/(MCLK/(Prescaler value＋1)/Division_factor)

其中，预分频值 Prescaler value 为 1～255，除数因子 Division_factor 为 16/32/64/128。

6.7.2　S3C44B0X 的 WDT 的 SFR

S3C44B0X 的 WDT 具有 3 个 SFR，如表 6.72 所示。

表 6.72　WDT 的 3 个 SFR 列表

寄 存 器	地　　址	R/W	描　　述	初 始 值
WTCON	0x01D30000	R/W	WDT 定时器的控制寄存器	0x8021
WTDAT	0x01D30004	R/W	WDT 定时器的数据寄存器	0x8000
WTCNT	0x01D30008	R/W	WDT 定时器的计数寄存器	0x8000

1. WTCON——控制寄存器

WTCON 的控制格式见表 6.73。

表 6.73　WTCON 的控制格式

WTCON	位 地 址	描　　述	初 始 值
Prescaler value	[15:8]	预分频值 0~(2^8-1)	0x80
Reserved	[7:6]	保留。必须为 00	00
watchdog timer enable/disable	[5]	WDT 定时器使能位： 0＝禁能 WDT 定时器；1＝使能 WDT 定时器	1
Clock select	[4:3]	确定时钟除数因子：00＝1/16，01＝1/32，10＝1/64，11＝1/128	00
Interrupt enable/disable	[2]	WDT 中断使能位： 0＝禁能 WDT 中断；1＝使能 WDT 中断	0
Reserved	[1]	保留。必须为 00	0
Reset enable/disable	[0]	WDT 输出复位信号使能位： 0＝禁能 WDT 输出复位信号；1＝使能 WDT 输出复位信号	1

2. WTDAT——数据寄存器

WTDAT 的控制格式见表 6.74。

表 6.74　WTDAT 的控制格式

WTDAT	位 地 址	描　　述	初 始 值
Count reload value	[15:0]	WDT 定时器的重装载计数值	0x8000

3. WTCNT——计数器寄存器

WTCNT 的控制格式见表 6.75。

表 6.75　WTCNT 的控制格式

WTCNT	位 地 址	描　　述	初 始 值
Count value	[15:0]	WDT 定时器的当前计数值	0x8000

6.8　S3C44B0X 的 IIC 定时器功能及应用开发

IIC（Inter－Integrated Circuit）又写为 I^2C 或 IIC，是 Philips 公司推出的一种串行总线

协议，用于 IC 之间的通信。IIC 是双向两线制同步串行总线；IIC 的标准总线传输速率为
100KB/s，增强总线可达 400KB/s，总线驱动能力为 400pF；通过软件（非片选线）寻址识
别每个器件；IIC 总线可构成多主和主从系统，任何能够进行发送和接收的设备都可以成为
主控器，一个主控器能够控制信号的传输和时钟频率，但在任何时刻只能有一个主控器。

6.8.1 S3C44B0X 的 IIC 概述

S3C44B0X 处理器提供了多主总线的 IIC 接口。在多主系统结构中，系统通过硬件或软
件仲裁获得总线控制使用权。应用系统中 IIC 总线多采用主从结构，即总线上只有一个主控
节点，总线上的其他设备都作为从设备。IIC 设备寻址由器件地址决定，并且通过地址最低
位来控制读/写方向。

1. IIC 总线的构成

S3C44B0X 处理器提供符合 IIC 协议设备连接的双向数据线 IICSDA 和时钟线 IICSCL。
在 IICSCL 高电平期间，由 IICSDA 的下降沿启动通信、上升沿停止通信。S3C44B0X 处理
器可以支持主设备发送、主设备接收、从设备发送、从设备接收 4 种工作模式。

启动条件(START_C)：当 SCL 为高电平时，SDA 由高转低，即为启动。

停止条件(STOP_C)：当 SCL 为高电平时，SDA 由低转为高，即为停止。

确认信号（ACK）：接收方产生应答，每收到一个字节后便将 SDA 电平拉低，确认已
收到数据。CPU 向受控单元发出一个信号后，等待受控单元发出一个应答信号，接收到应
答信号后，作出是否继续传递信号的判断。若未收到应答信号，判断为受控单元出现故障。

数据传送（Read/Write）：IIC 总线启动或应答后，在 SCL 低电平期间，数据准备，并
允许 SDA 线上数据电平变换；在 SCL 高电平期间，保持数据，数据串行传送。总线以字节
（8 位）为单位传送数据，且高有效位（MSB）在前。IIC 数据传送的启动和停止条件如图
6.10 所示。

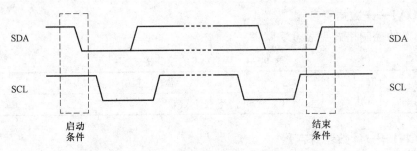

图 6.10   IIC 数据传送的启动和停止条件

2. IIC 总线通用传输过程及格式

传输过程：主器件送出一个起始条件，起始条件后面的第一个字节是地址域，送出一个
从地址之后，传输的每个字节后面都有一个应答（ACK）位。

地址位：1B。高 7 位为地址，最低位为传输方向指示。$A_0=0$ 为写操作；$A_0=1$ 为读操作。

数据位：发送单位为字节，发送顺序为先高后低。每次传输中，字节的数量没有限制。

应答位：为了完成 1B 的传输操作，接收器应该在接收完 1B 之后发送 ACK 位到发送
器，告诉发送器，已经收到了这个字节。ACK 脉冲信号在 SCL 线上第 9 个时钟处发出。

（前面 8 个时钟完成 1B 的数据传输，SCL 上的时钟都是由主器件产生的）。当发送器要接收 ACK 脉冲时，应该释放 SDA 信号线，也就是将 SDA 置高。接收器在接收完前面的 8 位数据后，将 SDA 拉低。发送器探测到 SDA 为低，就认为接收器成功接收了前面的 8 位数据。

3. 读写操作

在发送器模式下，数据被发送之后，IIC 总线接口会等待直到 IICDS（IIC 数据移位寄存器）被程序写入新的数据。在新的数据被写入之前，SCL 线都被拉低（实现等待与同步）。新的数据写入之后，SCL 线被释放。S3C44B0X 利用中断来判别当前数据字节是否已经完全送出。在 CPU 接收到中断请求后，在中断处理中再次将下一个新的数据写入 IICDS，如此循环。

在接收模式下，数据被接收到后，IIC 总线接口将等待直到 IICDS 寄存器被程序读出。在数据被读出之前，SCL 线保持低电平（保持同步）。新的数据读出之后，SCL 线才释放。S3C44B0X 也利用中断来判别是否接收到了新的数据。CPU 收到中断请求之后，处理程序将从 IICDS 读取数据。

4. 配置 IIC 总线

要控制串行时钟 SCL 的频率，可以通过 IICCON 寄存器中的 4 位预分频值来设置。IIC 总线接口地址保存在 IIC 总线地址寄存器 IICADD 内。如果需要，在自身的从地址寄存器 IICADD 中写入地址。

6.8.2 S3C44B0X 的 IIC 的 SFR

S3C44B0X 的 IIC 包括 4 个 SFR，如表 6.76 所示。

表 6.76 IIC 的 4 个 SFR 列表

寄 存 器	地 址	状 态	描 述	初 始 值
IICCON	0x01D60000	R/W	IIC-Bus 控制寄存器	0000_xxxx
IICSTAT	0x01D60004	R/W	IIC-Bus 控制/状态寄存器	0000_0000
IICADD	0x01D60008	R/W	IIC-Bus 地址寄存器	xxxx_xxxx
IICDS	0x01D6000C	R/W	IIC-Bus 收发数据寄存器	xxxx_xxxx

1. IICCON——总线控制寄存器

IICCON 的控制格式见表 6.77。

表 6.77 IICCON 的控制格式

IICCON	位	描 述	初 始 值
Acknowledge enable	[7]	IIC-bus 应答使能：0=禁能 ACK 产生；1=使能 ACK 产生 在发送模式，在 ACK 期间 IICSDA 释放 在接收模式，在 ACK 期间 IICSDA 为低电平	0
Tx clock source selection	[6]	IIC-bus 发送时钟的源时钟和预分频选择： 0：IICCLK=fMCLK/16；1：IICCLK=fMCLK/512	0
Tx/Rx Interrupt enable	[5]	IIC-Bus Tx/Rx 中断使能：0=禁能中断；1=使能中断	0

（续）

IICCON	位	描 述	初 始 值
Interrupt pending flag	[4]	IIC-bus Tx/Rx 中断挂起标志：不允许写入 1；当读出 1 时，IICSCL 为低并且 IIC 停止，清零该位，恢复操作 读操作：0＝无中断挂起；1＝有中断挂起 写操作：0＝清零该位，恢复操作；1＝N/A 无该操作	0
Transmit clock value	[3：0]	IIC-Bus 发送时钟预分频值： 计算公式：Tx clock＝IICCLK/（IICCON [3：0] ＋1）	Undefined

2. IICSTAT——总线状态寄存器

IICSTAT 的控制格式见表 6.78。

表 6.78　IICSTAT 的控制格式

IICSTAT	位	描 述	初 始 值
Mode selection	[7：6]	IIC-bus 主从 Tx/Rx 模式选择位： 00＝从接收；01＝从发送；10＝主接收；11＝主发送	0
Busy signal status /START STOP condition	[5]	IIC-Bus 忙信号状态位： 0＝读，IIC-bus 空闲；写，IIC-bus STOP 信号产生 1＝读，IIC-bus 忙；写，IIC-bus START 信号产生	0
Serial output enable	[4]	IIC-bus 数据输出使能位：0＝禁能 Rx/Tx；1＝使能 Rx/Tx	0
Arbitration status flag	[3]	IIC-bus 仲裁过程状态标志位：0＝仲裁成功；1＝仲裁失败	0
Address-as-slave status flag	[2]	IIC-bus 从机地址状态标志位：0＝检测到 START/STOP 有效，清除该位；1＝接收到与 IICADD 匹配的从机地址	0
Address zero status flag	[1]	IIC-bus 地址为零的状态标志位：0＝检测到 START/STOP 有效，清除该位；1＝接收到从机地址为 00000000b	0
Last-received bit status flag	[0]	IIC-bus 最后接收到的位的状态标志位：0＝最后接收到的位为 0（ACK 收到）；1＝最后接收到的位为 1（ACK 未收到）	0

3. IICADD——总线地址寄存器

IICADD 的控制格式见表 6.79。

表 6.79　IICADD 的控制格式

IICADD	位	描 述	初 始 值
Slave address	[7：0]	从 IIC-bus 收到的 7bit 从机地址：当 IICSTAT [4] ＝0 时，IICADD 写允许；IICADD 可以随时被读出 [7：1] ＝从机地址；[0] ＝非映射位	xxxx_xxxx

4. IICDS——总线发送/接受移位寄存器

IICDS 的控制格式见表 6.80。

表 6.80　IICDS 的控制格式

IICDS	位	描 述	初 始 值
Data shift	[7：0]	IIC-bus 的 Tx/Rx 的 8bit 数据移位寄存器：当 IICSTAT [4] ＝1 时，IICDS 允许写；IICDS 可以随时被读出	xxxx_xxxx

6. 9　S3C44B0X 的 LCD 功能及应用开发

PC 的主要输出设备是显示器，显示器的控制部件是显示卡，显示卡的核心是显示控制器。S3C44B0X 内嵌了 LCD 控制器，相当于 PC 机主板的集成显示卡控制器。它负责把显存中的数据传输到 LCD 驱动器，并产生必须的 LCD 控制信号。在 S3C44B0X 中，显存与系统存储器共用主存空间，提高了空间利用率；对显存的操作，实际上就是对主存的操作，简化驱动程序设计。

6. 9. 1　S3C44B0X 的 LCD 控制器概述

S3C44B0X 内嵌的 LCD 控制器能够支持单色、4 灰度级、16 灰度级和 256 色彩色多种显示模式，支持 160 * 160、320 * 240、640 * 480 等多种 LCD 屏。

1. LCD 控制器的内特性

S3C44B0X 的 LCD 控制器的系统框图如图 6.11 所示。主要包括寄存器组（REGBANK）、时序发生器（TIMEGEN）、DMA 控制器（LCDCDMA）和数据格式转换器（VIDPRCS）。

（1）寄存器组——REGBANK
REGBANK 有 18 个可编程寄存器。LCD 控制器通过 18 个可编程寄存器来配置 LCD 显示模块的尺寸、显示模式、接口数据宽度等。

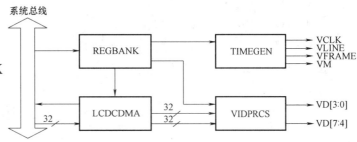

图 6.11　LCD 控制器系统框图

（2）DMA 控制器——LCDCDMA　LCDCDMA 自动传输显存的视频数据到 LCD 控制器。控制器中有一个 24 字的 FIFO 存储区，其中 12 个 FIFOL，12 个 FIFOH，在单扫描模式下仅 12 个 FIFOH 可用。当 FIFO 为空或部分为空时，LCDCDMA 请求从显存预取数据，使用突发传输模式，一次预取 4 个字；在传输期间，不允许出让总线控制权。

（3）数据格式转换器——VIDPRCS　VIDPRCS 首先从 LCDDMA 接收显示数据，并将其转换成适当的数据格式，然后将相应的格式化数据通过 VD［7：0］传送给 LCD 驱动器，例如 4/8 位单扫描或 4 位双扫描格式。

（4）时序发生器——TIMEGEN　TIMEGEN 产生 VFRAM、VLINE、VCLK 和 VM 控制时序，这些控制信号由寄存器 LCDCON1 和 LCDCON2 进行配置。通过对寄存器中配置项目的设置，TIMEGEN 就可以产生适应于各种 LCD 屏的控制信号了。

VFRAME 和 VLINE 脉冲的产生通过对 LCDCON2 寄存器的 HOZVAL 和 LINEVAL 域进行配置来完成。每个域都与 LCD 的尺寸和显示模式有关。LCD 屏的横向尺寸 HOZVAL 和纵向尺寸 LINEVAL 可以通过下式计算出来。

• HOZVAL 的计算
HOZVAL＝（横向显示宽度/VD 数据线的有效位数）－1；
在彩色模式下：横向显示宽度＝3×每行的像素点数目。

4 位单扫描或 4 位双扫描 VD 数据线的有效位数是 4，8 位单扫描 VD 数据线的有效位数是 8。

例如，彩色液晶 LM057QC1T01 分辨率是 320×240，横向显示宽度＝3×320，8 位单扫描 VD 的有效位数是 8 位，则 HOZVAL＝(320×3/8)−1＝119。

• LINEVAL 的计算

在单扫描显示类型下，LINEVAL＝(显示宽度)−1；

在双扫描显示类型下，LINEVAL＝(显示宽度/2)−1；

例如 LM057QC1T01 的 LINEVAL＝240−1

• VCLK（Hz）的计算

$$VCLK(Hz)=MCLK/(CLKVAL \times 2)$$

VCLK 信号的频率可以通过系统主时钟 MCLK 和 LCDCON1 寄存器的 CLKVAL 域来确定。LCD 控制器的最大 VCLK 频率为 16.5MHz，这使得 LCD 控制器几乎支持所有已有的 LCD 驱动器。CLKVAL 的值决定了 VCLK 的频率，为了确定 CLKVAL 的值，应该计算一下 LCD 控制器向 VD 端口传输数据的速率，使得 VCLK 的值大于数据传输的速率。

• 数据传输速率的计算

数据传输速率＝HS×VS×FR×MV

其中：HS 为 LCD 的行尺寸；VS 为 LCD 的列尺寸；FR 为帧速率；MV 为模式值。

2. LCD 控制器的外特性

S3C44B0 的 LCD 控制器与 LCD 相关的引脚定义如表 6.81 所示。

表 6.81　LCD 控制器的外特性

引　　脚	描　　述
VFRAME	LCD 控制器和 LCD 驱动器之间的帧信号同步。该信号告诉 LCD 屏的新的一帧开始了。LCD 控制器在一个完整帧显示完成后立即插入一个 VFRAME 信号，开始新一帧的显示；该信号与 LCD 模块的 YD 信号相对应
VLINE	LCD 控制器和 LCD 驱动器之间的线脉冲信号同步，该信号用于 LCD 驱动器将水平线（行）移位寄存器的内容传送给 LCD 屏显示。LCD 控制器在整个水平线（整行）数据移入 LCD 驱动器后，插入一个 VLINE 信号；该信号与 LCD 模块的 LP 信号相对应
VCLK	LCD 控制器和 LCD 驱动器之间的像素时钟信号，由 LCD 控制器送出的数据在 VCLK 的上升沿处送出，在 VCLK 的下降沿处被 LCD 驱动器采样；该信号与 LCD 模块的 XCK 信号相对应
VM	LCD 驱动器的 AC 信号。VM 信号被 LCD 驱动器用于改变行和列的电压极性，从而控制像素点的显示或熄灭。VM 信号可以与每个帧同步，也可以与可变数量的 VLINE 信号同步
VD [3：0]	LCD 像素点数据输出端口。与 LCD 模块的 D [3：0] 相对应，传送的是 4 位单扫描的全部像素点数据、4 位双扫描的高端像素点数据和 8 位单扫描的低半字节像素点数据
VD [7：4]	LCD 像素点数据输出端口。与 LCD 模块的 D [7：4] 相对应，传送的是 4 位双扫描的低端像素点数据和 8 位单扫描的高半字节像素点数据

在 S3C44B0X 中，一个像素点对应一个位，像素点数据是指该像素点是被点亮（1）还是被熄灭（0）。

3. LCD 控制器支持的显示模式

S3C44B0X 的 LCD 控制器使用时间抖动算法和帧速控制方法，实现 LCD 上的单色、4

级灰度（每个像素占用 2 位）、16 级灰度（每个像素占用 4 位）显示，也能与彩色 STN 接口，支持最大 256 色（每个像素占用 8 位）的显示。

LCD 控制器可以编程支持不同水平和垂直点数（640×480，320×240，160×160 等等），以及不同的接口时序和刷新速率的 LCD，支持 4 位双扫描、4 位单扫描、8 位单扫描的 LCD 显示器，并支持虚拟屏幕，实现硬件水平/垂直卷动。

在 4 级灰度显示模式中，允许在 16 级灰度中选择其中的 4 级灰度来显示，4 级灰度显示模式使用查找表。该查找表和彩色查找表的蓝色查找表共用一个查找寄存器 BULEVAL [15：0]，每个灰度级占用 4 位，灰度级 0 由 BLUEVAL[3：0] 值表示，灰度级 1 由 BLUEVAL [7：4] 值表示，灰度级 2 由 BLUEVAL[11：8] 值表示，灰度级 3 由 BLUEVAL[15：12] 值表示。16 级灰度显示模式不使用查找表。

在彩色 8 位显示模式中，3 位分配为红（可编码 8 级红色），3 位为绿（可编码 8 级绿色），2 位为蓝（可编码 4 级蓝色），合起来最大显示颜色为 8×8×4＝256 色。红、绿、蓝分别使用不同的查找表：红色查找表是 REDVAL [31：0]，每组对应 4 位，共分成 8 组，对应 8 级红色；绿色查找表是 GREENVAL [31：0]，每组对应 4 位，共分成 8 组，对应 8 级绿色；蓝色查找表为 BLUEVAL [15：0]，每组对应 4 位，共分成 4 组，对应 4 级蓝色。类似于灰度级，8 级红色可以在 16 个纯红颜色级中任选 8 个基色进行显示，8 级绿色可以在 16 个纯绿颜色级中任选 8 个基色进行显示，4 级蓝色可以在 16 个纯蓝颜色级中任选 4 个基色进行显示。

LCD 自刷新模式：S3C44B0X 支持 LCD 自刷新模式，以减少电源消耗，这时电源管理可以进入 SL_IDLE 模式。

4. 显存的数据存储格式

LCD 控制器传送的数据表示一个像素的属性：4 级灰度需要 2 位，16 级灰度需要 4 位，RGB 彩色需要 8 位。显存是字节对齐的，由软件设置存储格式。

4 位或 8 位单扫描下，数据存放格式如图 6.12 所示。

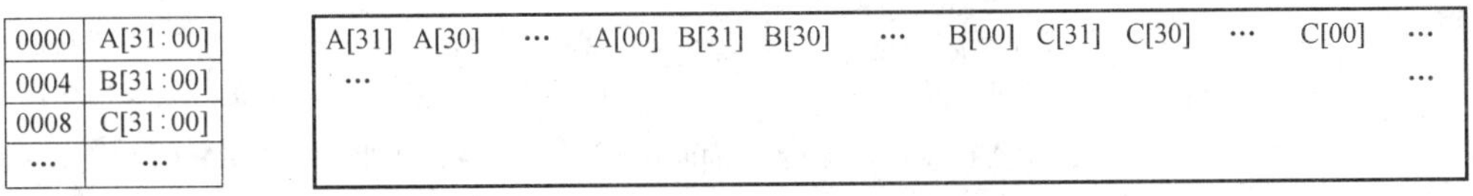

图 6.12　4 位或 8 位单扫描数据的存放与显示

4 位双扫描下，数据存放格式如图 6.13 所示。

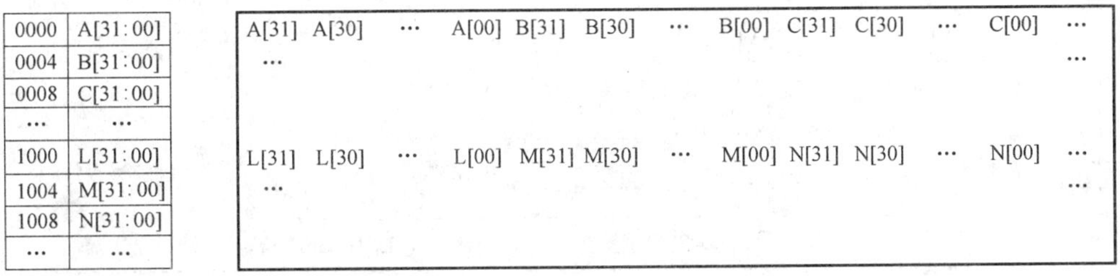

图 6.13　4 位双扫描数据的存放与显示

6.9.2 S3C44B0X 的 LCD 控制器的 SFR

S3C44B0X 的 LCD 具有 18 个 SFR，如表 6.82 所示。

表 6.82 LCD 的 18 个 SFR

寄 存 器	地 址	状 态	初 始 值
LCDCON1	0x01F00000	R/W	0x000000000
LCDCON2	0x01F00004	R/W	0x000000000
LCDCON3	0x01F00040	R/W	0x000000000
LCDSADDR1	0x01F00008	R/W	0x000000000
LCDSADDR2	0x01F0000C	R/W	0x000000000
LCDSADDR3	0x01F00010	R/W	0x000000000
REDLUT	0x01F00014	R/W	0x000000000
GREENLUT	0x01F00018	R/W	0x000000000
BLUELUT	0x01F0001C	R/W	0x000000000

说明：与抖动算法相关的寄存器在后面列出。

1. LCDCON1——LCD 控制寄存器 1

LCDCON1 的控制格式见表 6.83。

表 6.83 LCDCON1 的控制格式

位 名 称	地 址	描 述
LINECNT	[31：22]	反映行计数值，从 LINEVAL 递减至 0
CLKVAL	[21：12]	确定 VCLK 频率，如果在 ENVID=1 时改变，到下一帧生效 VCLMCLK/（CLKVAL＊2），CLKVAL≥2
WLH	[11：10]	定义 VLINE 的高电平宽度：0=4CLK，1=8CLK，0=12CLK，0=16CLK
WDLY	[09：08]	定义 VLINE 与 VCLK 之间的延时：0=4CLK，1=8CLK，0=12CLK，0=16CLK
MMODE	[07]	定义 VM 的频率：0=每帧，1=频率由 MVAL 决定
DISMODE	[06：05]	定义显示模式：00=4 位双扫描，01=4 位单扫描，10=8 位单扫描，11=保留
INVCLK	[4]	控制 VCLK 极性：0=VCLK 下降沿取数据，1=VCLK 上升沿取数据
INVLINE	[3]	指示 VLINE 极性：0=正常，1=取反
INVFRAME	[2]	指示 VFRAME 极性：0=正常，1=取反
INVVD	[1]	指示 INVVD [7：0] 极性：0=正常，1=取反
ENVID	[0]	LCD 视频输出和逻辑允许：0=不禁止，LCD FIFO 清除，1=使能

2. LCDCON2——LCD 控制寄存器 2

LCDCON2 的控制格式见表 6.84。

表 6.84　LCDCON2 的控制格式

位 名 称	地 址	描　述
LINEBLANK	[31:21]	单位为 MCLK，确定行扫描的返回时间
HOZVAL	[20:10]	单位为像素，确定 LCD 屏的水平尺寸。HOZVAL 的值必须是 16 的倍数。如 120 点的 LCD，可以设置为 128，多余的 8 点被驱动器自动放弃 HOZVAL=（水平显示宽度/有效数据行）—1 彩色模式：水平显示宽度=水平像素数目 * 3
LINEVAL	[09:00]	单位为像素，确定 LCD 屏的垂直尺寸 单扫描：LINEVAL=（垂直显示宽度）—1；双扫描：LINEVAL=（垂直显示宽度/2）—1

3. LCDCON3——控制寄存器 3

LCDCON3 的控制格式见表 6.85。

表 6.85　LCDCON3 的控制格式

位 名 称	地 址	描　述
	[2:1]	保留
SELFREF	[0]	LCD 刷新模式允许位：0=禁止 LCD 自动刷新，1=允许 LCD 自动刷新

4. LCDSADDR1——帧缓冲起始地址寄存器 1

LCDSADDR1 的控制格式见表 6.86。

表 6.86　LCDSADDR1 的控制格式

位 名 称	地 址	描　述
MODESEL	[28:27]	选择显示模式：00=单色模式，01=4 级灰度模式，10=16 级灰度模式，11=彩色模式
LCDBANK	[26:21]	指示视频缓冲区在系统存储器的段地址：A [27:22] LCD 缓冲区应与 4MB 对齐
LCDBASEU	[20:00]	指示帧缓冲区或在双扫描 LCD 时的上帧缓冲区的起始地址：A [21:01] LCD 缓冲区应与 4MB 对齐

说明：LCDBANK 在 ENVID=1 时不能变化；如果 LCDBASEU 和 LCDBASEL 在 ENVID=1 时变化，则新的量在下一帧生效。

5. LCDSADDR2——帧缓冲起始地址寄存器 2

LCDSADDR2 的控制格式见表 6.87。

表 6.87　LCDSADDR2 的控制格式

位 名 称	地 址	描　述
BSWP	[29]	0=禁止扫描，1=允许扫描
MVAL	[28:21]	如果 MMODE=1，则定义 VM 以什么样的速度变化 VM Rate=VLINE Rate/(2 * MVAL);
LCDBASEL	[20:00]	指示在双扫描 LCD 时的下帧缓冲区的起始地址：A[21:01] LCDBASEL= LCDBASEU+(PAGEWIDTH+OFFSIZE) * (LINEVAL+1)

说明：用户通过 LCDBASEU 和 LCDBASEL 来滚动屏幕。但是在帧结束时，不能改变 LCDBASEU 和 LCDBASEL 的值，因为预取下一帧的数据优先于改变帧。为了检查 LINECNT，需要屏蔽中断。

6. LCDSADDR3——帧缓冲起始地址寄存器 3

LCDSADDR3 的控制格式（虚拟屏幕地址设置）见表 6.88。

表 6.88　LCDSADDR3 的控制格式

位 名 称	地 址	描 述
OFFSIZE	[19：09]	单位为半字，虚拟屏幕偏移量，是上一行最后半字和新行最后半字之间距离
PAGEWIDTH	[08：00]	单位为半字，虚拟屏幕宽度，是帧观察区的宽度

说明：PAGEWIDTH 和 OFFSIZE 必须在 ENVID=0 时变化。

7. REDLUT——红色查找表寄存器

REDLUT 的控制格式见表 6.89。

表 6.89　REDLUT 的控制格式

位 名 称	地 址	描 述
REDVAL	[31：00]	定义 8 组红颜色值，每一颜色值都可以有 16 种选择： 000=REDVAL[03：00],001=REDVAL[07：04] 010=REDVAL[11：08],011=REDVAL[15：12] 100=REDVAL[19：16],101=REDVAL[23：18] 110=REDVAL[27：24],111=REDVAL[31：28]

8. GREENLUT——绿色查找表寄存器

GREENLUT 的控制格式见表 6.90。

表 6.90　GREENLUT 的控制格式

位 名 称	地 址	描 述
GREENVAL	[31：00]	定义 8 组 RED 颜色值，每一颜色值都可以有 16 种选择： 000=GREENVAL[03：00],001=GREENVAL[07：04] 010=GREENVAL[11：08],011=GREENVAL [15：12] 100=GREENVAL[19：16],101=GREENVAL[23：18] 110=GREENVAL[27：24],111=GREENVAL [31：28]

9. BLUELUT——蓝色查找表寄存器

BLUELUT 的控制格式见表 6.91。

表 6.91　BLUELUT 的控制格式

位 名 称	地 址	描 述
BLUEVAL	[31：00]	定义 4 组 RED 颜色值，每一颜色值都可以有 16 种选择： 00=BLUEVAL[03：00],01=BLUEVAL[07：04] 10=BLUEVAL[11：08],11=BLUEVAL[15：12]

10. 抖动模式寄存器

S3C44B0X 含有 8 个抖动寄存器 DP6_7、DP4_5、DP5_7、DP3_4、DP2_3、DP3_5、DP4_7 和 DP1_2，对应的占空比为 6/7、4/5、5/7、3/4、2/3、3/5、4/7 和 1/2，见表 6.92。

表 6.92　抖动模式寄存器

符号	位数	地址	读写	占空比	初始值	二进制模式						
DP1_2	16	0x01F00020	R/W	1/2	0xA5A5	1010	0101	1010	0101			
DP4_7	28	0x01F00024	R/W	4/7	0xBA5DA65	1011	1010	0101	1101	1010	0110	0101
DP3_5	20	0x01F00028	R/W	3/5	0xA5A5F	1010	0101	1010	0101	1111		
DP2_3	12	0x01F0002C	R/W	2/3	0xD6B	1101	0110	1011				
DP5_7	28	0x01F00030	R/W	5/7	0xEB7B5ED	1110	1011	0111	1011	0101	1110	1101
DP3_4	16	0x01F00034	R/W	3/4	0x7DBE	0111	1101	1011	1110			
DP4_5	20	0x01F00038	R/W	4/5	0xEBDF	0111	1110	1011	1101	1111		
DP6_7	28	0x01F0003C	R/W	6/7	0x7FDFBFE	0111	1111	1101	1111	1011	1111	1110
DITHMODE		0x01F00044	R/W	0x12210	0x00000							

11. 不同显示模式的 MV

不同显示模式的 MV 如表 6.93 所示。

表 6.93　不同显示模式的 MV

显　示　模　式	MV 值
单色，4 位单扫描	1/4
单色，8 位单扫描或 4 位双扫描	1/8
4 级灰度，4 位单扫描	1/4
4 级灰度，8 位单扫描或 4 位双扫描	1/8
16 级灰度，4 位单扫描	1/4
16 级灰度，8 位单扫描或 4 位双扫描	1/8
彩色，4 位单扫描	3/4
彩色，8 位单扫描或 4 位双扫描	3/8

6.10　S3C44B0X 的 DMAC 功能及应用开发

DMA（Direct Memory Access），即直接存储器存取，是一种快速传送数据的机制，也是一种完全由硬件执行的数据交换方式。DMA 控制器从 CPU 完全接管对总线的控制，数据传递可以从 I/O 口到内存，从内存到 I/O 口或从一段内存到另一段内存。

6.10.1　S3C44B0X 的 DMAC 概述

S3C44B0X 具有 4 通道的 DMA 控制器 DMAC。其中，两个 DMA 通道称做 ZDMA（通用 DMA），连接在 SSB（三星系统总线）上，另外两个 DMA 通道称做 BDMA（桥 DMA），连接于 SSB 和 SPB（三星外设总线）之间的接口层。ZDMA 和 BDMA 操作都可以通过软件、内部外设的请求或者外部请求引脚（nXDREQ0/1）来启动。

1. ZDMA——通用 DMA

ZDMA 直接连接于 SSB，ZDMA 可以用于从存储器到存储器、从存储器到固定目标的

I/O 设备和从 I/O 设备到存储器之间的数据传输。在 ZDMA 中具有一个 4 字的 FIFO 类型的缓冲器来支持 DMA 操作中的 4 字的突发传输（块传输）。ZDMA 操作可以通过软件或者外部 DMA 请求信号启动。

ZDMA 中最重要的特性是 On-the-Fly 模式。On-the-Fly 模式合并 DMA 读/写周期，但要求源的总线宽度与目标总线宽度相同。通常，DMA 传输包括两个分开的周期：一个是从源存储器或者 I/O 设备的"读"，另一个是向存储器或者目标 I/O 设备"写"入，即读和写周期是分开的。为了完成这些操作，DMAC 首先从数据总线读数据，然后再将这个数据写入数据总线。在 On-the-Fly 模式下，当 DMAC 读/写存储器数据时，一个固定地址的外设也同时写/读这个数据，即读写同时发生。由 DMAC 为存储器产生读/写信号，同时也为外设产生写/读信号。如果外设支持这种模式，数据传输效率将会提高一倍。

2. BDMA——桥 DMA

BDMA 连接于 SSB 和 SPB 的接口层的 DMAC，BDMA 用于数据从存储器到 I/O 设备或者 I/O 设备到存储器的传输。例如 SIO、IIS 和 UART 等。BDMA 不支持 4 字的猝发传输，因为 BDMA 不具有暂存缓冲器，也因为附属于 SPB 的外设是很慢的。

3. 外部 DMA 请求/应答协议

有 4 种类型的外部 DMA 请求/应答协议。每种类型定义了与这些协议相关的 DMA 请求和应答。尽管 ZDMA 和 BDMA 可以支持外部触发，这些协议仅对应于 ZMDA，BDMA 传输中不使用。

（1）握手模式（Handshake Mode）　一个单独的应答对应一个单独的 DMA 请求。在该模式，DMA 操作期间的读写周期不可分割，因此在一个 DMA 操作完成前，不能把总线让给其他总线控制器使用。一次 nXDREQ 请求引起一次 DMA 传输（可以是一个字节、一个半字或一个字）。

（2）单步模式（Single Step Mode）　单步模式意味着一次 DMA 传输有两个 DMA 应答周期（产生两个应答信号 nXDACK）指示 DMA 读和写周期，主要用与测试和调试模式，在读写周期之间，总线控制权可以让给其他总线控制器。

（3）连续模式（Whole Service Mode）　在该模式，一次 DMA 请求将产生连续的 DMA 传输，直到规定的 DMA 传输数据传输完。在 DMA 传输期间，nXDACK 一直有效，DMA 请求信号被释放。并且在每次传输一个数据单元后，释放一次总线控制权，以便其他总线控制器有机会可以占用总线。

（4）手动模式（Demand Mode）　在该模式，只要 DMA 请求信号一直有效，DMA 传输就持续进行，并且一直占用总线控制权，因此应该预防传输周期超过规定的最大时间。

4. DMA 传输模式

DMA 有单元传输、块传输、on_the_fly 块传输 3 种传输模式。

单元传输模式：1 个单位读，然后 1 个单位写。

块传输模式：4 个字突发读，然后 4 个字突发写，因此传输的数据个数应当是 16 字节的倍数。

On-the-fly 传输模式：1 个单位读或 1 个单位写，读写同时进行。

5. DMA 请求源

在 ZDMA 模式下，由软件 S/W（SofrWare）或者硬件 H/W（HardWare）产生 nX-

DREQ（外部 DMA 请求信号），它们就是 DMA 请求源。软件启动可以通过在 ZDCON0/1 寄存器写 CMD 区域为 01 来实现。例如，在 DMA 传输的开始，即在启动 DMA 前，对 DMA 相关的参数，例如源地址、目标地址、传输计数等等，必须全部配置好。然后，DMA 操作就通过 CMD 区域写入 01 来启动。

在 BDMA 模式下，有 6 种硬件请求源，UART0、UART1、SIO、定时器和 IIS。BD-MA 与 ZDMA 一样可以通过软件启动。这些请求源可以通过写入 BDICNT 寄存器的 QSC 区域来选择。

6. 自动重载模式

在自动重载模式下，每当 DMA 计数器的值减到 0，Z（B）DCSRCn、Z（B）DCD-STn、和 Z（B）DCCNTn 寄存器的值将从 Z（B）DISRCn、Z（B）DIDESn、Z（B）DIC-NTn 寄存器载入。在寄存器 Z（B）DISRCn、Z（B）DIDESn、Z（B）DICNTn 中，保存了与 DMA 操作相关的配置参数，例如，源/目标地址和源/目标传输计数。这种自动重载可以恢复 DMA 操作的设定。换句话说，要修改配置，可以将 Z（B）DISRCn、Z（B）DIDESn、Z（B）DICNTn 寄存器中的值进行修改，但不影响基于原配置工作的当前 DMA 操作。但是这种参数的自动重载不能够保证在当前的 DMA 操作之后自动重新运行 DMA，如果 Z（B）DCONn 的 CMD 区域重新被写入或者外部 DMA 请求引发则 DMA 将会重新运行。

为了支持自动重载模式，DMA 应该具有两套寄存器的设置，寄存器 Z（B）DISRCn、Z（B）DIDESn、Z（B）DICNTn 有初始的 DMA 配置，而寄存器 Z（B）DCSRCn、Z（B）DCDSTn 和 Z（B）DCCNTn 则具有反应当前 DMA 操作的配置。在 DMA 操作期间，这些寄存器对于源地址、目标地址和剩余的传输计数值都具有动态的值。

6.10.2 S3C44B0X 的 DMAC 的 SFR

S3C44B0X 的 DMAC 具有 28 个相关寄存器。并分为 ZDMA 和 BDMA 两大类。

1. ZDMA 相关寄存器

ZDMA 具有 14 个 SFR，如表 6.94 所示。

表 6.94 ZDMA 的 14 个 SFR 列表

寄 存 器	地 址	状 态	描 述	初 始 值
ZDCON0	0x01E80000	R/W	ZDMA0 控制寄存器	0x00
ZDCON1	0x01E80020	R/W	ZDMA1 控制寄存器	0x00
ZDISRC0	0x01E80004	R/W	ZDMA0 源地址初始值寄存器	0x00000000
ZDIDES0	0x01E80008	R/W	ZDMA0 目的地址初始值寄存器	0x00000000
ZDICNT0	0x01E8000C	R/W	ZDMA0 计数器初始值寄存器	0x00000000
ZDCSRC0	0x01E80010	R	ZDMA0 源地址当前值寄存器	0x00000000
ZDCDES0	0x01E80014	R	ZDMA0 目的地址当前值寄存器	0x00000000
ZDCCNT0	0x01E80018	R	ZDMA0 计数器当前值寄存器	0x00000000
ZDISRC1	0x01E80024	R/W	ZDMA1 源地址初始值寄存器	0x00000000
ZDIDES1	0x01E80028	R/W	ZDMA1 目的地址初始值寄存器	0x00000000
ZDICNT1	0x01E8002C	R/W	ZDMA1 计数器初始值寄存器	0x00000000

（续）

寄存器	地址	状态	描述	初始值
ZDCSRC1	0x01E80030	R	ZDMA1 源地址当前值寄存器	0x00000000
ZDCDES1	0x01E80034	R	ZDMA1 目的地址当前值寄存器	0x00000000
ZDCCNT1	0x01E80038	R	ZDMA1 计数器当前值寄存器	0x00000000

（1）ZDCONn——ZDMAn 的控制寄存器　ZDCONn 的控制格式见表 6.95。

表 6.95　ZDCONn 的控制格式

ZDCONn	位地址	描述
INT	[7:6]	保留
STE	[5:4]	DMA 通道的状态（只读）： 00：就绪，01：未中止计数，10：中止计数，11：不可用 在 DMA 的传输计数开始之前，STE 处于准备状态
QDS	[3:2]	忽略/允许外部 DMA 请求（nXDREQ）： 00：允许，其他：禁止
CMD	[1:0]	软件命令： 00：没有命令，在写 01、10、11 后，CMD 位被自动清除，nXDREQ 允许 01：由 S/W 启动 DMA 操作，S/W 启动功能能用在连续模式下 10：停止 DMA 操作，但 nXDREQ 仍允许 11：取消 DMA 操作

（2）ZDMAn 的初始源/目标/计数、当前源/目标地址/计数寄存器　初始源/目标/计数、当前源/目标地址/计数寄存器的控制格式见表 6.96。

表 6.96　初始源/目标/计数、当前源/目标地址/计数寄存器的控制格式

类别	寄存器	描述	初始值
ZDMA0	ZDISRC0	ZDMA0 源地址寄存器的初始值	0x00000000
	ZDIDES0	ZDMA0 目标地址寄存器的初始值	0x00000000
	ZDICNT0	ZDMA0 计数寄存器的初始值	0x00000000
ZDMA0	ZDCSRC0	ZDMA0 源地址寄存器的当前值	0x00000000
	ZDCDES0	ZDMA0 目标地址寄存器的当前值	0x00000000
	ZDCCNT0	ZDMA0 计数寄存器的当前值	0x00000000
ZDMA1	ZDISRC1	ZDMA1 源地址寄存器的初始值	0x00000000
	ZDIDES1	ZDMA1 目标地址寄存器的初始值	0x00000000
	ZDICNT1	ZDMA1 计数寄存器的初始值	0x00000000
ZDMA1	ZDCSRC1	ZDMA1 源地址寄存器的当前值	0x00000000
	ZDCDES1	ZDMA1 目标地址寄存器的当前值	0x00000000
	ZDCCNT1	ZDMA1 计数寄存器的当前值	0x00000000

（3）ZDISRCn/ZDCSRCn——ZDMAn 初始/当前源地址寄存器　ZDISRCn/ZDCSRCn 的控制格式见表 6.97。

表 6.97　ZDISRCn/ZDCSRCn 的控制格式

ZDISRCn/ZDCSRCn	位　地　址	描　　述
DST	[31：30]	传输的数据类型 00：字节，01：半字，10：字，11：保留 在块传输模式，DST 必须是 10
DAL	[29：28]	加载地址变动方向 00：不可用，01：增量，10：减量，11：固定
ISADDR/CSADDR	[27：0]	ZDMAn 的初始/当前源地址

（4）ZDIDESn/ZDCDESn——ZDMAn 初始/当前目标地址寄存器　ZDIDESn/ZDCDESn 的控制格式见表 6.98。

表 6.98　ZDIDESn/ZDCDESn 的控制格式

ZDIDESn/ZDCDESn	位　地　址	描　　述
OPT	[31：30]	位名称 BIT 描述 DMA 内部选项，推荐值 OPT＝10 Bit 31：指示在单步模式 nXDREQ 如何采样 Bit 30：如果 DST 是半字或字并且 DMA 模式不是块传输模式，该位起作用 1：　　　　DMA 做字或半字交换 传输前：　B0，B1，B2，B3，B4，B5，B6，B7，… 半字交换后：B1，B0，B3，B2，B6，B7，B4，B5，… 字交换后：B3，B2，B1，B0，B4，B5，B6，B7，…
DAS	[29：28]	存储地址方向 00：不可用，01：增量，10：减量，11：固定
IDADDR/CDADDDR	[27：0]	ZDMAn 的初始/当前目标地址

（5）ZDICNTn/ZDCCNTn——ZDMAn 初始/当前计数寄存器　ZDICNTn/ZDCCNTn 的控制格式见表 6.99。

表 6.99　ZDICNTn/ZDCCNTn 的控制格式

ZDICNTn/ZDCCNTn	位　地　址	描　　述
QSC	[31：30]	选择 DMA 请求源 00：nXDREQ[0]，01：nXDREQ[1]，10：保留，11：保留
QTY	[29：28]	DREQ 协议类型 00：握手模式，01：单步模式，10：连续模式，11：手动模式
TMD	[27：26]	传输模式：00：保留，01：单位传输模式，10：块传输模式，11：On_the_fly 传输模式
OTF	[25：24]	On_the_Fly 模式：00，01：保留，10：空闲模式读，11：空闲模式写
INTS	[23：22]	中断模式设置：00：查询模式，01：保留，10：无论何时传输都产生中断，11：当终止计数时产生中断
AR	[21]	在 DMA 计数到 0 时自动加载和自动开始：0：禁止，1：允许
EN	[20]	DMA H/W 允许/不允许 0：禁止，1：允许

（续）

ZDICNTn/ZDCCNTn	位　地　址	描　　述
ICNT/CCNT	[19：0]	ZDMAn 的初始/当前传输计数值，必须正确设置 如果传输单位为字节，ICNT 每次减小 1； 如果传输单位为半字，ICNT 每次减小 2； 如果传输单位为字，ICNT 每次减小 4；

2. BDMA 相关寄存器

BDMA 具有 14 个相关寄存器，每个 DMA 通道具有 9 个寄存器；共有 2 个控制寄存器、3 个源地址寄存器、3 个目的地址寄存器、3 个计数器。如表 6.100 所示。

表 6.100　BDMA 的寄存器

寄　存　器	地　　址	状　　态	描　　述	初　始　值
BDCON0	0x01F80000	R/W	BDMA0 控制寄存器	0x00
BDCON1	0x01F80020	R/W	BDMA1 控制寄存器	0x00
BDISRC0	0x01F80004	R/W	BDMA0 源地址初始值寄存器	0x00000000
BDIDES0	0x01F80008	R/W	BDMA0 目的地址初始值寄存器	0x00000000
BDICNT0	0x01F8000C	R/W	BDMA0 计数器初始值寄存器	0x00000000
BDCSRC0	0x01F80010	R	BDMA0 源地址当前值寄存器	0x00000000
BDCDES0	0x01F80014	R	BDMA0 目的地址当前值寄存器	0x00000000
BDCCNT0	0x01F80018	R	BDMA0 计数器当前值寄存器	0x00000000
BDISRC1	0x01F80024	R/W	BDMA1 源地址初始值寄存器	0x00000000
BDIDES1	0x01F80028	R/W	BDMA1 目的地址初始值寄存器	0x00000000
BDICNT1	0x01F8002C	R/W	BDMA1 计数器初始值寄存器	0x00000000
BDCSRC1	0x01F80030	R	BDMA1 源地址当前值寄存器	0x00000000
BDCDES1	0x01F80034	R	BDMA1 目的地址当前值寄存器	0x00000000
BDCCNT1	0x01F80038	R	BDMA1 计数器当前值寄存器	0x00000000

（1）BDCONn——BDMAn 控制寄存器　BDCONn 的控制格式见表 6.101。

表 6.101　BDCONn 的控制格式

BDCONn	位	描　　述	初　始　值
INT	[7：6]	保留	00
STE	[5：4]	DMA 通道的状态（只读） 00＝准备好，01＝还没有终止计数，10＝终止计数，11＝N/A 在 DMA 计数器从初始的计数值开始减少之前，STE 将始终是准备好状态	00
QDS	[3：2]	禁止/使能外部/内部 DMA 请求（来自 UARTn，SIO，IIS，Timer）： 00＝使能，其他＝禁止	00
CMD	[1：0]	软件命令 00：无命令，在写 01，10，11 后，CMD 位被自动清 0 01：保留 10：保留 11：取消 DMA 操作	00

（2）BDMA0/1 的初始源/目标/计数、当前源/目标地址/计数寄存器　初始源/目标/计数、当前源/目标地址/计数寄存器的控制格式见表 6.102。

表 6.102　初始源/目标/计数、当前源/目标地址/计数寄存器的控制格式

类　别	寄存器	描　述	复　位　值
BDMA0	BDISRC0	BDMA0 源地址寄存器的初始值	0x00000000
	BDIDES0	BDMA0 目标地址寄存器的初始值	0x00000000
	BDICNT0	BDMA0 计数寄存器的初始值	0x00000000
BDMA0	BDCSRC0	BDMA0 源地址寄存器的当前值	0x00000000
	BDCDES0	BDMA0 目标地址寄存器的当前值	0x00000000
	BDCCNT0	BDMA0 计数寄存器的当前值	0x00000000
BDMA1	BDISRC1	BDMA1 源地址寄存器的初始值	0x00000000
	BDIDES1	BDMA1 目标地址寄存器的初始值	0x00000000
	BDICNT1	BDMA1 计数寄存器的初始值	0x00000000
BDMA1	BDCSRC1	BDMA1 源地址寄存器的当前值	0x00000000
	BDCDES1	BDMA1 目标地址寄存器的当前值	0x00000000
	BDCCNT1	BDMA1 计数寄存器的当前值	0x00000000

（3）BDISRCn/BDCSRCn——BDMAn 初始/当前源地址寄存器　BDISRCn/BDCSRCn 的控制格式见表 6.103。

表 6.103　BDISRCn/BDCSRCn 的控制格式

BDISRCn/BDCSRCn	位　地　址	描　述	初始值
DST	[31：30]	传输数据的大小：00=字节，01=半字，10=字，11=未用	00
DAL	[29：28]	载入地址的方向：00=N/A，01=增加，10=减少 11=内部外设（固定地址）	00
ISADDR/CSADDR	[27：0]	BDMAn 的初始化/当前源地址： 如果源地址是片内外设，特殊寄存器的地址将被使用。例如，如果源是 UART0 输入缓冲区，那么这里可以填入它的地址	0x0000000

（4）BDIDESn/BDCDESn——BDMAn 初始/当前目标地址寄存器　BDIDESn/BDCDESn 的控制格式见表 6.104。

表 6.104　BDIDESn/BDCDESn 的控制格式

BDISRCn/BDCSRCn	位　地　址	描　述	初始值
TDM	[31：30]	传输方向模式设定： 00=保留 01=M2IO（从外部存储器到内部设备） 10=IO2M（从内部设备到外部存储器） 11=IO2IO（从内部设备到内部设备）	00
DAS	[29：28]	保存地址的方向： 00=N/A，01=增加，10=减少，11=内部外设（固定地址）	00

（续）

BDISRCn/BDCSRCn	位 地 址	描 述	初始值
ISADDR/CSADDR	[27：00]	BDMAn 的初始化/当前目标地址 如果目标地址是片内外设，特殊寄存器的地址将被使用。例如，如果源是 UART0 输出缓冲区，那么这里可以填入它的地址	0x0000000

（5）BDICNTn BDCCNTn——BDMAn 初始/当前计数寄存器　BDICNTn/BDCCNTn 的控制格式见表 6.105。

表 6.105　BDICNTn/BDCCNTn 的控制格式

BDICNT0/BDCCNT0	位 地 址	描 述	初始化状态
QSC	[31：30]	DMA 请求源选择：00＝N/A，01＝IIS，10＝UARTn，11＝SIO	00
保留	[29：28]	00：握手模式	00
保留	[27：26]	01：单元传送模式	01
保留	[25：24]	00：on-the-fly 模式在 BDMAn 下并不支持	00
INTS	[23：22]	中断模式设置 00＝轮流检测模式；01＝N/A；10＝在传输时发生中断；11＝终止计数时发生中断	00
AR	[21]	当 DMA 计数器达到 0 时，自动重载和自动启动 0＝禁止； 1＝使能：甚至在 DMA 计数到 0，DMA 使能位（EN 位）仍然是 1，但是 DMA 将来会启动操作仅当启动命令或者 DMA 请求被激活	0
EN	[20]	DMA 的硬件使能/禁止 0＝禁止 DMA，1＝使能 DMA 如果 EN 位为 1，QDS 位为 00b，DMA 请求会得到服务。同样，如果软件命令开始，DMA 操作将会发生 如果 EN 位为 0，DMA 将不会操作，尽管软件命令启动 如果软件命令取消，DMA 操作将会被取消，EN 位将会被清 0。在计数的最后，EN 位将会被清 0 注意：不要同 BDICNT 寄存器的其他位一起设置。用户应该在设置好其他位后，再设置 EN： 1. 设置 BDICNT，寄存器同时对 EN 位清 0 2. 设置 EN 位使能	零
ICNT/CCNT	[19：0]	BDMA0 的初始/当前传输计数器，必须正确设置 如果 DST 是字，ICNT 必须是 4 的倍数 如果 1 个字节被发送，ICNT 将会减 1 如果 1 个半字被发送，ICNT 必须减 2 如果 1 个字被发送，ICNT 必须减 4	0x00000

6.11　S3C44B0X 的 RTC 功能及应用开发

实时时钟（RTC）是电子系统中普遍应用的部件，其主要功能是实时提供日历和时钟，并具有定时报警和滴答的功能。RTC 能够通过备用电池供电工作。

6.11.1　S3C44B0X 的 RTC 概述

S3C44B0X 内含一个 RTC 单元，需要外接一个 32.768kHz 的晶振，可以用备用电池供电工作。可以通过 STRB/LDRB 指令将 8 位 BCD 码数据送至 CPU，这些 BCD 数据包括秒、分、时、日期、星期、月和年。并具有定时报警和滴答的功能。

1. S3C44B0X 的 RTC 结构框图

S3C44B0X 的 RTC 结构框图如图 6.14 所示。主要包括 32.768kHz 晶振接口、闰年发生器、报警发生器、时钟分频器、滴答发生器以及年/月/日和时/分/秒计时单元。

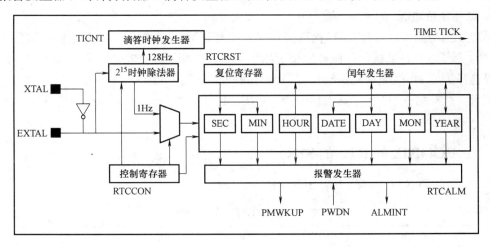

图 6.14　RTC 结构框图

2. 闰年产生器

S3C44B0X 的 RTC 模块中有一个固定的逻辑，用来支持 2000 年为闰年。虽然 2000 年是闰年，但 1900 年不是闰年。因此，S3C44B0X 中 00 代表 2000 年，而不是 1900 年。

3. 读/写寄存器

要求设置 RTCCON 寄存器的 0 位来表示读和写 RTC 模块中的寄存器。为了显示年月-日-时-分-秒、星期等信息，CPU 会从 BCDSEC、BCDMIN、BCDHOUR、BCDDAY、BCD-DATE、BCDMON、和 BCDYEAR 寄存器中读取数据。但是，由于多个寄存器的读取，可能产生 1s 的偏离。例如，如果用户读取寄存器 BCDYEAR 到 BCDMIN，假设结果为 1959 年 12 月 31 日 23 点 59 分。在用户读取 BCDSEC 寄存器时，如果结果是 1~59，肯定没有问题。但如果结果是 0，那么很有可能年、月、日、时、分已经变成了 1960 年 1 月 1 日 0 时 0 分，这就是上面所说的 1 秒偏离。解决的方法是，当读取到的 BCDSEC 等于 0 时，用户应该再读取一次 BCDYEAR 到 BCDSEC 的值。

4. 备用电池操作

RTC 逻辑模块可以通过一个备用电池供电。备用电池的阳极通过 RTCVDD 脚接至内部的 RTC 模块，即使系统电源关闭，也能够提供电能保证 RTC 模块正常工作。

5. 报警功能

在掉电模式或正常工作模式下，RTC 能够在指定的时间产生一个报警信号。在正常工作模式下，报警中断（ALMINT）被激活。在掉电模式下，电源管理苏醒信号也与 AL-

MINT 一样处于激活状态。RTC 的报警寄存器 RTCALM 可以决定报警的使能或禁止和报警时间的设置条件。

6. 节拍中断

RTC 节拍时间用于中断请求。TICNT 寄存器具有一个中断使能位，同时其中的计数值用于中断。当计数值到达 0 时，节拍时间中断就会触发。中断的间隔时间计算如下：Period＝$(n+1)$ /128s，n 是节拍时间计数值 1～127，RTC 时间节拍中断功能可以作为 RTOS（实时操作系统）内核的时间节拍。如果节拍从 RTC 时间节拍产生，则 RTOS 内部与时间相关的功能将一直与实时时钟同步。

7. 循环复位功能

循环复位功能可以通过 RTC 循环复位寄存器 RTCRST 来操作。秒产生进位的循环边界（30，40，或 50s）是可选的，循环复位后秒值回 0。例如，如果当前时间是 23：37：47，循环边界选择为 40s，则循环复位操作将当前时间修改为 23：38：00。

注意：所有的 RTC 寄存器必须使用 STRB、LDRB 指令或 char 类型指针，以字节方式操作。

6.11.2 S3C44B0X 的 RTC 的 SFR

S3C44B0X 的 RTC 具有 17 个 SFR，如表 6.106 所示。

表 6.106 RTC 的 17 个 SFR

寄存器	地址	状态	描述	初始值
RTCCON	0x01D70040(L) 0x01D70043(B)	R/W(by byte)	RTC 控制寄存器	0x0
RTCALM	0x01D70050(L) 0x01D70053(B)	R/W(by byte)	RTC 报警控制寄存器	0x00
ALMSEC	0x01D70054(L) 0x01D70057(B)	R/W(by byte)	报警秒数据寄存器	0x00
ALMMIN	0x01D70058(L) 0x01D7005B(B)	R/W(by byte)	报警分数据寄存器	0x00
LMHOUR	0x01D7005C(L) 0x01D7005F(B)	R/W(by byte)	报警时数据寄存器	0x00
ALMDAY	0x01D70060(L) 0x01D70063(B)	R/W(by byte)	报警日数据寄存器	0x01
ALMMON	0x01D70064(L) 0x01D70067(B)	R/W(by byte)	报警月数据寄存器	0x01
ALMYEAR	0x01D70068(L) 0x01D7006B(B)	R/W(by byte)	报警年数据寄存器	0x00
RTCRST	0x01D7006C(L) 0x01D7006F(B)	R/W(by byte)	RTC 循环复位寄存器	0x0.

（续）

寄 存 器	地 址	状 态	描 述	初 始 值
BCDSEC	0x01D70070(L) 0x01D70073(B)	R/W(by byte)	BCD 秒寄存器	Undef.
BCDMIN	0x01D70074(L) 0x01D70077(B)	R/W(by byte)	BCD 寄存器	Undef.
BCDHOUR	0x01D70078(L) 0x01D7007B(B)	R/W(by byte)	BCD 时寄存器	Undef.
BCDDAY	0x01D7007C(L) 0x01D7007F(B)	R/W(by byte)	BCD 日寄存器	Undef
BCDDATE	0x01D70080(L) 0x01D70083(B)	R/W(by byte)	BCD 星期寄存器	Undef.
BCDMON	0x01D70084(L) 0x01D70087(B)	R/W（by byte)	BCD 月寄存器	Undef.
BCDYEAR	0x01D70088(L) 0x01D7008B(B)	R/W(by byte)	BCD 年寄存器	Undef.
TICNT	0x01D7008C(L) 0x01D7008F(B)	R/W(by byte)	Tick 计数寄存器	0x00000000

说明　　L：小端模式，B：大端模式

1. RTCCON——RTC 控制寄存器

RTCCON 寄存器包括 4 个位，如表 6.107 所示。如 RTCEN 用来控制对 BCD 寄存器的读/写使能。CLKSEL，CNTSEL 和 CLKRST 用来测试。RTCEN 位可以控制所有 CPU 和 RTC 之间的接口，因此在 RTC 控制程序中，应当将它置 1 从而使得在系统复位之后能够读写这些寄存器。而在电源关闭之前，RTCEN 位应清 0 从而阻止无意中对 RTC 寄存器的写入。

表 6.107　RTCCON 的位描述

RTCCON	位	描　　述	初始值
CLKRST	[3]	RTC 时钟计数复位：0=不复位；1=复位	0
CNTSEL	[2]	BCD 计数选择：0=组合 BCD 计数；1=保留（分离的 BCD 计数）	0
CLKSEL	[1]	BCD 时钟选择：0=XTAL1/2^{15}分频；1=保留	0
RTCEN	[0]	RTC 读/写使能：0=禁能；1=使能 读写使能，RTC 的功耗急剧增加	0

2. RTCALM——RTC 报警寄存器

RTCALM 的每个位描述见表 6.108。

表 6.108　RTCALM 的位描述

RTCALM	位	描　　述	初始值
Reserved	[7]	保留	0
ALMEN	[6]	Alarm 全局使能：0=禁能；1=使能	0

（续）

RTCALM	位	描 述	初始值
YEAREN	[5]	年全局使能：0＝禁能；1＝使能	0
MONREN	[4]	月全局使能：0＝禁能；1＝使能	0
DAYEN	[3]	日全局使能：0＝禁能；1＝使能	0
HOUREN	[2]	时全局使能：0＝禁能；1＝使能	0
MINEN	[1]	分全局使能：0＝禁能；1＝使能	0
SECEN	[0]	秒全局使能：0＝禁能；1＝使能	0

3. ALMSEC——RTC 报警秒数据寄存器

ALMSEC 的每个位描述见表 6.109。

表 6.109　ALMSEC 的位描述

ALMSEC	位	描 述	初始值
Reserved	[7]	保留	0
SECDATA	[6：4]	报警秒 BCD 值：0～5	000
	[3：0]	报警秒 BCD 值：0～9	0000

4. ALMMIN——RTC 报警分数据寄存器

ALMMIN 的每个位描述见表 6.110。

表 6.110　ALMMIN 的位描述

ALMMIN	位	描 述	初始值
Reserved	[7]	保留	0
MINDATA	[6：4]	报警分 BCD 值：0～5	000
	[3：0]	报警分 BCD 值：0～9	0000

5. ALMHOUR——RTC 报警时数据寄存器

ALMHOUR 的每个位描述见表 6.111。

表 6.111　ALMHOUR 的位描述

ALMHOUR	位	描 述	初始值
Reserved	[7：6]	保留	0
HOURDATA	[5：4]	报警时 BCD 值：0～2	00
	[3：0]	报警时 BCD 值：0～9	0000

6. ALMDAY——RTC 报警日数据寄存器

ALMDAY 的每位描述见表 6.112。

表 6.112　ALMDAY 的位描述

ALMDAY	位	描　　述	初始值
Reserved	[7：6]	保留	0
DAYDATA	[5：4]	报警日 BCD 值：0～3	00
	[3：0]	报警日 BCD 值：0～9	0001

7. ALMMON——RTC 报警月数据寄存器

ALMMON 的每位描述见表 6.113。

表 6.113　ALMMON 的位描述

ALMMON	位	描　　述	初始值
Reserved	[7：5]	保留	0
MONDATA	[4]	报警月 BCD 值：0～1	0
	[3：0]	报警月 BCD 值：0～9	0001

8. ALMYEAR——RTC 报警年数据寄存器

ALMYEAR 的位描述见表 6.114。

表 6.114　ALMYEAR 的位描述

ALMYEAR	位	描　　述	初始值
YEARDATA	[7：0]	报警年 BCD 值：00～99	0x00

9. RTCRST——RTC 循环复位寄存器

RTCRST 的每位描述见表 6.115。

表 6.115　RTCRST 的位描述

RTCRST	位	描　　述	初始值
SRSTEN	[3]	循环复位使能：0＝禁能；1＝使能	0
SECCR	[2：0]	产生秒进位循环边界：011＝30s；100＝40s；101＝50s	00

10. BCDSEC——RTC 计时 BCD 秒数据寄存器

BCDSEC 的每位描述见表 6.116。

表 6.116　BCDSEC 的位描述

BCDSEC	位	描　　述	初始值
Reserved	[7]	保留	—
SECDATA	[6：4]	秒 BCD 值：0～5	—
	[3：0]	秒 BCD 值：0～9	—

11. BCDMIN——RTC 计时 BCD 分数据寄存器

BCDMIN 的每个位描述见表 6.117。

表 6.117 BCDMIN 的位描述

BCDMIN	位	描 述	初始值
Reserved	[7]	保留	—
MINDATA	[6：4]	分 BCD 值：0～5	—
	[3：0]	分 BCD 值：0～9	—

12. BCDHOUR——RTC 计时 BCD 时数据寄存器

BCDHOUR 的每位描述见表 6.118。

表 6.118 BCDHOUR 的位描述

BCDHOUR	位	描 述	初始值
Reserved	[7：6]	保留	—
HOURDATA	[5：4]	时 BCD 值：0～2	—
	[3：0]	时 BCD 值：0～9	—

13. BCDDAY——RTC 计时 BCD 日数据寄存器

BCDDAY 的每位描述见表 6.119。

表 6.119 BCDDAY 的位描述

BCDDAY	位	描 述	初始值
Reserved	[7：6]	保留	—
DAYDATA	[5：4]	日 BCD 值：0～3	—
	[3：0]	日 BCD 值：0～9	—

14. BCDDATE——RTC 计时 BCD 星期数据寄存器

BCDDATE 的每个位描述见表 6.120。

表 6.120 BCDDATE 的位描述

BCDDATE	位	描 述	初始值
Reserved	[7：3]	保留	—
DATEDATA	[2：0]	星期 BCD 值：1～7	—

15. BCDMON——RTC 计时 BCD 月数据寄存器

BCDMON 的每个位描述见表 6.121。

表 6.121 BCDMON 的位描述

BCDMON	位	描 述	初始值
Reserved	[7：5]	保留	—
MONDATA	[4]	月 BCD 值：0～1	—
	[3：0]	月 BCD 值：0～9	—

16. BCDYEAR——RTC 计时 BCD 年数据寄存器

BCDYEAR 的位描述见表 6.122。

表 6.122　BCDYEAR 的位描述

表 6.122　BCDYEAR 的位描述

BCDYEAR	位	描　　述	初始值
YEARDATA	[7:0]	年 BCD 值：00～99	—

17. TICNT——RTC 滴答 TICK 计数寄存器

TICNT 的每个位描述见表 6.123。

表 6.123　TICNT 的位描述

TICNT	位	描　　述	初始值
TICK INT ENABLE	[7]	Tick 定时中断使能：0＝禁能；1＝使能	0
TICK TIME COUNT	[6:0]	Tick 时间计数值（1～127）。该计数值内部递减，不能读其实时值	000000

6.12　S3C44B0X 的 PWM 定时器功能及应用开发

脉宽调制（Pulse Width Modulation，PWM）技术是利用微处理器的数字输出来对模拟电路进行控制的一种非常有效的技术，广泛应用在从测量、通信到功率控制与变换的许多领域中。

PWM 是一种对模拟信号电平进行数字编码的方法。通过高分辨率计数器实现对方波的占空比的调制，用来对一个具体模拟信号的电平进行编码，PWM 信号仍然是数字的。电压源或电流源在 PWM 序列控制下以开关的方式加载到模拟负载上，导通的时候即是直流供电被加到负载上，关断的时候即是供电被断开的时候。只要带宽足够，任何模拟值都可以使用 PWM 进行编码。

6.12.1　S3C44B0X 的 PWM 概述

S3C44B0X 具有 6 个 16 位定时器，每个定时器可以按照中断模式或 DMA 模式工作。定时器 0、1、2、3 和 4 具有 PWM 功能。定时器 5 是一个内部定时器不具有对外输出口线。定时器 0 具有死区发生器，通常用于大电流设备应用。S3C44B0X 的 PWM 框图如图 6.15 所示。

1. 预分频器和除法器——Prescaler

定时器 0、1 分享一个 8 位预分频器，定时器 2、3 分享一个 8 位预分频器，定时器 4、5 分享一个 8 位预分频器。预分频器的输出又可以做 2/4/8/16/32 除法，对频率进行再分割生成定时时钟，见表 6.124，然后由 MUXn 选择其中之一作为定时器的定时时钟。

表 6.124　预分频器和除法器

4 位除法器设置	最小时间/μs （Prescaler＝0）	最大时间/μs （Prescaler＝255）	最大间隔时间/s （TCNTBn＝65535）
1/2(MCLK＝66MHz)	0.030(33.0MHz)	7.75(58.6kHz)	0.5
1/4(MCLK＝66MHz)	0.060(33.0MHz)	15.5(58.6kHz)	1.02
1/8(MCLK＝66MHz)	0.121(33.0MHz)	31.0(29.3kHz)	2.03
1/16(MCLK＝66MHz)	0.242(33.0MHz)	62.1(14.6kHz)	4.07
1/32(MCLK＝66MHz)	0.485(33.0MHz)	125(7.32kHz)	8.13

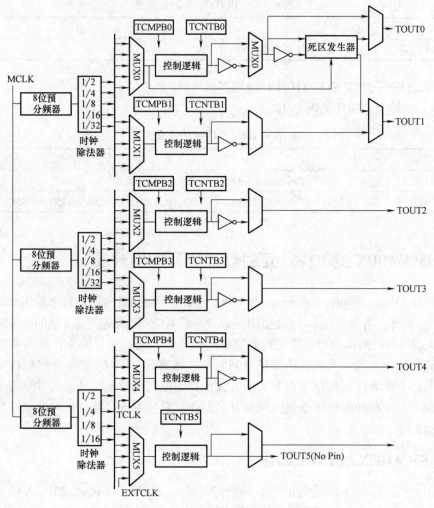

图 6.15　16 位 PWM 定时器的框图

2. 定时通道

定时通道 0~4 具有相同的结构，包括一个定时计数缓冲寄存器 TCNTBn、一个定时比较缓冲寄存器 TCMPBn、一个控制逻辑单元，定时通道 5 不具有 TCMPBn。控制逻辑单元中包含一个定时比较寄存器 TCMPn、一个 16 位减法计数器 TCNTn，由 MUXn 选择一个定时时钟驱动工作。

当减法计数器 TCNTn 到 0 时，如果中断使能，则定时器产生中断请求，这个中断通知 CPU 定时器定时已经完成。

3. 自动重载与双缓冲

S3C44B0X 的 PWM 具有双缓冲结构，可在不停止当前定时器工作的前提下，为下一次定时器操作改变其重载值，而不影响当前定时器的工作。定时器计数值可以写入 TCNTBn，而当前定时器的计数值可以通过 TCNTOn（定时计数观察寄存器）读取。如果读取 TCNT-Bn，那么读出的数值不一定是当前定时器的计数值，但肯定是下一个定时周期的计数值。

当 TCNTn 为 0 时，如果重装载使能，则 TCNTBn 的值就会自动地载入到 TCNTn，从而继续下一次操作。否则，TCNTn 停止工作。

4. 定时器的启动工作

将初始值写入到 TCNTBn 和 TCMPBn；设置对应定时器的手动更新位；设置对应定时器的启动位来启动定时器，同时清除手动更新位。

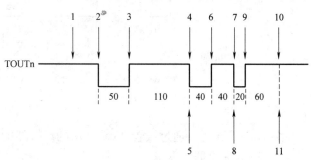

如果定时器被强制停止，TCNTn 中仍然保存着计时值，而不会从 TC-NTBn 中重新载入。如果重新启动定时，则必须设置新的值，那么也要采用手动更新的方式。如图 6.16 所示。

以下操作可以产生如图 6.16 所示的输出波形：

图 6.16　定时器操作实例

- 使能自动载入特性。设置 TCNTBn 为 160（50＋110）和 TCMPBn 为 110。设置手动更新位和配置反转器位（ON/OFF）。手动更新位设置 TCNTn 和 TCMPn 的值与 TCNTBn 和 TCMPBn 相同。然后，设置 TCNTBn 和 TCMPBn 为 80（40＋40）和 40，作为下一个周期的重置值。

- 设置启动位，将手动更新位清 0，反转器置 off，自动重载使能。启动计数器倒计时工作。

- 当 TCNTn 具有与 TCMPn 相同的值，TOUTn 的逻辑电平从低变高。

- 当 TCNTn 到达 0，引发中断请求，同时 TCNTBn 的值载入到一个临时寄存器。在下一个定时器节拍，TCNTn 从临时寄存器重载入计数值。

- 在 ISR 中，TCNTBn 和 TCMPBn 被设置为 80（20＋60）和 60，用于下一个周期。

- 当 TCNTn 到达 0，TCNTn 自动重新载入 TCNTBn 的值。同时引发中断请求。

- 在 ISR 中，自动重载和中断请求被禁止，从而停止定时器工作。

- 当 TCNTn 倒数到 0，因为自动重载被禁止，因此 TCNTn 不再重载，且定时器也停止了。

- 没有中断请求被引发。

5. PWM 的脉宽调制

PWM 的频率由 TCNTBn 决定，PWM 的特性由 TCMPBn 实现，减小 TCMPBn 的值可以降低 PWM 的输出值，增大 TCMPBn 的值可以提高 PWM 的输出值。由于采用双缓冲结构，可以在当前周期内设置下一个周期的 TCMPBn 值，实现脉宽调制，见图 6.17。

6. 输出极性控制

以下的办法用来保持 TOUT 为高或低（假设反转器为 OFF）。

- 关闭自动载入位。然后，TOUTn 变为高电平，定时器在 TCNTn 倒数到 0 时停止了。推荐采用这个模式。

- 通过将定时器的启动/停止位清 0 来停止定时器。如果 TCNTn＜＝TCMPn，输出电平为高。如果 TCNTn＞TCMPn，输出电平为低。

- 在 TCMPBn 中写入比 TCNTBn 大的值。这样就禁止 TOUTn 变高，因为 TCMPBn 不能与 TCNTn 有相同的值。

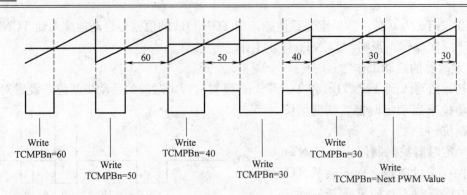

图 6.17   PWM 实例

- TOUTn 可以通过设置 TCON 中的反转器的 ON/OFF 位来反转。

7. 死区发生器

死区发生器用于对大功率设备进行 PWM 控制。这一特性用于在开关设备的断开和另一个开关设备的闭合之间插入一个时间缺口。这个时间缺口阻止两个开关设备处于同时闭合的状态，即使是非常短的时间。

TOUT0 是一个 PWM 输出。nTOUT0 是 TOUT0 的反转输出。如果死区被使能，TOUT0 和 nTOUT0 的输出波形将会是 TOUT0_DZ 和 nTOUT0_DZ。在死区间隔中，TOUT0_DZ 和 nTOUT0_DZ 肯定不会同时闭合的。

6.12.2   S3C44B0X 的 PWM 的 SFR

S3C44B0X 的 PWM 有 20 个 SFR，如表 6.125 所示。

表 6.125   PWM 的 20 个 SFR

寄 存 器	地　址	状　态	描　　述	初 始 值
TCNTB0～5	见表 6.129	R/W	定时器 0～5 计数缓冲寄存器	0x00000000
TCMPB0～4	见表 6.129	R/W	定时器 0～4 比较缓冲寄存器	0x00000000
TCNT00～5	见表 6.130	R	定时器 0～5 计数观察寄存器	0x00000000

1. TCFG0——PWM 定时器配置寄存器 0

TCFG0 主要是配置 3 个 8 位预分频器值和死区长度值，见表 6.126。

定时器输入时钟频率＝MCLK/{预分频值＋1}/{除数因子}

其中预分频值为 0～255，除数因子为 2/4/8/16/32。

表 6.126   TCFG0 的位描述

TCFG0	位	描　　述	初始值
死区长度	[31：24]	这 8 位确定死区时间长度，死区单元时间长度等于定时器 0 的单位时间长度	0x00
预分频器 2	[23：16]	Timer4 和 Time5 的预分频值	0x00
预分频器 1	[15：8]	Timer2 和 Time3 的预分频值	0x00
预分频器 0	[7：0]	Timer0 和 Time1 的预分频值	0x00

2. TCFG1——PWM 定时器配置寄存器 1

TCFG1 主要是配置 6-MUX 和 DMA 模式，其描述见表 6.127。

表 6.127　TCFG1 的位描述

TCFG1	位	描　述	初始值
DMA 模式	[27：24]	选择 DMA 请求通道： 0000＝不选，0001＝Timer0，0010＝Timer1，0011＝Timer2	0000
MUX5	[23：20]	选择定时器 5 的 MUX 输入： 0000＝1/2，0001＝1/4，0010＝1/8，0011＝1/16，01xx＝EXTCLK	0000
XUX4	[19：16]	选择定时器 4 的 MUX 输入： 0000＝1/2，0001＝1/4，0010＝1/8，0011＝1/16，01xx＝TCLK	0000
MUX3	[15：12]	选择定时器 3 的 MUX 输入： 0000＝1/2，0001＝1/4，0010＝1/8，0011＝1/16，01xx＝1/32	0000
MUX2	[11：8]	选择定时器 2 的 MUX 输入： 0000＝1/2，0001＝1/4，0010＝1/8，0011＝1/16，01xx＝1/32	0000
MUX1	[7：4]	选择定时器 1 的 MUX 输入： 0000＝1/2，0001＝1/4，0010＝1/8，0011＝1/16，01xx＝1/32	0000
MUX0	[3：0]	选择定时器 0 的 MUX 输入： 0000＝1/2，0001＝1/4，0010＝1/8，0011＝1/16，01xx＝1/32	0000

3. TCON——PWM 定时器控制寄存器

表 6.128 为 TCON 的每个位描述。

表 6.128　TCON 的位描述

TCON	位	描　述	初始值
Timer5 自动重载开/关	[26]	确定定时器 5 的自动加载的开/关： 0＝不自动加载，1＝自动加载	0
Timer5 手动更新	[25]	确定定时器 5 的手动更新： 0＝无操作，1＝更新 TCNTB5	0
Timer5 启动/停止	[24]	确定定时器 5 的启动/停止： 0＝停止，1＝启动	0
Timer4 自动重载开/关	[23]	确定定时器 4 的自动加载的开/关： 0＝不自动加载，1＝自动加载	0
Timer4 输出反转开/关	[22]	确定定时器 4 输出反转器的开/关： 0＝不反转，1＝反转 TOUT4	0
Timer4 手动更新	[21]	确定定时器 4 的手动更新： 0＝无操作，1＝更新 TCNTB4、TCMPB4	0
Timer4 启动/停止	[20]	确定定时器 4 的启动/停止： 0＝停止，1＝启动	0
Timer3 自动重载开/关	[19]	确定定时器 3 的自动加载的开/关： 0＝不自动加载，1＝自动加载	0
Timer3 输出反转开/关	[18]	确定定时器 3 输出反转器的开/关： 0＝不反转，1＝反转 TOUT3	0

（续）

TCON	位	描　　述	初始值
Timer3 手动更新	[17]	确定定时器 3 的手动更新： 0＝无操作，1＝更新 TCNTB3、TCMPB3	0
Timer3 启动/停止	[16]	确定定时器 3 的启动/停止： 0＝停止，1＝启动	0
Timer2 自动重载开/关	[15]	确定定时器 2 的自动加载的开/关： 0＝不自动加载，1＝自动加载	0
Timer2 输出反转开/关	[14]	确定定时器 2 输出反转器的开/关： 0＝不反转，1＝反转 TOUT2	0
Timer2 手动更新	[13]	确定定时器 2 的手动更新： 0＝无操作，1＝更新 TCNTB2、TCMPB2	0
Timer2 启动/停止	[12]	确定定时器 2 的启动/停止： 0＝停止，1＝启动	0
Timer1 自动重载开/关	[11]	确定定时器 1 的自动加载的开/关： 0＝不自动加载，1＝自动加载	0
Timer1 输出反转开/关	[10]	确定定时器 1 输出反转器的开/关： 0＝不反转，1＝反转 TOUT1	0
Timer1 手动更新	[9]	确定定时器 1 的手动更新： 0＝无操作，1＝更新 TCNTB1、TCMPB1	0
Timer1 启动/停止	[8]	确定定时器 1 的启动/停止： 0＝停止，1＝启动	0
保留	[7：5]		
死区使能	[4]	确定定时器 0 的死区使能的开/关： 0＝禁止，1＝使能	
Timer0 自动重载开/关	[3]	确定定时器 0 的自动加载的开/关： 0＝不自动加载，1＝自动加载	0
Timer0 输出反转开/关	[2]	确定定时器 0 输出反转器的开/关： 0＝不反转，1＝反转 TOUT0	0
Timer0 手动更新	[1]	确定定时器 0 的手动更新： 0＝无操作，1＝更新 TCNTB0、TCMPB0	0
Timer0 启动/停止	[0]	确定定时器 0 的启动/停止： 0＝停止，1＝启动	0

4. TCNTBn/TCMPBn——PWM 定时器 n 计数缓冲区寄存器和比较缓冲区寄存器

TCMPBn 是 16 位定时器 Timer0～Timer4 比较缓冲器寄存器，TCNTBn 是 16 位定时器 Timer0～Timer5 计数缓冲寄存器，其描述见表 6.129。

表 6.129　TCNTBn/TCMPBn 的位描述

类　　别	寄存器	描　　述	初　始　值
Timer0	TCNTB0	计数缓冲区寄存器	0x00000000
Timer0	TCMPB0	Timer0 比较缓冲区寄存器	0x00000000
Timer1	TCNTB1	Timer1 计数缓冲区寄存器	0x00000000

（续）

类　别	寄　存　器	描　述	初　始　值
Timer1	TCMPB1	Timer1 比较缓冲区寄存器	0x00000000
Timer2	TCNTB2	Timer2 计数缓冲区寄存器	0x00000000
Timer2	TCMPB2	Timer2 比较缓冲区寄存器	0x00000000
Timer3	TCNTB3	Timer3 计数缓冲区寄存器	0x00000000
Timer3	TCMPB3	Timer3 比较缓冲区寄存器	0x00000000
Timer4	TCNTB4	Timer4 计数缓冲区寄存器	0x00000000
Timer4	TCMPB4	Timer4 比较缓冲区寄存器	0x00000000
Timer5	TCNTB5	Timer5 计数缓冲区寄存器	0x00000000

5. TCNTOn——PWM 定时器观察寄存器

TCNTOn 是 16 位定时器 Timer0～Timer5 的观察寄存器，其描述见表 6.130。

表 6.130　TCNTOn 的位描述

类　别	寄　存　器	描　述	初　始　值
Timer0	TCNTO0	计数观察寄存器	0x00000000
Timer1	TCNTO1	计数观察寄存器	0x00000000
Timer2	TCNTO2	计数观察寄存器	0x00000000
Timer3	TCNTO3	计数观察寄存器	0x00000000
Timer4	TCNTO4	计数观察寄存器	0x00000000
Timer5	TCNTO5	计数观察寄存器	0x00000000

在以上的寄存器中，定时器 n 计数/比较缓冲寄存器可读写寄存器，定时器 n 计数观察寄存器为只读寄存器。

6.13　S3C44B0X 的 IIS 功能及应用开发

IIS（Inter-IC Sound Bus）内部声音集成电路总线又称 I2S，是菲利浦公司提出的串行数字音频总线协议。目前很多音频芯片和 MCU 都提供了对 IIS 的支持。IIS 主要针对数字音频处理技术和设备，例如便携 CD 机等。IIS 将音频数据与时钟信号分离，避免由时钟带来的抖动问题，因此系统中不再需要消除抖动的器件。

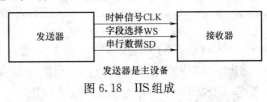

图 6.18　IIS 组成

IIS 总线由 3 根线组成，分别是分时复用数据通道线 SD（Serial Data）、字段选择线（声道选择）WS（Word Select）和时钟线 CLK（Continuous Serial Clock）。WS 信号指示左/右通道的数据将被传输；SD 信号线按高有效位 MSB 到低有效位 LSB 的顺序传送字长的音频数据；MSB 总在 WS 切换后的第一个时钟发送。如果数据长度不匹配，那么接收器和发送器将对其自动截取或填充。

6.13.1 S3C44B0X 的 IIS 概述

S3C44B0X 的 IIS 总线接口可以用来实现对外部 8/16 位立体声音频数字信号编解码器电路的接口功能，从而实现微型放音机和其他便携式的应用。它支持 IIS 总线数据格式和 MSB-ustified 数据格式。IIS 总线接口为 FIFO 操作提供 DMA 传输模式代替中断模式，它可以同时传送或接收数据。S3C44B0X 的 IIS 接口能用来连接一个外部 8/16 位立体声声音 CODEC（多媒体数字信号编解码器）。如，Philips 音频编码/解码芯片 UDA1341 等。

1. IIS 的主要特性

- 兼容 IIS、MSB-ustified 格式数据；
- 每通道 8/16 位数据；
- 每通道 16fs、32fs、48fs（采样频率）串行位时钟；
- 256fs、384fs 主设备采样时钟频率；
- 可编程的分频器提供给主设备时钟和编解码时钟；
- 供给发送和接收用的 32 字节（2x16）的 FIFO；
- 普通传输模式和 DMA 传输模式。

组成框图如图 6.19 所示。图中，SRFC（register bank, and state machine, Bus interface）是总线接口、寄存器组和状态机。SFTR（16-bit shift register）是 16 位移位寄存器。IPSR_A/B（3-bit dual prescaler）是 3 位双预分频器；CHNC（Channel generator and state machine）是通道发生器和状态机；SCLKG（Master IISCLK generaor）是主 IISCLK 发生器。

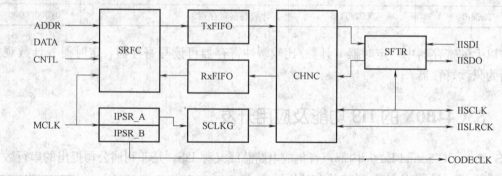

图 6.19 IIS 框图

S3C44B0X 的 IIS 接口中，为了实现全双工模式，使用了两条串行数据线，分别作为输入和输出。IIS 由 4 条线组成：串行数据输入（IISDI），串行数据输出（IISDO），左/右通道选择（IISLRCK），串行位时钟（IISCLK）。产生 IISLRCK 和 IISCLK 信号的为主设备。

2. 传输模式

S3C44B0X 的 IIS 具有普通传输模式、DMA 传输模式、发送和接收同时模式 3 种数据传输模式。

（1）普通传输模式　此模式基于 FIFO 寄存器。该模式下 CPU 将通过轮询方式访问 FIFO 寄存器，通过 IISCON 寄存器的第 7 位（FIFO 准备好标志位）控制 FIFO 发送和接收。

当 FIFO 准备好发送数据，如果发送 FIFO 中不为空，FIFO 准备好标志将被设置为 1。

如果发送 FIFO 为空，FIFO 准备好标志将被置 0。当接收 FIFO 装满，接收 FIFO 准备好标志位被设置为 0，这些标志可以决定 CPU 读写 FIFO 的时机。串行数据就通过这种方式被发送或者接收的。

（2）DMA 传输模式　DMA 传输方式是一种外部设备控制方式。发送和接收 FIFO 的存取由 BDMA 控制器来实现，由 FIFO 准备好标志来自动请求 BDMA 的服务。

（3）发送和接收同时模式　该模式下，IIS 数据线通过双通道 BDMA 同时接收和发送音频数据。

3. 音频串行接口格式

（1）IIS 总线格式　IIS 总线具有 4 根信号线，包括 IISDI、IISDO、IISLRCK 和 IIS-CLK；产生 IISLRCK 和 IISCLK 的是主设备。串行数据总是以偶数个数据（为奇数时填充）且高位在先（MSB）发送。

被发送器发出的串行数据可以依据时钟信号的下降沿或者上升沿来同步。但是，串行数据必须在上升沿处锁入接收器。左右声道选择线决定被传输的通道。IISLRCK 可以在下降沿或者上升沿处改变，它并不要求是均匀的。在从设备端，这个信号在上升沿处被锁定。IISLRCK 信号线改变到 MSB 发送之间有一个时钟的周期时间。

（2）MSB-Justified 格式　MSB-Justified 格式与 IIS 格式有相同的信号线，唯一的不同是，IISLRCK 信号线改变后，MSB 立即发送，期间没有一个时钟的周期时间。

两种数据接口格式如图 6.20 所示。

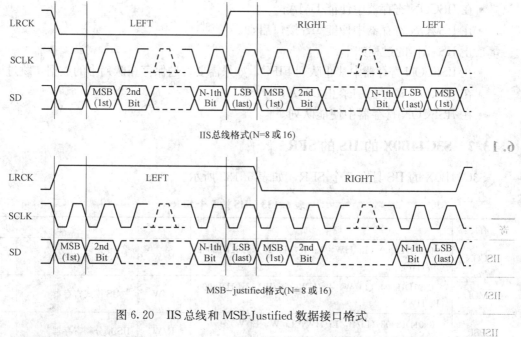

图 6.20　IIS 总线和 MSB-Justified 数据接口格式

4. 采集频率和主设备时钟

IIS 主设备时钟频率可以通过采样频率来选择，如表 6.131 所示。因为 IIS 主设备时钟频率是由 IIS 预分频器产生的，因此必须选择合适的预分频器的值和 CODECLK 的采样频率类型（256fs 或者 384fs），才能获得合适的 IISLRCK 频率。

表 6.131 主设备时钟频率和采样频率

IISLRCK（kHz）	8.000	11.025	16.000	22.050	32.000	44.100	48.000	64.000	88.200	96.000
CODECLK （MHz）	256fs									
	2.0480	2.8224	4.0960	5.6448	8.1920	11.2896	12.2880	16.3840	22.5792	24.5760
	384fs									
	3.0720	4.2336	6.1440	8.4672	12.2880	16.9344	18.4320	24.5760	33.8688	36.8640

　　串行位采样频率类型（16/32/48fs）可以通过配置每通道的串行位数和 CODECLK 采样频率类型来完成，如表 6.132 所示。

表 6.132 串行位频率类型

Serial bit per channel	8-bit	16-bit
Serial clock frequency （IISCLK）		
@CODECLK＝256fs	16fs，32fs	32fs
@CODECLK＝384fs	16fs，32fs，48fs	32fs，48fs

5. 启动 IIS 操作

启动 IIS 操作的过程如下：
- 在 IISFCON 寄存器中使能队列；
- 在 IISCON 寄存器中使能 DMA；
- 在 IISCON 寄存器中使能 IIS 接口启动。

禁止 IIS 操作的过程如下：
- 在 IISFCON 寄存器中禁止队列 FIFO，如果需要发送保存在队列中的数据，跳过该步；
- 在 IISCON 寄存器中禁止 DMA；
- 在 IISFCON 寄存器中使能队列。

6.13.2 S3C44B0X 的 IIS 的 SFR

　　S3C44B0X 的 IIS 具有 5 个 SFR，如表 6.133 所示。

表 6.133 IIS 的 5 个 SFR

寄存器	地址	状态	描述	初始值
IISCON	0x01D18000 （Li/HW，Li/W，Bi/W）0x01D18002 （Bi/HW）	R/W	IIS 控制寄存器	0x100
IISMOD	0x01D18004 （Li/W，Li/HW，Bi/W）0x01D18006 （Bi/HW）	R/W	IIS 模式寄存器	0x0
IISPSR	0x01D18008 （Li/B，Li/HW，Li/W，Bi/W）0x01D1800A （Bi/HW）0x01D1800B （Bi/B）	R/W	IIS 预分频寄存器	0x0
IISFCON	0x01D1800C （Li/HW，Li/W，Bi/W）0x01D1800E （Bi/HW）	R/W	IIS FIFO 控制寄存器	0x0
IISFIF	0x01D18010 （Li/HW）0x01D18012 （Bi/HW）	R/W	IIS FIFO 寄存器	0x0

1. IISCON——IIS 控制寄存器

IISCON 的每个位描述见表 6.134。

表 6.134　IISCON 的位描述

IISCON	位	描　述	初始值
Left/Right channel index（RO）	[8]	0＝左通道；1＝右通道	1
Transmit FIFO ready flag（RO）	[7]	0＝发送 FIFO 空；1＝发送 FIFO 非空	0
Receive FIFO ready flag（RO）	[6]	0＝接收 FIFO 满；1＝接收 FIFO 非满	0
Transmit DMA service request enable	[5]	0＝发送 DMA 请求禁能；1＝发送 DMA 请求使能	0
Receive DMA service request enable	[4]	0＝接收 DMA 请求禁能；1＝接收 DMA 请求使能	0
Transmit channel idle command	[3]	在发送空闲态，IISLRCK 不激活（暂停 Tx）。该位仅在 IIS 是 Master 时有效。0＝IISLRCK 产生；1＝IIS-LRCK 不产生	0
Receive channel idle command	[2]	在接收空闲态，IISLRCK 不激活（暂停 Rx）。该位仅在 IIS 是 Master 时有效。0＝IISLRCK 产生；1＝IIS-LRCK 不产生	0
IIS prescaler enable	[1]	0＝预分频禁能；1＝预分频使能	0
IIS interface enable	[0]	0＝IIS 禁能（停止）；1＝IIS 使能（开始）	0

2. IISMOD——IIS 模式寄存器

IISMOD 的每个位描述见表 6.135。

表 6.135　IISMOD 的位描述

IISMOD	位	描　述	初始值
Master/slave mode select	[8]	0＝主模式（IISLRCK 和 IISCLK 是输出模式）；1＝从模式（IISLRCK 和 IISCLK 是输入模式）	0
Transmit/receive mode select	[7：6]	00＝不传输；01＝接收模式；10＝发送模式；11＝收/发模式	00
Active level of left/right channel	[5]	0＝左通道为低/右通道为高；1＝左通道为高/右通道为低	0
Serial interface format	[4]	0＝IIS 兼容格式；1＝MSB（Left）—justified 格式	0
Serial data bit per channel	[3]	0＝8bit；1＝16bit	0
Master clock（CODECLK）frequency select	[2]	0＝256fs（fs：Sampling frequency）；1＝384fs	0
Serial bit clock frequency select	[1：0]	00＝16fs；10＝48fs；01＝32fs；11＝N/A	00

3. IISPSR——IIS 比例因子寄存器

IISPSR 的每个位描述见表 6.136。

表 6.136　IISPSR 的位描述

IISPSR	位	描　述	初　始　值
Prescaler value A	[7：4]	预分频器 A 的预分频因子：clock_prescaler_A＝MCLK/＜division factor＞	0x0

（续）

IISPSR	位	描　　述	初　始　值
Prescaler value B	[3：0]	预分频器 B 的预分频因子：clock_prescaler_A＝MCLK/＜division factor＞	0x0

IISPSR [3：0] / [7：4]	预分频因子	IISPSR [3：0] / [7：4]	预分频因子
0000b	2	1000b	1
0001b	4	1001b	—
0010b	6	1010b	3 *
0011b	8	1011b	—
0100b	10	1100b	5 *
0101b	12	1101b	—
0110b	14	1110b	7 *
0111b	16	1111b	—

4. IISFCON——IIS 队列控制寄存器

IISFCON 的每个位描述见表 6.137。

表 6.137　IISFCON 的位描述

IISFCON	位	描　　述	初始值
Transmit FIFO access mode select	[11]	0＝正常存取模式；1＝DMA 存取模式	0
Receive FIFO access mode select	[10]	0＝正常存取模式；1＝DMA 存取模式	0
Transmit FFO enable	[9]	0＝FIFO 禁能；1＝FIFO 使能	0
Receive FIFO enable	[8]	0＝FIFO 禁能；1＝FIFO 使能	0
Transmit FIFO data count	[7：4]	数据计数值＝0～8（RO）	000
Receive FIFO data count	[3：0]	数据计数值＝0～8（RO）	000

5. IISFIF——IIS 队列寄存器

IISFIF 的每个位描述见表 6.138。

表 6.138　IISFIF 的位描述

IISFIF	位	描　　述	初始值
FENTRY	[15：0]	IIS 发送/接收数据	0

6.14　S3C44B0X 的 SIO 功能及应用开发

SIO（Synchronous I/O）是同步输入/输出接口，是一种同步串行接口标准，能够与各种外设串行连接。

6.14.1　S3C44B0X 的 SIO 概述

S3C44B0X 的 SIO 能与各种类型的串行外设接口，这个 SIO 模块能以一定的频率发送或接收 8 位串行数据。时钟源可以选择内部时钟或外部时钟。

1. SIO 模块功能

- 8 位数据缓冲（SIODAT）；
- 12 位的预分频器（SBRDR）；
- 8 位间隔计数器（ITVCNT）；
- 时钟源选择逻辑；
- 串行数据 I/O 脚（SIORXD 和 SIOTXD）；
- 外部时钟输入输出脚（SIOCLK）；
- DMA 运行模式，自动运行/标志运行，SIORDY。

SIO 的框图如图 6.21 所示。

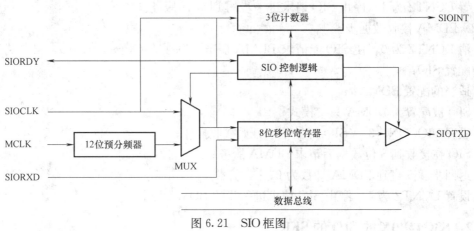

图 6.21　SIO 框图

2. 操作模式

在正常操作模式下，发送与接收在时钟 SIOCLK 同步下同时进行，一个发送数据脚 SIOTXD 完成发送、一个接收数据引脚 SIORXD 完成接收，8 位数据可以在串行线上同时被交换。如果只想发送数据，可以认为接收是空。当一个字节写入 SIODAT 数据寄存器，如果 SIO 运行位设置和发送模式允许，则 SIO 开始发送数据。如果中断使能，发送结束产生中断。当接收端接收了一个字节的数据，如果中断使能，接收结束产生中断。

3. 对 SIO 模块编程的步骤

- 配置 SIO 引脚（SIOTXD，SIOCLK，SIORXD）；
- 设置 SIOCON 为适当的配置；
- 设置串行 I/O 中断允许位；
- 如果想发送数据，写数据到 SIODAT；
- 设置 SIOCON [3] 为 1，开始数据移位操作；
- 当数据移位操作完成时，SIO 中断被请求，SIODAT 接收到数据；
- 返回第 4 步。

从 SIO 最基本的 3 个引脚看，应该是可以兼容 SPI 的，如果需要，请仔细阅读 S3C44B0X 关于 SIO 的设置和要使用的具体的 SPI 接口器件的使用手册。

4. DMA 操作

如果 SIO 处于自动运行模式且数据传输使用了 BDMA，那么 SIO 就地等待发送的数据被外部设备读走。由于没有握手信号，SIO 必须在每 8 位数据之间插入一个等待，该等待由 IVTCNT 给定。

（1）BDMA 发送数据步骤

• 清 DCNTZ 为 0，使 SIO 能请求 BDMA 服务。除了 SIOCON［1：0］必须为 00 外，适当的配置 SIO；

• 适当的配置 BDMA；

• SIO 被配置为 BDMA 发送模式；

• SIO 自动请求 BDMA 服务；

• SIO 发送数据；

• 返回步骤 4 直到 BDMA 计数为 0；

• 置 DCNTZ 为 1，停止 SIO 请求进一步的 BDMA 服务。

（2）BDMA 接收数据步骤

• 清 DCNTZ 为 0，使 SIO 能请求 BDMA 服务。除了 SIOCON［1：0］必须为 00 外，适当的配置 SIO；

• 适当的配置 BDMA；

• SIO 被配置为 BDMA 只接模式；

• 设置 SIOCON［3］（SIO 开始位）开始接收操作；

• SIO 在接收到 8 位数据后请求 BDMA 服务；

• 返回步骤 5 直到 BDMA 计数为 0；

• 设置 DCNTZ 为 1，停止 SIO 请求进一步的 BDMA 服务。

6.14.2　S3C44B0X 的 SIO 的 SFR

SIO 包括 5 个 SFR，如表 6.139 所示。

表 6.139　SIO 的 5 个 SFR

寄 存 器	地　　址	状　　态	描　　　述	初　始　值
SIOCON	0x01D14000	R/W	SIO 控制寄存器	0x00
SIODAT	0x01D14004	R/W	SIO 数据寄存器	0x00
SBRDR	0x01D14008	R/W	SIO 波特率预分频寄存器	0x00
IVTCNT	0x01D1400C	R/W	SIO 间隔计数寄存器	0x00
DCNTZ	0x01D14010	R/W	SIO DMA 计数 0 寄存器	0x0

1. SIOCON——SIO 控制寄存器

SIOCON 的每个位描述见表 6.140。

表 6.140　SIOCON 的位描述

SIOCON	位	描　　　述	初始值
Clock source select	［7］	SIO 为时钟选择位：0＝内部时钟；1＝外部时钟	0
Data direction	［6］	MSB/LSB 先发送控制位：0＝MSB 先发模式；1＝LSB 先发模式	0
Tx/Rx selection	［5］	发送/接收选择位：0＝仅接收模式；1＝发送/接收模式	0

（续）

SIOCON	位	描　　述	初始值
Clock edge select	[4]	时钟边沿选择位：0＝下降沿；1＝上升沿	0
SIO start	[3]	决定 SIO 正在运行/已经停止： 读：0＝没有动作；1＝清零 3 位计数器，启动移位 写：1＝清零该位；BDMA 发送模式下，该位必须为 0	0
Shift operation	[2]	决定 SIO 移位模式：0＝自动 DMA 模式（非握手）；1＝保留	0
SIO mode select	[1：0]	决定 SIO 操作模式，SIODATA 如何读写：00＝无操作；01＝SIO 中断模式；　10＝BDMA0 模式；11＝BDMA1 模式	00

2. SIODAT——SIO 数据寄存器

SIODAT 共有 8 位，存放要发送数据或已接收的数据，见表 6.141。

表 6.141　SIODAT 的位描述

SIODAT	位	描　　述	初始值
SIO DATA	[7：0]	通过 SIO 通道发送/接收的数据寄存器	0x00

3. SBRDR——SIO 波特率预分频寄存器

确定 SIO 的波特率，共 12 位见表 6.142。SIO 的波特率＝MCLK/2/（SBRDR 寄存器的值＋1）。

表 6.142　SBRDR 的位描述

SBRDR	位	描　　述	初始值
SBRDR	[11：0]	波特率预分频值寄存器	0x00

4. IVTCNT——SIO 间隔计数寄存器

自动运行模式下，每传送 8 位数据插入的等待间隔为：MCLK/4/（IVTCNT＋1）。其位描述见表 6.143。

表 6.143　IVTCNT 的位描述

IVTCNT	位	描　　述	初始值
IVTCNT	[7：0]	SIO 等待间隔寄存器	0x00

5. DCNTZ——SIO DMA 请求控制寄存器

DCNTZ 共有 2 位，其描述见表 6.144。

表 6.144　DCNTZ 的位描述

DCNTZ	位	描　　述	初 始 值
DCNTZ1	[1]	BDMA1 服务请求位：0＝使能 BDMA1 请求；1＝禁能 BDMA1 请求	0
DCNTZ0	[0]	BDMA0 服务请求位：0＝使能 BDMA0 请求；1＝禁能 BDMA0 请求	0

6.15　S3C44B0X 的 ADC 功能及应用开发

ADC（模数转换器）是把电模拟量转换成为数字量的电路。A/D 转换的重要指标包括分辨率、精度、转换时间、量程等。

6.15.1　S3C44B0X 的 ADC 概述

S3C44B0X 包含一个 8 路模拟信号输入的 10 位模数转换器（ADC），是一个逐次逼近型的 ADC。这个 ADC 还提供可编程选择的睡眠模式，以节省功耗。

1. 主要特性

- 分辨率：10 位；
- 微分线性度误差：±1LSB；
- 积分线性度误差：±2LSB（最大±3 LSB）；
- 最大转换速率：100kbit/s；
- 输入电压范围：0～2.5V；
- 输入带宽：0～100kHz（不具备采样保持 S/H 电路）；
- 低功耗。

2. 内部结构

S3C44B0X 的 ADC 的内部结构如图 6.22 所示。图中，SAR（Successive Approximation Register）是逐次逼近寄存器；PSR（Prescalar Register）是预分频寄存器；CTRL（Control Logic）是控制逻辑；ADCDAT（A/D Converter Data Register）是 A/D 转换的数据寄存器。

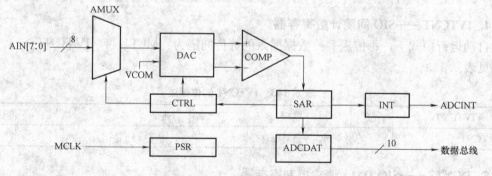

图 6.22　ADC 的内部结构

内部结构中包括模拟输入多路复用器 AMUX、DAC、自动调零比较器、时钟产生器、10 位逐次逼近寄存器（SAR）、控制逻辑、输出寄存器等。

AIN [7：0] 为 8 路模拟输入；AREFT 为参考正电压，AREFB 为参考负电压，AVCOM 为模拟公共参考电压。出于对电压的稳定性考虑，正向参考电压 AREFT、反向参考电压 AREFB 和模拟共用电压 VCOM 应该相应地连接一个 10nF 的旁路电容。

3. ADC 的分辨率

分辨率反映 ADC 对输入微小变化响应的能力，通常用数字输出最低位（LSB）所对应的模拟输入的电平值表示。S3C44B0X 的 ADC 的输出为 10 位数字量，由于输入的满刻度电压为 2.5V，因此，ADC 能分辨出来的输入电压变化的最小值为 2.5V/2∧10＝2.4mV。

4. ADC 转换时间

转换时间指完成一次 A/D 转换所需的时间，即由发出启动转换命令信号到转换结束信号开始有效的时间间隔。转换时间的倒数称为转换速率。如果系统时钟为 66MHz，比例值为 9，则 10 位数字量的转换时间为：

66MHz/(2 ＊ (9＋1))/16（完成转换至少需要 16 个时钟周期）＝206.25kHz（相当于 4.85μs）。

理论上直流和变化的非常缓慢的信号可以不用采样保持器。S3C44B0X 的 ADC 不具有采样保持电路，虽然它具有较高的采样速度，但为了得到精确的转换数据，输入的模拟信号的频率应该不超过 100Hz。因此，不能够将频率太高的模拟信号输入 ADC 进行转换。S3C44B0X 的 ADC 的典型应用是进行电阻式触摸屏输出信号的 A/D 转换。

6.15.2　S3C44B0X 的 ADC 的 SFR

S3C44B0X 的 ADC 具有 3 个 SFR，如表 6.145 所示。

表 6.145　ADC 的 3 个 SFR

寄存器	地　　址	状　态	描　　述	初始值
ADCCON	0x01D40000 (Li/W, Li/HW, Li/B, Bi/W) 0x01D40002 (Bi/HW) 0x01D40003 (Bi/B)	R/W	ADC 的控制寄存器	0x20
ADCPSR	0x01D40004 (Li/W, Li/HW, Li/B, Bi/W) 0x01D40006 (Bi/HW) 0x01D40007 (Bi/B)	R/W	ADC 预分频寄存器	0x0
ADCDAT	0x01D40008 (Li/W, L/HW, Bi/W) 0x01D4000A (Bi/HW)	R	ADC 的数据寄存器	—

1. ADCCON——A/D 转换控制寄存器

ADCCON 的地址有 3 种：0x01D40000（在小端模式下，以字、半字、字符单位存取）、0x01D40002（在大端模式下，以半字单位存取）、0x01D40003（在大端模式下，以字符单位存取）。ADCCON 的每个位描述见表 6.146。

表 6.146　ADCCON 的位描述

ADCCON	位	描　　述	初始值
FLAG	[6]	ADC 状态标志位（RO）：0＝ADC 正在转换；1＝ADC 完成转换	0
SLEEP	[5]	系统电源模式选择位：0＝正常操作；1＝睡眠模式	1
INPUT SELECT	[4:2]	输入源选择位：000＝AIN0；001＝AIN1；010＝AIN2；011＝AIN3；100＝AIN4；101＝AIN5；110＝AIN6；111＝AIN7	00
READ_START	[1]	ADC 通过读启动位：0＝禁能通过读启动；1＝使能通过读启动	00
ENABLE_START	[0]	ADC 通过使能位启动位：READ_START 有效时，该位无效 0＝无此操作；1＝ADC 启动且自清零	0

2. ADCPSR——A/D 转换预分频寄存器

ADCPSR 的地址有：0x01D40004（在小端模式下，以字、半字、字符单位存取）、0x01D40006（在大端模式下，以半字单位存取）、0x01D40007（在大端模式下，以字符单位存取）。ADCPSR 的位描述见表 6.147。

表 6.147　ADCPSR 的位描述

ADCPSR	位	描　　述	初始值
PRESCALER	[7：0]	预分频值：（0～255） 除数因子＝2*（预分频值＋1） 一次 ADC 的总时钟数＝2*（预分频值＋1）* 16	0

3. ADCDAT——A/D 转换数据寄存器

ADCDAT 是 ADC 输出数据寄存器，共有 10 位。

ADCDAT 的地址有 3 种：0x01D40008（在小端模式下，以字、半字、字符单位存取）、0x01D4000A（在大端模式下，以半字单位存取）、0x01D4000B（在大端模式下，以字符单位存取）。

第 7 章　基于 S3C44B0X 硬件系统开发

一个嵌入式系统包括硬件和软件，硬件是基础、软件是灵魂。嵌入式系统硬件和嵌入式系统软件是嵌入式系统研发的两大分支。在掌握 S3C44B0X 的基础上，需要进一步研究嵌入式系统的外围接口，最终能够应用 S3C44B0X 设计出一个嵌入式应用系统。

7.1　S3C44B0X 硬件开发概述

一个嵌入式系统硬件至少要包括一个处理器，并以处理器为核心扩展所需的各种功能接口，如 LCD 与触摸屏接口、以太网接口、USB 接口、键盘接口等。

7.1.1　S3C44B0X 开发板的结构

基于 S3C44B0X 的开发板主要包括核心板、键盘与数码管接口、LCD 接口、以太网接口、USB 接口、串行口、JTAG 调试接口、晶振电路、复位电路、电源管理电路等。其结构框图如图 7.1 所示。其中：

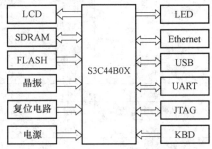

图 7.1　开发板的结构框图

• 核心板主要由 S3C44B0X、FLASH、SDRAM 和晶振等组成。SDRAM 采用 HY57V561620；FLASH 采用 SST39VF160；晶振采用 6MHz。

• S3C44B0X 内部不包含键盘与数码管控制器。因此，键盘与数码管显示接口 KBD 需要外扩控制器 ZLG7290、按键、数码管等。

• S3C44B0X 内部包含 LCD 控制器。因此，LCD 接口比较简单，只要电平转换，可以直接通过接插件与 LCD 连接。LCD 采用 LQ057Q3DC01。

• S3C44B0X 内部不包含以太网（Ethernet）控制器。因此，以太网接口主要由以太网控制器 RTL8019、RJ45 插口 HR901103A（内含网络变压器）等组成。

• S3C44B0X 内部不包含 USB 控制器。因此，USB 接口需要由 USB 控制器 PDIUS-BD12、接插件等组成。

• S3C44B0X 内部包含 UART 控制器。因此，串行口主要由 TTL 电平到 EIA 电平转换器 MAX3232、CMOS 电平转换器 74LVC08、接插件等组成。

• S3C44B0X 内部包含 JTAG 调试接口，但需要与宿主机的并行口连接。因此，JTAG 调试接口主要由信号转换电路 74LS244、接插件等组成。

• 开发板上需要提供 5.0V、3.3V、2.5V 的电压。因此，电源管理电路主要采用 DC-DC 模块 AMS1117-5、AMS1117-33、AMS1117-25 实现电源变换。

• S3C44B0X 的复位信号是低电平有效的，因此选用复位电路芯片 IMP811。

7.1.2　硬件设计技术

在数字系统的硬件设计中，主要包括总线互联、缓冲保护、总线驱动、电平匹配等。

1. 逻辑电平简介

在硬件系统的设计过程中，器件的电平匹配、驱动能力等都需要精细设计。特别是具有不同工作电压的器件之间连接时，必须进行电平匹配设计。因此，需要了解常用电平的特性，掌握常用电平的判断与匹配方法，才能达到正确设计接口电路，保证电路设计的正确性。常见的逻辑电平的种类有：TTL、CMOS、LVTTL、LVCMOS、ECL、PECL、LVDS、GTL、BTL、ETL、GTLP；RS232、RS422、RS485 等多种。

(1) 逻辑电平　逻辑电平参数主要包括电压参数和电流参数，如表 7.1 所示。

表 7.1　常用逻辑电平的参数

	参　数	说　　明
输入高电平	V_{IH}	保证逻辑门的输入为高电平时所允许的最小输入电平，当输入电平高于V_{IH}时，则认为输入电平为高电平
输入低电平	V_{IL}	保证逻辑门的输入为低电平时所允许的最大输入电平，当输入电平低于V_{IL}时，则认为输入电平为低电平
输出高电平	V_{OH}	保证逻辑门的输出为高电平时的输出电平的最小值，逻辑门的输出为高电平时的电平值都必须大于V_{OH}
输出低电平	V_{OL}	保证逻辑门的输出为低电平时的输出电平的最大值，逻辑门的输出为低电平时的电平值都必须小于V_{OL}
阈值电平	V_{TH}	数字电路芯片都存在一个阈值电平，就是电路刚刚勉强能翻转动作时的电平
高电平输出电流	I_{OH}	逻辑门输出为高电平时的负载电流（为拉电流）
低电平输出电流	I_{OL}	逻辑门输出为低电平时的负载电流（为灌电流）
高电平输入电流	I_{IH}	逻辑门输入为高电平时的电流（为灌电流）
低电平输入电流	I_{IL}	逻辑门输入为低电平时的电流（为拉电流）

阈值电平 V_T 是一个界于 V_{IL}、V_{IH} 之间的电压值，对于 CMOS 电路的阈值电平，基本上是 1/2 的电源电压值，但要保证稳定的输出，则必须要求输入高电平大于 V_{IH}，输入低电平小于 V_{IL}，而如果输入电平在阈值上下，即在 $V_{IL} \sim V_{IH}$ 区域，电路的输出会处于不稳定状态。对于一般的逻辑电平，以上参数的关系如下：$V_{OH} > V_{IH} > V_T > V_{IL} > V_{OL}$。

(2) 常用器件的逻辑电平　常用的逻辑电平有 4 种：TTL、CMOS、LVTTL、LVCMOS，其电平如图 7.2 和表 7.2 所示。TTL 与 LVTTL 是完全兼容的，可以不再区分。

3.3V 的逻辑器件可以有 5V 输入容限的器件：LVC、LVT、ALVT、LCX、LVX 等系列。此外，还有不带总线保持输入的飞利浦 ALVC 器件也是 5V 容限。

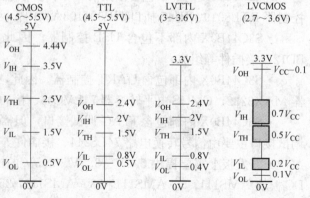

图 7.2　TTL 和 CMOS 的逻辑电平关系

表 7.2　常用逻辑电平的特性

	参数	CMOS 电平	TTL 电平	LVTTL 电平	LVCMOS 电平
最大值	V_{IL}	1.5V	0.8V	0.8V	$0.2V_{CC}$
	V_{OL}	0.5V	0.4V	0.4V	0.1V
最小值	V_{IH}	3.5V	2.0V	2.0V	$0.7V_{CC}$
	V_{OH}	4.5V	2.4V	2.4V	$V_{CC}-0.1V$
阈 值	V_{TH}	$0.5V_{CC}$	1.5V	1.5V	$0.5V_{CC}$

5V 的逻辑器件输出 LVTTL 逻辑电平的有：74xHCT（HCT/AHCT/VHCT/AHCT1G/VHCT1G/…）系列（型号中的 T 表示 TTL 兼容）。

5V 的 CMOS 器件工作于 3.3V 电压：它与真正的 3.3V 器件（LVTTL 逻辑电平）不同，比如其 V_{IH} 是 2.31V（0.7×3.3V）（其实是 LVCMOS 逻辑输入电平），而不是 2.0V，因而与真正的 LVTTL 器件互连时工作不太可靠，在设计时最好不要采用这类工作方式。

（3）常用器件的驱动电流　在硬件电路设计中，驱动电流也是需要具体计算的，达到驱动与负载的匹配。不同的逻辑电平有不同的驱动电流，同一逻辑电平的高电平和低电平又有不同的驱动电流。如图 7.3 所示，74F、LVT 等系列的驱动电流最大可达 64mA，而 HC、LVC 等系列的驱动电流最大只有 10mA 左右。一般而言，灌电流大于拉电流，因此在驱动电路设计时，应采用灌电流驱动负载。

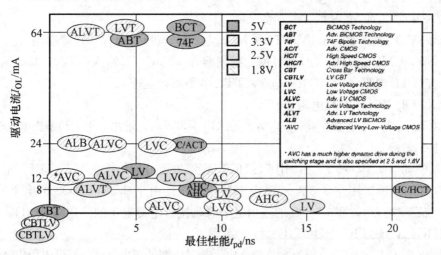

图 7.3　不同逻辑电平的驱动能力

（4）逻辑电平转换规则　逻辑电平匹配关系如图 7.4 所示。驱动器件输出的高电平>V_{OH}、低电平<V_{OL}；输入到被驱动器件的高电平>V_{IH}、低电平<V_{IL}。即，解决电平匹配的原则有两条：

V_{OH}>V_{IH} 和 V_{OL}<V_{IL}。

其中，V_{OH} 和 V_{OL} 是驱动器件的输出参数；V_{IH} 和 V_{IL} 是被驱动器件的输入

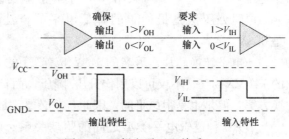

图 7.4　逻辑电平匹配关系

参数。

只要掌握这个原则，熟悉各类器件的输入输出特性，可以很自然地找到合理电平匹配方案。

通常，可以根据表 7.2 中给出的各种电平的特征参数来进行器件选择、电平判断与匹配设计。

2. 电平驱动规则

TTL、CMOS、LVTTL、LVCOMS 是最常用的四种电平，下面对其驱动与适配关系进行分类讨论。

（1）5V TTL 器件和 3.3V 具有 5V 容限的器件（3.3V/5V Tol.）可以被所有逻辑电平驱动。

（2）5V TTL 门作驱动源

• 驱动 3.3V TTL/CMOS 器件：使用 LVC/LVT 系列器件（TTL/CMOS 逻辑电平输入，LVTTL 逻辑电平输出）进行转换。

• 驱动 5V CMOS 器件：可以使用上拉 5V 电阻的方式解决；使用 AHCT 系列器件（5V TTL 输入、5V CMOS 输出）进行转换。

（3）5V CMOS 门作驱动源

• 驱动 3.3V TTL/CMOS 器件：通过 LVT/LVCT 类器件（输入是 TTL/CMOS 逻辑电平，输出是 LVTTL 逻辑电平）进行转换。

（4）3.3V TTL/CMOS 门作驱动源

• 驱动 5V TTL 器件：3.3V TTL/CMOS 与 3.3V TTL 兼容，直接驱动。

• 驱动 5V CMOS 器件：使用 AHCT 系列器件（5V TTL 输入、5V CMOS 输出）进行转换（3.3V TTL 电平（LVTTL）与 5V TTL 电平可以互连）。

（5）OC/OD 器件＋上拉电阻法

• OC/OD 极接一个上拉电阻到正电源，输入电平很灵活，输出电平大约是正电源电平。

（6）电平转换

• 升压驱动（3.3V→5V）：应用 74xHCT 系列芯片，凡是输入与 5V TTL 电平兼容的 5V CMOS 器件都可以用作 3.3V→5V 电平转换。这是由于 3.3V CMOS 的电平刚好和 5V TTL 电平兼容（巧合），而 CMOS 的输出电平总是接近电源电平的，选用 74xHCT（HCT/AHCT/VHCT/AHCT1G/VHCT1G/...）系列。

• 降压驱动（5V→3.3V）：凡是允许输入电平超过电源的逻辑器件，都可以用作降低电平。

选用 3.3V/5V Tol 器件：74AHC/VHC 系列芯片，其 datasheet 中明确注明"输入电压范围 0～5.5V"，如果采用 3.3V 供电，就可以实现 5V→3.3V 电平转换。

电阻分压法是最简单的降低电平的方法。5V 电平，经 1.6k＋3.3k 电阻分压，就是 3.3V。

• 电平转换芯片：著名的 164245 有 TI 的 SN74ALVC164245、SN74ALVC4245、仙童的 74LVX4245。不仅可以用作升压/降压，而且允许两边电源不同步。这是最通用的电平转换方案，但是也是很昂贵的，因此若非必要，最好用前两个方案。

（7）5 种逻辑电平类型之间的驱动关系　5 种逻辑电平类型之间的驱动关系如表 7.3 所示。

表 7.3　常用逻辑电平类型之间的驱动关系

	电平类型	负载器件			
		5VTTL	3.3V/5V Tol.	3.3V TTL/CMOS	5V CMOS
驱动器	5V TTL	√	√	×	上拉
	3.3V/5V Tol.	√	√	√	上拉
	3.3V TTL/CMOS	√	√	√	上拉
	5V CMOS	√	√	×	√

3. TI 器件 SN 系列选择

以 TI 的逻辑器件为例，分类列出其工作电压、电平特性，供读者参考。

(1) 5V 系列

• 5V TTL 输入、5V TTL/3.3V CMOS 输出的器件：LS 类。

• 5V CMOS 输入、5V CMOS 输出的器件：HC 类。

• 5V TTL 输入、5V CMOS 输出的器件：HCT 类。

(2) 3V 系列

• 3.3V TTL 输入、3.3V TTL 输出的器件：LVT 类。

• 3.3V CMOS 输入、3.3V CMOS 输出的器件：LVC 类。

(3) 交叉系列

• 3.3V/TTL 与 3.3V CMOS 输入、5V CMOS 输出的器件：AHCT 类。

• 5V TTL/CMOS 输入、3.3V TTL/CMOS 输出的器件：LVT (3.3V) /LVC (3.3V～5V) 类。

(4) 5V CMOS 输入、3.3V/TTL CMOS 输出的器件：无。(实际上已包含在 (3) 中)

(5) 总线保持器 (Bus-Hold Circuit)

• LVTH/LVCH 类 (型号中的 H 就表示总线保持)。

• LVT/LVC/ALVT 系列。

(6) 5V 输入容限

• LVT/LVC/ALVT/LPT 系列。

(7) 工作电压

LVT 系列：工作电压为 3.3V。

LVC 系列：工作电压为 3.3V，最高为 5V。

ALVT 系列：工作电压为 2.5～3.6V。

ALVC 系列：工作电压为 1.65～3.6V。

4. TTL 和 CMOS 器件的功能分类

按功能进行划分，逻辑器件可以分为以下几类：门电路、选择器、编码器、译码器、计数器、寄存器、触发器、锁存器、缓冲驱动器、收发器、总线开关、背板驱动器等。

(1) 门电路　逻辑门主要有与门 74X08、与非门 74X00、或门 74X32、或非门 74X02、异或门 74X86、反相器 74X04 等。

(2) 选择器　主要有 2 选 1、4 选 1、8 选 1 选择器 74X157、74X153、74X151 等。

(3) 译码器　主要有 2-4 线、3-8 线、4-16 线译码器 74X139、74X138、74X154 等。

(4) 编码器，主要有 8-3 线、二-十进制编码器 74X148、74X147 等。

（5）计数器　主要有同步计数器 74X161 和异步计数器 74X393 等。

（6）寄存器　主要有串-并移位寄存器 74X164 和并-串寄存器 74X165 等。

（7）触发器　主要有 J-K 触发器、带三态的 D 触发器 74X374、不带三态的 D 触发器 74X74、施密特触发器等。

（8）锁存器　主要有 D 型锁存器 74X373、寻址锁存器 74X259 等。

（9）缓冲驱动器　主要有带反向的缓冲驱动器 74X240 和不带反向的缓冲驱动器 74X244 等。

（10）收发器　主要有寄存器收发器 74X543、通用收发器 74X245、总线收发器等。

（11）总线开关　主要包括总线交换和通用总线器件等。

（12）背板驱动器　主要包括 TTL 或 LVTTL 电平与 GTL/GTL＋（GTLP）或 BTL 之间的电平转换器件。

7.2　S3C44B0X 的硬件特性

S3C44B0X 是开发板的核心部件。在开发板的硬件设计中，主要以 S3C44B0X 为核心，完成各种接口电路的原理图设计。器件外特性主要指芯片的功能分析、引脚定义等。根据设计要求和保证 PCB 设计的正确性，首先对 S3C44B0X 的外特性进行了系统的分析，并按模块对其引脚进行分类，方便各模块的后期设计。引脚分类如图 7.5 所示。

总线说明如表 7.4 所示。

表 7.4　S3C44B0X 的总线分类设计说明

类　型	信号（标号定义）	说　明
AB [24..0]	A0～A24	地址总线
DB [15..0]	D0～D15	数据总线
CB [24..0]	nOE, nWE, nCAS0～3, nDQM0～3, nGCS0～5, nSCS0～1, SCKE, SCLK	控制总线
ExINT [7..0]	ExINT7～0	外部中断
JTAG [4..0]	nTRST, TCK, TMS, TDI, TDO	JTAG 调试接口
GPIO [3..0]	GPIO3～GPIO0	通用 GPIO
OM [3..0]	OM3～OM0	设置系统的模式
BUSC [2..0]	ENDIAN, nRESET, nWAIT	总线控制信号
RTC [2..0]	XTAL1, EXTAL1, VDDRTC	RTC 时钟
ADC [11..0]	AIN7～AIN0, AREFT, ARETB, AVCOM	ADC 信号
CRY [4..0]	XTAL0, EXTAL0, PLLCAP, EXTCLK, CLKOUT	系统时钟
PWM [4..0]	TOUT4～TOUT0	PWM 信号
SIO [3..0]	SIOCLK, SIORDY, SIOTXD, SIORXD	SIO 总线

（续）

类　　型	信号（标号定义）	说　　明
IIC [1..0]	IICSCK, IICSDA	IIC 总线
IIS [3..0]	IISLRCK, IISCLK, IISDO, IISDI	IIS 总线
UART [7..0]	nRTS0, nCTS0, nRXD0, nTXD0；nRTS1, nCTS1, nRXD1, nTXD1	串行口
LCD [11..0]	VFRAME, VLINE, VCLK, VM, VD7～VD0	LCD

按照 S3C44B0Xdatasheet 上的说明，S3C44B0X 的引脚按其功能可以分为电源引脚、时钟信号引脚、数据总线、地址总线、控制总线、通用 IO 口等。按其电特性可分为双向输入输出、三态引脚、开漏引脚、上拉/下拉控制引脚等，其驱动能力分为 6/8/10/12mA 等。S3C44B0X 的极限工作参数如表 7.5 所示，推荐工作参数如表 7.6 所示。参数符号说明如表 7.7 所示。

表 7.5　S3C44B0X 的极限工作参数

符　号	参　　数	范　　围		单　位
VDD	电源电压	3.6		
VIN	输入电压	3.3V 输入缓冲	4.6V	V
VOUT	输出电压	3.3V 输出缓冲	4.6V	
ILatch	Latch-up 电流	±200		mA
TSTG	存储温度	−40～125		℃

表 7.6　S3C44B0X 的推荐工作参数

符　号	参　　数	范　　围		单　位
VDDP	电源电压	3.3V I/O	3.0～3.6	
VDDI	内部电压	2.5V 容限	2.3～2.7	V
VDDA	模拟核的电压	2.5V 核	2.5 (1±5%)	
TA	商业温度范围	0～70		℃

表 7.7　S3C44B0X 的参数符号说明

I/O 类型	说　　明
vdd2i, vss2i	内部逻辑接口的 2.5V V_{DD}/V_{SS}
vdd3op, vss3op	外部逻辑接口的 3.3V V_{DD}/V_{SS}
vdd2t, vss2t	内部模拟电路的 2.5V V_{DD}/V_{SS}
phsoscm16	振荡单元使能和反馈电阻
phbsu50ct12sm	双向引脚，CMOS 施密特触发器，可控 50k 的上拉电阻，三态，$I_o=12mA$
phbsu50ct8sm	双向引脚，CMOS 施密特触发器，可控 50k 的上拉电阻，三态，$I_o=8mA$
phbsu50cd4sm	双向引脚，CMOS 施密特触发器，可控 50k 的上拉电阻，三态，$I_o=4mA$
phot6	输出引脚，三态，$I_o=6mA$
phot8	输出引脚，三态，$I_o=8mA$
phot10	输出引脚，三态，$I_o=10mA$
phis	输入引脚，CMOS 施密特触发器
phnc50, phnc50_option	模拟引脚

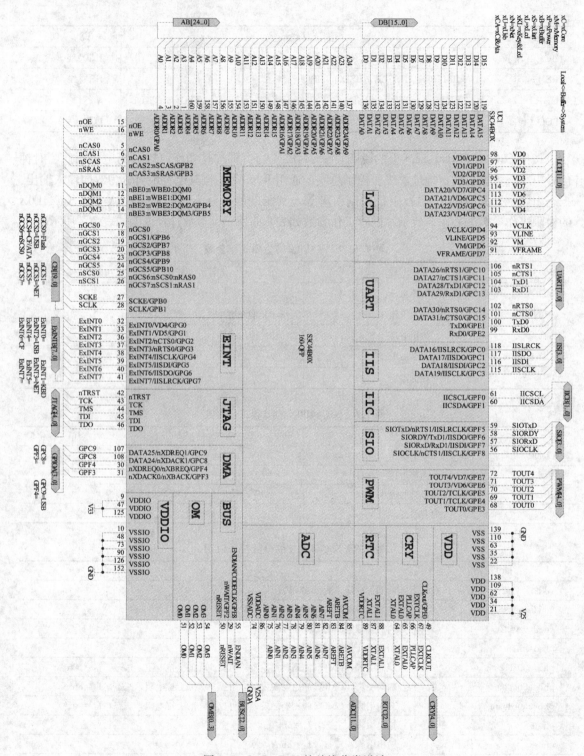

图 7.5　S3C44B0X 的总线分类设计

7.3 核心板的设计

如果要让嵌入式处理器运行起来，还需要为其提供合适的电源、工作时钟、程序存储器、数据存储器等。这些部件组合在一起称之为核心板，核心板也是一个最小系统。

7.3.1 核心板的概述

核心板是开发板的核心部件，是开发板上的高速电路。基于 S3C44B0X 的核心板，主要由 S3C44B0X、Flash、SDRAM 和晶振等组成。其结构如图 7.6 所示。

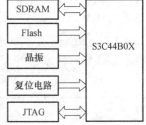

图 7.6 核心板的组成结构

（1）Flash 模块 其作用是存放启动代码、操作系统和用户应用程序代码。在 ARM 系统中，第一条指令是从程序存储器的 0x00 单元开始运行的，Nor Flash 允许系统直接从 Flash 中读取代码执行，所以通常选用一片 Nor Flash 芯片映射到启动地址 BANK0 的 0x00 上，并将 BootLoader 烧写到 Nor Flash 芯片中以引导系统启动。如果还需要大容量存储，一般采用 Nand Flash，用 Nand Flash 实现电子盘，其地位相当于 PC 中的硬盘。在 S3C44B0X 系统中，Nor Flash 通常选用 SST39VF160。

（2）SDRAM 模块 其作用是为系统运行提供动态存储空间，是系统代码运行的主要区域。虽然 Nor Flash 可以用作程序存储器实现直接指令执行，但是与内存相比其速度比较慢、而且也不能用作数据存储器进行随机存取。因此，系统中还需要进行内存扩展。S3C44B0X 的地址空间划分为 8 个 Bank，其中 Bank6 和 Bank7 支持 FP/EDO/SDRAM，最大寻址空间为 $2*32MB$，最高速度为 66MHz，一般需要选用 SDRAM PC66 以上的芯片。在 S3C44B0X 系统中，通常选用 HY64V561620 SDRAM。

（3）时钟模块 其作用是经 ARM 内部锁相环进行相应的倍频，以提供系统各模块运行所需的时钟频率输入。晶振可选用 6MHz。

（4）复位模块 实现对系统的复位。通常选用 IMP811 系列器件产生复位信号。

（5）JTAG 模块 实现对程序代码的下载和调试。

7.3.2 Flash 的扩展接口

Flash 主要有 Nor Flash 和 Nand Flash 两种类型，因此 Flash 的扩展也分为 Nor Flash 扩展和 Nand Flash 扩展。

1. Flash 技术

1988 年，Intel 公司开发出 Nor Flash；1989 年，Nand Flash 结构发表。Nor Flash 适合存储少量的代码并实现片内执行，Nand Flash 适合于高密度数据存储，如电子盘等。

（1）分类与特点 Nor Flash 的特点是芯片内执行（XIP，eXecute In Place），应用程序可以直接从 Flash 中运行，不必把代码读到系统 RAM 中。Nor Flash 的传输效率较高，但是写入和擦除速度较低。

Nand 结构能提供很高的单元密度，实现高存储密度、降低位成本，并且写入和擦除的速度也很快。Nand Flash 可进一步分为 SLC、MCL、MirrorBit 等 3 种类型：SLC（Single Level Cell）的每个存储单元中只有 1 位数据；MLC（Multi Level Cell）的每个存储单元中允许有 2 位数据；MirrorBit 的每个存储单元中可有 4 位数据。

SLC 技术成熟、存储性能稳定，MLC 的存储密度高、容量大。相同容量下，MLC 的价格比 SLC 低 30%～40%。区分 SLC 和 MLC 的方法：根据 Flash 的命名规则，进行区分；测试读写速度，SLC 的非常快，MLC 的很慢；进行格式化，看是否稳定。

Flash 是非易失存储器，可以按块进行擦写和再编程。任何 Flash 器件的写入操作只能在空或已擦除的单元内进行，所以大多数情况下，在进行写入操作之前必须先执行擦除。Nand 器件执行擦除操作是十分简单的，而 Nor 则要求在进行擦除前先要将目标块内所有的位都写为 0。

（2）性能比较　与非门 Flash 是相对或非门 Flash 而言，两者除了在设计上分别采用了 Nand 和 Nor 技术之外，还有如下主要区别，如表 7.8 所示。

表 7.8　Nor Flash 和 Nand Flash 的比较

	Nor Flash	Nand Flash
硬件性能	读速度比 Nand Flash 快，但是写入速度、擦除速度慢	写入速度、擦除速度比 Nor Flash 快，但随机读取能力差，适合大量数据的连续读取
特点	芯片内执行	读到系统 RAM 中执行
接口差别	带有 SRAM 接口，有足够的地址引脚来寻址，很容易存取内部的每一个字节	地址、数据和命令共用 8 位总线，每次读/写采用 512B 的块，且操作规程较复杂
容量和成本	容量较小，成本高	8MB 以上，单位存储量的价格降低
可靠性和耐用性	擦写次数 10 万次左右；较少出现位交换现象	每个块擦写次数 100 万次左右，具有 10∶1 的块擦除周期优势，可能会出现位交换现象，坏块是随机分布的
易用性	可直接使用	需要相应的 I/O 接口支持
擦除块大小	64～128KB	8～32KB
软件支持	运行代码时不需要任何的软件支持；写入和擦除操作需要 MTD	运行代码、写入和擦除都需要内存技术驱动程序（MTD）
市场定位	代码闪存用于对数据可靠性要求比较高的领域	数据闪存用于存储量要求较高的领域

（3）常用 Nor Flash　Nor Flash 产品及型号对比如表 7.9 所示。

表 7.9　Nor Flash 产品及型号对比

Flash	AMD	ST	SST
4Mbits	AM29LV400BB-70x	M29W400DB-70x	SST39VF400A-70x
		M29W400DT-70x	ES29LV400FI-70x
8Mbits	AM29LV800BB-70x	M29W800DB-70x	SST39VF800A-70x
	AM29LV800DT-70x	M29W800DT-70x	ES29LV800FT-70x
16Mbits	AM29LV160DB-70x	M29W160EB-70x	SST39VF160-70x
		M29W160ET-70x	ES29LV160FT-70x

2. SST39VF160

SST39VF160 是 SST 公司的 Nor Flash 器件，由 SST 特有的高性能 Super Flash 技术制造而成。该器件主要操作包括读、写编程、扇区/块擦除和芯片擦除等操作。

（1）主要特性 SST39VF160 的主要特性如表 7.10 所示。

表 7.10 SST39VF160 的主要特性

存储结构：1M * 16bit	小扇区擦除：每个扇区 2K 字，共 512 个扇区
块擦除：每个块 32K 字，共 32K 个块；可擦写 100000 次，数据保持时间大于 100 年	擦写时间：扇区擦除为 3ms，块擦除为 7ms，芯片擦除为 15ms，字编程为 7μs，芯片重写典型时间为 7s
锁存能力：地址和数据都可锁存	访问时间：70ns 和 90ns
JEDEC：Flash EEPROM 引脚分配和命令设置	电平兼容：CMOS I/O 兼容
电源供电：2.7～3.6V；有效电流为 12mA，等待电流为 3uA，自动低功耗模式为 3uA	封装：48 脚 TSOP（12mm x 20mm），6 x 8 脚 TFBGA（6mm x 8mm）

（2）外特性 SST39VF160 引脚分布与封装如图 7.7 所示。

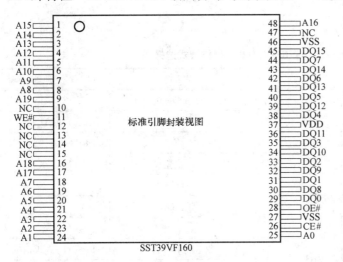

图 7.7 SST39VF160 的外特性

SST39VF160 引脚定义如表 7.11 所示。

表 7.11 SST39VF160 的引脚定义

符　号	引脚名称	功　能　描　述
A19-A0	地址总线	存储器地址输入。扇区擦除时，A19～A11 用来选择扇区；块擦除时，A19～A15 用来选择块
DQ15～DQ0	数据总线	数据输入/输出。读周期内输出数据，写周期内输入数据。在写周期内，数据被内部锁存；当 OE♯ 或 CE♯ 为高电平时，三态输出
CE♯	片选信号	输入，低电平有效。低电平时，芯片使能；高电平时，芯片无效
OE♯	输出允许	输入，低电平有效。低电平时，允许输出；高电平时，禁止输出
WE♯	写允许	输入，低电平有效。低电平时，写允许；高电平时，写禁止
VDD	电源	供电范围 2.7～3.6V，一般为 3.3V
VSS	地	

说明：图中和表中字符后的 ♯，表示该信号为低电平有效。

（3）内特性　SST39VF160 操作包括读、字编程、扇区/块擦除、芯片擦除、写操作状态检测、数据♯查询 DQ7、触发位 DQ6、硬件数据保护 HDP、软件数据保护 SDP、器件标识符模式退出/CFI 模式退出等。

SST39VF160 的内部框图如图 7.8 所示。

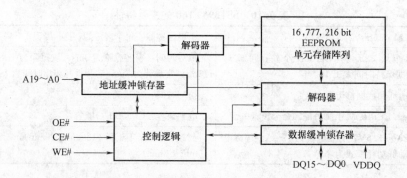

图 7.8　SST39VF160 的内部框图

操作模式选择如表 7.12 所示。

表 7.12　SST39VF160 的操作模式选择

模　　式	CE♯	OE♯	WE♯	A9	DQ	地址
读	VIL	VIL	VIH	AIN	DOUT	AIN
编程	VIL	VIH	VIL	AIN	DIN	AIN
擦除	VIL	VIH	VIL	X	X	扇区或块地址，XXh
等待	VIH	X	X	X	高阻	X
写禁止	X	VIL	X	X	高阻/DOUT	X
	X	X	VIH	X	高阻/DOUT	X
器件标识符						
硬件模式	VIL	VIL	VIH	VH	制造商 ID（00BF）	A19～A1=VIL，A0=VIL
					器件 ID（2782）	A19～A1=VIL，A0=VIH
软件模式	VIL	VIL	VIH	AIN		见表 7.13

软件命令时序如表 7.13 所示。

表 7.13　SST39VF160 的软件命令时序

命令时序	第1个总线写周期		第2个总线写周期		第3个总线写周期		第4个总线写周期		第5个总线写周期		第6个总线写周期	
	地址	数据	地址	数据	地址	数据	地址	数据	地址	数据	地址	数据
字编程	5555H	AAH	2AAAH	55H	5555H	A0H	WA	数据				
扇区擦除	5555H	AAH	2AAAH	55H	5555H	80H	5555H	AAH	2AAAH	55H	SAx	30H
块擦除	5555H	AAH	2AAAH	55H	5555H	80H	5555H	AAH	2AAAH	55H	BAx	50H
芯片擦除	5555H	AAH	2AAAH	55H	5555H	80H	5555H	AAH	2AAAH	55H	5555H	10H
软件 ID 入口	5555H	AAH	2AAAH	55H	5555H	90H						

（续）

命令时序	第 1 个 总线写周期		第 2 个 总线写周期		第 3 个 总线写周期		第 4 个 总线写周期		第 5 个 总线写周期		第 6 个 总线写周期	
	地址	数据	地址	数据	地址	数据	地址	数据	地址	数据	地址	数据
CFI 查询入口	5555H	AAH	2AAAH	55H	5555H	98H						
软件 ID 退出 /CFI 退出	XXH	F0H										
软件 ID 退出 /CFI 退出	5555H	AAH	2AAAH	55H	5555H	F0H						

3. Flash 扩展

在开发板的设计中，在 Bank0 中扩展了 2MB 的 Flash，选用一片 SST39VF160。SST39VF160 扩展连接表如表 7.14 所示。

表 7.14　SST39VF160 的扩展连接表

S3C44B0	总　　线	SST39VF160	说　　明
ADDR [20：1] ⇒	AB [24：0] ⇒	A19～A0	半字模式
DATA [15：0] ⇔	DB [15：0] ⇔	DQ15～DQ0	半字模式
nGCS [0]	CB [19：0]	CE#	
nOE		OE#	串接 22Ω 电阻
nWE		WE#	串接 22Ω 电阻
VCC		VCC	接 V33
GND		VSS	

Flash 扩展电路原理图如图 7.9 所示。

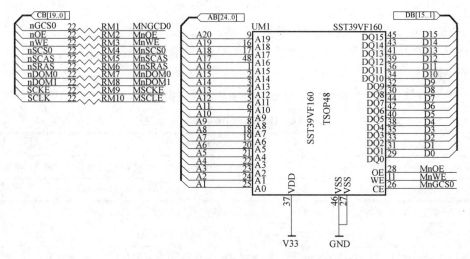

图 7.9　Flash 的扩展电路原理

7.3.3　SDRAM 的扩展接口

在嵌入式系统中，不仅需要扩展 FLASH 作为固态存储器，而且还需要扩展 RAM 作为系统内存。从 SRAM 到 DRAM 都可以用作内存，但是 SRAM 密度低、成本高，只适应于小容量扩展，DRAM 是内存扩展的主流。DRAM 又分为 EDO、SDRAM、DDR、DDRII 等。

1. SDRAM 技术

SDRAM（Synchronous Dynamic Random Access Memory）是同步 RAM，是在 DRAM 的基础上改进而来的。SDRAM 在接口信号中引入了 CLK 信号，所有数据、地址和控制信号都和 CLK 上升沿对齐。此外，SDRAM 内部还集成了一个命令控制器，处理器访问 SDRAM 都是通过向命令控制器发送命令来实现的。

SDRAM 与 DRAM 相比，具有容量大、功耗低、速度快等优点，最快可以工作在 166MHz 频率下，存储时间为 10ns。在高速存储系统中 SDRAM 是必不可少的存储设备。

在低端嵌入式系统中，常用 SDRAM 的数据宽度为 8/16/32 位，容量为 64MB 以内，工作电压为 3.3V。主要的生产厂商为 HYNIX、Winbond 等。不同厂商生产的同型器件一般具有相同的电气特性和封装形式，可通用。SDRAM 产品及型号对比如表 7.15 所示。

表 7.15　SDRAM 产品及型号对比

SDRAM	HYNIX	SAMSUNG	WINBOND
1M * 16bits	HY57V161610-x	K4S161622H-x	W981616-x
4M * 16bits	HY57V641620-x	K4S641632F-x	W986416-x
2M * 32bits	HY57V643220-x	K4S643232H/F	W986432-x
8M * 16bits	HY57V281620-x	K4S281632F-x	W981216-x
16M * 16bits	HY57V561620-x	K4S561632E-x	

说明：命名规则，如何识别芯片容量，例如 HYNIX 芯片，HY57 为厂商名和系列号，V 后的两位数字代表容量，16-16Mbit，64-64Mbit，28-128Mbit（取后两位），56-256Mbit。

2. HY57V561620

HY57V561620 是 HYNIX 公司生产的 32MB 的 SDRAM 器件，比较适合 S3C44B0X 嵌入式系统中使用。

（1）主要特性　HY57V561620 的主要特性如表 7.16 所示。

表 7.16　HY57V561620 的主要特性

存储结构：4Banks x 4M x 16bits	存储容量：32MB
读写操作：读写操作由时钟上升沿同步	数据屏蔽：用 UDQM 和 LDQM 信号实现高低字节读写
刷新方式：自动刷新和自刷新。	刷新速率：8192 刷新周期/64ms
可编程 CAS 延迟：2、3 个时钟	电平兼容：LVTTL
单电源：3.3（1±0.3）V	封装：54 针 TSOP-II
可编程并发长度与类型：顺序并发长度为 1、2、4、8 字节和页；交错并发长度为 1、2、4、8 字节。	

HY57V561620 系列器件如表 7.17 所示。

表 7.17 HY57V561620 系列器件

型 号	时钟频率	电 源	存储结构	接 口	封 装
HY57V561620T-HP	133MHz				
HY57V561620T-H	133MHz				
HY57V561620T-8	125MHz	正常			
HY57V561620T-P	100MHz				
HY57V561620T-S	100MHz		4Banks x 4M x16bits	LVTTL	400mil 54 针 TSOP II
HY57V561620LT-HP	133MHz				
HY57V561620LT-H	133MHz				
HY57V561620LT-8	125MHz	低电压			
HY57V561620LT-P	100MHz				
HY57V561620LT-S	100MHz				

（2）外特性 HY57V561620 的信号排列和封装如图 7.10 所示。

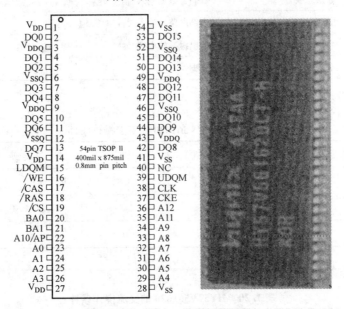

图 7.10 HY57V561620 的外特性

HY57V561620 的引脚定义如表 7.18 所示。

表 7.18 HY57V561620 的引脚定义

引 脚	名 称	描 述
CLK	时钟信号	输入，读写操作由时钟上升沿同步
CKE	时钟使能	输入，高电平有效。控制内部时钟。当 CKE 无效时，SDRAM 将处于挂起或自刷新状态

(续)

引　脚	名　称	描　述
/CS	片选信号	输入，低电平有效。使能除 CLK、CKE、UDQM 和 LDQM 之外的所有信号的有效或失效
BA0、BA1	Bank 选择地址	输入，片内 4 个 Bank 的选择信号。当/RAS 有效时，激活一个 Bank，当/CAS 有效时，读写选中的 Bank
A0~A12	地址总线	输入，行地址 RA0~RA12；列地址 CA0~CA8；自动预充电标志 A10
/RAS	行地址选通	输入，用/RAS 锁存行地址
/CAS	列地址选通	输入，用/CAS 锁存列地址
/WE	写信号	输入，用/WE 读出数据
UDQM	输入/输出屏蔽	输入，高电平有效。在输出模式下，控制输出缓冲器高字节输出；在输入模式下，屏蔽输入数据的低字节
LDQM	输入/输出屏蔽	输入，高电平有效。在输出模式下，控制输出缓冲器低字节输出；在输入模式下，屏蔽输入数据的高字节
DQ0~DQ15	数据总线	双向，数据输入/输出
V_{DD}/V_{SS}	电源/地	内部电路和输入缓冲电源/地
V_{DDQ}/V_{SSQ}	数据输出电源/地	输出缓冲的电源/地
NC	空脚	空脚

推荐直流操作条件如表 7.19 所示。

表 7.19　HY57V561620 的直流操作条件

参　数	符　号	最 小 值	典 型 值	最 大 值	单　位
电源电压	V_{DD}，V_{DDQ}	3.0	3.3	3.6	V
输入高电平	VIH	2.0	3.0	$V_{DDQ}+0.3$	V
输入低电平	VIL	$V_{SSQ}-2.0$	0	0.8	V

推荐交流操作条件如表 7.20 所示。

表 7.20　HY57V561620 的交流操作条件

参　数	符　号	参 数 值	单　位
交流输入高/低电平	VIH/VIL	2.4/0.4	V
输入时序测量参考电平	Vtrip	1.4	V
输入上升/下降时间	tR/tF	1	ns
输出时序测量参考电平	Voutref	1.4	V
输出负载电容	CL	50	pF

HY57V561620（L）T-S 的工作参数如表 7.21 所示。

表 7.21 HY57V561620（L）T-S 的工作参数

	CAS Latency	tRCD	tRAS	tRC	tRP	tAC	tOH
100MHz（10.0ns）	3CLKs	2CLKs	5CLKs	7CLKs	2CLKs	6ns	3ns
83MHz（12.0ns）	2CLKs	2CLKs	5CLKs	7CLKs	2CLKs	6ns	3ns
66MHz（15.0ns）	2CLKs	2CLKs	4CLKs	6CLKs	2CLKs	6ns	3ns

负载电容（$TA=25℃$，$f=1MHz$）如表 7.22 所示。

表 7.22 HY57V561620 的负载电容

参 数	引 脚	符 号	−H		−8/P/S		单位
			最小	最大	最小	最大	
输入电容	CLK	CI1	2.5	3.5	2.5	4.0	pF
	A0～A12，BA0，BA1，CKE，CS，RAS，CAS，WE，UDQM，LDQM	CI2	2.5	3.8	2.5	5.0	pF
数据输入/输出电容	DQ0～DQ15	CI/O	4.0	6.5	4.0	6.5	pF

（3）内特性 HY57V561620 的内部框图如图 7.11 所示。

HY57V561620 的工作命令如表 7.23 所示。

表 7.23 HY57V561620 的工作命令真值表

命 令		CKEn-1	CKEn	/CS	/RAS	/CAS	/WE	DQM	ADDR	A10/AP	BA
模式寄存器设置		H	X	L	L	L	L	X		OP code	
无操作		H	X	H	X	X	X	X		X	
				L	H	H	H				
Bank 激活		H	X	L	L	H	X	X		RA	V
读操作		H	X	L	H	L	H	X	CA	L	V
读操作并自动预充电										H	
写操作		H	X	L	H	L	L	X	CA	L	V
写操作并自动预充电										H	
对所有的 Bank 预充电		H	X	L	L	H	L	X	X	H	X
对选中的 Bank 预充电										L	V
停止并发操作		H	X	L	H	H	L	X		X	
UDQM，LDQM		H			X			V		X	
自动刷新		H	H	L	L	L	H	X		X	
自刷新	输入	H	L	L	L	L	H	X		X	
	输出	L	H	H	X	X	X	X			
				L	H	H	H				

（续）

命 令		CKEn-1	CKEn	/CS	/RAS	/CAS	/WE	DQM	ADDR	A10/AP	BA
掉电预充电	输入	H	L	H	X	X	X	X		X	
				L	H	H	H				
	输出	L	H	H	X	X	X	X		X	
				L	H	H	H				
时钟挂起	输入	H	L	H	X	X	X	X		X	
				L	V	V	V				
	输出	L	H	X				X			

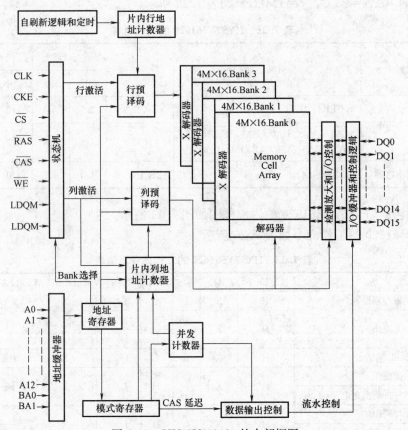

图 7.11 HY57V561620 的内部框图

3. 电路设计

S3C44B0X 内含 SDRAM 控制器，能够提供 SDRAM 所需要的信号。HY57V561620 的扩展连接表如表 7.24 所示。

表 7.24 HY57V561620 的扩展连接表

S3C44B0X	总 线	HY57V561620	说 明
DATA [15：0]	DB [15：0] ⇔	DQ15～DQ0	半字读写模式
ADDR [12：1]	AB [24：0] ⇒	A11～A0	半字读写模式
ADDR [22：21]	AB [24：0] ⇒	BA1，BA0	
nSCLK	CB [19：0] ⇒	/CLK	

（续）

S3C44B0X	总　线	HY57V561620	说　明
nSCKE	CB [19：0] ⇒	/CKE	
nSCS0	CB [19：0] ⇒	/CS	
nSRAS，nSCAS	CB [19：0] ⇒	RAS，CAS	
nWE	CB [19：0] ⇒	/WE	
nWBE0，nWBE1	CB [19：0] ⇒	LDQM，UDQM	
V33/GND		VDD/VSS	
V33/GND		VDDQ/VSSQ	

在实际设计中，选用了 HY57V641620 进行的 SDRAM 的扩展，扩展空间为 8MB。
HY57V641620 的扩展电路原理图如图 7.12 所示。

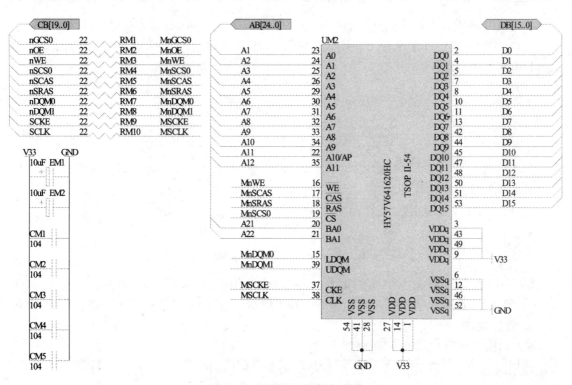

图 7.12　SDRAM 的扩展电路

7.3.4　时钟与复位电路设计

复位与时钟电路是处理器的基本外围电路。

1. 时钟电路

S3C44B0X 的最高工作频率为 66MHz，外接晶振或时钟信号输入到 S3C44B0X 内部时钟发生器，再经锁相环路 PLL 倍频产生 S3C44B0X 的工作时钟。外接的晶振或时钟信号通过模式控制引脚 OM [3：2] 选择，如表 7.25 所示。

表 7.25　外接时钟源的选择

OM [3：2] 模式	时 钟 源	晶 振 驱 动	PLL 状态	Fout
00	晶振时钟	使能	使能	PLL 输出
01	外部输出时钟	禁能	使能	PLL 输出
其他（10, 11)	测试模式			

S3C44B0X 的数据手册提供了内部时钟发生器的外接器件的取值范围，如表 7.26 所示。

表 7.26　时钟发生器的推荐参数

外接晶振的频率	6-20Mhz
晶振的外接电容	15-22 pF
PLL 滤波电容	700-820pF
外部反馈电阻	1MΩ

在开发板的设计中，选则外接晶振作为时钟源，晶振为 6MHz，外接电容取 22pF。
S3C44B0X 通过 CRY [4..0] 接入 6MHz 晶振，环路滤波电容输入引脚 PLLCAP 接 820pF 电容，外部输出时钟 EXTCLK 通过 10k 电阻上拉。如图 7.13 所示。

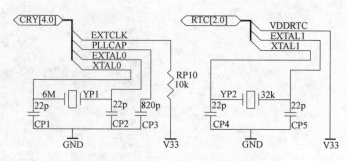

图 7.13　S3C44B0X 的时钟电路

S3C44B0X 内部集成一个实时时钟 RTC，其工作时钟频率为 32.768kHz。通过 RTC [2..0] 接入 32.768kHz 晶振，后备电池输入端 VDDRTC 直接与 V33 相连接。如图 7.13 所示。

2. 复位电路

S3C44B0X 的复位信号 nRESET 是低电平有效的信号。
在复位期间，nRESET 至少要保持 4 个系统时钟 MCLK 的
低电平。另外，系统中还有其他的控制器也需要复位信号，
如以太网控制器、键盘和数码管控制器等。

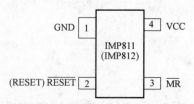

图 7.14　IMP811 引脚分布

选用 IMP811 复位与电源监控芯片，设计 S3C44B0X 的
复位电路，IMP811 引脚分布如图 7.14 所示。其引脚定义如表 7.27 所示。

表 7.27　IMP811 的引脚定义

序　号	名　　称	说　　明
1	GND	接地
2	nRESET	复位信号输出，低电平有效。当电源 VCC 上电后，输出宽度不小于 140ms 的低电平脉冲。另外，当 MR 为低电平时，nRESET 跟随 MR 保持低电平

（续）

序　号	名　称	说　明
3	MR	手动复位输入，低电平有效。当 MR 为低电平时，nRESET 输出低电平，当 MR 变为高电平之后，nRESET 至少再继续保持低电平 180ms。MR 引脚内部集成了 20kΩ 的上拉电阻，如果不使用 MR 引脚，则必须保持其开路状态。MR 可以被 TTL 或 CMOS 驱动，或通过开关直接接地
4	VCC	输入，电源电压（3.0V，3.3V，5.0V）

复位电路设计原理图如图 7.15 所示。

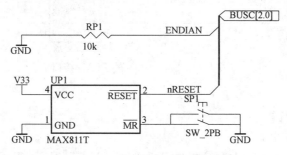

图 7.15　S3C44B0X 的复位电路

S3C44B0X 工作于小端模式，ENDIAN 通过 10k 电阻接地。

3. 工作模式

S3C44B0X 提供 OM [3：0] 和 ENDIAN 信号，用于设置系统的工作模式，包括时钟源选择、大端/小端模式、nGCS0 数据位宽度选择等。

复位后，OM [3：0] 和 ENDIAN 在 nRESET 的上升沿被锁存。因此，在复位期间 OM [3：0] 和 ENDIAN 是状态输入信号，复位后，OM [3：0] 和 ENDIAN 是状态输出信号。

在开发板的设计中，时钟源选择外接晶振（如表 7.25 所示），存储器为小端模式（NDIAN 接地），nGCS0 数据位宽度为 16 位，如表 7.28 所示。设计原理图如图 7.16 所示。

表 7.28　nGCS0 的数据位宽度设定

OM [1：0]	00	01	10	11
功能	8bit	16bit	32bit	测试模式

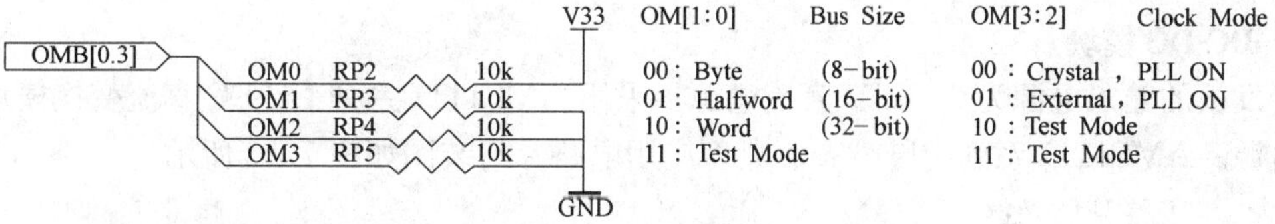

图 7.16　S3C44B0X 的设计原理图

7.3.5　JTAG 调试电路设计

JTAG 调试接口是嵌入式系统通用的调试接口，方便用户的开发与调试。S3C44B0X 内含 JTAG 调试控制器，通过 JTAG 协议转换器可以把目标板与宿主机连接起来，实现目标板的开发与调试。

S3C44B0X 的 JTAG 控制器主要包括 TCK、TMS、TDI、TDO 和 nTRST 信号，这些信号可以通过 10k 的上拉电阻直接引出到 14 脚的连接器上，形成系统的调试接口。如图 7.17 所示。

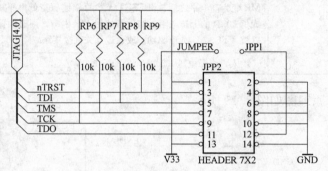

图 7.17 S3C44B0X 的 JTAG 接口

7.4 电源板的设计

在开发板的设计中，需要为系统提供 2.5V、3.3V、5.0V 三组工作电源，供电关系如表 7.29 所示。

表 7.29 开发板上的电源分配情况

部 件	主要芯片	电源电压/V	电流上限/mA	极限电流/mA	DC-DC 模块
处理器内核	S3C44B0X Core	2.5	80	80	AMS1117-2.5
处理器 IO 口	S3C44B0X IO	3.3	120		
FLASH	SST39VF160	3.3	30		
SDRAM	HY57V561620	3.3	50		
串行口	MAX3232	3.3	200	600	AMS1117-3.3
USB 接口	PDIUSBD12	3.3	100		
键盘与数码管	ZLG7290	3.3	100		
以太网口	RTL8019	5.0	30	30	AMS1117-5.0

1. DC-DC 模块

开发板的输入电源为 9~12V 直流电源，采用 AMS1117 系列 DC-DC 直流变换模块生成各组电源。AMS1117 系列引脚分布、典型应用电路及封装图如图 7.18 所示。

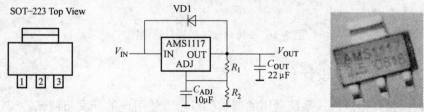

图 7.18 AMS1117 系列 DC-DC 直流变换模块

引脚定义：1 脚是电压调整端/地；2 脚是直流输出 VOUT；3 脚是直流输入 VIN。

2. 电路设计

首先，9～12V 的直流由 JPP1 输入，经过 AMS1117−5.0 变换为 5.0V，5.0V 再作为 AMS1117−3.3 和 AMS1117−2.5 的直流输入分别变换为 3.3V 和 2.5V。如图 7.19 所示。

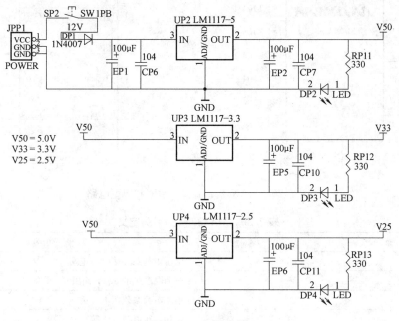

图 7.19　电源电路

每一路都接一个发光二极管用于指示 DC-DC 变换器的工作状态。DP1 是保护二极管，可以避免电源插反导致电路损坏，100μF 和 0.1μF 电容是电源滤波电容。

7.5　UART 接口的设计

串行口是嵌入式系统的基本接口之一。S3C44B0X 内含 UART0 和 UART1 两个串行口控制器，但是 S3C44B0X 的 IO 口与 LVTTL 电平兼容，因此一般需要外接电平转换器。

在开发板的设计中，UART0 设计为标准的 RS-232C 串行口，UART1 设计为 TTL/CMOS 电平兼容的串行口。

1. UART0 的设计

UART0 设计为标准的 RS-232C 串行口，选用 MAX3232 芯片实现电平转换。MAX3232 芯片是 MAXIM 公司专门为 RS-232C 标准串口设计的收发器，带有 2 个接收器和 2 个驱动器，通过双电荷泵，在 3.0～5.5V 电压下，实现 RS-232C 协议性能。MAX3232 接口简单，只需 4 个 0.1μF 的电容，用于电荷泵。在保持 RS-232C 协议输出电平的前提下，MAX3232 可确保 120kbit/s 的数据传输速率。如图 7.20 所示是 MAX3232 引脚、封装和典型电路。

MAX3232 的引脚定义如表 7.30 所示。

DB9 串行口信号定义如表 7.31 所示。

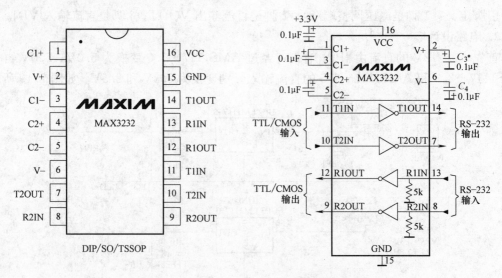

图 7.20 MAX3232 引脚、封装和典型电路

表 7.30 MAX3232 的引脚定义

引　脚	名　称	功　能　说　明
1	C1+	倍压电荷泵外接电容正端
2	V+	电荷泵产生的 5.5V 输出
3	C1−	倍压电荷泵外接电容负端
4	C2+	反相倍压电荷泵外接电容正端
5	C2−	反相倍压电荷泵外接电容负端
6	V−	电荷泵产生的−5.5V 输出
7，14	T_OUT	RS232 的发送输出，接 DB9 的 RxD
8，13	R_IN	RS232 的接收输入，接 DB9 的 TxD
9，12	R_OUT	TTL/CMOS 接收输出，接处理器端的 RxD
10，11	T_IN	TTL/CMOS 发送输入，接处理器端的 TxD
15	GND	地
16	VCC	3.0～5.5V 电源

表 7.31 DB9 串行口信号定义

针　号	缩　写	功　能　说　明
1	DCD	数据载波检测
2	RXD	接收数据
3	TXD	发送数据
4	DTR	数据终端准备
5	GND	信号地
6	DSR	数据设备准备好
7	RTS	请求发送
8	CTS	清除发送
9	BELL	振铃指示

2. UART1 的设计

UART1 设计为 TTL/CMOS 电平兼容的串行口。S3C44B0X 与 TTL 电平兼容，但是不能与 CMOS 电平兼容。因此，需要在 S3C44B0X 与端口之间进行电平转换，选用 SN74LVC08 进行隔离缓冲。

3. 电路设计

UART 的接口设计原理图如图 7.21 所示。

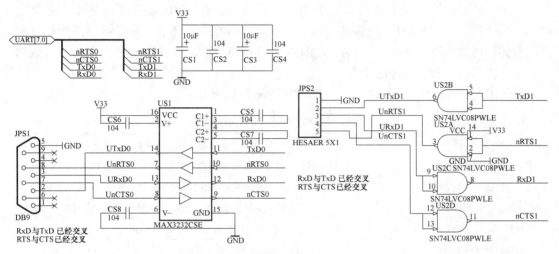

图 7.21　UART 接口的扩展电路

7.6　USB 接口的设计

USB（Universal Serial Bus）接口是嵌入式系统的基本接口之一，USB 接口遵从 USB 协议规范，一个 USB 主机最多可以连接 127 个 USB 设备，通信距离一般小于 5m。

1. USB 协议

串行通用总线 USB 有两个规范：USB1.1 和 USB2.0。USB1.1 与 USB2.0 兼容，其物理接口也完全一致，数据传输率完全由 USB 主控制器及 USB 设备决定。USB 传输方式采用 D+/D−差分方式，使用差模驱动器来实现数据传输。USB 主机可以通过连接线为 USB 设备提供最高 5V、500mA 的电力。USB 系统的主要特点如表 7.32 所示。

表 7.32　USB 系统的特点

接 口 类 型	组 成 部 分	传 输 速 率	信 息 包	传 输 类 型
Type A：一般用于 USB 主机	USB 的互连	低速（1.5M，Low Speed）	令牌包	控制传输
Type B：一般用于 USB 设备	USB 的设备	全速（12M，Full Speed）	数据包	块传输
Mini-USB：一般用于数码相机、测量仪器以及移动硬盘等	USB 的主机	高速（480M，High Speed）	握手包	中断传输
				同步传输

（1）USB 的主机　在任何 USB 系统中，只能有一个主机。USB 和主机系统的接口称作主机控制器。主机控制器可由硬件、固件和软件综合实现。根集线器是由主机系统整合的，

用以提供更多的连接点。

（2）USB 的设备　包括网络集线器，向 USB 提供了更多的连接点。功能器件为系统提供具体功能，如 U 盘等。

S3C44B0X 内部不含 USB 控制器，因此，需要外扩 USB 控制器。常用 USB 控制器有 PDIUSBD12、USBN9603、CH371、CH375、CY7C68013 等。

2. PDIUSBD12

PDIUSBD12 是 PHILIPS 公司推出的一款特点突出的 USB 设备接口芯片，完全遵从 USB 1.1 协议。PDIUSBD12 通常被应用于基于微控制器的系统中，并且通过并行接口和微控制器进行通信。PDIUSBD12 具有 8 位数据总线和 1 位地址线（区分写命令或读写数据）；具有 1 个控制端点和 2 个普通端点。

（1）主要特性　PDIUSBD12 的主要特性如表 7.33 所示。

表 7.33　PDIUSBD12 的主要特性

符合 USB 1.1 版规范	集成了 SIE、FIFO 存储器、收发器以及电压调整器
集成 320B 的 FIFO 存储器	可与任何外部微控制器/微处理实现并行高速（2MB/s）接口
完全自治的 DMA 操作	主端点的双缓冲配置增加了数据吞吐量，实现实时数据传输
多中断模式实现批量和同步传输	在批量模式和同步模式下，均可实现 1MB/s 的数据传输速率
在挂起时，可控制 LazyClock 输出	符合 ACPI OnNOW 和 USB 电源管理的要求
可编程的时钟频率输出	采用 GoodLink 技术的连接指示器，在通信时使 LED 闪烁
可通过软件控制与 USB 的连接	电平兼容性：输入/输出都与 TTL/LVTTL 兼容
具有 SO28 和 TSSOP28 封装	具有高错误恢复率（>99%）的全扫描设计确保了高品质
内部上电复位和低电压复位电路	双电源操作：(3.3±0.3) V；扩展的 5V 电源，范围为 4.0～5.5V
具有 8kV 的在片静电防护电路	

（2）外特性　PDIUSBD12 的引脚分布与典型接口电路如图 7.22 所示。

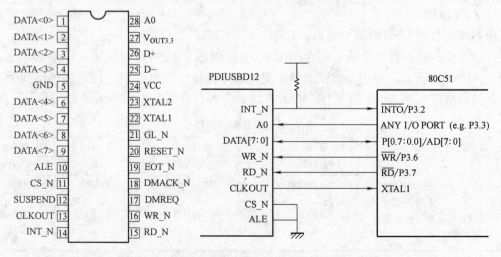

图 7.22　PDIUSBD12 的引脚分布与典型接口电路

PDIUSBD12 的引脚定义如表 7.34 所示。

表 7.34　PDIUSBD12 的引脚定义

引　脚	符　号	类　型	描　　述
1-4，6-9	DATA<0：7>	IO2	双向数据总线 0～7
5	GND	P	地
10	ALE	I	地址锁存使能。在多路地址/数据总线中，下降沿关闭地址信息锁存，将其固定为低电平，用于单地址/数据总线配置
11	CS_N	I	片选，低电平有效
12	SUSPEND	I，OD4	器件处于挂起状态
13	CLKOUT	O2	可编程时钟输出
14	INT_N	OD4	中断请求，低电平有效
15	RD_N	I	读选通，低电平有效
16	WR_N	I	写选通，低电平有效
17	DMREQ	O4	DMA 请求
18	DMACK_N	I	DMA 应答，低电平有效
19	EOT_N	I	DMA 传输结束，低电平有效。EOT_N 仅当 DMACK_N 和 RD_N 或 WR_N 一起激活时才有效。在自供电的 USB 设备中，EOT_N 可用作 VBUS 检测，监视 USB 连接情况
20	RESET_N	I	复位信号，低电平有效且不同步。使用片内上电复位电路时，该引脚固定接高电平 VCC
21	GL_N	OD8	GoodLink LED 指示器，低电平有效
22	XTAL1	I	晶振连接端 1，6MHz
23	XTAL2	O	晶振连接端 2，6MHz。如果采用外部时钟信号取代晶振接 XTAL1，XTAL2 应当悬空
24	VCC	P	电源电压 4.0～5.5V 脚。要使器件工作在 3.3V，则需向 VCC 和 $V_{OUT3.3}$ 都提供 3.3V 电压
25	D—	A	USB D—数据线
26	D+	A	USB D+数据线
27	$V_{OUT3.3}$	P	3.3V 调整输出。要使器件工作在 3.3V，则需向 V_{CC} 和 $V_{OUT3.3}$ 都提供 3.3V 电压
28	A0	I	地址位。A0=1 选择命令指令，A0=0；选择数据。该位在多路地址/数据总线配置时可忽略，应将其接高电平

注：O2—2mA 驱动输出；OD4—4mA 驱动开漏输出；OD8—8mA 驱动开漏输出；IO2—4mA 输入/输出。

PDIUSBD12 的直流特性如表 7.35 所示。

表 7.35　PDIUSBD12 直流特性

符号	参　　数	最 小 值	典 型 值	最 大 值	单　位	测 试 条 件
VIL	低电平输入电压			0.8	V	
VIH	高电平输入电压	2.0			V	
VOL	低电平输出电压	0.1		0.4	V	I_{OL} 在驱动范围
VOH	高电平输出电压	2.4		VCC—0.1	V	I_{OH} 在驱动范围

（3）内特性　PDIUSBD12 的内部结构框图如图 7.23 所示。

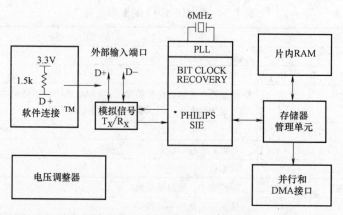

图 7.23　PDIUSBD12 的内部结构

在 USB 设备插入主机之前，主机对这个 USB 设备的情况一无所知，无法建立起通信。但 USB 协议规定了一些最基本的准则，每个设备的端点 0 都是可用的，属于控制端点。主机可以通过端点 0 向设备查询设备信息，这些信息表征 USB 设备所属的类别及子类、配置情况、接口情况和端点情况。根据这些信息，主机按照 USB 协议中的相应规定，就逐步建立起了一条介于设备之间的高速数据通道，用于数据的传输。实际上，主机所查询的设备信息就是 USB 协议中规定的各种标准请求，设备必须对这些问题进行回答；而回答的方式就是向主机传送相应的描述符，即设备描述符、配置描述符、接口描述符、端点描述符等。

3. 电路设计

USB 接口是以 PDIUSBD12 为核心来设计的。基于 PDIUSBD12 的 USB 接口电路连接表如表 7.36 所示。

表 7.36　PDIUSBD12 的扩展连接表

源 器 件	源器件引脚信号	目 标 信 号	PDIUSBD12	说　　明
S3C44B0	DATA[15：0]＋缓冲器	SD[7..0]	DATA<0：7>	数据总线
S3C44B0	nGCS2	SnGCS2	CS_N	设置基地址为 0x04000000
S3C44B0	ADDR[24..0]＋驱动器	SA7	A0	0x04000000、0x04000080
S3C44B0	nOE＋驱动器	SnOE	RD_N	
S3C44B0	nWE＋驱动器	SnWE	WR_N	
S3C44B0	ExINT2＋驱动器	SExINT2	INT_N	采用外部中断 2
	V33	RESET_N	使用片内上电复位电路
	GND	SUSPEND	也可以接 GPIO 控制
	GND	ALE	单地址/数据总线配置
	330Ω＋LED	GL_N	工作状态指示
		DMREQ	没有使用 DMA
	V33	DMACK_N	没有使用 DMA
USB 插头	D12Vbus	D12Vbus	ETO_N	没有使用 DMA
USB 插头	22Ω＋D12D−	D12D−	D−	差分数据线−
USB 插头	22Ω＋D12D＋	D12D＋	D＋	差分数据线＋
	6MHz 晶振	XTAL1	
	6MHz 晶振	XTAL2	

（续）

源 器 件	源器件引脚信号	目 标 信 号	PDIUSBD12	说　　明
			CLKOUT	输出时钟信号，没有使用
		GND	GND	
		V33	VCC	使用 3.3V 供电
		V33	$V_{OUT3.3}$	使用 3.3V 供电

说明：没有用到的 PDIUSBD12 的信号，均为悬空。

基于 PDIUSBD12 的 USB 接口电路原理图如图 7.24 所示。

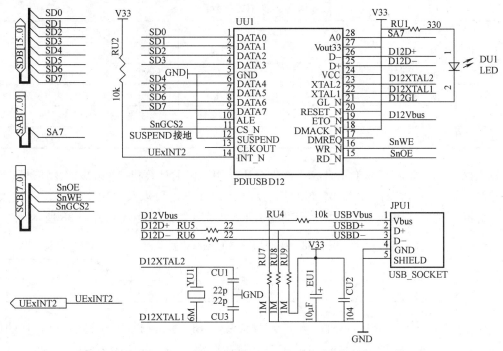

图 7.24　基于 PDIUSBD12 的 USB 接口电路

USB 总线控制器 PDIUSBD12 的 D＋和 D－引脚分别串接一个 22Ω 的电阻和电感，其中电感起到电源滤波的作用（通常也可省略）。

在自供电系统中，当 USB 电缆断开与主机的连接时，D＋和 D－分别为悬浮状态。在噪声环境下，例如在扫描仪中有许多高电流的元件，D＋和 D－的状态可能由于感应噪声而发生变化，会误以为是主机产生的恢复信号，从而使 PDIUSBD12 错误的退出挂起状态。需要将 D＋和 D－接一个 1MΩ 的下拉电阻到地，才能避免这种错误。

PDIUSBD12 的晶振采用 6MHz 的普通晶振，经过 PDIUSBD12 的内部倍频以后，实际的内部时钟为 24MHz。晶振电路使用的电容值是不一样的，一个是 22pF，一个是 68pF。工作时 GL 引脚所接的发光二极管将会发光，表示正常工作。

7.7　NET 接口的设计

从网络拓扑结构上看网络有以太网、令牌环网等，从网络传输速度上看网络有 10M、100M、1000M 网等。不同的网络遵从不同的网络协议，但是基本上都符合 ISO OSI 七层模型。OSI 七层模型的最大优点是将服务、接口和协议明确地区分开来。服务是指本层为上一层提供何种功能,接口是指上一层如何使用本层的服务,协议是指本层如何实现服务。在嵌入式系统中,常用的网口是 10M/100M 以太网口,主要遵从 IEEE 802.3 和 TCP/IP 协议。

1. 以太网

以太网是属于 OSI 模型的第 2 层(数据链路层)协议,以太网协议是一组由 IEEE 802.3 标准定义的局域网协议集;IP 属于 OSI 模型的第 3 层(网络层)协议;TCP 属于 OSI 模型的第 4 层(传输层)协议。以太网类型如表 7.37 所示。

表 7.37 以太网分类

10M 以太网		100M 以太网		1000M 以太网	
类　型	介　质	类　型	介　质	类　型	介　质
10Base-5	粗同轴电缆	100Base-TX	5 类数据双绞线	1000Base-CX	屏蔽双绞线
10Base-2	细同轴电缆	100Base-FX	光缆	1000Base-T	5 类非屏蔽双绞线
10Base-T	双绞线	100Base-T4	5 类数据双绞线	1000Base-SX	多模光纤
10Base-F	光缆			1000Base-LX	单模光纤

以太网主要由 3 个基本单元组成:物理介质,用于传输计算机之间的以太网信号;介质访问控制规则,嵌入在每个以太网接口处,从而使得计算机可以共享以太网信道;以太帧,由一组标准位构成,用于传输数据。标准的 IEEE 802.3 数据帧格式如表 7.38 所示。

表 7.38 IEEE 802.3 数据帧格式

PR	SFD	DA	SA	数据长度	数据个数	FCS
7	1	6	6	2	46~1500B	4B

PR:前导位(Preamle)、SFD:帧起始位(Start-of-Frame Delimiter)、DA:目的地址(Destination)、SA:源地址(Source)、FCS:帧校验字(Frame Check Sequence)。

数据个数可从 46~1500B,如一组要传送的数据少于 46B,就须用零补足;超过 1500B 时,需要拆成多个帧传送。前导位、帧起始位和帧校验字仅供控制器本身用,主处理器收到的数据帧的组成依次包括:接收状态(1B)、下一帧的页地址指针(1B)、目的地址(6B)、源地址(6B)、数据长度/帧类型(2B)、数据场。数据长度/帧类型的值小于或等于 1500B 时,表示数据场的长度;反之表示数据帧的类型。如值依次为 0x08,0x00,表示数据场为 IP 包;值依次为 0x08,0x06 表示数据场为 ARP 包。

PR、SD、PAD、FCS 4 个数据段由网卡自动产生,需要用户填写的是 DA、SA、TYPE、DATA 4 个段。所有数据位的传输由低位开始(传输位流是曼彻斯特编码),以太网的冲突退避算法是由硬件自动执行的。DA + SA + TYPE + DATA + PAD 最小为 60B,最大为 1514B。

以太网卡能接收 3 种地址的数据:一个是广播地址;一个是多播地址;一个是它自己的地址。但也可以设置为接收任何数据包(用于网络分析和监控)。

S3C44B0X 内部不含网络控制器,因此,需要外扩网络控制器。在嵌入式系统中,常用网络控制器有 AX88796L、RTL8019AS、DM9000、CS8900A、LAN91C111、ENC28J60 等。

2. RTL8019

RTL8019AS 是台湾 REALTEK 公司生产的一种高集成度的以太网控制器，集成了介质访问控制 MAC 子层和物理层，适用于即插即用 NE2000 可兼容适配器，可方便地设计基于 ISA 总线的系统。为了实现完整的即插即用功能，RTL8019AS 为集成的 10BaseT 收发器、BNC 和 AUI 接口提供了自动检测功能。10BaseT 收发器可以自动修改接收端的极性错误。

（1）主要性能 RTL8019AS 的主要特性如表 7.39 所示。

表 7.39 RTL8019AS 的主要特性

支持 Ethernet II、IEEE802.3、10Base5、10Base2、10BaseT	支持 8 位、16 位数据总线
支持 UTP、AUI、BNC 介质，并能够自动检测	具有睡眠模式，以降低功耗
具有 3 种接口模式，即跳线模式、PnP 模式和 RT 模式	全双工模式收发可同时达到 10Mbit/s
可连接同轴电缆和双绞线，并可自动检测所连接的介质	内置 16KB 的 SRAM，用于收发缓冲
输入电平与 TTL 兼容，输出电平与 CMOS 兼容	100 脚的 TQFP 封装，缩小 PCB 尺寸

（2）外特性 RTL8019AS 的引脚分布如图 7.25 所示。

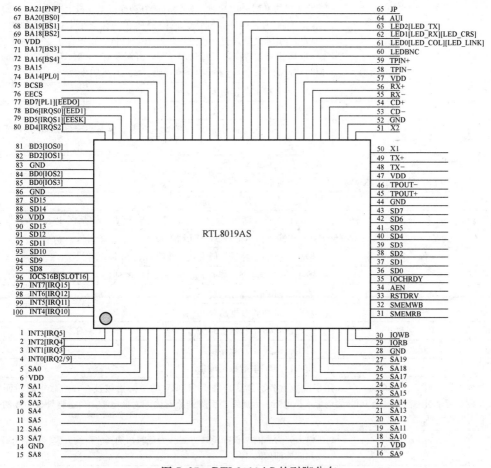

图 7.25 RTL8019AS 的引脚分布

RTL8019AS 的引脚定义如表 7.40 所示。

表 7.40　RTL8019AS 的引脚定义

电源器件引脚信号		
VDD	6, 17, 47, 57, 70, 89	5V
GND	14, 28, 44, 52, 83, 86	地
ISA 信号		
AEN	34	输入, 地址使能。对有效的输入/输出命令（操作），该 ISA 信号 AEN 必须是低电平（类似于片选信号）
INT7~0	97~100, 1~4	输出, 中断请求引脚。一次只能选择一个引脚来反映中断请求, 其他引脚都为三态。RTL8019AS 也将这些引脚用作输入引脚, 以监视 ISA 总线上相应中断引脚的实际状态, 结果存 INTR 寄存器中, 该寄存器可用于软件检测中断冲突
IOCHRDY	35	输出, IO 口准备好。当该信号为低电平时, 则在当前主机读/写命令中插入等待周期
IOCS16B [SLOT16]	96	输入或输出。上电复位时, 该引脚为 SLOT16, 是输入引脚, 用于检测使用的是 16 位还是 8 位插槽。此时, 该引脚外接下拉电阻（约 27k）。在 RSTDRV 引脚的下降沿, RTL8019AS 检测 SLOT16 引脚的状态, 如果为高电平, 则认为适配器插在 16 位插槽上。在这种插槽上, SLOT16 引脚连接至主机的 IOCS16B 引脚, IOCS16B 引脚连接至主板上一个 300Ω 的上拉电阻; 如果为低电平, 则认为适配器插在 8 位插槽上, 在这种插槽上, SLOT16 引脚只是通过一个 27kΩ 的电阻拉低。在锁存了输入状态之后, SLOT16 引脚就转换为 IOCS16B 信号, 开漏极输出, 在 16 位主机数据传送期间被置低。由 AEN 和 SA9~0 译码
IORB	29	输入, 主机 I/O 读命令
IOWB	30	输入, 主机 I/O 写命令
RSTDRV	33	输入, ISA 总线上的高有效硬件复位信号。但是小于 800ns 的高电平脉冲忽略不记
SA19~0	27~18, 16~15, 13~7, 5	输入, 主机地址总线
SD15~0	87~88, 90~95, 43~36	双向, 主机数据总线
SMEMRB	31	输入, 主机存储器读命令
SMEMWB	32	输入, 主机存储器写命令。该引脚用于对闪存的写命令进行译码
存储器接口引脚（包括 BROM, EEPROM）		
BCSB	75	输出, BROM 片选。低有效, 读取 BROM 时使用
EECS	76	输出, 9346 片选。高有效, 读/写 9346 时使用
BA21~14	66~69、71~74	输出, BROM 地址总线
BD7~0	77~82、84~85	双向, BROM 数据总线
EESK	79	输出, 9346 串行数据时钟
EEDI	78	输出, 9346 串行数据输入
EEDO	77	输入, 9346 串行数据输出

以下六种引脚（JP~ [IRQS2~0]）用于跳线选择。其状态在 RSTDRV 的下降沿被锁存, 然后它们转而用作 SRAM 总线。每个引脚都有一个 100k 的内部下拉电阻。因此, 当引脚开路时输入为低电平, 当引脚外接 10k 的上拉电阻时输入为高电平

JP	65	输入, 为高时, 选择跳线方式。为低时, 选择非跳线方式（包括 RT 非跳线和即插即用）。
PNP	66	输入引脚, 非跳线方式（即 JP 为低电平）中该引脚为高电平时, RTL8019AS 被强制置为即插即用方式, 不管 9346 内容如何。

（续）

		以下四种引脚在非跳线方式（即 JP 为低电平）中不使用。
BS4～0	72～71，69～67	输入，选择 BROM 容量和基地址
IOS3～0	85，84，82，81	输入，选择 I/O 基地址
PL1～0	77，74	输入，选择网络介质类型
IRQS2～0	80～78	输入，选择 INT7～0 中的一个中断引脚
	中间接口引脚	
AUI	64	输入，该输入用于检测 AUI 接口上的外部 MAU 的使用。在嵌入式 BNC 下，该引脚为低，在外部 MAU 下，该引脚为高。当输入为高时，RTL8019AS 将 CONFIG0 寄存器的 AUI 位（第 5 位）置高并将 LEDBNC 置低以禁止 BNC。该引脚不使用时接地，使其功能与 RTL8019 相同
CD＋，CD－	54，53	输入，AUI 冲突输入引脚，传送来自 MAU 的差分冲突输入信号
RX＋，RX－	56，55	输入，AUI 接收输入引脚，传送来自 MAU 的差分接收输入信号
TX＋，TX－	49，48	输出，AUI 发送输出引脚，将曼彻斯特编码数据发送至 MAU 的差分引脚。这两个是源跟随输出引脚，对地接 270Ω 的下拉电阻
TPIN＋，TPIN－	59，58	输入，从双绞线接收 10Mbit/s 的差分曼彻斯特编码数据
TPOUT＋，TPOUT－	45，46	输出，传送差分 TP 输出。输出的曼彻斯特编码信号已被预先打乱，以防止双绞线过载并减轻波动
X1	50	输入。20MHz 晶振或外部振荡器输入
X2	51	输出。晶振反馈输出。只用于晶振连接。当 X1 接外部振荡器时 X2 必须开路
	LED 输出引脚	
LEDBNC	60	输出，当 RTL8019AS 的介质类型为 10Base2 方式或自动检测方式连接测试失败时，该引脚为高。否则，该引脚为低。可用来控制 CX MAU 的 DC 变换器电源，并连接至一个 LED 以指明使用的介质类型
LED0	6	输出，当 LEDS0 位（在 RTL8019AS 第 3 页的 CONFIG3 寄存器中）为 0 时，该引脚用作 LED_COL。当 LEDS0 为 1 时，该引脚用作 LED_LINK
LED1，LED2	62，63	输出，当 LEDS1 位（在 RTL8019AS 第 3 页的 CONFIG3 寄存器中）为 0 时，这两个引脚分别用作 LED_RX 和 LED_TX。当 LEDS1 为 1 时，这两个引脚用作 LED_CRS 和 MCSB

RTL8019AS 的直流特性如表 7.41 所示。

表 7.41　RTL8019AS 的直流特性

符　号	参　数	最小值	典型值	最大值	单　位	测 试 条 件
V_{IL}	低电平输入电压			0.8	V	
V_{IH}	高电平输入电压	2.0			V	
V_{OL1}	低电平输出电压 1		0.4	0.6	V	$I_{OL}=16mA$，N1
V_{OH1}	高电平输出电压 1	3.0	3.5		V	$I_{OH}=8mA$，N1
V_{OL2}	低电平输出电压 2		0.4	0.6	V	$I_{OL}=4mA$，N2
V_{OH2}	高电平输出电压 2	3.5	4.0		V	$I_{OH}=4mA$，N2
V_{OL3}	低电平输出电压 3			0.6	V	$I_{OL}=24mA$，N3
Rpull-low	片内上拉电阻	50	100	150	kW	

（续）

符　号	参　数	最小值	典型值	最大值	单　位	测试条件
II	输入峰值电流	-10		10	mA	

N1：适合于 INT7～INT0，SD15～SD0。

N2：适合于 MD7～MD0，MA13～MA0，LED Pins，EECS，MWRB，MRDB，BCSB。

N3：适合于 IOCHRDY，IOCS16B。

（3）内特性　RTL8019AS 的内部框图如图 7.26 所示。

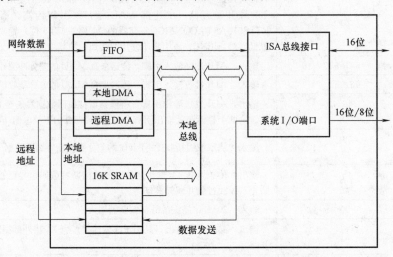

图 7.26　RTL8019AS 的内部框图

按数据链路的不同，可以将 RTL8019AS 内部划分为远程 RDMA（Remote DMA）通道和本地 LDMA（Local DMA）通道两个部分。LDMA 完成控制器与网线的数据交换，主处理器收发数据只需对 RDMA 操作。当主处理器要向网上发送数据时，先将一帧数据通过 RDMA 通道送到 RTL8019AS 中的发送缓存区，然后发出传送命令。RTL8019AS 在完成了上一帧的发送后，再完成此帧的发送。RTL8019AS 接收到的数据通过 MAC 比较、CRC 校验后，由 FIFO 存到接收缓冲区，收满一帧后，以中断或寄存器标志的方式通知主处理器。

接收逻辑在接收时钟的控制下，将串行数据拼成字节送到 FIFO 和 CRC；发送逻辑将 FIFO 送来的字节在发送时钟的控制下逐步按位移出，并送到 CRC；CRC 逻辑在接收时对输入的数据进行 CRC 校验，将结果与帧尾的 CRC 比较，如不同，该帧数据将被拒收，在发送时 CRC 对帧数据产生 CRC，并附加在数据尾传送；地址识别逻辑对接收帧的目的地址与预先设置的本地物理地址进行比较，如不同且不满足广播地址的设置要求，该帧数据将被拒收；FIFO 逻辑对收发的数据作 16 个字节的缓冲，以减少对本地 DMA 请求的频率。

3. 电路设计

以太网口是以 RTL8019AS 为核心来设计的。因为 RTL8019AS 是为 PC 网卡设计的芯片，其地址、读写信号是符合 ISA 规范的，因此在设计 RTL8019AS 与 S3C44B0X 之间的接口时，注意地址的计算和信号的连接。

为了实现以太网接口还需要几个标准的外部器件：脉冲变压器、偏置电阻、储能电容和去耦电容。差分输入引脚（TPIN＋/TPIN－）需要一个 1：1 变比的脉冲变压器来实现

10BaseT。差分输出引脚（TPOUT＋/TPOUT－）需要一个变比为 1∶1、带中心抽头的脉冲变压器。变压器需要有 2kV 或更高的隔离能力，防静电。每个部分都需要通过 2 个 51Ω、精度为 1％的电阻和 1 个 0.01μF 的电容串联后接地。选用汉仁内嵌网络变压器的 RJ45 插座 HR901103A 或 HR901170A。

基于 RTL8019AS 的以太网口的扩展连接表如表 7.42 所示。

表 7.42　RTL8019AS 的扩展连接表

源 器 件	源器件信号	目 标 信 号	RTL8019AS	说　　明
S3C44B0	nGCS3	SnGCS3	AEN	设置基地址为 0x06000000
S3C44B0	ExINT3	SExINT3	INT0	
		V50＋330Ω	IOCS16B [SLOT16]	直接上拉为高电平，16 位操作
S3C44B0	nOE	SnOE	IORB	
S3C44B0	nEW	SnWE	IOWB	
IMP811	nRESET＋反相器	SnRESET	RSTDRV	高电平有效的复位信号
S3C44B0	ADDR [24∶0]＋缓冲器	SAB [5∶1]	SA4～0	寻址片内寄存器：0x06000300～0x0600031F
		GND	SA7～5	
		V50	SA9～8	
		GND	SA19～10	
S3C44B0	DATA [15∶0]＋缓冲器	SDB [15∶0]	SD15～0	数据总线
		V50	SMEMRB	设置为无效
		V50	SMEMWB	设置为无效
		空（内部下拉）	PNP	非即插即用
		空（内部下拉）	[BS4～0]	禁止使用 BROM
		空（内部下拉）	[IOS3～0]	内寄存器总线从 300H 开始
		空（内部下拉）	[PL1～0]	自动检测以太网接口类型
		空（内部下拉）	[IRQS2～0]	使用 IRQ2/9 做中断请求引脚
		V50	JP	选择跳线模式
		空（内部下拉）	AUI	
HR901103A	RX＋	NRX＋	TPIN＋	差分输入
HR901103A	RX－	NRX－	TPIN－	
HR901103A	TX＋	NTX＋	TPOUT＋	差分输出
HR901103A	TX－	NTX－	TPOUT－	
		20MHz 晶振	X1	工作时钟
		20MHz 晶振	X2	
	V50＋1kΩ＋蓝色 LED	NBNCLEDB	LEDBNC	
	V50＋1kΩ＋绿色 LED	NLINKLEDG	LED0	
	V50＋1kΩ＋黄色 LED	NRXLEDY	LED1	
	V50＋1kΩ＋红色 LED	NTXLEDR	LED2	

说明：没有用到的 RTL8019AS 信号，均为悬空。

基于 RTL8019AS 的以太网口的电路原理图如图 7.27 所示。

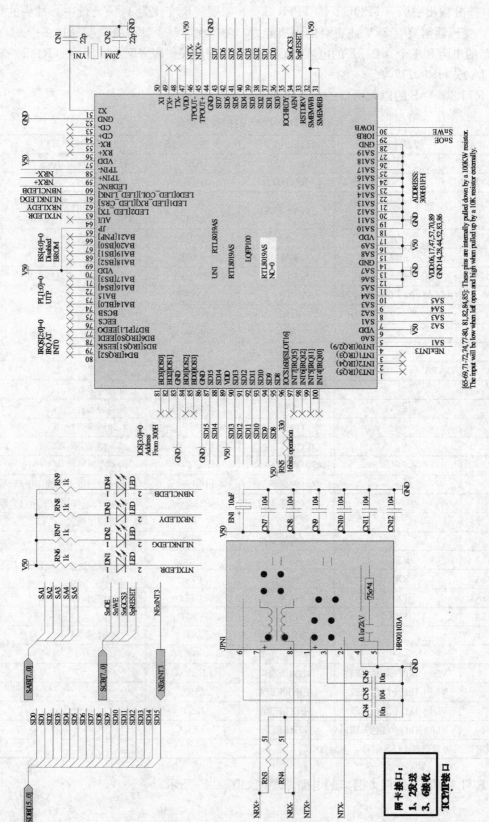

图 7.27 基于 RTL8019AS 的以太网口的电路原理图

说明：

每个供电引脚和地之间应当接 1 个 $0.1\mu F$ 的陶瓷电容去耦（电容要尽可能接近供电引脚）。驱动双绞线接口需要较大的电流，所以电源线应尽可能宽，与引脚的连接尽可能短，以降低电源线内阻的消耗。

7.8 矩阵键盘和数码管显示接口的设计

在嵌入式应用系统中，一般都会有简单的信息输入和显示，通常都是设计一个矩阵键盘和数码管显示电路，以满足设计需求。

1. 矩阵键盘和数码管

矩阵键盘和数码管是嵌入式系统的重要输入输出设备之一。矩阵键盘的判键方法和数码管的显示方式多种多样，但是基本上可归为软件扫描和硬件识别两类。软件扫描一般是指通过软件判断的方法来实现矩阵键盘的判键和数码管的显示；硬件识别一般是指通过专用的控制器以硬件电路的方法完成矩阵键盘的判键和数码管的显示。

（1）矩阵键盘 常用的矩阵键盘结构如图 7.28 所示，图中 SW_2PB 是一只 4 脚按键。

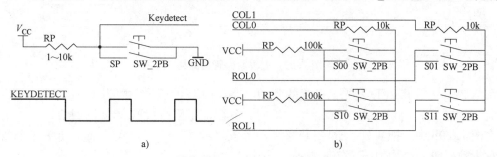

图 7.28 矩阵键盘电路结构

在图 7.28a 中，可以通过 Keydetect 信号的电平来识别按键 SW_2PB 是否被按下：Keydetect＝1 时，按键未被按下；Keydetect＝0 时，按键已被按下。每个按键需要一条信号线来判断，其优点是方法简单，其缺点是不适用多键，如 64 个键则需要 64 条信号线。另外，一个按键在被按下的过程中，由于机械弹性的原因，弹簧片会多次通断，称之为抖动。如图 7.28a 中的 Keydetect 信号所示，其抖动时间一般为几十毫秒。在判键前需要消抖动，消抖动方法采用软件延时法，通过软件延时等待按键稳定后再判键；还有硬件锁存法，用 RS 触发器只保留第一个低电平。

在图 7.28b 中，把 4 个按键排列成了一个 2 行 2 列的矩阵，每个按键处于矩阵的行列交点（m，n）上，其按键依次定义为 Smn，因此需要行信号 ROLm 和列信号 COLn 结合判键。判键算法很多，此处仅列举其中之一：假设 COLn 为输入，ROLm 为输出，则当给定 COLn，通过 ROLm 来判断按键是否按下。其真值表如表 7.43 所示。

表 7.43 矩阵键盘的真值表

COL0	COL1	ROL0	ROL1	结　论
0	1	0	1	S00 键按下，其余键未被按下
0	1	1	0	S01 键按下，其余键未被按下

（续）

COL0	COL1	ROL0	ROL1	结　　论
1	0	0	1	S10 键按下，其余键未被按下
1	0	1	0	S11 键按下，其余键未被按下
X	X	1	1	无键按下

（2）数码管显示　数码管主要是用于显示数字的，由 LED 发光二极管组成，一般分为七段数码管、米字型数码管等。七段数码管的结构如图 7.29 所示。

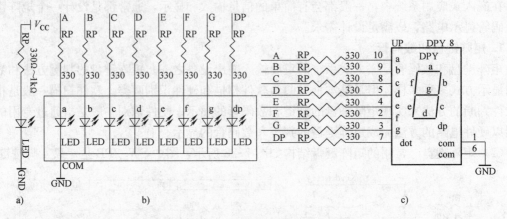

图 7.29　七段数码管的结构

图 7.29a 是一个 LED 发光二极管的驱动电路，LED 的压降一般为 1～1.5V，LED 的点亮电流一般为 1～10mA，对于 $V_{CC}=3.3V$ 时，其限流电阻一般取 330Ω～1kΩ。

在图 7.29b 中，把 8 只 LED 封装起来，形成（a，b，c，d，e，f，g，dp）8 个数字笔画，称为数码管，结构如图 7.29c 所示。

如果 8 只 LED 的阴极连接在一起作为公共端 COM，称为共阴数码管；如果把 8 只 LED 的阳极连接在一起作为公共端 COM，称为共阳数码管。例如，对共阴数码管，当（a，b，c，d，e，f，g，dp）接高电平时，（a，b，c，d，e，f，g，dp）全部被点亮时，就是一个数字 8。七段共阴数码管的译码真值表如表 7.44 所示。

表 7.44　七段数码管的译码真值表

数字	译码	a	b	c	d	e	f	g	段码
0	⇒	1	1	1	1	1	1	0	7E
1	⇒	0	1	1	0	0	0	0	30
2	⇒	1	1	0	1	1	0	1	6D
3	⇒	1	1	1	1	0	0	1	79
4	⇒	0	1	1	0	0	1	1	33
5	⇒	1	0	1	1	0	1	1	5B
6	⇒	1	0	1	1	1	1	1	3F
7	⇒	1	1	1	0	0	0	0	70
8	⇒	1	1	1	1	1	1	1	7F
9	⇒	1	1	1	1	0	1	1	7B

从图 7.29c 可以看出，一个数码管的驱动需要（a，b，c，d，e，f，g，dp）8 条段码信号线。当 8 条段码信号线输入不同的电平组合则显示不同的字形，称之为静态驱动。其优点是驱动方法简单，其缺点是使用的信号线多，电路结构复杂。

从图 7.30a 可以看到，一个 LED 的点亮可以有两种控制方式：控制其阳极电压或控制其阴极接地。通过控制其公共端 COM 来控制数码管的亮与不亮，实现多个数码管共用 8 条段码信号线，称之为动态驱动。如图 7.30b 所示。其优点是使用的信号线少，其缺点是驱动方法复杂。例如，当由 a～g 输入段码时，若 DIG0＝1，则 VT0 导通，DPY0 点亮；若 Dig1＝1，则 VT1 导通，DPY1 点亮。

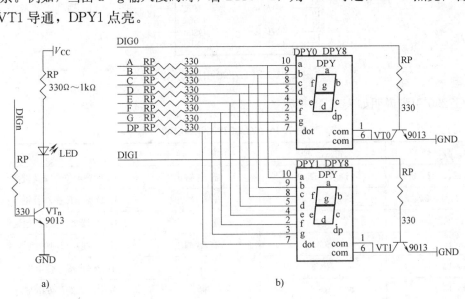

图 7.30　七段共阴数码管的动态驱动

（3）矩阵键盘和数码管控制器　在上述矩阵键盘和数码管显示设计中，都需要用户编程实现按键判键和显示驱动，其缺点是占用处理器的引脚多，软硬件都复杂，其优点是成本低，适合于按键和数码管都比较少的应用系统使用。当按键和数码管都比较多时，一般采用矩阵键盘和数码管控制器完成矩阵键盘和数码管的控制。

S3C44B0X 内部没有集成矩阵键盘和数码管控制器，因此需要外部扩展。常用的矩阵键盘和数码管控制器有 ZLG7289、ZLG7290、Intel8279、MAX7219 等。

2. ZLG7290

ZLG7290 是一款性能强大的矩阵键盘和数码管显示控制器，采用 IIC 总线与处理器接口，电路设计简单。

（1）主要特性　ZLG7290 的主要特性如表 7.45 所示。

表 7.45　ZLG7290 的主要特性

支持 IIC 串行接口，提供键盘中断信号	可控扫描位数，可控任一数码管闪烁
可驱动 8 位共阴极数码管或 64 只独立 LED 和 64 个按键	提供数据译码和循环移位段寻址等控制
无需外接元件即直接驱动 LED，可扩展驱动电流和驱动电压	8 个功能键可检测任一键的连击次数
3.0～3.6V 单电源供电	封装形式 PDIP24、SO24
电平兼容 CMOS/LVCMOS	

（2）外特性　ZLG7290 是一款矩阵键盘和数码管控制器，引脚分布如图 7.31 所示。

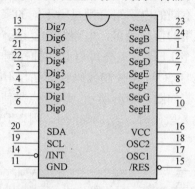

图 7.31　ZLG7290 引脚分布图

ZLG7290 引脚说明如表 7.46 所示。

表 7.46　ZLG7290 引脚说明

引　脚　号	符　号	属　性	描　述
13，12，21，22，3～6	Dig7～Dig0	输入/输出	LED 显示位驱动及键盘扫描线
10～7，2，1，24，23	SegH～SegA	输入/输出	LED 显示段驱动及键盘扫描线
20	SDA	输入/输出	IIC 总线接口数据/地址线
19	SCL	输入/输出	IIC 总线接口时钟线
14	/INT	输出	中断输出端，低电平有效
15	/RES	输入	复位输入端，低电平有效
17	OSC1	输入	连接晶振以产生内部时钟
18	OSC2	输出	
16	VCC	电源	电源正（3.3～5.5V）
11	GND	电源	电源地

ZLG7290 工作参数如表 7.47 所示。

表 7.47　ZLG7290 工作参数

符号	参数	测试条件		最小	典型	最大	单位
		V_{DD}/V	条件				
VCC	工作电压	—		3.3	5	5.5	V
IDD1	工作电流	3.3	LED 全灭	—	1	2	mA
		5	无键按下	—	3	5	
VIL1	SDA，SCL 输入低电平			0	—	$0.3V_{CC}$	V
VIH1	SDA，SCL 输入高低电平			$0.7V_{CC}$	—	V_{CC}	V
VIL2	/RST 输入低电平			0	—	$0.4V_{CC}$	V
VIH2	/RST 口输入高电平			$0.9V_{CC}$	—	V_{CC}	V

（续）

符号	参数	测试条件		最小	典型	最大	单位
		V_{DD}/V	条件				
IOL	INT 输出灌电流	3.3	$V_{OL}=0.1V_{CC}$	4	8	—	mA
		5	$V_{OL}=0.1V_{CC}$	10	20	—	
IDL	Dig0～Dig7 灌电流	3.3	$V_{OL}=0.1V_{CC}$	4	8	—	mA
		5	$V_{OL}=0.1V_{CC}$	10	20	—	
IDH	SegA～SegH 源电流	3.3	$V_{OH}=0.9V_{CC}$	—2	—4	—	mA
		5	$V_{OH}=0.9V_{CC}$	—5	—10	—	
fIIC	IIC 接口速度	—	上拉电阻 3k3	20	—	32	kHz

（3）内特性　ZLG7290 的内部框图如图 7.32 所示。

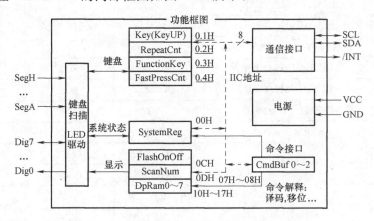

图 7.32　ZLG7290 的内部框图

ZLG7290 可采样 64 个按键或传感器，其基本功能有：对键盘进行去抖动处理，以读取稳定的键盘状态；通过读取键值寄存器 Key，获得被按下的按键；当有两个以上按键被同时按下时，通过双键互锁处理只采样优先级高的按键；通过读取连击次数计数器 RepeatCnt 计数，获取击键次数；通过读取功能键寄存器 FunctionKey，获取被按下的功能键（如 Shift、Ctrl、Alt）。

ZLG7290 可以驱动 8 个共阴数码管，其基本功能有：在每个显示刷新周期，ZLG7290 按照扫描位数寄存器 ScanNum 指定的显示位数 n，把显示缓存 DpRam0～DpRam$n$ 的内容按先后循序送入 LED 驱动器，实现动态显示。减少 n 值可提高每位显示扫描时间的占空比，以提高 LED 亮度，显示缓存中的内容不受影响。修改闪烁控制寄存器 FlashOnOff 可改变闪烁频率和占空比亮和灭的时间。

ZLG7290 提供两种控制方式：寄存器映像控制和命令解释控制。如上述对显示部分的控制，寄存器映像控制是指直接访问底层寄存器，实现基本控制功能。这些寄存器需要由字节操作。命令解释控制是指通过解释命令缓冲区 CmdBuf0～CmdBuf1 的指令，间接访问底层寄存器，实现扩展控制功能。如实现寄存器的位操作，显示缓存循环、移位、操作数译码等。

系统寄存器 SystemReg 保存 ZLG7290 的系统状态，并可对系统运行状态进行配置。有效的按键动作、普通键的单击连击和功能键状态变化，都会令系统寄存器 SystemReg 的 KeyAvi 位置 1。

ZLG7290 的 IIC 接口传输速率可达 32kbit/s，容易与处理器接口并提供键盘中断信号，提高主处理器的处理效率。

3. 矩阵键盘和数码管显示电路设计

基于 ZLG7290 的矩阵键盘和数码管显示电路连线表如表 7.48 所示。

表 7.48　ZLG7290 的扩展连接表

源 器 件	源器件引脚信号	目 标 信 号	ZLG7290	说 明
数码管位 7～0	D7C7～D0C0	D7C7～D0C0	Dig7～Dig0	数码管的位选信号
键盘列信号 3～0	KC3～KC0+330Ω	D3C3～D0C0	Dig3～Dig0	
数码管段码 a～g	3.3kΩ+SGR0～SAR6	SGR0～SAR6 DPR7	SegH～SegA	
数码管段码 dp	DPR7			
键盘行信号 3～0	二极管+SGR0～SAR2，DPR7			
S3C44B0	IICSDA+10kΩ 上拉	IICSDA	SDA	
S3C44B0	IICSCL+10kΩ 上拉	IICSCL	SCL	
S3C44B0	ExINT1+10kΩ 上拉	ExINT1	/INT	外部中断
IMP811	nRESET+驱动	SnRESET	/RES	
		4MHz 晶振	OSC1	
		4MHz 晶振	OSC2	
		V33	VCC	
		GND	GND	

ZLG7290 的接口设计如图 7.33 所示。

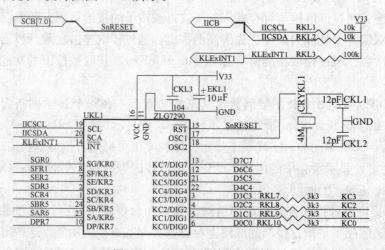

图 7.33　ZLG7290 的接口设计

ZLG7290 的矩阵键盘和数码管的扩展如图 7.34 所示。

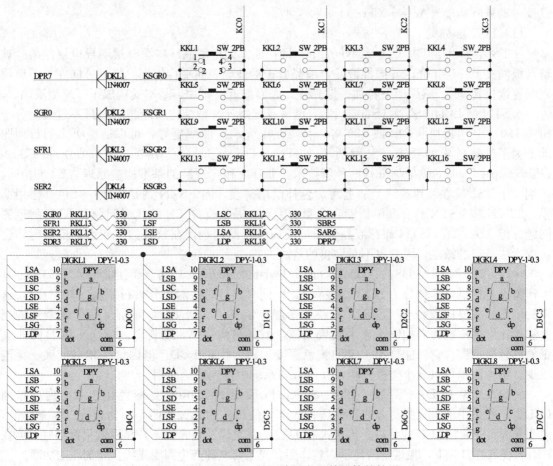

图 7.34　ZLG7290 的矩阵键盘和数码管的扩展

7.9　LCD 接口的设计

界面显示是嵌入式系统的一个重要组成部分。大量的人机交互功能都需要显示界面来完成，应用系统也会有大量的文本、图形、图像等复杂信息需要显示出来。常用的显示设备有：

LED：Light Emitting Display，发光二极管。

VFD：Vacuum Fluorescent Display，真空荧光显示屏，显示图像是固定的。

CRT：Cathode Ray Tube，阴极射线管显示器。

LCD：Liquid Crystal Display（Device），液晶屏显示器，需要背光灯。

OLED：Organic Light Emitting Display，有机发光显示器。OLED 无需背光灯，采用非常薄的有机材料涂层和玻璃基板，当有电流通过时，这些有机材料就会发光。

LCD 具有小巧灵活、分辨率高、技术成熟、纯数字方式驱动等优势，成为高端嵌入式系统的主要输出设备之一。

1. LCD 屏

LCD 属于平面显示器的一种。根据 LCD 所采用的材料构造，可把液晶分为 TN、STN、TFT 等 3 大类；根据技术原理又可细分为 TN、STN、TSTN、FSTN、DSTN、CSTN、TFT 等诸多类别；依驱动方式可分为静态驱动（Static）、单纯矩阵驱动（Simple Matrix）

以及主动矩阵驱动（Active Matrix）3 种类型。

(1) LCD 屏分类

• TN 型 LCD：TN（Twist Nematic）即扭曲向列型液晶。将涂有透明导电层的两片玻璃基板间夹上一层正介电异向性液晶，液晶分子沿玻璃表面平行排列，排列方向在上下玻璃之间连续扭转 90°。然后上下各加一偏光片，底面加上反光片，基本就构成了 TN 型液晶。

• STN 型 LCD：STN（Super TN）型液晶，跟 TN 型结构大体相同，只不过液晶分子扭曲 180°，还可以扭曲 210°或 270°等，特点是电光响应曲线更好，可以适应更多的行列驱动。为了改善色彩的要求，又发明了 TSTN（Triple Super Twisted Nematic）和 FSTN（Film Super Twisted Nematic）两种新技术。TSTN 和 FSTN 的基本构造原理与 STN 相同，差别在于 TSTN 在两片玻璃上加上两片色补偿用薄膜，而 FSTN 则是加上一片色补偿用薄膜。TSTN 和 FSTN 具有高解析度和全彩的优点，完全改善 TN 的比对问题和 STN 的色彩问题。但 TSTN 和 FSTN 却有液晶分子的反应较慢的问题，在放映数量较大的资料时，会造成无法负荷的缺点，因此也不是完善的解决方式。

• DSTN 型 LCD：DSTN（Dual Super Twisted Neumaic）是双超扭曲向列型 LCD，其工作特点是扫描屏幕被分为上下两部分，CPU 同时并行对这两部分进行刷新（双扫描），这样的刷新频率要比单扫描（STN）重绘整个屏幕快一倍。DSTN 显示屏上每个像素点的亮度和对比度因不能独立控制，显示效果欠佳，但其结构简单，功耗低。DSTN LCD 并非真正的彩色显示器，它只能显示一定的颜色深度，称为伪彩 LCD。但因价格相对低廉、耗能较少、结构简单可以减小整机体积，在嵌入式系统中得到广泛应用。

• CSTN 型 LCD：CSTN（colors Super Twisted Nematic）是彩色超扭曲向列型布列LCD。一般采用传送式照明方式，传送式屏幕要使用外加光源照明，称为背光（backlight），照明光源要安装在 LCD 的背后。传送式 LCD 在正常光线及暗光线下，显示效果都很好，但在户外，尤其在日光下，很难辨清显示内容。而背光需要电源产生照明光线，要消耗电功率。

• TFT 型 LCD：TFT（Thin Film Transistor）是簿片式晶体管 LCD（即通常所说的真彩 LCD），意即每个液晶像素点都是由集成在像素点后面的薄膜晶体管来驱动，从而可以做到高速度、高亮度、高对比度显示屏幕信息。

(2) LCD 性能指标　常用 5.7in 伪彩屏有 KCS057QV1AA-G00，KCS057QV1AA-G60，KCS057QV1AA-G01，KCS057QV1AA-G03，KCS057QV1AA-G23，LM057QC1T01，KC-S057QVIAJ-G23 等。主要技术指标如表 7.49 所示。

表 7.49　5.7in 伪彩 LCD 屏的主要技术指标

像素格式 H＊V/点：320×3×240	像素间距 H＊V/mm：0.08×3×0.29
显示屏类型：TSTN	显示方法：透光型
背光类型：1ICCF	对比度（TYP.）：30
响应速度 tr×td/ms（TYP.）：350	亮度/（cd/M2）（TYP.）：100
功耗/mW（TYP.）：1750	外型尺寸 W×H×D/mm：134×100×8.5
接口电平兼容 CMOS 电平	

2. LCD 控制器

在 PC 中，由显示卡完成信息到 LCD 屏的显示。在嵌入式系统中，如果需要把字符"A"显示到 LCD 屏上：首先，由处理器把"A"的显示点阵传输给 LCD 控制器生成数字像素流及显示控制信号；然后，再把数字像素流传输给 LCD 驱动器转换成 STN LCD 屏显示的 RGB 数据及驱动信号；最后，由 LCD 驱动器驱动 LCD 屏显示 "A"。如图 7.35 所示。

两种 LCD 显示模块：一种是带有控制器和驱动电路的 LCD 显示模块。这种 LCD 可以方便地与各种低档单片机进行接口，如 8051 系列的单片机，但是由于硬件驱动电路的存在，体积比较大。这种模式常常使用总线方式来驱动。另一种是 LCD 显示屏，

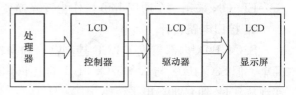

图 7.35　LCD 显示系统的框图

没有控制电路，只有驱动电路需要与外控制电路配合使用。特点是体积小，但却需要另外的控制芯片。也可以使用带有 LCD 控制器的高档 MCU 驱动。

在嵌入式处理器中，很多处理器都内嵌了一个 LCD 控制器，如果选用带驱动器的 LCD 模块，那么其 LCD 显示接口很简单。否则，需要自己设计 LCD 驱动器，甚至需要设计 LCD 控制器。例如，S3C44B0X 内部集成了 LCD 控制器，如果选用 LM057QC1T01 LCD 模块，其接口设计简单。

3. LM057QC1T01

LM057QC1T01 是每行具有 320 个像素点、共 240 行、每个像素点由 RGB（红、绿、蓝）3 种颜色组成的 STN 彩色液晶显示模块。

LM057QC1T01 引脚说明如表 7.50 所示。

表 7.50　LM057QC1T01 引脚说明

引 脚 号	符 号	名 称	描 述
LCD 接口			
1	YD	扫描启动	输入。高电平有效
2	LP	数据输入锁存	输入。下降沿有效
3	XCK	数据输入时钟	输入。下降沿有效
4	DISP	显示控制信号	输入。高电平开显示；低电平关显示
5	VDD	逻辑电平电源	
6	VSS	地	
7	VEE	LCD 驱动电源	
8～15	D7～D0	显示数据总线	Di 为高电平开像素点亮；低电平关像素点亮
背光灯			
1	VL1（GND）	地	背光灯
2	NC		
3	VL2（HV）	高电压	背光灯

YD 是帧同步信号，连接到 S3C44B0X 的 VFRAME 信号。写满整个屏的数据称为 1 个 "帧" 的数据，YD 信号启动 LCD 屏的新一帧的数据。两个 YD 脉冲之间的时间长度就称之为 "帧周期"。根据 LCD 模块的特性，帧刷新周期为 12～14ms，频率为 70～80Hz。每 1 帧中包含 240 个 LP 脉冲。

LP 为行数据输入锁存信号，连接到 S3C44B0X 的 VLINE 信号，共 240 行，该信号启动 LCD 屏新的一行数据，也就是行同步脉冲信号。每 1 行中包括 320×3/8 个 XCK 脉冲信号。

XCK 为行数据输入信号，连接到 S3C44B0X 的 VCLK 信号。也就是每一行中像素点数据传输的时钟信号；每组 8 位的数据在 XCK 的下降沿处被输入锁存。

D0～D7 是 8 位的显示数据输入信号，连接到 S3C44B0X 的 D0～D7 信号。

DISP_ON 采用一个通用 I/O 口与 LCD 模块的 DISP 信号相对应（一般情况下高电平为

开，低电平为关）。

EL_ON 采用一个通用 I/O 口作为背光逆变器的开关。

4. 接口电路设计

S3C44B0X 内部集成了 LCD 控制器，如果选用 LM057QC1T01 LCD 模块，其接口设计简单。但 S3C44B0X 与 LM057QC1T01 的电平不兼容，需要进行电平转换。选用 SN74HCT245 实现从 TTL 到 CMOS 电平转换。

主要器件有 S3C44B0X，LM057QC1T01，SN74HCT245，MAX629，电阻电容等。

MAX629 是 MAXIM 公司生产的 DC-DC 转换器，其输入电压可低至 0.8V、最高不超过 | VOUT | ，输出电压可根据外围电路参数变化，在 $-28\sim28$V 之间转换。是一种成本低廉、使用灵活、设计简单的芯片。因此可以用 5V 作为 MAX629 的输入电压，通过 DC-DC 转换获得所需的 LCD 的工作电压。

MAX629 的引脚分布与典型应用电路如图 7.36 所示。

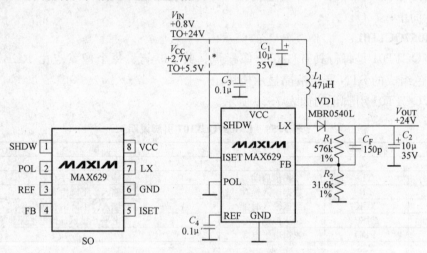

图 7.36 MAX629 的引脚分布与典型应用电路

说明：二极管 VD1 采用 1N5819 或 MBR0540L 肖特基二极管。电感采用典型值 47μH，应注意增大电感将减小流过的峰值电流，从而降低输出电流；而减小电感，又将增大流过的峰值电流导致内部电流比较器延时。

MAX629 的引脚定义如表 7.51 所示。

表 7.51 MAX629 的引脚定义

引 脚 号	符 号	功 能
1	SHDW	该引脚置低，可使 MAX629 关闭且电流仅需 1μA
2	POL	POL=GND，输出为正电压；POL=V_{CC}，输出为负电压。
3	REF	1.25V 基准电压输出，向外提供电流 I，其范围为：10μA$<I<100\mu$A
4	FB	输出电压反馈，随时检测输出电压值
5	ISET	输出电流设置：ISET=V_{CC}，$I_{max}=500$mA；ISET=GND，$I_{min}=250$mA
6	GND	芯片电源地
7	L X	内部 N 沟道 MOSFET 漏极
8	VCC	芯片电源正

基于 LM057QC1T01 的 LCD 显示接口连线表如表 7.52 所示。

表 7.52　LM057QC1T01 的 LCD 接口连线

源 器 件	源器件引脚信号	目 标 信 号	LM057QC1T01	说　明
S3C44B0X	VFRAME＋SN74HCT245	LVFRAME	YD	
S3C44B0X	VLINE＋SN74HCT245	LVLINE	LP	
S3C44B0X	VCLK＋SN74HCT245	LVCLK	XCK	
	V50＋SN74HCT245	LVM	DISP	
		V50	VDD	
		GND	VSS	
		VEE	VEE	
S3C44B0X	VD7～VD0＋SN74HCT245	LVD7～LVD0	D7～D0	

基于 LM057QC1T01 的 LCD 显示接口原理图如图 7.37 所示。

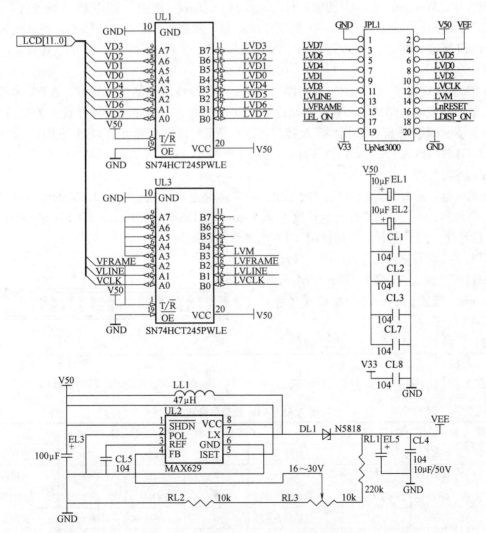

图 7.37　LM057QC1T01 的 LCD 接口原理图

7.10 CF 卡/ATA 接口的设计

在嵌入式系统应用中，越来越多的应用场合需要进行大容量的数据存储，实现大容量数据存储解决方案主要有两类。

硬盘存储方案：将硬盘挂接到嵌入式系统中，以实现大容量的数据存储。如常见的硬盘录像机、硬盘监控系统等，该方案具有功耗高、体积大、易损坏等局限性，其应用受到限制。在该方案中，需要设计开发 IDE（ATA）硬盘接口。

存储卡方案：在嵌入式系统中采用 CF 卡、SD 卡、MMC 卡等存储介质，实现大容量的数据存储。该方案具有功耗低、体积小等优点，但这些存储介质均采用插座式接入系统，因此，系统的接触可靠性低。在该方案中，如果选择 CF 卡，则需要设计 CF 卡接口。

1. ATA 接口

1986 年，Western Digital（西数）与 Compaq Computer（康柏）共同制定了硬盘连接标准，即 IDE（Integrated Drive Electronics）标准。1993 年，发表了 IDE 的 3.1 版本，使其成为了正式的 ANSI 标准，并命名为 ATA（AT Attachment）。实际上，ATA 与 IDE 具有基本相同的含义。

ATA 协议定义了 ATA 主机控制器与 ATA 存储设备之间的接口标准。ATA 为系统制造商、软件开发商、集成商和智能存储设备开发商提供了一种通用的外接设备的接口标准，硬盘、光驱、固态硬盘皆采用 ATA 接口标准。ATA 接口共推出了 7 个不同的版本：从 ATA-1（IDE）到 ATA-7（ATA 133）。

（1）主要特性

电源供电：ATA 标准不仅适用于通用的 5V 电路逻辑，也适用于 3.3V 的电路逻辑。

电平兼容：ATA 标准的电缆长度小于 46cm，除 DASP、PDIAG、IOCS16 和 SPSYNC：PSEL 信号外，几乎所有信号都使用 TTL 电平线路收发器。

ATA 的 3 种数据传送方式：PIO（Programmed I/O）模式；DMA（Direct Memory Access）模式；Ultra DMA 模式（简称 UDMA）。

（2）外特性　ATA 接口的引脚分布如图 7.38 所示。

ATA 接口引脚定义如表 7.53 所示。

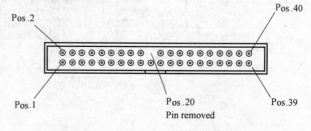

图 7.38　ATA 接口的引脚分布

表 7.53　ATA 接口引脚定义

引　脚	符　号	符号方向	描　述	引　脚	符　号	符号方向	描　述
1	RSET	I	复位	6	DD9	I/O	数据位 9
2	GND	I/O	地	7	DD5	I/O	数据位 5
3	DD7	I/O	数据位 7	8	DD10	I/O	数据位 10
4	DD8	I/O	数据位 8	9	DD4	I/O	数据位 4
5	DD6	I/O	数据位 6	10	DD11	I/O	数据位 11

（续）

引　脚	符　号	符号方向	描　述	引　脚	符　号	符号方向	描　述
11	DD3	I/O	数据位 3	28	DPSYNC：CXEL		同步电缆选择
12	DD12	I/O	数据位 12	29	DMACK/	O	DMA 应答
13	DD2	I/O	数据位 2	30	GND		地
14	DD13	I/O	数据位 13	31	INTRQ/	O	中断请求
15	DD1	I/O	数据位 1	32	IOCS16/	O	16 位 IO 片选
16	DD14	I/O	数据位 14	33	DA1	I	地址 1
17	DD0	I/O	数据位 0	34	PDIAG/	O	诊断完成
18	DD15	I/O	数据位 15	35	DA0	I	地址 0
19	GND		地	36	DA2	I	地址 2
20	N.C		未用	37	CS1FX/	I	片选 0
21	DMARQ	O	DMA 请求	38	CS3FX/	I	片选 1
22	GND		地	39	DASP/	O	驱动器工作指示
23	DIOW/	I	写选通	40	GND		地
24	GND		地	41	+3.3V		电源
25	DIOR/	I	读选通	42	-3.3V		电源
26	GND		地	43	GND		地
27	IORDY	O	通道就绪	44	Reserved		保留

说明：

• CSEL：当一条排线上有两个设备时，通过该信号来确定某存储设备为设备 0（主设备）或设备 1（从设备）。

• PDIAG-/CBLID-：当一条排线上有两个设备时，设备 1 通知设备 0，设备 1 已经检测通过，该引脚也用于确定是否有 80 芯的排线连接到接口上。

ATA 接口的驱动方式如表 7.54 所示。

表 7.54　ATA 接口的驱动方式

信　号	主机端	设备端
DIOR-：HDMARDY-：HSTROBE	22 ohm	82 ohm
DIOW-：STOP	22 ohm	82 ohm
CS0-，CS1-	33 ohm	82 ohm
DA0，DA1，DA2	33 ohm	82 ohm
DMACK-	22 ohm	82 ohm
DD15 through DD0	33 ohm	33 ohm
DMARQ	82 ohm	22 ohm
INTRQ	82 ohm	22 ohm
IORDY：DDMARDY-：DSTROBE	82 ohm	22 ohm
RESET-	33 ohm	82 ohm

ATA 寄存器：ATA 控制器中有命令寄存器和控制寄存器两组寄存器。ATA 接口的数据总线是 16 位，地址映射在主机的 I/O 空间。主机通过对接口内的两组寄存器操作而完成 " 海量存储"。这些寄存器仅由两根片选/CS1FX、/CS3FX 和 3 根地址线（A2A1A0）来寻址。命令寄存器组被用来接受命令和传送数据，用 CS1FX/信号选择，地址范围是 1F0H～1F7H；控制寄存器组用作磁盘控制，用 CS3FX/信号选择，地址范围是 3F0H～3F7H。如表 7.55 所示。

表 7.55　寄存器地址译码

信　　　号					地　　址
CS1FX	CS3FX	A2	A1	A0	
1	0	0	0	0	1F0
1	0	0	0	1	1F1
1	0	0	1	0	1F2
1	0	0	1	1	1F3
1	0	1	0	0	1F4
1	0	1	0	1	1F5
1	0	1	1	0	1F6
1	0	1	1	1	1F7
0	1	1	1	0	3F6
0	1	1	1	1	3F7
0	1	*	*	*	未用

说明：在 ATA 标准中是以寄存器的方式传送数据、命令和地址。在这些寄存器中，除数据寄存器为 16 位以外，其他寄存器均为 8 位。

2. CF 协议

1994 年，美国 SanDisk 公司推出了 CF 卡（ComPact Falsh Card），并制定了相关规范；1995 年成立了 CF 卡协会（CFA）。CF 卡是一种固态产品，也就是工作时没有运动部件。CF 卡采用闪存（flash）技术，是一种稳定的存储解决方案。

（1）主要特性　CF 卡同时支持 3.3V 和 5V 的电压，任何一张 CF 卡都可以在这两种电压下工作，这使得它具有广阔的使用范围。

CF 卡分为 I 型和 II 型，两种类型的区别在于存储介质不同，CFI 是属于闪存类别，而 CFII 是属于硬盘装置。CF 卡采用 50 针的连接器。连接器为 43mm 宽，外壳的深度是 36mm，厚度分 3.3mm（CF I）和 5mm（CF II）。CF 卡可写数据 100 万次，信息可保存 100 年以上。

CF 卡规范已经从 CF1.0 发展到 CF4.1，典型速度从 16MB/s 提高到 133MB/s。CF 卡把 Flash 存贮模块与控制器结合在一起，使其外部设备变得比较简单，而且不同的 CF 卡都可以用单一的设备来读写，具有良好的兼容性。CF 卡内部控制器的设计完全模拟硬盘，类似标准的 ATA/IDE 接口。CF 卡是 COMS 电平。

（2）CF 卡工作原理　CF 卡内集成控制器、Flash Memory 阵列和读写缓冲区。内置的智能控制器，使外围电路设计大大简化，而且完全符合 PC 内存卡的国际联合会 PCMCIA

（Personal Computer Memory Card International Association）和 ATA（Advanced Technology Attachment）接口规范。控制器的作用是协议转换，即将对 Flash Memory 的读写转化成了对控制器的访问，这样不同的 CF 卡都能用单一的机构来读写，而不用担心兼容性问题。CF 卡的缓冲区结构，使得外部设备和 CF 卡通信的同时，CF 卡的片内控制器能对 Flash 进行读写。这种设计能增加 CF 卡数据读写的可靠性，同时提高数据传输速率。

CF 卡支持多种接口访问模式，有符合 PCMCIA 规范的 Memory Mapped 模式（PC Card Memory 模式）和 I/O Card 模式（PC Card I/O 模式）以及符合 ATA 规范的 True IDE 模式。上电时，OE（9 脚）为低电平，CF 卡进入 True IDE 模式，此时引脚 OE 也叫 nATA_SEL；上电时，OE（9 脚）为高电平，CF 卡进入 PCMCIA 模式，即 Memory Mapped 模式或 I/O Card 模式，此时可通过修改设置选项寄存器进入相应的模式。

在 PC Card Memory 模式、PC Card I/O 模式以及 True IDE 模式 3 种模式中，在 True IDE 模式下，CF 卡与主机通信的信号最少、硬件接口最简单、软件易于实现。

CF 卡具备运行（active）、闲置（idle）、待机（standby）、睡眠（sleep）4 种工作状态，有 ECC 自动纠错及自动省电功能。

CF 卡扇区寻址有两种方式：

• 物理寻址方式（CHS）：物理寻址方式使用柱面、磁头和扇区号表示一个特定的扇区，起始扇区是 0 磁道（0 柱面）、0 磁头、1 扇区，接着是 2 扇区，一直到 EOF 扇区；接下来是同一柱面 1 磁头、1 扇区等。

• 逻辑寻址方式（LBA）：逻辑寻址方式将整个 CF 卡统一寻址。逻辑块地址和物理地址的关系为：LBA 地址＝（柱面号×磁头数＋磁头号）×扇区数＋扇区数－1。

CF 卡没有机械结构，因此 CF 卡的扇区寻址适宜采用逻辑寻址方式。逻辑寻址方式没有磁头和磁道的转换操作，因此在访问连续扇区时，操作速度比物理寻址方式快得多。

对于 CF 卡的操作，如读/写，其实就是对 CF 卡控制器的寄存器进行操作。所以，必须对 CF 卡的寄存器十分熟悉。这些寄存器统称为任务文件（task file）寄存器：

• 数据寄存器（读/写），用于 CF 卡的读写。主机通过该寄存器向 CF 卡的数据缓冲器写或从 CF 卡数据缓冲器读数据。

• 错误寄存器（Read）和特性寄存器（Write）：在读操作时，此寄存器为错误寄存器，用于指明错误的原因；写操作时，此寄存器为特性寄存器。

• 扇区数寄存器（读/写）：用来记录读、写扇区的数目。

• 扇区号寄存器（读/写）：用来记录读、写和校验命令指定的起始扇区号或逻辑块地址 LBA. BIT7：0。

对于 CF 卡的操作：

• 柱面号寄存器（读/写）：用来记录读、写、校验和寻址命令指定的柱面号或 LBA.BIT23：8。

• 驱动器/磁头寄存器（读/写）：记录读、写、校验和寻道命令指定的驱动器号、磁头号或 LBA.BIT27：24，其中 BIT6（LBA）用来设置 CF 卡扇区的寻址方式（LBA＝0，采用 CHS 模式；LBA＝1，采用 LBA 模式）。

• 状态寄存器（读）和命令寄存器（读/写）：读操作时，该寄存器是状态寄存器，指示 CF 卡控制器执行命令后的状态，读状态寄存器则返回 CF 卡的当前状态；写操作时，该寄存器是命令寄存器，接收主机发送给 CF 卡的控制命令。

（3）外特性　CF 卡接口结构如图 7.39 所示。

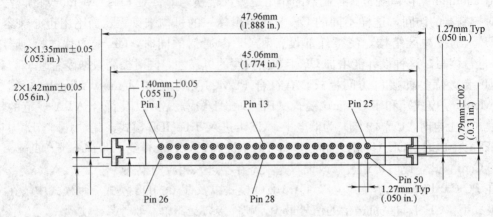

图 7.39　CF 卡接口结构

CF 卡接口引脚定义（True IDE Mode）如表 7.56 所示。

在开发板的设计中，CF 卡接口使用了 True IDE 模式，表 7.56 中只给出了 True IDE 模式的信号定义。

表 7.56　CF 卡接口引脚定义

引　脚	符　号	说　明
1	GND	地
	D00-D15 [注]	在 True IDE 模式，所有的数据传输使用 16 位的 D00～D15，所有的寄存器使用 8 位的 D00～D07
2-6	D3-D7	数据总线 D3～D7
7	/CS0	输入，低电平有效。在 True IDE 模式，/CS0 是寄存器文件的片选，/CS2 是用于选择交替状态寄存器或设备控制寄存器
8	A10	地址总线 A10
9	/ATA_SEL	输入，低电平有效。使能 True IDE 模式，在主机端被接地
10-12	A9-A7	地址总线 A9～A7
13	VCC	电源 5V
14-20	A6-0	地址总线 A6～A0
	A [2：0]	在 True IDE 模式，只是用了 A [2：0]，其他的地址线在主机端被接地，用 A [2：0] 寻址 8 个寄存器
21-23	D0-D2	数据总线 D0～D2
24	/IOIS16	输出，低电平有效。在 True IDE 模式，该信号输出低电平表征一个 16 位的数据传输
25	/CD2	输入，低电平有效。卡检测信号 2
26	/CD1	输入，低电平有效。卡检测信号 1
	/CD1/CD2	输入，低电平有效。在 CF 卡中/CD1、/CD2 被接地，以便主机判断 CF 卡是否完全插入
27-31	D11-D15	数据总线 D11～D15

（续）

引　脚	符　　号	说　　明
32	/CS1	输入，低电平有效。在 True IDE 模式，/CS0 是寄存器文件的片选，/CS2 是用于选择交替状态寄存器或设备控制寄存器
33	/VS1	输入，低电平有效。/VS1 是电压感知信号。当 CF 卡或 CF＋卡使用 3.3V 电压时，/VS1 被接地。/VS2 被 PCMCIA 保留
34	/IORD	输入，低电平有效。在 True IDE 模式，非 Ultra DMA 模式，/IORD 是主机产生的 I/O 读选通信号。由/IORD 控制 CF 卡或 CF＋卡的 I/O 数据的读取
35	/IOWR	输入，低电平有效。在 True IDE 模式，非 Ultra DMA 模式，/IOWR 是主机产生的 I/O 写选通信号。由/IOWR 控制 I/O 数据写入 CF 卡或 CF＋卡的寄存器
36	/WE	输入，低电平有效。在 True IDE 模式，/WE 不被使用，被主机接 VCC
37	IREQ	输入，高电平有效。在 True IDE 模式，IREQ 用高电平向主机提出中断请求
38	VCC	电源 5V
39	CSEL	输入。内部上拉。在 True IDE 模式，CSEL 指示该设备被配置为主设备还是从设备：CSEL＝0 表示该设备被配置为主设备；CSEL＝1 或开路表示该设备被配置为从设备
40	/VS2	输入，低电平有效。电压感知信号。/VS1 已被接地，表示 CF 卡或 CF＋卡已使用 3.3V 电压。/VS2 被 PCMCIA 保留
41	/RESET	输入，低电平有效。在 True IDE 模式，/RESET 是硬件复位信号，由主机产生低电平
42	IORDY	输出，高电平有效。在 True IDE 模式，IORDY 是 IORDY 信号
43	/INPACK	输出，低电平有效。在 True IDE 模式，/INPACK 没有被使用并且没有与主机连接。
44	/REG	输入，低电平有效。在 True IDE 模式，/REG 没有被使用并且被主机连接到 VCC
45	nDASP	输入/输出。在 True IDE 模式，nDASP 为输入时，是主/从握手协议中的主/从盘的指示信号。nDASP 为输出时，是工作状态指示 LED 的驱动
46	nPDIAG	输入/输出。在 True IDE 模式，nPDIAG 是主/从握手协议中的后诊断信号
47-49	D8-D10	数据总线 D8～D10
50	GND	地

3. CF 卡/ATA 接口电路设计

在 True IDE 模式下，CF 卡接口与 ATA 接口是兼容的，ATA 接口是 CF 卡接口的子集。因此，可以先设计 CF 卡接口，然后再引出 ATA 接口。另外，ATA 接口仍然是 ISA 总线设备，因此需要注意其 ISA 总线的性能特征。如在 ISA 总线中，没有片选信号，由 A10～A0 直接给出了 I/O 口地址。

CF 卡接口与 ATA 接口连线表如表 7.57 所示。

表 7.57　CF 卡接口与 ATA 接口连线表

源　器　件	源器件引脚信号	目标信号	CF 卡	ATA	说　　明
S3C44B0X	DATA [15..0] ＋缓冲器	SD15-SD0	D15-D0	DD15-DD0	数据总线
		GND	A10～A8		
S3C44B0X	ADDR [24..0] ＋驱动器	SA7		/CS1	选择控制寄存器
S3C44B0X	ADDR [24..0] ＋驱动器	SA6		/CS0	选择数据寄存器

（续）

源 器 件	源器件引脚信号	目标信号	CF 卡	ATA	说 明
S3C44B0X	ADDR [24..0] ＋驱动器	SA5	/CS1		选择控制寄存器
S3C44B0X	ADDR [24..0] ＋驱动器	SA4	/CS0		选择数据寄存器
S3C44B0X	ADDR [24..0] ＋驱动器	SA3-SA1	A2～A0	DA2-DA0	偏移：0x0～0x7
S3C44B0X	SnOE OR SnGCS4	CAnOE	/IORD	/DIORD	基地址为 0x08000000
S3C44B0X	SnWE OR SnGCS4	CAnWE	/IOWR	/DIOWR	基地址为 0x08000000
S3C44B0X	SExINT4	CAExINT4	IREQ	INTRQ	中断请求
IMP811	nRESET＋驱动器	SnRESET	nRESET	nRESET	低电平复位信号
S3C44B0X	驱动器＋CAnWAIT	CAnWAIT	IORDY	IORDY	高电平表示 CF 卡/ATA 准备好
		GND		CSEL	低电平，设定 ATA 为主设备
	到 V33 或 GND 跳线	CAnMST	CSEL		配置 CF 卡设备：0＝主，1＝从
		330＋LED		nDASP	指示 ATA 正在工作
		330＋LED	nDASP		指示 CF 卡正在工作
		GND	/ATA_SEL		使能 True IDE 模式
		GND	/IOIS16		表示 16bit 操作
		GND	/CD2		CFII 卡完整插入的检测信号
		GND	/CD1		CFI 卡完整插入的检测信号
		GND	/VS1		GND，表示 CF 卡工作于 3.3V
		V33	/WE		True IDE 模式无效，接 V33
		V33	/REG		True IDE 模式无效，接 V33
		V33	VCC		
		GND	GND		

说明：没有在表中列出的信号，表示都没有连接。

CF 卡接口与 ATA 接口的地址分配如表 7.58 所示。

表 7.58 CF 卡接口与 ATA 接口的地址分配

	片 选	地 址											说 明	
	SnGCS4	SA10	SA9	SA8	SA7	SA6	SA5	SA4	SA3	SA2	SA1	SA0	地址范围	寄存器选则
CF 卡	0x08000000	0	0	0	0	0	0	1	0	0	0	0	0x08000010	选择控制寄存器
		0	0	0	0	0	0	1	1	1	1	1	0x0800001F	
		0	0	0	0	0	1	0	0	0	0	0	0x08000020	选择数据寄存器
		0	0	0	0	0	1	0	1	1	1	1	0x0800002F	
ATA		0	0	0	0	1	0	0	0	0	0	0	0x08000040	选择控制寄存器
		0	0	0	0	1	0	0	1	1	1	1	0x0800004F	
		0	0	0	1	0	0	0	0	0	0	0	0x08000080	选择数据寄存器
		0	0	0	1	0	0	0	1	1	1	1	0x0800008F	

CF 卡接口与 ATA 接口电路原理图如图 7.40 所示。

器件：CF 卡卡座、ATA 硬盘插口，74HC32。

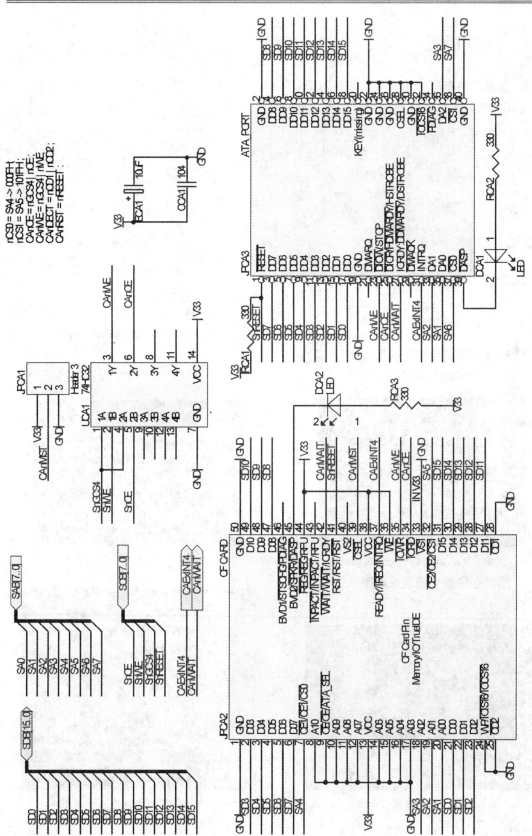

图 7.40　CF 卡接口与 ATA 接口电路原理图

7.11　PCB 板图

1. 顶层元件布局图和低层元件布局图

如图 7.41 和图 7.42 所示。

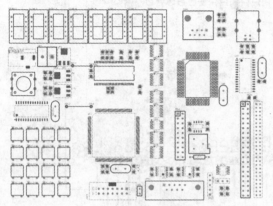

图 7.41　开发板的顶层布局图

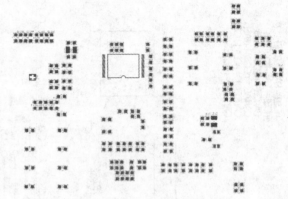

图 7.42　开发板的底层布局图

2. 完整板图和完整布线图

如图 7.43 和图 7.44 所示。

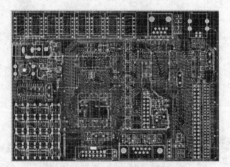

图 7.43　开发板的完整板图

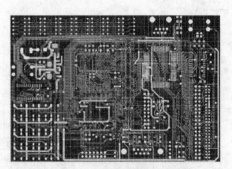

图 7.44　开发板的完整布线图

3. 顶层布线图和低层布线图

如图 7.45 和图 7.46 所示。

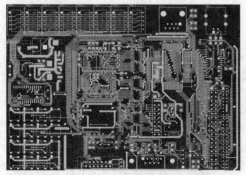

图 7.45　开发板的顶层布线图

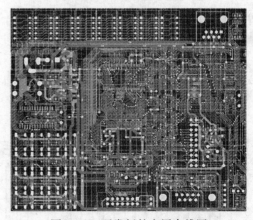

图 7.46　开发板的底层布线图

第 8 章　基于 S3C44B0X 的软件系统开发

在 PC 的启动过程中，PC 需要经过上电、处理器复位、自动执行第一段程序 BIOS、自举加载操作系统（包括操作系统内核和驱动程序）、运行用户应用软件等。嵌入式系统的启动过程与 PC 类似。

本章主要讲述基于 S3C44B0X 的嵌入式系统的软件系统设计与开发技术。主要包括 BootLoader 的设计、μC/OS-II 的移植。BootLoader 包括两方面含义：Boot-引导系统，Loader-加载操作系统等。

8.1　BootLoader 技术

在嵌入式系统中，启动加载程序 BootLoader 类似于 PC 的 BIOS，其作用就是初始化硬件、让系统运行起来。读者比较熟悉 BIOS，因此可与 BIOS 类比介绍 BootLoader。

8.1.1　BIOS 技术

PC 加电后所执行的第一段程序是 BIOS，第一条指令的地址是 0xFFFF0。BIOS 固件是 PC 中的关键部件，其中包括基本输入/输出程序、系统信息设置、开机上电自检程序和系统启动自举程序。BIOS 与系统硬件密切相关，BIOS 技术被控制在少量计算机厂商以及 BIOS 开发商手中。BIOS 是 PC 中最基础的系统，一块主板的性能很大程度上取决于板上的 BIOS 的合理性和先进性。

1. BIOS 中断例程

BIOS 中断服务程序是微机系统软、硬件之间的一个可编程接口，用于程序软件功能与微机硬件实现的衔接。DOS/Windows 操作系统对硬盘、光驱与键盘、显示器等外围设备的管理即建立在系统 BIOS 的基础上。程序员也可以通过对 INT5、INT10、INT13 等中断的访问直接调用 BIOS 中断例程。

2. BIOS 系统设置程序

微机部件配置信息是放在一块可读写的 CMOS RAM 芯片中的，它保存着系统 CPU、时间、软硬盘驱动器、键盘等部件的信息。关机后，系统通过一块后备电池向 CMOS 供电以保持其中的信息。如果 CMOS 中关于微机的配置信息不正确，会导致系统性能降低、部件不能识别，并由此引发一系列的软硬件故障。在 BIOS 中装有一个程序，称为"系统设置程序"，就是用来设置 CMOS RAM 中的参数的。这个程序一般在开机时按下一个或一组键（如 DEL 键）即可进入，它提供了良好的界面供用户使用。这个设置 CMOS 参数的过程，习惯上也称为"BIOS 设置"。新购的微机或新增了部件的系统，都需要进行 BIOS 设置。

3. POST 上电自检

微机接通电源后，系统将有一个对内部各个设备进行检查的过程，这是由一个通常称之为上电自检 POST（Power On Self Test）的程序来完成的，是 BIOS 的功能之一。完整的 POST

自检将包括 CPU、640KB 基本内存、1MB 以上的扩展内存、ROM、主板、CMOS 存储器、串并口、显示卡、硬盘及键盘测试。自检中若发现问题，系统将给出提示信息或鸣笛警告。

4. BIOS 系统启动自举程序

在完成 POST 自检后，BIOS 将按照系统 CMOS 设置中的启动顺序搜寻硬盘驱动器及 CDROM、网络服务器等有效的启动驱动器，读入操作系统引导记录，然后将系统控制权交给引导记录，由引导记录完成操作系统的加载和启动。

5. BIOS 对整机性能的影响

BIOS 可以算是计算机启动和操作的基石，一块主板或者说一台计算机性能优越与否，从很大程度上取决于板上的 BIOS 管理功能是否先进。形象地说，BIOS 应该是连接软件程序与硬件设备的一座"桥梁"，Pentium 以前的 BIOS 多为 EPROM（紫外可擦）芯片，上面的标签起着保护 BIOS 内容的作用。Pentium 以后的 BIOS 多采用 EEPROM（电可擦）芯片，通过跳线开关和系统配带的驱动程序盘，可以对 EEPROM 重写，方便地实现 BIOS 升级。

常见的 BIOS 芯片有 Award、AMI、Phoenix、MR 等。

8.1.2　BootLoader 的基本概念

在嵌入式系统中，系统上电后所执行的第一段程序是 BootLoader，第一条指令位于微处理器的程序计数器 PC 复位后所指向的位置。如，ARM7TDMI 复位后 PC 所指向的位置是 0x00000000；Cortex-M3 初始化后 PC 的值是 0x00000004。

BootLoader 应该具有对 ARM 板上的主要部件（如 ARM 处理器、SDRAM、Flash、串行口、以太网口、显示接口等）进行初始化操作、通过串行口或以太网口下载文件到 SDRAM、对 Flash 进行擦除与编程、加载 Flash 中的操作系统到内存等功能。事实上，可以说 BootLoader 就是仿照 BIOS 来设计的，功能上极为相似，BIOS 与 BootLoader 的对比关系见表 8.1。

表 8.1　BIOS 与 BootLoader 的对应关系

	BIOS	BootLoader
存储位置	EPROM、EEPROM、Flash 等	EEPROM、Flash
自检和初始化	CPU、内存、主板、CMOS RAM、串并口、以太网口、显示卡、硬盘、键盘测试等	CPU、SDRAM、Flash、串行口、以太网口、显示接口等
OS 位置	可移动存储设备，如硬盘、光盘、固态盘	板内固态存储器，如 Flash
加载 OS	自动加载操作系统	自动加载嵌入式操作系统
下载 OS	从移动存储介质（如光盘）上安装操作系统	通过串行口或网口下载到 SDRAM，再写入 Flash
自动升级	无	有
中断服务	BIOS 提供中断服务	无

1. BootLoader 的概念

BootLoader 主要用于完成由硬件启动到操作系统启动的过渡：初始化硬件设备、建立内存空间的映射图、建立目标机与宿主机的通信和调试通道，从而将系统的软硬件环境配置到一个合适的状态，最终完成系统内核的配置加载以及内核的引导运行等重要工作。

　　BootLoader 是底层硬件和上层应用软件之间的一个中间件，可以屏蔽底层硬件的差异，使上层应用软件的编写和移植更加方便。因此，BootLoader 严重地依赖于硬件，建立一个通用的 BootLoader 几乎是不可能的，但是可以根据具体情况进行移植。BootLoader 的设计还与嵌入式操作系统有关，不同的嵌入式操作系统的加载方法不同，因此有不同的 BootLoader。

　　在嵌入式 Linux 系统中，常用的 BootLoader 有 U-Boot、VIVI、Blob、RedBoot 和 ARMboot 等；在 WinCE 中，用的最多的就是 EBoot（Ethernet BootLoader）、SBoot（Serial BootLoader）；在 VxWorks 中，常用的 BootLoader 是 Bootrom。

　　2. BootLoader 的特点

　　U-Boot、EBoot、Bootrom 等都是成熟的、通用的 BootLoader，移植起来简单、快捷、有效，但也存在着一定的局限性。首先，它们是通用工具，在功能上要满足多种体系结构、多种硬件的需求，所以其代码量较大。但用户只需要与特定的开发板实现相关的代码，因此存在很大的冗余。其次，在使用上它们不够灵活。比如，在这些工具上添加自己的功能相对比较困难，因为必须熟悉其代码的组织关系，以及了解它的配置编译等文件。

　　在实际嵌入式产品开发中，针对自己的目标板，自己编写的 BootLoader 不但代码量小、灵活性大，而且能够充分管控系统硬件，也易于将来维护与升级。因此，需要深入分析 BootLoader 的技术流程，以指导 BootLoader 设计与实现。

　　（1）BootLoader 支持的处理器　每款 BootLoader 产品都能支持多种处理器，如 U-Boot 同时支持 ARM、MIPS、PowerPC 等体系结构。BootLoader 除了依赖于处理器体系结构外，还依赖于具体的嵌入式板级设备的配置。也就是说，基于同一种 CPU 而构建的两块不同的嵌入式目标板，要想让运行在一块板子上的 BootLoader 程序能运行在另一块板子上，也必须修改 BootLoader 的源程序。

　　（2）BootLoader 的安装介质　处理器的第一条指令地址都是固定的（如 ARM7TDMI 是 0x00000000）。基于处理器构建的嵌入式系统都会把固态存储设备（比如 ROM、EEP-ROM 或 Flash 等）映射到这个固定的地址上，并由此地址开始预存 BootLoader 程序。因此，系统加电后，处理器将首先执行 BootLoader 程序。如图 8.1 是一个同时装有 BootLoader、内核的启动参数、内核映像和根文件系统映像的固态存储设备的典型空间分配结构图。

Boot Loader	启动 参数	OS 内核	Root 文件系统

图 8.1　固态存储设备的典型空间分配结构

　　（3）BootLoader 的控制机制　目标机和宿主机之间一般通过串行口建立连接，目标机连接到宿主机的超级终端。BootLoader 软件在执行时，通常会通过串行口来进行 I/O 操作。比如：输出打印信息到超级终端、从串行口读取用户控制字符等。

　　（4）BootLoader 的启动过程　BootLoader 的启动过程分单阶段（Single-Stage）和多阶段（Multi-Stage）两种。多阶段的 BootLoader 能提供更为复杂的功能，以及更好的可移植性。从固态存储设备上启动的 BootLoader 大多都是 2 阶段的启动过程：称为 Stage1 和 Stage2 两阶段。

　　（5）BootLoader 的操作模式　大多数 BootLoader 都包含两种不同的操作模式："启动加载"模式和"下载"模式，这种区分仅对于开发人员有意义。从最终用户的角度看，

BootLoader 的作用就是用来初始化硬件、加载操作系统，并不存在所谓的启动加载模式与下载工作模式的区别。

•启动加载（Boot Loading）模式：这种模式也称为自主（Autonomous）模式。Boot-Loader 从目标机上的某个固态存储设备上将操作系统加载到 RAM 中运行，整个过程无需用户介入。该模式是 BootLoader 的正常工作模式，在嵌入式产品发布的时候，BootLoader 必须能够工作在该模式下。

•下载（Down Loading）模式：在这种模式下，目标机上的 BootLoader 将通过串行口或网络等通信手段从宿主机下载文件到目标机。比如，下载内核映像和根文件系统映像等。从宿主机下载的文件通常先被 BootLoader 保存到目标机的 RAM 中，然后再被 BootLoader 写到目标机上的 Flash 类固态存储设备中。该模式通常在第一次安装内核与根文件系统时被使用，系统升级更新也会运行该模式。工作于该模式下的 BootLoader 通常都须向终端用户提供一个简单的命令行接口。

像 Blob、U-Boot 等功能强大的 BootLoader 都同时支持这两种工作模式，而且允许用户在这两种工作模式之间进行切换。比如，Blob 在启动时处于正常的启动加载模式，但是它会延时 10s 等待终端用户按下任意键而将 Blob 切换到下载模式。如果在 10s 内没有用户按键，则 Blob 继续启动 Linux 内核。

（6）BootLoader 与宿主机之间的通信　通常，BootLoader 必须通过仿真工具（如 JTAG 接口）下载到目标机的固态存储器；之后，目标机上的 BootLoader 通过串行口与宿主机之间进行文件传输；进一步调通网口，通过以太网与宿主机之间进行通信，并借助 TFTP 协议来下载文件。

8.1.3　基于 Linux 的 BootLoader 的基本原理

在嵌入式系统中，BootLoader、操作系统内核映像与根文件系统映像都存储于固态存储器中，并且可以直接从 Flash 中运行。但从 Flash 运行的速度慢，通常都会将操作系统内核映像与根文件系统映像加载到 RAM 中运行。从操作系统的角度看，BootLoader 的总目标就是正确地调用内核来执行。

在 BootLoader 的两个阶段中，Stage1 是依赖于体系结构的代码，比如设备初始化代码等，而且大部分都必须用汇编语言来实现；Stage2 通常是用 C 语言来实现的，以便于实现更复杂的功能和取得更好的代码可读性和可移植性。

BootLoader 的 Stage1 和 Stage2 的运行步骤对比，见表 8.2。

表 8.2　Stage1 和 Stage2 的运行步骤对比

阶段	Stage1	Stage2
步骤 1	基本硬件设备初始化	初始化本阶段要使用的硬件设备
步骤 2	为 Stage2 准备 RAM 空间	检测系统内存映射（Memory Map）
步骤 3	复制 Stage2 到 RAM 空间中	将 Kernel 映像和根文件系统映像从 Flash 上读到 RAM 空间中
步骤 4	设置好堆栈	为内存设置启动参数
步骤 5	跳转到 Stage2 的 C 入口地点	调用内核

1. Stage1

Stage1 从硬件初始化到 Stage2 运行，其主要任务是建立一个基本的运行坏境。

（1）基本的硬件初始化　Stage1 初始化硬件环境时，通常包括以下步骤：

• 关闭系统的中断：中断提供服务是 OS 设备驱动程序的任务，因此在 BootLoader 的运行过程中可以关闭中断。中断屏蔽可以通过写 CPU 的中断屏蔽寄存器或状态寄存器（如 ARM 的 CPSR 寄存器）来完成。

• 设定系统的运行频率：包括使用外部晶振、设置 CPU 频率、设置总线频率、设置外部设备所采用的频率等。

• 初始化系统的内存：通过设置内存控制器的特殊功能寄存器来初始化内存，包括内存的相关参数、刷新频率等。

• 关闭指令 Cache、数据 Cache 和看门狗。

• 显示启动信息：最简单的是通过 GPIO 来驱动 LED，显示系统的运行状态是否正常；一般向串口打印 BootLoader 的启动信息等。

（2）设置异常中断的入口程序　嵌入式系统中，其异常中断矢量是固定的。对于 ARM 处理器，当某一异常中断发生时，CPU 直接跳转到由 0x00000000 开始、间隔为 4B 的某一个固定地址，并从该地址进入异常中断服务程序。比如，当发生一个 IRQ 中断时，就会自动跳转到 0x00000018 开始的 4B 空间，此处的 4B 只能存放一条用户跳转指令。假如此处存放了用户编写的一条跳转到 0x0C010000 处的指令，那么 0x0C010000 地址才是 IRQ 中断的真正服务程序入口。

（3）设置系统堆栈　可以为系统、用户、中断等每一种模式都定义堆栈，但一般使用 3 个栈：IRQ 中断模式下的堆栈、系统模式下的堆栈（系统模式下和用户模式共享寄存器和内存空间，这主要是为了简单）、管理模式下的堆栈。设置栈的目的主要是为了进行函数调用和局部变量的存放。

（4）为 Stage2 准备 RAM 空间　为了获得更快的运行速度，通常把 Stage2 加载到 RAM 空间中来执行，因此必须为加载 Stage2 准备好一段可用的 RAM 空间范围。

由于 Stage2 通常是 C 语言执行代码，因此在计算空间大小时，除了 Stage2 可执行映像的大小外，还必须把堆栈空间也计算进来。此外，空间大小应该是内存分页（通常 4KB/页）的倍数。一般而言，1MB 的 RAM 空间就足够了，具体的地址范围可以任意安排，比如 Blob 就将 Stage2 可执行映像安排到从系统 RAM 起始地址 0xc02000000 开始的 1MB 空间内执行。但是，将 Stage2 安排到整个 RAM 空间的最顶 1MB（即（RamEnd－1MB＋1）～ RamEnd）是一种值得推荐的方法。为了后面的叙述方便，作如下假设：

把所安排的 RAM 空间范围的大小记为：Stage2 _ size；把起始地址和终止地址分别记为：Stage2 _ start 和 Stage2 _ end（这两个地址均以 4B 边界对齐）。因此：Stage2 _ end＝ Stage2 _ start＋Stage2 _ size。

另外，还必须确保所安排的地址范围是可读写的 RAM 空间，因此，必须对所安排的地址范围进行测试。具体的测试方法可以采用类似于 Blob 的方法，即以内存分页为被测试单位，测试每个内存分页开始的两个字是否是可读写的。为了后面叙述的方便，记这个检测算法为：test _ mempage()，其具体步骤如下：

• 先保存内存分页开始两个字的内容。

• 向这两个字中写入数字：第一个字写入 0x5A5A5A5A，第二个字写入 0xA5A5A5A5。

• 立即将这两个字的内容读回。读到的内容应该是 0x5A5A5A5A 和 0xA5A5A5A5。如果不是，则说明这个内存分页所占据的地址范围不是一段有效的 RAM 空间。

• 恢复这两个字的原始内容。该页测试完毕。

为了得到一段干净的 RAM 空间范围，也可以将所安排的 RAM 空间范围进行清零操作。

（5）复制 Stage2 到 RAM　存储 Boot-Loader 的 Flash 是线性空间，读取方法与 RAM 相同。复制时要确定两点：Stage2 的可执行映像在固态存储设备的存放起始地址和终止地址；RAM 空间的起始地址。

（6）设置堆栈指针 SP　堆栈指针的设置是为执行 C 代码作好准备。通常可以把 SP 的值设置为（Stage2_end-4），也即 1MB 的 RAM 空间的最顶端（FD 栈）。经过上述这些执行步骤后，系统的物理内存布局应该如图 8.2 所示。

（7）跳转到 Stage2 的 C 入口　在完成上述工作后，就可以跳转到 Stage2 去执行了。比如，在 ARM 系统中，可以通过修改 PC 寄存器的地址来实现。

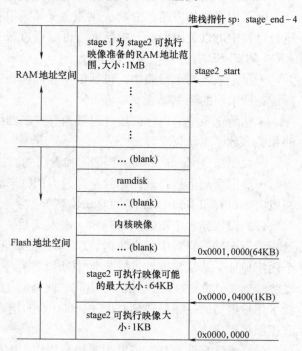

图 8.2　Stage2 可执行映像被复制到 RAM 空间时内存的布局

2. Stage2

Stage2 的代码是用 C 语言来实现的，但是在编译和链接 BootLoader 这样的程序时，用户不能使用 glibc 库中的函数。这就带来一个问题，从哪里跳转进 main() 函数呢？直接把 main() 函数的起始地址作为 Stage2 执行映像的入口点是最直接的方法，但是这样做有两个缺点：一是无法通过 main() 函数传递函数参数；二是无法处理 main() 函数返回的情况。一种更为巧妙的方法是利用 trampoline 的概念：用汇编语言写一段 trampoline 程序，并将这段 trampoline 小程序来作为 Stage2 可执行映像的执行入口点。然后可以在 trampoline 汇编小程序中用 CPU 跳转指令跳入 main() 函数中去执行；而当 main() 函数返回时，CPU 的执行路径显然是再次回到 trampoline 程序。简而言之，这种方法的思想就是：用这段 trampoline 小程序来作为 main() 函数的外部包裹（External Wrapper）。下面给出一个简单的 trampoline 程序示例（Blob）：

```
EXPORT _trampoline          //_trampoline 可被其他文件引用
_trampoline：
    bl      main
    b       _trampoline
```

可以看出，当 main() 函数返回后，又用一条跳转指令重新执行 _trampoline 程序，当然也就重新执行 main( )函数，这也就是 trampoline（弹簧床）的含义。Stage2 有如下几方面工作。

（1）初始化本阶段使用到的硬件设备　通常包括：初始化至少一个串口，以便和终端进行 I/O 输出信息；初始化计时器等。在初始化这些设备之前，也可以重新把 LED 灯点亮，以表明已经进入 main( )函数执行。设备初始化完成后，可以输出一些打印信息，程序名字字符串、版本号等。

（2）再检测系统的内存映射　所谓内存映射（Memory Map）就是指在整个 4GB 物理地址空间中有哪些地址范围被分配用来寻址系统的 RAM 单元。在 S3C44B0X 中，0x0C000000～0x10000000 之间的 64MB 地址空间被用作系统的 RAM 地址空间。虽然 CPU 通常预留出一大段足够的地址空间给系统 RAM，但是在构建具体的嵌入式系统时却不一定会实现 CPU 预留的全部 RAM 地址空间。也就是说，具体的嵌入式系统往往只把 CPU 预留的全部 RAM 地址空间中的一部分映射到 RAM 单元上，而让剩下的那部分预留 RAM 地址空间处于未使用状态。因此，Stage2 必须在运行之前检测整个系统的内存映射情况，也即它必须知道 CPU 预留的全部 RAM 地址空间中的哪些被真正映射到 RAM 地址单元，哪些是处于"unused"状态的。

- 内存映射的描述。可以用如下数据结构来描述 RAM 地址空间中的一段连续地址范围：

```
typedef struct memory_area_struct {        /*描述存储空间的数据结构        */
    u32 start;                             /*存储区域的基地址              */
    u32 size;                              /*存储区域的字节大小            */
    int used;                              /*存储区域的状态                */
} memory_area_t;
```

这段 RAM 地址空间中的连续地址范围可以处于两种状态之一：used＝1，说明这段连续的地址范围已被实现，即真正被映射到 RAM 单元上了。used＝0，说明这段连续的地址范围并未被系统实现，处于未使用状态。基于 memory_area_t 数据结构，CPU 预留的 RAM 地址空间可以用一个 memory_area_t 类型的数组来表示，代码如下所示：

```
memory_area_t memory_map[NUM_MEM_AREAS]={
    [0 ... (NUM_MEM_AREAS - 1)]={
    . start=0,
    . size=0,
    . used=0
    },
};
```

- 内存映射的检测。下面是一个可用来检测整个 RAM 地址空间内存映射情况的简单而有效的算法：

```
/*数组初始化*/
for(i=0;i < NUM_MEM_AREAS;i++) memory_map[i]. used=0;   //向所有块状态写 0
for(addr=MEM_START;addr < MEM_END;addr +=PAGE_SIZE)  *(u32 *)addr=0;//向页边界写 0
for(i=0,addr=MEM_START;addr < MEM_END;addr +=PAGE_SIZE){
        //从 MEM_START＋i * PAGE_SIZE 开始,检测大小为 PAGE_SIZE 的空间是否是有效 RAM 区
        test_mempage();//调用内存检测算法
```

```
if( current memory page is not a valid ram page){  //非有效 RAM 区
    if(memory_map[i]. used)   i++;
    continue;
}
```

//当前页已经是一个有效页，但是还要判断其是否只是 4GB 地址空间中某个地址页的别名

```
if( * (u32 *)addr ！＝0){ // 别名吗？因为其页边界处已被初始化为 0
    //这个内存页是 4GB 地址空间中某个地址页的别名
    if( memory_map[i]. used ) i++;
    continue;
}
```

//当前页已经是一个有效页，而且它也不是 4GB 地址空间中某个地址页的别名

```
if(memory_map[i]. used==0){
    memory_map[i]. start=addr;
    memory_map[i]. size=PAGE_SIZE;
    memory_map[i]. used=1;
} else {
    memory_map[i]. size +=PAGE_SIZE;
}
} // end of for(…)
```

在用上述算法检测完内存映射后，可以将内存映射的详细信息打印到串行口。

（3）加载内核映像和根文件系统映像

• 规划内存布局：在规划内存布局时，主要考虑基地址和映像的大小两个方面。主要包括内核映像所占用的内存范围和根文件系统所占用的内存范围。

对于内核映像，一般将其复制到从（MEM _ START＋0x8000）地址开始的大约 1MB 大小的内存范围内（嵌入式 Linux 的内核一般都不超过 1MB）。而从 MEM _ START 到 MEM _ START＋0x8000 这段 32KB 的内存空间存放嵌入式 Linux 内核的一些全局数据结构，如启动参数和内核页表等信息。

对于根文件系统映像，一般将其复制到 MEM _ START＋0x00100000 开始的地方。如果用 Ramdisk 作为根文件系统映像，则其解压后的大小一般是 1MB。

• 从 Flash 上复制：对于 ARM 处理器，Nor Flash 和 RAM 是在统一的内存地址空间中，因此从 Nor Flash 上读取数据与从 RAM 单元中读取数据并没有什么不同。用一个简单的循环就可以完成从 Flash 上复制映像的工作：

```
while(count){
    * dest++= * src++;        /*字边界对齐        */
    count -=4;               /*计数器减一个字        */
};
```

（4）设置内核的启动参数　在将操作系统内核映像和根文件系统映像复制到 RAM 空间中后，就可以启动 Linux 内核了。但是在调用内核之前，应该设置 Linux 内核的启动参数。

Linux 2.4. x 版本以后的内核都以标记列表（tagged list）的形式来传递启动参数。启动参数标记列表以标记 ATAG_CORE 开始，以标记 ATAG_NONE 结束。每个标记由标识被传递参数的 tag_header 结构以及随后的参数值数据结构来组成。数据结构 tag 和 tag_ header 定义在 Linux 内核源码的 include/asm/setup. h 头文件中：

```
＃define ATAG _ NONE        0x00000000      / ＊ 以标记 ATAG _ NONE 结束        ＊ /
struct tag _ header {
        u32 size;          / ＊ size 是字数为单位的        ＊ /
        u32 tag;           / ＊ tag 是参数标签             ＊ /
};
……
struct tag {
        struct tag _ header hdr;
        union {
                struct tag _ core        core;
                struct tag _ mem32       mem;
                struct tag _ videotext   videotext;
                struct tag _ ramdisk     ramdisk;
                struct tag _ initrd      initrd;
                struct tag _ serialnr    serialnr;
                struct tag _ revision    revision;
                struct tag _ videolfb    videolfb;
                struct tag _ cmdline     cmdline;
                struct tag _ acorn       acorn;      / ＊ Acorn specific ＊ /
                struct tag _ memclk      memclk;
        } u;
};
```

在嵌入式 Linux 系统中，通常需要由 BootLoader 设置的启动参数有：ATAG _ CORE、ATAG _ MEM、ATAG _ CMDLINE、ATAG _ RAMDISK、ATAG _ INITRD 等。比如，设置 ATAG _ CORE 的代码如下：

```
params＝（struct tag ＊）BOOT _ PARAMS;                 // params 是一个 struct tag 类型的指针
params->hdr. tag＝ATAG _ CORE;                        //是 ATAG _ CORE 参数
params->hdr. size＝tag _ size（tag _ core）;
params->u. core. flags＝0;
params->u. core. pagesize＝0;
params->u. core. rootdev＝0;
params＝tag _ next（params）;
```

其中，params 是一个 struct tag 类型的指针，BOOT _ PARAMS 表示内核启动参数在内存中的起始基地址。宏 tag _ next()将以指向当前标记的指针为参数，计算紧临当前标记的下一个标记的起始地址。注意，内核的根文件系统所在的设备 ID 就是在这里设置的。

（5）调用内核 BootLoader 调用 Linux 内核的方法是直接跳转到内核的第一条指令处，也即直接跳转到 MEM _ START＋0x8000 地址处。

如果用 C 语言，可以像下列示例代码这样来调用内核：

```
void( ＊ theKernel)(int zero,int arch,u32 params_addr)＝(void( ＊ )(int,int,u32))KERNEL_RAM_BASE;
……
theKernel(0,ARCH_NUMBER,(u32)kernel_params_start);
```

注意，theKernel()函数调用应该永远不返回的。如果这个调用返回，则说明出错。

3. 超级终端

在 BootLoader 程序的设计与实现中，没有什么能够比从超级终端上正确地收到打印信息更令人激动的了。此外，向超级终端打印信息也是一个非常重要而又有效的调试手段。

BootLoader 的设计与实现是一个非常复杂的过程。如果不能从串口收到内核启动信息，就不能说" BootLoader 已经成功地运转起来了!"。

8.1.4 开发板的主要配置

这里讲的开发板是以 S3C44B0X 为核心，采用外部晶振频率为 6MHz、外扩 2MB 的 Flash（SST39VF160）和 8MB 的 SDRAM（HY57V641620HG）等。通过 JTAG 与 PC 的并口连接支持在线调试与程序烧写。开发板的主要配置为

* 三星 ARM7 处理器 S3C44B0X；
* 晶振为 6MHz，系统主频为 60MHz；
* 2MB 的 Flash，地址范围为 0x0000 0000～0x0020 0000；
* 8MB 的 SDRAM，地址范围为 0x0c00 0000～0x0c80 0000；
* 1 个 10MB 以太网口；
* 1 个设备 USB 口；
* 1 个 STN 的 LCD 口；
* 2 个串口，1 个 EIA 电平，1 个 TTL 电平；
* 1 个 JTAG 接口；
* 16 个数字键；
* 8 个 LED。

8.2 基于 S3C44B0X 的 BootLoader 的设计

完整的 BootLoader 包括 Stage1 和 Stage2 两个阶段。Stage1 与开发板硬件密切相关，而且是必不可少的；Stage2 更多地依赖于操作系统的类型，初学者可以先不考虑。

本节主要研究基于 ARM 体系结构、自主设计的 S3C44B0X 开发板的 Stage1 的设计技术和方法。其中，主要包括异常中断向量的建立、特殊功能寄存器的初始化、堆栈的初始化、内存初始化以及转移到主函数去执行 Stage2 程序等。本节的实例都是调试通过的完整的实例。

8.2.1 异常中断机制

S3C44B0X 具有上电复位等 7 种异常中断，其异常中断向量（EIV）分别是 0x00000000～0x0000001C，间隔为 4B 的地址。因此，每一个异常中断向量 EIV 处只能存放一条跳转类指令，并通过该跳转指令转向执行真正的异常中断服务程序（ISR）。

（1）异常中断过程　异常中断产生后，直接跳转到异常中断向量处执行异常中断服务程序。其过程如图 8.3 所示。例如，上电复位工作于管理模式 SVC，上电复位的异常中断向量为 0x00000000，在向量 0x00000000 的 4B 空间存放一条跳转指令 B ResetHandler。

图 8.3　异常中断

• 上电复位异常的响应过程：上电复位后，PC 的值被自动初始化为 0x00000000，处理器从 0x00000000 处开始执行指令 B ResetHandler，跳转到上电复位程序 ResetHandler 处执行 ISR，如图 8.4 的阴影部分所示。

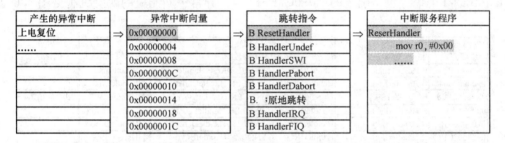

图 8.4　上电复位异常的响应过程

• SWI 中断的响应过程：SWI 产生后，PC 自动被赋值 0x00000008，执行指令 B HandlerSWI，跳转到 SWI 中断服务程序 HandlerSWI 处执行 ISR，见图 8.5。

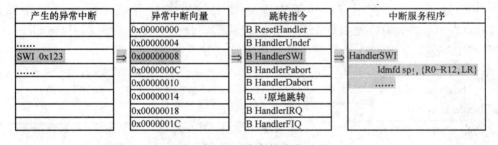

图 8.5　SWI 中断的响应过程

（2）异常中断响应的问题　异常中断向量 EIV（0x00000000～0x0000001C）被影射到了 Nor Flash 空间上，这就需要把中断服务程序 ISR 与 BootLoader 一同固化到 Nor Flash 中。因此，ResetHandler、HandlerSWI、IRQ 等 ISR 必须预先设计好，否则无法固化。实际上，ISR 无法与 BootLoader 同步设计，因此 ISR 很难与 BootLoader 同时固化到 Flash 中。

例如，以太网的 IRQ 产生后，PC 自动跳转到 0x00000018 执行 B HandlerIRQ 指令，最终跳转到固定地址 HandlerIRQ 处执行 ISR。这就要求在设计 BootLoader 时，用户也必须同步完成 HandlerIRQ 的设计，显然是不可行的。

（3）异常中断响应问题的解决　在 BootLoader 的异常中断向量 EIV 与实际异常中断服务程序地址（ISRA）之间建立一种映射机制，通过 ISRA 的动态填写来实现 EIV 的动态映射，从异常中断产生到执行到 ISR 需要进行三次跳转，常称为 3 级跳算法。基本操作过程如下（以 SWI 为例）：

- 第 1 次跳转：SWI 产生后，自动跳转到中断向量 0x00000008 执行 B HandlerSWI；
- 第 2 次跳转：执行指令 B HandlerSWI 后，跳转到标号 HandlerSWI 的中断宏；
- 第 3 次跳转：从标号 HandlerSWI 处，执行异常中断处理宏"Handler HandleSWI"，从"重定位异常中断向量表"REIVT 的 HandleSWI 处读取 SWI 的中断服务程序地址 IS-RA，并再设置到 PC 中，转向执行 SWI 的中断服务。

显然，SWI 异常中断向量 0x00000008、标号 HandlerSWI 的位置都可以是固定的，异常中断处理宏"Handler HandleSWI"实现了 SWI 的 ISRA 的动态映射，即 HandlerSWI 可重定位。HandleSWI 可以重定位在 RAM 空间中，如设置 REIVT 的首地址为 0x0C7FFF00，则 HandleSWI 的地址也是确定的（0x0C7FFF08）。异常中断响应的映射机制见图 8.6。

TDMI 中断向量	TDMI 中断服务	HANDLER 中断宏处理	REIVT 重定位EIVT	ISRA 的地址
0x00000000	B ResetHandler	ResetHandler　HANDLER ResetHandle	ResetHandle	
0x00000004	B HandlerUndef	HandlerUndef　HANDLER HandleUndef	HandleUndef	
0x00000008	**B HandlerSWI** ⇒	**HandlerSWI　HANDLER HandleSWI** ⇒	**HandleSWI**	**SWI的ISRA**
0x0000000C	B HandlerPabort	HandlerPabort　HANDLER HandlePabort	HandlePabort	
0x00000010	B HandlerDabort	HandlerDabort HANDLER HandleDabort	HandleDabort	
0x00000018	B HandlerIRQ	HandlerIRQ　　HANDLER HandleIRQ	HandleIRQ	
0x0000001C	B HandlerFIQ	HandlerFIQ　　HANDLER HandleFIQ	HandleFIQ	
BootLoader 的固定地址			用户的重定位地址	

图 8.6　异常中断响应的映射机制

（4）异常中断处理宏

- 中断处理宏——宏定义：异常中断处理宏的主要任务就是把从异常中断向量 0x00000000～0x0000001C 处执行 ISRA 转换成从重定位的异常中断向量表 0x0C7FFF00～0x0C7FFF1C 处执行 ISRA。中断响应的处理宏定义如下：

```
    MACRO   $ HandlerLabel   HANDLER   $ HandleLabel ;MACRO 宏定义开始
    ;HandlerLabel 是宏名称,如 HandlerSWI;HandleLabel 是宏参数,如 HandleSWI。
$ HandlerLabel                     ;
    sub sp,sp,#4                   ;预留一个空栈位 Resv。保存跳转地址：中断向量
    stmfd sp!,{r0}                 ;保存工作寄存器 R0，因为后面要使用 R0
    ldr r0,= $ HandleLabel         ;装载标号地址 HandleLabel 到 R0
                                   ;地址 HandleLabel 处保存着中断矢量：ISR 入口地址 ISRA
    ldr r0,[r0]                    ;装载中断矢量 ISRA 到 R0
    str r0,[sp,#4]                 ;保存中断矢量 ISRA 到空栈位 Resv（小端模式）
    ldmfd sp!,{r0,pc}              ;恢复工作寄存器到 R0，并跳转到 ISRA 执行 ISR
    MEND                           ;MEND 宏定义结束
```

- 中断处理宏——堆栈状态：中断处理宏主要通过堆栈的操作，实现地址跳转，其堆栈变化状态见表 8.3。

表 8.3　中断响应的处理宏执行过程及其堆栈状态

中断响应的处理宏执行过程		堆栈状态	
MACRO	假设堆栈为 FD 栈、初始 sp=1004，执行过程如下：	SP	堆栈内容
sub sp, sp, #4	；结果 sp=1000，保留了 1000～1003 的 4B	…	
stmfd sp!，{r0}	；修改 sp=996，保存 r0 到 996～999，假设 r0=0x11111111	1004	0x--------
ldr r0, = $ HandleLabel	；保持 sp=996，获得标号地址 HandleLabel；假设在 HandleLabel 处已经保存中断向量 0x87654321	1000	0x87654321
ldr r0, [r0]	；保持 sp=996，获得 ISR 地址 r0=0x87654321	0996	0x11111111
str r0，[sp，#4]	；保持 sp=996，把 r0 保存到 1000～1003 中	0992	0x--------
ldmfd sp!，{r0，pc}	；出栈：r0=[996]，pc=[1000]，最后 sp=1004 ；r0=0x11111111，pc=0x87654321，sp=1004	0988	…
MEND			

• 中断处理宏——SWI 宏调用与展开：HandlerSWI　HANDLER　HandleSWI　；宏调用宏展开如下：

```
HandlerSWI                       ；
    sub sp,sp,#4                 ；预留一个空栈位,保存跳转地址=中断向量
    stmfd sp!,{r0}               ；保存工作寄存器 R0
    ldr r0, = $ HandleSWI        ；装载标号地址 HandleSWI 到 R0
                                 ；标号 HandleSWI 指向中断矢量：ISP 入口地址 ISRA
    ldr r0,[r0]                  ；装载中断矢量 ISRA 到 R0
    str r0,[sp,#4]               ；保存中断矢量 ISRA 到空栈位(小端模式)
    ldmfd sp!,{r0,pc}            ；恢复工作寄存器到 R0，并跳转到 ISRA
    MEND                         ；
```

（5）异常中断向量表的共享技术　BootLoader 与用户共享重定位中断向量表 REIVT，实现中断向量 ISRA 的重定位。

• 重定位中断向量表——BootLoader 的汇编语言定义：BootLoader 的异常中断向量表是用汇编语言定义的，见表 8.4。

表 8.4　重定位中断向量表 REIVT

_ISR_STARTADDRESS	EQU	0x0C7FFF00	；重定位中断向量表 REIVT
	^	_ISR_STARTADDRESS	；^ 是 MAP，定义一个表格存放 ISRA
HandleReset	#	4	；# 是 FIELD，定义一个数据项
HandleUndef	#	4	；为中断向量保留 4 字节
HandleSWI	#	4	；与 pISR_SWI 相同地址存放 SWI 的 ISRA
HandlePabort	#	4	；
HandleDabort	#	4	
HandleReserved	#	4	
HandleIRQ	#	4	；对应 IRQ 向量中断
HandleFIQ	#	4	
HandleADC	#	4	；用于存放 ADC 服务程序的入口地址
HandleRTC	#	4	
……			

• 中断向量表——用户程序的 C 语言定义：用户程序的异常中断向量表是用 C 语言定义的，见表 8.5。

表 8.5　异常中断向量表——C 语言定义

♯ define	_ISR_STARTADDRESS	0x0C7FFF00
♯ define	pISR_RESET	(＊(unsigned＊)(_ISR_STARTADDRESS＋0x0))
♯ define	pISR_UNDEF	(＊(unsigned＊)(_ISR_STARTADDRESS＋0x4))
♯ define	pISR_SWI	(＊(unsigned＊)(_ISR_STARTADDRESS＋0x8))
♯ define	pISR_PABORT	(＊(unsigned＊)(_ISR_STARTADDRESS＋0xc))
♯ define	pISR_DABORT	(＊(unsigned＊)(_ISR_STARTADDRESS＋0x10))
♯ define	pISR_RESERVED	(＊(unsigned＊)(_ISR_STARTADDRESS＋0x14))
♯ define	pISR_IRQ	(＊(unsigned＊)(_ISR_STARTADDRESS＋0x18))
♯ define	pISR_FIQ	(＊(unsigned＊)(_ISR_STARTADDRESS＋0x1c))
♯ define	pISR_ADC	(＊(unsigned＊)(_ISR_STARTADDRESS＋0x20))
♯ define	pISR_RTC	(＊(unsigned＊)(_ISR_STARTADDRESS＋0x24))
……		

• 中断向量表——对应关系：BootLoader 汇编语言定义的 REIVT 与用户 C 语言定义的 REIVT 位于相同地址空间（0x0C7FFF00），通过在 SDRAM 建立共享的重定位向量表 REIVT、由中断处理宏实现中断服务，解决向量表的初始化问题。

• 中断向量表——用户 C 语言初始化 REIVT：建立一个初始化函数，把每个异常中断向量设置到异常中断向量表的对应位置，实现异常中断向量表的初始化，程序如下：

```
void uHALr_InterruptRequestInit()
{
        pISR_UNDEF   =   (unsigned)DebugUNDEF;
        pISR_SWI     =   (unsigned)DebugSWI;              // DebugSWI 是 SWI 的 ISRA
        pISR_PABORT  =   (unsigned)DebugABORT;
        pISR_DABORT  =   (unsigned)DebugABORT;
        //pISR_RESERVED
        pISR_IRQ     =   (unsigned)IRQ_Handler;
        pISR_FIQ     =   (unsigned)DebugFIQ;
        ……
}
```

• 中断向量表——用户 C 语言异常中断服务程序：

```
void DebugSWI(void)
{    //SWI 的 ISR
     uHALr_printf("!!! Enter SWI. %d\r\n",I_COUNT);
     while(1){
            Led_Display(0xf);
            Delay(1000);
            Led_Display(0x0);
            Delay(1000);
     }//while
}
```

异常中断向量表中的每个异常中断都必须有 ISR，但 ISR 可以为空函数。

8.2.2　Stage1 程序设计

Stage1 的主要内容包括异常中断表的设置、系统的初始化程序等。异常中断表的设置已经进行了详细介绍；系统初始化主要是通过对特殊功能寄存器的设置，实现系统硬件的初始化。

1. 初始化方法

每一个特殊功能寄存器 SFR 都必须有一个地址和一个设置值，建议使用符号常量来对 SFR 操作。假设需要对特殊功能寄存器 SFRn 进行初始化，一般格式见表 8.6。

表 8.6　特殊功能寄存器 SFR 的初始化格式

arSFRn	EQU 0x01xxxxxx	; 在 SFRn 之前添加 a 表示 0x01xxxxxx 是其地址；r 表示寄存器
crSFRn	EQU 0xnnnnnnnn	; 在 SFRn 之前添加 c 表示 0xnnnnnnnn 是其设置值；r 表示寄存器
ldr	r0, =aSFRn	; 获取 SFRn 的地址
ldr	r1, =cSFRn	; 获取 SFRn 的设置参数
str	r1, [r0]	; 设置 SFRn

S3C44B0X 内部包含存储器控制器、时钟控制器、UART、LCD 等多种模块，每个模块都有多个自己的 SFR。在设计中，为了编程方便，对各模块的特殊功能寄存器的地址符号常量和设置值符号常量按模块分类定义。然后，把为各个模块定义的符号常量文件，用 GET 伪操作包含到 FSFRCFG.S 中。程序如下：

```
;NAME：FSFRCFG.S
    GET ..\inc\FOPTION.s          ;选项参数定义
    GET ..\inc\FCPUCFG.s          ;与 CPU 相关的 SFR 参数定义
    GET ..\inc\FMEMCFG.s          ;与存储器相关的 SFR 参数定义
    GET ..\inc\FINTCFG.s          ;与中断相关的 SFR 参数定义
    GET ..\inc\FGPIOCFG.s         ;与 GPIO 相关的 SFR 参数定义
    GET ..\inc\FPLLCFG.s          ;与 PLL 相关的 SFR 参数定义
    GET ..\inc\FWTDCFG.s          ;与 WDT 相关的 SFR 参数定义
    GET ..\inc\FUARTCFG.s         ;与 UART 相关的 SFR 参数定义
                                  ;可以添加所需要的 SFR 的定义
    END
```

在 SFR 的定义文件中，需要定义地址符号常量和设置值符号常量。在 SFR 中，一般是按位进行控制的。因此，首先对 SFR 按控制位进行位值定义，然后再通过移位等操作合成为控制字（设置值）。地址符号常量的定义比较简单。存储器特殊功能寄存器定义实例如下：

```
;************************************************************************
;Define SFR address：ar=Addressing Register
;------------------------------------------------
arBWSCON      EQU    0x01C80000    ;定义 BWSCON 的地址
arBANKCON0    EQU    0x01C80004
arBANKCON1    EQU    0x01C80008
arBANKCON2    EQU    0x01C8000C
```

```
arBANKCON3      EQU      0x01C80010
arBANKCON4      EQU      0x01C80014
arBANKCON5      EQU      0x01C80018
arBANKCON6      EQU      0x01C8001C
arBANKCON7      EQU      0x01C80020
arREFRESH       EQU      0x01C80024
arBANKSIZE      EQU      0x01C80028
arMRSRB6        EQU      0x01C8002C
arMRSRB7        EQU      0x01C80030
; ***************************************************************************
; *********MEMORY CONTROL PARAMETERS ****************************************
;==========================================================
;定义 BWSCON 的控制字(设置值)
;BWSCON: CONFIG
;----------------------------------------------------------
;crBUSWIDTH=16
crBWSCON16      EQU 0x 11111012
;                       ||||||||-- Bank0=16bit BootRom(SST3GVF160),Little endian
;                       |||||||--- Bank1=16bit,no wait Expend                    :0x4
;                       ||||||---- Bank2=16bit,no wait Expend                    :0x2
;                       |||||----- Bank3=16bit,no wait Expend                    :0x6
;                       ||||------ Bank4=16bit,no wait Expend                    :0x8
;                       |||------- Bank5=16bit,no wait Expend                    :0xA
;                       ||-------- Bank6=16bit,no wait SDRAM                     :0xc
;                       |--------- Bank7=16bit NoUsed
;----------------------------------------------------------
;crBUSWIDTH=32
;crBWSCON32      EQU 0x22222224        ;Bank0=OM[1:0],Bank1~Bank7=32bit
BWS_ST7         EQU 2_0  ;[31]:0=Not using UB/LB( Pin[14:11] is dedicated nWBE[3:0])
BWS_WS7         EQU 2_0  ;[30]:0=WAIT disable,1=WAIT enable
                        ;(If bank7 has DRAM or SDRAM,WAIT function is not supported)
BWS_DW7         EQU 2_10 ;[29:28]:00=8-bit,01=16-bit,10=32-bit
;----------------------------------------------------------
BWS_ST6         EQU 2_0  ;[27]:0=Not using UB/LB( Pin[14:11] is dedicated nWBE[3:0])
BWS_WS6         EQU 2_0  ;[26]:0=WAIT disable,1=WAIT enable
BWS_DW6         EQU 2_10 ;[25:24]:00=8-bit,01=16-bit,10=32-bit
;----------------------------------------------------------
BWS_ST5         EQU 2_0  ;[23]:0=Not using UB/LB( Pin[14:11] is dedicated nWBE[3:0])
BWS_WS5         EQU 2_0  ;[22]:0=WAIT disable,1=WAIT enable
BWS_DW5         EQU 2_10 ;[21:20]:00=8-bit,01=16-bit,10=32-bit
;----------------------------------------------------------
BWS_ST4         EQU 2_0  ;[19]:0=Not using UB/LB( Pin[14:11] is dedicated nWBE[3:0])
BWS_WS4         EQU 2_0  ;[18]:0=WAIT disable,1=WAIT enable
```

```
BWS_DW4      EQU 2_10  ;[17：16]：00=8-bit,01=16-bit,10=32-bit
;-------------------------------------------------------------
BWS_ST3      EQU 2_0   ;[15]：0=Not using UB/LB( Pin[14：11] is dedicated nWBE[3：0] )
BWS_WS3      EQU 2_0   ;[14]：0=WAIT disable,1=WAIT enable
BWS_DW3      EQU 2_10  ;[13：12]：00=8-bit,01=16-bit,10=32-bit
;-------------------------------------------------------------
BWS_ST2      EQU 2_0   ;[11]：0=Not using UB/LB( Pin[14：11] is dedicated nWBE[3：0] )
BWS_WS2      EQU 2_0   ;[10]：0=WAIT disable,1=WAIT enable
BWS_DW2      EQU 2_10  ;[9：8]：00=8-bit,01=16-bit,10=32-bit
;-------------------------------------------------------------
BWS_ST1      EQU 2_0   ;[7]：0=Not using UB/LB( Pin[14：11] is dedicated nWBE[3：0] )
BWS_WS1      EQU 2_0   ;[6]：0=WAIT disable,1=WAIT enable
BWS_DW1      EQU 2_10  ;[5：4]：00=8-bit,01=16-bit,10=32-bit
;-------------------------------------------------------------
BWS_DW0      EQU 2_10  ;[2：1]：Indicates data bus width for bank 0(read only)
                       ;00=8-bit,01=16-bit,10=32-bit
                       ;The states are selected by OM[1：0] pins
BWS_ENDIAN EQU 2_0     ;[0]：Indicates endian mode(read only)
                       ;0=Little endian,1=Big endian
                       ;The states are selected by ENDIAN pins
;-------------------------------------------------------------
crBWSCON32   EQU       (((BWS_ST7<<31)+(BWS_WS7<<30)+(BWS_DW7<<28))+\
                       ((BWS_ST6<<27)+(BWS_WS6<<26)+(BWS_DW6<<24))+\
                       ((BWS_ST5<<23)+(BWS_WS5<<22)+(BWS_DW5<<20))+\
                       ((BWS_ST4<<19)+(BWS_WS4<<18)+(BWS_DW4<<16))+\
                       ((BWS_ST3<<15)+(BWS_WS3<<14)+(BWS_DW3<<12))+\
                       ((BWS_ST2<<11)+(BWS_WS2<<10)+(BWS_DW2<<08))+\
                       ((BWS_ST1<<07)+(BWS_WS1<<06)+(BWS_DW1<<04))+\
                       ((BWS_DW0<<01)+(BWS_ENDIAN)))
;=============================================================
;Bank 0 parameter nGCS0
;-------------------------------------------------------------
B0_Tacs      EQU 0x0   ;0clk：Address set-up before nGCSn. 00：01：10：11=0：1：2：4 clock
B0_Tcos      EQU 0x0   ;0clk：Chip selection set-up nOE. 00：01：10：11=0：1：2：4 clock
B0_Tacc      EQU 0x7   ;14clk：Access cycle=000：001：010：011：100：101：110：111=
                       ;                  =1   2   3   4   6   8   10  14
B0_Tcoh      EQU 0x0   ;0clk：Chip selection hold on nOE. 00：01：10：11=0：1：2：4 clock
B0_Tah       EQU 0x0   ;0clk：Address holding time after nGCSn. 00：01：10：11=0：1：2：4 clock
B0_Tacp      EQU 0x0   ;0clk：Page mode access cycle@Page mode. 00：01：10：11=2：3：4：5 clock
B0_PMC       EQU 0x0   ;normal(1 data)：Page mode configuration. 00：01：10：11=1：4：8：16 DATA
crBANKCFG0 EQU ((B0_Tacs<<13)+(B0_Tcos<<11)+(B0_Tacc<<8)+(B0_Tcoh<<6)+\
              (B0_Tah<<4)+(B0_Tacp<<2)+(B0_PMC))
;=============================================================
```

```
;Bank 1 parameter
;----------------------------------------------------
B1_Tacs        EQU 0x3   ;4clk : Reference Bank 0
B1_Tcos        EQU 0x3   ;4clk
B1_Tacc        EQU 0x7   ;14clk
B1_Tcoh        EQU 0x3   ;4clk
B1_Tah         EQU 0x3   ;4clk
B1_Tacp        EQU 0x3   ;6clk
B1_PMC         EQU 0x0   ;normal(1 data)
;----------------------------------------------------
crBANKCFG1   EQU ((B1_Tacs<<13)+(B1_Tcos<<11)+(B1_Tacc<<8)+(B1_Tcoh<<6)+\
                 (B1_Tah<<4)+(B1_Tacp<<2)+(B1_PMC))   ;GCS1
;====================================================
;Bank 2 parameter
;----------------------------------------------------
B2_Tacs        EQU 0x3   ;4clk
B2_Tcos        EQU 0x3   ;4clk
B2_Tacc        EQU 0x7   ;14clk
B2_Tcoh        EQU 0x3   ;4clk
B2_Tah         EQU 0x3   ;4clk
B2_Tacp        EQU 0x3   ;6clk
B2_PMC         EQU 0x0   ;normal(1 data)
;----------------------------------------------------
crBANKCFG2 EQU ((B2_Tacs<<13)+(B2_Tcos<<11)+(B2_Tacc<<8)+(B2_Tcoh<<6)+\
               (B2_Tah<<4)+(B2_Tacp<<2)+(B2_PMC))   ;GCS2
;====================================================
;Bank 3 parameter
;----------------------------------------------------
B3_Tacs        EQU 0x3   ;4clk
B3_Tcos        EQU 0x3   ;4clk
B3_Tacc        EQU 0x7   ;14clk
B3_Tcoh        EQU 0x3   ;4clk
B3_Tah         EQU 0x3   ;4clk
B3_Tacp        EQU 0x3   ;6clk
B3_PMC         EQU 0x0   ;normal(1 data)
;----------------------------------------------------
crBANKCFG3 EQU ((B3_Tacs<<13)+(B3_Tcos<<11)+(B3_Tacc<<8)+(B3_Tcoh<<6)+\
               (B3_Tah<<4)+(B3_Tacp<<2)+(B3_PMC))   ;GCS3
;====================================================
;Bank 4 parameter
;----------------------------------------------------
B4_Tacs        EQU 0x3   ;4clk
B4_Tcos        EQU 0x3   ;4clk
```

```
B4_Tacc        EQU 0x7    ;14clk
B4_Tcoh        EQU 0x3    ;4clk
B4_Tah         EQU 0x3    ;4clk
B4_Tacp        EQU 0x3    ;6clk
B4_PMC         EQU 0x0    ;normal(1 data)
;----------------------------------------------------------
crBANKCFG4 EQU ((B4_Tacs<<13)+(B4_Tcos<<11)+(B4_Tacc<<8)+(B4_Tcoh<<6)+\
               (B4_Tah<<4)+(B4_Tacp<<2)+(B4_PMC)) ;GCS4
;========================================================
;Bank 5 parameter
;----------------------------------------------------------
B5_Tacs        EQU 0x3    ;4clk
B5_Tcos        EQU 0x3    ;4clk
B5_Tacc        EQU 0x7    ;14clk
B5_Tcoh        EQU 0x3    ;4clk
B5_Tah         EQU 0x3    ;4clk
B5_Tacp        EQU 0x3    ;6clk
B5_PMC         EQU 0x0    ;normal(1 data)
;----------------------------------------------------------
crBANKCFG5 EQU ((B5_Tacs<<13)+(B5_Tcos<<11)+(B5_Tacc<<8)+(B5_Tcoh<<6)+\
               (B5_Tah<<4)+(B5_Tacp<<2)+(B5_PMC)) ;GCS5
;========================================================
;Bank 6 parameter
;"SDRAM"     ;MT=11(SDRAM)
;----------------------------------------------------------
B6_MT          EQU 0x3    ;SDRAM
B6_Trcd        EQU 0x0    ;2clk
B6_SCAN        EQU 0x0    ;CAN=8bit
;----------------------------------------------------------
crBANKCFG6 EQU ((B6_MT<<15)+(B6_Trcd<<2)+(B6_SCAN)) ;GCS6 0x18000
;0x18000=2_0001 1000 0000 0000 0000
;========================================================
;Bank 7 parameter
;"SDRAM"     ;MT=11(SDRAM)
;----------------------------------------------------------
B7_MT          EQU 0x3    ;SROM        ;0x3;SDRAM
B7_Trcd        EQU 0x0    ;2clk
B7_SCAN        EQU 0x0    ;CAN=8bit
;----------------------------------------------------------
crBANKCFG7  EQU ((B7_MT<<15)+(B7_Trcd<<2)+(B7_SCAN)) ;GCS7
;0x18000=2_0000 0000 0000 0000 0000
;========================================================
;REFRESH parameter
```

```
;-----------------------------------------------------------
bsREFSELF    EQU (0x1<<22)      ;Self refresh
;-----------------------------------------------------------
REFEN        EQU (0x1<<23);Refresh enable
TREFMD       EQU (0x0<<22)      ;0：Auto refresh;1：Self refresh
Trp          EQU 0x0<<20        ;2clk
Trc          EQU 0x1<<18        ;5clk
Tchr         EQU 0x2<<16        ;3clk
REFCNT       EQU 1113           ;period=15.6us,MCLK=60Mhz,
;-----------------------------------------------------------
crREFRESH    EQU (REFEN+TREFMD+Trp+Trc+Tchr+REFCNT)
             ;REFRESH RFEN=1,TREFMD=0,trp=3clk,trc=5clk,tchr=3clk,count=1019
;0x960591=2_1001 0110 0000 0101 1001 0001
;===========================================================
SCLKEN       EQU 0x1      ;[4]：0=normal SCLK,1=SCLK for reducing power consumption
BK76MAP      EQU 0x6      ;[2：0] BANK6/7 memory map：
             ;000=32M/32M 100=2M/2M 101=4M/4M 110=8M/8M 111=16M/16M
;-----------------------------------------------------------
crBANKSIZE   EQU((SCLKEN<<4)+(BK76MAP))
;===========================================================
crMRSRB6     EQU 0x20 ;00：mode register set;CAS latency：010=2 clocks;
             ;Burst type：0：Sequential ;Burst length：000：1
;===========================================================
crMRSRB7     EQU 0x20
;===========================================================
    END
; ***************************************************************************
```

2. Stage1 程序分析

下面是一个完整的 Stage1 程序，并给出了详细的注释。

```
; ***************************************************************************
; * NAME : F44BINIT.S                                                     *
; * Version:1.0.0                                                         *
; * Date   : 2008.05.04                                                   *
; * Description：                                                         *
; ***************************************************************************
    GET ..\inc\FSFRCFG.s               ;Define constant,address
    GET ..\src\FMACROLIB.s; Define Macro
;===========================================================
    IMPORT  |Image $$ RO $$ Limit|     ;End of ROM code(=start of ROM data)
    IMPORT  |Image $$ RW $$ Base|      ;Base of RAM to initialize
    IMPORT  |Image $$ ZI $$ Base|      ;Base and limit of area
    IMPORT  |Image $$ ZI $$ Limit|     ;To zero initialize
    IMPORT  Main                       ;The main entry of mon program
```

```
; **********************************************************************
    AREA      init,    CODE,    READONLY          ;定义代码段,只读属性
    CODE32                                        ;32 位代码段
    ENTRY                                         ;默认程序的入口地址为 0x00000000
;=============================================================
;EIV:              Exception and Interrupt Vector Branch
;VECTOR_BRANCH:    Interrupt Vector Branch
;Description:       Branch to Distribute MACRO
;-------------------------------------------------------------
EIV                          ;Exception and Interrupt Vector Branch
    b ResetHandler           ;Goto Reset routine
    b HandlerUndef           ;MACRO handlerUndef to get the Undef exception
    b HandlerSWI             ;MACRO handlerSWI to get the SWI
    b HandlerPabort          ;MACRO handlerPAbort to get the Pabort
    b HandlerDabort          ;MACRO handlerDAbort to get the Dabort
    b .                      ;handlerReserved
    b HandlerIRQ             ;MACRO HandlerIRQ to get the IRQ
    b HandlerFIQ             ;MACRO HandlerIRQ to get the FIQ
;-------------------------------------------------------------
VECTOR_BRANCH                ;Interrupt Vector Branch
    ldr pc,=HandlerEINT0     ;mGA,0x20,H/W interrupt vector branch,brach to HandleEINT0
    ldr pc,=HandlerEINT1     ;mGA
    ldr pc,=HandlerEINT2     ;mGA
    ldr pc,=HandlerEINT3     ;mGA
    ldr pc,=HandlerEINT4567  ;mGA
    ldr pc,=HandlerTICK      ;mGA
    b .
    b .
    ldr pc,=HandlerZDMA0     ;mGB,0x40
    ldr pc,=HandlerZDMA1     ;mGB
    ldr pc,=HandlerBDMA0     ;mGB
    ldr pc,=HandlerBDMA1     ;mGB
    ldr pc,=HandlerWDT       ;mGB
    ldr pc,=HandlerUERR01    ;mGB
    b .
    b .
    ldr pc,=HandlerTIMER0    ;mGC,0x60
    ldr pc,=HandlerTIMER1    ;
    ldr pc,=HandlerTIMER2    ;
    ldr pc,=HandlerTIMER3    ;
    ldr pc,=HandlerTIMER4    ;
    ldr pc,=HandlerTIMER5    ;mGC
    b .
```

```
        b .
        ldr pc,＝HandlerURXD0      ;mGD,0x80
        ldr pc,＝HandlerURXD1      ;
        ldr pc,＝HandlerIIC        ;
        ldr pc,＝HandlerSIO        ;
        ldr pc,＝HandlerUTXD0      ;
        ldr pc,＝HandlerUTXD1      ;mGD
        b .
        b .
        ldr pc,＝HandlerRTC        ;mGKA,0xA0
        b .                       ;
        b .                       ;
        b .                       ;
        b .                       ;
        b .                       ;
        b .                       ;
        b .                       ;
        b .                       ;
        ldr pc,＝HandlerADC        ;mGKB,0xC0
        b .                       ;
        b .                       ;
        b .                       ;
        b .                       ;
        b .                       ;
        b .                       ;
        b .                       ;
        ldr pc,＝EnterPWDN         ;0xe0＝EnterPWDN
;------------------------------------------------------------------------
        LTORG                     ;Literal Pool for "LDR x,＝y" to DCD y.  For example：
;       DCD HandlerEINT0          ;编译器为 ldr pc,＝HandlerEINT0 在此保留空间存放 HandlerEINT0
;       DCD HandlerEINT1          ;编译器为 ldr pc,＝HandlerEINT1 在此定义变量存放 HandlerEINT1
;       ...
;=======================================================================
;Distribute Routine,Using MACRO HANDLER
;异常中断处理宏的顺序不要求按照 EIV 顺序写。
;------------------------------------------------------------------------
        INTDISTIBUTE
        HandlerFIQ                HANDLER HandleFIQ      ;FIQ 的异常中断处理宏
        HandlerIRQ                HANDLER HandleIRQ
        HandlerUndef              HANDLER HandleUndef
        HandlerSWI                HANDLER HandleSWI
        HandlerDabort             HANDLER HandleDabort
        HandlerPabort             HANDLER HandlePabort
;------------------------------------------------------------------------
```

HandlerADC	HANDLER HandleADC
HandlerRTC	HANDLER HandleRTC
HandlerUTXD1	HANDLER HandleUTXD1
HandlerUTXD0	HANDLER HandleUTXD0
HandlerSIO	HANDLER HandleSIO
HandlerIIC	HANDLER HandleIIC
HandlerURXD1	HANDLER HandleURXD1
HandlerURXD0	HANDLER HandleURXD0
HandlerTIMER5	HANDLER HandleTIMER5
HandlerTIMER4	HANDLER HandleTIMER4
HandlerTIMER3	HANDLER HandleTIMER3
HandlerTIMER2	HANDLER HandleTIMER2
HandlerTIMER1	HANDLER HandleTIMER1
HandlerTIMER0	HANDLER HandleTIMER0
HandlerUERR01	HANDLER HandleUERR01
HandlerWDT	HANDLER HandleWDT
HandlerBDMA1	HANDLER HandleBDMA1
HandlerBDMA0	HANDLER HandleBDMA0
HandlerZDMA1	HANDLER HandleZDMA1
HandlerZDMA0	HANDLER HandleZDMA0
HandlerTICK	HANDLER HandleTICK
HandlerEINT4567	HANDLER HandleEINT4567
HandlerEINT3	HANDLER HandleEINT3
HandlerEINT2	HANDLER HandleEINT2
HandlerEINT1	HANDLER HandleEINT1
HandlerEINT0	HANDLER HandleEINT0

```
;===============================================
;Non-vectored interrupt：
;One of the following two routines can be used for non-vectored interrupt.
;I_ISPR：   [25]      [24]      [23]      [22]     ...    [3]      [2]      [1]      [0]
;          EINT0     EINT1     EINT2     EINT3    ...   UTxD0    UTxD1     RTC      ADC
;-----------------------------------------------------------------------------------
  IsrIRQ                        ;using I_ISPR register to determine the interrupt.
      sub     sp,sp,#4          ;reserved for PC
      stmfd   sp!,{r8-r9}       ;push r8-r9
;IMPORTANT CAUTION：if I_ISPC isn't used properly,I_ISPR can be 0 in this routine.
      ldr     r9,=aI_ISPR       ;Get I_ISPR address：0x01E00020
      ldr     r9,[r9]           ;READ I_ISPR to determine the Interrupt
      cmp     r9,#0x0           ;If the IDLE mode work-around is used,r9 may be 0 sometimes.
      beq     %F2
      mov     r8,#0x0           ;用 r8 作为地址偏移量
0                               ;R9.25＝EINT0,...,R9.0＝ADC,其中 R9.0 表示 R9 的第 0 位等。
      movs    r9,r9,lsr #1      ;To determine the Interrupt. The last shifted bit go to Carry
```

```
        bcs         %F1             ;
        add         r8,r8,#4        ;计算偏移量,相邻两个中断之间的距离为 4
        b           %B0
1
        ldr         r9,=HandleADC   ;获取第一个中断的中断向量的索引指针
        add         r9,r9,r8        ;计算当前中断的中断向量的索引指针
        ldr         r9,[r9]         ;获取当前中断的中断向量
        str         r9,[sp,#8]      ;保存到保留的空位置
        ldmfd       sp!,{r8-r9,pc}  ;转向 ISR
2
        ldmfd       sp!,{r8-r9}
        add         sp,sp,#4
        subs        pc,lr,#4
;***************************************************************************************
;上电复位后的启动代码                                                                    *
;初始化 CPSR,禁止 IRQ 和 FIQ                                                            *
;初始化 WDT,禁止看门狗定时器工作                                                         *
;初始化 INTMSK,屏蔽所有中断                                                             *
;初始化 SYSCFG,关闭指令/数据 Cache                                                      *
;* 设置 PLL 时钟控制寄存器                                                               *
;* 设置 BDMACON                                                                        *
;* 设置存储器控制寄存器                                                                  *
;* 初始化堆栈                                                                          *
;* 设置 IRQ 处理                                                                       *
;* 初始化数据区                                                                        *
;***************************************************************************************
ResetHandler
;-------------------------------------------------------------------------------------
;InitializeCPSR: disable ints(IRQ and FIQ)
        mrs         r0,cpsr         ;current CSR
        mov         r1,r0           ;make a copy for masking
        orr         r1,r1,#0xC0     ;mask off int bits
        msr         CPSR_fsxc,r1    ;disable ints(IRQ and FIQ)
;-------------------------------------------------------------------------------------
;Initialize WatchDog: watch dog disable
        ldr         r0,=aWTCON
        ldr         r1,=caWTCON     ;
        str         r1,[r0]         ;watch dog disable
;-------------------------------------------------------------------------------------
;Initialize INT: all interrupt disable
        ldr         r0,=aINTMSK     ;GET INTMSK
        ldr         r1,=cINTMSK     ;all interrupt disable
        str         r1,[r0]
```

```
;-------------------------------------------------------------------------------
;Initialize SYSCFG,Close I-CACHE and D-CACHE
    ldr      r0,=aSYSCFG            ;GET SYSCFG
    ldr      r1,=cSYSCFG_0KB        ;
    str      r1,[r0]
    ldr      r0,=aSBUSCON           ;GET SBUSCON
    ldr      r1,=cSBUSCON           ;cSBUSCON
    str      r1,[r0]
;-------------------------------------------------------------------------------
; *   Set PLL clock control registers                                         *
    ldr      r0,=aLOCKTIME         ;获取 LOCKTIME 的地址
    ldr      r1,=cLOCKTIME         ;获取 LOCKTIME 的设置参数
    str      r1,[r0]               ;设置锁时计数寄存器 LOCKTIME 为 0xFFF
    ldr      r0,=aCLKSLOW
    ldr      r1,=cCLKSLOW
    str      r1,[r0]               ;设置时钟低速寄存器 CLKSLOW 为 0x9
    ldr      r0,=aCLKCON
    ldr      r1,=cCLKCON           ;0x7ff8,All unit block CLK enable
    str      r1,[r0]               ;设置时钟控制寄存器 CLKCON 为 0x7FF8
    [        cPLLONSTART
        ldr    r0,=aPLLCON       ;temporary setting of PLL
        ldr    r1,=cPLLCON
        str    r1,[r0]           ;设置 PLL 控制寄存器 PLLCON 为 0x48,设置时钟为 60MHz
    ]
;-------------------------------------------------------------------------------
; *   change BDMACON reset value for BDMA                                     *
    ldr      r0,=arBDIDES0
    ldr      r1,=0x40000000       ;BDIDESn reset value should be 0x40000000
    str      r1,[r0]
    ldr      r0,=arBDIDES1
    ldr      r1,=0x40000000       ;BDIDESn reset value should be 0x40000000
    str      r1,[r0]
;-------------------------------------------------------------------------------
; *   Set memory control registers                                           *
; *   存储器控制寄存器共有 13 个,其地址从 0x01c80000 依次                       *
; *   编址,采用多寄存其操作指令进行设置。                                       *
    ldr      r0,=SMRDATA    ;读取 13 个存储器控制寄存器的设置值的起始地址
    ldmia    r0,{r1-r13}        ;读取 13 个存储器控制寄存器的设置值
    ldr      r0,=arBWSCON       ;读取 13 个存储器控制寄存器的第一个寄存器的地址 0x01c80000
    stmia    r0,{r1-r13}        ;设置 13 个存储器控制寄存器
;-------------------------------------------------------------------------------
; *   Initialize stacks                                                       *
    ldr      sp,=SVCStack       ;
```

```
        bl          InitStacks
;------------------------------------------------------------------
; *  Setup IRQ handler                                           *
        ldr         r0,=HandleIRQ      ;Get IVT pointer
        ldr         r1,=IsrIRQ         ;Using I_ISPR register.
                                       ;If there isn't 'subs pc,lr,#4' at 0x18,0x1c
        str         r1,[r0]            ;Set IVA(Interrupt Vector Address)
;------------------------------------------------------------------
; *  Copy and paste RW data/zero initialized data               *
        LDR         r0,=|Image$$RO$$Limit|      ;Get pointer to ROM data
        LDR         r1,=|Image$$RW$$Base|       ;and RAM copy
        LDR         r3,=|Image$$ZI$$Base|       ;
        ;Zero init base=> top of initialised data
        CMP         r0,r1              ;Check that they are different
        BEQ         %F1
0
        CMP         r1,r3              ;Copy init data
        LDRCC       r2,[r0],#4         ;--> LDRCC r2,[r0] + ADD r0,r0,#4
        STRCC       r2,[r1],#4         ;--> STRCC r2,[r1] + ADD r1,r1,#4
        BCC         %B0
1
        LDR         r1,=|Image$$ZI$$Limit| ;Top of zero init segment
        MOV         r2,#0
2
        CMP         r3,r1              ;Zero init
        STRCC       r2,[r3],#4
        BCC         %B2
;==================================================================
; ****************************************************************
; *   The function for initializing stack                        *
; ****************************************************************
InitStacks
        mrs         r0,cpsr                      ;Read CPSR
        bic         r0,r0,#MODEMASK              ;
        ;UNDstack is initialized
        orr         r1,r0,#UNDEFMODE|NOINT
        msr         cpsr_cxsf,r1                 ;UndefMode
        ldr         sp,=UndefStack
        ;ABTstack is initialized
        orr         r1,r0,#ABORTMODE|NOINT
        msr         cpsr_cxsf,r1                 ;AbortMode
        ldr         sp,=AbortStack
        ;IRQstack is initialized
```

```
        orr     r1,r0,#IRQMODE|NOINT
        msr     cpsr_cxsf,r1                ;IRQMode
        ldr     sp,=IRQStack
        ;FIQstack is initialized
        orr     r1,r0,#FIQMODE|NOINT
        msr     cpsr_cxsf,r1                ;FIQMode
        ldr     sp,=FIQStack
        ;SVCstack is initialized
        bic     r0,r0,#MODEMASK|NOINT
        orr     r1,r0,#SVCMODE
        msr     cpsr_cxsf,r1                ;SVCMode
        ldr     sp,=SVCStack
        ;USER mode is not initialized.
        mov     pc,lr                       ;The LR register may be not valid for the mode changes.
;===============================================
; ***********************************************
; *    The function for entering power down mode                    *
; ***********************************************
;#define EnterPWDN(clkcon)((void(*)(int))0xe0)(clkcon)
;void EnterPWDN(int CLKCON);
EnterPWDN                                   ;EnterPWDN is a Address=Pointer
        mov     r2,r0                       ;r0=CLKCON from EnterPWDN(CLKCON)
        ldr     r0,=arREFRESH               ;
        ldr     r3,[r0]                     ;Read REFRESH and Save to R3 for resume
        mov     r1,r3
        orr     r1,r1,#bsREFSELF  ;self-refresh enable
        str     r1,[r0]
        nop     ;Wait until self-refresh is issued. May not be needed.
        nop     ;If the other bus master holds the bus,...
;enter POWERDN mode
        ldr     r0,=aCLKCON
        str     r2,[r0]                     ;clkcon
;wait until enter SL_IDLE,STOP mode and until wake-up
        ldr     r0,=0x10
0       subs    r0,r0,#1
        bne     %B0
;exit from DRAM/SDRAM self refresh mode.
        ldr     r0,=arREFRESH
        str     r3,[r0]                     ;Resume REFRESH
        mov     pc,lr
        LTORG
        ;DCD    arREFRESH
;===============================================
```

```
; ***********************************************************
; *    中断处理宏的定义                                        *
; ***********************************************************
    MACRO
$ HandlerLabel HANDLER  $ HandleLabel
$ HandlerLabel
    sub     sp,sp,#4            ;decrement sp(to store jump address)
    stmfd   sp!,{r0}           ;PUSH the work register to stack
    ldr     r0,= $ HandleLabel  ;load the address of HandleXXX to r0
    ldr     r0,[r0]            ;load the contents(service routine start address)of HandleXXX
    str     r0,[sp,#4]         ;store the contents(ISR)of HandleXXX to stack
    ldmfd   sp!,{r0,pc}        ;POP the work register and pc(jump to ISR)
    MEND
;===============================================================
; ***********************************************************
; *    Branch to Main                                         *
; ***********************************************************
    [        :LNOT: cTHUMBCODE
    BL   Main              ;Don't use main()because ......
    B    .
    ]
    [        cTHUMBCODE          ;for start-up code for Thumb mode
    orr    lr,pc,#1
    bx     lr
    CODE16
    bl     Main            ;Don't use main()because ......
    b      .
    CODE32
    ]
;===============================================================
; ***********************************************************
; * Memory configuration has to be optimized for best performance  *
; * The following parameter is not optimized.                *
; ***********************************************************
SMRDATA DATA
    [        crBUSWIDTH=16
             DCDcrBWSCON16    ;Bank0=16bit,BootRom SST39VF160:0x0
    |        ;crBUSWIDTH=32
             DCD crBWSCON32   ;Bank0=OM[1:0],Bank1~Bank7=32bit
    ]
    DCD crBANKCFG0    ;GCS0
    DCD crBANKCFG1    ;GCS1
    DCD crBANKCFG2    ;GCS2
```

```
        DCD crBANKCFG3    ;GCS3
        DCD crBANKCFG4    ;GCS4
        DCD crBANKCFG5    ;GCS5
        DCD crBANKCFG6    ;GCS6        ;"SDRAM"
        DCD crBANKCFG7    ;GCS7        ;"SDRAM"
        DCD crREFRESH     ;REFRESH
        DCD crBANKSIZE    ;SCLK power down mode,BANKSIZE 32M/32M
        DCD crMRSRB6        ;MRSR6 CL=2clk
        DCD crMRSRB7        ;MRSR7
;==============================================
        ALIGN
        AREA RamData,DATA,READWRITE
;==============================================
;**********************************************
;Define stack:
;^=MAP, #=FIELD
;**********************************************
        ^   (_ISR_STARTADDRESS-0x800)
UserStack       #    256    ;UserStack=(_ISR_STARTADDRESS-0x800)=0x0c7ff700
SVCStack        #    256    ;0x0c7ff800
UndefStack      #    256    ;0x0c7ff900
AbortStack      #    256    ;0x0c7ffa00
IRQStack        #    1024   ;0x0c7ffb00
FIQStack        #    0      ;0x0c7fff00
;==============================================
;**********************************************
;Define IVT:
;**********************************************
        ^   _ISR_STARTADDRESS        ;0x0c7fff00
HandleReset     #    4              ;用于存放复位程序的入口地址
HandleUndef     #    4
HandleSWI       #    4              ;用于存放 SWI 的入口地址
HandlePabort    #    4
HandleDabort    #    4
HandleReserved  #    4
HandleIRQ       #    4
HandleFIQ       #    4
;----------------------------------------------
HandleADC       #    4              ;用于存放 ADC 服务程序的入口地址
HandleRTC       #    4
HandleUTXD1     #    4
HandleUTXD0     #    4
HandleSIO       #    4
```

```
        HandleIIC           #     4
        HandleURXD1         #     4
        HandleURXD0         #     4
        HandleTIMER5        #     4
        HandleTIMER4        #     4
        HandleTIMER3        #     4
        HandleTIMER2        #     4
        HandleTIMER1        #     4
        HandleTIMER0        #     4
        HandleUERR01        #     4
        HandleWDT           #     4
        HandleBDMA1         #     4
        HandleBDMA0         #     4
        HandleZDMA1         #     4
        HandleZDMA0         #     4
        HandleTICK          #     4
        HandleEINT4567      #     4
        HandleEINT3         #     4
        HandleEINT2         #     4
        HandleEINT1         #     4
        HandleEINT0         #     4          ;用于存放 EINT0 服务程序的入口地址    ;0xc1(c7)fff84
;=============================================================
; ********************************************************************
        END
; ********************************************************************
```

8.2.3　Stage2 程序设计

本节简单介绍 Stage2 的程序设计。

1. 主函数

Stage2 的主函数程序如下：

```
// ********************************************************************
# include <stdlib. h>
# include <string. h>
# include <math. h>
# include "..\inc\FOPTION. h"
// ********************************************************************
void Main()
{
    int i;                    //memError=0;
    rSYSCFG=(crSYSCFG & bcCACHEBIT)|bsCACHE0KB;   //SYSCFG_0KB;
    Port_Init();              //Initialize GPIO
    Uart_Init(crBAUTRATE);    //Initialize UART0
```

```
    Delay(0);                    //Initialize Delay
    Uart_Printf("\nBIOS start: OK!");
    Delay(100);
    Uart_Printf("\n*****************************************************************");
    Uart_Printf("\n*                     BootLoader V1.0                          *");
    Uart_Printf("\n*        COM:115.2kbps,8Bit,NP,1Stop,nAFC,UART0               *");
    Uart_Printf("\n*                     Using UART0                              *");
    Uart_Printf("\n*                   HELLO Everybody!                           *");
    Uart_Printf("\n*                    HELLO 2005 级!                            *");
    Uart_Printf("\n*                     2008.06.16                               *");
    Uart_Printf("\n* ----------------------------------------------------------- *");
    Delay(1000);
}
```

其他的特殊功能寄存器的定义程序请读者自行编写。

2. GPIO 初始化

GPIO 初始化程序与注释如下:

```
void Port_Init(void)
{
//CAUTION:Follow the configuration order for setting the ports.
// 1)setting value
// 2)setting control register
// 3)configure pull-up resistor.
//16bit data bus configuration
//==================================================================
// PORT A GROUP
/* BIT     9    8    7    6    5    4    3    2    1    0              */
/*        A24  A23  A22  A21  A20  A19  A18  A17  A16  A0             */
/*        1,   1,   1,   1,   1,   1,   1,   1,   1,   1              */
//------------------------------------------------------------------
    rPCONA=0x3ff;
//==================================================================
// PORT B GROUP
/* BIT    10   9    8    7    6    5      4      3      2     1      0    */
/*        /CS5/CS4/CS3/CS2/ CS1 nWBE3  nWBE2  /SRAS  /SCAS  SCLK   SCKE  */
/*        rtl8019      Flash D12 Out    Out    Sdram  Sdram  Sdram  Sdram */
/*        1,   1,   1,   1,   1,   0,     0,     1,     1,    1,     1    */
//------------------------------------------------------------------
    rPDATB=0x7ff;
    rPCONB=0x7cf;
//==================================================================
//PORT C GROUP: BUSWIDTH=16
/* BIT    15        14        13        12        11        10       9        8    */
```

```
/*      O       O       RXD1    TXD1    O         O          O         O       */
/*    Nand-CE  UDA-CE   Uart1   Uart1   NandCLE   NandALE   L3DATA    L3CLK    */
/*      01      01       11      11      01        01         01        01      */
/* BIT  7       6        5       4       3         2          1         0       */
/*      O       O        O       I      IISCLK    IISDIISDO            RIISLRCK */
/*     VD4     VD5      VD6     VD7     [         for UDA1341          ]        */
/*      11      11       11      11      11        11         11        11      */
//-------------------------------------------------------------------------------
        rPDATC=0x3fff;      //All IO is high
        rPCONC=0x5f55ffff;
        rPUPC =0x3000;      //PULL UP RESISTOR should be enabled to I/O
//================================================================================
//PORT D GROUP: for LCD
/* BIT  7       6        5       4       3         2          1         0       */
/*      VF      VM      VLINE   VCLK    VD3       VD2        VD1       VD0       */
/*      10      10       10      10      10        10         10        10       */
//-------------------------------------------------------------------------------
        rPDATD=0xff;
        rPCOND=0xaaaa;
        rPUPD =0x0;
//================================================================================
//PORT E GROUP
/* BIT 8       7        6        5        4        3         2         1        0       */
/*    CODECLK TOUT4   TOUT3    TOUT2    TOUT1    TOUT0     RXD0      TXD0    SMRB(I)    */
/*    10      10       10       10       10       10        10        10      00       */
//-------------------------------------------------------------------------------
rPDATE=0x1ff;
rPCONE=0x2aaa8;
rPUPE =0x106;
//================================================================================
//PORT F GROUP
/* BIT 8       7        6        5        4            3    2        1         0       */
/*    SIOCLK SIORxD   7843CS   SIOTxD  [Input(DMA)]        Output   IICSDA   IICSCL   */
/*    011    011      001      011      00                00        01       10       10 */
//-------------------------------------------------------------------------------
        rPDATF=0x1fb;       //GPF2=0
        rPCONF=0x1B2C1A;    //0x9241A;
        rPUPF =0x3;
//================================================================================
//PORT G GROUP
/* BIT          7        6        5        4        3        2         1         0       */
/*             INT7     INT6     INT5     INT4     INT3     INT2      INT1      INT0      */
/*             11       11       00       00       11       11        11        11       */
```

```
//                              ~~~~~~~~input for bios
//------------------------------------------------------------------------
    rPDATG=0xff;
    rPCONG=0xf0ff;
    rPUPG  =0x0;   //should be enabled
//------------------------------------------------------------------------
    rSPUCR=0x7;   //D15-D0 pull-up disable
    /* 定义非 Cache 区 */
    rNCACHBE0=((((unsigned int)Non_Cache_End>>12)<<16)|(Non_Cache_Start>>12);
    /* 所有的外部硬件中断为低电平触发 */
    rEXTINT=0x0;
}
//========================================================================
```

3. 系统延时函数

系统延时函数 Delay() 程序与注释如下：

```
void Delay(int time)
{
    int i,adjust=0;
    if(0== time)    //Initialize and adjust the Delay function
    {
        time=200;
        adjust=1;
        delayLoopCount=400;
        rWTCON=((crWTCON&bcWTDCLKBIT)|bsWTDCLKSEL2);
        //1M/64,Watch-dog,nRESET,interrupt disable
        rWTDAT=crWTDAT;    //0xffff;for first update
        rWTCNT=crWTCNT;    //0xffff to 0 ;resolution=64us=(1/WDCLK). @any MCLK
        rWTCON=((crWTCON&bcWTDCLKBIT)|bsWTDCLKSEL2)|bsWTDEN;//Watch-dog enable
    }
    for( ;time>0;time--){for(i=0;i< delayLoopCount;i++){}}    //程序循环法定时
    if(adjust==1)
    {
        rWTCON=((crWTCON & bcWTDCLKBIT)|bsWTDCLKSEL2);//Disable Watch dog timer
        i=0xffff-rWTCNT;
        //计算执行一次 for(i=0;i< delayLoopCount;i++)的时间 cycle_runtime：
        //200 * 400 * cycle_runtime=64 * i us -> cycle_runtime=8000000/(i * 64)
        if(i==0)i++;
        delayLoopCount=8000000/(i * 64);
    }
}
```

8.2.4　UART0 初始化

初始化 UART0 作为目标板与宿主机之间的通信通道。主要包括：

- UART0 控制器的特殊功能寄存器的设置；
- UART0 的基本操作函数；
- 对 UART0 的基本操作函数进行封装，屏蔽硬件特性。

1. FUART0LIB. c

UART0 的基本操作函数如下：

```c
// *****************************************************************************
//Name：FUART0LIB. c
// *****************************************************************************
#include "..\inc\FOPTION. h"
#include "..\inc\FUARTDEF. h"
//================================================
/ *****************************************************************************
 * serial_driver_t 定义了一个函数指针结构：   //in FUARTDEF. h
 * typedef struct { * init; * read; * write; * poll; * flush_input; * flush_output;}serial_driver_t;
 *****************************************************************************/
extern serial_driver_t   s3c44b0_serial0_driver;//声明 s3c44b0_serial0_driver 是一个全局变量
//================================================
static int s3c44b0_serial0_init(int);
static int s3c44b0_serial0_read(void);
static int s3c44b0_serial0_write(int);
static int s3c44b0_serial0_poll(void);
static int s3c44b0_serial0_flush_input(void);
static int s3c44b0_serial0_flush_output(void);
//================================================
/ * export serial driver * /
//Define serial operation function
//------------------------------------------------------------------------------
serial_driver_t s3c44b0_serial0_driver={
    s3c44b0_serial0_init,                //init
    s3c44b0_serial0_read,                //read
    s3c44b0_serial0_write,               //write
    s3c44b0_serial0_poll,                //poll
    s3c44b0_serial0_flush_input,         //flush_input
    s3c44b0_serial0_flush_output         //flush_output
};
//================================================
/ * initialise serial port at the request baudrate. returns 0 on success,or a negative error number otherwise. * /
//------------------------------------------------------------------------------
static int s3c44b0_serial0_init(int baud)
{
    int i;
    s3c44b0_serial0_flush_output();// waitting for the transmitter is empty
```

```
        rUFCON0＝crUFCON0;    //No FIFO
        rULCON0－crULCON0;    //No parity,Normal mode operation,One stop bit per frame,8 data-bits
        rUCON0＝crUCON0;      //Tx: Interrupt request or polling mode,
                             //Rx: Interrupt request or polling mode
        rUBRDIV0＝((int)(MCLK/16. /baud ＋ 0. 5)－1 );//((int)(MCLK/16/baud＋0. 5)－1)
//      rUBRDIV0＝crUBRDIV0; //((int)(MCLK/16. /baud ＋ 0. 5)－1 );
        for(i＝0;i＜100;i＋＋);   //wait
        return 0;
}
//===============================================
/ * read one character from the serial port.
  * return character(between 0 and 255)on success,
  * return negative(－1)error number on failure.
  * this function is blocking * /
//-------------------------------------------------------------------------------
static int s3c44b0_serial0_read(void)
{
        int rv;
        while (1){
                rv＝s3c44b0_serial0_poll();
                if(rv ＜ 0)   return rv;          // if rv＝－1,return－1
                if(rv ＞ 0)   return rURXH0;      // if rv＝1,return received data
        }                                        // if rv＝0,waitting
}
//===============================================
/ * write character to serial port.
  * return 0 on success,
  * or negative error number on failure.
  * this function is blocking * /
//-------------------------------------------------------------------------------
static int s3c44b0_serial0_write(int c)
{
        / * wait for room in the transmit FIFO * /
        while(! (rUTRSTAT0&0x02));       //1: Empty
        rUTXH0＝c;                        //movb rUTXH0,c(by byte)
        return 0;
}
//===============================================
/ * check if there is a character available to read.
  * returns 1 if there is a character available;
  * returns 0 if not;
  * returns－1 if error on failure * /
//-------------------------------------------------------------------------------
```

```
static int s3c44b0_serial0_poll(void)
{
    /* check for errors */
    if(rUERSTAT0&0x07)   return-1;  //Return -1,Error
    return(rUTRSTAT0&0x01);          //Return rUTRSTAT0[0]
}                                    //1: The buffer register has a received data
//=================================================
// flush serial input queue.  returns 0 on success or negative error number otherwise
//-------------------------------------------------------------------------------------
static int s3c44b0_serial0_flush_input(void)
{
    volatile U32 tmp;
    /* keep on reading as long as the receiver is not empty */
    //rUTRSTAT0[0]=1,The buffer register has a received data
    while(rUTRSTAT0&0x01){ //waiting for a received data
            tmp=rURXH0;
    }
    return 0;
}
//=================================================
// flush output queue.  returns 0 on success or negative error number otherwise
//-------------------------------------------------------------------------------------
static int s3c44b0_serial0_flush_output(void)
{
    /* wait until the transmitter is no longer busy */
    //rUTRSTAT0[1]=0,The buffer register is not empty
    while(! (rUTRSTAT0&0x02)); //waiting for TXH0 empty
    return 0;
}
// *************************************************************************
//=================================================
//串行口初始化:Uart_Init(int baud)
//RUN: init()
//-------------------------------------------------------------------------------------
int Uart_Init(int baud)
{
    return s3c44b0_serial0_driver. init(baud);    //引用 s3c44b0_serial0_init()
}
//=================================================
//从串行口读字符:Uart_Getch(void)
//如果串行口数量越界返回 FALSE
//RUN: poll();returns 1 if receive a character,0 if not,and-1 if error
//-------------------------------------------------------------------------------------
```

```
char Uart_Getch(void)
{
     while(! s3c44b0_serial0_driver. poll()){}
     return s3c44b0_serial0_driver. read();    //poll()returns 1 if there is a character available,
}
//==========================================
//串口是否有数据输入:Uart_Poll(void)
//RUN: poll();returns 1 if receive a character,0 if not,and-1 if error
//------------------------------------------
int Uart_Poll(void)
{
     return s3c44b0_serial0_driver. poll();
}
//==========================================
//发送缓冲区清空:Uart_TxEmpty(void)
//RUN: flush_output();
//------------------------------------------
void Uart_TxEmpty(void)
{
     s3c44b0_serial0_driver. flush_output();
}
//==========================================
//接收缓冲区清空:Uart_RxEmpty(void)
//RUN: flush_input();
//------------------------------------------
void Uart_RxEmpty(void)
{
     s3c44b0_serial0_driver. flush_input();
}
//==========================================
//发送字节数据:Uart_SendByte(int data)
//RUN: write();
//------------------------------------------
int Uart_SendByte(int data)
{
     return s3c44b0_serial0_driver. write(data);
}
//==========================================
//发送一个字符串
//------------------------------------------
void Uart_SendString(char * pt)
{
     char   ccc;
```

```
        ccc= * pt;
        while(ccc){
        if(ccc=='\n')  {    Uart_SendByte('\r');  }
        ccc= * pt++;
        Uart_SendByte(ccc);
        }
}
//==============================================
//if you don't use vsprintf(),the code size is reduced very much.
//va_list,va_start,va_end
//----------------------------------------------
void Uart_Printf(char * fmt,... )
{
        va_list ap;
        static char string[256];
        va_start(ap,fmt);
        vsprintf(string,fmt,ap);
        Uart_SendString(string);
        va_end(ap);
}
//==============================================
//----------------------------------------------
// **********************************************************
```

2. UART0 的头文件

UART0 的基本操作封装程序如下：

```
// **********************************************************
//Name：FUARTDEF. h
// **********************************************************
//Define DATA Type
//----------------------------------------------
#ifndef __FUARTDEF_H__
#define __FUARTDEF_H__
//==============================================
//定义函数指针
//----------------------------------------------
typedef int( * serial_init_func_t)(int);      //定义一个输入参数和返回类型都为 int 的函数指针
typedef int( * serial_read_func_t)(void);
typedef int( * serial_write_func_t)(int);
typedef int( * serial_poll_func_t)(void);
typedef int( * serial_flush_input_func_t)(void);
typedef int( * serial_flush_output_func_t)(void);
typedef void( * serial_loop_func_t)(void);
//==============================================
```

```
//定义函数指针结构：serial_driver_t
//---------------------------------------------------------------------------------------
typedef struct {
    serial_init_func_t          init;              //声明一个 serial_init_func_t 类型的函数指针 init
    serial_read_func_t          read;
    serial_write_func_t         write;
    serial_poll_func_t          poll;
    serial_flush_input_func_t   flush_input;
    serial_flush_output_func_t  flush_output;
}   serial_driver_t;
//=====================================================================
#endif
// ****************************************************************************
```

3. FOPTION. h

UART0 的选项定义程序如下：

```
// ****************************************************************************
//Name：FOPTION. h
// ****************************************************************************
//Define DATA Type
//=====================================================================
#ifndef __FOPTION_H__
#define __FOPTION_H__
//---------------------------------------------------------------------------------------
#ifdef __cplusplus
extern "C" {
#endif
//=====================================================================
#include <stdarg. h>
#include <string. h>
#include <stdio. h>
#include <stdlib. h>
#include <ctype. h>
//=====================================================================
#include "..\inc\FCSTDEF. h"        //定义常量
#include "..\inc\FVARDEF. h"        //定义变量
#include "..\inc\FSFRADEF. h"       //定义 SFR 地址
#include "..\inc\FSFRCDEF. h"       //定义 SFR 设置值
#include "..\inc\FUARTDEF. h"       //定义 UART
//=====================================================================
//---------------------------------------------------------------------------------------
#define U32    unsigned int
#define U16    unsigned short
#define U8     unsigned char
```

```
#define S32    int
#define S16    short int
#define S8     char
#define BOOL unsigned char
//==============================================================
//Define Logical Constant
//--------------------------------------------------------------
#define TRUE    1
#define FALSE   0
#define OK      1
#define NULL    0
//==============================================================
#ifdef __cplusplus
}
#endif
//--------------------------------------------------------------
#endif
//==============================================================
// ************************************************************
```

8.3　基于 S3C44B0X 的 μC/OS-II 移植

实时操作系统的使用，能够简化嵌入式系统的应用开发，有效地确保稳定性和可靠性，便于维护和二次开发。

8.3.1　μC/OS-II 的移植技术

μC/OS-II 是一个基于抢占式的实时多任务内核，可固化、可剪裁、具有高稳定性和可靠性。除此以外，μC/OS-II 的鲜明特点就是源码公开，便于移植和维护。虽然在 μC/OS-II 官方的主页上可以找到一个比较全面的移植范例，但是并非是针对用户实际项目所采用芯片、开发工具的合适版本，因此还需要开发人员自己根据实际需要进行移植。

下面基于 S3C44B0X 处理器，详细分析 μC/OS-II 在嵌入式开发平台上进行移植的一般方法和技巧。

1. μC/OS-II 的层次结构

μC/OS-II 包括中断管理、任务管理、时间管理、任务之间通信管理和内存管理 5 方面功能。其结构共分 3 层，如图 8.7 所示。

Ⅰ 层为与处理器相关的代码。主要包含在 OS_CPU_A.ASM、OS_CPU_C.C 以及 OS_CPU.H 这 3 个文件当中。该层完成系统时钟的设置、出入中断的管理和任务

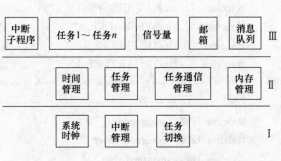

图 8.7　μC/OS-II 的层次结构图

切换功能，为第Ⅱ层提供服务。

Ⅱ层包括时间管理、任务调度管理、任务间的通信管埋和内存管理 4 部分，是 OS 的主体部分，全部由 ANSI C 编写成，与处理器无关，它为用户应用程序提供服务。

Ⅲ层是用户应用程序部分。μC/OS-II 有中断和任务两个处理级别，用户可以建立自己的任务，编写必要的中断服务程序在任务之间或任务与中断服务程序之间，通过建立信号量、邮箱或消息队列实现通信与同步。

根据以上结构特点，在移植过程中，只需将Ⅰ层代码针对 S3C44B0X 的编程结构做相应改动，使其完成系统时钟设置、中断管理和任务切换功能即可。

在前后台系统中，提供一个 CPU 堆栈。发生中断时，将当前使用到的寄存器压入堆栈，保存现场，执行中断程序；中断程序完成后，从 CPU 堆栈中弹出寄存器的值，恢复现场。

在多任务系统 μC/OS-II 中不是这样。OS 创建时，为每个任务建立并初始化一个堆栈。当发生中断或任务切换时，把当前任务运行现场保存起来，即将所有寄存器保存到该当前任务的堆栈中。当某个任务需要从就绪状态激活到运行状态时，OS 又需将所有寄存器从该新任务的堆栈中弹出。这样，每个任务分时占用 CPU。而对各任务来说，每次进入运行态时，CPU 状态都与上次从运行态退出时完全一样。所以不再是使用一个 CPU 堆栈，而是多个任务将各自的运行现场保存到自己的堆栈中。

2. μC/OS-II 的中断服务程序 ISR

在 μC/OS-II 的异常中断处理过程中，用户及 OS 与中断相关的代码完成图 8.8 中①、②、③、④、⑤这 5 个步骤。依次完成以下任务：①给 OSIntNesting 加 1 或调用 OSIntEnter()，通知 OS 系统已进入中断；②分析中断源，调用相应中断处理子程序；③在该中断处理子程序中完成清中断源；④进行中断服务；⑤调用 OSIntExit() 判断是否有更高优先级的任务被激活而需要进行任务调度，若不需要，则直接从中断返回；若需要，则调用 OSIntCtxSw() 完成中断级任务调度。

为了在 S3C44B0X 上实现上述中断处理过程，需编写与硬件相关的代码，为以上思路提供 3 个接口函数：进入中断、退出中断和中断级任务调度。根据 S3C44B0X 的编程结构，设计的完整中断程序流程如图 8.8 所示。

框内Ⅰ部分是说明异常中断 ISR 的 3 个层次。

框内Ⅱ部分为与硬件相关的函数，将发生中断时的断点数据保存到当前任务的堆栈中，并处理 CPU 状态。此部分是 OS 进入中断的接口函数。

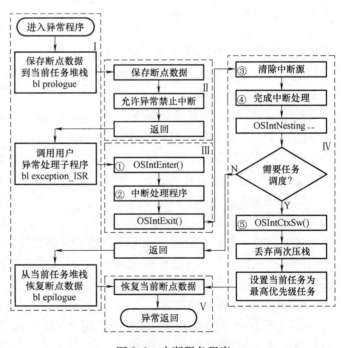

图 8.8　中断服务程序

框内Ⅲ部分是中断处理过程。

框内Ⅳ部分为与硬件和编译器相关的函数 OSIntCtxSw()。它将新的高优先级就绪态任务调整为当前任务，完成中断级任务调度，随后退出中断，进入新的被激活的任务。在中断级任务调度过程中，①、⑤两处 C 函数被调用后不需要返回，所以需要将堆栈指针 SP 向下做适当调整，以丢弃这两个函数调用时编译器产生的堆栈。C 函数调用时，产生堆栈的大小与编译器相关，因此应根据编译器产生的代码决定此处丢弃堆栈的大小。为保证异常时需要丢弃的堆栈大小不变，可使用图 8.8 中的方法，在异常处理时另外调用函数完成步骤③、④，以确保不同异常处理过程中，①、⑤两处 C 函数被调用时，编译器建立的堆栈大小一致。

框内Ⅴ部分为与硬件相关的函数，从当前任务（可能是中断发生时的任务，也可能是新的被激活的任务）堆栈中恢复断点数据，并从中断返回，是 OS 退出中断的接口函数。

3. μC/OS-II 移植的基本步骤

在选定了系统平台和开发工具之后，进行 μC/OS-II 的移植工作，一般需要遵循以下的几个步骤：

- 深入了解所采用的系统核心；
- 分析所采用的 C 语言开发工具的特点；
- 编写移植代码；
- 进行移植测试；
- 针对项目的开发平台，封装服务函数（类似 80x86 版本的 PC.C 和 PC.H）。

4. 系统核心

无论系统采用何种处理器（如 MCU、DSP、MPU 等），在进行 μC/OS-II 的移植时，所需要关注的细节都是相近的。

首先，是芯片的中断处理机制，如何开启、屏蔽中断，可否保存前一次中断状态等；芯片是否有软中断或是陷阱指令，又是如何触发的。

此外，还需关注系统对于存储器的使用机制，诸如内存的地址空间，堆栈的增长方向，有无批量压栈的指令等。

S3C44B0X 有 7 种类型的异常中断。包括普通硬中断 IRQ 和快速硬中断 FIQ 两类中断，可以通过 CPSR 寄存器控制 IRQ 和 FIQ 的开启与关闭。

S3C44B0X 没有软中断机制，所以 μC/OS-II 的任务切换需要编写一个专门的函数实现，而且也没有专门的中断返回指令，所以相应的任务切换代码均需编程完成。

5. C 语言开发工具

C 语言开发工具是 μC/OS-II 开发必不可少的。需要了解 C 语言的各种数据类型分别编译为多少字节；是否支持嵌入式汇编，格式要求怎样；是否支持"interrupt"非标准关键字声明的中断函数；是否支持汇编代码列表（list）功能等等。了解这些特性，会给嵌入式系统的开发带来很多便利。

6. μC/OS-II 移植的内容

μC/OS-II 自身的代码绝大部分都是用 ANSI C 编写的，而且代码的层次结构十分干净，与平台相关的移植代码仅仅存在于 OS_CPU_A.ASM、OS_CPU_C.C 以及 OS_CPU.H 这 3 个文件当中。因此，其移植过程就是修改与处理器相关的代码。具体有如下内容：

- о₃ _ cpu. h 中需要设置一个常量来标识堆栈增长方向；
- os _ cpu. h 中需要声明几个用于开关中断和任务切换的宏；
- os _ cpu. h 中需要针对具体处理器的字长重新定义一系列数据类型；
- os _ cpu _ a. asm 需要改写 4 个汇编语言的函数；
- os _ cpu _ c. c 需要用 C 语言编写 6 个简单函数；
- 修改主头文件 include. h，将上面的 3 个文件和其他自己的头文件加入。
- 设置配置文件 os _ cfg. h。

完成上述工作后，μC/OS-II 就可以运行在 ARM 处理器上了。

8.3.2　OS _ CPU. H

在 OS _ CPU. H 中，主要定义与编译器相关的数据类型、定义进入和退出临界段的宏以及堆栈增长方向等。

1. 定义与编译器相关的数据类型

因为不同的微处理器有不同的字长，所以 μC/OS-II 使用自定义的数据类型 1NT8U 等，其移植包括了一系列的类型定义以确保其可移植性。OS _ CPU. H 数据类型定义如下：

```
typedef unsigned char BOOLEAN;
typedef unsigned char INT8U;        /* Unsigned 8 bit quantity                      */
typedef signed char    INT8S;        /* Signed 8 bit quantity                        */
typedef unsigned int   INT16U;       /* Unsigned 16 bit quantity                     */
typedef signed int     INT16S;       /* Signed 16 bit quantity                       */
typedef unsigned long INT32U;        /* Unsigned 32 bit quantity                     */
typedef signed    long INT32S;       /* Signed 32 bit quantity                       */
typedef float          FP32;         /* Single precision floating point              */
typedef double         FP64;         /* Double precision floating point              */
typedef unsigned int   S_STK;        /* Each stack entry is 16-bit wide              */
typedef unsigned int   S_CPU_SR;     /* Define size of CPU status register(PSR=32 bits) */
#define BYTE           INT8S         /* Define data types for backward compatibility... */
#define UBYTE          INT8U         /* ... to μC/OS V1. xx.   Not actually needed for ... */
#define WORD           INT16S        /* ... μC/OS-II.                                */
#define UWORD          INT16U
#define LONG           INT32S
#define ULONG          INT32U
```

2. 进入和退出临界段

与所有的实时内核一样，μC/OS-II 操作系统在进行任务切换时需要先禁止中断，并且在访问完临界区后重新允许中断。这就使得 μC/OS-II 能够保护临界区代码免受多任务或中断服务程序的破坏。通过 OS _ ENTER _ CRITICAL() 和 OS _ EXIT _ CRITICAL() 两个宏来实现开、关中断。OS _ CPU. H 临界段定义如下：

```
extern    int  INTS_OFF(void);
extern    void INTS_ON(void);
#define OS_ENTER_CRITICAL()     {cpu_sr=INTS_OFF();      }
```

```
#define OS_EXIT_CRITICAL()        {if(cpu_sr==0)INTS_ON();}//CPSR_I=0时说明运行
```
INTS_OFF之前IRQ是开放的,才需开中断

3. 栈增长方向标志

绝大多数微处理器的堆栈是从高地址向低地址增长的,但是有些微处理器是采用相反方式工作的。鉴于这种情况,μC/OS-II操作系统被设计成两种情况都可以处理,只要在结构常量OS_STK_GROWTH中指定堆栈的生长方式就可以了。例如:

```
#define OS_STK_GROWTH    1        //向下增长,即从高地址向低地址增长,也称FD栈
#define STACKSIZE        256      //定义堆栈大小
//OS_STK_GROWTH=0表示堆栈从下往上增长;
//OS_STK_GROWTH=1表示堆栈从上往下增长。
```

8.3.3　OS_CPU_A.ASM

在OS_CPU_A.ASM中,主要定义与微处理器相关的函数。

- 中断开关函数:INTS_OFF()与INTS_ON()
- 调用优先级最高的就绪任务函数:OSStartHighRdy()
- 任务级的任务切换函数:OSCtxSw()
- 中断级的任务切换函数:OSIntCtxSw()
- 时钟节拍中断服务函数:OSTickISR()

(1) OS的符号地址　声明OS的全局符号地址,供汇编程序使用。

```
;===============================================
;External symbols we need the addresses of
     IMPORT        OSTCBCur              ;当前任务的TCB的指针
addr_OSTCBCur      DCD OSTCBCur
     IMPORT        OSTCBHighRdy          ;将要恢复执行的任务的TCB指针
addr_OSTCBHighRdy DCD OSTCBHighRdy
     IMPORT        OSPrioCur             ;这是在别的文件中定义的变量,当前任务优先级
addr_OSPrioCur     DCD OSPrioCur
     IMPORT        OSPrioHighRdy         ;将要恢复执行的任务的优先级
addr_OSPrioHighRdy DCD OSPrioHighRdy
     IMPORT        IRQStack   ;FIQ_STACK
addr_IRQStack      DCD IRQStack
     IMPORT        OSTaskSwHook          ;调用用户定义HOOK
addr_OSTaskSwHook DCD OSTaskSwHook
     EXPORT OSCtxSw                      ;这个函数别的文件要用
;**********************************************************
```

(2) INTS_OFF()与INTS_ON()的设计　为了方便和统一μC/OS-II系统中断的处理,只使用了IRQ模式的中断。中断开关函数如下:

```
INTS_OFF            ;关中断,通过设置中断屏蔽位I、F来实现
MRS  r0,cpsr        ;读取当前CPSR,[31:28]=NZCV,[7:5]=IFT,[4:0]=MOD
MOV  r1,r0          ;复制CPSR到r1
ORR  r1,r1,#0xC0    ;屏蔽中断位F和I,即F=1,I=1
```

```
        MSR   cpsr,r1          ;关(IRQ and FIQ)
        AND   r0,r0,#0x80      ;只保留 CPSR 的 I 位,作为 INTS_OFF 的返回值
        MOV   pc,lr            ;返回,返回值为 r0


        INTS_ON               ;开中断,通过清除中断屏蔽位 I,F 来实现
        MRS   r0,cpsr          ;当前 CPSR
        BIC   r0,r0,#0x80      ;开放中断
        MSR   cpsr,r0          ;开(IRQ)
        MOV   pc,lr            ;返回
```

(3) OsStartHighRdy()的设计　OsStartHighRdy()运行优先级最高的就绪任务。

OSStartHighRdy;首先将最高优先级任务的控制块 TCB 设置到当前任务控制块变量 OSTCBCur 中,然后,再设置堆栈,切换任务

```
        LDR     r4,addr_OSTCBCur        ;得到 OSTCBCur 变量的地址
        LDR     r5,addr_OSTCBHighRdy    ;得到 OSTCBHighRdy 变量的地址
        LDR     r5,[r5]                 ;得到最高优先级任务的 TCB 的地址
        LDR     sp,[r5]                 ;获得最高优先级任务的 SP:TCB 的第一个字是 SP
        STR     r5,[r4]                 ;设置当前任务 TCB 地址为最高优先级任务的 TCB
        LDMFD   sp!,{r4}                ;从堆栈读取 SPSR,SPSR 位于栈顶
        MSR     SPSR,r4                 ;恢复 SPSR
        LDMFD   sp!,{r4}                ;从堆栈读取 CPSR
        MSR     CPSR,r4                 ;恢复 CPSR,处于 SVC 模式
        LDMFD   sp!,{r0-r12,lr,pc}      ;任务切换,运行新的任务
```

(4) OS_TASK_SW()的设计　OS_TaSK_SW()任务级的任务切换函数,在 OS-Sched() 中直接调用。

```
;======================================================
;void OS_TASK_SW(void)
;------------------------------------------------------
OS_TASK_SW
;------------------------------------------------------
;保存当前任务的现场到当前任务的堆栈
;任务堆栈:栈底->栈顶分别为 pc,lr,r12,…,r0,cpsr,spsr
        STMFD   sp!,    {lr}        ;保存返回的 pc 值,因为是从 OS_Sched()跳转到这里的
        STMFD   sp!,    {lr}        ;保存 lr 值
        STMFD   sp!,    {r0-r12}    ;保存通用寄存器
        MRS     r4,     CPSR
        STMFD   sp!,    {r4}        ;保存 CPSR
        MRS     r4,     SPSR
        STMFD   sp!,    {r4}        ;保存 SPSR
;------------------------------------------------------
;把当前优先级变量设置为最高优先级
;即: OSPrioCur <=OSPrioHighRdy
        LDR     r4,    addr_OSPrioCur        ;获取当前优先级变量的地址
```

```
        LDR     r5,    addr_OSPrioHighRdy    ;获取最高优先级变量的地址
        LDRB    r6,    [r5]                   ;获取最高优先级
        STRB    r6,    [r4]                   ;设置最高优先级到当前优先级变量
```

;--

;把当前任务的堆栈指针保存到当前任务控制块中堆栈指针变量中
```
        LDR     r4,    addr_OSTCBCur          ;获取当前任务控制块变量 OSTCBCur 的地址
        LDR     r5,    [r4]                   ;读取当前任务控制块的堆栈指针变量的地址
        STR     sp,    [r5]                   ;保存当前任务堆栈指针到当前 TCB 堆栈指针变量中
```

;--

;获得最高优先级任务的堆栈指针
```
        LDR     r6,    addr_OSTCBHighRdy     ;获取最高优先级任务控制块的地址
        LDR     r6,    [r6]                   ;获取最高优先级任务控制块中堆栈指针变量的地址
        LDR     sp,    [r6]                   ;获取最高优先级任务控制块的堆栈指针
```

;--

;把最高优先级任务控制块设置为当前任务控制块(把任务控制块地址保存到变量 OSTCBCur)
;OSTCBCur⇐OSTCBHighRdy
```
        STR     r6,    [r4]                   ;保存最高优先级任务控制块地址到变量 OSTCBCur
```

;--

;恢复最高优先级任务的现场(最高优先级任务已经是当前任务)
```
        LDMFD   sp!,             {r4}          ;读取 SPSR
        MSR     SPSR_cxsf,   r4               ;恢复 SPSR
        LDMFD   sp!,             {r4}          ;读取 CPSR
        MSR     CPSR_cxsf,   r4               ;恢复 CPSR
```

;--

;实现任务切换,运行优先级最高的任务
```
        LDMFD   sp!,{r0-r12,lr,pc}            ;实现任务切换
```

; **

(5) OSIntCtxSw() 的设计　在 OSIntExit() 中调用 OSIntCtxSw()。当执行到 OS-IntCtxSw 时，系统已经无中断嵌套了。当前堆栈是 IRQStack，包括响应中断的任务现场、调用 OSIntExit() 和 OSIntCtxSw() 压栈。

OSIntCtxSw

;--

;在 OSIntExit() 中调用 OSIntCtxSw,当执行到 OSIntCtxSw 时,系统已经无中断嵌套了! 回到初次中断状态。
;在初次 ISR 中,已经保存了断点数据: STMFD sp!,{r0-r12,lr};PC->LR;CPSR->SPSR;
;IRQ 的栈顶为: IRQStack SPACE 512。

;--

```
        LDR sp,=IRQStack        ;获取 IRQ 的栈顶指针:SP<=IRQStack。
        SUB r7,sp,#4            ;中断栈指针:r7=IRQStack-4,指向响应中断的任务的 lr
```

;--

;因为要运行更高优先级的任务,因此需要象任务调度一样设置被中止任务和待运行任务堆栈;
;因为被中止任务就是响应中断的任务,因此需要切换回响应中断的任务,才能进行堆栈操作。
;系统已经无中断嵌套了,当前的 SPSR 就是响应中断的任务的 CPSR。

;IRQ 模式访问不到响应中断任务的寄存器,需要切换到响应中断的模式。

;--

```
MRS        r1,SPSR        ;SPSR 就是最初响应中断任务的 CPSR。
ORR r1,    r1,#0xC0       ;禁能 IRQ,FIQ。
MSR        CPSR_cxsf,r1   ;切换回响应中断任务的模式(SVC_MODE),并关中断。
```

;--

;至此,r7 是中断服务程序的堆栈指针;sp 已经是被中断的任务的堆栈指针

;应设置的被中断的任务的堆栈结构为:(pc,lr,r12,…,r0,cpsr,spsr)

;--

```
LDR        r0,[r7]        ;获取响应中断任务的 LR;r7 是中断服务程序的堆栈指针
SUB        r0,r0,#4       ;计算响应中断任务的 PC;Actual PC address is(saved_LR - 4)
STMFD      sp!,{r0}       ;压栈响应中断任务的 PC;save task PC, sp 是被中断任务堆栈指针
STMFD      sp!,{lr}       ;压栈响应中断任务的 LR;save LR.
```

;--

;把(lr,r12,…,r0)从中断栈,搬移到响应中断任务栈中

;用 LR 作为中断的堆栈指针,中断的堆栈结构为:(lr,r12,…,r0)

;--

```
SUB        lr,r7,#52      ;LR=IRQStack-52(13 * 4),跨过 13 个寄存器(r12~r0),指向 r0
LDMFD      lr!,{r0-r12}   ;从 IRQ 的堆栈"IRQ stack"读取(r12~r0),响应中断后被压入的。
STMFD      sp!,{r0-r12}   ;把(r12~r0)压入被中断任务的堆栈"task stack"
```

;--

;saveCPSR and SPSR for task on task's stack

;--

```
MRS        r4,CPSR        ;因为当前已经处于被中断任务的模式;CPSR is the task's
BIC        r4,r4,#0xC0    ;Leave interrupt bits in enabled mode
STMFD      sp!,{r4}       ;Save task's current PSR
MRS        r4,SPSR
STMFD      sp!,{r4}       ;Save task's SPSR too
```

;==

;下面的程序与 OS_TASK_SW 类似,其详细注释请参考 OS_TASK_SW。

; --

; OSPrioCur=OSPrioHighRdy   // change the current process

; --

```
LDR        r4, addr _ OSPrioCur
LDR        r5, addr _ OSPrioHighRdy
LDRB       r6, [r5]
STRB       r6, [r4]
```

;

; Get preempted tasks's TCB

; --

```
LDR        r4, addr _ OSTCBCur
LDR        r5, [r4]
STR        sp, [r5]               ; store sp in preempted tasks's TCB
```

```
        ; --------------------------------------------------
        ; Get new task TCB address
        ; --------------------------------------------------
        LDR        r6，addr _ OSTCBHighRdy
        LDR        r6，[r6]
        LDR        sp，[r6]                ; get new task's stack pointer
        ; --------------------------------------------------
        ; OSTCBCur=OSTCBHighRdy
        ; --------------------------------------------------
        STR        r6，[r4]                ; set new current task TCB address
        ; --------------------------------------------------
        LDMFD      sp!，{r4}
        MSR        SPSR _ cxsf，r4
        LDMFD      sp!，{r4}
        BIC        r4，r4，♯0xC0 ; we must exit to new task with ints enabled
        MSR        CPSR _ cxsf，r4
        ; --------------------------------------------------
        LDMFD      sp!，{r0-r12，lr，pc}  ;^   ; task switch
; *********************************************************************************
```

（6）OSTickISR 的设计　OSTickISR 是时钟节拍中断服务程序，时钟节拍由硬件定时器产生。在 OSTickISR 中，首先保存中断现场，然后调用 OSIntEnter（），OSTimeTick（）等。

```
OSTickISR
        SUB LR,LR,♯4              //生成返回地址
        STMFD SP!,{R0-R12,LR}     //相应寄存器入栈
        MSR R4,SPSR               //保存 SPSR
        STMFD SP!,{R4}
        BL OSIntEnter             //调用 OSIntEnter(),通知 uC/OS-II 中断服务正在执行
        BL OSTimeTick             //调用 OSTimeTick(),检测延时时间是否到达
        BL RUN_IRQ                //运行用户相应的中断处理程序
        BL OSIntExit              //调用 OSIntExit,通知 uC/OS-II 中断服务执行完毕
        LDMFD SP!,{R4}            //相应寄存器出栈,恢复现场
        MSR SPSR,R4
        LDMFD SP! {R0-R12,PC}^    //中断返回
```

实际上，可以直接用 OSTimeTick（）函数代替 OSTickISR 中断子程序。

8.3.4　OS _ CPU _ C. C

OS _ CPU _ C. C 包含了 6 个与操作系统相关的函数：OSTaskStkInit（）、OSTaskCreateHook（）、OSTaskDelHook（）、OSTaskSwHook（）、OSTaskStatHook（）、OSTimeTick-Hook（）。

这些函数中，唯一必须移植的是任务堆栈初始化函数 OSTaskStkInit（）。在任务创建时被调用，初始化任务的堆栈结构并返回新堆栈的指针 stk。在 ARM 中任务堆栈空间由高至

低依次是 PC、LR、R12、R11、R10、…、R1、R0、CPSR 及 SPSR。

（1）OSTaskStkInit()　OSTaskCreate()和 OSTaskCreateExt()通过调用 OSTaskStkInit()来初始化任务的堆栈结构。因此，堆栈看起来就像刚发生过中断并将所有的寄存器保存到堆栈中的情形一样。

在用户建立任务的时候，用户传递任务的地址、pdata 指针、任务的堆栈栈顶和任务的优先级给 OSTaskCreate()和 OSTaskCreateExt()。

一旦用户初始化了堆栈，OSTaskStkInit()就需要返回堆栈指针所指的地址。OSTaskCreate()和 OSTaskCreateExt()会获得该地址并将它保存到任务控制块（OS_TCB）中。

```
OSTaskStkInit
#define        SUPMODE        0x13    //定义 SVC 模式
OS_STK * OSTaskStkInit(void( * task)(void * pd),void * pdata,OS_STK * ptos,INT16U opt)
{
unsigned int * stk;
stk＝(unsigned int * )ptos;/ * 装载堆栈指针 * /
opt++;
/ * 为新任务建立堆栈 * /
* --stk＝(unsigned int)task;        / * pc        * /
* --stk＝(unsigned int)task;        / * lr *        /
* --stk＝12;                        / * r12 * /
* --stk＝11;                        / * r11 * /
* --stk＝10;                        / * r10 * /
* --stk＝9;                         / * r9 * /
* --stk＝8;                         / * r8 * /
* --stk＝7;                         / * r7 * /
* --stk＝6;                         / * r6 * /
* --stk＝5;                         / * r5 * /
* --stk＝4;                         / * r4 * /
* --stk＝3;                         / * r3 * /
* --stk＝2;                         / * r2 * /
* --stk＝1;                         / * r1 * /
* --stk＝(unsigned int)pdata;       / * r0        * /
/ * 注意上面一行，task 的第一个参数放这里，这是符合 ARM 调用规范的。
 * 规范要求汇编程序在 BL 指令之前，传递给函数的第一个参数要放在 R0 里;
 * 记住堆栈是刚刚执行完 BL TASKn 之后的结构。
 * /
* --stk＝(SUPMODE);/ * cpsr * /
* --stk＝(SUPMODE);/ × spsr * /
return((OS_STK * )stk);
}
```

（2）Hook 函数　Hook 函数，又称为钩子函数，主要用来扩展 μC/OS-Ⅱ功能，使用前必须被声明，但并不一定要包含任何代码。

前面完成了 μC/OS-Ⅱ在 ARM7 处理器 S3C44B0X 上的移植，其他大部分代码与 μC/

OS-II 在 ARM7 处理器上的移植是通用的。当然在具体项目应用时还需要做一些其他工作，比如编写启动代码等。

8.4 基于 μC/OS-II 的串行口驱动程序开发

在嵌入式系统中，串行口是非常重要的接口。串行口通信是最常见的通信方式，有着广泛的应用。常见的使用串行口协议的接口有：232 串行口；485/422 串行总线；IrDA 模块；GPRS 模块；GPS 模块；RF 模块（大部分使用串行口）；DEBUG 调试口等。熟知串行口，就从串行口驱动设计开始。

8.4.1 无操作系统的串行口驱动程序开发

设备驱动程序是实时内核和硬件之间的接口，是连接底层硬件和内核的纽带。编写驱动程序模块应满足以下主要功能：①对设备初始化；②把数据从内核传送到硬件和从硬件读取数据；③读取应用程序传送给设备的数据和回送应用程序请求的数据；④监测和处理设备出现的异常。

1. 串行口通信结构

串行口控制器（SRSC）是串行口的核心部件，SRSC 实现了 RS-232C 协议的控制功能。S3C44B0X 的 SRSC 包括 22 个 SFR，通过设置这 22 个 SFR 来完成串行口的通信格式、波特率等的设置，实现串行口通信的控制。

在串行口通信中，CPU 仅与 SRSC 进行数据交互。当 CPU 发送数据时，CPU 只需要把待发送的数据写入 SRSC 的发送保持寄存器 UTXHx，由 SRSC 完成数据的串行发送。同样，当 SRSC 接收到一个数据时，就会通知 CPU 来读取。因此，串行口通信的程序应该分为两部分：CPU 对控制器的操作函数；用户对串行口的操作函数。其关系如图 8.9 所示。

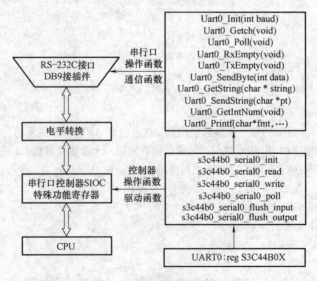

图 8.9　串行口通信结构图

CPU 对控制器的操作函数包括对控制器的初始化、收发字节数据等，用户对串行口的操作函数包括从串行口初始化、收发字符/字符串等，如表 8.7 所示。

表 **8.7** 　串行口函数说明

函　　　数	说　　　明
串行口的操作函数	
Uart0_Init(int baud)	设置串行口的波特率
Uart0_Getch(void)	接收字符数据
Uart0_Poll(void)	轮询：等待 UART0 有效
Uart0_RxEmpty(void)	接收缓冲区清空
Uart0_TxEmpty(void)	发送缓冲区清空
Uart0_SendByte(int data)	发送字符数据
Uart0_GetString(char * string)	接收一个字符串
Uart0_SendString(char * pt)	发送一个字符串
Uart0_GetIntNum(void)	接收一个数字
Uart0_Printf(char * fmt,…)	打印一个字符串
控制器的操作函数	
s3c44b0_serial0_init	初始化 UART0 控制器
s3c44b0_serial0_read	从 UART0 读数据
s3c44b0_serial0_write	向 UART0 写数据
s3c44b0_serial0_poll	查询 UART0 接收状态
s3c44b0_serial0_flush_input	等待 UART0 接收器空闲
s3c44b0_serial0_flush_output	等待 UART0 发送器空闲
UART0：reg S3C44B0X	定义控制寄存器

2. 串行口驱动程序结构

CPU 对控制器的操作函数是与硬件相关的函数，是对 SFR 操作的函数，是系统的底层函数，因此需要对这些函数进行封装，便于上层调用。函数封装的方法有：

- 用 typedef 定义新数据类型：函数指针；
- 用 typedef 定义函数指针结构：func_t；
- 用 func_t 定义结构变量并初始化：func_driver；

```
//Typedef 定义函数指针
typedef int( * serial_init_func_t)(int);        //定义一个输入参数和返回类型都为 int 的函数指针
typedef int( * serial_read_func_t)(void);
typedef int( * serial_write_func_t)(int);
typedef int( * serial_poll_func_t)(void);
typedef int( * serial_flush_input_func_t)(void);
typedef int( * serial_flush_output_func_t)(void);
typedef void( * serial_loop_func_t)(void);
//用 Typedef 定义函数指针结构
typedef struct {
```

```
    serial_init_func_t              init;              //声明了一个 serial_init_func_t 类型的函数指针 init
    serial_read_func_t              read;
    serial_write_func_t             write;
    serial_poll_func_t              poll;
    serial_flush_input_func_t flush_input;
    serial_flush_output_func_t flush_output;
}   serial_driver_t;
//===================================
extern serial_driver_t   s3c44b0_serial0_driver;        //声明 s3c44b0_serial0_driver 是一个全局变量
//封装 CPU 对控制器的操作函数
serial_driver_ts3c44b0_serial0_driver={
    s3c44b0_serial0_init,             //init
    s3c44b0_serial0_read,             //read
    s3c44b0_serial0_write,            //write
    s3c44b0_serial0_poll,             //poll
    s3c44b0_serial0_flush_input,      //flush_input
    s3c44b0_serial0_flush_output      //flush_output
};
//===================================
//函数的实现如下:
//-------------------------------------------------------
//初始化串行口 0:初始化成功返回 0,初始化失败返回-1
//UART0 初始化参数:115.2kbps,8Bit,NP,1Stop,nAFC
//-------------------------------------------------------
static int s3c44b0_serial0_init(int baud)
{
    int i;
    s3c44b0_serial0_flush_output();        //等待发送结束
    rUFCON0=crUFCON0;                      //非 FIFO
    rULCON0=crULCON0;                      //无校验, 正常模式, 8 个数据位, 一个停止位
    rUCON0=crUCON0;                        //Tx: 中断或轮询模式; Rx: 中断或轮询模式
    rUBRDIV0=((int)(MCLK/16./baud + 0.5)-1);
    for(i=0;i<100;i++);                    //等待
    return 0;
}
//-------------------------------------------------------
//从 SRSC 的 URXH0 读取一个字符:读取成功返回字节数据,读取失败返回-1
static int s3c44b0_serial0_read(void)
{
    int rv;
    while(1){
        rv=s3c44b0_serial0_poll();        //轮询, 检查接收的状态
        if(rv < 0)   return rv;           //出错: 返回-1 (if rv==-1)
```

```
        if(rv > 0)    return rURXH0;        //成功：返回读取的数据（if rv==1）
    }                                        //等待(if rv==0)
}
//-------------------------------------------------------------
//向 SRSC 的 UTXH0 写入一个字符：写入成功返回 0，写入失败返回－1
static int s3c44b0 _ serial0 _ write（int c）
{//采用发送 FIFO 模式
    while(!（rUTRSTAT0&0x02));          //1：发送 FIFO 空
    rUTXH0=c;                               //向发送保持寄存器 UTXH0 写入待发送的字符
    return 0;
}
//-------------------------------------------------------------
//接收轮询：接收成功返回 1，无接收返回 0，接收出错返回－1
static int s3c44b0_serial0_poll(void)
{
    if(rUERSTAT0&0x07)    return－1;    //接收出错返回－1
    return(rUTRSTAT0&0x01);             //返回接收状态：1 接收到数据，0 没有接收到数据
}
//-------------------------------------------------------------
//等待接收器空闲：成功返回 0
static int s3c44b0_serial0_flush_input(void)
{
    volatile U32 tmp;
    while(rUTRSTAT0&0x01){               //等待接收数据
        tmp=rURXH0;                       //读取数据
    }
    return 0;
}
//-------------------------------------------------------------
//等待发送器空闲：成功返回 0
static int s3c44b0_serial0_flush_output(void)
{
    while(!（rUTRSTAT0&0x02));          //等待 TXH0 空
    return 0;
}
```

s3c44b0 _ serial0 _ driver 就是上层程序调用的接口，可以使用 s3c44b0 _ serial0 _ driver. init 的形式调用 CPU 对控制器的操作函数。

```
    //串行口初始化
    int Uart0_Init(int baud)
    {
        return s3c44b0_serial0_driver. init(baud);        //引用 s3c44b0_serial0_init()
    }
    //-------------------------------------------------------------
```

```c
//从串行口读字符
char Uart0_Getch(void)
{
        while(! s3c44b0_serial0_driver. poll()){}              //轮询状态：1, 0, -1
        return s3c44b0_serial0_driver. read();                  //返回接收到的数据
}
//------------------------------------------------------------
//查询串口是否有数据输入
int Uart0_Poll(void)
{
        return s3c44b0_serial0_driver. poll();
}
//------------------------------------------------------------
//发送缓冲区清空
void Uart0_TxEmpty(void)
{
        s3c44b0_serial0_driver. flush_output();
}
//------------------------------------------------------------
//接收缓冲区清空
void Uart0_RxEmpty(void)
{
        s3c44b0_serial0_driver. flush_input();
}
//------------------------------------------------------------
//发送字节数据
int Uart0_SendByte(int data)
{
        return s3c44b0_serial0_driver. write(data);
}
//------------------------------------------------------------
//读取一个字符串,可以通过超级终端,从键盘读取一个字符串并回显
void Uart0_GetString(char * string)
{
    char * string2=string;
    char c;
    while((c=Uart0_Getch()) ! = '\r')                        //not Return
    {
            if(c=='\b')                                        //BackSpace,del a char
            {
                    if(  (int)string2 <(int)string )
                    {
//                            Uart0_Printf("\b \b");
```

```
                              string--;
                  }
              }
          else
              {
                  *string++=c;                    //get a char
                  Uart0_SendByte(c);
              }
      }
      * string= '\0';              //Append a "0"
      Uart0_SendByte('\r');      //send a Return
      Uart0_SendByte('\n');      //send a LineFeed
}
//--------------------------------------------------------
//发送一个字符串
void Uart0_SendString(char * pt)
{
      char ccc;
      ccc= * pt;
      while(ccc){
      if(ccc== '\n')     {     Uart0_SendByte('\r');   }
      ccc= * pt++;
      Uart0_SendByte(ccc);
      }
}
//--------------------------------------------------------
//向串行口打印一个字符串
void Uart0_Printf(char * fmt,...)
{
      va_list ap;
      static char string[256];
      va_start(ap,fmt);
      vsprintf(string,fmt,ap);
      Uart0_SendString(string);
      va_end(ap);
}
//--------------------------------------------------------
//把一个字符串转换成一个数值
int Uart0_GetIntNum(void)
{//略}
```

用户对串行口的操作函数主要向应用程序提供串行口操作的函数。仿照 CPU 对控制器的操作函数的封装，也可以把用户对串行口的操作函数进行封装。

8.4.2　基于 μC/OS-Ⅱ 的串行口通信程序开发

在 μC/OS-Ⅱ 下没有统一的设备驱动接口，系统对硬件的控制是通过一些对硬件操作的函数来完成的，这给设备驱动程序的设计增加了难度，同时也带来了较大的灵活性。

在串行口全双工通信中，通常需要为串行口建立接收缓冲区 RxBuff 和发送缓冲区 TxBuff。向串行口发送数据时，应用程序只需要把数据写到 TxBuff 中，然后以某种同步机制通知串行口数据发送程序来逐个取出数据并发送出去；从串行口接收数据时，串行口数据接收程序将接收到的数据存储于 RxBuff 中，然后以某种同步机制通知应用程序读取数据。数据发送程序时可以采用查询方式发送数据，数据接收程序可以采用中断方式接收数据。如图 8.10 所示。

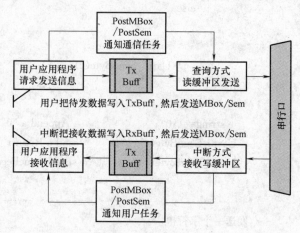

图 8.10　基于 μC/OS-Ⅱ 串行口通信结构图

μC/OS-Ⅱ 内核提供了中断、事件（信号量、消息邮箱、消息队列等）等多种任务间通信和同步的机制。应用程序可以采用信号量、消息邮箱、消息队列等作为同步机制。

定义串行口通信的消息邮箱：

```
//定义消息邮箱
OS_EVENT * Uart0_Rxd_mbox=NULL;        //Uart0 RMBox
OS_EVENT * Uart0_Txd_mbox=NULL;        //Uart0 TMBox
//消息邮箱在 OSInitUart 中创建。
```

通信缓冲区可以直接使用消息队列，这样可以方便地管理通信缓冲区。

```
//定义串行口通信缓冲区
#define         Q_RxTxB0        1024
void            * Uart0_RxBuff[Q_RxTxB0];
void            * Uart0_TxBuff[Q_RxTxB0];
OS_EVENT        * Uart0_Rxd_Q_Buff=NULL;            //Uart0 RxBuff;
OS_EVENT        * Uart0_Txd_Q_Buff=NULL;            //Uart0 TxBuff;
//初始化串口 0：只写出了与消息邮箱和消息队列相关的程序
void OSInitUart()
{
    if(Uart0_Rxd_mbox==NULL)  Uart0_Rxd_mbox=OSMboxCreate((void * )NULL);
    if(Uart0_Txd_mbox==NULL)  Uart0_Txd_mbox=OSMboxCreate((void * )NULL);
    if(Uart0_Rxd_QBuff==NULL)  Uart0_Rxd_QBuff=OSQCreate(&Uart0_RxBuff,Q_RxTxB0);
    if(Uart0_Txd_QBuff==NULL)  Uart0_Txd_QBuff=OSQCreate(&Uart0_TxBuff,Q_RxTxB0);
}
```

消息队列的操作函数是对指针操作的，而串行口通信数据可能是 8 位字节、16 位半字、32 位字等，因此使用消息队列时需要强制类型转换。

OSQPost() 和 OSQPostFront() 的函数原型为 INT8U OSQPost（OS＿EVENT＊prevent，void＊msg）、INT8U OSQFront（OS＿EVENT＊prevent，void＊msg），发送的是消息指针＊msg。因此需要将 void＊转换为 INT8U、INT16U、INT32U。转换方法如下：

    OSQPost(OS_EVENT＊pevent,(void＊)data)

    OSQPostFront(OS_EVENT＊pevent,(void＊)data)

OSQPend() 和 OSQAccept() 的函数原型为 Void＊OSQPend（OS＿EVENT＊prevent，INT16U timeout，INT8U＊err）、void＊OSQAccept（OS＿EVENT＊prevent），返回的是一个消息的指针。因此需要将 void＊转换为 INT8U、INT16U、INT32U。转换方法如下：

    Data32＝(INT32U)　　　　　　　　OSQPend(…)

    Data16＝(INT16U)(INT32U)　　　　OSQPend(…)

    Data8＝(INT8U)(INT32U)　　　　　OSQPend(…)

为了使用上的方便，可以定义强制转换类型如下：

＃define	DATA2VP	(void＊)	//Void Pointer
＃define	VP2I32U	(INT32U)	//I32U＝INT32U
＃define	VP2I16U	(INT16U)(INT32U)	//I16U＝INT16U
＃define	VP2I8U	(INT8U)(INT32U)	//I8U＝INT8U

8.5　基于 μC/OS-II 的 A/D 驱动程序开发

实时内核下 A/D 驱动程序的实现过程主要取决于 A/D 转换器的转换时间，因此驱动程序采用什么方法读取 A/D 采样数据是必须讨论的问题。图 8.11 所示给出了一种 A/D 采样数据的读取方案，驱动程序通过 MUX 选择要读取的模拟通道开始读，转换前延时几微秒以便使信号通过 MUX 传递，并使之稳定下来；然后 ADC 被触发开始转换驱动程序在一个软件循环中等待 ADC 直到完成转换：在循环等待时，

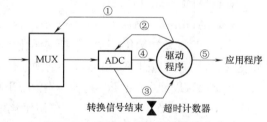

图 8.11　A/D 采样数据的读取方案

驱动程序检测 ADC 的状态信号（Busy），如果等待时间超时，则结束等待转换。如果在循环等待中，检测到 ADC 发出转换结束的信号（Busy）时，驱动程序读取 ADC 转换结果并将结果返回到应用程序。

1. 驱动程序伪代码

```
ADRd(ChannelNumber)
{
        选择要读取的模拟输入通道；
        等待 AMUX 输出稳定；
        启动 ADC 转换；
        启动超时定时器；
        while(ADC Busy & Counter＞0);/＊循环检测＊/
        if(Counter＝＝0){
```

```
    * err＝信号错误；
    return;
    } else {
    读取 ADC 转换结果并将其返回到应用程序；
    }
}
```

A/D 转换速度快，这种驱动程序的实现是最好的。

2. A/D 驱动程序的编写

A/D 转换电路是一个模拟输入模块，μC/OS-II 内核把它作为一个独立的任务 ADTask()来调用。A/D 驱动程序模块流程如图 8.12 所示。ADInit()初始化所有的模拟输入通道、硬件ADC 以及应用程序调用 A/D 模块的参数，并且 ADInit()创建任务 ADTask()。ADTb1［］是一个模拟输入通道信息、ADC 硬件状态等参数配置以及转换结果存储表。ADUpdate()负责读取所有模拟输入通道，访问 ADRd()并传递给它一个通道数。ADRd()负责通过多路复用器选择合适的模拟输入，启动并等待 ADC 转换，以及返回 ADC 转换结果到 ADUpdate()。

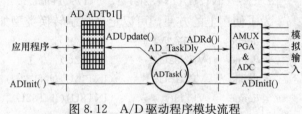

图 8.12　A/D 驱动程序模块流程

在 μC/OS-II 实时内核下各原型函数、数据结构和常量的定义如下：

INT16S ADRd(INT8U ch)　　　//定义如何读取 A/D，A/D 必须通过 AIRd()来驱动

void ADUpdate(void)　　　　//一定时间内更新输入通道

void ADInit(void)

/＊A/D模块初始化代码，包括初始化所有内部变量（通过 ADInit()初始化 ADTb［]），初始化硬件 A/D（通过 ADInitI()）及创建任务 ADTask()＊/

void ADTask(void data)　　　//由 ADInit()创建，负责更新输入通道（调用 ADUpdate()）

void ADInitI(void)　　　　//初始化硬件 A/D

AD_TaskPrio　//设置任务 ADTask()的优先级

AD_TaskStkSize　//设置分配给任务 ADTask()的堆栈大小

AD_MaxNummber　//AMUX 的输入通道数

AD_TaskDly　//设定更新通道的间隔时间

AD ADTb1[AD_MaxNummber]　//AD 类型的数组（AD 是定义的数据结构）

对于 A/D 转换器接口电路驱动程序的编写归纳出以下几点：

•在决定采用具体的驱动方案之前，分析设备接口电路的特点，尤其是了解设备的配置和特点；

•对于处理速度快的设备，可能出现 CPU 的处理速度与设备处理速度不匹配，一般的设备中不带有 FIFO 缓冲区，须在内存中开辟缓冲区；

•在应用程序读取设备之前，一定要初始化硬件（调用初始化函数），合理定义硬件的信息和状态变量；

•不同的外设配置、环境、转换精度等都会影响到设备驱动的设计，要对各个不同的外

设进行具体分析。

8.6 基于 μC/OS-II 的设备驱动程序统一框架

设备驱动程序是与硬件设备进行通信的系统程序。一个设备可以是物理设备，也可以是一个逻辑实体。通常，这些实体需要操作系统对其进行控制和管理。设备驱动程序就是管理这些物理设备或者虚拟设备、协议或者系统服务的软件模块。对于每一个基于 OS 的设备，设备驱动程序都是必不可少的。

设备驱动程序不能自动执行，只能被调用。可以由任务直接调用，任务通过操作系统调用或任务通过服务调用。

设备驱动程序是操作系统的一部分，开发与调试困难。设备驱动程序是控制硬件设备的，一般使用汇编语言对端口进行读写。设备驱动程序中的中断服务程序是处理的难点。

大多数的硬件由设备驱动程序来控制，但某些硬件是没有驱动的，如 CPU、内存等。

虚拟设备驱动程序没有对应的物理设备，如文件系统驱动程序、RAMdisk 等。

1. 设备驱动程序统一框架

μC/OS-II 下没有统一的设备驱动接口，借鉴 Linux 系统的成功经验，同时考虑到嵌入式操作系统的特殊性，为 μC/OS-II 建立了如图 8.13 所示的通用驱动框架模型。该模型共包括 3 个层次，具有如下特点。

（1）上层访问抽象接口层 通过对设备访问操作的抽象，为上层应用提供了 5 个访问接口 API：UDFOpen、UDFRead、UDFWrite、UDFIOCtrl、UDFClose，分别用于打开设备、读设备、写设备、设备控制和关闭设备。

（2）设备管理核心数据结构层 这是通用驱动框架的核心层，为系统中的每个硬件设备分配唯一的设备名。上层应用程序将设备名作为参数传递给 UDFOpen 函数，实现对相应设备的核心管理数据结构的定位寻址。通过寻址，UDFOpen 函数得到相应设备的核心管理数据结构，并定位到相应的设备驱动模块，获得相应硬件设备的操作函数表。再通过上层访问抽象接口层的其他接口函数 UDFRead、UDFWrite、UDFIOCtrl 和 UDFClose 实现对设备的访问控制。

（3）硬件设备驱动模块层 这一层是硬件设备驱动模块功能的实现层，对硬件设备的驱动在相应的硬件设备驱动模块中完成。各个硬件设备驱动模块，原则上需要实现如下几个函数：devOpen、devRead、devWrite、devIOCtrl 和 devClose 分别完成相应设备的打开、读、写、控制和关闭。当然，可以根据具体设备的特性，只实现 5 个驱动函数的其中一部分，例如，如果某设备不支持写操作，那么就不用实现 devWrite 函数。

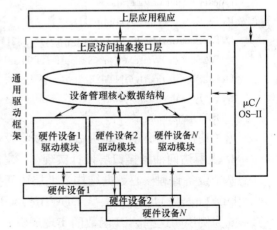

图 8.13 设备驱动程序框架结构图

2. 该模型的工作原理

在上层应用程序可以访问硬件设备之前，

首先需要打开预操作的设备，这可以通过调用 UDFOpen 函数实现。应用程序将预打开的设备名传递给 UDFOpen 函数，UDFOpen 函数通过该设备名从"设备管理核心数据结构"中得到相应设备的核心数据结构，进而得到相应设备的操作函数表，并调用设备驱动模块的 devOpen 函数对设备进行初始化，当完成相应设备的初始化后，UDFOpen 函数返回给上层应用程序一个句柄，这个句柄是上层应用程序进行后续设备操作的基础。

现在假设上层应用程序需要从设备中读取数据，这是通过调用 UDFRead 函数完成的：应用程序将 UDFOpen 函数返回的设备句柄和相关的读取参数传递给 UDFRead 函数，UDFRead 函数通过该句柄从"设备管理核心数据结构"中得到相应设备的核心数据结构，进而得到相应设备的操作函数表，并调用设备驱动模块的 devRead 函数对设备进行读取操作，当完成读取操作后，将读取到的数据返回给上层应用程序。其他的操作如 UDFWrite、UDFIoctrl 和 UDFClose 是类似的。

3. 设备管理核心数据结构的设计实现

设备管理核心数据结构是通用驱动框架的核心，起着承上启下的作用，主要包括两个结构：UDFFramework 和 UDFOperations。

（1）UDFFramework 定义　　UDFFramework 描述了系统设备的特性，包括：设备名、设备类型、共享设备的打开计数、设备操作函数表等。

```
typedef struct udfframework{
INT8U      deviceName[UDF_MAX_NAME];        //设备名
INT8U      deviceType;                      //1—块设备；2—字符设备；……
INT8U      canShared;                       //0—不可共享使用，1—可共享使用
INT16U     openCount;                       //对于共享设备，此字段为打开次数计数
UDFOperations op;                           //设备驱动模块提供的设备操作函数表
} UDFFramework;
```

通过建立 UDFFramework 结构的一个数组来描述系统中的所有设备。并通过设备名字段 deviceName 实现对设备操作函数表 UDFOperations 结构的寻址和定位。

（2）UDFOperations 定义　　UDFOperations 结构定义了相应设备的操作函数表，具体操作函数的实现在相应的设备驱动模块中提供。

```
typedef struct udfoperations{
INT32S( * devOpen)(void * pd);
INT32S( * devRead)(INT8S * buffer,INT32U blen,INT32U lenToRead,INT8U waitType);
INT32S( * devWrite)(INT8S * buffer,INT32U lenToWrite,INT8U waitType);
INT32S( * devIoctl)(INT32U too,void * pd);
INT32S( * devClose)(void * pd);
} UDFOperations;
```

通过使用设备驱动安装函数，可以将设备驱动模块安装到 UDFFramework 结构中。

4. 上层访问抽象接口层设计实现

基于设备管理核心数据结构，上层访问抽象接口层为上层应用提供了 5 个 API 函数：UDFOpen、UDFRead、UDFWrite、UDFIoctrl、UDFClose。下面以 UDFOpen 和 UDFRead 为例说明这些 API 函数的实现逻辑。

（1）UDFOpen 函数的实现逻辑

```
INT32S UDFOpen(char * deviceName, void * pd)
{
    在 UDFFramework 结构数组中查找名为 deviceName 的设备;
    if(找到名为 deviceName 的设备){
        if(设备已被其他应用打开) {
            if(设备不可共享)
                返回出错信息并返回;
            else
                将设备的打开计数器 openCount 加 1
        }
        else {
            从 UDFFramework 结构中得到该设备的 UDFOperations 结构数据
            并调用该设备的 devOpen 函数初始化该设备;
            将 UDFFramework 结构的数组下标作为句柄 handle 返回给上层应
            用程序;
        }
    }
    else {
        提示设备驱动未安装并返回;
    }
}
```

（2）UDFRead 函数的实现逻辑

```
INT32S UDFRead(INT32U handle, INT8S * buffer, INT32U blen, INT32U lenToRead, INT8U waitType)
{
    判断参数 handle 句柄是否合法;
    if(handle 合法)
        return UDFF[handle]. op. devRead(buffer, blen, lenToRead, waitType);
    else
        返回出错信息并返回;
}
```

5. UART0 设备驱动模块的实现

S3C44B0X 的 UART0 设备满足 16C550 工业标准，具有 16Bytes 的接收 FIFO 和 16Bytes 的发送 FIFO。可采用中断方式接收数据、查询方式发送数据。按通用驱动框架设备驱动模块的设计要求，为 UART0 实现了以下驱动函数：UART0Open、UART0Read、UART0Write、UART0Ioctrl、UART0Close。通过通用驱动框架的设备驱动程序安装函数 InstallDriver 将 UART0 驱动模块安装到 UDFFramework 结构数组中。

参 考 文 献

[1] 田泽．嵌入式系统开发与应用 [M]．北京：北京航空航天大学出版社，2005.

[2] 任哲．嵌入式实时操作系统 μC/OS-II 原理及应用 [M]．北京：北京航空航天大学出版社，2005.

[3] 杜春雷．ARM 体系结构与编程 [M]．北京：清华大学出版社，2003.

[4] Labrosse Jeans J. 嵌入式实时操作系统 μC/OS-II [M]．2 版．邵贝贝，译．北京：北京航空航天大学出版社，2005.

[5] 马忠梅．ARM 嵌入式处理器结构与应用基础 [M]．北京：北京航空航天大学出版社，2002.